# 世說新語

译注本

（南朝·宋）刘义庆 著

钱小北 注释

江苏凤凰文艺出版社
JIANGSU PHOENIX LITERATURE AND ART PUBLISHING, LTD

# 目录 | CONTENTS


前言 / 001

德行第一 / 002

言语第二 / 028

政事第三 / 085

文学第四 / 099

方正第五 / 145

雅量第六 / 179

识鉴第七 / 199

赏誉第八 / 213

品藻第九 / 262

规箴第十 / 293

捷悟第十一 / 307

夙惠第十二 / 311

豪爽第十三 / 316

容止第十四 / 322

自新第十五 / 335

企羡第十六 / 337

伤逝第十七 / 340

栖逸第十八 / 348

贤媛第十九 / 356

术解第二十 / 373
巧艺第二十一 / 379
宠礼第二十二 / 384
任诞第二十三 / 387
简傲第二十四 / 410
排调第二十五 / 420
轻诋第二十六 / 450
假谲第二十七 / 464
黜免第二十八 / 474
俭啬第二十九 / 478
汰侈第三十 / 482
忿狷第三十一 / 489
谗险第三十二 / 494
尤悔第三十三 / 497
纰漏第三十四 / 506
惑溺第三十五 / 511
仇隙第三十六 / 516

# 前言

《世说新语》是魏晋南北朝时期的“志人小说”，虽然是用文言所写，但多为当时口语，语言虽简约浅白，却含蓄隽永。今传本皆作三卷，分为德行、言语、政事、文学、方正、雅量等三十六门。每类若干故事，全书共一千二百多则，文字长短不一，有的数行，有的三言两语，由此可见笔记小说“随手而记”。

书中所记，是从东汉末年到魏晋时期，关于各类人物言行的小故事，内容涉及人物评论、清谈玄言和机智应对等等。对人物的刻画或重形貌，或重才学，或重理学，通过独特的言谈举止突出个性，使之气韵生动，跃然纸上。《世说新语》对后世影响深远，不仅诸多成语出自此书，更有很多模仿它的小说，不少戏剧、小说也都取材于它。

因出自多人之手，全书并没有统一的思想，儒家思想、老庄思想和佛家思想皆有。书中对魏晋名士的活动以及种种嗜好，都有生动描写，可作为研究历史的辅助材料，通过魏晋时期几代士人的形象，了解那个时代上层社会的风俗时尚。

# 德行第一

德行，指人的道德品行。一定的道德观念，往往决定着人们的言行。本篇从不同方面反映魏晋时期的道德观念，如忠君尊贤、侍奉父母等，这些均是立身行事的基本准则。

“孝”，和敬老尊贤密不可分，其是社会的基础，篇中从多方面宣扬了孝行，甚至夸大了它的感染力，不但能感动冥顽不灵者，还能惊天地而泣鬼神，于冥冥之中让孝子得到善报。

魏晋名士十分注重个人修养，比如要谦虚谨慎，喜怒不形之于色；生活要俭朴，为官要清廉，不汲汲于名利。在人际关系上，提倡慎于待人接物，不轻易褒贬。

（1）陈仲举[①]言为士则，行为世范。登车揽辔，有澄清天下之志[②]。为豫章太守[③]，至，便问徐孺子[④]所在，欲先看之。主簿白[⑤]：“群情欲府君[⑥]先入廨[⑦]。”陈曰：“武王式商容之闾，席不暇暖。吾之礼贤，有何不可！”

◎注释

①陈仲举，名著，字仲举，东汉桓帝时任太傅。汉末名臣。与窦武、刘淑，因痛恨时弊，谋除宦官，为宦官所杀，时称“三君”。

②“登车”二句，言开始上任，就有澄清天下的志向。登车揽辔（pèi），指登车赴任。辔，驾驭牲口的嚼子和缰绳。

③豫章，豫章郡，首府在江西南昌。太守，郡的行政长官。当时

陈仲举为人所害，谪迁至此。

④徐孺子，名稚，字孺子，东汉人，当时的名士、隐士。

⑤主簿，官名。古代中央或地方郡县所设的属官，负责文书簿籍，掌管印鉴等职。白，禀告，报告。多用于下对上、卑对尊。

⑥府君，对太守的称呼。太守办公的地方称府，称太守为府君。

⑦廨，官署。

◎译文

陈仲举的言行可为读书人的准则，行为是当世典范。初次做官，就有整治社会弊端、匡扶天下的志向。谪迁豫章太守，一到，就先打听徐孺子的住处，想去拜访他。主簿禀告说："大人，大家希望您先进官署视事。"陈仲举则说："当年周武王刚攻下朝歌，经过商容里巷之门，就俯首倚车而立，敬贤礼士，连席子都来不及坐暖。我去礼拜贤人，又有何不可呢！"

（2）周子居①常云："吾时月②不见黄叔度③，则鄙吝之心已复生矣！"

◎注释

①周子居，名乘，字子居，东汉人，不畏强暴，陈仲举赞他为"治国之器"。

②时月，指四时即月份。后指一定的节令，这里泛指一段时间。

③黄叔度，名宪，字叔度，出身贫寒，有德行。公府屡征不就，人称"征君"。

◎译文

周子居曾说过："如果有一段时间不见黄叔度，庸俗贪婪的想法就会滋长起来！"

（3）郭林宗①至汝南，造袁奉高②，车不停轨，鸾不辍轭③。诣黄叔度，乃弥日信宿④。人问其故，林宗曰："叔度汪汪如万顷之陂⑤，澄之不清，扰之不浊，其器⑥深广，难测量也。"

◎注释

①郭林宗，名泰，字林宗，东汉人，博学有德，为时人所重。

②袁奉高，名阆，汝南郡人，多次辞谢官府任命，有名望。

③“车不”二句，意为车不停驶，马不驻足。指谈了很短的时间，极言下车时间之短，登车离去之速。轭，驾车时套在牲口脖子上的马具。鸾铃悬于轭下，马动则鸾鸣。

④弥日，整天。信宿，连宿两夜。

⑤汪汪，形容水深广的样子。陂（bēi），湖泊。

⑥器，气量。

◎译文

郭林宗到汝南郡，拜访袁奉高时，谈了一会儿就走了；去拜访黄叔度，竟日以继夜，逗留几天。别人问他为什么，他说：“叔度就像那浩瀚的万顷湖泊，宽阔深邃，无法澄清，也不能搅浑，他的气量深广，很难测量！”

**（4）李元礼[①]风格秀整，高自标持，欲以天下名教[②]是非为己任。后进之士，有升其堂[③]者，皆以为登龙门[④]。**

◎注释

①李元礼，名膺，字元礼，东汉人，曾任司隶校尉。

②名教，以儒家所主张的正名定分为准则的礼教。

③升其堂，登上厅堂，指有机会接受教诲。

④登龙门，比喻得到有名望的人接待或礼遇而抬高了身价。龙门，在山西河津县西北，传说那里水位落差大，鱼有能游上去，就会变成龙。

◎译文

李元礼风度出众，品性端庄，在德行操守方面，自视甚高，他把在全国推行儒家礼教、辨明是非看成自己的责任。读书人能得到他教诲的，都以为是登上了龙门。

**（5）李元礼尝叹荀淑、钟皓[①]曰：“荀君清识难尚，钟君至德可师。”**

◎注释

①荀淑，字季和，东汉颍川郡人，曾任朗陵侯相。他和钟皓两人都清高有德，名重当时。

◎译文

李元礼称赞荀淑和钟皓两人，说："荀君识见高明，别人很难超过；钟君德行美好，值得学习。"

（6）陈太丘[①]诣荀朗陵，贫俭无仆役，乃使元方将车，季方[②]持杖后从。长文尚小，载著车中。既至，荀使叔慈应门，慈明行酒，余六龙下食[③]。文若亦小，坐著膝前。于时太史奏"真人[④]东行"。

◎注释

①陈太丘，名寔，字仲弓，曾任太丘县长。

②元方（即陈纪）、季方（即陈谌），均是陈寔的儿子。父子三人德才兼备，名著于时。长文（即陈群）是陈纪之子，陈寔之孙。

③荀淑有八个儿子，号称八龙。叔慈、慈明是两个儿子的名字，"余六龙"即指其余六个儿子。

④真人，修真得道的人，指有才德的人。

◎译文

陈太丘去拜访荀淑，因为家境贫寒，没有仆役侍候，就让长子元方驾车送他，少子季方拿着手杖跟在车后。孙子长文年纪还小，就坐在车上。到了荀家，荀淑让叔慈迎接客人，让慈明劝酒，其余六个儿子负责上菜。孙子文若也还小，就坐在荀淑膝上。这时，太史启奏朝廷："有真人往东去了。"

（7）客有问陈季方："足下家君[①]太丘，有何功德而荷[②]天下重名？"季方曰："吾家君譬如桂树生泰山之阿[③]，上有万仞[④]之高，下有不测之深；上为甘露所沾，下为渊泉所润。当斯之时，桂树焉知泰山之高，渊泉之深！不知有功德与无也！"

◎注释

①家君，父亲。对自己或他人父亲的尊称。

②荷（hè），担当、承受。

③阿（ē），山的拐弯处。

④仞，长度单位，一仞等于七尺或八尺。

◎译文

有人问陈季方："令尊有哪些功勋和品德，能享有天下盛名？"季方说："我和父亲相比，就如同一棵桂树生长在泰山一角，上有万仞高峰，下有不测深渊；上承甘露青泽，下受深泉滋润。这种情况下，桂树怎么知道泰山有多高，渊泉有多深呢！更不知道有没有功德了！"

（8）陈元方子长文，有英才，与季方子孝先各论其父功德，争之不能决，咨[①]于太丘。太丘曰："元方难为兄，季方难为弟[②]。"

◎注释

①咨，询问，请教。

②"元方"二句，指元方、季方二人，功业德行难分高下。后世常以"难兄难弟"称赞兄弟二人才德兼备。

◎译文

陈元方的儿子陈长文，有才华，他和陈季方的儿子陈孝先争执自己父亲的事业和品德，二人无法分辨高下，就去请教祖父太丘长陈寔。陈寔说："元方难为兄而居于上，季方难为弟而居于下。"

（9）荀巨伯[①]远看友人疾，值[②]胡贼攻郡，友人语巨伯曰："吾今死矣，子可去！"巨伯曰："远来相视，子令吾去，败义以求生，岂荀巨伯所行邪！"贼既至，谓巨伯曰："大军至，一郡尽空，汝何男子[③]，而敢独止？"巨伯曰："友人有疾，不忍委之，宁以我身代友人命。"贼相谓曰："我辈无义之人，而入有义之国！"遂班军[④]而还，一郡并获全。

◎注释

①荀巨伯，东汉人，因重视友谊而闻名。

②值，正遇上。

③男子，对无爵男子的称呼。这是不客气、不尊重的称呼。

④班军，班师，出征的军队调回去。

◎译文

荀巨伯远道去探望生病的朋友，碰上胡人攻打郡城。朋友劝巨伯说："我活不成了，您快逃走吧！"巨伯说："我远道来看你，你却叫我走；损害道义而求活命，岂是我荀巨伯干的事！"胡人进城后，对巨伯说："大军到了，全城的人都跑光了，你是什么人，竟敢独自留在这里？"巨伯说："朋友有病，我不忍心扔下他，宁愿代他去死。"强盗听了说："我们这些无道义的人，侵入了有道义的国家啊！"于是军队撤回，全城得以保全。

（10）华歆[①]遇子弟甚整，虽闲室[②]之内，严若朝典[③]。陈元方兄弟恣[④]柔爱之道。而二门之里，两不失雍熙[⑤]之轨焉。

◎注释

①华歆，字子鱼，汉桓帝时为尚书令，入魏后官至太尉。

②闲室，静室，这里指家庭。

③朝典，群臣朝见君王或子弟拜见父母的仪礼典章。

④恣，任凭。

⑤雍熙，和乐。

◎译文

华歆对待子侄晚辈甚为谨严，虽然是在家里，礼仪也像在朝廷上那样庄敬严肃。陈元方兄弟却尽量实行和睦友爱的办法。两个家庭内部，都没有失掉和睦安乐的治家准则。

（11）管宁、华歆共园中锄菜，见地有片金，管挥锄与瓦石不异，华捉[①]而掷去之。又尝同席[②]读书，有乘轩冕[③]过门者，宁读如故，歆废书出看。宁割席分坐曰："子非吾友也。"

◎注释

①捉，握、拿。

②席，坐席，古人的坐具。

③轩冕，贵族坐的车和戴的礼帽。这里指有达官贵人经过门口。

◎译文

管宁和华歆一同在菜园里刨地种菜，看见地上有一小片金子，管宁不理会，照旧挥锄劳作，跟锄掉瓦块石头一样，华歆却把金子捡起来再扔掉。两人同在一张坐席上读书，有达官贵人坐车经过，管宁照旧读书，华歆却跑出去看。管宁就割开席子，和华歆分开坐，说："你不是我的朋友。"

**（12）王朗[①]每以识度[②]推华歆。歆蜡日尝集子侄燕饮[③]，王亦学之。有人向张华说此事，张曰："王之学华，皆是形骸之外[④]，去之所以更远。"**

◎注释

①王朗，字景兴，东海人。汉末至魏，官至司徒。其人儒雅博学，为官多宽政减刑，多有美誉。

②识度，识见、气度。

③蜡（zhà）日，即蜡祭日，古祭祀名，在十二月祭万物之神。燕，同"宴"。

④形骸之外，指表面的东西。形骸，人的身体。

◎译文

王朗常在见识和气度上推崇华歆。华歆曾在蜡祭那天把子侄聚到一起宴饮，王朗也学他的做法。有人向张华谈及这事，张华说："王朗学华歆，都是学些表面的东西，因而距离华歆的神韵就更远了。"

**（13）华歆、王朗俱乘船避难，有一人欲依附，歆辄难之。朗曰："幸尚宽，何为不可？"后贼追至，王欲舍所携人。歆曰："本所以疑，正为此耳。既已纳其自托[①]，宁可以急相弃邪！"遂携拯如初。世以此定华、王之优劣。**

◎注释

①纳其自托，接受了他托身的请求，指同意他搭船。

◎译文

华歆、王朗一同乘船避难，有人想投靠搭船，华歆表示为难。王朗说："船还宽，为何不行呢？"后来强盗追上来了，王朗就想把搭船的人丢下。华歆说："我当初犹豫，就是因为这点。可既然答应了他，怎么可以因为情况紧急就抛弃他呢！"仍然相携如初。人们以此判定华歆和王朗孰优孰劣。

**（14）王祥[①]事后母朱夫人甚谨。家有一李树，结子殊好，母恒使守之。时风雨忽至，祥抱树而泣。祥尝在别床眠，母自往暗斫[②]之。值祥私起[③]，空斫得被。既还，知母憾之不已，因跪前请死。母于是感悟，爱之如己子。**

**◎注释**

①王祥，字休征，魏晋时人，以孝闻名。官至太常、太保。

②斫（zhuó），砍。

③私起，即起夜，起来小便。

**◎译文**

王祥侍奉后母非常谨慎。家里有棵李树，结的李子特别好，后母派他看管。一日，风雨突然来临，王祥就抱树哭泣。有一次，王祥在床上睡觉，后母去杀他。正好碰上王祥起夜去了，只砍着空被子。王祥回来后，知道母亲因此遗憾不已，便跪在后母面前请求处死自己。后母受到感动而醒悟，从此当亲生儿子那样爱他。

**（15）晋文王[①]称阮嗣宗[②]至慎，每与之言，言皆玄远，未尝臧否[③]人物。**

**◎注释**

①晋文王，即司马昭，字子上，河内温县（今河南温县）人。三国时期曹魏权臣，早年随父抗蜀，多有战功。咸熙二年，司马昭病死，时年五十四岁。数月后，其子司马炎代魏称帝，建晋朝，追尊司马昭为文帝，庙号太祖。

②阮嗣宗，即阮籍，字嗣宗，竹林七贤之一。

③臧否（zāng pǐ），褒贬、评论。

◎译文

晋文王称赞阮嗣宗处事谨慎，每次和他交谈，言辞都很奥妙深远，从不评论他人的短长。

（16）王戎云："与嵇康[①]居二十年，未尝见其喜愠之色。"

◎注释

①嵇（jī）康，字叔夜，世称嵇中散，竹林七贤之一。

◎译文

王戎说："和嵇康相处二十年，从没看见他喜怒行之于色。"

（17）王戎、和峤同时遭大丧[①]，俱以孝称。王鸡骨支床[②]，和哭泣备礼。武帝谓刘仲雄曰："卿数省王、和不？闻和哀苦过礼，使人忧之。"仲雄曰："和峤虽备礼，神气不损；王戎虽不备礼，而哀毁骨立[③]。臣以和峤生孝[④]，王戎死孝[⑤]。陛下不应忧峤，而应忧戎。"

◎注释

①王戎，字濬冲，晋代人。受命征伐吴国，平吴后，封爵安丰侯。任光禄勋、吏部尚书，因母亲丧事离职。服丧期间，不拘礼制，饮酒食肉，但面容憔悴。和峤（jiào），字长舆，晋汝南西平（今河南省西平县）人，仕晋武帝，性吝啬。任中书令、尚书，因母亲丧事离职。服丧期间，谨守礼法，量米而食，不多吃饭，但不如王戎憔悴。大丧，父母之丧。

②鸡骨支床，骨瘦如柴。

③哀毁骨立，悲哀过度，瘦弱不堪。

④生孝，遵守丧礼而能注意不伤身体。

⑤死孝，对父母尽哀悼之情而至于死。

◎译文

王戎和和峤同时丧母，二人都以孝著称。此时王戎过于哀痛，身体衰弱，瘦如鸡骨，几乎支撑不住自己的身体；和峤则哀号哭泣，恪守礼制。晋武帝对刘仲雄说："你常去探望王戎、和峤吗？听说和峤过于悲痛，超出了礼法常规，真令人担忧。”仲雄说：“和峤虽然极尽礼数，但精神元气并没有受损；王戎虽然没拘守礼法，却因为哀伤过度已经形销骨立了。所以我认为和峤是尽孝道而不毁生，王戎却是以死去尽孝道。陛下您不必担心和峤，而应该为王戎担心呀。”

（18）梁王、赵王[①]，国之近属，贵重当时。裴令公[②]岁请二国租钱数百万，以恤中表[③]之贫者。或讥之曰：“何以乞物行惠？”裴曰：“损有余，补不足，天之道也。”

◎注释

①梁王，司马肜（róng）。赵王，司马伦，司马懿的儿子。

②裴令公，即裴楷，字叔则，官至中书令。

③中表，指中表亲，与父亲的姐妹的子女和母亲的兄弟姐妹的子女之间的亲戚关系。

◎译文

梁王和赵王是皇帝近亲，显赫一时。中书令裴楷每年请求二王拨出赋税数百万周济贫穷的皇亲。有人讥笑：“为何向人讨钱来做好事？”裴楷说：“损有余，补不足，这是天道。”

（19）王戎云：“太保[①]居在正始中，不在能言之流。及与之言，理中清远。将无以德掩其言！”

◎注释

①太保，这里指王祥。正始，三国时魏齐王曹芳年号。

◎译文

王戎说：“太保在正始年间，不属于擅长清谈之人。等和他谈论时，才知道他言辞切理，高深玄远。他不以能言见称，恐怕是德行掩盖了善谈吧！”

（20）王安丰遭艰[①]，至性[②]过人。裴令往吊之，曰：“若使一恸果能伤人，濬冲必不免灭性[③]之讥。”

◎注释

①艰，指父母丧。

②至性，此处特指极尽孝道之情。

③灭性，指因为哀伤过度而危及生命。《孝经·丧亲》中有云："教民无以死伤生，毁不灭性。"古人认为，哀毁过情，灭性而死，不合孝道。

◎译文

安丰侯王戎服丧期间，极尽孝道之情远超常人。中书令裴楷去吊唁，说："如果极度的悲哀能伤害身体，那么濬冲一定会因为悲伤过度而危及生命。"

**（21）王戎父浑，有令名[①]，官至凉州刺史。浑薨，所历九郡义故，怀其德惠，相率致赙[②]数百万，戎悉不受。**

◎注释

①令名，好的名声。

②赙（fù），送给别人办丧事的财物。

◎译文

王戎的父亲王浑，很有名望，官做到凉州刺史。王浑去世后，其在各州郡做官时的随从和部下，感念他的恩惠，凑了几百万钱的丧葬费相赠，王戎一律不收。

**（22）刘道真尝为徒[①]，扶风王骏[②]以五百匹布赎之，既而用为从事中郎[③]。当时以为美事。**

◎注释

①刘道真，即刘宝，高平人。性好酒，善歌咏，曾为晋吏部郎。徒，即服劳役的罪犯。

②扶风王骏，晋宣王司马懿之子司马骏。

③从事中郎，官名，大将军府属官，主管文书、谋划。

◎译文

刘道真曾经是服劳役的罪犯，扶风王司马骏用五百匹布将他赎出，接着任命他做从事中郎。在当时，这被认为是件值得称颂的美事。

（23）王平子[①]、胡毋彦国[②]诸人，皆以任放[③]为达，或有裸体者。乐广[④]笑曰："名教[⑤]中自有乐地，何为乃尔也！"

◎注释

①王平子，即王澄，字平子，曾任荆州刺史。

②胡毋彦国，姓胡毋，名辅之，字彦国，曾任湘州刺史。

③任放，任性放纵，指行为放纵，不拘礼法。

④乐广，字彦辅，历任河南尹、尚书令。

⑤名教，即是以"正名分"为中心的封建礼教，这一称谓虽然是在魏晋时期才正式提出的，但是其精神内涵早在孔子时期就有了。

◎译文

王平子、胡毋彦国等人，都以放荡不羁为旷达，甚至有人赤身露体。乐广笑道："名教中自有令人快乐的地方，为何偏要这样呢！"

（24）郗公[①]值永嘉丧乱[②]，在乡里，甚穷馁。乡人以公名德，传共饴之。公常携兄子迈及外生周翼二小儿往食。乡人曰："各自饥困，以君之贤，欲共济君耳，恐不能兼有所存。"公于是独往食，辄含饭著两颊边，还吐与二儿。后并得存，同过江。郗公亡，翼为剡县[③]，解职归，席苫于公灵床[④]头，心丧终三年。

◎注释

①郗（xī）公，即郗鉴，以儒雅出名，历任兖州刺史、司空、太尉。

②永嘉丧乱，八王之乱后，匈奴人刘聪称帝，将领石勒、刘曜俘杀宰相王衍，攻破洛阳，俘怀帝，焚全城，史称永嘉之乱。

③剡（shàn）县，属会稽郡，今浙江嵊州市。

④灵床，为死者设置的坐卧用具。

◎译文

郗鉴在永嘉丧乱时期，住在家乡，生活困难，经常挨饿。乡人因他德高望重，轮流供他饭吃。他常常带着哥哥的儿子郗迈和外甥周翼一同前往。乡人说："各家都在挨饿，只是因为您的贤德才接济您，恐怕兼顾不了这两个孩子。”郗鉴便独自一人去吃饭，每次总是把饭含在两腮，回来吐给孩子吃。后来两个孩子都活了下来，一起到了江南。郗鉴死时，周翼正任剡县县令，他辞官归故里，在郗鉴灵前尽孝子礼，寝苫枕块，守孝足足三年。

**（25）顾荣[①]在洛阳，尝应人请，觉行炙人[②]有欲炙之色，因辍己[③]施焉。同坐嗤之，荣曰：“岂有终日执之，而不知其味者乎！”后遭乱渡江，每经危急，常有一人左右[④]己。问其所以，乃受炙人也。**

◎注释

①顾荣，字彦先，吴郡吴县人。晋元帝镇江东，荣为军司马加散骑常侍，死后追赠骠骑将军。

②行炙人，操持烤肉的仆役。炙，烤肉。

③辍己，指停下来不吃，让出自己那一份。

④左右，即帮助。

◎译文

顾荣在洛阳时，曾应邀赴宴，发现做烤肉的人想吃烤肉，就把自己那份让给他。同座的人都笑话顾荣，顾荣说：“哪有成天操持烤肉而不知肉味的呢！”后来遇上战乱，过江避难，每逢危急之时，常有一人在身边护卫自己。顾荣问他为何这样，原来就是得到烤肉的那人。

**（26）祖光禄[①]少孤贫，性至孝，常自力母炊爨[②]作食。王平北[③]闻其佳名，以两婢饷之，因取为中郎。有人戏之者曰：“奴价倍婢。”祖云：“百里奚亦何必轻于五羖之皮邪[④]！”**

◎注释

①祖光禄，即祖纳，字士言，东晋时任光禄大夫。

②炊爨（cuàn），生火做饭。

③王平北，即王乂（yì），字叔元，曾任平北将军。

④“百里奚”句，祖纳引百里奚故事自喻。百里奚（xī），春

秋时虞国大夫，晋国灭虞时俘虏了他。逃跑后，被楚人抓住，秦穆公听说他有才德，用五张羊皮赎了他，授以国政，号为五羖大夫。羖（gǔ），黑色的公羊。

◎译文

光禄大夫祖纳少年丧父，家境贫寒，生性最孝，经常亲自给母亲做饭。平北将军王乂听说后，把两个婢女送给他，并用他做中郎。有人开玩笑说："你的身价不过比婢女多一倍。"祖纳说："百里奚又何尝比五张羊皮轻贱呢！"

（27）周镇罢临川郡还都，未及上，住泊青溪渚①。王丞相②往看之。时夏月，暴雨卒至，舫③至狭小，而又大漏，殆④无复坐处。王曰："胡威⑤之清，何以过此！"即启用为吴兴郡。

◎注释

①青溪渚（zhǔ），地名，临近建康。

②王丞相，即王导，字茂弘，辅晋元帝经营江左，任丞相。

③舫（fǎng），船。

④殆（dài），几乎。

⑤胡威，其父胡质为官清廉，做荆州刺史时，胡威去看他，回家时，只给了一匹绢做口粮钱。胡威一路打柴做饭，胡质手下一个都督在途中资助胡威。胡威把这事告诉了父亲。胡质认为有损自己的清廉，把都督抓来打了一百棍，并把他革职。

◎译文

周镇被罢免临川郡太守之职，坐船回京，还没上岸，船停在青溪渚。丞相王导去看他。当时正是夏天，暴雨骤至，船很狭窄，而且漏得厉害，几乎没有可坐之处。王导说："胡威的清廉，又怎能比得过你！"立刻奏请任命他做吴兴郡太守。

（28）邓攸始避难，于道中弃己子，全弟子。既过江，取一妾，甚宠爱。历年后，讯其所由①，妾具说是北人遭乱；忆父母姓名，乃攸之甥②也。攸素有德业，言行无玷，闻之哀恨终身，遂不复畜妾。

◎注释

①所由，根由，指身世。

②甥，外甥。此处指外甥女。

◎译文

邓攸躲避永嘉之乱，逃难江南，在半路扔下自己的儿子，保全了弟弟的儿子。过江以后，娶了一个妾，非常宠爱。一年后，问她的身世，她说自己是北方人，遭逢战乱逃难至此。回忆父母的姓名，原来竟是邓攸的外甥女。邓攸一向德行高洁，言谈举止没有污点，知道这事后，伤心悔恨了一辈子，从此不再娶妾。

**（29）王长豫[①]为人谨顺，事亲尽色养[②]之孝。丞相见长豫辄喜，见敬豫[③]辄嗔。长豫与丞相语，恒以慎密为端。丞相还台，及行，未尝不送至车后。恒与曹夫人并当箱箧[④]。长豫亡后，丞相还台[⑤]，登车后，哭至台门。曹夫人作簏，封而不忍开。**

◎注释

①王长豫，王悦，字长豫，王导的长子。

②色养，侍养父母时，有喜悦的容色。

③敬豫，即王恬，字敬豫，王导的次子。

④曹夫人，王导的妻子，姓曹。并当，也作“屏当”，收拾，料理。

⑤台，晋宋间称朝廷禁省为台，禁城为台城，禁城门为台门。尚书、御史、谒者统称三台。此处指尚书省，为中台。

◎译文

王长豫为人谨慎和顺，侍奉父母承顺愉悦，恪尽孝道。丞相王导看见长豫就高兴，看见敬豫就生气。长豫和王导谈话，总以谨慎细密为本。王导去尚书省，临行前，长豫总是送他上车。长豫常常替母亲曹夫人收拾箱笼衣物。长豫死后，王导到尚书省，上车后，一路哭到禁城城门。曹夫人收拾箱笼，把长豫收拾过的封好，不忍心再打开。

**（30）桓常侍[①]闻人道深公[②]者，辄曰：“此公既有宿名[③]，加先**

达知称[4]，又与先人至交，不宜说之。”

◎注释

①桓常侍，即桓彝，字茂伦，曾任散骑常侍。

②深公，即竺法深，是一个德行高洁，善谈玄理的和尚。因永嘉之乱，渡江居京城。与王导、庾亮等社会上层诸名流交流，有德望，尊称深公。

③宿名，久为人知的名望。

④先达，前辈贤达。知称，知遇推举。

◎译文

散骑常侍桓彝听人谈论竺法深，就说：“此公素有名望，而且受到前贤的赏识，和先父交好，不该谈论他。”

（31）庾公[1]乘马有的卢[2]，或语令卖去，庾云：“卖之必有买者，即复害其主，宁可不安已而移于他人哉！昔孙叔敖杀两头蛇以为后人，古之美谈。效之，不亦达乎。”

◎注释

①庾公，即庾亮，字元规，任征西大将军、荆州刺史。

②的卢，马白额从口至齿者，名的卢。迷信说法，这是凶马，妨主。

◎译文

庾亮驾车的马中有一匹的卢马，有人告诉他让他卖掉。庾亮说：“卖它，必定有买主，那就还要害那个买主，怎么能因为对自己不利就转嫁给别人呢！孙叔敖打死两头蛇，以保护后面的人，古人乐于称道。我效仿他，不也很旷达吗。”

（32）阮光禄[1]在剡[2]，曾有好车，借者无不皆给。有人葬母，意欲借而不敢言。阮后闻之，叹曰：“吾有车而使人不敢借，何以车为！”遂焚之。

◎注释

①阮光禄，即阮裕，字思旷，任东阳太守，后被召为金紫光禄大

夫，不肯就任。不过也因此而被称为阮光禄。

②剡（shàn），县名，即今浙江嵊县。

◎译文

光禄大夫阮裕在剡县时，曾有一辆很好的车，不管是谁来借都借给他们用。有一个人要安葬母亲，想借车，可是不敢开口。阮裕后来听说了，叹息道："我有车，可是别人不敢借，还要它做什么呢！"于是就把车子烧了。

**（33）谢奕[①]作剡令。有一老翁犯法，谢以醇酒罚之，乃至过醉，而犹未已。太傅时年七八岁，著青布绔[②]，在兄膝边坐，谏[③]曰："阿兄，老翁可念[④]，何可作此！"奕于是改容[⑤]曰："阿奴[⑥]欲放去邪？"遂遣之。**

◎注释

①"谢奕"句，谢奕早年曾任剡县县令。后文太傅谢安是其弟。

②青布绔（kù），黑布裤子。

③谏，规劝。

④可念，即可怜。念，怜悯、同情。

⑤改荣，改变脸色。指态度缓和下来。

⑥阿奴，对幼小者的爱称。这里是称呼弟弟。

◎译文

谢奕做剡县县令时，有个老翁犯了法，谢奕就拿烈酒罚他，喝到大醉还不让停止。太傅（谢安）当时只有七八岁，穿着黑布裤，在哥哥膝边坐着，劝道："哥哥，老人家多可怜，怎能整治到这种地步！"谢奕于是脸色缓和下来，道："你要把他放走吗？"于是把老人放走了。

**（34）谢太傅绝重褚公[①]，常称"褚季野虽不言，而四时之气亦备"。**

◎注释

①褚（chǔ）公，指褚裒（póu），字季野，曾任兖州刺史，死后

赠太傅。

◎译文

太傅谢安极其推崇褚季野，称赞说："褚季野虽然口里不说，可是心里明白是非，正像春夏秋冬，一年四季寒热冷暖都装在胸中。"

（35）刘尹[①]在郡，临终绵惙[②]，闻阁下祠神鼓舞[③]，正色曰："莫得淫祀[④]！"外[⑤]请杀车中牛祭神，真长答曰："丘之祷久矣，勿复为烦！"

◎注释

①刘尹，即刘惔（tán），字真长，官至丹阳尹。其妻为晋明帝女庐陵公主。

②绵惙（mián chuò），指病危弥留之际。古人弥留之时，以绵置鼻端，以察气之尚存与否。

③阁，供神佛的地方。祠，祭祀，这里指除病祷告。鼓舞，击鼓跳舞。此处特指祭神活动。

④淫祀，滥行祭祀，指不该祭祀而祭祀，即不合礼制的祭祀。

⑤外，指吏役。

◎译文

丹阳尹刘真长任上，临终弥留之际，听见供神佛的阁楼前在击鼓舞蹈，举行祭祀的声音，正颜厉色说："不得滥行祭祀！"吏役请求杀掉驾车的牛来祭神，刘真长回答："我早就祷告过了，不用再费事了！"

（36）谢公夫人教儿，问太傅："那得初不[①]见君教儿？"答曰："我常自教儿[②]。"

◎注释

①初不，从不，一点也不。

②"我常"句，意指常常以身教儿。为人做事，都是儿子所能感受的，可以效法。

◎译文

谢安的夫人教导儿子时，问太傅谢安："怎么从来没见您教导过儿子？"谢安回答："我经常以自身的言行教导儿子。"

（37）晋简文为抚军时，所坐床上，尘不听拂，见鼠行迹，视以为佳。有参军[①]见鼠白日行，以手板[②]批杀之，抚军意色不说[③]。门下起弹[④]，教[⑤]曰："鼠被害，尚不能忘怀；今复以鼠损人，无乃不可乎？"

◎注释

①参军，官名，将军幕府所设的官。

②手板，官吏上朝或谒见上司时拿的笏，以备记事之用。

③说，同"悦"，高兴。

④弹，弹劾，抨击。

⑤教，诸侯之言为教。时简文帝为抚军将军、会稽王，故其言得称教。

◎译文

晋简文帝任抚军将军的时候，坐榻上的灰尘不让擦去，见到老鼠在上面走过的脚印，认为很好看。有个参军看见老鼠白天出来，就用手板把老鼠打死，抚军为此很不高兴。属吏起来纠举残军，抚军告谕说："老鼠被打死，尚不能忘怀。现在为了一只老鼠而处罚人，恐怕不可以吧？"

（38）范宣[①]年八岁，后园挑菜，误伤指，大啼。人问："痛邪？"答曰："非为痛，身体发肤，不敢毁伤，是以啼耳。"宣洁行廉约，韩豫章[②]遗[③]绢百匹，不受；减五十匹，复不受；如是减半，遂至一匹，既终不受。韩后与范同载，就车中裂二丈与范，云："人宁可使妇无裈邪？"范笑而受之。

◎注释

①范宣，字宣子，家境贫寒，后被召为太学博士、散骑郎，推辞不就。

②韩豫章，字康伯，历任豫章太守、丹杨尹、吏部尚书。

③遗（wèi），给予，赠送。

◎译文

范宣八岁时，有一次在后园挖菜，无意间划伤了手指，大哭起来。别人问："很痛吗？"他回答说："并不是因为痛，而是身体发肤受之父母，不敢毁伤，因此才哭。"范宣品行高洁，为人清廉。豫章太守韩康伯送给他一百匹绢，他不肯收；减到五十匹，还是不收；一路减半，终于减至一匹，最后依然不肯接受。后来，韩康伯邀范宣一起坐车，在车上撕了两丈绢给范宣，说："一个人难道可以让妻子没有裤子穿吗？"范宣才笑着把绢收下了。

**（39）王子敬[1]病笃，道家上章，应首过[2]，问子敬："由来有何异同得失。"子敬云："不觉有余事，唯忆与郗家离婚。"**

◎注释

①王子敬，即王献之，字子敬，王羲之的儿子，信奉五斗米道。王献之娶郗昙的女儿为妻，后离婚。

②"道家上章"二句，道家，指信奉道教（张角太平道、张陵五斗米道，利用符咒辟邪驱鬼、治病）的人。上章，是道家去病消灾度厄之法。依阴阳五行数，推测人的年命，写成章表，烧香陈读，即可奏上天，请为除厄。上章时，病人要自首其过，忏悔自七岁有识以来所犯过失，叫作首过。

◎译文

王子敬病重，请道家替他上表文祷告，祈求消灾劫难。照规矩本人应该坦承自己所犯的过失，道家问子敬："历来有什么异常和过错。"子敬说："想不起有别的事，只记得和郗家女离过婚。"

**（40）殷仲堪[1]既为荆州，值水俭[2]，食常五碗盘[3]，外无余肴。饭粒脱落盘席间，辄拾以啖[4]之。虽欲率物，亦缘其性真素。每语子弟云："勿以我受任方州，云我豁平昔时意[5]，今吾处之不易。贫者，士之常，焉得登枝而捐其本！尔曹其存之！"**

◎注释

①殷仲堪，东晋陈郡（今河南）人。初为长史，后为晋武帝重用，自黄门侍郎拔为荆州刺史，镇守西藩。为荆州，担任荆州刺史。荆州，晋州郡名。东晋时治所在江陵（今湖北），是长江中游的军事重镇。

②水俭，水涝成灾，田谷歉收。

③五碗盘，南方一种成套食器，由一个托盘和放在其中的五只碗组成，形制较小。

④啖（dàn），吃。

⑤豁，抛弃、舍弃。平昔，平素、往日。

◎译文

殷仲堪任荆州刺史后，正遇上水灾歉收，吃饭通常只用五碗盘，此外没有其他菜肴。饭粒掉在盘里或座席上，总是捡起来吃了。这样做，虽然是想给大家做个表率，也是因为他本性自然质朴。他常常告诫子侄说："不要因为我受命担任一州长官，就认为我会抛弃平素的志向，如今我坚守此志，不会改变。清贫是读书人的本分，哪能攀上高枝，就把树干抛弃了呢！你们要记住这一点！"

**（41）初，桓南郡[①]、杨广共说殷荆州，宜夺殷觊[②]南蛮以自树。觊亦即晓其旨。尝因行散[③]，率尔去下舍[④]，便不复还，内外无预知者。意色萧然，远同斗生之无愠[⑤]。时论以此多[⑥]之。**

◎注释

①桓南郡，指桓玄，字敬道，继承了父桓温的爵位，封为南郡公。

②殷觊（jì），字伯通，任南蛮校尉，是掌管南蛮地区的长官。

③行散，魏晋士大夫喜服五石散，认为其能调理身体。服后身体发热，需吃冷食，并外出散步，以便散发药性，叫行散。

④率尔，迅速的样子。下舍，官府馆舍。

⑤斗生，指斗鬬氏，名穀於菟（gou wu tu），字子文，春秋时楚国令尹。子文三为令尹无喜色，三罢无愠色，故有美名。无愠，指

无怒色。

⑥多，褒扬、赞许。

◎译文

当初，南郡公桓玄和杨广曾一起劝说荆州刺史殷仲堪，认为他应夺取殷觊南蛮校尉之职而自代，扩大自己的实力。殷觊很快知道了他们的意图。一次趁着行散，迅速离开所住馆舍，没有再回来，里里外外没有人事先知道。他神态悠闲，和古时的楚国令尹子文一样没有怨恨。当时的舆论因为这事而赞扬他。

（42）王仆射[①]在江州，为殷、桓所逐，奔窜豫章，存亡未测。王绥[②]在都，既忧戚在貌，居处饮食，每事有降。时人谓为“试守孝子”[③]。

◎注释

①王仆射（yè），即王愉，字茂和。官至江州刺史、尚书仆射。

②王绥，字彦猷，王愉的儿子。

③试守，官吏正式任命之前的试用叫试守。子居父母之丧称孝子。王绥在未测其父生死存亡治时，先有丧容，故时人戏称之为“试守孝子”。

◎译文

仆射王愉任江州刺史时，被殷仲堪、桓玄起兵驱逐，逃亡到了豫章，生死未知。他的儿子王绥在京都，听到消息后，面容忧愁，起居饮食各方面都有所降低。人们称他为“试守孝子”。

（43）桓南郡既破殷荆州[①]，收[②]殷将佐十许人，咨议[③]罗企生亦在焉。桓素待企生厚，将有所戮，先遣人语云：“若谢我[④]，当释罪。”企生答曰：“为殷荆州吏，今荆州奔亡，存亡未判，我何颜谢桓公！”既出市，桓又遣人问：“欲何言？”答曰：“昔晋文王杀嵇康，而嵇绍为晋忠臣。从公乞一弟以养老母。”桓亦如言宥之。桓先曾以一羔裘与企生母胡；胡时在豫章，企生问至，即日焚裘。

◎注释

①“桓南郡”一句，晋安帝隆安三年（公元399年），桓玄败杨佺期，破殷仲堪，杀之。

②收，收捕、逮捕。

③咨议，咨议参军的简称。晋时公府、军府皆设此官，以参议军事。时罗企生为荆州刺史殷仲堪咨议。

④若谢我，若让我认罪。谢，指谢罪、认错。

◎译文

南郡公桓玄打败荆州刺史殷仲堪后，逮捕了他的将佐十多人，咨议参军罗企生也在其中。桓玄向来待企生很好，派人去告诉企生：“如果认罪，免你一死。”企生回答：“我是殷荆州的属吏，现在荆州逃亡，生死不明，有什么脸面向桓公认罪求生！”绑赴刑场后，桓玄差人问他有什么话要说。企生答：“从前晋文王杀了嵇康，可是他儿子嵇绍却做了晋室的忠臣；因此我想请桓公留下我一个弟弟性命，来奉养老母。”桓玄依其言，饶恕了他弟弟。桓玄原先曾送罗企生母亲胡氏一件羔皮袍子，胡氏当时在豫章，企生被害的消息传来后，立即把那件皮袍子烧了。

**（44）王恭[①]从会稽还，王大[②]看之。见其坐六尺簟[③]，因语恭：“卿东来，故应有此物，可以一领及我。”恭无言。大去后，即举所坐者送之。既无馀席，便坐荐[④]上。后大闻之，甚惊，曰：“吾本谓卿多，故求耳。”对曰：“丈人[⑤]不悉恭，恭作人无长物[⑥]。”**

◎注释

①王恭，字孝伯，历任秘书丞、中书令，青州、兖州刺史，为人清廉。晋安帝隆安中，与桓玄、殷仲堪起兵反，兵败被杀。

②王大，指王忱，字元达，小名佛大，人称阿大，晋平北将军王坦之子。曾作荆州刺史。

③簟（diàn），竹席。

④荐，草垫。

⑤丈人，古时晚辈对长辈的尊称。王忱是王恭的族叔。

⑥作人，为人处世。长（zhàng）物，多与的东西。后有成语“别无长物”。

◎译文

王恭从会稽回来，王大去看他。见他坐着一张六尺长的竹席，便说：“你从东边回来，必定有不少这种竹席，能不能拿一领给我。”王恭没有说什么。王大走后，王恭就拿起所坐的竹席送给王大。自己既然没有多余的竹席，就坐在草垫上。后来王大听说，很吃惊，对王恭说：“我原来以为你有多余的，所以找你要的。”王恭回答说：“你老人家不了解我，我为人处世，生活上没有多余的东西。”

**（45）吴郡陈遗，家至孝。母好食铛底焦饭[①]，遗作郡主簿[②]，恒装一囊，每煮食，辄贮录[③]焦饭，归以遗母。后值孙恩贼出吴郡[④]，袁府君[⑤]即日便征。遗已聚敛得数斗焦饭，未展归家，遂带以从军。战于沪渎[⑥]，败，军人溃散，逃走山泽，皆多饥死，遗独以焦饭得活。时人以为纯孝之报也。**

◎注释

①铛（chēng），铁锅。焦饭，锅巴。

②主簿，官名。负责文书簿籍，掌管印鉴等。中央机构或地方郡县均设此官职。

③贮录，贮存收藏。录，收藏。

④孙恩，字灵秀，琅邪人。晋安帝隆安三年，率农民军起义，攻克会稽等郡，江南震动。三年后失败。出吴郡，到吴郡。

⑤袁府君，即袁山松。其官至吴郡太守，后为孙恩军所杀。

⑥沪渎，水名。在今上海东北部。晋隆安中，袁山松曾在此驻垒拒孙恩。

◎译文

吴郡人陈遗，在家非常孝顺。母亲喜欢吃锅巴，他做主簿的时候，总是带一个口袋，每逢煮饭，就把锅巴存起来，等到回家时带给母亲。后来遇上孙恩贼兵攻入吴郡，内史袁山松要出兵征讨。这时陈遗已经积攒了几斗锅巴，来不及送回家，便带着随军出征。双方在沪渎开战，袁山松打败了，军队溃散，都逃跑到山林沼泽地带，没有吃的，多数人饿死了，唯独陈遗靠锅巴活了下来。当时的人认为这是他笃行孝道的善报。

**（46）孔仆射[①]为孝武[②]侍中，豫蒙眷接[③]。烈宗山陵[④]，孔时为太常，形素羸瘦[⑤]，著重服[⑥]，竟日涕泗流连[⑦]，见者以为真孝子。**

**◎注释**

①孔仆射，即孔安国，晋孝武帝时历任侍中、太常、尚书左右仆射等职。

②孝武，指晋孝武帝司马曜，其在位二十四年，死后谥号孝武，庙号列宗。

③豫，同“预”，先期。眷接，礼遇，器重。

④山陵，帝王的坟墓，这里用作动词，指皇帝驾崩。

⑤形素羸（léi）瘦，身体一向瘦弱。素，素来、一向。羸，瘦弱。

⑥重服，孝服中之重者，即父母丧时所穿的孝服。

⑦涕泗，眼泪和鼻涕。流涟，泪流不断的样子。

**◎译文**

仆射孔安国任晋孝武帝的侍中时，受到孝武帝的恩宠。烈宗去世，孔安国任太常，身体一向瘦弱，穿着重孝服，一天到晚眼泪鼻涕不断，看见的都认为他是真正的孝子。

**（47）吴道助、附子[①]兄弟居在丹阳郡后，遭母童夫人艰[②]，朝夕哭临[③]，及思至、宾客吊省，号踊[④]哀绝，路人为之落泪。韩康伯时为丹阳尹，母殷在郡，每闻二吴之哭，辄为凄恻。语康伯[⑤]曰：“汝若为选官[⑥]，当好料理此人。”康伯亦甚相知。韩后果为吏部尚书。大吴不免哀制，小吴遂大贵达。**

**◎注释**

①吴道助、附子，指晋吴坦之、吴隐之兄弟。坦之字处靖，小字

道助。隐之字处默，小字附子。其后官至晋陵太守、广州刺史。

②遭艰，遭遇父母丧亡之事。

③哭临，哭吊死者的哀悼仪式。

④号踊，丧礼的仪节，边哭边顿足。

⑤韩康伯，晋颍川常社（今河南）人，善玄理。官豫章太守、丹阳尹、礼部尚书，死后赠太常。尹，经度地区的行政长官。

⑥选官，主持选拔官吏的官。

◎译文

吴道助和吴附子兄弟住在丹阳郡官署的后面，遭逢母亲童夫人逝世，每日早晚集众举哀时，以及思念母亲悲伤至极时，宾客来吊唁时，他们都顿足号哭，哀恸欲绝，过路的人也因此落泪。当时韩康伯任丹阳尹，母亲殷氏住在郡府中，每次听到吴家兄弟俩的哭声，都深为哀伤。她对康伯说："你将来要是做了选拔人才的官，一定要好好照顾这两个人。"韩康伯也很赏识吴家两兄弟。韩康伯后来果然做了吏部尚书。这时大吴因丧母之痛而身亡，而小吴最终做了大官，非常显贵。

# 言语第二

言语，乃“孔门四科”之一。而随着时局发展，舌辩之士受到空前重视。思想敏捷，善于辞令，应对机智，逐渐成为士大夫和文人们必不可少的才能修养。魏晋时期儒学衰微而玄风大畅，烦冗的经典章句受到轻视，而谈玄析理、微言大义之风盛行。因而士大夫阶层往往悉心揣测，不仅要求言谈寓意深刻，还要言辞简洁，举止洒脱，以此来显示自己的身份。因而，有关言语的故事颇为丰富。

本篇所记，大多是一两句话，简洁机巧，论说双方都很巧妙。或哲理深思，或含而不露，或意境高远，或机警多锋，或气势磅礴，或一语中的。在论辩中，往往以其人之道还治其人之身，来反驳对方的论点，借以说服对方。

篇中也有部分内容是卖弄口才，乘机吹捧的，甚或是借以诡辩来自我解嘲，这也从侧面反映了清谈之风的盛行。

（1）边文礼见袁奉高①，失次序②。奉高曰：“昔尧聘③许由，面无怍④色。先生何为颠倒衣裳⑤？”文礼答曰：“明府⑥初临，尧德未彰，是以贱民颠倒衣裳耳！”

◎注释

①边文礼，即边让，汉末陈留郡人，有才名。任九江太守，被曹操杀害。袁奉高，即袁阆，汉末汝南（今河南上蔡）人，官太尉掾。

②失次序，即举止失措，不合礼节。次序，即秩序、程序。

③聘，访，探问。

④怍（zuò），惭愧。

⑤颠倒衣裳，把衣和裳掉过来穿，比喻举动失常。衣，上衣。裳，下衣，裙的一种，古代男女都穿裳。

⑥明府，指高明的府君。吏民也称太守为明府。

◎译文

边文礼谒见袁奉高，举止失措。袁奉高说："古时尧探访许由，许由脸上没有愧色。先生为何如何慌乱失序？"文礼回答说："明府刚到，圣德尚未表现出来，所以贱民才颠倒失序！"

（2）徐孺子年九岁，尝月下戏，人语之曰："若令月中无物[①]，当极明邪？"徐曰："不然。譬如人眼中有瞳子，无此，必不明。"

◎注释

①若令，如果。月中物，古代传说月中的黑影为蟾蜍，是后裔妻嫦娥奔入月中的化身。

◎译文

徐孺子九岁时，有一次在月下玩耍，有人对他说："如果月亮里什么也没有，会更加明亮吧？"徐孺子说："不对。好比人的眼睛里有瞳仁，要是没有它，一定看不见。"

（3）孔文举[①]年十岁，随父到洛。时李元礼有盛名，为司隶校尉[②]。诣门者，皆俊才清称及中表亲戚乃通[③]。文举至门，谓吏曰："我是李府君[④]亲。"既通，前坐。元礼问曰："君与仆有何亲？"对曰："昔先君仲尼与君先人伯阳有师资之尊，是仆与君奕世为通好也[⑤]。"元礼及宾客莫不奇之。太中大夫[⑥]陈韪后至，人以其语语之，韪曰："小时了了，大未必佳。"文举曰："想君小时，必当了了。"韪大踧踖[⑦]。

◎注释

①孔文举，即孔融，字文举，汉末名士，曾任北海相、太中大夫等职。据《后汉书》云是孔子二十代孙。后为曹操所杀。

②司隶校尉，官名，掌管监察京师和所属各郡百官的职权。

③清称，指有名望的人。中表，指与姑母、姨舅子女之间的亲戚关系。

④府君，汉代人称太守为府君。李府君，指李元礼。

⑤奕世，累世。通好，通家之好。汉魏以师友为通家。

⑥太中大夫，官名，负责皇帝的顾问应对。

⑦踧踖（cù jí），局促不安的样子。

◎译文

孔文举十岁时，跟随父亲到洛阳。当时李元礼名望很高，任司隶校尉。当时到他家登门拜访的必须是才子名流、内外亲属，才能通报。孔文举来到门前，对差役说："我是李府君的亲戚。"通报后，入门就坐。元礼问："我们是何亲戚？"孔融答道："我的祖先仲尼曾拜您的祖先伯阳为师，这样看来，我和您是世交了。"李元礼和门人无不赞赏他的聪明。太中大夫陈韪来得晚，别人把孔融的应对告诉他，陈韪说："小时聪明，长大了未必出众。"文举应声说："您小时候，想必很聪明。"陈韪听了，非常尴尬。

**（4）孔文举有二子，大者六岁，小者五岁。昼日父眠，小者床头盗酒饮之，大儿谓曰："何以不拜？"答曰："偷，那得行礼[①]！"**

◎注释

①偷，那得行礼，做违礼的事怎么还能行礼。酒是礼仪所备，所以说饮酒前要行礼。小儿以为偷东西就不合乎礼，而拜是一种表敬意的礼节，所以不能拜。

◎译文

孔文举有两个儿子，大的六岁，小的五岁。一次趁父亲白天睡觉，小儿子就偷酒来喝，大儿子对他说："喝酒为何不先行礼？"小儿子回答："偷来的，哪能行礼！"

**（5）孔融被收，中外惶怖[①]。时融儿大者九岁，小者八岁，二儿故琢钉戏[②]，了无遽容。融谓使者曰："冀罪止于身，二儿可得全**

不？”儿徐进曰：“大人岂见覆巢之下复有完卵乎？”寻亦收至。

◎注释

①“孔融被收”二句，汉献帝建安十三年，曹操以“谤讪朝廷”等罪名，逮捕孔融，下狱弃市。中外，指朝廷内外。

②琢钉戏，一种小孩玩的游戏。清周亮工《因树屋书影》中有云：“金陵童子有琢钉戏：画地为界，琢钉其中，先以小钉琢地，名曰签；以签之所在为主，出界者负；彼此不中者负，中而触所主签亦负。按孔北海被收时，两郎方为琢钉戏，乃知此戏相传久矣。”此又名剟刀子，以小刀为之。

◎译文

孔融被捕，朝廷上下惶恐不安。当时，孔融的儿子大的九岁，小的八岁，两人在玩琢钉戏，毫无畏惧之色。孔融对差使说：“希望只加罪于我个人，保全孩子的性命。”这时，儿子从容进言道：“父亲可曾见过覆巢之下，还有完卵吗？”不久，两个孩子也被抓了起来。

（6）颍川太守髡陈仲弓①。客有问元方②：“府君何如？”元方曰：“高明之君也。”“足下家君③何如？”曰：“忠臣孝子也。”客曰：“《易》称：‘二人同心，其利断金。同心之言，其臭如兰。’何有高明之君，而刑忠臣孝子者乎？”元方曰：“足下言何其谬也！故不相答。”客曰：“足下但因伛为恭④，而不能答。”元方曰：“昔高宗放孝子孝己⑤，尹吉甫放孝子伯奇⑥，董仲舒放孝子符起。唯此三君，高明之君。唯此三子，忠臣孝子。”客惭而退。

◎注释

①颍川，魏晋郡名，相当于今河南中部地区。髡（kūn），古代剃去男子头发的刑罚。陈仲弓，即陈寔（shí），东汉颍川人。曾作太丘长，人称陈太丘。

②元方，即陈纪。乃陈寔之子。

③家君，尊称别人父亲。

④因伛（yǔ）为恭，意思是驼背的人假作恭敬之状以掩其病态。

伛，曲背。

⑤孝己，殷代君主高宗武丁的儿子，侍奉父母最孝，后来高宗受后妻的迷惑，把孝己放逐。

⑥伯奇，周代的卿士、尹吉甫的儿子，侍奉后母孝顺，却受到后母诬陷，被父亲放逐。

◎译文

颍川太守对陈仲弓施了髡刑。有人问元方："太守这人怎么样？"元方说："高明之君。"又问："您父亲怎么样？"元方说："是忠臣孝子。"客人说："《易经》上说：'两人同心，就会像一把钢刀，能斩断金属。同心之言，气味像兰花一样芳香。'那么，高尚之君怎会施刑于忠臣孝子呢？"元方说："您的话太荒谬了！我不予回答。"客人说："您不过是把驼背之躯假作谦恭之态，其实是不能回答。"元方说："从前高宗放逐孝子孝己，尹吉甫放逐孝子伯奇，董仲舒放逐孝子符起。这三个做父亲的，恰恰都是高明之君。这三个做儿子的，恰恰都是忠臣孝子。"客人羞愧地退走了。

**（7）荀慈明[①]与汝南袁阆相见，问颍川人士，慈明先及诸兄。阆笑曰："士但可因亲旧而已乎？"慈明曰："足下相难，依据者何经？"阆曰："方问国士，而及诸兄，是以尤之耳[②]！"慈明曰："昔者祁奚内举不失其子，外举不失其仇，以为至公。公旦[③]《文王》之诗，不论尧、舜之德而颂文、武者，亲亲之义也。《春秋》之义，内其国而外诸夏。且不爱其亲而爱他人者，不为悖德乎？"**

◎注释

①荀慈明，即荀爽，东汉颍川人。荀淑子，当世大儒。汉献帝时，官至司空。

②国士，全国推崇的才德之士。尤，责怪，归咎。

③公旦，周公旦，姓姬，周武王的弟弟，辅助周成王。

◎译文

荀慈明和汝南郡袁阆相见，袁阆问颍川郡有哪些贤达之士。慈明先提到自己的几位兄长。袁阆讥笑说："难道因为是自己的亲戚朋友，所以就夸他们是才德之士吗？"慈明说："您责难我，依据什么？"袁阆说："我刚才问国士，而你提到的却是自己的诸位兄长，因此才责怪你呀！"慈明说："从前祁奚告老还乡前举荐人才，对内不忽略其子，对外也不避忌仇人，世人认为他公正无私。周公旦作《文王》诗时，不论述尧舜的德政，却歌颂周文王、周武王的功业，这是符合爱亲人这一大义的。《春秋》记事的原则是：以本国为内亲，其他诸侯国为外疏。况且，不爱自己的亲人而爱外人，岂不是背离了道德准则？"

**（8）祢衡被魏武谪为鼓吏[①]。正月半试鼓，衡扬枹为《渔阳掺挝》[②]，渊渊有金石声，四坐为之改容。孔融曰："祢衡罪同胥靡[③]，不能发明王之梦。"魏武惭而赦之。**

**◎注释**

①祢衡，少有才华，长于笔札。因性刚傲物，不容于世，仅与孔融、杨修友善。融举荐其于曹操，用作鼓吏。后归刘表，被黄祖所杀。魏武，即曹操。

②枹（fú），同"桴"，鼓槌。渔阳掺挝（càn zhuā），鼓曲名，也作渔阳参挝。掺，通"叁"，即三。三挝，指鼓曲的曲式为三段体，犹如古曲中有三弄、三叠之类。

③胥靡（xū mí），轻刑名，指服劳役的囚徒。此处指殷相傅说（yuè），传说他曾筑于傅岩之野，武丁访得，举以为相，出现殷中兴的局面。

**◎译文**

祢衡被曹操罚做鼓吏。正值八月十五大会宾客，要试鼓，祢衡挥动鼓槌奏《渔阳掺挝》，鼓声深沉，有金石之音，满座为之动容。孔融说："祢衡之罪与古代刑徒傅说相同，却没能引发明君思贤之梦。"曹操听了很惭愧，就赦免了祢衡。

**（9）南郡庞士元闻司马德操在颍川[①]，故二千里候之。至，遇**

德操采桑，士元从车中谓曰：“吾闻丈夫处世，当带金佩紫[2]，焉有屈洪流之量，而执丝妇之事！”德操曰：“子且下车。子适知邪径之速[3]，不虑失道之迷。昔伯成耦耕，不慕诸侯之荣[4]；原宪桑枢[5]，不易有官之宅。何有坐则华屋，行则肥马，侍女数十，然后为奇！此乃许、父所以慷慨，夷、齐所以长叹[6]。虽有窃秦之爵，千驷之富，不足贵也。”士元曰：“仆生出边垂，寡见大义。若不一叩洪钟、伐雷鼓，则不识其音响也。[7]”

◎注释

①庞士元，即庞统，号凤雏，东汉南郡襄阳人。辅佐刘备入川，进围雒县，中流矢而死。司马德操，即司马徽，字德操。

②带金佩紫，带金印佩紫绶带，指做大官。

③适，只。邪，同“斜”。

④“昔伯成”二句，从前伯成宁愿自己种田，不羡慕做诸侯的荣耀。伯成，指伯成子高，尧时贤者。禹治天下，辞诸侯而耕于野。耦耕，一种耕作方法，两人各扶一张犁，并肩而耕。这里指务农。

⑤桑枢，用桑树条编制的门，喻贫寒之家。

⑥许、父，指许由、巢父。传说为尧舜时代的两位隐士。尧想把君位让给许由，由逃隐箕山。夷、齐，指伯夷、叔齐。周灭商，二人耻食周粟，饿死首阳山。

⑦“扣洪钟”二句，此为庞统的感慨，其认为不亲自拜访请教就不能真正认识司马徽的高深见解和博大胸怀。

◎译文

南郡庞士元听说司马德操在颍川，就特意走了两千里路前去拜访。到了那里，德操正在采桑叶，士元就在车中对他说：“听说大丈夫处世，应该做大官，办大事，哪有压抑长江大河的器量，去操持蚕妇之事！”德操说：“请您暂且下车。您只知走斜径小路快，却不担心有迷路的危险。从前伯成宁愿回家种地，也不羡慕做诸侯的荣耀。原宪宁愿住在破屋里，也不愿住达官的宅院。哪里有居住则在豪华的宫室，出门必须肥马轻车，数十个婢妾侍候左右，才能闯下基业呢！这正是隐士许由、巢父慷慨辞让，也是清廉之士伯夷、叔齐长叹国家灭亡而饿死首阳山的来由。所以即便有吕不韦那样的官爵，齐景公那样的富有，也不值得尊敬。”士元说：“我出生在边远偏僻的地方，很少听闻大道理。如果不叩击一下大钟、雷鼓，真不知道它的音响啊。”

**（10）刘公干以失敬罹罪[①]。文帝问曰：“卿何以不谨于文宪[②]？”桢答曰：“臣诚庸短，亦由陛下网目不疏。”**

**◎注释**

①刘公干，即刘桢，字公干，诗人，建安七子之一。此句意为刘桢因失敬于世子夫人而获罪。罹（lí），遭受。

②文宪，法律、法纪。

**◎译文**

刘桢因对世子夫人失敬而获罪。魏文帝问他：“为何不谨慎而触犯法纪呢？”刘桢说：“臣固然平庸浅陋，但也是由于陛下的法网不疏。”

**（11）钟毓、钟会少有令誉[①]。年十三，魏文帝闻之，语其父钟繇[②]曰：“可令二子来！”于是敕见[③]。毓面有汗，帝曰：“卿面何以汗？”毓对曰：“战战惶惶，汗出如浆。”复问会：“卿何以不汗？”对曰：“战战慄慄，汗不敢出。”**

**◎注释**

①钟毓，字稚叔，官至廷尉、青州刺史。钟会，字士季，官司隶校尉。与邓艾伐蜀，后官司徒，以谋反罪被杀。

②钟繇，字元常，经魏武、文帝、明帝三代，官至太傅。

③敕见，下命令召见。

**◎译文**

钟毓、钟会兄弟年少时就有好名声，钟毓十三岁时，魏文帝听说他们俩，便对其父钟繇说：“可以让你的两个孩子来见我！”于是下令召见。钟毓脸上有汗，文帝问道："你脸上为何出汗？"钟毓回答说："战战惶惶，汗出如浆。"文帝又问钟会："你为何不出汗？"钟会回答说："战战栗栗，汗不敢出。"

（12）钟毓兄弟小时，值父昼寝，因共偷服药酒[①]。其父时觉，且托寐[②]以观之。毓拜而后饮，会饮而不拜。既而问毓何以拜，毓曰："酒以成礼[③]，不敢不拜。"又问会何以不拜，会曰："偷本非礼，所以不拜。"[④]

◎注释

①药酒，一作"散酒"，即加入了五石散的酒。

②寐（mèi），假装睡觉。

③酒以成礼，饮酒要遵守礼仪。儒家的酒礼是封建礼制之一。

④本则与本篇第四则孔融二子盗酒事同，应是同一事而传闻有异。

◎译文

钟毓兄弟小时候，碰上父亲白天睡觉，就去偷酒喝。父亲当时已经醒了，就暂且装睡来观察他们，看他们怎么做。钟毓行礼揖拜后才喝，钟会只顾喝，不行礼。后来，父亲问钟毓为何行礼，钟毓说："饮酒要遵守礼仪，不敢不拜。"又问钟会为何不行礼，钟会说："偷酒喝本来就不合于礼，因此不拜"。

（13）魏明帝为外祖母筑馆于甄氏[①]。既成，自行视，谓左右曰："馆当以何为名？"侍中缪袭曰："陛下圣思齐于哲王，罔极过于曾、闵[③]。此馆之兴，情钟舅氏，宜以渭阳为名。"

◎注释

①魏明帝，即曹叡，文帝曹丕的儿子。在位十余年，嘶吼谥号为明皇帝。甄氏，明帝的母亲姓甄，这里指甄家。

②哲王，贤明的君主。

③罔极，指父母之恩或子女大孝。曾、闵，曾参和闵子骞，孔子的两个弟子，均以孝著称。

◎译文

魏明帝给外祖母在甄府建造馆舍。建成后，前去察看，问随从：“馆舍应当叫什么名字？”侍中缪袭说：“陛下的思虑和贤明的君主一样周到，报恩的孝心超过了曾参、闵子骞。此馆的兴建，寄托了对舅家的感情，应以‘渭阳’为名。”

**（14）何平叔[①]云：“服五石散，非唯治病，亦觉神明开朗。”**

◎注释

①何平叔，即何晏，字平叔，曹操的女婿，后被司马懿所杀。其人好老庄，倡导玄学，崇尚清谈，开魏晋之风气。

◎译文

何平叔说：“服食五石散，不仅能治病，也令人神清气爽。”

**（15）嵇中散语赵景真[①]：“卿瞳子白黑分明，有白起[②]之风，恨量小狭。”赵云：“尺表能审玑衡之度[③]，寸管能测往复之气[④]。何必在大，但问识如何耳[⑤]。”**

◎注释

①嵇中散，即嵇康，字叔夜，生于魏文帝黄初五年，谯郡人，曾任中散大夫。赵景真，即赵至，晋代郡（今河北）人。与嵇康相识，为太康时良吏。

②白起，战国时秦国名将，封武安君。据说他瞳子白黑分明。

③表，用来观测天象的一种标杆。玑衡，古代测量天象的仪器，即浑天仪。《魏书·律历志》中有云：“而伺察晷度，要在冬夏二至前后各五日，然后乃可取验。”夏至、冬至二日，于日中树表，则无影。所以从另一个角度来说，表可以审查玑衡所观四时天象的准确性。

④管，黄钟之管，古代十二律之一。《礼记·月令》中注云：“黄钟者，律之始也。九寸，仲冬气至则黄钟之律应。”其测气之法，十有二月，每月为管，置于地中。气之来至，有浅有深，而管之入地者，有短有长。十二月之气至，各验其当月之管，气至则灰飞

也。其为管之长短，与其气至之浅深，或不相当则不验。上古之圣人制为十二管，以候十二辰之气，而十二辰之音亦由之而出焉。

⑤“何必”二句，嵇康说瞳仁黑白分明表现人才华横溢。赵的回答表示自己才气大，不受器量的局限。

◎译文

中散大夫嵇康对赵景真说：“你的眼睛黑白分明，有白起那样的风度，遗憾的是狭小了一点。”赵景真说：“几尺长的表尺就能审定浑天仪的准确度，几寸长的竹管就能测出出入之气而定律吕。何必在乎大小呢，只看个人的见识如何就行了。”

（16）司马景王[①]东征，取上党李喜以为从事中郎[②]。因问喜曰：“昔先公辟君[③]，不就，今孤召君，何以来？”喜对曰：“先公以礼见待，故得以礼进退[④]。明公以法见绳[⑤]，喜畏法而至耳。”

◎注释

①司马景王，司马师，三国时魏人，司马懿的儿子。

②上党，郡名。辖境在今山西东南黎城、长治、壶关一带地区。从事中郎，官名，大将军府的属官，参与谋议等事。

③先公，称死去的父亲。此处指宣王司马懿。辟（bì），征召。

④进退，指出来做官或辞官。

⑤明公，对尊贵者的敬称。绳，约束、整治。

◎译文

司马景王东征，让上党的李喜来当从事中郎。李喜到任时他问李喜：“从前先父征召，您不肯到任。现在我召您来，为何肯来呢？”李喜回答：“当年令尊以礼相待，所以我能按礼节来决定进退。现在明公用法令来限制我，我是畏惧法律才来就任的。”

（17）邓艾[①]口吃，语称“艾艾”。晋文王[②]戏之曰：“卿云‘艾艾’，定[③]是几艾？”对曰：“‘凤兮凤兮’，故是一凤。”

◎注释

①邓艾，三国时魏人，司马懿召为属官，伐蜀有功，封关内侯。

②晋文王，指司马昭。昭封晋王，死后谥文王。

③定，到底，究竟。

◎译文

邓艾说话结巴，自称时常说“艾艾”。晋文王和他开玩笑：“你说‘艾艾’，到底是几个艾？”邓艾回答：“‘凤兮凤兮’，本来就只是一只凤。”

（18）嵇中散既被诛，向子期举郡计入洛[①]，文王引进，问曰：“闻君有箕山之志[②]，何以在此？”对曰：“巢、许狷介之士，不足多慕。”王大咨嗟[③]。

◎注释

①向子期，即向秀，字子期，嵇康的朋友，标榜清高，为竹林七贤之一。公元236年，嵇康遭钟会诬陷，被司马昭所杀。秀惧于威压，改图入仕。郡计，郡中计吏。计，即计吏，掌计簿的小吏，每年年终需持计簿呈送京城。

②箕山，山名，在河南登封东南。尧时许由因不愿接受尧禅让天下，遁颍川之阳，箕山之下，后以箕山之志为隐居不仕的典故。

③咨嗟，赞叹，赞赏。

◎译文

中散大夫嵇康被杀后，向子期应举郡中计吏到京都洛阳，晋文王接见他，问道：“听说您有退隐山林之志，怎么会在这里呢？”向子期回答说：“巢父、许由乃孤傲自守之士，不值得称羡。”文王听了，大为叹赏。

（19）晋武帝始登阼[①]，探策[②]得一。王者世数[③]，系此多少。帝既不说，群臣失色，莫能有言者。侍中裴楷[④]进曰：“臣闻天得一以清，地得一以宁，侯王得一以为天下贞。”帝说，群臣叹服。

◎注释

①晋武帝，司马炎，字安世，司马昭长子。公元265年，夺魏国政权而称帝，建立晋朝。之后灭蜀伐吴，统一全国，结束了汉末以来

的分裂局面。在位26年，死后谥号武皇帝。登阼，登上帝位。阼，大堂前东边的台阶。

②探策，指占卜事。策，占卜用的筹码。

③世数，帝王传代之数。

④裴楷，字叔则，河东闻喜（今山西人），博学，通《周易》。历任吏部郎、河南尹、中书令等职。

◎译文

晋武帝刚登基的时候，卜筮问得了个“一”字。推断帝位传代长短，与占卜得出的数目有关。武帝很不高兴，群臣惶恐失色，没人敢出声。这时，侍中裴楷进言道：“臣听说，天得一而清明，地得一而安宁，侯王得一而天下恢宏正道。”武帝一听，这才高兴起来，群臣叹服裴楷。

（20）**满奋畏风。在晋武帝坐，北窗作琉璃屏，实密似疏，奋有难色。帝笑之。奋答曰：“臣犹吴牛，见月而喘[①]。”**

◎注释

①吴牛，吴地的牛，即江淮一带的水牛。据说水牛怕热，看见月亮，误以为是太阳，就喘起来。后来用“吴牛喘月”来比喻见到曾经备受其苦的类似事物而心生疑惧。

◎译文

满奋怕风。一次在晋武帝旁侍坐，北窗是琉璃窗，实际很严实，看起来却像透风，满奋面有难色。武帝笑他，满奋回答：“臣好比是吴地的牛，看见月亮就喘起来了。”

（21）**诸葛靓在吴[①]，于朝堂大会，孙皓[②]问：“卿字仲思，为何所思？”对曰：“在家思孝，事君思忠，朋友思信。如斯而已！”**

◎注释

①诸葛靓，字仲思，其父为诸葛诞。《三国志·吴书·孙亮传》中载，太平二年，魏征东大将军诸葛诞以淮南之众保寿春，称臣于吴，又遣子靓为质。之后，诸葛诞反司马氏，被司马昭杀害。

②孙浩，字元宗，孙权之孙。孙亮死，立为吴主，在位十七年。吴亡降晋，敕封为归命侯。

◎译文

诸葛靓在吴国时，一次朝堂大会，孙皓问他："你字仲思，所思的什么？"诸葛靓回答："在家思孝，侍奉君主思忠，和朋友交往思信。如此而已！"

（22）蔡洪[①]赴洛，洛中人问曰："幕府初开，群公辟命，求英奇于仄陋，采贤俊于岩穴[②]。君吴楚[③]之士，亡国之余，有何异才而应斯举？"蔡答曰："夜光之珠，不必出于孟津之河；盈握之璧，不必采于昆仑之山[④]。大禹生于东夷，文王主于西羌，圣贤所出，何必常处！昔武王伐纣，迁顽民于洛邑，得无诸君是其苗裔乎？"

◎注释

①蔡洪，字叔开，吴郡人，原在吴国做官，吴亡后入晋。颇有才名，著《孤奋论》。

②仄陋，指出身卑微。岩穴，山洞。古代隐士多山居，此处用以指隐士所居住的地方。

③吴楚，吴国和楚国。这里泛指南方。

④孟津，渡口名，在今河南省孟县南。昆仑，古代盛产美玉的山。

◎译文

蔡洪来到洛阳，洛阳城有人问他："官府衙署设置不久，众公卿都在征召人才，在出身卑微者中寻求英才之士，在山林隐者中寻求有德之士。先生是吴楚的读书人，亡国遗民，有什么才能，敢来接受这一选拔？"蔡洪回答："夜光珠不一定都出在孟津一带的河中，满握的玉璧，不一定采自昆仑。大禹出于东夷，周文王出于西羌，圣贤的出生地，为何非要在某个固定的地方呢！从前周武王打败了殷纣，把殷代的顽民迁移到洛邑，莫非诸位先生就是那些人的后代吗？"

（23）诸名士共至洛水戏，还，乐令[①]问王夷甫曰：“今日戏，乐乎？”王曰：“裴仆射善谈名理[②]，混混有雅致[③]。张茂先论《史》《汉》，靡靡可听。我与王安丰说延陵、子房，亦超超玄著[④]。”

◎注释

①乐令，指乐广，曾作尚书令。

②名理，名实义理，是魏晋清谈的主要内容。

③混混（gǔn gǔn），水奔流的样子。用以形容说话滔滔不绝。雅致，高雅的意趣。

④超超玄著，形容议论高妙玄远，深刻透彻。

◎译文

很多名士一起到洛水游玩，回来后，尚书令乐广问王夷甫：“今天玩得高兴吗？”王夷甫说：“裴仆射擅谈名理，滔滔不绝，意趣高雅。张茂先谈《史记》、《汉书》，娓娓动听。我和王安丰谈论延陵、子房，也很玄妙透彻。”

（24）王武子、孙子荆[①]各言其土地、人物之美。王云：“其地坦而平，其水淡[②]而清，其人廉且贞。”孙云：“其山崖巍以嵯峨，其水泙渫而扬波，其人磊砢而英多[③]。”

◎注释

①王武子，即王济，字武子，太原晋阳人。孙子荆，即孙楚，字子荆，太原中都人，仕至冯翊太守。

②淡，指水质好，甘甜。

③崔巍（zuì wěi），山高峻的样子。泙渫（yā xiè），水波重叠的样子。磊砢，树木多节，比喻人有奇才。

◎译文

王武子和孙子荆谈论家乡的土地、人物之美。王武子说：“我们那里土地宽广平坦，水甘美清澈，人们廉洁而又公正。”孙子荆说：“我们那里山险峻巍峨，水势波澜叠荡，人才磊落而英杰众多。”

（25）乐令女适大将军成都王颖[①]。王兄长沙王[②]执权于洛，遂

**构兵[3]相图。长沙王亲近小人，远外君子，凡在朝者，人怀危惧。乐令既允朝望，加有婚亲，群小谗于长沙。长沙尝问乐令，乐令神色自若，徐答曰："岂以五男易一女[4]？"由是释然，无复疑虑。**

**◎注释**

①适，女子出嫁。成都王颖，司马颖，晋武帝第十六子，封成都王，后进位大将军。

②长沙王，即司马乂，字士度，晋武帝第六子。拜抚军大将军，于洛执掌大权。后与成都王等兴兵相图，兵败被杀。

③构兵，交战。

④岂以五男易一女，意为绝不会因为女儿而附会，致使全家男人被诛。

**◎译文**

尚书令乐广的女儿嫁给大将军成都王司马颖。成都王的哥哥长沙王在京都洛阳掌管朝政，成都王起兵图谋征伐。长沙王亲近小人，疏远君子，在朝为官者都感到不安、疑惧。乐广在朝廷中既有威望，又和成都王有姻亲关系，一些小人就在长沙王面前说他的坏话。长沙王为这事责问乐广，乐广神色自若，从容答道："我难道会用五个儿子去换一个女儿？"长沙王这才释然，不再疑心他。

**（26）陆机[1]诣王武子，武子前置数斛[2]羊酪，指以示陆曰："卿江东何以敌此？"陆云："有千里莼羹[3]，但未下盐豉耳！"**

**◎注释**

①陆机，字士衡，江苏吴县一带人，西晋文学家。王武子，即王济。好弓马，善清谈，西晋名士。

②斛，古代量器名，一斛是十斗。

③莼羹，用莼菜、鲤鱼做主料，煮熟后加上盐豉制成的一种名菜。莼，一种水草，嫩叶可以做汤。奶酪是北方特产，用鲜奶制成，价格昂贵。王济在席间摆了好几斛，可见其豪奢之气。而陆机未放盐豉之莼羹回应，足见机智。

◎译文

陆机拜访王武子，王武子在席前摆了几斛羊奶酪，指给陆机看，问：“你们江南有什么名菜能和这个相比吗？”陆机说：“我们那里有千里湖出产的莼羹可以相比，致使还没放盐豉罢了！”

（27）中朝[①]有小儿，父病，行乞药。主人问病，曰：“患疟也。”主人曰：“尊侯明德君子，何以病疟？”答曰：“来病君子，所以为疟耳！”

◎注释

①中朝，即西晋，晋帝室南渡，称渡江前的西晋为中朝。

◎译文

晋渡江前，有个小孩，父亲病了，他外出求医讨药。主人问他病情，他说：“是患疟子。”主人问：“令尊德行高洁，是谦谦君子，为何会患疟子呢？”小孩儿回答：“正因为它来祸害君子，所以才叫作疟啊！”

（28）崔正熊[①]诣都郡，都郡将[②]姓陈，问正熊：“君去崔抒几世[③]？”答曰：“民去崔杼，如明府之去陈恒[④]。”

◎注释

①崔正熊，即崔豹，字正熊，晋惠帝时官至太傅丞。

②都郡将，指郡守。

③去，距离。崔杼，春秋时齐国大夫，杀国君齐庄公。郡守是在用姓氏开玩笑，意指崔正雄是弑君逆臣之后。

④陈恒，春秋时齐国大夫，杀国君齐简公。此处崔正雄针锋相对地回复郡守。

◎译文

崔正熊拜访郡守，郡将姓陈，他问正熊：“您距离崔杼有多少代？”崔正熊回答：“小民距离崔杼的世代，和府君距离陈恒的世代一样。”

（29）元帝[①]始过江，谓顾骠骑[②]曰：“寄人国土，心常怀惭[③]。”

荣跪对曰："臣闻王者以天下为家，是以耿、亳无定处[4]，九鼎迁洛邑[5]。愿陛下勿以迁都为念。"

◎注释

①元帝，晋元帝司马睿，原为琅邪王、安东将军。在位七年，庙号中宗。

②顾骠骑，即顾荣，字彦先，吴人，元帝时镇守江东。死后赐骠骑将军。

③寄人国土，西晋原先建都洛阳，为中原腹地；过江后建都建业，乃吴郡属地，有客居之感。怀惭，抱有惭愧之情，觉得对不起先人。

④耿，商王祖乙继位后国力衰微，任巫贤为相，迁都于耿（今河南温县），其后商朝复兴。亳，盘庚因王室衰乱，曾迁都于亳（今河南商丘）。顾荣以"帝王以天下为家"来化解司马睿的寄人篱下之感，表明经过司马睿、王导的努力弥合，南迁的士族与江南大族之间的矛盾有了一定的缓和，司马睿得到了南方士族的认同，才能在南方站稳脚跟并建立东晋政权。

⑤九鼎，夏禹铸九鼎，是传国之宝，也象征着权力。

◎译文

晋元帝刚到江南时，对骠骑将军顾荣说："寄居他国，心里常常感到惭愧。"顾荣跪着回答道："臣听说帝王把天下看成家，因此商代的君主或迁都耿邑，或迁都亳邑，没有固定之地，周武王也把九鼎搬到洛邑。希望陛下不要惦念迁都的事。"

（30）庾公造周伯仁[1]，伯仁曰："君何所欣说而忽肥？"庾曰："君复何所忧惨而忽瘦？"伯仁曰："吾无所忧，直是清虚日来，滓秽日去耳[2]！"

◎注释

①庾公，即庾亮，字元规，成帝朝辅政，任给事中、中书令。周伯仁，即周顗，字伯仁，曾作荆州刺史，其官至尚书左仆射。袭父爵

武城侯，世称周侯。

②清虚，清净虚无。滓秽，污浊，指世俗的意念。

◎译文

庾亮去拜访周伯仁，伯仁说："你最近有喜事吗，怎么忽然胖了？"庾亮说："你最近忧伤什么，怎么忽然瘦了？"伯仁说："我没什么可忧伤的，只是清心寡欲，世俗的污浊思虑不断去掉罢了！"

（31）过江诸人[①]，每至美日，辄相邀新亭，借卉饮宴。周侯中坐而叹曰："风景不殊，正自有山河之异！"皆相视流泪。唯王丞相愀然[②]变色，曰："当共戮力王室，克复神州，何至作楚囚相对[③]！"

◎注释

①过江诸人，西晋末年，战乱不断，士大夫们纷纷渡江避难。诸人，这里指东晋朝廷中南渡的士族达官贵人。

②愀然，脸色变得难看。

③楚囚，本指被俘的楚国人。详见《左传·成公九年》，后用以借指处境窘迫的人。

◎译文

南渡过江的士大夫们，每逢风和日丽，总是相约到新亭，坐在草地上喝酒作乐。一次，武城侯周顗在饮宴中叹道："这里的风景和中原没什么不同，只是山河不一样！"大家都你看我，我看你，凄然泪下。只有丞相王导脸一沉，厉声道："大家应该同心协力报效朝廷，收复中原，何至于像楚囚那样相对流泪，一筹莫展呢！"

（32）卫洗马[①]初欲渡江，形神惨顇[②]，语左右云："见此茫茫，不觉百端交集。苟未免有情，亦复谁能遣此！"

◎注释

①卫洗马，即卫玠，字叔宝，任太子洗马，后移家渡江到豫章郡。

②惨顇（cuì），忧伤憔悴的样子。顇，同"悴"。

◎译文

太子洗马卫玠当初将渡江时，面容憔悴，神情凄惶，对随从说：“看见这茫茫大江，不禁百感交集。只要有点感情，谁又能排遣这种难言的忧愁呢！”

（33）顾司空[①]未知名，诣王丞相。丞相小极[②]，对之疲睡。顾思所以叩会之，因谓同坐曰：“昔每闻元公[③]道公协赞中宗，保全江表。体小不安，令人喘息。”丞相因觉。谓顾曰：“此子珪璋特达，机警有锋。”

◎注释

①顾司空，即顾和，字君孝。王导任扬州刺史时，召为从事。累迁尚书令。

②小极，身体疲乏不适。

③元公，即顾荣，顾和的族叔。晋元帝镇江东时，荣为军司马，死后追赠骠骑将军，谥为元公。

◎译文

司空顾和还没出名时，拜访丞相王导。王导有点疲累，对着他打起瞌睡来。顾和考虑着怎样才能向王导请教，便对同座之人说：“过去常听元公谈论王公辅佐中宗，保全了江南。现在王公贵体不太舒适，真叫人焦急不安。”王导听到，便醒了过来。其评论顾和说：“这人才德可贵，很是机敏，词锋犀利。”

（34）会稽贺生[①]，体识清远[②]，言行以礼。不徒东南之美，实为海内之秀。

◎注释

①贺生，即贺循，字彦先，会稽山阴人。曾任吴国内史、太子太傅，死后赠司空。

②体识，见解、见识。清远，高明广远。

◎译文

会稽贺循，见识高深广远，言语行动都合乎礼仪。他不只是东南地区的杰出人物，也是国内的优秀人才。

（35）刘琨虽隔阂寇戎[①]，志存本朝。谓温峤[②]曰："班彪识刘氏之复兴，马援知汉光之可辅。今晋祚[③]虽衰，天命未改。吾欲立功于河北，使卿延誉于江南，子其行乎？"温曰："峤虽不敏，才非昔人，明公以桓、文之姿[④]，建匡立之功，岂敢辞命！"

**◎注释**

①刘琨，字赵石，封广武侯，西晋末年，出任并州刺史，都督并、冀、幽三州军事，有志辅佐帝室，平定北方。后因孤军无缘，兵败被杀。寇戎，指入侵的外族。

②温峤，字太真，时为刘琨手下的右司马，军府的官职，管理一府之事。其奉命前往江左，拥晋元帝继承大统，建立东晋，受到重用，后官至中书令，为一代名臣。

③晋祚，晋王朝的帝位。

④桓、文之姿，齐桓公、晋文公那样的才干。二人为春秋五霸中有名的霸主。姿，才干、才能。

**◎译文**

刘琨虽被阻隔在黄河以北，心中依然不忘朝廷。他对温峤说："班彪知道刘氏王室必将复兴，马援知道汉光武帝是值得辅佐的帝王。现在晋室虽然国运衰微，可是天命没有改变。我想在黄河以北建功立业，让你去江南播扬名誉，不知你是否愿意去呢？"温峤说："我虽然不聪敏，才能也比不上前辈，可是明公想用齐桓、晋文那样的才智，建立匡扶天下、辅助中兴的功业，我怎敢推辞呢！"

（36）温峤初为刘琨使来过江。于时，江左营建始尔[①]，纲纪未举。温新至，深有诸虑。既诣王丞相，陈主上幽越[②]、社稷焚灭、山陵夷毁之酷，有《黍离》之痛[③]。温忠慨深烈，言与泗俱，丞相亦与之对泣。叙情既毕，便深自陈结，丞相亦厚相酬纳。既出，欢然言曰："江左自有管夷吾[④]，此复何忧！"

**◎注释**

①始尔，开始，"尔"是语气副词。

②主上，皇帝，这里指晋愍帝司马邺。公元316年，刘曜围攻长安，晋愍帝被俘遇害。幽越，幽囚颠越，即流亡监禁。

③《黍离》之痛，即亡国之痛。当初犬戎攻破镐京，杀死周幽王，平王被迫东迁。周大夫行役到镐京，见到宗庙宫殿均已毁坏，长满禾黍，感慨万千，作《黍离》之诗。

④管夷吾，即管仲，春秋时齐国人，齐桓公的宰相，辅助齐桓公称霸。

◎译文

温峤当初被刘琨派遣过江。当时，江南的政权刚刚建立，纲常法纪还没完全确立。温峤初到，很是担忧，便去拜访丞相王导，诉说晋帝被囚禁流放、社稷宗庙被焚烧、先帝陵墓被毁坏之事，大有哀伤亡国之痛。温峤忠诚愤慨，壮怀激烈，声泪俱下，王导也相对流泪。温峤说完以后，就诉说结好之意，王丞相也深情接纳。出来以后，温峤高兴地说："江左已经有了管夷吾那样的人，还有什么可担心的呢！"

（37）王敦兄含为光禄勋[①]。敦既逆谋[②]，屯据南州，含委职奔姑孰[③]。王丞相诣阙谢[④]。司徒、丞相、扬州官僚问讯，仓卒不知何辞。顾司空时为扬州别驾[⑤]，援翰[⑥]曰："王光禄远避流言，明公蒙尘路次[⑦]，群下[⑧]不宁，不审尊体起居何如？"

◎注释

①王敦，字处仲，小字阿黑。晋室东迁，王敦与从弟王导共同辅佐晋元帝，任大将军、荆州刺史，镇守武昌。他的兄长王含也在朝，任要职。光禄勋，官名，掌管皇帝宿卫侍从。

②敦既逆谋，指王敦掌兵权后，以沈充、钱凤为谋主，欲胁制朝廷。元帝永昌年间，敦以诛刘隗为名起兵，攻陷石头城，杀戮大臣，自为丞相。

③委职，丢弃官职。姑孰，东晋军事重镇，京师建康的西南门户。

④王丞相，王导时为司徒、丞相，又兼扬州刺史。王导为王敦、王含从弟，因谋逆之事，诣阙请罪。阙，宫阙，原指皇宫门前两边的建筑物，后用以指代朝廷。

⑤顾司空，顾和死后赠司空。别驾，官名，总管众务，是州刺史的重要佐吏。

⑥援翰，拿起笔。

⑦明公，指王导。蒙尘，本指帝王或大臣逃难在外，蒙受艰辛。这里借用来指王导诣阙请罪事。路次，路上。

⑧群下，指僚佐属官。

◎译文

王敦的哥哥王含任光禄勋。王敦谋反后，屯据在南州。王含弃职投奔姑苏。丞相王导为此上朝谢罪。这时，司徒、丞相、扬州府中的官员都来打听，匆忙间不知应该如何措辞。司空顾和当时任扬州别驾，拿起笔写道："王光禄为避流言而远遁，明公在路上风尘仆仆，下属心里不安，不知贵体是否康健，饮食起居如何？"

（38）郗太尉[①]拜司空，语同坐曰："平生意不在多，值世故纷纭，遂至台鼎[②]。朱博翰音[③]，实愧于怀。"

◎注释

①郗太尉，即郗鉴，字道徽，晋高平（今山东）人。晋成帝成和四年任司空，后又进位太尉。

②台鼎，古代称三公为台鼎，如星有三台，鼎有三足。

③朱博翰音，汉代朱博出任丞相，授职时，忽然有一种像钟声的声音响起。这里喻指名不副实，不应处此高位。

◎译文

太尉郗鉴就任司空一职，他和同座的人说："我平生志向不高，遇上世事纷乱，便升任三公。想起朱博徒有虚名，内心实在有愧。"

（39）高坐道人[①]不作汉语。或问此意，简文曰："以简应对之烦。"

◎注释

①高坐，西域和尚名，即尸黎密，西晋永嘉年间来到中原。道人，六朝时称僧人为道人。僧人亦自称贫道。言语篇第四十八则亦是如此。

◎译文

高坐和尚不学汉语。有人问这是为什么，晋简文帝说："这是为了免去应酬答对的烦扰。"

（40）周仆射雍容[①]好仪形。诣王公，初下车，隐[②]数人，王公含笑看之。既坐，傲然啸咏[③]。王公曰："卿欲希[④]嵇、阮邪？"答曰："何敢近舍明公，远希嵇阮！"

◎注释

①雍容，举止大方，温和从容。

②隐，依靠。当时出入要人搀扶，是贵族的习惯。

③啸咏，吹口哨，歌咏。这是当时文士的一种姿态。啸咏多在深山幽谷之间，登高临远之际，心境旷放之时，是一种自我陶冶；而于大庭广众前放声长啸，则是一种旁若无人的傲慢行为。

④希，原意为仰慕、企羡，引申为效仿。

◎译文

尚书仆射周顗举止雍容，仪表堂堂。他去拜访王导，刚下车，就要几个人搀扶，王导含笑看着他。他坐下后，旁若无人地吹奏口哨。王导说："你想学习嵇康、阮籍吗？"周顗回答："怎么敢舍弃眼前的明公，去效仿前代的嵇康、阮籍！"

（41）庾公尝入佛图[①]，见卧佛，曰："此子疲于津梁[②]。"于时以为名言。

◎注释

①佛图，即佛寺。

②津梁，即桥梁，喻指接引众生。

◎译文

庾亮曾去佛寺，看见卧佛，就说："这人因普度众生而太过疲累了。"时人把这句话看成是名言。

（42）挚瞻曾作四郡太守、大将军户曹参军，复出作内史，年始二十九。尝别王敦，敦谓瞻曰："卿年未三十，已为万石[1]，亦太蚤。"瞻曰："方于将军，少为太蚤。比之甘罗[2]，已为太老。"

◎注释

①万石，表示官职等级，由俸谷多少来定。汉制，丞相、太尉、御史大夫号称万石。

②甘罗，战国时期秦国名臣甘茂之孙，著名的少年政治家。十二岁时，甘罗事秦国相国、文信侯吕不韦，任少庶子之职。

◎译文

挚瞻曾做过四郡的太守和大将军王敦的户曹参军，又将出任内史，年方二十九。行前他向王敦告别，王敦对他说："你还没到三十，已成为高官显贵，也太早了吧。"挚瞻说："同将军您相比，是稍早了些。同甘罗相比，却是太老了。"

（43）梁国杨氏子，九岁，甚聪惠。孔君平[1]诣其父，父不在，乃呼儿出，为设果。果有杨梅，孔指以示儿曰："此是君家果。"儿应声答曰："未闻孔雀是夫子家禽。"

◎注释

①孔君平，即孔坦，字君平，任世子文学，后补为太子舍人，迁尚书郎，任吴郡太守，后迁尚书，疾笃未任。累迁廷尉（掌管刑法），所以也称孔廷尉。

◎译文

梁国有家杨姓人氏，儿子才九岁，很聪明。一次孔君平去拜访他父亲，其父不在，儿子出来，摆上果品招待孔君平。果品里有杨梅，孔君平指着杨梅说道："这是你家的果子。"孩子应声回答："没听说过孔雀是孔夫子家的鸟。"

（44）孔廷尉以裘与从弟沈，沈辞不受。廷尉曰："晏平仲[1]之俭，祠其先人，豚肩[2]不掩豆，犹狐裘数十年，卿复何辞此！”于是受而服之。

◎注释

①晏平仲，即晏婴，谥平，字仲，春秋时齐国大夫，主张节俭。

②豚肩，即猪肘。豚，小猪。豆，盛食物的器具，形似高脚盘。

◎译文

廷尉孔君平把一件皮衣送给堂弟孔沈，孔沈辞谢不收。孔君平说：“晏平仲那么俭省，祭祀祖先时用的猪肘很小，盖不住盘子，还穿了几十年的狐皮袍子。你为何不肯收下呢！”孔沈这才把皮衣收下穿上。

（45）佛图澄[1]与诸石[2]游，林公曰：“澄以石虎为海鸥鸟[3]。”

◎注释

①佛图澄，和尚名，晋代永嘉年间到洛阳。

②诸石，指石勒、石虎等人，羯族人。十六国时代在北方建立后赵，建都邺城。

③海鸥鸟，据《列子·黄帝篇》云，有人喜欢海鸥，整天去跟海鸥玩，其父要他捉一只海鸥回来，结果他到海上，海鸥都不飞过来。林公的意思是说佛图澄好似海上喜好海鸥的人，真诚坦荡、清净无利欲之心。而石虎却并非海鸥鸟。石勒死后，石虎杀了石勒儿子，登上帝位。

◎译文

佛图澄和尚同石氏诸人有交往，支道林说：“他把石虎当成了海鸥鸟。”

（46）谢仁祖[1]年八岁，谢豫章将送客。尔时语已神悟，自参上流[2]。诸人咸共叹之，曰：“年少，一坐之颜回[3]。”仁祖曰：“坐无尼父[4]，焉别颜回！”

◎注释

①谢仁祖，即谢尚，字仁祖，谢鲲的儿子，后任镇西将军、豫州

刺史。

②自参上流，可算作是上等人物。自，副词，意为已然。上流，上等。

③颜回，字子渊，孔子弟子。好学乐道，以德行著称，不幸早亡。

④尼父，即孔子。孔子名丘，字仲尼。“父”是古代男子的美称。

◎译文

谢仁祖八岁时，父亲豫章太守谢鲲领着他送客。那时他对言语言已有极高的悟性，可算是上等人物。大家都很赞许，说：“年纪虽小，也是座中的颜回。”谢仁祖说：“座中没有孔夫子，怎能识别颜回！”

（47）陶公[①]疾笃，都无献替[②]之言，朝士以为恨。仁祖闻之，曰：“时无竖刁，故不贻陶公话言。”时贤以为德音。

◎注释

①陶公，即陶侃，字士行（一作士衡）。少贫寒，积功任荆州刺史。成帝时，平乱有功，封长沙郡公。

②都无，全无。献替，即“献可替否”，对君主劝善规过，建议兴革，诤言进谏之意。替，废弃、除去。

◎译文

陶侃病势沉重，对于朝廷兴利除弊、官吏进退等事，没有一句遗言，朝中官员都觉得很遗憾。谢仁祖听到后，就说：“当今没有像竖刁那样的人，所以陶公不用留下遗训。”时人认为这是有德者的话。

（48）竺法深[①]在简文坐，刘尹[②]问：“道人何以游朱门[③]？”答曰：“君自见其朱门，贫道如游蓬户[④]。”或云卞令[⑤]。

◎注释

①竺法深，即竺道潜，字法僧，晋代名僧。永嘉乱后渡江，居京邑。与元、明、简文诸帝及王导、庾亮等名士交游。其后隐居剡县，

人称深公。

②刘尹，即刘惔，字真长，曾作丹阳尹，故称刘尹。

③朱门，红漆的大门，指达官贵人之家。

④蓬户，用草、树枝等做成的门户。形容穷苦人家所住的简陋房屋。

⑤卞令，即卞壶，字望之，曾任尚书令。

◎译文

竺法深是简文帝的座上客，丹阳尹刘惔问："和尚为何出入朱门？"竺法深回答："你自见朱门，我却看作蓬户。"也有人说，发问的是卞壶。

**（49）孙盛为庾公记室参军①，从猎，将其二儿俱行。庾公不知，忽于猎场见齐庄，时年七八岁，庾谓曰："君亦复来邪？"应声答曰："所谓'无小无大，从公于迈②。'"**

◎注释

①孙盛，东晋名士。博学，善言名理，长于史学，著有《魏氏春秋》、《晋阳春秋》等。记室参军，官名，诸王、三公、将军幕府设的属官，掌表章、文书等。

②"无大无小"二句，引自《诗经·鲁颂·泮水》，鲁僖公征伐淮夷取得胜利，群臣庆功，淮夷朝贡。该诗着力歌颂了僖公的才略和美德。此处意指无论大小臣子，都跟着鲁公出游。

◎译文

孙盛任庾亮的记室参军，一次跟随庾亮去打猎，带上了两个儿子。庾亮本不知道，忽然在猎场看见他的次子齐庄，这孩子只有七八岁，庾亮问他说："你怎么也来了？"齐庄接口说："正如古诗所说，'无小无大，从公于迈。'"

**（50）孙齐由、齐庄二人小时诣庾公。公问齐由何字，答曰："字齐由。"公曰："欲何齐邪①？"曰："齐许由。"齐庄何字，答曰："字齐庄。"公曰："欲何齐？"曰："齐庄周。"公曰：**

“何不慕仲尼而慕庄周？”对曰：“圣人生知[②]，故难企慕。”庾公大喜小儿对。

◎注释

①齐，同等。邪，同“耶”，表疑问。

②圣人生知，出自《论语·季氏》：“生而知之者，上也；学而知之者，次也。”生知，即不学而知。这里是说孔子是圣人，是生而知之者，故难企及。

◎译文

孙齐由、齐庄兄弟二人，小时去拜见庾亮。庾亮问齐由的字是什么，齐由回答说：“字齐由。”又问：“想向谁看齐呢？”齐由说：“向许由看齐。”接着又问齐庄的字是什么。齐庄回答说：“字齐庄。”问他：“想向谁看齐？”齐庄说：“向庄周看齐。”庾亮问：“为何不仰慕仲尼而仰慕庄周？”齐庄回答说：“圣人是生而知之者，所以很难仰慕。”庾亮对小儿子的回答非常满意。

（51）张玄之、顾敷是顾和中外孙[①]，皆少而聪惠。和并知之，而常谓顾胜，亲重偏至。张颇不懕[②]。于时，张年九岁，顾年七岁。和与俱至寺中，见佛般泥洹像[③]，弟子有泣者，有不泣者。和以问二孙。玄谓：“被亲故泣，不被亲故不泣。”敷曰：“不然，当由忘情[④]故不泣，不能忘情故泣。”

◎注释

①顾敷，字祖根，司空顾和之孙。少有才气，官至著作郎，早卒。顾和，字君孝，顾荣族子。其少有才名，为王导赏识，官至尚书令。死后赠司空。中外孙，孙子和外孙。儿子所生曰中，女儿所生曰外。

②懕（yān），同“恹”。

③般泥洹像，卧佛像。般泥洹，即洹槃，佛教用语，指修行的最高境界，也即佛教所谓脱离一切烦恼，进入自由无障的境界。后来高僧过世，也称为涅槃。

④忘情，忘却世俗之情，指修炼到较高境界后对喜怒哀乐之事不动感情。

◎译文

张玄之和顾敷是顾和的外孙和孙子，两人小时都很聪明，顾和对他们都很赏识，常说顾敷略胜一筹，就特别偏爱他。张玄之相当不满。这时玄之九岁，顾敷六岁。一次顾和带他们到庙里去，看见卧佛像，旁边的弟子有的哭，有的不哭。顾和就问为何会这样。玄之解释说："得到佛的宠爱，所以哭。没有得到宠爱，所以不哭。"顾敷说："不对，应是因为忘却世俗之情，所以不哭。不能忘情，所以哭。"

（52）庾法畅造庾太尉，握麈尾[①]至佳。公曰："此至佳，那得在？"法畅曰："廉者不求，贪者不与，故得在耳。"

◎注释

①麈尾，拂尘。谈话时用来指画。魏晋清谈之士多用此物，并籍此塑名士之风，有领袖群伦之义。麈，一种大鹿，麈尾摇动，可以指挥鹿群的行动。

◎译文

庾法畅拜访太尉庾亮，手里拿的麈尾极好。庾亮问道："这东西这么好，怎能留得住？"法畅说："廉洁的人不会向我要，贪心的人我也不会给，所以能留下。"

（53）庾穉恭为荆州，以毛扇上武帝，武帝疑是故物。侍中刘劭曰："柏梁云构[①]，工匠先居其下。管弦繁奏，钟、夔[②]先听其音。穉恭上扇，以好不以新。"庾后闻之，曰："此人宜在帝左右。"

◎注释

①柏梁，汉武帝所建楼台，故址在陕西西安城内。帝尝置酒其上，诏群臣和诗，和者则得其上。云构，形容屋宇楼台高大壮美。

②钟、夔，泛指精通音乐的人。钟，指钟子期，春秋时人，精于音律。夔，传说中舜时的乐官。

◎译文

庾穉恭任荆州刺史时，曾向晋武帝进献羽毛扇，武帝怀疑是用过的。侍中刘劭说："柏梁台那样的高台，工匠先在里面。管弦齐奏，也是乐师先听其音。穉恭进献扇子，是因为它好，不是因为它新。"庾穉恭后来听说了这件事，便道："这人适合在皇帝身边。"

（54）**何骠骑[1]亡后，征褚公人。既至石头，王长史[2]、刘尹同诣褚。褚曰："真长，何以处我？"真长顾王曰："此子能言。"褚因视王，王曰："国自有周公[3]。"**

◎注释

①何骠骑，即何充，字次道，庐江人。历任会稽内史、骠骑将军、扬州刺史、侍中。辅佐晋穆帝，为一朝宰相。

②王长史，即王濛，字仲祖，官至司徒左长史。

③周公，周文王之子姬旦。其辅佐武王灭商，建立周朝。武王死，又辅幼主成王，代掌朝政，平定叛乱。其后用于指地位、作用类似于周公的国家重臣。本句意为国家已有辅佐大臣。

◎译文

骠骑将军何充逝世，征召褚裒入朝。褚裒到了石头城后，左长史王濛和丹阳尹刘真长前去拜访。褚裒问："真长，朝廷怎么安置我？"真长看着王濛说："这一位善谈。"褚裒于是望着王濛，王濛说："朝中已有周公了。"

（55）**桓公北征，经金城[1]，见前为琅邪时种柳，皆已十围，慨然曰："木犹如此，人何以堪！"攀枝执条，泫然[2]流泪。**

◎注释

①金城，地名，在今江苏句容县北，桓温曾镇守此处。

②泫然，流泪悲伤。

◎译文

桓温北伐，途经金城，看见从前任琅邪内史时所种的柳树，已经有十围粗了，感慨道："木犹如此，人何以堪！"手攀扶着柳树枝条，泪流不止。

（56）简文作抚军时，尝与桓宣武[①]俱入朝，更相让在前。宣武不得已而先之，因曰："伯也执殳，为王前驱[②]。"简文曰："所谓'无小无大，从公于迈'。"

◎注释

①桓宣武，即桓温，初为驸马都尉，后任荆州刺史、征西大将军，官至大司马。

②"伯也"二句，引自《诗经·卫风·伯兮》，意为：我哥手里拿着殳，为王打仗做先驱。殳，兵器，略同后代的槊。前驱，走在前面的战士。桓温大简文七八岁，故引此诗自喻。

◎译文

晋简文帝任抚军将军时，有一次和桓温上朝，两人互相谦让，要对方走在前。桓温不得已只好在前，说道："伯也执殳，为王前驱。"简文帝回答说："这正所谓'无小无大，从公于迈'。"

（57）顾悦与简文同年，而发蚤白。简文曰："卿何以先白？"对曰："蒲柳之姿，望秋而落[①]。松柏之质，经霜弥茂。"

◎注释

①蒲柳，植物名，即水杨。常用来比喻早衰的体质。望秋而落，同样比喻未老先衰。

◎译文

顾悦和简文帝同岁，可是头发却早早就白了。简文帝问他："你为何头发比我先白呢？"顾悦回答说："蒲柳的资质差，一到秋天就凋零了。松柏质地坚实，经历秋霜反而更加茂盛。"

（58）桓公入峡[①]，绝壁天悬，腾波迅急，乃叹曰："既为忠臣，不得为孝子，如何！"

◎注释

①桓公入峡，即桓温永和二年，率领七千余兵伐蜀。

◎译文

桓温率兵进入长江三峡，看见两岸悬崖峭壁，高耸入云，峡谷中浪涛翻腾，水流迅猛，于是叹息道："既要做忠臣，就不能做孝子，有什么办法呢！"

（59）初，荧惑入太微①，寻废海西②。简文登阼，复入太微，帝恶之。时郗超③为中书，在直。引超入曰："天命修短，故非所计。政当无复近日事不？"超曰："大司马④方将外固封疆，内镇社稷，必无若此之虑。臣为陛下以百口保之。"帝因诵庾仲初⑤诗曰："志士痛朝危，忠臣哀主辱。"声甚凄厉。郗受假还东⑥，帝曰："致意尊公⑦，家国之事，遂至于此！由是身不能以道匡卫，思患预防。愧叹之深，言何能喻！"因泣下流襟。

◎注释

①荧惑，即火星。太微，位于北斗之南，由十颗星组成。《晋书·天文志》有云："天子庭也，五帝之星座也。"古人以星象定吉凶，所以荧惑出现在太微星当中，是帝阼不祥的征兆。

②寻，旋即、不久。海西，即海西公司马奕，东晋废帝。

③郗超，桓温谋主，权重一时。

④大司马，指桓温。温以大司马掌朝政，废海西，立简文帝，权倾内外。

⑤庾仲初，即庾阐，少能著文，任散骑侍郎。作《扬都赋》，为世人所推崇。

⑥东，指会稽。因位于京城建康之东，故时人常以东指会稽。

⑦尊公，对别人父亲的尊称。

◎译文

当初，火星进入太微，不久海西公被废。简文帝即位，火星又进入太微，简文帝对此很厌烦。当时郗超任中书侍郎，值班在朝。简文帝召他进去，说："国运的长短，本就不是我所考虑的。只是会不会再发生不久前那样的事情呢？"郗超说："大司马对外巩固边疆，对内安定国家，必然没有什么忧虑。臣用全家人的性命来给陛下担保。”简文帝于是朗诵庾仲初的《从征诗》："志士痛朝危，忠臣哀主辱。”声音极为哀伤凄厉。后来郗超请假回会稽看望父亲，简文帝对他说："请代我向令尊转达问候之意，家国之事，已到此地步！我不能以正道匡卫国家，防患于未然。惭愧叹惋之深痛，不能用言语来表达啊！”哭得泪满衣襟。

**（60）简文在暗室中坐，召宣武，宣武至，问上何在。简文曰："某在斯[①]。”时人以为能。**

**◎注释**

①某在斯，引自《论语·卫灵公》，说一个盲人乐师去见孔子，孔子一路引导他，到了席前一一给他介绍，说："某在斯，某在斯”。简文帝在暗室中召见桓公，以孔子对盲人的语言回答他，寓意很深，所以时人以为能言。

**◎译文**

简文帝在暗室里坐着，召桓温进宫，桓温到了，问皇上在哪儿。简文帝说："某在斯。”当时的人认为简文帝善于言语。

**（61）简文入华林园[①]，顾谓左右曰："会心处不必在远，翳然[②]林水，便自有濠、濮[③]间想也，觉鸟兽禽鱼自来亲人。”**

**◎注释**

①华林园，在建康台城，本是吴宫旧时皇家园林，东晋时加以修整，仿洛阳名园修葺而成。

②翳（yì）然，障蔽、遮蔽之状。

③濠、濮，二水名。濠，在安徽凤阳县东北。濮，在黄河境内。此处引《庄子·秋水》，惠子和庄子在濠梁上游玩，以及在濮水垂钓，抒发远离尘世，回归自然的向往。

**◎译文**

简文帝进华林园游玩，回头对随从说："令人心领神会的地方不一定很远，置身于幽静深邃的林木溪水间，自然就会产生庄周戏濠水、垂钓濮水之间那样悠然自得的想法，自然觉得鸟兽禽鱼造化万物，皆与人亲近。”

（62）谢太傅语王右军[①]曰：“中年伤于哀乐，与亲友别，辄作数日恶。”王曰：“年在桑榆[②]，自然至此，正赖丝竹陶写，恒恐儿辈觉损[③]欣乐之趣。”

◎注释

①王右军，即王羲之，字逸少，曾任江州刺史、右军将军，会稽内史。

②桑榆，日西垂，影在桑榆树端。榆指晚年、黄昏。

③觉损，减少。

◎译文

太傅谢安对右军将军王羲之说：“中年以来，伤于哀乐，和亲友话别，总是几天闷闷不乐。”王羲之说：“年近桑榆，自然就会这样，只能靠音乐来陶冶性情，寄兴消愁，还常担心晚辈们打击这欢乐的情趣。”

（63）支道林常养数匹马。或言：“道人畜马不韵[①]。”支曰：“贫道重其神骏[②]。”

◎注释

①韵，风雅。

②贫道，和尚的谦称。神骏，良马的精神姿态。

◎译文

支道林和尚曾经养了几匹马。有人说：“和尚养马并不风雅。”支道林说：“贫僧是看重马的神采俊逸非凡。”

（64）刘尹与桓宣武共听讲《礼记》[①]。桓云：“时有入心处，便觉咫尺玄门[②]。”刘曰：“此未关至极，自是金华殿之语[③]。”

◎注释

①《礼记》，即《小戴礼记》四十九篇本，是研究中国古代社会情况、典章制度和儒家思想的重要著作。东汉末年，著名学者郑玄为《小戴礼记》作了出色的注解，渐成经典，到唐代被列为“九经”之

一，到宋代被列入‘十三经”之中，成为士人必读之书。

②咫尺，很近。咫，古代的长度单位，八寸为咫。玄门，奥妙的门径，指高深的境界。

③金华殿，汉成帝时，郑宽中、张禹在金华殿给皇帝讲《尚书》《论语》。后用“金华殿之语”指儒生为帝王讲书的老生常谈。

◎译文

丹阳尹刘惔和桓温一起听讲《礼记》。桓温说：“讲到心领神会的地方，便觉得离高深境界不远了。”刘惔却说：“这还没有涉及到最精妙的境界，只是金华殿上的老生常谈。”

**（65）羊秉为抚军参军，少亡，有令誉[①]。夏侯孝若为之叙[②]，极相赞悼。羊权[③]为黄门侍郎，侍简文坐，帝问曰：“夏侯湛作《羊秉叙》，绝可想[④]。是卿何物[⑤]？有后不？”权潸然对曰：“亡伯令问夙彰[⑥]，而无有继嗣。虽名播天听[⑦]，然胤绝圣世。”帝嗟慨久之。**

◎注释

①令誉，美好的名声。

②夏侯孝若，即夏侯湛，魏征西将军夏侯渊曾孙。有时名，善为文，官至中书侍郎。叙，即指作传。

③羊权，字道舆，泰山人。羊秉是其伯父，三十二岁即辞世。

④绝可想，极合心意。绝，极其。可想，可心，可意。

⑤何物，什么。用于指人，意为是什么人。

⑥令问，好名声。夙彰，一向显著。夙，素来，一向。

⑦天听，上天的视听。古以帝王比天，故称帝王知晓为以达天听。

◎译文

羊秉任抚军参军，年纪很轻就死了，他名声很好。夏侯湛给他作传，极力赞颂并哀悼。羊权任黄门侍郎时，一次陪侍简文帝，简文帝问他：“夏侯湛写的《羊秉叙》，极合我的心意。他是你的什么人？有后代吗？”羊权流泪回答说：“亡伯一向声名很好，可是没有后代。尽管陛下听到了他的美名，可惜他没有后人来领受圣上的隆恩。”简文帝听了，感叹良久。

**（66）王长史与刘真长别后相见，王谓刘曰：“卿更长进。”答曰：“此若天之自高耳[①]。”**

**◎注释**

①“此若”句，刘氏在这里以天自比，表现出好清谈者的狂诞。语出《庄子·田子方》：“至人之于德也，不修而物不能离焉。若天之自高，地之自厚，日月之自明，夫何修焉！”

**◎译文**

司徒左长史王濛和刘真长别后重逢，王濛对刘真长说：“你更有长进了。”刘真长答：“这就好像天那样，本来就是高的呀！”

**（67）刘尹云：“人想王荆产[①]佳，此想长松下当有清风耳。”**

**◎注释**

①王荆产，即王微，字幼仁，小名荆产，曾任右军司马。

**◎译文**

刘真长说：“人们想象王荆产人才优秀，这就好比认为高大的松树下应有清风罢了。”

**（68）王仲祖[①]闻蛮[②]语不解，茫然[③]曰：“若使介葛卢[④]来朝，故当[⑤]不昧此语。”**

**◎注释**

①王仲祖，即王濛，因曾作司徒左长史，又称王长史。

②蛮，古代对南方少数民族的泛称。

③茫然，失望的样子。

④介葛卢，春秋时东部一个小国叫介国，国君名葛卢。相传能通兽语。

⑤故当，晋宋常用语，意为当然，肯定。表加强肯定语气。

**◎译文**

王仲祖听不懂南方少数民族的语言，失望地说："如果介葛卢来朝见，想必懂得这种话。"

（69）刘真长为丹阳尹，许玄度[1]出都，就刘宿。床帷新丽，饮食丰甘。许曰："若保全此处，殊胜东山[2]。"刘曰："卿若知吉凶由人，吾安得不保此！"王逸少[3]在坐，曰："令巢、许遇稷、契，当无此言[4]。"二人并有愧色。

◎注释

①许玄度，即许询，字玄度，善清谈，有才华，乐于隐遁，曾被召为司徒掾，不就。出都，赴京都，入都。

②东山，山名，泛指隐居之所。此处在浙江上虞县西南。谢安曾在东山隐居。而临安、金陵均有东山，也是谢安游憩之地。

③王逸少，即王羲之，字逸少，晋丞相王导从子。工书法，官至右军将军、会稽内史。

④令，假如。巢、许，即巢父、许由，前文有解释。稷、契，尧舜时的两位贤臣。稷，名弃，周之始祖，尧时农官。契，高辛氏之子，舜时司徒，助禹治水有功，是商的始祖。王羲之说该语，其实是批评许询、刘惔没有古代贤者和隐士之风，故二人有愧色。

◎译文

刘真长任丹阳尹时，许玄度到京都去，到他家借宿。床帐簇新华丽，饮食丰盛甘美。许玄度说："如果能保全这个地方，比隐居东山强多了。"刘真长说："祸福如能由人来定，我怎会不保全这里呢！"王逸少在座，说道："如果巢父、许由遇见稷和契，应该不会说这样的话。"刘、许二人听了，面有愧色。

（70）王右军与谢太傅共登冶城[1]，谢悠然远想，有高世之志。王谓谢曰："夏禹勤王，手足胼胝[2]。文王旰食[3]，日不暇给[4]。今四郊多垒[5]，宜人人自效；而虚谈废务，浮文妨要[6]，恐非当今所宜。"谢答曰："秦任商鞅，二世而亡，岂清言致患邪？"

◎注释

①冶城，古城名，传为三国时吴国冶铸之地，今南京市。

②手足胼胝（pián zhī），手掌和脚板生满老茧，形容极其劳累憔悴。

③旰（gàn）食，天黑才吃饭，指勤于国事。旰，晚。

④日不暇给，事务繁重，时间不够用。

⑤四郊多垒，形容敌情严重，形势危急。垒，军队的营垒。

⑥浮文妨要，华而不实的文章，妨碍正事。与“虚谈废务”意同，均指清谈贻误国家大事。

◎译文

右军将军王羲之和太傅谢安同登冶城，谢安悠然遐想，大有超脱世俗之志。王羲之就说：“夏禹操劳国事，手脚都长满茧子。周文王从早忙到晚，无暇吃饭，总觉时间不够用。现在战乱四起，国家处于危难之中，人人都应为国效劳；而空谈荒废政务，浮辞妨害国事，恐怕不是当前应该做的。”谢安回答道：“秦国任用商鞅，可是仅传两代就灭亡了，这难道是清谈导致的灾祸吗？”

**（71）谢太傅寒雪日内集[①]，与儿女[②]讲论文义。俄而雪骤，公欣然曰：“白雪纷纷何所似？”兄子胡儿曰：“撒盐空中差可拟[③]。”兄女曰：“未若柳絮因风起。”公大笑乐。即公大兄无奕女，左将军王凝之妻也[④]。**

◎注释

①内集，家人聚会。

②儿女，子侄晚辈。

③“撒盐”句，撒盐是当时的一种风俗，遭遇不吉利的事或将参与有危险的事之前向空中及自己身上撒盐，以避邪气，祛除不祥。这种风俗至今仍在日本沿袭。差可，颇可。

④无奕，即谢奕，字无奕，谢安的兄长。谢奕的女儿即谢道韫，有才名，善诗赋，是著名书法家王羲之次子王凝之的妻子。而“咏絮之才”也成为后来人称许有文才的女性的常用的词语。

◎译文

太傅谢安在一个寒冷的下雪天把家人聚在一起，和子侄们讲论文章。一会儿，雪下得又大又急，谢安欣然问道："白雪纷纷何所似？"侄子胡儿说："撒盐空中差可拟。"侄女说："未若柳絮因风起。"谢安大笑，非常高兴。这位侄女就是谢安的大哥谢无奕的女儿，左将军王凝之的妻子。

**（72）王中郎①令伏玄度、习凿齿论青、楚人物②。临成，以示韩康伯③，康伯都无言。王曰："何故不言？"韩曰："无可无不可④。"**

◎注释

①王中郎，即王坦之，字文度，曾任中书令。

②青、楚，即青州和楚州。古代把中国分成九州。青州指渤海沿岸及泰山一带。荆州，指荆山、衡山一带，是楚国的属地，又称为楚。伏玄度，即伏滔，字玄度，青州平昌县人。习凿齿，字彦威，荆州襄阳郡人。二人论起清出人物，自然是各自赞扬家乡。

③韩康伯，即韩伯，善玄理，官豫章太守、丹阳尹、吏部尚书。死后赠太常。

④无可无不可，语出《论语·微子》，"我则异于是，无可无不可。"本指孔子对待为官或退隐，是相机而定，并无成见。后用于表示对事不明确表态。

◎译文

北中郎将王坦之让伏玄度、习凿齿评论青州、荆州两地人物。完成后，王坦之拿给韩康伯看，韩康伯一言不发。王坦之问："为何不说话？"韩康伯说："无可无不可。"

**（73）刘尹云："清风朗月，辄思玄度①。"**

◎注释

①玄度，即许询，高阳人，有才华，善著文，尤其擅长五言诗。其人隐居不仕，与谢安、王羲之等友善，是东晋名士。

◎译文

丹阳尹刘真长说："每逢风清月明之时，就不免思念玄度。"

（74）荀中郎[①]在京口[②]，登北固[③]望海云："虽未睹三山[④]，便自使人有凌云意。若秦、汉之君，必当褰裳濡足[⑤]。"

◎注释

①荀中郎，即荀羡，字令则，任北中郎将、徐州刺史。

②京口，古城名，在江苏镇江。东晋建都建康，京口在北部，为军事重镇。

③北固，即北固山，在镇江北，临近长江。

④三山，指传说中东海的蓬莱、方丈、瀛洲三座神山，山上有不死药。

⑤褰（qiān）裳濡（rú）足，提起衣襟、涉水渡海。指忍不住要去神仙仙境。褰，提起。濡，沾湿。

◎译文

北中郎将荀羡在京口任职时，登北固山，眺望东海说："虽然不曾望见三座仙山，已使人有超尘脱俗、登临仙境的感觉。如果是秦皇、汉武，也一定会提起衣襟涉水渡海的。"

（75）谢公云："贤圣去人，其间亦迩[①]。"子侄未之许[②]。公叹曰："若郗超闻此语，必不至河汉[③]。"

◎注释

①去，距离。迩，近。

②未之许，不赞同他的话。之，否定句代词宾语前置。

③河汉，本指银河，典出《庄子·逍遥游》，喻言论不切实际。

◎译文

谢安说："圣贤和普通人之间的距离也是很近的。"子侄都不赞同。谢安叹息道："如果郗超听见这话，一定不至于认为这话不着边际。"

（76）支公好鹤，住剡东岇山。有人遗其双鹤。少时翅长欲飞，支意惜之，乃铩其翮[①]。鹤轩翥[②]不复能飞，乃反顾翅，垂头，视之如有懊丧意。林曰："既有凌霄之姿[③]，何肯为人作耳目近玩[④]！"养令翮成，置，使飞去。

◎注释

①铩（shā），摧残，伤残。翮（hé），羽毛中间的硬管，这里指翅膀毛。

②轩翥（xuān zhù），高飞的样子。

③陵霄之姿，飞入云霄的本领。姿，资质，才能。

④耳目近玩，身边供观赏的玩物。

◎译文

支道林喜欢养鹤，住在剡县东面的峁山上。有人送他一对鹤。不久，鹤翅膀长成，将要飞了，支道林舍不得它们，就弄伤它们的翅膀。鹤高举翅膀却飞不起来，扭过头看看翅膀，低垂着头，好像很懊恼。支道林说："既然有飞入云霄的本领，怎会甘心给人做就近观赏的玩物呢！"于是细心调养，待翅膀长好，就放开让它们飞走了。

（77）谢中郎[①]经曲阿后湖[②]，问左右："此是何水？"答曰："曲阿湖。"谢曰："故当渊注渟著，纳而不流[③]。"

◎注释

①谢中郎，即谢万，字万石，谢安的弟弟。简文为相时，召为抚军从事中郎，后作豫州刺史。

②曲阿后湖，即曲阿湖，又名练湖，在江苏丹阳县西北。曲阿，曲折的山脚，易于蓄水。据说秦始皇曾因曲阿湖有王气，凿过湖的入口水道，使它弯曲，以破坏这种王气。

③渊注渟（tíng）著，指水注入深渊，停止不流。渟，水聚积而不流的样子。纳而不流，收纳注入各方之水而不就出。此喻为学识上只有兼容并蓄才能渊博深厚。

◎译文

西中郎将谢万路过曲阿后湖时，问随从："这是什么湖？"随从回答："曲阿湖。"谢万就说："那自然要聚积储存，只注入而不流出。"

（78）晋武帝每饷山涛恒少[①]。谢太傅以问子弟，车骑[②]答曰："当由欲者不多，而使与者忘少。"

◎注释

①饷，馈赠。山涛，字巨源，累迁尚书仆射、吏部尚书、司徒。竹林七贤之一。

②车骑，车骑将军，指谢安的侄儿谢玄。

◎译文

晋武帝每次赏赐东西给山涛，总是很少。太傅谢安就这件事询问子侄，谢玄回答说："这大概是因为山涛的要求不多，才使得赏赐的人不觉得少。"

（79）谢胡儿语庾道季："诸人莫当就卿谈，可坚城垒。"庾曰："若文度来，我以偏师[①]待之。康伯来，济河焚舟[②]。"

◎注释

①偏师，在主力侧翼协助作战的军队，非主力部队。这里是说对方较弱，不须用主力对付，只用一部分军队就可以了。

②济河焚舟，语出《左传·文公三年》，指过了黄河就烧掉渡船，表示必死的决心。比喻决心拼到底。

◎译文

谢胡儿告诉庾道季："大家也许会到你这里来，应该加固城池堡垒。"庾道季说："要是王文度来，就用部分兵力对付他。如果韩康伯来，就渡河焚舟，一拼到底。"

（80）李弘度常叹不被遇[①]。殷扬州[②]知其家贫，问："君能屈志百里[③]不？"李答曰："北门之叹[④]，久已上闻。穷猿奔林[⑤]，岂暇择木！"遂授剡县。

◎注释

①李弘度，即李充，字弘度。不被遇，没有得到君王或上司的赏

识，多指地位低微不得志。

②殷扬州，即殷浩，字渊源，官至扬州刺史、中军将军。

③百里，古时一县辖地方圆百里，因以百里为县的代称，也用以指县令。

④北门之叹，语出《诗经·卫风》，指读书人不得志，不受重用。

⑤穷猿奔林，喻指处境困窘的人急于寻找栖身之地。

◎译文

李弘度常慨叹得不到赏识。扬州刺史殷浩知他家贫，就问："您能不能屈就做县令吗？"李弘度回答："像《北门》那样的慨叹，您早就知道了。穷猿奔窜山林，哪还顾得上去挑选树呢！"殷浩于是委任他做剡县县令。

（81）王司州至吴兴印渚中看①，叹曰："非唯使人情开涤②，亦觉日月清朗。"

◎注释

①王司州，即王胡之，字脩龄。印渚，地名，在吴兴郡於潜县。

②开涤，开朗荡涤。山水可以使人心情舒畅，可以荡涤胸襟。

◎译文

王胡之到吴兴郡的印诸去观赏景致，赞叹说："这里不只让人心情舒畅，也令人觉得日月更加明朗。"

（82）谢万作豫州都督，新拜，当西之都邑，相送累日，谢疲顿。于是高侍中往，径就谢坐，因问："卿今仗节方州①，当疆理西蕃②，何以为政？"谢粗道其意，高便为谢道形势，作数百语。谢遂起坐。高去后，谢追曰："阿酃故粗有才具。"谢因此得终坐。

◎注释

①仗节，手执符节，指授权出使或镇守一方。方州，指荆州刺史一职。

②疆理，分界治理。出自《左传·成公二年》："先王疆理天

下，物土之宜，而布其利。”西蕃，即西藩，西边的屏障。豫州在今河南项城一带，是古所谓长江以西，所以叫西蕃。

◎译文

谢万出任豫州都督，刚接到任命，即将西行就任。亲友连日送行，谢万很是疲累。这时，侍中高崧去见他，径往谢万身旁坐下，问他：“你如今受命主管一州，要去治理西部地区，打算如何处理政事呢？”谢万大略说了说自己的想法。高崧就为他分析形势，长篇大论。谢万竟听得起身离席。高崧走后，谢万回想说：“阿酃确实有点才能。”因此能始终奉陪不倦。

**（83）袁彦伯为谢安南[①]司马，都下诸人送至濑乡[②]。将别，既自凄惘[③]，叹曰：“江山辽落，居然有万里之势[④]！”**

◎注释

①谢安南，即谢奉，字弘道，历任安南将军、广州刺史、吏部尚书。

②濑乡，地名，在东晋都城建康附近。

③既自，已经。凄惘，伤感怅惘，若有所失。

④辽落，辽远空阔。居然，显然。此处表示肯定之意，而非出乎意料。

◎译文

袁彦伯出任安南将军谢奉的司马，友人送行直到濑乡。快分手的时候，他不胜伤感，慨叹说：“江山辽阔，确实有万里之势。”

**（84）孙绰赋《遂初》[①]，筑室畎川[②]，自言见止足[③]之分。斋前种一株松，恒自手壅治[④]之。高世远时亦邻居，语孙曰：“松树子非不楚楚可怜[⑤]，但永无栋梁用耳！”孙曰：“枫柳虽合抱，亦何所施？”**

◎注释

①《遂初》，即《遂初赋》。孙绰在《序》中说，自己仰慕老庄之道，愿隐居山林。

②畎川，山谷间的平地。有一说为会稽地名。

③止足，见《老子》：“知足不辱，知止不殆。”指知止知足，不求名利。

④壅治，指对植物的栽培、管理。壅，把土壤或肥料施在植物根部。

⑤楚楚可怜，指小松树茁壮可爱的样子。楚楚，茁壮的样子。

◎译文

孙绰创作《遂初赋》来表明志向，在山谷间的平川上建房居住，自称已明白人应知足不追慕功名利禄之本分。房前种一棵松树，常亲手培土灌溉。高世远当时跟他做邻居，对他说：“松树并非不茁壮可爱，只是永远不能用做栋梁！”孙绰说：“枫树、柳树虽然树身粗大，又能派什么用场呢？”

（85）桓征西治江陵城甚丽，会宾僚出江津[①]望之。云：“若能目[②]此城者，有赏。”顾长康[③]时为客，在坐，目曰：“遥望层城，丹楼如霞。”桓即赏以二婢。

◎注释

①江津，汉水渡口。江，指汉江，即汉水。

②目，品评，评论。

③顾长康，即顾恺之，字长康，画家。《晋书》云，顾恺之曾作桓温大司马参军，关系甚密。温死后，恺之排温墓，赋诗云云。

◎译文

征西大将军桓温把江陵城修筑得非常壮丽。完工后，他会集宾客僚属到汉江渡口远观城景，说：“如果谁能品评这座城，有赏。”顾长康当时也在座，就评论道：“遥望层城，丹楼如霞。”桓温当即赏给他两个婢女。

（86）王子敬语王孝伯曰：“羊叔子自复佳耳[①]，然亦何与人事[②]！故不如铜雀台上妓。”

◎注释

①羊叔子，即羊祜，字叔子，晋武帝时任征南大将军。自复，确实。

②人事，别人的事情。这里的人指自己，即王子敬。

◎译文

王子敬对王孝伯说："羊叔子这人虽然超群出众，但是和我又有什么关系！还不如铜雀台上的歌姬舞女。"

**（87）林公见东阳长山①曰："何其坦迤②！"**

◎注释

①长山，山名，在东阳郡长山县。山脉连绵三百余里，县因山得名。

②坦迤（yǐ），宽广绵延，形容山势斜长。

◎译文

支道林和尚看东阳郡的长山时说："山势是多么宽广绵长！"

**（88）顾长康从会稽还，人问山川之美，顾云："千岩竞秀，万壑争流，草木蒙笼①其上，若云兴霞蔚②。"**

◎注释

①蒙笼，茂密覆盖。

②云兴霞蔚，彩云兴起，形容绚丽多彩。蔚，指云雾弥漫。

◎译文

顾长康从会稽回来，人们问他山川的秀丽，顾长康形容说："那里千峰比高，万壑争流，茂密的草木笼罩其上，有如彩云涌动，霞光万丈。"

**（89）简文崩，孝武①年十余岁立，至暝不临②。左右启："依常应临。"帝曰："哀至则哭，何常之有！"**

◎注释

①孝武，晋孝武帝司马曜，简文帝的儿子，十一岁即位。

②暝，日暮时分。临，哭吊。丧事理解，亲人死，要按时哭丧。

◎译文

简文帝逝世，武帝十多岁就登上帝位，服丧期间，直到天黑也不哭丧。侍从向他启奏：“依照惯例应该哭了。”孝武帝说：“悲痛到来时，自然就会哭，何来惯例之说！”

**（90）孝武将讲《孝经》，谢公兄弟与诸人私庭[①]讲习。车武子[②]难苦问[③]谢，谓袁羊曰：“不问则德音有遗，多问则重劳二谢。”袁曰：“必无此嫌。”车曰：“何以知尔？”袁曰：“何尝见明镜疲于屡照，清流惮于惠风？”**

◎注释

①私庭，即私邸，王侯大官的府邸。

②车武子，即车胤，字武子，晋南平（今湖北）人。其人博学有名望，官辅国将军、丹阳尹、吏部尚书。

③难，难于，不好意思。苦问，多次问。苦，多次。

◎译文

孝武帝将要讲《孝经》，谢安、谢石兄弟和众人先在家里研讨学习。车武子不好意思麻烦谢氏兄弟，对袁羊说：“不问，怕漏掉精湛的言论。问多了，又怕麻烦二谢。”袁羊说：“一定不会引起不满。”车武子说：“为什么呢？”袁羊说：“何曾见过明镜因为照影而疲劳，清澈的流水惧怕和风吹拂？”

**（91）王子敬云：“从山阴[①]道上行，山川自相映发[②]，使人应接不暇。若秋冬之际，尤难为怀。”**

◎注释

①山阴，会稽郡山阴县，今浙江绍兴。

②映发，互相映衬，彼此显现。

◎译文

王子敬说：“从山阴道上行走时，一路山光水色交相辉映，让人目不暇接。如果是秋冬之交，更是让人难以忘怀。”

**（92）谢太傅问诸子侄：“子弟亦何预人事，而正欲使其佳？”诸人莫有言者。车骑答曰：“譬如芝兰玉树，欲使其生于阶庭耳[①]。”**

◎注释

①“譬如”句，比喻希望美好、高洁的东西能出于自己家门。

◎译文

太傅谢安问众子侄：“子侄们与自己有何想干，而父母们总想让他们出人头地？”大家都不说话。车骑将军谢玄回答说：“这就好比芝兰玉树，总希望让它生长在自家的庭院中！”

（93）道壹道人[①]好整饰音辞。从都下还东山，经吴中[②]。已而会雪下，未甚寒。诸道人问在道所经。壹公曰：“风霜固所不论，乃先集其惨澹。郊邑正自飘瞥[③]，林岫便已皓然[④]。”

◎注释

①道壹道人，晋时高僧，俗家姓吴，吴人。讲道京都，为简文帝所重，人称壹公。

②吴中，指春秋时吴国旧都，即今江苏省吴县，属吴郡。

③郊邑，城郊。飘瞥，急速地飘飞。

④林岫，林木峰峦。皓然，光亮洁白的样子。

◎译文

道壹和尚喜欢修饰言辞。从京都回东山时，经过吴中。随即遇到下雪，天气不甚寒冷。众位僧人问他途中见闻。道壹说：“风霜固然不用说了，先凝聚起一片黯然惨淡之象。郊野、村落只是雪花飞掠，树林和山峰早已是茫茫一片。”

（94）张天锡为凉州刺史，称制西隅[①]。既为苻坚所禽[②]，用为侍中。后于寿阳俱败，至都，为孝武所器。每人言论，无不竟日。颇有嫉己者，于坐问张：“北方何物可贵？”张曰：“桑葚甘香，鸱鸮革响[③]。淳酪养性，人无嫉心。”

◎注释

①张天锡，小名独活，初字公纯嘏，后改字纯嘏，十六国时期前凉政权最后一位君主。桓玄专权时，想要安抚四方远地，就用张天锡为护羌校尉、凉州刺史。隆安二年（398年），张天锡去世，享年

六十一岁。追赠为金紫光禄大夫。称制，行使皇帝权力。

②既，不久。苻坚，字永固，又字文玉，小名坚头，氐族，略阳临渭（今甘肃秦安）人，前秦君主，在位二十余年。在位前期励精图治，重用汉人王猛，成功统一北方，与东晋南北对峙，有灭晋统一之志。淝水之战大败后，国家亦陷入混乱，苻坚最终亦遭羌人姚苌杀害，终年四十八岁，谥号宣昭帝，庙号世祖。禽，同“擒”。

③《诗经·鲁颂》中有“翩彼飞鸮，集于泮林。食我桑葚，怀我好音”。原诗以鸱鸮比喻淮夷，说淮夷来朝于鲁，受到款待，向鲁国表示臣服。鸱鸮（chī xiāo），一类包括猫头鹰在内的益鸟。革响，改变了叫声。意为猫头鹰的声音本来不好听，现在变得好听了。意同“怀我好音”。

◎译文

张天锡任凉州刺史，在西部称王。不久被苻坚擒获，让他做了侍中。后来跟随苻坚攻晋，在寿阳大败，便归顺晋朝，来到京都，得到晋孝武帝的器重。每入朝谈论，没有不谈上一整天的。一些妒忌他的人当众问他：“北方什么东西可贵？”张天锡回答：“桑葚香甜，鸱鸮振翅作响。醇厚的乳酪怡情养性，人们没有妒忌之心。”

（95）顾长康拜桓宣武墓，作诗云：“山崩溟海[①]竭，鱼鸟将何依！”人问之曰：“卿凭重桓乃尔[②]，哭之状其可见乎？”顾曰：“鼻如广莫长风，眼如悬河决溜[③]。”或曰：“声如震雷破山，泪如倾河注海。”

◎注释

①溟海，大而深的海。

②凭重，倚重。乃尔，如此，这样。

③悬河，即瀑布，此处喻指河水倾泻不止。决溜，指河堤决口，河水急流。

◎译文

顾长康拜谒桓温陵墓，作诗云：“山崩溟海竭，鱼鸟将何依！”

有人问道："你过去倚重桓温才会这样，你哭悼桓温的情状大概何样呢？"顾长康说："鼻息像旷野生风，眼泪如瀑布倾泻滔滔不绝。"又有一说是："哭声像疾雷震破山岳，眼泪像江河奔流倾泻大海。"

**（96）毛伯成既[1]负其才气，常称："宁为兰[2]摧玉折，不作萧敷艾荣[3]。"**

◎注释

①既，很，非常，表示程度。

②兰，兰草，一种香草。多用于比喻品行高洁。

③萧敷艾荣，常用以比喻不肖子弟。萧艾，艾蒿，臭草。常用来比喻品质不好的人。《楚辞·离骚》："何昔日之芳草兮，今直为此萧艾也！"敷荣，繁衍生长，开花结果。

◎译文

毛伯成对自己的才华非常自负，常声称："宁可做被摧残的香兰，被打碎的美玉，也不做茂盛繁衍的艾蒿。"

**（97）范宁作豫章，八日请佛[1]有板[2]，众僧疑或欲作答。有小沙弥在坐末，曰："世尊[3]默然，则为许可。"众从其义。**

◎注释

①八日请佛，当时风俗认为夏历四月八日是佛的生日，到这一天，请佛像供奉。

②有板，请佛有疏，书于板上。板，简牍。古代言事通问之文全用板奏。

③世尊，佛教徒对释迦牟尼的尊称。

◎译文

范宁作豫章太守时，四月八日佛诞日用文书向庙里请佛像，用奏章书于简牍，众僧猜测太守可能希望有个答复。有个坐在末座的小沙弥说："世尊不说话，就是准许了。"大家赞同他的意见。

**（98）司马太傅[1]斋中夜坐，于时天月明净，都无纤翳[2]，太傅叹以为佳。谢景重在坐，答曰："意谓乃不如微云点缀。"太傅因戏**

谢曰："卿居心不净，乃复强欲滓秽太清邪？"

◎注释

①司马太傅，即司马道子，晋简文帝的儿子，纣会稽王，任太傅。谢重曾作会稽王司马道子长史。

②都，完全。程度副词，后常用否定词"不"或"无"。纤翳，微小的遮蔽，指云彩。

◎译文

太傅司马道子夜晚在书房安坐，当时天空明朗，月光皎洁，一点云彩也没有，太傅赞叹不已，认为美极了。当时谢景重也在座，回答说："私意以为倒不如有点微云点缀。"太傅便打趣谢景重道："你自己心地不干净，竟然强要弄脏这明净的天空吗？"

（99）王中郎甚爱张天锡，问之曰："卿观过江诸人经纬江左轨辙[①]，有何伟异？后来之彦[②]，复何如中原？"张曰："研求幽邃[③]，自王、何[④]以还，因时修制，荀、乐之风。"王曰："卿知见有余，何故为苻坚所制？"答曰："阳消阴息[⑤]，故天步屯蹇[⑥]。否剥[⑦]成象，岂足多讥？"

◎注释

①经纬，规划治理。江左，古称长江中下流以东地区，这里指东晋渡江后所占据领土。轨辙，车行的印迹，比喻事迹。

②彦，指有才学的人。

③幽邃，指玄学、玄理。

④王、何，指王弼、何晏。二人好老庄，倡导玄学，崇尚清谈。

⑤阴消阳息，指晋二帝被难，晋南迁，臣下失主。君臣、父子、夫妇之义皆取诸阴阳之道。息，正常。

⑥天步，国运，时运。屯蹇（zhūn jiǎn），《周易》中卦名，象征艰难险阻，不顺利。

⑦否剥（pǐ bāo），《周易》卦名，否卦象征天地不相交，剥卦象征阴盛阳衰，比喻时运不利。

◎译文

北中郎将很喜爱张天锡，问他："你看过江的这些人治理江南，有什么特别之处？后起的贤士，和中原人士相比如何？"张天锡说："研讨深奥的玄学，达到王弼、何晏以来的高峰。根据时势修订仪礼制度，有荀顗和乐广的风范。"王坦之说："你有远见卓识，为何会被苻坚挟制呢？"张天锡回答："阳衰阴盛，国运艰难。时运不好，难道也值得讥笑吗？"

**（100）谢景重女适王孝伯儿，二门公[①]甚相爱美。谢为太傅[②]长史，被弹。王即取作长史[③]，带晋陵郡。太傅已构嫌[④]孝伯，不欲使其得谢，还取作咨议，外示絷维[⑤]，而实以乖间之。及孝伯败后，太傅绕东府城行散，僚属悉在南门要望候拜。时谓谢曰："王甯异谋，云是卿为其计。"谢曾无惧色，敛笏对曰："乐彦辅有言：'岂以五男易一女'。"太傅善其对，因举酒劝之曰："故自佳！故自佳！"**

◎注释

①门公，即家公，指亲家公。

②太傅，指会稽王司马道子。

③长史，官名，主管事务的长官，这里指任司马道子的骠骑长史。

④构嫌，构结嫌隙，有摩擦。晋武帝时，司马道子辅政，王孝伯任丹阳尹、中书令，直言敢谏，二人产生矛盾。

⑤絷维，原为挽留客人之意，后用于指挽留人才。絷，绊马足。维，拴马缰。

◎译文

谢景重的女儿嫁给王孝伯的儿子，两亲家相互爱重。谢景重任太傅司马道子的长史，被弹劾。孝伯就请谢去做长史，兼管晋陵郡。太傅跟孝伯早有嫌隙，不想让他拉走谢景重，又安排谢做咨议，表面上罗致人才，实际上是离间王、谢的关系。等王孝伯起兵失败，太傅绕着住宅的围墙行散，一班僚属都在南门迎候参拜。太傅对谢景重说："王宁谋反，听说是你的主意。"谢景重听后毫无惧色，收起笏板从容回答说："乐彦辅有句话：'难道会用五个儿子去换一个女儿。'"太傅认为回答得好，于是举杯劝酒道："确实妙！确实妙！"

（101）桓玄[①]义兴还后，见司马太傅。太傅已醉，坐上多客，问人云："桓温来欲作贼，如何？"桓玄伏不得起。谢景重时为长史，举板答曰："故宣武公黜昏暗，登圣明，功超伊、霍[②]，纷纭之议，裁之圣鉴。"太傅曰："我知！我知！"即举酒云："桓义兴，劝卿酒！"桓出谢过。

◎注释

①桓玄，谯国桓氏代表人物，东晋将领、权臣，大司马桓温之子。曾任义兴郡太守，不久离职。人称桓义兴。

②伊、霍，即伊尹、霍光。伊尹是商汤时宰相，助汤伐夏桀。汤死后，又辅佐其孙太甲。伊尹被后人奉祀为"商元圣"。霍光受汉武帝遗诏辅佐昭帝，昭帝死，废昌邑王，迎宣帝。后世常常以"行伊霍之事"代指权臣摄政废立皇帝。

◎译文

桓玄从义兴郡返回京都，去拜访司马太傅。太傅喝醉了，座中还有很多客人，太傅问旁人道："桓温想造反，怎么办？"桓玄吓得拜伏在地。谢景重时任长史，拿起手板回答道："已故的宣武公废黜昏庸，扶助圣君登上帝位，功勋超过伊尹、霍光。那些纷纭的议论，还要靠太傅明鉴裁决。"太傅说："我知道！我知道！"随即举杯说："桓义兴，敬你一杯！"桓玄离座向太傅谢罪。

（102）宣武移镇南州[①]，制街衢平直。人谓王东亭[②]曰："丞相初营建康，无所因承，而制置纡曲[③]，方此为劣。"东亭曰："此丞相乃所以为巧。江左地促，不如中国。若使阡陌[④]条畅，则一览而尽。故纡余委曲，若不可测。"

◎注释

①南州，指姑孰（今安徽当涂）。东晋时为建康门户，因在都城南，故称南州。桓温曾镇守该处。

②王东亭，即王珣，字元琳，王导之孙。

③纡曲，迂回曲折。

④阡陌，本指田间小路，南北为阡，东西为陌。后泛指道路或城市街道。

◎译文

桓温换防镇守南州，他规划的街道平坦笔直。有人对东亭侯王珣说："丞相当初营造建康城的街道时，没有样板可以仿效，所以修建的道路迂回曲折，比起来就显得差些。"王珣说："这正是丞相的巧妙之处。江南地方狭窄，比不上中原。如果街道畅通无阻，就会一眼看到底，而曲折延伸，迂回辗转，会给人一种幽深莫测，无穷无尽的感觉。"

**（103）桓玄诣殷荆州，殷在妾房昼眠，左右辞不之通。桓后言及此事，殷云："初不[①]眠。纵有此，岂不以'贤贤易色[②]'也！"**

◎注释

①初不，从来不，根本没有。

②贤贤易色，语出《论语·学而》，指尊重贤人，不重女色。

◎译文

桓玄拜访荆州刺史殷仲堪，殷正在侍妾的房里睡午觉，手下人谢绝通报。桓玄谈起这事，殷仲堪说："我根本没有睡午觉。如果真有这事，怎么能不以敬贤之心替代爱色之欲呢！"

**（104）桓玄问羊孚："何以共重吴声[①]？"羊曰："当以其妖而浮[②]。"**

◎注释

①吴声，吴地的音乐、民间歌曲。

②妖，娇美。浮，轻柔。

◎译文

桓玄问羊孚："为何大家都爱听吴地的歌曲？"羊孚说："是因为它婉转动听而又轻柔。"

（105）谢混[①]问羊孚："何以器举瑚琏[②]？"羊曰："故当以为接神之器。"

◎注释

①谢混，字叔源，小字益寿，陈郡阳夏（今河南太康）人，东晋名士，太保谢安之孙，会稽内史谢琰第三子。晋孝武帝司马曜之婿。

②瑚琏，古代祭祀时盛粮食的器皿，很是贵重。

◎译文

谢混问羊孚："为何器皿中推崇瑚琏？"羊孚说："当然是因为它是迎神的器皿。"

（106）桓玄既篡位，后御床[①]微陷，群臣失色。侍中殷仲文进曰："当由圣德渊重，厚地所以不能载。"时人善之。

◎注释

①御床，皇帝的坐具。

◎译文

桓玄篡位后，不久皇帝宝座稍有凹陷，群臣失色。侍中殷仲文上前道："这是由于皇上德行深厚，以致大地承受不起。"当时大家都认为机敏。

（107）桓玄既篡位，将改置直馆[①]，问左右："虎贲中郎[②]省[③]应在何处？"有人答曰："无省。"当时殊忤旨。问："何以知无？"答曰："潘岳《秋兴赋叙》曰：'余兼虎贲中郎将，寓直散骑[④]之省。"玄咨嗟称善。

◎注释

①直馆，值班、办公用的馆舍。

②虎贲中郎，汉朝官职，主管宫廷宿卫、侍从。三国魏，蜀、吴沿之。东晋哀帝罢。南朝宋武帝永初元年（420）复置。齐、梁、陈

及北魏、北齐沿置。唐时避讳，或称武贲中郎将。

③省，官署名称，魏晋开始设置，总管国家政务，历代有所沿革，唐初设“中书、尚书、门下”三省共管政事；元代“中书省”兼管“尚书省”的职权，权更重，成为中央最高的官署。

④散骑，官名，即散骑常侍，在皇帝左右规谏过失，以备顾问。

◎译文

桓玄篡位后，想另外设立官署馆廨，问身边的人：“虎贲中郎省应安置在哪里？”有人回答说：“没有这个官署。”当时，这样的回答是违抗圣旨了。桓玄问：“你怎么知道没有？”那人答道：“潘岳在《秋兴赋叙》里说过：‘余兼虎贲中郎将，寓直散骑之省。’”桓玄赞赏他说得好。

**（108）谢灵运[①]好戴曲柄笠[②]，孔隐士谓曰：“卿欲希心高远，何不能遗曲盖[③]之貌？”谢答曰：“将不畏影者未能忘怀！”**

◎注释

①谢灵运，晋宋时人，曾任永嘉太守，喜欢遨游山水，擅写山水诗。

②曲柄笠，一种帽子，笠上有柄，由而后垂，类似曲盖的形状。

③曲盖，即仪仗用的曲柄伞。见五代马缟《中华古今注》：“太公所作也。武王伐纣，大风折盖，太公因折盖之形制曲盖焉。战国常以赐将帅。自汉朝乘舆用，谓曰輧輗盖，有军号者赐其一焉。”

◎译文

谢灵运喜戴曲柄笠，隐士孔淳之对他说：“你想仰慕德高志远的人，为何不能丢掉这类似曲盖的曲柄笠呢？”谢灵运回答说：“恐怕是怕影子的人还不能忘记影子吧！”

# 政事第三

政事，意为处理政务的才能。统治者为了稳定政局，必然要维护法制，强化管理，重视制度的建立和官吏的任免考核。而士大夫要兼济天下，就得从政为官。因而，政事就成了评价士大夫才能的一个重要标准。

本篇记述了自东汉至东晋四百年间，一些官吏处理政务的德才业绩。其中，有勤政爱民、慎严律令之事，也有以仁教民之事，同样，亦有无为而治、委曲求全之事。本篇所记大多是讲述处理政务的才能和值得效法的手段。有些看似无为，但若在严酷的政治形势看来，也能稍微缓解一下尖锐的社会矛盾，稳定局势，是以值得记之。

（1）陈仲弓为太丘长，时吏有诈称母病求假，事觉，收①之，令吏杀焉。主簿请付狱考众奸，仲弓曰："欺君不忠，病母不孝。不忠不孝，其罪莫大。考②求众奸，岂复过此！"

◎注释

①收，拘捕。

②考，拷问，查究。

◎译文

陈仲弓任太丘县长，有个小官吏诈称母病请假，被发觉，陈仲弓逮捕了他，并令狱吏将他处死。主簿请求交给诉讼机关查究其他犯罪事实，陈仲弓说："欺骗君主是不忠，诅咒母亲生病是不孝。不忠不孝，没有比这罪过更大的了。查究其他罪状，难道还能超过这些吗！"

（2）陈仲弓为太丘长，有劫贼杀财主[1]，主者捕之。未至发所[2]，道闻民有在草不起子[3]者，回车往治之。主簿曰："贼大，宜先按讨。"仲弓曰："盗杀财主，何如骨肉相残！"

◎注释

①财主，财货的主人。

②发所，出事地点。

③在草，生孩子。当时分娩多用草垫。不起子，指生了孩子不养育，一般指溺死婴儿。

◎译文

陈仲弓任太丘县长，有强盗劫财害命，主管官吏捕获了强盗。陈仲弓前去处理，还没到出事地点，听说有人生了孩子不肯养育，便调转车头去处理这事。主簿说："盗贼事大，应该先去审理。"仲弓说："强盗杀死物主，怎么比得上骨肉相残更严重。"

（3）陈元方[1]年十一时，候袁公。袁公问曰："贤家君[2]在太丘，远近称之，何所履行？"元方曰："老父在太丘，强者绥[3]之以德，弱者抚之以仁，恣其所安，久而益敬。"袁公曰："孤往者尝为邺令，正行此事。不知卿家君法孤，孤法卿父？"元方曰："周公、孔子，异世而出，周旋动静[4]，万里如一。周公不师孔子，孔子亦不师周公。"

◎注释

①陈元方，即陈纪，太丘长陈仲弓的儿子。有德行，以孝著称。

②家君，父亲。可用于尊称对方的父亲，也可称自己的父亲。

③绥（suí），安抚。见《诗·大雅·民劳》："惠此中国，以绥四方。"

④周旋动静，泛指行为处事。周旋，交往，打交道。动静，行动

止息。

◎译文

陈元方十一岁时，去拜访袁公。袁公问他："令尊在太丘任职时，远近称颂，他是怎么治理的呢？"元方说："老父在太丘时，对强者用恩德来安抚，对弱者用仁爱来抚慰，让他们安居乐业，时间久了就越来越受到敬重。"袁公说："我曾做过邺县令，用的也是这种办法。不知是你父亲效法我呢，还是我效法你父亲？"元方说："周公、孔子生活在不同的时代，但他们的处世应酬、礼仪举止，虽相隔遥远，却大体相同。周公没有效法孔子，孔子也没有效法周公。"

（4）贺太傅[①]作吴郡，初不出门，吴中诸强族轻之，乃题府门云："会稽鸡，不能啼。"贺闻，故出行，至门反顾，索笔足之曰："不可啼，杀吴儿。"于是至诸屯邸[②]，检校诸顾、陆[③]役使官兵及藏逋亡[④]，悉以事言上，罪者甚众。陆抗时为江陵都督，故下请孙皓，然后得释。

◎注释

①贺太傅，即贺劭，字兴伯。他是会稽人，因而吴中强族骂其不中用，是"会稽鸡"。

②屯邸，是一种以屯田为基础，并经商储运等活动。大的屯邸相当于一个小型城市，经济实力不容忽视。吴郡大族都拥有部曲等。

③顾陆，吴中豪族大姓。其时，吴中有顾陆朱张吴郡四姓大族。

④逋亡（bū wáng），逃亡，此处指逃亡失籍的人口。魏晋时期，战乱频繁，赋税劳役重，百姓不胜其苦，大量逃亡在外，士族富豪诸多藏匿，用为仆役。此行为直接影响政府户籍税收，是明令禁止的。

◎译文

太傅贺劭任吴郡太守，到任之初，足不出府门。吴中豪门士族轻视他，在官府大门上题词云"会稽鸡，不能啼"。贺邵听说，特意外出，走出门口回头来看，用笔补上一句："不可啼，杀吴儿。"于是到各个豪门富户，严查顾、陆两姓家族役使官兵和窝藏逃亡人员之事，全部报告朝廷，获罪的人非常多。当时陆抗任江陵都督，也受牵连，特意往建邺请求孙皓帮助，然后才得以释罪。

**（5）山公以器重朝望，年逾七十，犹知管时任[①]。贵胜[②]年少若和、裴、王之徒，并共宗咏。有署阁柱曰："阁东有大牛，和峤鞅[③]，裴楷鞦[④]，王济剔嬲[⑤]不得休。"或云潘尼[⑥]作之。**

◎**注释**

①山公，即山涛。曾任司徒，时人也称其为山司徒（后文第七则）。知管，主管。时任，当时的重任。

②贵胜，地位显贵。

③鞅，指套在马颈或马腹上的皮带。泛指牲口拉车时的器具。

④鞦（qiū），同"鞧"，驾车时套在牲口股后的皮带。

⑤剔嬲（tī niǎo），挑逗纠缠。

⑥潘尼，字正叔，潘岳之侄。荥阳中牟人（在今河南城关镇大潘庄），西晋文学家。官至中书令、太常卿。

◎**译文**

山涛因其才干在朝廷中享有很高的声望，年过七十，仍然担当重任。一些权贵子弟，如和峤、裴楷、王济等人都向他尊崇赞颂他。有人在阁道的柱子上写道："阁道东边有大牛，和峤在前，裴楷在后，王济在身旁挑逗纠缠不得休。"有人说是潘尼所写。

**（6）贾充[①]初定律令，与羊祜[②]共咨太傅郑冲，冲曰："皋陶[③]严明之旨，非仆闇懦所探。"羊曰："上意欲令小加弘润。"冲乃粗下意。**

◎**注释**

①贾充，字公闾，在魏朝任廷尉，主管诉讼刑狱，主持修订《晋律》。晋武帝时官至尚书令。

②羊祜，字叔子，泰山南城人。博学能文，清廉正直。晋武帝受禅有佐命功，历职三朝。死后获赠侍中、太傅，谥号"成"。

③皋陶（gāo yáo），主要功绩有制定刑法和教育，帮助尧舜和大禹推行“五刑”、“五教”，以正直闻名天下。被史学界和司法界公认为中国司法鼻祖。

◎译文

贾充刚开始制定法令，和羊祜一起去征求太傅郑冲的意见，郑冲说：“皋陶制定的法令，严肃而公正，不是我这昏庸懦弱之辈所能探讨的。”羊祜说：“皇上的意思是想让您稍加补充润色。”郑冲才大略说出他的意见。

**（7）山司徒前后选[①]，殆周遍百官，举无失才，凡所题目，皆如其言。唯用陆亮，是诏所用，与公意异，争之，不从。亮亦寻为贿败。**

◎注释

①“山司徒”句，山涛曾两次担任选拔任免的官吏。

◎译文

山涛担任两次吏部官职，考察遍了朝廷内外百官，一个人才也没遗漏，凡是他品评的人物，都像他所说的那样。只有陆亮是皇帝所用，和山涛的意见不同，山公为此力谏，皇帝没有听从。不久陆亮因为受贿而被撤职。

**（8）嵇康被诛后，山公举康子绍为秘书丞[①]。绍咨公出处[②]，公曰：“为君思之久矣。天地四时，犹有消息，而况人乎！”**

◎注释

①绍，即嵇绍，字延祖。嵇康之子，谯国铚（今安徽淮北临涣）人。西晋时期文学家。秘书丞，掌管图书典籍的一种属官。

②出处（chǔ），出仕与隐退。

◎译文

嵇康被杀后，山涛推荐嵇康的儿子嵇绍做秘书丞，嵇绍去和山涛商量进退之策。山涛说：“我替你考虑很久了。天地之间，一年四季，也有交替变化的时候，何况是人呢！”

（9）王安期[①]为东海郡，小吏盗池中鱼，纲纪[②]推[③]之。王曰：“文王之囿[④]，与众共之，池鱼复何足惜！”

◎注释

①王安期，即王承，字安期，累迁东海内史。

②纲纪，州郡主簿之类的官，主管府中事务的官。

③推，推问，查究。

④囿，苑囿，猎场。

◎译文

王安期任东海郡内史时，有个小吏偷了池塘中的鱼，主簿追查这件事。王安期说：“周文王的猎场，和百姓共同使用，池中的几条鱼有什么值得吝惜的呢！”

（10）王安期作东海郡，吏录一犯夜人来[①]。王问：“何处来？”云：“从师家受书还，不觉日晚。”王曰：“鞭挞宁越[②]以立威名，恐非致理之本。”使吏送令归家。

◎注释

①录，拘捕。犯夜，触犯夜行禁令。当时晋律禁止夜行。

②宁越，战国时人，学习刻苦，成周威王师。后泛指读书人。

◎译文

王安期任东海郡内史时，一次，差役抓了一个犯宵禁的人。王安期审问他：“从哪里来？”那人回答：“从老师家学完功课回来，没有发觉时间太晚了。”王安期听后说：“鞭挞读书人来树立威名，恐怕不能达到社会清明安定的根本。”便派差役送他回家。

（11）成帝在石头[①]，任让在帝前戮侍中钟雅、右卫将军刘超。帝泣曰：“还我侍中！”让不奉诏，遂斩超、雅。事平之后，陶公与让有旧，欲宥之。许柳儿思妣者至佳，诸公欲全之。若全思妣，则不得不为陶全让，于是欲并宥之。事奏，帝曰：“让是杀我侍中者，不可宥！”诸公以少主[②]不可违，并斩二人。

◎注释

①“成帝”句，咸和二年，由于苏峻与祖约叛乱，宫城迁移至石头城；直到咸和四年，陶侃、温峤平定苏峻之乱后才迁回建康。

②少主，指晋成帝司马衍。他即位时仅四岁，这时也只七八岁。

◎译文

晋成帝被迁到石头城，任让在成帝面前要杀侍中钟雅和右卫将军刘超。成帝哭道：“还我侍中！”任让不听，于是斩了刘超和钟雅。叛乱平定以后，陶侃因为和任让有交情，想赦免他。叛军许柳有个儿子叫思妣，很有才德，大臣也想保全他。可是要想保全思妣，就不得不为陶侃保全任让，于是就想二人一起赦免。于是上奏成帝，成帝说：“任让是杀我侍中的人，不能赦免！”大臣认为不能违抗成帝命令，就把两人都杀了。

**（12）王丞相拜扬州，宾客数百人并加沾接[①]，人人有说色。唯有临海一客姓任及数胡人为未洽[②]。公因便还到过任边，云：“君出临海便无复人。”任大喜说。因过胡人前，弹指[③]云：“兰阇[④]，兰阇！”群胡同笑，四坐并欢。**

◎注释

①沾接，施与恩惠，热情款待。

②胡人，泛指外国人，此处指胡僧。洽，沾洽，指受到恩惠。

③弹指，捻弹手指作声的动作。原本是印度的一种风俗，用以表示欢喜、赞叹、警告、许诺、觉悟、招唤、敬礼、祝咒等。

④兰阇（lán shé），亦作“兰奢”。梵语或伊朗语译音。为褒赞之辞。。

◎译文

丞相王导出任扬州刺史，来道贺的宾客都得到施恩款待，人人喜悦。只有临海郡一位任姓客人和几位胡僧没有交谈过。王导便找机会转身走过任氏身边，对他说：“您来了，临海就没人才了。”任氏听了，非常高兴。王导又走到胡僧面前，弹着手指说：“兰闍，兰闍！”胡僧都笑了，大家也都大笑起来。

（13）陆太尉[①]诣王丞相咨事，过后辄翻异。王公怪其如此，后以问陆，陆曰："公长民短[②]，临时不知所言，既后觉其不可耳。"

◎注释

①陆太尉，即陆玩，字士瑶，吴郡吴人，曾任尚书左仆射、司空。平苏峻乱有功，封兴平伯。死后追赠太尉。

②公长民短，公位尊民位卑。公，对王导的尊称。玩是吴人，是王导的部民，故自称为民。

◎译文

太尉陆玩到丞相王导那里去请教事情，商量好的事，过后常改主意。王导觉得奇怪，后来拿这事问他，陆玩回答说："公名高位尊，我职位卑微，当时不知该说什么，回来后觉得那样不行。"

（14）丞相尝夏月至石头看庾公[①]。庾公正料事，丞相云："暑，可小简之。"庾公曰："从之遗事，天下亦未以为允！"

◎注释

①庾公，即庾冰，字季坚，颍川鄢陵（今河南鄢陵）人。东晋大臣、将领，中书令庾亮之弟。王导死后以中书监身份在内朝掌权，亦促成晋成帝传位给弟弟晋康帝。

◎译文

一年夏天，丞相王导到石头城探望庾公。庾公正在处理公事，王导说："天气热，可以稍为简略一些。"庾公说："您省简宽容的治世方针，百姓未必认为妥当！"

（15）丞相末年，略不复省事，正封箓诺之[①]。自叹曰："人言我愦愦[②]，后人当思此愦愦。"

◎注释

①"丞相"句，王导辅佐晋元帝、明帝、成帝三世，为政宽和得众，事从简易，晚年更是如此。

②愦愦（kuì kuì），意为糊涂。有人认为丞相王导为政一味因循弥合，细事不谨，颇为时论所讥。然而其为人宽厚爱人，不苛察，

务存大体，调和各方之矛盾，使北来之士族与南人相安无事，各得其所。虽北有强敌代兴，尚偏安江左百余年。一切缘谁之赐？导之功也！王导自言“后人当思此愦愦”，蕴含深意。

◎译文

王导晚年，很少处理政事，只在文件上签字同意。自己叹息道：“人家说我昏聩，后人应会怀念我这样子。”

（16）陶公性俭厉，勤干事。作荆州时，敕船官悉录锯木屑，不限多少。咸不解此意。后正会[①]，值积雪始晴，听事[②]前除雪后犹湿，于是悉用木屑覆之，都无所妨。官用竹，皆令录厚头，积之如山。后桓宣武伐蜀[③]，装船，悉以作钉。又云，尝发所在竹篙，有一官长连根取之，仍当足，乃超两阶用之。

◎注释

①正会，正月初一皇帝朝会群臣，接受朝贺。

②听事，即厅堂，处理政事的大堂。

③桓宣武伐蜀，晋惠帝太安元年，李特起兵，占据蜀地，建立成汉，前后六世，四十余年，之后桓温率晋军伐蜀，李势归降。

◎译文

陶侃秉性节俭而且严格认真，勤于政事。担任荆州刺史时，让负责造船的官员把木屑全都收藏起来，多少不限，大家不明用意。正月初一贺年时，碰上积雪转晴，正堂前的台阶湿漉漉的，于是用木屑铺上，就不妨碍出入了。凡官府用的竹子，命令把锯下的竹头收集起来，堆积如山。后来桓温讨伐后蜀，要组装战船，这些竹头就用来做钉子。有人说，陶侃曾征调竹篙，主管官员把竹子连根砍下，用根部当足，陶侃把他连升两级重用他。

（17）何骠骑[①]作会稽，虞存弟謇作郡主簿，以何见客劳损，欲白断常客，使家人节量择可通者。作白事[②]成，以见存。存时为何上佐[③]，正与謇共食，语云：“白事甚好，待我食毕作教[④]。”食竟，取笔题白事后云：“若得门庭长[⑤]如郭林宗[⑥]者，当如所白。汝何处得此人！”謇于是止。

◎注释

①何骠骑，何充，字次道，曾任会稽内史、骠骑将军、扬州刺史。

②白事，陈述意见的呈文、报告。

③上佐，高级僚属的通称，如别驾、治中、长史等。

④教，上对下的告诫，或上级官吏对下级官吏报告的批答。作教，作批答。

⑤门庭长，即门亭长，东汉和魏晋时代，郡县所设小官吏，掌传达之事。

⑥郭林宗，即郭泰，字林宗，东汉太原介休（今属山西）人。博通经典，善论，时名佳，人称“有道先生”，为东汉太学生领袖。

◎译文

骠骑将军何充任会稽内史时，虞存的弟弟虞謇任郡主簿，认为何充见客太多，劳累伤神，想建议何充谢绝常客，酌量选择通报。他拟好呈文，拿来给虞存看。虞存这时担任何充的上佐，正和虞謇一起吃饭，告诉他说：“这个呈文很好，等我吃完再作批示。”吃过饭，拿起笔在呈文后面签上意见：“如果能找到像郭林宗那样有眼力的人做门亭长，一定照所陈述的意见办。可是到哪里去找这样的人！”虞謇于是作罢。

（18）王、刘[①]与林公共看何骠骑，骠骑看文书，不顾之。王谓何曰：“我今故与林公来相看，望卿摆拨[②]常务，应对玄言，那得方低头看此邪！”何曰：“我不看此，卿等何以得存！”诸人以为佳。

◎注释

①王、刘，即王濛、刘惔。

②摆拨，摆脱。

◎译文

王濛、刘惔和支道林一起去看骠骑将军何充，何充在看公文，没理会他们。王濛便对何充说："我们今天特意和林公来看你，希望你放下日常事务，和我们谈论玄学，哪能低头看公文呢!"何充说："我不看公文，你们这些清谈家怎能生存呢！"大家认为说得很好。

**（19）桓公在荆州，全欲以德被江、汉，耻以威刑[①]肃物[②]。令史受杖，正从朱衣上过。桓式年少，从外来，云："向从阁下过，见令史受杖，上捎云根，下拂地足。"意讥不著，桓公云："我犹患其重。"**

◎**注释**

①威刑，威势权力，刑法政令。

②肃物，威慑百姓。物，人，众人。

◎**译文**

桓温任荆州刺史时，一心想用德政治理江汉地区的百姓，耻于用威势严刑。有一次，一位令史受杖刑，木棒只从令史的官服上擦过。桓温的儿子桓式年纪还小，他从外面进来，对桓温说："我刚从官署门前走过，看见令史受杖刑，举起来高拂云脚，落下时低擦地面。"意为讥讽没碰到令史身上，桓温说："我还担心这太重了呢。"

**（20）简文[①]为相，事动[②]经年[③]，然后得过。桓公甚患其迟，常加劝勉。太宗曰："一日万机，那得速！"**

◎**注释**

①简文，即晋简文帝司马昱，司马奕被废后，简文进位丞相，录尚书事，总管朝政。晋简文帝的庙号为太宗。

②动，动辄，动不动。

③经年，经过一年。

◎**译文**

简文帝担任丞相时，一件政务，动不动就要经过一整年才能批复。桓温嫌他太慢，经常加以劝说鼓励。简文帝说："一天有成千上万件事，哪里快得了呢！"

**（21）山遐去[①]东阳，王长史[②]就简文索东阳[③]，云："承藉猛**

政，故可以和静致治。”

◎注释

①山遐，字彦林，任东阳郡太守，处事严厉，多用刑杀，郡境肃然。

②王长史，即王濛，简文帝辅政时任司徒左长史。

③索东阳，求东阳太守之职。索，求取。

◎译文

山遐离开东阳太守之位后，左长史王濛到简文帝那里要求出任东阳太守，说：“承继前任严厉的措施，我可以用宽和的、清静无为的办法使社会安定。”

（22）殷浩[①]始作扬州，刘尹行，日小[②]欲晚，便使左右取襆[③]。人问其故，答曰：“刺史严，不敢夜行。”

◎注释

①殷浩，字渊源，见识度量清明高远，年少负有美名，尤其精通玄理，与叔父殷融都酷爱《老子》、《易经》。永和二年出任扬州刺史。因父死，去职。除服后，再任扬州刺史。

②小，稍微。

③襆，包袱、行李。

◎译文

殷浩任扬州刺史时，丹阳尹刘惔到外地，太阳将要下山，便叫随从拿出被褥准备歇息。人家问他为何，他回答说：“刺史严厉，我不敢夜间赶路。”

（23）谢公时，兵厮[①]逋亡，多近窜南塘[②]下诸舫中。或欲求一时搜索，谢公不许，云：“若不容置此辈，何以为京都！”

◎注释

①厮，服杂役的人，差役。

②南塘，南岸，指秦淮河南岸。

◎译文

谢安辅政时，兵员差役时常逃亡，大多躲藏在南塘一带的船里。有人请求谢安搜索所有船只，谢安不答应。他说："如果不能宽恕这种人，怎能治理好京都！"

**（24）王大为吏部郎[①]，尝作选草[②]。临当奏，王僧弥[③]来，聊出示之。僧弥得，便以己意改易所选者近半，王大甚以为佳，更写即奏。**

**◎注释**

①吏部郎，官名，尚书省内分科主事的长官，魏晋时代颇受重视。

②选草，拟举荐授官的人员的名单初稿。

③王僧弥，即王珉，小名僧弥，曾任散骑郎、黄门侍郎。

**◎译文**

王大任吏部郎时，曾起草一份举荐人员的名单，正要去启奏皇帝，王僧弥来了，王大就拿出来给他看。王僧弥看了之后，按自己的意见改了将近半数，王大认为非常恰当，就另外誊清一份，随即上奏。

**（25）王东亭与张冠军善[①]。王既作吴郡，人问小令[②]曰："东亭作郡，风政何似？"答曰："不知治化何如，唯与张祖希情好日隆耳。"**

**◎注释**

①王东亭，即王珣，丞相王导之孙。因曾封东亭侯，故称王东亭。张冠军，即张玄，字祖希，任吏部尚书，后任冠军将军、会稽内史。张玄很有才学，名望很高，仅次于谢玄，并称"南北二玄"。

②小令，即王珉，字僧弥，王珣的弟弟。

**◎译文**

东亭侯王珣和将军张玄关系很好。王珣担任吴郡太守后，有人问中书令王珉说："东亭任郡太守，民风和政绩怎么样？"王珉回答说："不了解政绩怎样，只是看他和张祖希的交情越来越深厚了。"

（26）殷仲堪当之荆州，王东亭问曰："德以居全[①]为称，仁以不害物为名。方今宰牧华夏，处杀戮之职，与本操将不乖乎？"殷答曰："皋陶造刑辟[②]之制，不为不贤。孔丘居司寇[③]之任，未为不仁。

◎注释

①居全，处于完善的情况，指具有全德。全德指完美无缺的德行。

②刑辟，刑法、法律。

③司寇，掌管刑狱的官。

◎译文

殷仲堪要到荆州就任刺史之职，东亭侯王珣问他："德行完备称为德，不害人叫做仁。现在你去治理中部地区，有生杀大权，这好像和你原来的操守相违背了吧？"殷仲堪回答说："皋陶制定刑法制度，不算不贤德。孔子担任司寇的职责，也不算不仁爱。"

# 文学第四

文学，原指的是精通礼乐制度、熟悉经传典籍、学问渊博，也泛指有学问，有文才的人。而魏晋时期学风转变，儒学衰微，玄学昌盛。士大夫阶层不仅喜谈老庄玄学，还留心佛教经义，他们认为善谈名理就是博学多能。本篇所记，大多是以清谈形式进行的文学活动。

本篇记述了魏晋文人、士大夫在著述文章和清谈方面的故事，对当时辨析义理、品评文章的盛况进行了正面或侧面描写，尤其是一些人在探讨中所体现出的卓越才情及修养，也令我们可看出魏晋时期士大夫阶层的生活志趣及信仰。

（1）郑玄在马融门下[①]，三年不得相见，高足弟子传授而已。尝算浑天不合，诸弟子莫能解。或言玄能者，融召令算，一转便决，众咸骇服。及玄业成辞归，既而融有“礼乐皆东”之叹，恐玄擅名而心忌焉。玄亦疑有追，乃坐桥下，在水上据屐。融果转式[②]逐之，告左右曰：“玄在土下水上而据木，此必死矣。”遂罢追，玄竟以得免。

◎注释

①郑玄，字康成，山东高密人，经学家，遍注群经，精通历算。终生未仕，以教授、著书为业。马融，字季长，东汉经学家。曾作校书郎，南郡太守。

②转式，旋转式盘推演吉凶，一种占卜的方法。式，同“栻”，占卜用的盤。上圆下方，效法天地。

◎译文

郑玄在马融门下求学，过了三年也没见着马融，只能由他的高足弟子讲授。马融曾用浑天算法演算，结果不符，没谁能解释原因。有人说郑玄能算，马融便叫他来，郑玄转动浑天仪很快就解决了，大家都很惊叹佩服。郑玄学成回家，马融遂感叹礼乐的中心要随之东移，担心郑玄会独享盛名，内心嫉恨。郑玄也猜测马融会来追赶，便走到桥下，抓着木屐浮在水上。马融果然旋转栻盘占卜郑玄踪迹，然后告诉左右说："郑玄在土下、水上，靠着木头，一定是死了。"便不再去追赶，郑玄因此得免一死。

**（2）郑玄欲注《春秋传》，尚未成。时行，与服子慎[1]遇，宿客舍，先未相识。服在外车上，与人说己注《传》意。玄听之良久，多与己同。玄就车与语曰："吾久欲注，尚未了。听君向言，多与吾同，今当尽以所注与君。"遂为《服氏注》。**

◎注释

①服子慎，即服虔，字子慎，任九江太守，作《春秋左氏传解谊》。

◎译文

郑玄想为《左传》作注，还没完成。有事到外地去，在路上和服子慎相遇，住在同一个客店，两人并不相识。服子慎在店外的车上，和别人谈到自己注《左传》的想法。郑玄听了很久，听他的见解多和自己相同，就走到车前说道："我早就想注《左传》，还没完成。听了您的谈论，大多和我相同，现在把我作的注全部送给您。"于是就成了《春秋左氏服氏注》。

**（3）郑玄家奴婢皆读书。尝使一婢，不称旨，将挞之。方自陈说，玄怒，使人曳著泥中。须臾，复有一婢来，问曰："胡为乎泥中[1]？"答曰："薄言往愬，逢彼之怒[2]。"**

◎注释

①"胡为"句，引自《诗经》，意思是为何会在泥水中。

②“薄言”句，引自《诗经》，意思是近前诉说，正巧碰上他发怒。薄，靠近。愬，同“诉”，诉说，申诉。

◎译文

郑玄家里奴婢都读书。一次使唤一个婢女，不称心，郑玄要打她。她要分辩，郑玄生气了，叫人把她拉到泥里。一会儿，又有一个婢女走来，问她：“为什么会在泥水中？”她回答说：“如果我去诉说，反而会惹他发火。”

**（4）服虔既善《春秋》，将为注，欲参考同异。闻崔烈[①]集门生讲传，遂匿姓名，为烈门人赁作食。每当至讲时，辄窃听户壁间。既知不能逾己，稍[②]共诸生叙其短长。烈闻，不测何人，然素闻虔名，意疑之。明蚤往，及未寤，便呼：“子慎！子慎！”虔不觉惊应，遂相与友善。**

◎注释

①崔烈，字成考，汉灵帝时官至司徒、太尉，封阳平亭侯。

②稍，渐渐。

◎译文

服虔对《左传》有研究，将给它做注释，想参考各家不同见解。听说崔烈召集学生讲授《左传》，便隐姓埋名，给崔烈的学生当佣人做饭。讲授的时候，就躲在门外偷听。等他了解崔烈超不过自己后，才渐渐和那些学生谈论崔烈的得失。崔烈听说后，猜不出是什么人，可是听到过服虔的名声，猜想是他。一大早去拜访，趁服虔还没睡醒时，突然叫：“子慎！子慎！”服虔不觉惊醒答应，从此两人结为好友。

**（5）钟会撰《四本论》始毕，甚欲使嵇公一见，置怀中，既定[①]，畏其难，怀不敢出，于户外遥掷，便回急走。**

◎注释

①定，指完成。

◎译文

钟会撰《四本论》刚完成，很想让嵇康看看，便揣在怀里，已经到了那里，又怕嵇康质疑问难，不敢拿出，走到门外远远扔了进去，转身急忙跑了。

（6）**何晏[①]为吏部尚书，有位望。时谈客盈坐。王弼[②]未弱冠，往见之。晏闻弼名，因条向者胜理语弼曰："此理仆以为极，可得复难不？"弼便作难，一坐人便以为屈。于是弼自为客主[③]数番，皆一坐所不及。**

◎**注释**

①何晏，字平叔，好玄学，擅长清谈，喜欢谈名理。

②王弼，字辅嗣，能言善辩，魏晋玄学的主要开创者，著《老子注》《周易注》、《论语释疑》等书。

③客主，指辩难的客方、主方。自为客主，即自问自答。

◎**译文**

何晏任吏部尚书时，很有声望，当时清谈的宾客常常满座，王弼年龄不到二十，去拜会他。何晏听过王弼的名声，便分条列出精妙的玄理来告诉王弼："这些道理我谈得最透彻的了，还能再反驳吗？"王弼提出反驳，满座的人都觉得何晏理屈。于是王弼反复自问自答，所谈玄理没有谁能赶得上。

（7）**何平叔注《老子》始成，诣王辅嗣。见王注精奇[①]，乃神伏，曰："若斯人，可与论天人之际矣！"因以所注为《道》《德》二论。**

◎**注释**

①精奇，精微独到。

◎**译文**

何平叔注释《老子》才完成，就去拜会王辅嗣。看到王的《老子注》见解精微独到，非常佩服，说："像这个人，可以和他讨论天人之间的关系了！"于是把自己所作的注改写成《道论》、《德论》两篇。

**（8）王辅嗣弱冠诣裴徽，徽问曰：“夫无者，诚万物之所资，圣人莫肯致言，而老子申之无已，何邪？”弼曰：“圣人体无，无又不可以训，故言必及有。老庄未免于有，恒训其所不足。”①**

**◎注释**

①“无”和”有”，道家的哲学范畴。无就是道，没有任何物质的内容和属性；从无生出始初的物质，这就是有。

**◎译文**

王弼年轻时去拜访裴徽，裴徽问：“无，确实是万物之源，圣人不肯发表意见，老子却反复陈述，这是为何？”王弼说：“圣人体悟到万物始于无，可是又不能解释清楚，所以言谈间必定涉及有。老、庄不能超脱世间之有，所以经常去解释那个还掌握得不充分的无。”

**（9）傅嘏善言虚胜，荀粲谈尚玄远①。每至共语，有争而不相喻。裴冀州释二家之义，通彼我之怀，常使两情皆得，彼此俱畅。**

**◎注释**

①虚胜、玄远，二者均指玄学义理。虚胜指虚无的境界。玄远指深远微妙的哲理。

**◎译文**

傅嘏擅谈玄虚，荀粲崇尚玄远。两人一起谈论的时候，产生争论，却又互不理解。冀州刺史裴徽能够解释两人的道理，沟通彼此的心意，常常使双方都感满意，彼此都能通晓。

**（10）何晏注《老子》未毕，见王弼自说注《老子》旨，何意多所短，不复得作声，但应诺诺①。遂不复注，因作《道德论》。**

**◎注释**

①诺诺，连声答应，表示同意。

**◎译文**

何晏注释《老子》还没完成，听王弼谈起自己注释《老子》的意旨，对比之下，何晏感到自己的见解多有不足，不敢再开口，只是连声答应。于是不再作注，另写《道德论》。

（11）中朝[1]时有怀道之流[2]，有诣王夷甫[3]咨疑者，值王昨已语多，小极，不复相酬答，乃谓客曰："身今少恶，裴逸民亦近在此，君可往问。"

◎注释

①中朝，晋南渡以后，称渡江前为中朝。

②怀道之流，指推崇老庄、倾慕道家学说的一类人。

③王夷甫，即王衍，字夷甫。琅邪郡临沂县（今山东临沂北）人。西晋时期著名清谈家，西晋末年重臣，曹魏幽州刺史王雄之孙、平北将军王乂之子、司徒王戎堂弟。

◎译文

西晋时，有些倾慕道家学说的人，登门向王夷甫请教疑难，碰上王夷甫前一天谈了很久，有点疲乏，不再和客人应对，便对客人说："我有点不舒服，裴逸民也在附近住，您可以去问他。"

（12）裴成公[1]作《崇有论》，时人攻难之，莫能折。唯王夷甫来，如小屈。时人即以王理难裴，理还复申。

◎注释

①裴成公，即裴頠，字逸民，死后谥为成。

◎译文

裴逸民作《崇有论》，时人攻诘责难他，可没谁能驳倒他。只有王夷甫和他辩论，他才有点理亏。时人就用王夷甫的理论来驳他，可然而最后裴仍然辩驳胜利，理论得以深入阐释。

（13）诸葛厷[1]年少不肯学问，始与王夷甫谈，便已超诣。王叹曰："卿天才卓出，若复小加研寻，一无所愧。"厷后看庄老，更与王语，便足相抗衡。

◎注释

①诸葛厷，一作宏，字茂远，琅邪阳都人，诸葛绪之子，诸葛冲的弟弟，诸葛厷才能出众，在西晋官至司空主薄。

◎译文

诸葛厷少年时不肯学习，一开始和王夷甫清谈，便显示出高超卓越。王夷甫感叹说：“你才智出众，如果稍加研讨，就不比当代名流差了。”诸葛厷后来阅读了《庄子》《老子》，再和王夷甫清谈，就可以和他旗鼓相当。

**（14）卫玠总角时，问乐令梦，乐云：“是想。”卫曰：“形神所不接而梦，岂是想邪？”乐云：“因也。未尝梦乘车入鼠穴，捣齑[①]啖铁杵，皆无想无因故也。”卫思因经日不得，遂成病。乐闻，故命驾为剖析之。卫既小差，乐叹曰：“此儿胸中当必无膏肓[②]之疾！”**

**◎注释**

①捣齑（jī），把葱、蒜、姜等捣碎腌咸菜。

②膏，心尖脂肪。肓，心脏和隔膜之间部分。

**◎译文**

卫玠幼时，问尚书令乐广为何会做梦，乐广说：“是因为心有所想。”卫玠说：“身体和精神都不曾接触过的却在梦里出现，这是心有所想吗？”乐广说：“有因缘关系。人们不曾梦见坐车进老鼠洞，或者捣碎姜蒜吃铁杵，这都是因为没有这些想法，没有这样的因缘而已。”卫玠思索这个问题，得不出答案，竟然痴想成疾。乐广听说，特意坐车去给他分析这个问题。卫玠的病才有了起色，乐广感慨说：“这孩子一定不会得无法医治的病！”

**（15）庾子嵩读《庄子》，开卷一尺许[①]便放去。曰：“了不异人意。”**

**◎注释**

①魏晋时代，因帛书昂贵，书籍多为简书。简牍多用丝麻绳编成册，所以开卷多少可以用长短尺来计算。帛书是可以卷起来的，也可以用尺寸来说明展卷多少。

**◎译文**

庾子嵩读《庄子》，打开书读了一尺左右就放下了，说：“和我的想法完全相同。”

（16）客问乐令“旨不至[①]”者，乐亦不复剖析文句，直以麈尾柄确几[②]曰：“至不？”客曰：“至。”乐因又举麈尾曰：“若至者，那得去？”于是客乃悟服。乐辞约而旨达，皆此类。

◎注释

①旨不至，出自《庄子·天下篇》，指不能达到事物的实质，就算达到了也不能穷尽。

②确几，敲着小桌子。

◎译文

有人问尚书令乐广，“旨不至”这句话是什么意思，乐广也不分析文辞句意，用麈尾柄敲着小桌子说：“达到了没有？”客人回答说：“达到了。”乐广于是举起麈尾说：“如果达到了，又怎么能向前发展下去呢？”这时客人才醒悟过来，表示信服。乐广解释问题言辞简明扼要，意思很透彻，都与此类似。

（17）初，注《庄子》者数十家，莫能究其旨要。向秀于旧注外为解义，妙析奇致，大畅玄风。唯《秋水》《至乐》二篇未竟，而秀卒。秀子幼，义遂零落，然犹有别本。郭象[①]者，为人薄行，有俊才。见秀义不传于世，遂窃以为己注，乃自注《秋水》《至乐》二篇，又易《马蹄》一篇，其余众篇，或定点文句而已。后秀义别本出，故今有向、郭二《庄》，其义一也。

◎注释

①郭象，字子玄，河南洛阳人。西晋玄学家。少有才理，好《老》、《庄》，能清言，常闲居。辟司徒掾，稍迁黄门侍郎。

◎译文

起初注《庄子》的有几十家，可没有一家能探索到要旨。向秀在旧注外另求新解，分析精到，意趣巧妙非凡，意旨大为畅达。只是《秋水》《至乐》两篇还没完成，向秀就死了。向秀的儿子很小，不能完成父业，这两篇的注释便四散零落了，然而还留有一个副本。

郭象这个人，品行不好，才智却颇出众。他看到向秀所释新义还没流传，便剽窃来当作自己的注。于是注释了《秋水》《至乐》两篇，又改换了《马蹄》一篇，其余各篇只是改正一下文字罢了。后来向秀释义的副本出现，所以向秀、郭象两本《庄子》注本，解释的意思其实是一样的。

**（18）阮宣子[①]有令闻，太尉王夷甫见而问曰："老、庄与圣教同异？"对曰："将无同。"太尉善其言，辟之为椽。世谓"三语椽"。卫懿嘲之曰："一言可辟，何假于三！"宣子曰："苟是天下人望，亦可无言而辟，复何假一！"遂相与为友。**

◎注释

①阮宣子，即阮脩，字宣子，喜欢《老子》《周易》，能谈玄理。

◎译文

阮宣子很有名望，太尉王夷甫问他："老庄学说和儒家学说有何异同？"阮宣子回答说："恐怕相同吧。"太尉赞赏他的回答，调他来做下属。世人称他为"三语椽"。卫玠嘲讽说："只说一个字就可以征召，何必要借助三个字！"宣子说："如果是天下所仰望，也可以不说话就能调用，又何必要借助一个字呢！"于是两人结为朋友。

**（19）裴散骑[①]娶王太尉女。婚后三日，诸婿大会，当时名士，王、裴子弟悉集。郭子玄在坐，挑与裴谈。子玄才甚丰赡，始数交，未快。郭陈张甚盛，裴徐理前语，理致甚微，四坐咨嗟称快。王亦以为奇，谓诸人曰："君辈勿为尔，将受困寡人[②]女婿。"**

◎注释

①裴散骑，即裴遐，字叔道，任散骑郎。善谈名理，谈吐风雅。

②寡人，本意是王侯自称。六朝时有地位的士大夫也自称寡人。

◎译文

散骑郎裴遐娶太尉王夷甫的女儿为妻。婚后三天，几个女婿都来聚会，当时的名士和王、裴两家子弟齐集王家。郭子玄也在座，他领头和裴遐谈玄。子玄才识很渊博，刚交锋几个回合，还觉得不痛快。郭子玄铺陈玄理，裴遐回复前言，理趣都很精微，满座赞叹不已，表示痛快。王夷甫也以为新奇，于是对大家说："不要再辩论了，不然就要被我女婿困住了。"

（20）卫玠始度江，见王大将军[①]。因夜坐，大将军命谢幼舆[②]。玠见谢，甚说之，都不复顾王，遂达旦微言，王永夕不得豫。玠体素羸，恒为母所禁。尔夕忽极，于此病笃，遂不起。

◎注释

①王大将军，即王敦，字处仲，善谈名理，历任侍中、大将军、扬州牧。

②谢幼舆，谢鲲，字幼舆，在王敦手下任长史，好玄学，擅音乐。

◎译文

卫玠避乱渡江，去拜见大将军王敦。夜坐清谈，大将军邀来谢幼舆。卫玠见到谢幼舆，非常喜欢，就也不再理王敦，两人一直谈到第二天早晨，王敦整夜插不上话。卫玠向来体弱，常被母亲管束，不让多谈论。这一夜更加疲累，从此病情加重，终于去世。

（21）旧云，王丞相过江左，止道声无哀乐[①]、养生、言尽意三理而已，然宛转关生，无所不入。

◎注释

①声无哀乐，嵇康著有《声无哀乐论》，认为音声无常，随人的感情而变化，本身并不具有哀乐之情。

◎译文

过去有种说法，说丞相王导到江南后，只是谈论声无哀乐、养生和言尽意这三方面的道理而已，然而辗转派生出很多观点，万事万物无不囊括其中。

（22）殷中军为庾公长史，下都，王丞相为之集，桓公、王长史、王蓝田、谢镇西并在。丞相自起解帐带麈尾，语殷曰："身今日当与君共谈析理。”既共清言，遂达三更。丞相与殷共相往反，其余诸贤略无所关。既彼我相尽，丞相乃叹曰：“向来语，乃竟未知理源所归。至于辞喻不相负[①]，正始之音[②]，正当尔耳！”明旦，桓宣武语人曰：“昨夜听殷、王清言，甚佳。仁祖亦不寂寞，我亦时复造心[③]。顾看两王椽，辄翣如生母狗馨。”

◎注释

①辞喻不相负，言辞、譬喻不相悖。指清谈时所用辞喻妙趣横生，且纵横其间，丰富达意。

②正始之音，正始年间谈玄的风尚。

③造心，进到心里，指有所得。

◎译文

中军将军殷浩任长史时，有一次进京，丞相王导为他把大家聚在一起，桓温、左长史王濛、蓝田侯王述、镇西将军谢尚都在座。丞相亲自起来解下挂在帐带上的拂尘，对殷浩说：“我今天和您一起谈玄析理。”两人清谈完后，已到三更时分。丞相和殷浩来回辩难，其他人完全参与不进去。彼此辩难已尽兴，丞相叹道：“一向谈玄论理，竟然不知道玄理的本源在什么地方。至于旨趣和比喻不相违背，正始年间的清谈，大概也不过如此呀！”第二天早上，桓温告诉别人说：“昨夜听殷、王两人清谈，非常美妙。仁祖也不感到寂寞，我也心有所得。回头看两位王属官，都呆住了，就像插着羽毛扇的母狗一样。”

（23）殷中军见佛经，云：“理亦应阿堵[①]上。”

◎注释

①阿堵，这个。指佛经和玄学义理相符。东晋以后，玄学和佛学趋于合流。

◎译文

中军将军殷浩看了佛经，说：“玄理也应在其中。”

（24）谢安年少时，请阮光禄[①]道《白马论》[②]，为论以示谢。

于时谢不即解阮语，重相咨尽。阮乃叹曰：“非但能言人不可得，正索解人亦不可得！”

◎注释

①阮光禄，即阮裕，字思旷，河南陈留人，东晋尚书郎，哲学家，历官临海太守、东阳太守、散骑常侍、国子祭酒、金紫光禄大夫、侍中。阮籍的族弟。

②《白马论》，战国公孙龙子所著，提出“白马非马”这一命题，认为“马”是指形体，“白”是指颜色，因此“白马非马”。从内涵和外延上，对于种属进行了分析。

◎译文

谢安年轻时，请光禄大夫阮裕讲《白马论》，阮裕写了一篇论给谢安看。当时谢安不能理解阮裕的话，就反复请教以求理解。阮裕于是赞叹道：“不但能谈《白马论》的人难得，就是寻求透彻了解的人也是不可多得！”

（25）褚季野语孙安国云：“北人学问，渊综[①]广博。”孙答曰：“南人学问，清通[②]简要。”支道林闻之，曰：“圣贤固所忘言。自中人以还，北人看书，如显处视月[③]。南人学问，如牖中窥日[④]。”

◎注释

①渊综，深厚而且融通。

②清通，清新通达。

③显处视月，比喻所见面广，但中心不突出。

④牖中窥日，比喻所见面窄，但中心突出。牖（yǒu），窗户。

◎译文

褚季野对孙安国说：“北方人做学问，基础深厚，知识广博融通。”孙安国回答说：“南方人做学问，专一精通，简明扼要。”支道林听到后，说：“对圣贤来说，自然是到了‘得意忘言’的境界。从中等才质的人来说，北方人读书，像是在视野开阔处看月亮；南方人做学问，像是从窗户里看太阳。”

**（26）刘真长与殷渊源谈，刘理如小屈，殷曰：“恶！卿不欲作将[1]善云梯仰攻？”**

**◎注释**

①作将，做。

**◎译文**

刘真长和殷渊源谈玄，刘真长有点理亏，殷渊源便说：“嗯，怎么你没想要造一架好的云梯来仰攻呢？”

**（27）殷中军云：“康伯未得我牙后慧[1]。”**

**◎注释**

①牙后慧，口头上的赞美。

**◎译文**

中军将军殷浩说：“康伯未曾得到我口头上的褒奖赞美。”

**（28）谢镇西少时，闻殷浩能清言，故往造之。殷未过有所通，为谢标榜诸义，作数百语，既有佳致[1]，兼辞条丰蔚，甚足以动心骇听。谢注神倾意，不觉流汗交面。殷徐语左右：“取手巾与谢郎拭面。”**

**◎注释**

①佳致，即风致，指谈吐举止风雅。

**◎译文**

镇西将军谢尚年轻时，听说殷浩擅长清谈，于是前去拜访。殷浩未做过多阐发，只是给谢尚标榜诸家义理，说了数百句，不但谈吐举止有风致，而且辞藻丰富，动人心弦，令人惊艳。谢尚全神贯注，倾心向往，不觉汗流满面。殷浩从容地吩咐下人：“拿手巾给谢郎擦脸。”

**（29）宣武集诸名胜[1]讲《易》，日说一卦。简文欲听，闻此便还，曰：“义自当有难易，其以一卦为限邪！”**

**◎注释**

①名胜，名流，名士。

◎译文

桓温聚集名士讲解《周易》，每天讲一卦。简文帝本想去听，一听说是这样就回来了，说："卦的内容自然有难有易，怎么能限定每天讲一卦呢！"

（30）有北来道人好才理[1]，与林公相遇于瓦官寺，讲《小品》[2]。于时竺法深、孙兴公悉共听。此道人语，屡设疑难，林公辩答清析，辞气俱爽。此道人每辄摧屈。孙问深公："上人当是逆风家，向来何以都不言？"深公笑而不答。林公曰："白旃檀[3]非不馥，焉能逆风！"深公得此义，夷然不屑。

◎注释

①才理，才气和文思。

②《小品》，指佛教经典《小品般若波罗密经》。

③白旃檀，白檀香树。这一句说，这种树只能顺风闻香味，指深公也不是自己的对手。

◎译文

有位北来的僧人有才思，与林公在瓦官寺相遇，两人研讨《小品》。当时竺法深、孙兴公等人都去听。这位僧人的谈论，屡次设难，支道林的答辩透彻，言辞清爽，僧人屡被驳倒。孙兴公问竺法深道："上人一贯是逆风而上的辩难大家，刚才为何一句话也不说？"竺法深笑笑，没有回答。支道林接口说："白檀香并非不芬芳，但逆风怎能闻到香呢！"竺法深知道这话的含义，却坦然自若，置之不理。

（31）孙安国往殷中军许共论，往反精苦[1]，客主无间[2]。左右进食，冷而复暖者数四。彼我奋掷麈尾，悉脱落满餐饭中。宾主遂至莫忘食。殷乃语孙曰："卿莫作强口马，我当穿卿鼻！"孙曰："卿不见决鼻牛，人当穿卿颊！"

◎注释

①精苦，精心竭力。

②无间，没有空隙。

◎译文

孙安国到中军将军殷浩处清谈，两人来回辩驳，精心竭力，宾主都无懈可击。侍从端上饭菜也顾不得吃，凉了又热，热了又凉，来回四次。两人奋力甩动麈尾，以致麈尾的毛全部脱落，落在饭菜上。宾主双方竟然到傍晚也没想起吃饭。殷浩对孙安国说："你不要做强嘴马，我要穿你的鼻子！"孙安国接口说："你没见挣破鼻子的牛吗，当心会有人穿你的腮帮子！"

（32）《庄子·逍遥篇》，旧是难处，诸名贤所可钻味，而不能拔理于郭、向之外。支道林在白马寺中，将冯太常共语，因及《逍遥》。支卓然标新理于二家之表，立异义于众贤之外，皆是诸名贤寻味之所不得。后遂用支理。

◎译文

《庄子·逍遥游》长久以来是个难题，名流钻研玩味，对它的义理阐述都超不出郭象和向秀所阐发的义理之外。一次，支道林在白马寺里，和太常冯怀谈到《逍遥游》。支道林在郭、向两家的见解之外，揭示出新颖的义理，提出特异的见解，都是诸名流探求、玩味时未能体会到的。后来解释《逍遥游》，便采用支道林阐明的义理。

（33）殷中军尝至刘尹所清言。良久，殷理小屈，游辞[①]不已，刘亦不复答。殷去后，乃云："田舍儿，强学人作尔馨[②]语！"

◎注释

①游辞，不切实际、游移闪烁的言语。

②尔馨，这般。这一句是讥笑殷浩强学谈玄。

◎译文

中军将军殷浩到丹阳尹刘惔那里去清谈，谈了很久，殷浩有点理亏，就不住地用些浮辞来应对，刘淡也不再答辩。殷浩走了以后，刘惔就说："乡巴佬，还学别人这般谈玄！"

（34）殷中军虽思虑通长，然于才性[①]偏精。忽言及《四本》[②]，便若汤池铁城[③]，无可攻之势。

◎注释

①才性，才能和本性，指才、性的含义及其关系。

②《四本》，即钟会撰《四本论》，是魏晋才性之学的代表作之一。讨论才能与品质的关系，有才性同，才性异，才性合，才性离“四本”。简单的说，就是谈才性相离还是相合的问题。

③汤池铁城，流着沸水的护城河，铁造的城墙，喻非常坚固。

◎译文

中军将军殷浩才思精深广阔，然而对于才性问题最为精通。他谈到《四本论》，便像汤池铁城，有坚不可摧之势。

（35）支道林造《即色论》，论成，示王中郎，中郎都无言。支曰：“默而识之[①]乎？”王曰：“既无文殊[②]，谁能见赏！”

◎注释

①默而识之，把它默记在心，语出《论语·述而》。

②文殊，指文殊菩萨。《维摩诘经》中说：维摩诘问众位菩萨，如何入不二法门，文殊谈论完之后反问维摩诘，维摩诘默然无言，文殊叹道：“奇哉奇哉，乃至无有文字语言，是真入不二法门！”王坦之的意思，是维摩诘虽然沉默不语，但文殊菩萨还是领悟到了他的意思；如今既然已经没有文殊菩萨了，又有谁能明白他的沉默呢。王坦之的沉默，实际上表示他并不欣赏支道林的著作。

◎译文

支道林和尚写了《即色论》，写成之后，拿给中郎将王坦之看。王坦之一句话也没说。支道林说：“你是默记在心吧？”王坦之说：“既然文殊菩萨不在这里，谁能明白我的用意呢！”

（36）王逸少作会稽，初至，支道林在焉。孙兴公谓王曰：“支道林拔新领异[①]，胸怀所及，乃自佳，卿欲见不？”王本自有一往隽气[②]，殊自轻之。后孙与支共载往王许，王都领域，不与交言。须臾

**支退。后正值王当行，车已在门，支语王曰："君未可去，贫道与君小语。"因论《庄子·逍遥游》。支作数千言，才藻新奇，花烂映发。王遂披襟解带，留连不能已。**

◎**注释**

①拔新领异，标新立异。拔，提出。领，领会。

②往隽气，指一向有超人的气质。隽，通"俊"。

◎**译文**

王逸少出任会稽内史，初到任，支道林也在郡里。孙兴公对王逸少说："支道林见解新颖，对问题体会独到，思虑很美妙，你想见见他吗？"王逸少本就气质超人，轻视支道林，后来孙兴公和支道林坐车到王逸少那里，王总是着意矜持，不和他交谈。不一会儿，支道林就告退了。一次，正碰上王逸少外出，车子已在门外，支道林对王逸少说："您还不能走，我想和您稍微谈论一下。"于是谈到《庄子·逍遥游》，支道林谈起来，洋洋数千言，才气不凡，辞藻新奇，像繁花灿烂，交映生辉。王逸少于是解开衣带，敞开衣襟，沉迷其中，留连不已。

（37）**三乘佛家滞义[①]，支道林分判[②]，使三乘炳然[③]。诸人在下坐听，皆云可通。支下坐，自共说，正当得两，入三便乱。今义弟子虽传，犹不尽得。**

◎**注释**

①滞义，不易解释的内容。

②分判，辨别剖析。

③炳然，显明清楚的样子。

◎**译文**

三乘的教义佛教中很难讲解，支道林登座宣讲，详加辨析，使三乘内容显豁。大家听讲，都说能够理解。支道林离开后，人互相说解，只能解通两乘，进入三乘便混乱了。现在的三乘教义，弟子虽然传习，仍然不能全部理解。

（38）许掾[①]年少时，人以比王苟子[②]，许大不平。时诸人士及放法师并在会稽西寺讲，王亦在焉。许意甚忿，便往西寺与王论理，共决优劣。苦相折挫，王遂大屈。许复执王理，王执许理，更相覆疏，王复屈。许谓支法师曰："弟子向语何似？"支从容曰："君语佳则佳矣，何至相苦邪？岂是求理中之谈哉！"

◎注释

①许掾，即许询，曾被召为司徒掾。

②王苟子，即王脩，字敬仁，小名苟子。

◎译文

司徒掾许询年轻时，人们拿他和王苟子并列，许询非常不服气。当时许多名士和支道林法师一起在会稽西寺论玄，王苟子也在那里。许询心里不平，便到西寺去和王苟子辩论玄理，一决优劣。许询极力要挫败对方，结果王苟子被彻底驳倒。接着许询又反过来用王苟子的义理，王苟子用许询的义理，再度反复陈说，王苟子又被驳倒。许询就问支法师说："弟子刚才的谈论怎样？"支道林从容回答："你的谈论是好，但何必苦缠不休呢？这岂是探求真理的谈法！"

（39）林道人诣谢公。东阳[①]时始总角，新病起，体未堪劳，与林公讲论，遂至相苦。母王夫人在壁后听之，再遣信令还，而太傅留之。王夫人因自出，云："新妇少遭家难，一生所寄，唯在此儿。"因流涕抱儿以归。谢公语同坐曰："家嫂辞情慷慨，致可传述，恨不使朝士见！"

◎注释

①东阳，即谢朗，官至东阳郡太守，谢安的侄儿。

◎译文

支道林拜访谢安。东阳太守谢朗年幼，病刚好，身体还经不起劳累，和支道林辩论玄理，终于弄到苦缠不休的地步。他母亲王夫人在隔壁听着，一再派人叫他回去，可是太傅谢安却把他留住。王夫人只好出来，说："我早年寡居，一辈子的寄托都在这孩子身上。"于是流着泪把儿子抱回去了。谢安告诉同座的人说："家嫂情意和言语都很慷慨，实在值得称颂，可惜朝官没见到她！"

（40）**支道林、许掾诸人共在会稽王斋头[①]，支为法师，许为都讲[②]。支通[③]一义，四坐莫不厌心[④]。许送一难[⑤]，众人莫不抃舞[⑥]。但共嗟咏二家之美，不辩其理之所在。**

◎**注释**

①斋头，书房。

②魏晋以后，佛家开讲佛经，一人唱经，一人解释。唱经者称都讲，解释者称法师。

③通，阐述，疏通。

④厌心，满足，心悦诚服。

⑤送难，传达一个诘难。指唱经者唱诵一段经文，请法师讲解。

⑥抃（biàn）舞，鼓掌跳跃，比喻非常高兴。

◎**译文**

支道林和司徒椽、许询等人在会稽王的书房里讲解佛经，支道林为主讲法师，许询做都讲唱经。支道林每阐明一个义理，满座没有不满意的；许询每提出一个疑难，大家也都高兴得手舞足蹈。他们只是咏叹两家辞采的精妙，并不去辨别清楚义理所在。

（41）**谢车骑在安西艰中[①]，林道人往就语，将夕乃退。有人道上见者，问云："公何处来？"答云："今日与谢孝剧谈一出来[②]。"**

◎**注释**

①谢车骑，即谢玄，谢奕的儿子。安西，即谢奕。艰，父母之丧。

②谢孝，谢玄在服丧期间的代称。剧谈，畅谈。

◎**译文**

车骑将军谢玄服父丧期间，支道林去他家和他谈玄，太阳快下山了才告辞。有人在路上碰见支道林，问："林公从何处来？"支道林回答："今天和谢孝子畅谈了一番。"

（42）支道林初从东出，住东安寺中。王长史宿构[1]精理，并撰其才藻，往与支语，不大当对。王叙致[2]作数百语，自谓是名理奇藻。支徐徐谓曰："身与君别多年，君义言了不长进。"王大惭而退。

◎注释

①宿构，事先构思。

②叙致，陈述道理。

◎译文

支道林刚从会稽来到建康时，住在东安寺里。左长史王濛预先构思好精妙的义理，富有才情的言辞，前去和支道林清谈，然而和支道林水平不太相当。王濛长篇大论，自以为讲的是至理名言，辞藻奇丽。支道林听后，却徐徐说道："和您分别多年，看来您在义理、言辞方面都没长进。"王濛非常惭愧，告辞而去。

（43）殷中军读《小品》，下二百签[1]，皆是精微，世之幽滞[2]。尝欲与支道林辩之，竟不得。今《小品》犹存。

◎注释

①签，签注。读书有疑难处，夹上字条做标记。

②幽滞，深奥难解。

◎译文

中军将军殷浩读佛经《小品》，加了二百张书签做标记，都是书中精深奥妙之处，而世人往往觉得隐晦难明的地方。殷浩曾想和支道林辩明这些问题，终究不能如愿。至今《小品》还留存。

（44）佛经以为祛练神明[1]，则圣人[2]可致。简文云："不知便可登峰造极不？然陶练[3]之功，尚不可诬。"

◎注释

①祛练，佛教用语，指摆脱烦恼、修习智慧。神明，人的精神。

②圣人，佛家指德智慈悲的人，即佛。

③陶练，陶冶习练。陶，烧制陶器。练，煮生丝使之柔白韧练。

◎译文

佛经认为去除杂念、修习身心，就可成佛。简文帝说："不知是否可以达到登峰造极的境界？然而，道家陶冶性情的功效，还是不可以抹杀的。"

（45）于法开[①]始与支公争名，后情渐归支，意甚不分，遂遁迹剡下[②]。遣弟子出都，语使过会稽，于时支公正讲《小品》。开戒弟子："道林讲，比汝至，当在某品中。"因示语攻难数十番，云："旧此中不可复通。"弟子如言诣支公，正值讲，因谨述开意。往反多时，林公遂屈，厉声曰："君何足复受人寄载[③]来！"

◎注释

①于法开，东晋高僧、医家，剡县（今浙江嵊县）人，精于医术及佛释之道。据《绍兴府志》载，于氏曾于旅途中以羊肉羹及针术治难产，须臾胎儿娩出，范行准氏认为此为我国羊膜之最早记录。《隋志》载有于氏所著《议论备豫方》一卷，已佚。

②剡下，剡县，属会稽郡。

③寄载，本意为搭乘车船。引申为授意传言。

◎译文

于法开和尚初和支道林争名，后来众人都倾向于支道林，他很不服气，便到剡县隐居起来。有一次，于法开派弟子到京都，吩咐弟子经过会稽山阴县去拜访支公。那时支道林正在宣讲佛经《小品》，于法开告诉弟子说："道林开讲《小品》，等你到时，就该讲某品了。"还给弟子示范，告诉他来回数十次的攻诘辩难，并说："过去这些地方他一直讲不明白。"弟子照他的嘱咐拜访支道林，正好碰上支道林宣讲，正好讲到那一品，于是便谨慎陈述于法开的见解，两人往复辩论了很久，支道林终于理屈，厉声说："你何苦传达他人之论呢！"

（46）殷中军问："自然无心于禀受[①]，何以正善人少，恶人

**多？”诸人莫有言者。刘尹答曰：“譬如写水著地，正自纵横流漫，略无正方圆者。”一时绝叹，以为名通[②]。**

◎注释

①自然无心于禀受，这是古代一种自然无为的哲学观点，认为万物都是自然生产，不受他物支配。禀受，指先天禀性。一说为承受。

②名通，精妙通达的解释。

◎译文

中军将军殷浩问：“既然宇宙万物的存在发展都是自然而然，不受他物支配，那为何世上好人少，坏人多？”在座的人没有人能回答得了。只有丹阳尹刘遵祖回答说：“这好比水在地上流淌，只是四处纵横无约束，没有恰好流成方形或圆形的。”满座赞叹，均认为是精妙之言。

**（47）康僧渊[①]初过江，未有知者，恒周旋市肆，乞索以自营。忽往殷渊源许，值盛有宾客，殷使坐，粗与寒温[②]，遂及义理[③]。语言辞旨，曾无愧色，领略粗举，一往参诣。由是知之。**

◎注释

①康僧渊，西域僧人。生於长安，晋成帝时过江。後遇陈郡殷浩，由是改观，於豫章山立寺讲说，卒於寺中。

②寒温，寒暄。

③义理，经义和名理。

◎译文

康僧渊刚到江南，还没人知道他，常在街市徘徊，靠乞讨为生。一次，突然到殷渊源家去，碰上很多宾客在座，殷渊源让他坐下，和他寒暄了几句，就谈及义理。康僧渊谈起义理，毫无愧色，不管是深刻领会的，还是粗略提出的，都曾深入钻研过。通过这次清谈，大家知道了他。

**（48）殷、谢诸人共集。谢因问殷：“眼往属[①]万形，万形来入眼不？”**

◎注释

①属，同“瞩”，看。

◎译文

殷浩、谢安等人聚会。谢安问殷浩：“眼睛去追随看一切物象，还是一切物象进入人们眼中呢？”

（49）人有问殷中军：“何以将得位[①]而梦棺器，将得财而梦矢秽[②]？”殷曰：“官本是臭腐，所以将得而梦棺尸。财本是粪土，所以将得而梦秽污。”时人以为名通。

◎注释

①位，官位，爵位。

②矢秽，粪污。矢，同“屎”。

◎译文

有人问中军将军殷浩：“为何梦见棺材就能得到官爵，将要得到钱财就会梦到粪污？”殷浩回答道：“官爵本是腐臭之物，因此将要得到官位会梦见棺材尸体。钱财本是粪土，因此将要得到钱财会梦见肮脏的东西。”被认为是至理名言。

（50）殷中军被废东阳[①]，始看佛经。初视《维摩诘》，疑“般若波罗密”太多。后见《小品》，恨此语少。

◎注释

①“殷中军”句，晋穆帝永和九年，殷浩以中军将军率师北伐，失败而回。次年，桓温废殷浩为庶人，殷浩便迁往东阳郡。

◎译文

中军将军殷浩被免职，迁到东阳郡，才开始看佛经。初次看《维摩诘经》，怀疑“般若波罗密”太过繁复。后来看《小品》，了解了这句话的意旨，又恨这样的话太少了。

（51）支道林、殷渊源俱在相王[①]许。相王谓二人：“可试一交言，而才性殆是渊源崤、函[②]之固。君其慎焉！”支初作，改辙远之；数四交，不觉入其玄中。相王抚肩笑曰：“此自是其胜场，安可争锋！”

◎注释

①相王，指晋简文帝，未登帝位时，任丞相，所以称相王。

②崤、函，崤山和函谷关，今陕西潼关以东至河南新安县境一带。

◎译文

支道林、殷渊源都在相王府，相王对二人说道：“你们试着辩论一下，然而才性之学恐怕有渊源之深，兼有关河之固，可要谨慎啊！”支道林论述问题时，便改变方向，远远避开才性问题；可论辩了几个回合，便不觉进入玄理之中。相王拍着支道林的肩膀笑道：“这本是他的特长，你怎可以和他争胜呢！”

（52）谢公因子弟集聚，问：“《毛诗》[①]何句最佳？”遏称曰：“昔我往矣，杨柳依依。今我来思，雨雪霏霏。”公曰：“‘讦谟定命，远猷辰告。’谓此句偏有雅人深致。”

◎注释

①毛诗，即毛亨作传的《诗经》，又称毛诗。

◎译文

谢安趁着子侄们聚会，问大家：“《诗经》哪句最好？”谢玄说：“‘昔我往矣，杨柳依依；今我来思，雨雪霏霏。”谢安说：“‘讦谟定命，远猷辰告’。”认为这一句最有雅士的深远意趣。

（53）张凭举孝廉[①]，出都，负其才气，谓必参时彦。欲诣刘尹，乡里及同举者共笑之。张遂诣刘，刘洗濯料事，处之下坐，唯通寒暑，神意不接。张欲自发，无端。顷之，长史诸贤来清言，客主有不通处，张乃遥于未坐判之，言约旨远，足畅彼我之怀，一坐皆惊。真长延之上坐，清言弥日，因留宿。至晓，张退，刘曰：“卿且去，正当取卿共诣抚军。”张还船，同侣问何处宿，张笑而不答。须臾，真长遣传教觅张孝廉船，同侣惋愕。即同载诣抚军。至门，刘前进谓抚军曰：“下官今日为公得一太常博士[②]妙选。”既前[③]，抚军与之话言，咨嗟称善曰：“张凭勃窣为理窟[4]。”即用为太常博士。

◎注释

①孝廉，指孝顺父母、品行端庄的人。汉代选拔人才的科目，魏晋也有此制。

②太常博士，古官职名。三国魏文帝初置太常博士，掌引导乘舆，撰定五礼（吉、嘉、宾、军、凶）仪注，监视仪物，议定王公大臣谥法等事。

③既前，见面以后。

④勃窣，词采丰富缤纷的样子。理窟，头脑中义理丰富。

◎译文

张凭察举为孝廉后，到京都去，仗着自己有才气，认为必能跻身名流。他想去拜访丹阳尹刘真长，同行的人都笑话他。张凭还是去了，这时刘真长正在处理一些事务，把他安排到下座，和他寒暄了一下，也没怎么在意。张凭想自己主动发表见解，又找不到话题。不久，长史王濛等名流来清谈，主客间有不能沟通的地方，张凭便在末座上分析评判，言辞精炼而内容深刻，把彼此的心意都表述清楚，满座惊奇。刘真长请他到上座，和他清谈了一整天，并留他住了一夜。第二天，张凭告辞，刘真长说：“你先回去，我将邀你同去谒见抚军。”张凭回到船上，同伴问他在哪里过夜，张凭笑笑，没有回答。不一会儿，刘真长派郡吏来找张孝廉坐的船，同伴都很惊愕。刘真长当即和他坐车谒见抚军。到了门口，刘真长先进去对抚军说：“下官给您找到一个太常博士的最佳人选。”张凭进见后，抚军和他谈话，不住赞叹，连声说好，并说：“张凭才华横溢，是义理汇集之所。”于是任用他做太常博士。

（54）汰法师云：“六通[1]、三明[2]同归，正异名耳。”

◎注释

①六通，指天眼通、天耳通、身通、它心通、宿命通、漏尽通。

②三明，指心得到解脱，能知过去、现在、未来三世。

◎译文

汰法师说："六通和三明旨意同归，只是名称不同罢了。"

（55）支道林、许、谢盛德，共集王家。谢顾谓诸人："今日可谓彦会，时既不可留，此集固亦难常，当共言咏，以写其怀。"许便问主人有《庄子》不，正得《渔父》一篇。谢看题，便各使四坐通。支道林先通，作七百许语，叙致精丽，才藻奇拔，众咸称善。于是四坐各言怀毕。谢问曰："卿等尽不？"皆曰今日之言，少不自竭。谢后粗难，因自叙其意，作万余语，才峰秀逸[①]，既自难干[②]，加意气拟托[③]，萧然自得，四坐莫不厌心。支谓谢曰："君一往奔诣[④]，故复自佳耳！"

◎注释

①才峰，才能突出。秀逸，特异超俗。

②干，触犯，这里指赶上。

③拟托，比拟寄托。

④一往奔诣，直向高深境界。

◎译文

支道林、许询、谢安诸位高德，到王濛家聚会。谢安环顾左右说："今天是贤士雅会，时光既不可留，这样的聚会也难常有，我们应谈论吟咏，来抒发情怀。"许询便问主人有《庄子》否，找到《渔父》这一篇。谢安看了题目，令大家讲其义理。支道林先讲，说了七百来句，义理精妙优美，辞藻新奇拔俗，引来一致赞叹。在座各人谈完了自己的体会。谢安问："你们说完了没有？"大家都说今天的谈论，很少有保留，没有不尽兴的了。谢安然后提出一些疑问，畅谈自己的意见，洋洋万余言，才思敏锐高妙，特异超俗，旁人难以企及，加上情意有寄托，潇洒自如，满座无不心悦诚服。支道林对谢安说："您的论述径往高深境界，确实是高妙啊！"

（56）殷中军、孙安国、王、谢能言诸贤，悉在会稽王许。殷与孙共论《易象妙于见形》：孙语道合[①]，意气干云[②]。一坐咸不安孙

**理，而辞不能屈。会稽王慨然叹曰：“使真长来，故应有以制彼。”即迎真长，孙意已不如。真长既至，先令孙自叙本理。孙粗说己语，亦觉殊不及向。刘便作二百许语，辞难简切，孙理遂屈。一坐同时拊掌而笑，称美良久。**

◎注释

①孙语道合，孙盛将自己的论点阐发得很周到圆通。

②意气干云，志趣高入云霄。形容志趣或气势凌人的样子。

◎译文

中军将军殷浩、孙安国、王濛、谢尚等擅长清谈的名士，在会稽王官邸聚会。殷浩和孙安国两人辩论《易象妙于见形论》一文，孙安国把它和道家思想结合起来谈论，意气高昂。满座都觉得孙安国的道理不妥，可又不能驳倒。会稽王深有感慨，叹息道：“如果刘真长来了，自然会有办法说服他。”派人去接刘真长，这时孙安国料到自己会辩不过。刘真长来后，先叫孙安国谈刚才的道理。孙安国大致复述了一下，也觉得不如刚才所讲的。刘真长于是论述了二百来句话，言词简明切要，孙安国的道理被驳倒。满座拍手欢笑，赞美不已。

（57）**僧意在瓦官寺中，王苟子来，与共语，便使其唱理[①]。意谓王曰：“圣人有情不？”王曰：“无。”重问曰：“圣人如柱邪？”王曰：“如筹算[②]，虽无情，运之者有情。”僧意云：“谁运圣人邪？”苟子不得答而去。**

◎注释

①唱理，领头提出义理。

②筹算，筹码，计算的用具。

◎译文

僧意住在瓦官寺，王苟子来，和他谈玄理，让他先开个头。僧意问王苟子：“佛有感情没有？”王说：“没有。”僧意又问：“那么佛像柱子一样吗？”王说：“好比筹算。筹算虽然没有感情，可是使用它的人有感情。”僧意又问：“谁来使用佛呢？”王苟子回答不了就走了。

（58）司马太傅问谢车骑：“惠子其书五车，何以无一言玄[①]？”谢曰：“故当是其妙处不传。”

◎注释

①“惠子”句，《庄子·天下》说，惠施所著的书可以装满五车，可是讲的道理很杂乱，言辞也不当。

◎译文

太傅司马道子问车骑将军谢玄：“惠子所著的书有五车之多，为何没有一句涉及玄言？”谢玄回答说：“这大概是因为玄言的精妙之处难以言传。”

（59）殷中军被废，徙东阳，大读佛经，皆精解，唯至事数[①]处不解。遇见一道人，问所签，便释然。

◎注释

①事数，佛教用语，指一切事物的名相。

◎译文

中军将军殷浩被罢官后，迁居东阳，大读佛经，能精通义理，只有读到事数处理解不了。碰见一个和尚，把书中标出的问题拿来请教，疑问便一下子消除了。

（60）殷仲堪精核玄论[①]，人谓莫不研究。殷乃叹曰：“使我解《四本》，谈不翅[②]尔！”

◎注释

①玄论，指道家学说。

②不翅，同“不啻”，不只。

◎译文

殷仲堪精研道家学说，没有哪方面他不研究的。殷仲堪却叹息说：“如果我能解说《四本论》，谈起来就不只是现在这样了！”

（61）殷荆州曾问远公：“《易》以何为体？”答曰：“《易》以感为体。”殷曰：“铜山西崩，灵钟东应[①]，便是《易》耶？”远公笑而不答。

◎注释

①“铜山”二句，汉武帝时，未央宫前殿的铜钟无故而鸣，东方朔说会有山崩。他说，铜是山之子，山是铜之母，母子相感，所以钟鸣。后来南郡太守上书说山崩。

◎译文

荆州刺史殷仲堪问惠远和尚：“《周易》以何为本？”惠远回答说：“《周易》用感应做本体。”殷又问：“西边的铜山崩塌了，东边的灵钟就有感应，就是《周易》吗？”惠远笑着没有回答。

（62）羊孚弟娶王永言女，及王家见婿，孚送弟俱往。时永言父东阳尚在，殷仲堪是东阳女婿，亦在坐。孚雅善理义，乃与仲堪道《齐物》[①]。殷难之，羊云：“君四番后当得见同。”殷笑曰：“乃可得尽，何必相同！”乃至四番后一通，殷咨嗟曰：“仆便无以相异！”叹为新拔者久之。

◎注释

①齐物，春秋、战国时老庄学派的一种哲学思想。认为宇宙间一切事物，如生死寿夭，是非得失，物我有无，都应当同等看待。这一思想，集中反映在庄子的《齐物论》中。

◎译文

羊孚的弟弟羊辅娶王永言的女儿为妻，王家接待女婿时，羊孚送弟弟到王家。这时王永言的父亲王临之还活着，殷仲堪是王临之的女婿，也在座。羊孚擅谈义理，便和殷仲堪谈《齐物论》。殷仲堪反驳了羊孚的见解，羊孚说：“经过四个回合才能看到彼此的见解相同。”殷仲堪笑道：“只要把道理说清楚就好，为何一定要相同！”四个回合后，两人的见解竟然相通了，殷仲堪感叹说：“我已经没有不同意见了！”后来很长时间都赞叹羊孚是后起之秀。

（63）殷仲堪云：“三日不读《道德经》，便觉舌本间强[①]。”

◎注释

①间强，生硬。

◎译文

殷仲堪说：“三天不读《道德经》，就觉得舌根发硬，言谈不畅。”

（64）提婆[1]初至，为东亭第讲《阿毗昙》。始发讲，坐裁半，僧弥便云：“都已晓。”即于坐分数四有意道人，更就余屋自讲。提婆讲竟，东亭问法冈道人曰：“弟子都未解，阿弥那得已解？所得云何？”曰：“大略全是，故当小未精核耳。”

◎注释

①提婆，外国和尚的名字。

◎译文

提婆刚到京都，就被请到东亭侯王家讲《阿毗昙经》。第一次开讲，僧弥坐到中途说：“我已经全懂了。”在座中分出几个有见解的和尚，到别的房间里讲解。提婆讲完，王珣问法冈和尚：“弟子都还没有理解，阿弥哪能已经理解了呢？理解得怎么样？”法冈说：“大体上都领会得对，只是还没有深入研究罢了。”

（65）桓南郡与殷荆州共谈，每相攻难，年余后，但一两番。桓自叹才思转退，殷云：“此乃是君转解[1]。”

◎注释

①“此乃”句，言桓玄更加了解殷氏所谈玄理，所以攻难就少了。

◎译文

南郡公桓玄和荆州刺史殷仲堪谈玄，每每互相辩驳，一年多后，辩驳少了，只有一两次。桓玄慨叹才思越来越倒退了，殷仲堪说：“这是你领悟得更透彻了。”

（66）文帝尝令东阿王[1]七步中作诗，不成者行大法[2]。应声便为诗曰：“煮豆持作羹，漉菽以为汁。萁在釜下燃，豆在釜中泣。本自同根生，相煎何太急！”帝深有惭色。

◎注释

①东阿王，即曹植，字子建，曹丕之弟，后封东阿王。

②大法，大刑、重刑，这里指死刑。

◎译文

魏文帝曹丕曾命东阿王曹植在七步之内作成一首诗，作不出的话，就要动死刑。曹植应声而成："煮豆持作羹，漉菽以为汁。萁在釜下燃，豆在釜中泣。本自同根生，相煎何太急！"魏文帝听后，深感愧疚。

（67）魏朝封晋文王[①]为公，备礼九锡[②]。文王固让不受。公卿将校当诣府敦喻[③]，司空郑冲[④]驰遣信就阮籍[⑤]求文。籍时在袁孝尼家，宿醉扶起，书札为之，无所点定，乃写付使。时人以为神笔。

◎注释

①晋文王，即司马昭，三国时魏国人，任大将军。

②九锡，古代天子对有功的诸侯大臣赐予九锡，即赏赐车马、衣物、弓矢之类。汉末献帝赐曹操九锡，采用《礼纬》说，历代相袭沿用。王莽篡汉，也是先加九锡，这是篡位前的一种做法。

③公卿将校，三公九卿和高级武官。泛指朝中文武大臣。诣府，登门拜访。敦喻，敦促劝说。

④郑冲，字文和，开封人，博涉儒家和百家之言。晋朝建立，官至太傅。

⑤阮籍，字嗣宗，陈留人，性格阔达，不拘礼教，好老庄，嗜酒。有《咏怀诗》八十余首，为竹林七贤之一，与嵇康齐名。

◎译文

魏封晋文王司马昭为晋公，准备好了加九锡的礼物，司马昭坚决推辞，不肯受命。公卿将校文武官员前往司马昭府恭请接受，司空郑冲派人到阮籍那里写劝进文。阮籍当时在袁孝尼家，宿醉未醒，被扶起来，在书札上下笔成章，一字不改，抄好交给来人。当时人认为他是神笔。

（68）左太冲[1]作《三都赋》初成，时人互有讥訾，思意不惬。后示张公[2]，张曰："此二京可三[3]。然君文未重于世，宜以经高名之士。"思乃询求于皇甫谧。谧见之嗟叹，遂为作叙。于是先相非贰者，莫不敛衽赞述焉。

◎注释

①左太冲，即左思，字太冲，晋代诗人，用十年写成《三都赋》。

②张公，即张华，字茂先，官至司空。博学多闻，著《博物志》。

③二京可三，二京指汉代张衡所作《西京赋》和《东京赋》，是文学名篇。张华认为，左思的《三都赋》可以和他们并列为三。

◎译文

左思写《三都赋》，刚写完，当时人交相讥笑非难，左思很不高兴。后来把文章给张华看，张说："这可以和《两都》《二京》鼎足而三。可是你的文章还没受到世人重视，应让名士推荐。"左思便去恳求皇甫谧。皇甫谧看了之后，很是赞赏，给赋写了一篇叙文。于是先前非难、怀疑这篇赋的人，没有不敛襟示、赞叹夸奖它了。

（69）刘伶[1]著《酒德颂》，意气所寄。

◎注释

①刘伶，字伯伦，竹林七贤之一，放荡不羁，嗜酒，主张无为。曾作建威参军。

◎译文

刘伶写了一篇《酒德颂》，寄托了他一生的志趣。

（70）乐令善于清言，而不长于手笔。将让河南尹，请潘岳为表[1]。潘云："可作耳，要当得君意。"乐为述己所以为让，标位[2]二百许语。潘直取错综，便成名笔[3]。时人咸云："若乐不假潘之文，潘不取乐之旨，则无以成斯矣。"

◎注释

①“将让”句，乐广时任河南尹，想辞去官位，便请潘岳写表。

②标位，揭示，阐述。

③名笔，名篇，出名的文章。

◎译文

尚书令乐广擅长清谈，却不擅写文章。他想辞去河南尹职务，便请潘岳替他写奏章。潘岳说：“我可以写，不过要知道您的意图。”乐广便陈述了自己辞让的原因，阐述了二百来句。潘岳径取其意，交错综合落笔成章，便成了一篇名作。当时的人都说：“如果乐广不借重潘岳的文辞，潘岳不取乐广的意思，就无法成就这样优美的文章。”

**（71）夏侯湛作《周诗》[1]成，示潘安仁[2]，安仁曰：“此非徒温雅[3]，乃别见孝悌[4]之性。”潘因此遂作《家风诗》。**

◎注释

①周诗，《诗经》有《南陔》《白华》等六篇，失传，只存篇名。

②潘安仁，即潘岳，字安仁。

③温雅，温文尔雅。

④孝悌（tì），孝顺父母，敬爱兄长。

◎译文

夏侯湛写成《周诗》，拿去给潘安仁看，潘安仁说：“这些诗不但温文尔雅，也能看出孝悌之本性。”潘安仁因此写了《家风诗》。

**（72）孙子荆[1]除妇服[2]，作诗以示王武子。王曰：“未知文生于情，情生于文！览之凄然，增伉俪之重。”**

◎注释

①孙子荆，即孙楚，太原人，曹魏骠骑将军孙资之孙。有才气，孤傲不群，与王武子友善，官至太守。

②除妇服，按照礼俗为妻子服丧期（一年）满，脱去丧服。

◎译文

孙子荆为妻子服丧期满，作了一首悼亡诗，拿给王武子看。王武子看后说："真不知是文由情生，还是情由文生！看了你的诗感到悲伤，也增加了我对夫妻情意的珍重。"

（73）太叔广甚辩给，而挚仲治长于翰墨，俱为列卿[1]。每至公坐，广谈，仲治不能对。退著笔[2]难广，广又不能答。

◎注释

①列卿，诸卿，众御。卿是古代高级官名。

②著笔，写文章。笔指散文，即不讲究韵律的文章。

◎译文

太叔广很有口才，而挚仲治擅长写作，两人都在九卿之列。每到官府聚会，太叔广谈论，仲治不能对。仲治回去写文章诘难太叔广，太叔广也不能答。

（74）江左[1]殷太常父子[2]并能言理，亦有辩讷[3]之异。扬州口谈至剧。太常辄云："汝更思吾论。"

◎注释

①江左，江南，这里指东晋。

②父子，叔侄。六朝时叔侄通称为父子。

③辩讷，指口才地善辩与迟钝。辩，有口才。讷，言语迟钝。

◎译文

东晋太常殷融和侄儿殷浩都擅长谈玄，但两人也有能言善辩和不善辩论之别。殷浩的辩论厉害时，殷融辩不过的时候总说："你再想想我的道理。"

（75）庾子嵩[1]作《意赋》成。从子文康[2]见，问曰："若有意邪，非赋之所尽。若无意邪，复何所赋？"答曰："正在有意无意之间。"

◎注释

①庾子嵩，即庾敳（ái），字子嵩。颍川鄢陵人。谏议大夫庾峻之子，西晋时期名士，出身于魏晋名门颍川庾氏，官至豫州长史。

②从子，侄儿。文康，即庾亮，谥号是文康。

◎译文

庾子嵩写成《意赋》。侄儿庾亮看到，问："如果有意，那不是赋体能说尽的。如果无意，又写赋做什么？"庾子嵩回答："正在有意和无意之间。"

（76）**郭景纯诗云："林无静树，川无停流。"阮孚[①]云："泓峥萧瑟[②]，实不可言。每读此文，辄觉神超形越。"**

◎注释

①阮孚，字遥集，晋代阮咸次子。历经数帝，官至广州刺史。

②泓峥，喧闹，形容流水声。萧瑟，形容风吹落叶声。

◎译文

郭景纯有诗："林无静树，川无停流。"阮孚评说："水流喧喧，秋风萧瑟，意境的确不可言传。每读此文，总觉得超尘脱俗。"

（77）**庾阐始作《扬都赋》[①]，道温、庾云："温挺义之标，庾作民之望。方响则金声，比德则玉亮。"庾公闻赋成，求看，兼赠贶[②]之。阐更改"望"为"俊"，以"亮"为"润"云。**

◎注释

①《扬都赋》，东晋庾阐作。此赋歌颂扬州城的宏伟壮丽，被誉为可同张衡《二京赋》、左思《三都赋》相媲美。扬都，即建康，扬州的首府，晋元帝建都于此。

②赠贶（kuàng），即馈赠、加惠。

◎译文

庾阐写《扬都赋》，称赞温峤和庾亮道："温氏是道义的标杆，庾氏是人们仰慕的对象。比拟其声，就像铜钟的音响那样铿锵；若论其品，就像宝玉一样晶莹剔透。"庾亮听说赋写好了，要求看看，并给予奖赏惠赐。于是庾阐就把其中的"望"字改为"俊"字，把"亮"字改为"润"字。

（78）**孙兴公作《庾公诔》[①]，袁羊曰："见此张缓[②]。"于时**

以为名赏。

◎注释

①《庾公诔》，叙述庾亮生平并表示哀悼之文。诔（lěi），是哀悼死者的一种文体。

②张缓，紧张与松弛。此处一说为指文章跌宕起伏，张弛有道；又有一说为对庾亮一生功过褒贬有度；再有一说为能看出治国之道。

◎译文

孙兴公写了《庾公诔》，袁羊看了以后说："从文章中能看出一张一弛的治国之道。"在当时，人们认为这是鉴赏妙论。

（79）庾仲初[1]作《扬都赋》成，以呈庾亮，亮以亲族之怀，大为其名价，云可三《二京》，四《三都》。于此人人竞写，都下纸为之贵。谢太傅云："不得尔，此是屋下架屋[2]耳，事事拟学，而不免俭狭。"

◎注释

①庾仲初，即庾阐，字仲初，和太尉庾亮同宗族。

②屋下架屋，比喻结构、内容重复。

◎译文

庾仲初写完《扬都赋》，把它呈送给庾亮，庾亮出于同宗的情分，尽力为这篇赋宣传，说它可以和《两都赋》《二京赋》并列为三，和《三都赋》等并列为四。人人争着传抄，京都的纸张也因此涨价。太傅谢安说："这样不好，这文章不过是在屋下架屋罢了。写文章处处模仿，就免不了内容贫乏眼界狭窄。"

（80）习凿齿[1]史才不常，宣武[2]甚器之，未三十，便用为荆州治中[3]。凿齿谢笺亦云："不遇明公[4]，荆州老从事耳！"后至都见简文，返命，宣武问："见相王何如？"答云："一生不曾见此人。"从此忤旨[5]，出为衡阳郡，性理遂错。于病中犹作《汉晋春秋》，品评卓逸。

◎注释

①习凿齿，字彦威，晋襄阳人。有史才，为桓温所重，官至太守。

②宣武，桓温的谥号。

③治中，官名，州郡的佐官，掌管文书案卷等。

④明公，对尊贵者的敬称，这里指桓温。

⑤忤旨，违背旨意。桓温有不轨之心，习凿齿称颂简文，故忤旨。

◎译文

习凿齿有史学之才，很不寻常，桓温很看重他，年龄不到三十，就任他为荆州治中。凿齿在给桓温的信里说："如果不是受到您的赏识，我只是荆州的一个老从事罢了！"后来桓温派他到京都去见丞相，返回之后，桓温问："你见了相王，觉得怎么样？"凿齿回答说："这辈子没见过这样的人。"由此触犯了桓温，被降职作衡阳郡太守，从此神志错乱。在病中坚持写《汉晋春秋》，品评人物事件，见解卓越出众。

（81）孙兴公[①]云："《三都》《二京》，五经鼓吹[②]。"

◎注释

①孙兴公，即孙绰，字兴公，晋文学家。历官太学博士、散骑常侍，袭爵长乐侯。

②鼓吹，原意指鼓萧等乐器的合奏，这里指宣扬、吹捧。

◎译文

孙兴公说："《三都赋》和《二京赋》是五经的附带。"

（82）谢太傅问主簿陆退[①]："张凭何以作母诔，而不作父诔？"退答曰："故当是丈夫之德，表于事行。妇人之美，非诔不显。"

◎注释

①陆退，张凭的女婿。

◎译文

太傅谢安问主簿陆退：“张凭为何作悼念母亲的诔文，而不作悼念父亲的？”陆返回答说：“这是因为男子的品德已在他的事迹中表现出来。而妇女的美德，那就非诔文不能显扬了。”

（83）**王敬仁[①]年十三作《贤人论》，长史[②]送示真长，真长答云：“见敬仁所作论，便足参微言。”**

◎**注释**

①王敬仁，即王修，字敬仁，王濛的儿子。擅书法，官著作郎。

②长史，官名，这里指王濛。

◎**译文**

王敬仁十三岁写了《贤人论》，父亲王濛送去给刘真长看。刘真长看后答复：“看了敬仁所写之文，就知道他能参悟玄言。”

（84）**孙兴公云：“潘文烂若披锦[①]，无处不善。陆[②]文若排沙简金[③]，往往见宝。”**

◎**注释**

①烂若披锦，光彩灿烂如披锦绣。

②陆，指陆机，字士衡，西晋文学家，诗文都很有名。曾任平原内史、河北大都督。

③排沙简金，披沙拣金，比喻从大量的事物中挑选精华。简，选择。

◎**译文**

孙兴公说：“潘岳的文章好比摊开锦绣一样文采斑斓，没有一处不好。陆机的文章好像披沙拣金，常常能发现瑰宝。”

（85）**简文称许掾[①]云：“玄度五言诗，可谓妙绝时人。”**

◎**注释**

①许掾，即许询，字玄度，才学甚高，善文。他模仿郭璞，以玄言入诗，又杂入佛家语，诗作不问世情，成为一时风尚。

◎**译文**

简文帝称赞司徒掾许玄度：“玄度的五言诗，可谓精妙过人。”

（86）孙兴公作《天台赋》成，以示范荣期，云：“卿试掷地，要作金石[1]声。”范曰：“恐子之金石，非宫商[2]中声。”然每至佳句，辄云：“应[3]是我辈语。”

◎注释

①金石，指金属和玉石制成的钟磬之类乐器。

②宫商，五音（宫、商、角、徵、羽）中的两音，指音乐、音律。

③应，的确、确实。

◎译文

孙兴公写成《天台赋》，给范荣期看，说：“你把它扔到地上，也会发出金石之声。”范荣期说：“恐怕您的金石声，不是宫商那样的曲调。”每看到优美的句子，总说：“的确是我辈所言。”

（87）桓公见谢安石作简文谥议，看竟，掷与坐上诸客，曰：“此是安石碎金[1]。”

◎注释

①碎金，零碎的金子，这里比喻文学的绪余，优美的短文。

◎译文

桓温看见谢安石作的简文帝谥号奏议，看完，扔给座上的宾客说：“这不过是安石的零碎杰作。”

（88）袁虎[1]少贫，尝为人佣载运租。谢镇西[2]经船行，其夜清风朗月，闻江渚间估客船上有咏诗声，甚有情致。所诵五言，又其所未尝闻，叹美不能已。即遣委曲[3]讯问，乃是袁自咏其所作《咏史诗》，因此相要[4]，大相赏得[5]。

◎注释

①袁虎，即袁宏，字彦伯，小名叫虎。

②谢镇西，即谢尚，字仁祖。官历镇西将军、豫州刺史。

③委曲，详尽。

④要，同“邀”，邀请。

⑤赏得，赏识、亲近。

◎译文

袁虎年轻时家穷，曾替人运送租粮。这时，镇西将军谢尚坐船出游。是夜风清月明，忽听江边商船上有人吟诗，很有情致。所吟五言诗，又是闻所未闻，赞叹不绝。派人去打听，原来是袁虎吟咏自作的《咏史诗》，因此邀袁虎过来，大加赞赏亲近。

（89）孙兴公云："潘文浅而净，陆文深而芜。"

◎译文

孙兴公说："潘岳的文章浅显，可是纯净；陆机的文章深刻，可是芜杂。"

（90）裴郎作《语林》[1]，始出，大为远近所传。时流年少，无不传写，各有一通。载王东亭作《经王公酒垆下赋》，甚有才情。

◎注释

①裴郎，即裴启，字荣期，撰汉魏以来言语应对之可称述者为《语林》。记述西汉、三国、晋时的人物事迹、言行，是古代一种笔记小说。

◎译文

裴启写了《语林》一书，刚问世，远近广为传看。当时名流和后生年少，没有谁不传抄，人手一卷。其中记载东亭侯王珣作《经王公酒垆下赋》一事，很有才情。

（91）谢万作《八贤论》[1]，与孙兴公往反，小有利钝。谢后出以示顾君齐，顾曰："我亦作，知卿当无所名。"

◎注释

①"谢万"句，《八贤论》评述屈原、贾谊等八人，认为隐处者较优，出仕者为劣。孙兴公反驳此论，认为不能以此分出优劣。谢万，字万势，太傅谢安的弟弟。晋穆帝时，受命北征，致豫州大部沦陷，最终被废为庶人。

◎译文

谢万写《八贤论》，和孙兴公来回辩论，稍有些滞钝。谢万后来把文章给顾君齐看，顾君齐说："如果我也写这几个人，你一定没有办法命名。"

**（92）桓宣武命袁彦伯作《北征赋》，既成，公与时贤共看，咸嗟叹之。时王珣在坐，云："恨少一句。得'写'字足韵[①]当佳。"袁即于坐揽笔益云："感不绝于余心，溯流风而独写。"公谓王曰："当今不得不以此事推袁。"**

◎注释

①足韵，赋体是韵文，叙述完一件事转叙另一件事时会换韵。如果某一韵中所叙之事未尽，就加几句来补足，叫足韵。

◎译文

桓温叫袁彦伯作一篇《北征赋》，写好以后，桓温和在座的贤士一起阅读，都称赞写得好。当时王珣也在座，说："遗憾的是少了一句。如果用"写"字足韵，就会更好。"袁彦伯立刻拿笔增加了一句："感不绝于余心，溯流风而独写。"桓温对王珣说："从这件事看，当今赋作高手，不能不推重袁氏。"

**（93）孙兴公道曹辅佐[①]："才如白地明光锦，裁为负版绔[②]，非无文采，酷无裁制。"**

◎注释

①曹辅佐，即曹毗，字辅佐，累迁太学博士、光禄勋，喜典籍，擅文辞。

②负版，背着国家图籍的人，指差役、劳役之类的苦工。绔，同"裤"。

◎译文

孙兴公谈论曹辅佐时说："他的才华就像白底的明光锦，裁成了差役穿的裤子，不是没有文采，只是剪裁不得法。"

**（94）袁彦伯作《名士传》[①]成，见谢公，公笑曰："我尝与诸人道江北事[②]，特作狡狯耳，彦伯遂以著书！"**

◎注释

①《名士传》，收录的多为三国、西晋时的一些名人。

②江北事，指晋室南渡以前的事。南渡以前，国都在江北。

◎译文

袁彦伯写成《名士传》，带去见谢安，谢安笑着说："我曾和大家讲过江北时的事，不过是说着好玩罢了，彦伯竟用来写成书了！"

（95）王东亭[1]到桓公吏，既伏阁下[2]，桓令人窃取其白事[3]。东亭即于阁下更作，无复向一字。

◎注释

①王东亭，即王珣，封为东亭侯，曾在大司马桓温手下任主簿。

②伏阁下，在官署里。

③白事，即给上级的报告，是文书的一种。

◎译文

东亭侯王珣就任桓温的属官，已在官署大厅等候时，桓温叫人偷偷拿走他的报告。王珣立即在官署重写，没有一个字和前一报告重复。

（96）桓宣武北征，袁虎时从，被责免官。会须露布文[1]，唤袁倚马前令作，手不辍笔，俄得七纸，殊可观。东亭在侧，极叹其才。袁虎云："当令齿舌间得利[2]。"

◎注释

①露布文，军中不封口的文书，让四方速闻。多指征讨的檄文或捷报。

②"当令"句，意思是说有才而官不利，文才得到东亭口头赞赏。

◎译文

桓温率师北伐，袁虎也随从出征，因事受到责备，被罢了官。正好需要写一份告捷公文，桓温便叫袁虎起草，袁虎靠在马旁，手下不停，一会儿就写了七张，写得很好。当时东亭侯在旁边，极力赞赏他的才华。袁虎说："应当让我从得到齿牙余论的实惠。"

（97）袁宏始作《东征赋》，都不道陶公[1]。胡奴[2]诱之狭室中，临以白刃，曰："先公勋业如是，君作《东征赋》，云何相忽略？"宏窘蹙无计，便答："我大道公，何以云无？"因诵曰："精金百炼，在割能断。功则治人，职思靖乱。长沙之勋，为史所赞。"

◎注释

①陶公，即陶侃。因平苏峻乱有功，封长沙郡公。后文"长沙"即指陶公。

②胡奴，即陶侃的儿子陶范，小字胡奴。官至光禄勋。

◎译文

袁宏起初写《东征赋》的时候，没有一句话提及陶侃。陶侃的儿子胡奴把他骗到密室，拔刀指着他，问："先父的功勋这样大，您写《东征赋》，为何忽略了他？"袁宏窘急，无计可施，便说："我大大地称道了陶公一番，怎说没写呢？"于是朗诵道："精金百炼，在割能断。功则治人，职思靖乱。长沙之勋，为史所赞。"

（98）或问顾长康："君《筝赋》何如嵇康《琴赋》？"顾曰："不赏者作后出相遗[1]，深识者亦以高奇见贵。"

◎注释

①相遗，抛弃。见贵，推崇。

◎译文

有人问顾长康："您的《筝赋》和嵇康的《琴赋》相比，哪一篇更好？"顾长康回答："不会鉴赏的人认为我的是后出作品就遗弃它，有见识的人就会因为高妙绝奇而推许它。"

（99）殷仲文天才宏赡[1]，而读书不甚广博。亮[2]叹曰："若使殷仲文读书半袁豹[3]，才不减班固。"

◎注释

①宏赡，宏大而充裕。

②亮，即傅亮，曾任尚书令、左光禄大夫。

③袁豹，字士蔚，曾任著作佐郎，主要职责是修撰国史。

◎译文

殷仲文天赋甚高，可是读书不甚广博。傅亮感叹说："如果殷仲文读的书能有袁豹的一半，才华不比班固差。"

（100）羊孚作《雪赞》云："资清以化，乘气以霏。遇象能鲜，即洁成辉[①]。"桓胤[②]遂以书扇。

◎注释

①四句中"清、气、象、洁"大多是当时的玄学概念，诗人通过描写雪的形态特点，寄予了魏晋时期天地万物之质说，又寄托了士人清高的风度。

②桓胤，字茂远，官至中书令，德行高洁，以恬淡见称。

◎译文

羊孚写了一篇《雪赞》，说："资清以比，乘气以霏。遇象能鲜，即洁成辉。"桓胤于是把这两句写在扇子上。

（101）王孝伯[①]在京，行散至其弟王睹[②]户前，问古诗中何句为最。睹思未答。孝伯咏："'所遇无故物，焉得不速老！'此句为佳。"

◎注释

①王孝伯，即王恭，历官秘书丞、中书令等，后为太傅司马道子所杀。

②王睹，即王爽，字季明，小名睹，官至侍中，赠太常。

◎译文

王孝伯在京时，一次行散到其弟王睹门前，问王睹古诗里哪一句最好。王睹考虑了一下，还没回答。孝伯就吟道："'所遇无故物，焉得不速老！'这句最好。"

（102）桓玄尝登江陵城南楼，云："我今欲为王孝伯作诔。"因吟啸[①]良久，随而下笔。一坐[②]之间，诔以之成。

◎注释

①吟啸，吟咏和吹口哨。

②一坐，坐一下，表示时间短暂。

◎译文

桓玄有次登上江陵城墙南楼，说：“我现在想给王孝伯写一篇诔文。”于是吟咏歌啸，接着动笔。大家座谈之间，诔文便已写成。

（103）桓玄初并西夏，领荆、江二州，二府，一国[①]。于时始雪，五处俱贺，五版并入。玄在听事上，版至，即答版后，皆粲然[②]成章，不相揉杂。

◎注释

①“桓玄”句，指桓玄打败殷仲堪，朝廷命其都督江、荆八州及扬、豫八郡，加将军，并开府。西夏，六朝时多指荆楚地区。

②粲然，绮丽华美的样子。

◎译文

桓玄刚管辖西部一带，兼任荆、江两州刺史，任两府长官，还袭封南郡国公。这年初次下雪，五处官府都来祝贺，五封贺信一起送到。桓玄在官厅上，贺信一到，就在信后起草复信，每封信都下笔成章，文采斑斓，而且丝毫不混。

（104）桓玄下都，羊孚时为兖州别驾，从京来诣门，笺云：“自顷世故睽离，心事沦蕰[①]。明公启晨光于积晦，澄百流以一源。”桓见笺，驰唤前，云：“子道，子道，来何迟！”即用为记室参军。孟昶[②]为刘牢之主簿，诣门谢，见云：“羊侯，羊侯，百口赖卿。”

◎注释

①沦蕰，消沉郁结。

②孟昶（chǎng），下邳人，晋朝尚书仆射，其和二刘、何无忌等配合武陵王、毛璩平息桓玄篡位，官至尚书仆射。刘裕北伐后，京城受叛军威胁，他上书请罪，称自己对京城陷入危机和朝廷危难负责，自尽殉职。

◎**译文**

桓玄东下京都，当时羊孚任兖州别驾，从京口来登门拜访，拜笺上说："不久前因为战乱分别，我意志消沉，心情郁结，明公给漫漫长夜带来晨光，澄清百流使之归于一源。"桓玄见到信，赶紧把他请上前来，对他说："子道，子道，你怎么来得这么晚啊！"立即任命他作记室参军。当时孟昶在刘牢之手下任主簿，登门向羊孚告辞，见面就说："羊侯，羊侯，我全家人的性命就托付于你了。"

# 方正第五

方正，指人的行为、品行正直无邪。魏晋时期，随着社会的发展，逐渐形成一定的行为准则和道德规范，这需要相应的礼节来配合。只有这样，才合乎礼，算得上方正。士大夫阶层对此尤为在意。譬如太尉王夷甫反对用“卿”字来称呼自己，坚持要用尊称。和峤宁可违背晋武帝的意愿，也要坚持自己的观点。

同时，魏晋等级制度森严，士大夫阶层恃贵而骄，看不起庶族寒门，在交友方面也很慎重，婚姻等更被视为政治的筹码，始终严正地维护门阀制度，因而有不少矜傲蔑视庶族寒士之言。

（1）陈太丘①与友期行，期②日中，过中不至，太丘舍去。去后乃至。元方③时年七岁，门外戏。客问元方：“尊君在不？”答曰：“待君久不至，已去。”友人便怒，曰：“非人哉！与人期行，相委④而去！”元方曰：“君与家君期日中。日中不至，则是无信。对子骂父，则是无礼。”友人惭，下车引之。元方入门不顾。

◎注释

①陈太丘，即陈寔（shí），字仲弓。颍川许县（今河南许昌长葛市古桥乡陈故村）人。东汉时期官员、名士。

②期，约定时间。

③元方，即陈元方，名纪，陈寔之子，享年七十一岁。与弟陈谌俱以至德称，兄弟孝养，闺门雍和。与父亲陈寔和弟弟陈谌并称为

“三君”。遭父丧，哀痛呕血，绘像百城，以励风俗。遭党锢后，累辟不就。

④委，抛弃。

◎译文

太丘长陈寔和朋友相约外出，约定中午出发。过了中午，朋友还没来，陈寔就不太等他，自己走了。走了以后，那位朋友才到。当时陈寔之子元方才七岁，在门外玩耍。来客问元方：“令尊在吗？”元方回答：“家父等了您很久，见您不来，已经走了。”那位朋友生气道：“真不是人呀！和人相约而行，却丢下别人自己先走了！”元方说：“您跟家父约的是中午。到了中午还不来，是不守信用。当着儿子的面骂父亲，这是没有礼貌。”那位朋友很惭愧，下车招呼他。元方掉头回家，不理他。

**（2）南阳宗世林[①]，魏武同时，而甚薄其为人，不与之交。及魏武作司空，总朝政，从容问宗曰：“可以交未？”答曰：“松柏之志[②]犹存。”世林既以忤旨见疏[③]，位不配德。文帝兄弟每造其门，皆独拜床下。其见礼如此。**

◎注释

①宗世林，即宗承，字世林，以德行为世所重。

②松柏之志，清高自守、坚贞不屈的志节。此处指不因为他人权势而交往。

③见疏，被疏远。

◎译文

南阳郡人宗世林，和魏武帝曹操同时代，他很瞧不起曹操，不肯和曹操结交。曹操做了司空，总揽朝廷大权，曾问宗世林：“现在可以结交吗？”宗世林回答：“我的松柏之志犹存。”宗世林因为违逆意旨而被疏远，官职很低，和他的德行颇不相称。但曹丕兄弟每次登门拜访，都以晚辈的身份拜于坐榻之下。他受到尊敬礼遇如斯之高。

**（3）魏文帝受禅[①]，陈群[②]有戚容。帝问曰：“朕应天受命，卿何**

以不乐？”群曰：“臣与华歆[3]服膺[4]先朝，今虽欣圣化[5]，犹义形于色。”

◎注释

①受禅，接受禅让帝位，指曹丕登位称帝，建立魏朝。

②陈群，字长文，陈寔之孙。曹丕即帝位后，迁尚书令。

③华歆，字子鱼，汉族。平原高唐人（今山东聊城高唐县）。汉末魏初时名士，曹魏重臣。

④服膺，忠心信服。

⑤圣化，圣王教化。这是恭维帝王的谀词。

◎译文

魏文帝称帝，陈群面带愁容。文帝问他：“朕顺应天命即帝位，你为何不高兴？”陈群回答说：“臣和华歆铭记先朝，虽然欣逢盛世，但怀念故主之情，不免仍会流露出来。”

（4）郭淮[1]作关中都督，甚得民情，亦屡有战庸[2]。淮妻，太尉王凌之妹，坐凌事[3]，当并诛。使者征摄甚急，淮使戒装[4]，克日[5]当发。州府文武及百姓劝淮举兵，淮不许。至期遣妻，百姓号泣追呼者数万人。行数十里，淮乃命左右追夫人还，于是文武奔驰，如徇身首之急。既至，淮与宣帝[6]书曰：“五子哀恋，思念其母。其母既亡，则无五子。五子若殒，亦复无淮。”宣帝乃表特原淮妻。

◎注释

①郭淮，字伯济，时任雍州刺史，在关中三十多年，功绩卓著。

②战庸，战功。

③坐凌事，因王凌事获罪。坐，坐罪，因……获罪。

④戒装，准备行装。

⑤克日，限定日期。

⑥宣帝，指司马懿，谥号宣文。次子司马昭封晋王后，追谥司马懿为宣王；司马炎称帝后，追尊司马懿为宣皇帝，庙号高祖。

◎译文

郭淮任关中都督期间，很得民心，多次建立战功。郭淮的妻子是太尉王凌的妹妹，因为王凌谋反受株连，应一起处死。派来逮捕她的官吏缉拿急迫，郭淮让妻子准备行装，依照限定日期上路。州府的文武官员和百姓都劝说郭淮起兵反抗，郭淮不同意。到期送妻子上路，百姓号啕痛哭，跟着呼唤不舍足有几万人。走了几十里后，郭淮才令手下把夫人追回来，文武官员飞跑传命，如救自家性命般急迫。夫人追回后，郭淮写了封信给宣帝司马懿说："五个孩子哀痛欲绝，恋恋不舍，思念母亲。如果母亲死了，我会失去五个孩子。孩子死了，也就不再有我郭淮了。"司马懿于是上表魏帝，特赦了郭淮的妻子。

**（5）诸葛亮之次渭滨，关中震动。魏明帝深惧晋宣王战[①]，乃遣辛毗[②]为军司马。宣王既与亮对渭而陈[③]，亮设诱谲万方，宣王果大忿，将欲应之以重兵。亮遣间谍觇[④]之，还曰："有一老夫，毅然仗黄钺[⑤]，当军门立，军不得出。"亮曰："此必辛佐治也。"**

◎注释

①魏明帝，即曹睿，魏文帝曹丕的儿子。晋宣王，即司马懿。

②辛毗，字佐治，任行军司马，作战时负参谋之责。

③陈，同"阵"，列阵，布阵。

④觇（chān），窥视、刺探。

⑤黄钺（yuè），用黄金装饰的大斧，帝王所赐。表明辛毗奉皇命监军。钺，一种古代的兵器，虽具备杀伤力，但是更多的是一些仪卫所用，和使用武器不同。在西方权力象征物是权杖，中国是钺。

◎译文

诸葛亮屯兵渭水南岸，关中震动。魏明帝生怕司马懿出战，便派辛毗去担任军司马。司马懿和诸葛亮隔着渭水列出阵势，诸葛亮想尽办法诱司马懿出战，司马懿果然大怒，打算用重兵去攻打诸葛亮。诸葛亮派间谍侦察，回报说："有一老人拿着金斧，面对军营门口站着，军队都出不来。"诸葛亮说："那一定是辛佐治。"

**（6）夏侯玄[①]既被桎梏，时钟毓为廷尉[②]，钟会先不与玄相知，**

因便狎之。玄曰："虽复刑余之人[3]，未敢闻命[4]。"考掠初无一言，临刑东市[5]，颜色不异。

◎注释

①夏侯玄，字太初，魏齐王曹芳时任太常，主管礼仪祭祀。

②廷尉，官名，掌管诉讼刑狱之事。

③刑余之人，受过刑的人。

④未敢闻命，意即不愿与之交往。

⑤东市，行刑的地方，法场。

◎译文

夏侯玄被逮捕，当时钟毓任廷尉，其弟钟会与夏侯玄不和，就趁此机会羞辱他。夏侯玄说："我虽然是受刑之人，也不会任你摆布。"虽然经受刑讯拷打，夏侯玄始终不出一声，押赴法场临刑，依然面不改色。

（7）夏侯泰初[1]与广陵陈本善。本与玄在本母前宴饮，本弟骞行还，径入，至堂户。泰初因起曰："可得同，不可得而杂[2]。"

◎注释

①夏侯泰初，即夏侯玄。泰，同"太"。

②"可得同"两句，按陈本弟与夏侯玄并无深交，而径至堂户相见，是为违礼行为，故有此言。

◎译文

夏侯泰初和广陵郡陈本是好友。陈本和夏侯玄在陈本母亲面前宴饮时，陈本的弟弟陈骞从外面回来，直入堂屋。于是泰初站起来说："可以以礼相交，不能违礼相见，与人杂处。"

（8）高贵乡公[1]薨，内外喧哗。司马文王问侍中陈泰曰："何以静之？"泰云："唯杀贾充以谢天下。"文王曰："可复下此不？"对曰："但见其上，未见其下。"

◎注释

①高贵乡公，即曹髦，魏文帝曹丕的孙子。司马昭废齐王后立为

帝。欲除司马氏，事败，为司马照手下所杀。

◎译文

高贵乡公被杀，朝廷内外群情激愤，议论纷纷。文王司马昭问侍中陈泰："怎样才能平息舆论？"陈泰说："只能杀贾充以谢天下。"司马昭说："有比这轻一些的办法吗？"陈泰回答说："只知有比这更重的，没有比这更轻的了。"

**（9）和峤[①]为武帝所亲重，语峙曰："东宫[②]顷似更成进，卿试往看。"还，问何如，答云："皇太子圣质如初。"**

◎注释

①和峤，字长舆，汝南西平（今河南西平）人。和峤少有风格，常仰慕舅舅夏侯玄的为人，珍重自爱，有盛名于世，后任给事黄门侍郎，迁中书令，晋武帝十分器重。后和峤在任上病死，谥号简。

②东宫，太子居住的宫室，指太子。

◎译文

和峤为武帝所亲近器重，一次武帝对他说："太子近来精进不少，你去看看。"和峤去了，武帝问他怎样，和峤回答说："皇太子资质和以前一样。"

**（10）诸葛靓[①]后入晋，除大司马，召不起。以与晋室有仇，常背洛水而坐。与武帝有旧，帝欲见之而无由，乃请诸葛妃[②]呼靓。既来，帝就太妃间相见。礼毕，酒酣，帝曰："卿故复忆竹马之好不？"靓曰："臣不能吞炭漆身[③]，今日复睹圣颜。"因涕泗百行，帝于是惭悔而出。**

◎注释

①诸葛靓，字仲思，琅琊阳都（今山东沂南县）人，西汉司隶校尉诸葛丰之后，曹魏征东大将军诸葛诞少子。诸葛诞叛乱后入仕东吴。吴亡后投降晋朝，但因父仇而终身不仕，时人称许他至孝。

②诸葛妃，司马懿的儿子，琅邪王的王妃，晋武帝的婶母，诸葛靓的姐姐，又称诸葛太妃。

③吞炭漆身，指为父报仇。典出《史记·刺客列传》，春秋末年，晋国大夫赵襄子杀智伯，智伯的家臣豫让为了报仇，用漆涂身，吞炭，毁容变音，使人不识，矢志复仇，事败而死。比喻舍身酬报知己或雪耻复仇。

◎译文

诸葛靓后来到晋朝首都洛阳，被任命为大司马，不肯应召赴任。因为和晋室有仇，常背对洛河的方向坐着。他和晋武帝有交情，武帝很想见他，却找不到理由，就请诸葛靓的姐姐诸葛太妃召唤他。来了之后，武帝到太妃那里和他见面。行礼后喝酒，喝到痛快时，武帝问："你还记得我们小时的情谊吗？"诸葛靓说："臣不能吞炭漆身，所以今天才又看到圣上。"说完涕泪交流，武帝既惭又悔，退了出去。

（11）武帝语和峤曰："我欲先痛骂王武子[①]，然后爵之。"峤曰："武子俊爽，恐不可屈。"帝遂召武子，苦责之，因曰："知愧不？"武子曰："尺布斗粟[②]之谣，常为陛下耻之。它人能令疏亲，臣不能使亲疏。以此愧陛下。"

◎注释

①王武子，即王济，字武子，太原晋阳（今山西太原）人。司徒王浑次子，官至骁骑将军、侍中。被晋武帝司马炎选为女婿，配常山公主。文词俊茂，名于当世，与姐夫和峤及裴楷齐名。

②尺布斗粟，比喻兄弟不和。据《汉书》载，刘氏兄弟因争夺王位而互相残害，民间作歌谣来讽刺他们，后遂用"一尺布，尚可缝；一斗粟，尚可舂；兄弟二人不相容"来讽喻兄弟间因利害冲突而不能相容。王武子以此暗指晋武帝放逐兄弟王攸之事。

◎译文

晋武帝告诉和峤说："我想痛骂王武子一顿，然后封给他爵位。"和峤说："武子才智出众，性情直爽，恐怕不能使他屈服。"武帝于是召见武子，狠狠责骂了他，然后问："你知道羞愧了吗？"

王武子说：“想起尺布斗粟的民谣，经常替陛下感到羞愧。别人能让关系疏远的人亲近起来，臣却不能让亲近的人变得疏远。因为这一点觉得对陛下有愧。”

**（12）杜预[1]之荆州，顿七里桥[2]，朝士悉祖[3]。预少贱，好豪侠，不为物所许。杨济[4]既名氏雄俊，不堪，不坐而去。须臾，和长舆来，问：“杨右卫何在？”客曰：“向来，不坐而去。”长舆曰：“必大夏门下盘马。”往大夏门，果大阅骑。长舆抱内[5]车，共载归，坐如初。**

**◎注释**

①杜预，字元凯，累迁河南尹，为镇南将军，都督荆州诸军事。

②顿，停留、止息。七里桥，在河南洛阳城东。

③祖，本是祭名，出门前祭祀路神。引申为饯别，送行。

④杨济，字文通，累迁太子太傅、右卫将军。

⑤内，同“纳”，纳入，放入。

**◎译文**

杜预到荆州去任职，出七里桥，朝廷官员都来饯行。杜预年轻时家境贫贱，却喜欢豪侠之士，不为世人所赞许。杨济是名门中人，忍受不了这种场面，不落座就走了。一会儿，和长舆来了，问：“杨右卫在哪里？”有人说：“刚才来了，没坐就走了。”和长舆说：“一定是到大夏门下骑马游乐去了。”便到大夏门去，果然是在那里观看大规模的军士操演。长舆便把他拉到车上，一起坐车回七里桥，好像刚来那样入座。

**（13）杜预拜镇南将军，朝士悉至，皆在连榻[1]坐。时亦有裴叔则。羊稚舒[2]后至，曰：“杜元凯乃复连榻坐客！”不坐便去。杜请裴追之，羊去数里住马，既而俱还杜许。**

**◎注释**

①连榻，榻分独榻和连榻，坐独榻为尊，坐连榻则不尊。

②羊稚舒，羊琇之子，晋室的外戚。

**◎译文**

杜预被任为镇南将军，官员都来庆贺，大家都坐在连榻上。裴叔则也在座。羊稚舒后来才到，说："杜元凯竟用连榻待客！"不待落座就走了。杜预请裴叔则去追他回来，羊稚舒已走出几里，才被追上，于是和裴叔则一起回到杜预家。

**（14）晋武帝时，荀勖为中书监，和峤为令。故事[①]：监、令[②]由来共车。峤性雅正，常疾勖谄谀。后公车来，峤便登，正向前坐，不复容勖。勖方更觅车，然后得去。监、令各给车，自此始。**

**◎注释**

①故事，先例，旧日的典章制度。

②监、令，晋代设中书监和中书令，为中书省长官，掌管机要。监和令是同等的，不过监在令之前。

**◎译文**

晋武帝时，荀勖任中书监，和峤任中书令。依旧例，监、令向来同坐一辆车上朝。和峤本性正直，一向憎恶荀勖的阿谀逢迎。后来官车接他们上朝，和峤便上车，在正中间面朝前坐定，不给荀勖留位置。荀勖还要另找车子，然后才能离开。此后，监、令分别派车，便是从这时开始。

**（15）山公大儿著短帢[①]，车中倚。武帝欲见之，山公不敢辞，问儿，儿不肯行[②]。时论乃云胜山公。**

**◎注释**

①短帢（qià），一种丝织的便帽，以不同颜色区别贵贱。戴短帢见客，指不讲究礼节。

②儿不肯行，据《晋书·山涛传》，涛有五子：山该、山淳、山允、山谟、山简。拒见武帝的应是山允，而非山该。

**◎译文**

山公的大儿子戴着便帽，在车里靠着。晋武帝（司马炎）想见他，山公不敢推辞，就问儿子能否去，儿子不答应。当时人们就认为山该胜过山公。

（16）向雄为河内[①]主簿，有公事不及雄，而太守刘淮横怒，遂与杖遣之。雄后为黄门郎，刘为侍中，初不交言。武帝闻之，敕雄复君臣之好。雄不得已，诣刘，再拜曰："向受诏而来，而君臣之义[②]绝，何如？"于是即去。武帝闻尚不和，乃怒问雄曰："我令卿复君臣之好，何以犹绝？"雄曰："古之君子，进人以礼，退人以礼；今之君子，进入若将加诸膝，退人若将坠诸渊。臣于刘河内不为戎首[③]，亦已幸甚，安复为君臣之好！"武帝从之。

◎注释

①河内，指的是今河南省黄河以北一带。

②君臣之义，君臣的情谊。诸郡中以内史掌太守之职，以郡国与主簿的关系，故称君臣。

③戎首，发动战争的人。此处指挑起争端的人。

◎译文

向雄任河内郡的主簿，有件公事本来和他没关系，可是郡守刘淮为此震怒，对他动了杖刑，并将他革职遣退。向雄后来调任黄门郎，刘淮任侍中，两人虽在同一衙门，却从不交谈。晋武帝听说这事，便命向雄恢复两人的和睦关系。向雄不得已，就到刘淮那里，行再拜礼后说："刚才奉皇上的命令而来，可我们之间的恩义已经断绝了，怎么办？"说完，马上就走了。武帝听说两人还是不和，就很生气，问向雄："我命你恢复往日的和睦关系，为何还要绝交？"向雄说："古之君子，按礼法举荐官员，贬黜官员。现在的君子，提拔重用人的时候，恨不得像抱到膝上那么亲近，贬黜人的时候，简直像想把他推下深渊那样狠。臣与刘河内如果不做敌人，那就不错了，怎么还能修复原有的关系呢！"晋武帝听后，不再勉强。

（17）齐王冏[①]为大司马，辅政，嵇绍为侍中，诣冏咨事。冏设宰会[②]，召葛旟、董艾[③]等共论时宜。旟等白冏："嵇侍中善于丝竹，公可令操之。"遂送乐器，绍推却不受，冏曰："今日共为欢，卿何却邪？"绍曰："公协辅皇室，令作事可法。绍虽官卑，职备常伯，操丝比竹[4]，盖乐官之事，不可以先王法服为伶人之业。今逼高命，不敢苟辞，当释冠冕，袭私服。此绍之心也。”旟等不自得而退。

◎注释

①齐王冏，即司马冏，字景治，晋武帝次子，受封为齐王。

②宰会，招待僚属的宴会。

③董艾，原为县令，齐王起兵时兼任右将军。

④操丝比竹，指演奏丝竹乐器。

◎译文

齐王司马冏任大司马，辅理国政，嵇绍时任侍中，到司马冏那里请示。司马冏安排了一个僚属的宴会，召来葛旟、董艾等人讨论政务。葛旟等人告诉司马冏说："嵇侍中擅长乐器，可以叫他演奏一曲。"于是送来乐器，嵇绍推辞不肯接受。司马冏说："今天大家饮酒同乐，为何推辞？"嵇绍说："公辅助皇室，应该做事有个榜样。我官职虽然卑下，毕竟也忝居常伯之位，吹弹演奏，本是乐官的事，不能穿着官服来做。我迫于命令，不敢随便推辞，可是应该脱下官服，穿上便服。这是我的想法。"葛旟等人觉得没趣，就退了出去。

（18）卢志[1]于众坐问陆士衡[2]："陆逊、陆抗是君何物？"答曰："如卿于卢毓卢珽。"士龙[3]失色，既出户，谓兄曰："何至如此！彼容不相知也。"士衡正色曰："我父、祖名播海内，宁有不知，鬼子[4]敢尔！"议者疑二陆优劣，谢公以此定之。

◎注释

①卢志，字子道，历任成都王左长史、中书监。

②陆士衡，即陆机，字士衡，吴郡吴县人。与弟陆云俱为西晋著名文学家，被誉为"太康之英"。太安二年，任后将军、河北大都督，率军讨伐长沙王司马乂，却大败于七里涧，最终遭谗遇害，被夷三族。

③士龙，即陆云，字士龙，陆机之弟。官至清河内史。

④鬼子，对人的憎称。

◎译文

卢志在大庭广众之下问陆士衡："陆逊、陆抗是你的什么人？"陆士衡回答说："同你和卢毓、卢珽的关系一样。"陆士龙听了大惊。出门后，士龙对哥哥说："何至于弄到这种地步呢！他或许真是不知道呀。"士衡严厉地说："我们父亲、祖父海内知名，岂有不知道的，他竟敢这样无礼！"舆论对陆家兄弟的优劣一向难于确定，谢安就据这事做了评定。

**（19）羊忱[①]性甚贞烈。赵王伦为相国，忱为太傅长史，乃版[②]以参相国军事[③]。使者卒至，忱深惧豫祸，不暇被马，于是帖骑而避。使者追之，忱善射，矢左右发，使者不敢进，遂得免。**

◎注释

①羊忱，一名羊陶，字长如，东晋泰山郡南城县（今平邑南武城）人。历任太傅长史，徐州刺史，迁侍中，著名书法家。

②版，即版诏、版授。此处指王封拜官职。

③参相国军事，官名，即参军，在相府中任事者多称此名。

◎译文

羊忱的性格非常正直刚烈。赵王司马伦自任相国时，羊忱任太傅府长史，司马伦便授予他参相国军事之职。传达任命的使者突然来到，羊忱深恐牵连受祸，匆忙间来不及备马，于是骑着没有备鞍鞯的马逃避。使者去追他，羊忱擅长射箭，不断向使者左右开弓。使者不敢再追赶，这才得以脱身。

**（20）王太尉不与庾子嵩交，庾卿之不置[①]。王曰："君不得为尔。"庾曰："卿自君我，我自卿卿。我自用我法，卿自用卿法。"**

◎注释

①卿之不至，称卿不止。卿，本为官爵。魏晋时代，成为对官爵、辈分低于自己的人或同辈之间的亲热、不拘礼节的称呼。

◎译文

太尉王衍不和庾子嵩结交，可庾子嵩却不管这些，用卿来称呼他。王夷甫说："君不能用这种称呼。"庾子嵩回答说："卿尽管称我为君，我尽管称卿为卿。我自己用我的叫法，卿自己用卿的称呼。"

（21）阮宣子伐社①树，有人止之。宣子曰："社而为树②，伐树则社亡。树而为社，伐树则社移矣。"

◎注释

①社，土地神和祭土地神的社庙、社坛。

②社而为树，建社庙是为了种树。

◎译文

阮宣子要砍掉土地庙的树，有人阻止他。宣子说："如果修建社庙是为了种树，那么砍了树，社坛就不存在了。如果种树是为了立社庙，那么砍了树，社神也就迁走了。"

（22）阮宣子论鬼神有无者。或以人死有鬼，宣子独以为无，曰："今见鬼者云著生时衣服，若人死有鬼，衣服复有鬼邪？"

◎译文

阮宣子谈论有无鬼神的问题。有人认为有鬼，唯独宣子认为没有，他说："自称看见过鬼的人说鬼穿着活着时候所穿的衣服，如果人死有鬼，衣服难道也可变成鬼吗？"

（23）元皇帝既登阼，以郑后之宠，欲舍明帝而立简文①。时议者咸谓舍长立少，既于理非伦，且明帝以聪亮英断，益宜为储副。周、王诸公并苦争恳切，唯刁玄亮②独欲奉少主以阿帝旨。元帝便欲施行，虑诸公不奉诏，于是先唤周侯、丞相入，然后欲出诏付刁。周、王既入。始至阶头，帝逆遣传诏遏使就东厢。周侯未悟，即却略下阶。丞相披拨传诏，径至御床前，曰："不审陛下何以见臣？"帝默然无言，乃探怀中黄纸诏裂掷之。由此皇储始定。周侯方慨然愧叹曰："我常自言胜茂弘，今始知不如也！"

◎注释

①“元皇”句，指晋元帝司马睿，东晋第一个皇帝，立司马绍为皇太子。登阼，登上帝位。

②刁玄亮，即刁协，字玄亮，累迁尚书令。

◎译文

晋元帝登位，郑后得宠，想废明帝司马绍而改立后来的简文帝为储君。当时朝廷众人都认为弃长而立幼，不但在道义上不合，而且明帝聪明诚实，英明果断，更适合做太子。周顗、王导诸大臣竭力争辩，情辞恳切，只有刁玄亮一人想尊奉少主来迎合元帝的意旨。元帝想付诸实施，又担心大臣不认同，于是先召武城侯周顗和丞相王导入朝，然后把诏令交给刁玄亮去发布。周、王两人进来后，才上台阶，元帝已派传诏官迎着他们，引他们到东厢配殿。周顗还没明白是怎么回事，就退下台阶。王导拨开传诏官，一直走到元帝座前，说道：“不明白陛下为何召见臣？”元帝哑口无言，就从怀里摸出黄纸诏书来撕碎扔掉。从此太子才算确定下来。周顗慨然叹道：“我自以为胜过茂弘，现在才知道比不上他！”

**（24）王丞相初在江左，欲结援吴人，请婚陆太尉[①]。对曰：“培无松柏，薰莸不同器。玩虽不才，义不为乱伦之始。”**

◎注释

①陆太尉，即陆玩，亦作陆琉，字士瑶，吴郡吴县人。东晋时期士族重臣、书法家，出身吴郡陆氏，为东吴丞相陆逊侄孙。获赠太尉，谥号康，故称“陆太尉”。

◎译文

丞相王导到江南，想结交吴地人士，就想和太尉陆玩结亲。陆玩回复说：“小土丘上没有高大的松柏，香草和臭草不可同储一个容器。我虽然无才，却也坚决不能做破坏人伦的先例。”

**（25）诸葛恢大女适[①]太尉庾亮儿，次女适徐州刺史羊忱儿。亮子被苏峻害[②]，改适江虨[③]。恢儿娶邓攸女。于时谢尚书求其小女婚，恢乃云：“羊、邓是世婚[④]，江家我顾伊，庾家伊顾我，不能复**

与谢裒儿婚。”及恢亡，遂婚。于是王右军往谢家看新妇，犹有恢之遗法，威仪端详，容服光整。王叹曰：“我在遣女，裁得尔耳！”

◎注释

①适，女子出嫁。

②亮子被苏峻害，晋明帝崩，庾亮掌朝政，苏峻疑庾亮欲加害，故以讨亮为名起兵反，攻陷京城。晋成帝咸和六年，庾亮之子庾会被杀。

③江虨，（一作霖）字思玄，西晋陈留圉人，江统之子。博学知名，兼善弈，为中兴之冠。本州辟举秀才，累官国子祭酒。其妻诸葛文彪是诸葛恢的长女，庾会被苏峻杀害后改嫁江虨。

④世婚，几代联姻的人家。

◎译文

诸葛恢的大女儿嫁给太尉庾亮的儿子，二女儿嫁给徐州刺史羊忱的儿子。庾亮的儿子被苏峻杀害了，大女儿又改嫁江虨。诸葛恢的儿子娶了邓攸的女儿为妻。当时尚书谢裒为儿子谢石向诸葛恢求娶他的小女儿，诸葛恢就说：“羊、邓和我世代姻亲，江家是我顾念他，庾家是他顾念我，我不能再和谢家结亲。”诸葛恢死了以后，两家终于结亲。结婚时，右军将军王羲之到谢家去看新娘，看到新娘仍留有诸葛恢的风范，容貌举止端庄安详，风采服饰华美整齐。王羲之叹道：“我活着时嫁女儿，也只能做到这一步啊！”

（26）周叔治[①]作晋陵太守，周侯、仲智往别。叔治以将别，涕泗不止。仲智恚[②]之，曰：“斯人乃妇女，与人别，唯啼泣。”便舍去。周侯独留与饮酒言话，临别流涕，抚其背曰：“奴[③]好自爱！”

◎注释

①周叔治，即周谟，字叔治，周侯和周嵩的弟弟。

②恚（huì），生气，发怒。

③奴，即阿奴，是尊对卑、兄对弟的爱称。

◎译文

周叔治要出任晋陵太守，哥哥武城侯周伯仁和仲智去话别。叔治因为兄弟离别，哭个不停。仲智生气说："这人像是妇女，和人告别，只会哭哭啼啼。"就丢下他走了。伯仁留下和他饮酒聊天，临别时流泪，拍着他的背说："你要好好珍重！"

**（27）周伯仁为吏部尚书，在省内夜疾危急。时刁玄亮为尚书令，营救备亲好之至，良久小损。明旦，报仲智，仲智狼狈来。始入户，刁下床对之大泣，说伯仁昨危急之状。仲智手批[①]之，刁为辟易[②]于户侧。既前，都不问病，直云："君在中朝[③]，与和长舆齐名，那与佞[④]人刁协有情！"径便出。**

**◎注释**

①批，用手掌打。

②辟易，退避，惊退。

③中朝，晋室南渡后称渡江前的西晋为中朝。

④佞，用花言巧语奉承他人。

**◎译文**

周伯仁任吏部尚书时，有一晚在官署里病得很严重。当时刁玄亮任尚书令，多方抢救，照顾很周到，表现得热情备至，过了很长时间，病情稍有好转。第二天早晨，通知了周伯仁的弟弟仲智，仲智急忙赶来。刚进门，刁玄亮就离座，对着他大哭，述说伯仁夜里病危之事。仲智扬手给他一耳光，刁玄亮被打得惊退到门边。仲智走到伯仁床前，一点也不问病况，直接说："你在西晋时，和长舆齐名，怎么会跟善于花言巧语迎奉的刁协有交情！"说完径直出去了。

**（28）王含[①]作庐江郡，贪浊狼籍[②]。王敦护其兄，故于众坐称："家兄在郡定佳，庐江人士咸称之。"时何充[③]为敦主簿，在坐，正色曰："充即庐江人，所闻异于此。"敦默然。旁人为之反侧[④]，充晏然[⑤]，神意自若。**

**◎注释**

①王含，字处弘，王敦的哥哥。

②狼籍，即“狼藉”，纵横散乱，行为不法。

③何充，字次道，庐江郡灊县（今属安徽霍山）人。晋朝重臣。何充亦提出让桓温代替庾氏家族镇守荆州，是谯国桓氏在东晋崛起的重要起点。永和二年去世，赠司空，谥曰文穆。

④反侧，惶恐不安。

⑤晏然，心情平静，没有顾虑。

◎译文

王含任庐江郡太守，贪赃枉法，声名狼藉。王敦袒护哥哥，特意在大家面前赞扬说：“我哥哥在郡内政绩很好，庐江知名人士都称颂他。”当时何充在王敦手下任主簿，也在座，严肃地说：“我就是庐江人，我所听到的和你说的不一样。”王敦哑口无言。旁人都替何充捏一把汗，何充却十分坦然，神态自若。

（29）顾孟著尝以酒劝周伯仁，伯仁不受。顾因移劝柱，而语柱曰：“讵可便作栋梁自遇[1]！”周得之欣然，遂为衿契[2]。

◎注释

①遇，对待。

②衿契，意气相投的朋友。

◎译文

顾孟著有一次向周伯仁劝酒，伯仁不肯喝。顾孟著便转向柱子劝酒，并对柱子说：“怎么能就以栋梁自居呢！”周伯仁听到很高兴，两人成了要好的朋友。

（30）明帝在西堂，会诸公饮酒，未大醉，帝问：“今名臣共集，何如尧舜？”时周伯仁为仆射[1]，因厉声曰：“今虽同人主，复那得等于圣治[2]！”帝大怒，还内，作手诏满一黄纸，遂付廷尉令收，因欲杀之。后数日诏出周。群臣往省之，周曰：“近知[3]当不死，罪不足至此。”

◎注释

①仆射，官名，尚书省的副职。魏晋时代，或置左右仆射，或置

尚书仆射。

②圣治，圣明时代。和帝王有关的事物都加“圣”字来称颂。

③近知，早就知道。近，原先、当初。

◎译文

晋明帝在西堂大宴群臣，尚未大醉时，明帝问：“今天名臣聚会，和尧舜时相比，怎么样？”当时周伯仁任尚书仆射，便厉声说：“现在圣上和尧、舜虽然同为君主，可又怎么能和那圣明的时代相比呢？”明帝大怒，回到内宫，写了诏令，交给廷尉，命令逮捕周伯仁，想杀掉他。过了几天，又下令释放。群臣前去探望他，周伯仁说：“我早就知道死不了，因为罪不至死。”

**（31）王大将军[①]当下，时咸谓无缘尔。伯仁曰：“今主非尧舜，何能无过！且人臣安得称兵以向朝廷！处仲狼抗刚愎，王平子[②]何在？”**

◎注释

①王大将军，即王敦，字处仲，晋元帝时任大将军、荆州刺史。永昌元年，王敦以诛杀刘隗为名，在武昌起兵，攻入建康，诛除异己，被拜为丞相、江州牧，进爵武昌郡公。他还屯武昌，后又移镇姑孰，自领扬州牧。太宁二年，王敦再次起兵攻建康，不久病逝于军中，时年五十九岁。王敦死后，叛乱被晋明帝平定。

②王平子，即王澄，字平子，曾任荆州刺史，名望超过王敦。西晋官员、名士，太尉王衍之弟，司徒王戎堂弟。永嘉之乱后南渡任琅琊王司马睿的军谘祭酒，途经豫章时被王敦所杀，时年四十四岁。

◎译文

大将军王敦要率兵东下，大家认为他没有道理这么做。周伯仁说：“现在的君主不是尧舜，怎能没有过失！再说臣下怎能兴兵指向朝廷！处仲狂妄自大，刚愎自用，王平子干什么去了？”

**（32）王敦既下，住船石头[①]，欲有废明帝意。宾客盈坐，敦知帝聪明，欲以不孝废之。每言帝不孝之状，而皆云：“温太真[②]所**

说。温常为东宫率。后为吾司马，甚悉之。”须臾，温来，敦便奋其威容，问温曰：“皇太子作人何似？”温曰：“小人无以测君子。”敦声色并厉，欲以威力使从己，乃重问温：“太子何以称佳？”温曰：“钩深致远③，盖非浅识所测。然以礼侍亲，可称为孝。”

◎注释

①石头，指南京城。因地处交通要道，为东晋军事重镇。

②温太真，即温峤，字太真，曾任太子中庶子，受到明帝司马绍的宠遇。

③钩深致远，探取深处的，使远处的到来。语出《易·系辞上》。喻指人才学识广博精深。

◎译文

王敦从武昌顺江而下，把舰船停靠在石头城，有废掉明帝的想法。一次宾客满座，王敦知道明帝聪敏明慧，想借不孝的罪名废掉他。说到明帝不孝，都说：“这是温太真说的。他曾为东宫的卫率，后在我手下担任司马，非常熟悉情况。”一会儿，温太真来了，王敦摆出威严的神色，问太真：“皇太子怎样？”温太真回答说：“小人无法估量君子。”王敦声色俱厉，想让他顺从自己，重又问道：“太子哪里好？”温太真说：“太子才识广博，大概不是我这种肤浅的人能够测度的。但他照礼法侍奉双亲，堪称为孝。”

（33）王大将军既反，至石头，周伯仁往见之。谓周曰：“卿何以相负？”对曰：“公戎车犯正，下官忝率六军，而王师不振，以此负公。”

◎译文

大将军王敦反叛，到了石头城，周伯仁去见他。王敦问周伯仁：“你为何辜负我？”周伯仁回答：“公举兵谋反，下官愧率六军出战，而王师不能奋举获胜，因此辜负了您。”

（34）苏峻既至石头①，百僚奔散，唯侍中钟雅②独在帝侧。或谓钟曰：“见可而进，知难而退，古之道也。君性亮直，必不容于寇仇。何不用随时之宜，而坐待其弊邪？”钟曰：“国乱不能匡，君危不能济，而各逊遁以求免，吾惧董狐[③]将执简而进矣！”

◎注释

①“苏峻”句，晋成帝咸和三年，以讨庾亮为名，与祖约起兵反晋，攻入建康，大肆杀掠并专擅朝政。不久温峤、陶侃起兵讨伐，苏峻战败被杀。

②钟雅，字彦胄，颍川长社人。钟演后代。官至侍中。

③董狐，春秋时晋国史官，记事不加隐讳，秉笔直书。此处泛指史官。此句指史官将距离下大臣们临难逃跑的可耻行径。

◎译文

苏峻率叛军到了石头城，百官逃散，只有侍中钟雅留在晋成帝身边。有人对钟雅说：“见可而进，知难而退，这是自古以来的常理。您本性忠诚正直，一定不为贼寇所容。为何不采取权宜之计，却要坐以待毙呢？”钟雅说：“国有战乱而不能拯救，君主危难而不能救援，各自逃避以求免祸，我畏惧董狐要手执竹简朝我走来哦！”

（35）庾公临去，顾语钟后事，深以相委。钟曰：“栋折榱崩[①]，谁之责邪？”庾曰：“今日之事，不容复言，卿当期克复之效[②]耳！”钟曰：“想足下不愧荀林父[③]耳！”

◎注释

①栋折榱崩，指房屋倒塌，喻国家危亡。

②克复之效，指收复京城迎帝还都。

③荀林父，姬姓，荀氏，名林父，春秋时晋国大臣，又称中行桓子。曾率军救郑，为楚所败。荀林父归，请死，晋平公仍任其为将。后林父果攻灭赤狄，有功于晋。晋景公时出任中军元帅，主持国政。

◎译文

庾亮将逃，向钟雅叮嘱自己走后的事，把朝廷重任托付给他。钟雅说：“国家危在旦夕，这是谁的责任呢？”庾亮说：“现在的情况，容不得再谈论这些了，你将会看到平定叛乱，收复京都的胜利的！”钟雅说：“想必足下不亚于荀林父啊！”

（36）苏峻时，孔群在横塘，为匡术[1]所逼。王丞相保存术，因众坐戏语，令术劝群酒，以释横塘之憾。群答曰：“德非孔子，厄同匡人[2]。虽阳和[3]布气，鹰化为鸠[4]，至于识者，犹憎其眼。”

◎注释

①匡术，本为阜陵县令，苏峻反，为其心腹。后苏峻败死，匡术投降，官至司徒中郎。

②德非孔子，厄同匡人，出自《论语》，孔子至宋，遭到匡人围困，孔子和子路以礼乐感化，得以脱困。此处孔群以匡人喻指匡术。

③阳和，春天和暖之气。

④鹰化为鸠，这本是一个节令的物候。古人阴历一年分二十四节气，每一节气又分为三候，每一候记载着应时出现的物候现象。惊蛰的三候是桃始华、仓庚鸣、鹰化为鸠。鸠即布谷鸟。鹰化为鸠，譬喻恶人放下屠刀。

◎译文

苏峻叛乱时，孔群在横塘遭到匡术威胁。匡术投降后，丞相王导把匡术保了下来，趁着大家谈笑时，叫匡术给孔群敬酒，化解横塘一事的怨恨。孔群回答说：“我的德行不能和孔子相比，可遭遇的困苦却同孔子一样。虽然春天气候和暖，嗜杀之鹰变成了布谷鸟，可认识它的人，还是厌恶它的眼睛。”

（37）苏子高事平，王、庾诸公欲用孔廷尉[1]为丹阳。乱离之后，百姓凋弊。孔慨然曰：“昔肃祖临崩，诸君亲升御床，并蒙眷识，共奉遗诏。孔坦疏贱，不在顾命[2]之列。既有艰难，则以微臣为先，今犹俎上腐肉，任人脍截耳！”于是拂衣而去，诸公亦止。

◎注释

①孔廷尉，即孔坦，字君平，居会稽。任世子文学，后补为太子舍人，迁尚书郎，任吴郡太守，后迁尚书，疾笃未任。累迁廷尉（掌管刑法），所以也称孔廷尉。晋元帝年间，建议申明贡举之制，崇修

学校。死赠光禄勋，谥“简”。

②顾命，即君主临终时的命令，也就是遗诏。

◎译文

苏子高叛乱被平定之后，王导、庾亮诸臣想任命孔坦为丹阳尹。而战乱之后，百业凋零，人们生活困苦。孔坦慨然道：“先帝临终前，诸君受到先帝的赏识，接受遗诏。我才疏位卑，不在其列。你们有了困难，把我推到前面，我不过是砧板上的肉，任人宰割罢了！”说完拂袖而去，这几个人也只得作罢。

（38）**孔车骑[①]与中丞[②]共行，在御道[③]逢匡术，宾从甚盛，因往与车骑共语。中丞初不视，直云：“鹰化为鸠，众鸟犹恶其眼。”术大怒，便欲刃之。车骑下车抱术曰：“族弟发狂，卿为我有之！”始得全首领。**

◎注释

①孔车骑，即孔愉，字敬康，累迁尚书左仆射，赠车骑将军。

②中丞，官名，这里指孔群。

③御道，皇帝通行的道路。

◎译文

车骑将军孔愉和御史中丞孔群外出，在御道上遇见匡术，带着很多宾客随从，匡术前去和孔愉说话。孔群并不看他，只是说：“即便鹰化为鸠，众鸟还是讨厌它的眼睛。”匡术听了大怒，就要杀他。孔愉下车抱住匡术说：“我堂弟发疯了，看在我的面子上饶了他吧！”孔群这才保住性命。

（39）**梅颐[①]尝有惠于陶公。后为豫章太守，有事，王丞相遣收之。侃曰：“天子富于春秋[②]，万饥自诸侯出。王公既得录，陶公何为不可放！”乃遣人于江口夺之。颐见陶公，拜，陶公止之。颐曰：“梅仲真膝，明日岂可复屈邪！”**

◎注释

①梅颐，字仲真。

②富于春秋，指年轻。这是一种委婉的说法。

◎译文

梅颐曾经对陶侃有恩。后来梅颐任豫章郡太守，犯了事，丞相王导派人去逮捕他。陶侃说："天子还年轻，政令、谋略都出自谋臣。王公既然能捕人，我陶公为何就不能放了他！"于是派人到江口把梅颐夺过来。梅颐去见陶侃，下拜，陶侃不让他拜。梅颐说："我梅仲真的膝头，以后怎可再跪拜呢！"

（40）王丞相作女伎，施设床席。蔡公[①]先在坐，不说而去，王亦不留。

◎注释

①蔡公，即蔡谟，字道明，历任左光禄、录尚书事、扬州刺史、司徒。

◎译文

丞相王导安排女伎表演，还准备了床榻坐席。蔡谟开始时在座，看见这种情况很不高兴，就走了，王导也不挽留。

（41）何次道[①]、庾季坚[②]二人并为元辅。成帝初崩，于时嗣君未定。何欲立嗣子，庾及朝议以外寇方强，嗣子冲幼，乃立康帝。康帝登阼，会群臣，谓何曰："朕今所以承大业，为谁之议？"何答曰："陛下龙飞，此是庾冰之功，非臣之力。于时用微臣之议，今不睹盛明之世。"帝有惭色。

◎注释

①何次道，即何充，字次道，晋成帝时任丹阳尹、中书令。

②庾季坚，即庾冰，字季坚，曾任中书监、扬州刺史，成帝的舅舅。

◎译文

何次道、庾季坚二人都是辅政大臣。晋成帝去世，还没确定继位人选。何次道主张立皇子，庾季坚和大臣都认为外敌强大，皇子年幼，于是就立了康帝。康帝登位后，会见群臣时，问何次道："朕能继承大业，是谁的主张？”何次道回答说：“陛下登位，是庾冰的功劳，不是我的力量。当时如果采纳了我的提议，今天就看不到太平盛世了。”康帝面有愧色。

（42）**江仆射[1]年少，王丞相呼与共棋。王手尝不如两道[2]许，而欲敌道戏[3]，试以观之。江不即下，王曰：“君何以不行？”江曰：“恐不得尔。”傍有客曰：“此年少戏乃不恶。”王徐举首曰：“此年少非唯围棋见胜。”**

**◎注释**

①江仆射，即江虨，字思玄。同前文注释。

②手，指下棋的技能、手段。两道，指两子。

③敌道戏，对等地下棋。敌道，即敌手，双方对等，不饶子。

**◎译文**

左仆射江虨年轻时，丞相王导和他下棋。王导的棋艺与他有两子左右的差距，可是想不让子对下，想拿这事来观察他的为人。江虨并不立刻走棋，王导问：“你为何不走棋？”江虨说：“恐怕不能这样呢。”旁边有人说：“这年轻人的棋艺竟然不错。”王导慢慢抬起头说：“这年轻人不只是棋艺好。”

（43）**孔君平疾笃，庾司空为会稽，省之，相问讯甚至，为之流涕。庾既下床，孔慨然曰：“大丈夫将终，不问安国宁家之术，乃作儿女子[1]相问！”庾闻，回谢之，请其话言[2]。**

**◎注释**

①儿女子，即小女子，妇人，妇孺。

②话言，有益的话。

**◎译文**

孔君平病重，司空庾冰时任会稽郡内史，去探望他，问候周到细致恳切，为他病重而流泪。庾冰离座后，孔君平感慨说：“大丈夫快终，你不问安邦定国的办法，竟像妇孺一样问候！”庾冰听了，返回向他道歉，请他指教。

（44）桓大司马诣刘尹，卧不起。桓弯弹弹刘枕，丸进碎床褥间。刘作色[①]而起曰："使君[②]，如馨地，宁可斗战求胜！"桓甚有恨容。

◎注释

①作色，生气变了脸色，现出怒色。

②使君，对州郡长官的称呼。

◎译文

大司马桓温探望丹阳尹刘惔，刘惔躺着没起床。桓温用弹弓射他的枕头，弹丸在被褥上迸碎了。刘惔生气地起身道："使君，像这样难道就可以取得战斗的胜利吗！"桓温脸色非常不满。

（45）后来年少多有道深公[①]者，深公谓曰："黄吻[②]年少，勿为评论宿士[③]。昔尝与元、明二帝，王、庾二公周旋[④]。"

◎注释

①深公，即竺法深，名潜，或称道潜，字法深。俗姓王，琅邪郡人。十八岁便出家，师从名僧刘元真，其后也成为东晋名僧。

②黄吻，雏鸟嘴黄。用以形容年轻人幼稚。

③宿士，老成博学的人，资深人士。

④周旋，交往。

◎译文

后生年少多有谈论竺法深的，竺法深说："黄口小儿，不要妄论名士。以前我和元明二帝（司马睿、司马昭），王庾二公（王导、庾亮）打过交道呢。"

（46）王中郎[①]年少时，江虨为仆射，领选[②]，欲拟之为尚书郎。有语王者，王曰："自过江来，尚书郎正用第二人，何得拟我！"江闻而止。

◎注释

①王中郎，即王坦之，字文度，太原晋阳人，东晋名臣，尚书令王述之子。桓温死后与谢安一同辅政，累迁中书令，领北中郎将，

徐、兖二州刺史。去世时年仅四十六岁，追赠安北将军，谥号为献。

②领选，兼任选拔官吏之事，即担任吏部尚书的工作。

◎译文

北中郎将王坦之年轻时，江虨任尚书左仆射，兼选官之职，想让王坦之任尚书郎。有人把这事告诉了王坦之，坦之说："自从过江以来，尚书郎只用第二流的人担任，怎么能打算让我去呢！"江虨听说后，就不再考虑他了。

（47）王述[①]转尚书令，事行便拜[②]。文度[③]曰："故应让杜、许。"蓝田云："汝谓我堪此不？"文度曰："何为不堪！但克让自是美事，恐不可阙。"蓝田慨然曰："既云堪，何为复让？人言汝胜我，定不如我。"

◎注释

①王述，字怀祖，太原晋阳人，东晋官员，东海太守王承之子。封蓝田侯，所以称王蓝田。谥号为穆，又因避晋穆帝谥号，改谥为简。

②事行，公文到来。拜，接受官职。

③文度，即王坦之，王述的儿子。曾任大司马桓温的参军，袭父爵蓝田侯，后与谢安等人在朝中抗衡桓温。桓温死后与谢安一同辅政，累迁中书令、领北中郎将、徐、兖二州刺史。去世时年仅四十六岁，追赠安北将军，谥号为献。

◎译文

王述升任尚书令时，诏命到了就去受职。其子王文度说："本来应该让给杜、许。"王述说："我能胜任这个职务吗？"文度说："怎么不胜任！不过谦让一下最好，礼节上不可缺少。"王述感慨说："既然说能胜任，为何又要谦让呢？人家说你能超过我，看来终究还是不如我。"

（48）孙兴公[①]作《庾公诔》，文多托寄之辞。既成，示庾道恩[②]。庾见，慨然送还之，曰："先君与君，自不至于此。"

◎注释

①孙兴公，即孙绰，字兴公，东晋中都人。孙楚的孙子。为廷尉卿，领著作，少以文才称。

②庾道恩，即庾羲，字叔和，小名道恩，庾亮的儿子。

◎译文

孙兴公写了《庾公诔》，文中很多寄托情谊的言辞。写好了，拿给庾道恩看。庾道恩看后，愤慨地送还给他，说："先父和您的交情没有达到这一步。"

（49）王长史[①]求东阳，抚军[②]不用。后疾笃，临终，抚军哀叹曰："吾将负仲祖于此。"命用之。长史曰："人言会稽王痴，真痴。"

◎注释

①王长史，即王濛，字仲祖，小字阿奴，太原晋阳人。东晋名士。深得辅政的会稽王司马昱倚重，官至司徒左长史。

②抚军，晋简文帝司马昱，登位前曾任抚军大将军，封会稽王。

◎译文

左长史王仲祖请求出任东阳太守，抚军不肯委任。后来王仲祖病重，临去世时，抚军哀叹说："我在这件事上对不起仲祖。"便下命令委任他。王冲祖说："人们说会稽王痴心，确实痴心。"

（50）刘简[①]作桓宣武别驾，后为东曹参军，颇以刚直见疏。尝听记[②]，简都无言。宣武问："刘东曹何以不下意？"答曰："会不能用。"宣武亦无怪色。

◎注释

①刘简，字仲约，官至大司马参军。

②听记，处理公文，记指公文、文件。

◎译文

刘简在桓温手下任别驾，后来又任东曹参军，因为刚强正直，桓温相当疏远他。有次处理公文，刘简一句话也不说。桓温问："刘东曹为何不提意见？”刘简回答：“我的意见终究不会被采纳。”桓温听了，也没又责怪的神情。

（51）刘真长、王仲祖共行，日旰[①]未食。有相识小人[②]贻[③]其餐，肴案[④]甚盛，真长辞焉。仲祖曰：“聊以充虚，何苦辞！”真长曰：“小人都不可与作缘[⑤]。”

◎注释

①旰，天色晚。

②小人，晋代士族把府中吏役、各行各业普通百姓等都称为小人。

③贻，馈赠。

④肴案，菜肴。案，食盘。

⑤作缘，打交道，交朋友。

◎译文

刘真长、王仲祖外出，天色晚了还没吃饭。有个相识的百姓送饭食给他们，菜肴很丰盛，刘真长辞谢了。王仲祖说：“暂且充饥吧，何苦推辞！”刘真长说：“凡是百姓小民，绝不能跟他们打交道。”

（52）王脩龄尝在东山[①]，甚贫乏。陶胡奴[②]为乌程[③]令，送一船米遗之。却不肯取，直答语：“王脩龄若饥，自当就谢仁祖[④]索食，不须陶胡奴米。”

◎注释

①东山，山名，在会稽郡。晋谢安曾隐居于此。

②陶胡奴，即陶范，小名胡奴，陶侃的儿子。

③乌程，县名，即今浙江省吴兴县。

④谢仁祖，即谢尚，字仁祖。陈郡阳夏（今河南太康）人。东晋时期名士、将领，豫章太守谢鲲之子、太傅谢安从兄。王、谢为东晋大族，陶氏出于寒门，此为轻视陶而有此语。

◎译文

王脩龄曾在东山隐居，那时很贫困。陶胡奴时任乌程县令，运了一船米去送给他。王脩龄推辞，不肯收下，直接了当地回话说：“王脩龄如果挨饿，自然会到谢仁祖那里要吃的，不要陶胡奴的米。”

（53）阮光禄[①]赴山陵[②]，至都，不往殷、刘许，过事便还。诸人相与追之。阮亦知时流必当逐己，乃遄疾[③]而去，至方山[④]不相及。刘尹时为会稽，乃叹曰：“我入，当泊安石渚下耳，不敢复近思旷旁。伊便能捉杖打人，不易。”

◎注释

①阮光禄，即阮裕，字思旷，以德业知名。有隐遁之意，曾作金紫光禄大夫。

②山陵，这里指参加帝王的葬礼。

③遄（chuán）疾，急速、迅速。

④方山，地名，在丹阳郡江宁县东。

◎译文

光禄大夫阮思旷前去参加晋成帝的葬礼，到京都时，没有去殷浩、刘惔家探望，丧事一结束就立刻返回了。众好友知道了，一起去追赶。阮思旷也知道这些名士一定会来追赶，便赶忙走了，一直走到方山，他们赶不上为止。丹阳尹刘惔正谋求出任会稽太守，叹息说：“我如到会稽，要在靠近谢安的小洲旁停船，不敢靠近思旷。否则他会拿木棒打人，改不了的。”

（54）王刘与桓公共至覆舟山[①]看。酒酣后，刘牵脚加桓公颈，桓公甚不堪，举手拨去。既还，王长史语刘曰：“伊讵可以形色加人[②]不！”

◎注释

①覆舟山，山名，形如覆舟。在建康，东连钟山，北临玄武湖。

②形色加人，指对人发怒施威。魏晋风流，以喜怒不行于色为上。桓温为武人，王、刘乃清谈名士，二人言行中流露出对桓的轻视之意。

◎译文

王濛、刘惔和桓温同到覆舟山去赏玩山水。喝得得尽兴后，刘惔把腿放在桓温脖子上，桓温实在不能忍受，用手拨开。回来后，王濛对刘惔说："他难道可以对人发怒施威吗！"

**（55）桓公问桓子野："谢安石料万石[①]必败，何以不谏？"子野答曰："故当出于难犯耳。"桓作色曰："万石挠弱凡才[②]，有何严颜[③]难犯！"**

◎注释

①万石，即谢万，字万石，谢安的弟弟。

②挠弱凡才，平庸软弱之人。

③严颜，威严的面孔。

◎译文

桓温问桓子野："谢安石预料万石一定会失败，为何不劝他改正错误？"子野回答说："恐怕是不想冒犯他。"桓温生气道："万石是个软弱的庸才，有什么威严的颜面不能冒犯！"

**（56）罗君章曾在人家，主人令与坐上客共语，答曰："相识已多，不烦夏尔。"**

◎译文

罗君章曾在别人家做客，主人叫他和在座的客人谈话，他回答说："大家相识很久了，用不着再客套。"

**（57）韩康伯病，拄杖前庭消摇[①]。见诸谢皆富贵，轰隐交路[②]，叹曰："此夏何异王莽时！"**

◎注释

①消摇，同"逍遥"，指漫步散心，安闲自得。

②轰隐交路，指车马、仪仗、仆从往来于路。轰隐，群车声。

◎译文

韩康伯生病在家，常拄着拐杖在前院散步。眼看着谢家诸人都富贵了，进出的车子时时往来于路，叹道："这和王莽当政时有什么两样！"

**（58）王文度为桓公长史时，桓为儿求王女，王许咨蓝田。既还，蓝田爱念文度，虽长大，犹抱著膝上。文度因言桓求己女婚。蓝**

田大怒，排文度下膝，曰："恶见文度已复痴，畏桓温面！兵，那可嫁女与之！"文度还报云："下官家中先得婚处。"桓公曰："吾知矣，此尊府君[1]不肯耳。"后桓女遂嫁文度儿[2]。

◎注释

①尊府君，指令尊，府君是尊称。

②桓女遂嫁文度儿，同前文注释，此为士族和寒门之间的差距。桓温虽为高官，掌兵权，但属寒门，故王述不愿文度嫁女与桓温儿。但寒门女可嫁士族儿，也是当时门阀制度下的一种风尚。

◎译文

王文度在桓温手下任长史时，桓温为儿子求娶文度的女儿，文度说要回去和父亲商量。回家后，王述因为怜爱文度，虽然长大了，还是抱在膝上。文度说到桓温求娶女儿的事。王述非常生气，把文度从膝上推去，说道："我怕看见你犯傻，竟担心驳桓温的面子！一个当兵的，怎么可以嫁女儿给他！"文度回复桓温说："下官家里已给女儿找了婆家。"桓温说："我知道了，这是令尊大人不答应呢。"后来桓温的女儿嫁给了文度的儿子。

（59）王子敬数岁时，尝看诸门生樗蒱[1]，见有胜负，因曰："南风不竞。"门生辈轻其小儿，乃曰："此郎亦管中窥豹，时见一斑。"子敬嗔目曰："远惭荀奉倩，近愧刘真长[2]。"遂拂衣而去。

◎注释

①樗蒱，一种赌博游戏。

②"远惭"二句，指荀、刘二人严于择交，必不养门生，即便有，也不与之交往。而王子敬自悔看 门生游戏，且轻易发言，甚为后悔，因为言愧对二人。

◎译文

王子敬几岁时，曾观一些门客赌博，看他们胜负即现，便说："南边的要输。"门客轻视他是小孩子，就说："这位小郎也是管中窥豹，时见一斑。"子敬气得瞪大眼睛说："比远的，我愧对荀奉倩。比近的，我愧对刘真长。”拂袖而去。

（60）谢公闻羊绥佳，致意令来，终不肯诣。后绥为太学博士[①]，因事见谢公，公即取以为主簿。

◎注释

①太学博士，官名。太学是一般官员和庶民俊秀子弟的学校。

◎译文

谢安听说羊绥很出色，派人向他致意并请他来，羊绥始终不肯上门。后来羊绥任太学博士，因事去见谢安，谢安马上把他调任主簿。

（61）王右军与谢公诣阮公[①]，至门，语谢：“故当共推主人。”谢曰：“推人正自难[②]。”

◎注释

①阮公，即阮裕，以德业知名，精于辩难，隐居会稽剡山。

②“推人”句，阮裕年纪最大，王右军次之，谢安最小，但是谢安不肯降低地位、身份，推尊阮裕。

◎译文

右军将军王羲之和谢安去看望阮裕，走到门口，王羲之对谢安说：“我们一定要共同推尊主人。”谢安说：“推尊别人恰恰最难。”

（62）太极殿[①]始成，王子敬时为谢公长史，谢送版使王题之。王有不平色，语信云：“可掷著门外。”谢后见王，曰：“题之上殿何若？昔魏朝韦诞诸人亦自为也[②]。”王曰：“魏阼所以不长。”谢以为名言。

◎注释

①太极殿，晋孝武帝修筑的宫室。

②谢安提起韦诞题陵云阁故事，是想让王献之题殿额。而王认为这是侮辱了自己，故坚决不肯题。

◎译文

太极殿刚建成，王子敬时任丞相谢安的长史，谢安派人送块木板去叫他题匾。子敬神色不满，告诉来人说："把它扔在门外吧。"谢安看见王子敬，说："这是给正殿题匾，怎样？从前魏朝韦诞等人也是写过的呀。"王子敬说："这就是魏朝国祚不能长久的原因。"谢安认为这是名言。

**（63）王恭[①]欲请江卢奴为长史，晨往诣江，江犹在帐中。王坐，不敢即言，良久乃得及。江不应，直唤人取酒，自饮一碗，又不与王。王且笑且言："那得独饮！"江云："卿亦复须邪？"更使酌与王。王饮酒毕，因得自解去。未出户，江叹曰："人自量，固为难！"**

**◎注释**

①王恭，字孝伯，小字阿宁，太原晋阳人。司徒左长史王濛之孙。桓玄执政，追赠王恭为侍中、太保，谥曰忠简。

**◎译文**

王恭想请江卢奴任长史，一早到江家去，江还在床帐中未起。王恭坐下来，不敢马上开口，过了很久才说到这件事。江卢奴也不回答他，只是叫人拿酒来，自己喝了一碗，也不给王恭。王恭边笑边说："哪能一个人喝！"江卢奴说："你也要喝吗？"于是再叫仆人倒酒来给王恭。王恭喝完，顺势脱身离去。还没出门，江卢奴叹道："一个人要有自知之明，确实很难！"

**（64）孝武问王爽："卿何如卿兄？"王答曰："风流秀出[①]，臣不如恭，忠孝亦何可以假人！"**

**◎注释**

①风流，风雅，士大夫阶层追求的一种生活方式。秀出，才能出众。

**◎译文**

晋孝武帝问王爽："你与你哥哥相比怎样？"王爽回答说："风雅超群，臣比不上恭，至于忠孝，又怎么可以让给别人呢！"

**（65）王爽与司马太傅[①]饮酒，太傅醉，呼王为小子。王曰："亡祖长史，与简文皇帝为布衣之交。亡姑、亡姊，伉俪[②]二宫。何**

小子之有！”

◎注释

①司马太傅，指会稽王司马道子。

②伉俪，配偶，夫妻。

◎译文

王爽和太傅司马道子共饮，太傅醉了，叫王爽为小子。王爽说：“先祖长史，和简文帝是布衣之交。已故的姑母、姐姐是哀帝、孝武两宫皇后。怎能称为小子！”

（66）张玄与王建武先不相识，后遇于范豫章许，范令二人共语。张因正坐敛衽，王熟视良久，不对。张大失望，便去，范苦譬[①]留之，遂不肯往。范是王之舅，乃让王曰：“张玄，吴士之秀，亦见遇于时，而使至于此，深不可解。”王笑曰：“张祖希若欲相识，自应见诣。”范驰报张，张便束带[②]造之。遂举觞对语，宾主无愧色。

◎注释

①苦譬，极力劝喻。譬，晓喻，劝喻。

②束带，扎好衣带，指穿好礼服。

◎译文

张玄和建武将军王忱原不认识，后在豫章太守范宁家相遇。范宁叫两人谈话。张玄正襟危坐，王忱仔细看他，没有交谈。张玄很失望，便告辞，范宁苦苦地解释并挽留他，到底不肯留下。范宁是王忱的舅舅，就责怪王忱说：“张玄是吴地名士，又是当代名流所重，你这样对他，真是很难理解。”王忱笑着说：“张祖希如果想认识我，自然应该上门来探望我。”范宁把这话告诉张玄，张玄便穿好礼服去拜访他。两人一边喝酒一边谈论，宾主均无羞愧之色。

# 雅量第六

雅量，意为胸怀宽广，气度宏阔。魏晋名士大多旷达潇洒，不管内心如何，皆处变不惊，临危不惧。如淝水大捷后，谢安“意色举止，不异于常”。裴遐饮酒被人拽倒，爬起后神色举止如常，“复戏如故”。嵇康“临刑东市，神气不变，索琴弹之”。除此以外，只要没有虚伪的表现，纯任自然，不为外物所累，都可以说是有雅量。但若因事触及，感情大起大落，却仍形色如常强作镇定，如顾雍爱子卒而“神气不变”，也当作雅量，但不免受到后人非议，言其故作旷达，矫情造作了。

（1）豫章太守顾劭，是雍①之子。劭在郡卒，雍盛集僚属，自围棋。外启信至，而无儿书。虽神气不变，而心了其故。以爪掐掌，血流沾褥。宾客既散，方叹曰：“已无延陵②之高，岂可有丧明之责③！”于是豁情散哀，颜色自若。

◎注释

①雍，即顾雍，字元叹，累迁尚书令，位至丞相。

②延陵，春秋时吴国季扎，封于延陵。其长子死时，云：“骨肉归复于土，命也！”被誉为是能“达死生之命”者。顾雍认为自己做不到忘情，做不像他那样旷达知命。

③丧明之责，指子夏因桑子而致失明，曾子往吊唁，责之。顾雍认为自己虽不能忘情，但也不能像子夏那样因丧子而损伤身体，受到

别人指责。

◎译文

豫章太守顾劭是顾雍的儿子。顾劭在郡守任内去世了，当时顾雍正同僚属下棋。外面报说豫章有信使到，却没他儿子的信。顾雍神态不变，心里却明白其中缘故，悲痛得掐紧手掌，血流沾湿了座褥。等宾客散去，才叹气说："我虽然没有延陵季子那么旷达知名，难道就能招致子夏丧明毁形的指责吗！"于是放开胸怀，驱散哀痛，神色自若。

**（2）嵇中散[①]临刑东市，神气不变，索琴弹之，奏《广陵散》[②]。曲终，曰："袁孝尼[③]尝请学此散，吾靳固不与，《广陵散》于今绝矣！"太学生三千人上书，请以为师，不许。文王亦寻悔焉。**

◎注释

①嵇中散，即嵇康，任中散大夫。

②广陵散，古琴曲名。

③袁孝尼，即袁准，字孝尼，陈郡扶乐人。魏国郎中令袁涣第四子，仕魏未详。入晋拜给事中。

◎译文

嵇康临刑东市，神态不变，索琴弹奏，弹的是《广陵散》。曲终，说："袁孝尼想学这支曲子，我吝惜固执，不肯传他，《广陵散》从今以后要失传了！"太学生三千人上书，请求拜他为师，以免其罪，朝廷不许。嵇康被杀，文王司马昭不久也后悔了。

**（3）夏侯太初尝倚柱作书，时大雨，霹雳[①]破所倚柱，衣服焦然[②]，神色无变，书亦如故。宾客左右皆跌荡不得往。**

◎注释

①霹雳，响声很大的雷。

②焦然，烧焦的痕迹。

◎译文

夏侯太初有一次靠着柱子写字，当时下大雨，雷电击坏了他靠着的柱子，衣服烧焦，仍然神色不变，照样写字。宾客和随从都跌跌撞撞，站立不稳。

（4）王戎七岁，尝与诸小儿游，看道边李树多子折枝[①]，诸儿竟走取之，唯戎不动。人问之，答曰："树在道边而多子，此必苦李。"取之，信然[②]。

◎注释

①折枝，使树枝弯曲。

②信然，确实这样。

◎译文

王戎七岁时，有一次和同伴去玩，看到路边的李树挂了很多果，压弯了树枝，同伴争先恐后去摘李子，只有王戎不动。别人问他，他说："树长在路边，还有这么多李子，一定是苦的。"拿来一尝，果然是苦的。

（5）魏明帝于宣武场[①]上断虎爪牙，纵百姓观之。王戎七岁亦往看。虎承间[②]攀栏而吼，其声震地，观者无不辟易颠仆[③]。戎湛然[④]不动，了无恐色。

◎注释

①宣武场，场地名，魏赌城中讲武之所，在洛阳城北。

②承间，同"乘间"，趁着空隙。

③颠仆，跌倒。

④湛然，镇静。

◎译文

魏明帝在宣武场上弄断老虎的爪牙，让百姓观看。王戎当时七岁也去观看。老虎乘隙攀住栅栏大吼，震天动地，围观的人吓得退避不迭，跌倒在地。只有王戎镇静不动，毫无惧色。

（6）王戎为侍中，南郡太守刘肇遗筒中笺布[①]五端[②]，戎虽不受，厚报其书。

◎注释

①筒中笺布，一种价格昂贵的细布，卷作筒形。

②端，两丈为一端。

◎译文

王戎任侍中时，南郡太守刘肇送他十丈筒形细布，王戎虽然没有接受，还是给他写了一封回信。

（7）裴叔则[①]被收，神气无变，举止自若。求纸笔作书，书成，救者多，乃得免。后位仪同三司[②]。

◎注释

①裴叔则，即裴楷，字叔则，曾任屯骑校尉、太子少师。

②仪同三司，官名。仪制与三公同。初为一时宠遇之职，后成为正式官职。

◎译文

裴叔则被逮捕，神态不变，举动如常。要来纸笔写信，信发出后，营救他的人很多，才得以免罪。后来位至仪同三司。

（8）王夷甫尝属族人事，经时未行。遇于一处饮燕[①]，因语之曰："近属尊事，那得不行？"族人大怒，便举樏[②]掷其面。夷甫都无言，盥洗毕，牵王丞相臂，与共载去。在车中照镜，语丞相曰："汝看我眼光，乃出牛背上[③]。"

◎注释

①饮燕，同"饮宴"。

②樏，食盒，有底有盖，盘中有间隔。

③出牛背上，牛背为着鞭之处，此意指不计较挨打受辱之类的小事。

◎译文

王夷甫曾经托人办事，过了一段时间没办。两人在宴会上碰到，王夷甫问那族人："日前嘱托您办的事，怎么还不去办呢？"族人大怒，举起食盒扔到他脸上。王夷甫一言不发，洗干净后，挽着丞相王导的手，和他一起坐牛车走了。在车里照着镜子，对王导说："你看我的眼光，竟然长在牛背上。”

（9）裴遐在周馥所，馥设主人[1]。遐与人围棋，馥司马[2]行酒[3]。遇正戏，不时为饮，司马恚，因曳遐坠地。遐还坐，举止如常，颜色不变，复戏如故。王夷甫问遐：“当时何得颜色不异？”答曰：“直是暗当故耳！”

◎注释

①设主人，以主人身份备办酒食。

②馥司马，周馥手下的司马。

③行酒，在宴会上主持行酒令、斟酒劝饮等事。

◎译文

裴遐在周馥家，周馥以主人身份宴请大家。裴遐和人下围棋，周馥的司马负责劝酒。裴遐正在下棋，未及时饮酒，司马很生气，便把他拽倒。裴遐爬起来回到座位，举动如常，脸色不变，照样下棋。后来王夷甫问他：“怎么能做到面不改色呢？”他回答说：“只是光线暗看不出罢了！”

（10）刘庆孙[1]在太傅府，于时人士多为所构[2]，唯庾子嵩纵心书外，无迹可间。后以其性俭家富，说太傅令换千万，冀其有吝，于此可乘。太傅于众坐中问庾，庾时颓然已醉，帻堕几上，以头就穿取，徐答云：“下官家故可有两娑千万，随公所取。”于是乃服。后有人向庾道此，庾曰：“可谓以小人之虑，度君子之心。”

◎注释

①刘庆孙，即刘舆，字庆孙，在太傅司马越的官府中任长史。

②构，罗织罪状陷害人。

◎译文

刘庆孙在太傅府任职，在这期间，很多人被他构陷，只有庾子嵩超然世外，让他没有空子可钻。后来刘庆孙抓住庾子嵩生性吝啬而家境富裕，怂恿太傅向庾子嵩借千万钱，希望他吝啬不肯借，就能找到可乘之机。于是太傅就当众向庾子嵩借钱，这时庾子嵩喝醉了，头巾颠落，他把头伸进头巾里戴上，徐徐回答：“下官家大约有两三千万，随公所取。”刘庆孙这才佩服了。有人向庾子嵩谈起这事，庾子嵩说：“这可以说是以小人之心，度君子之腹。”

**（11）王夷甫与裴景声[①]志好不同，景声恶欲取之，卒不能回。乃故诣王，肆言极骂，要王答己，欲以分谤。王不为动色，徐曰：“白眼儿遂作。”**

**◎注释**

①裴景声，即裴邈，字景声。历任太傅从事中郎、左司马，监东海王军事。

**◎译文**

王夷甫和裴景声志趣不同，景声讨厌王夷甫想任用自己，但没有办法回绝。于是故意到王夷甫那里，肆意攻击，痛骂一番，迫使王夷甫回骂，想用这种办法使王夷甫分担他所受的别人的指责。王夷甫始终不动声色，从容说：“白眼儿终于发作了。”

**（12）王夷甫长裴成公[①]四岁，不与相知。时共集一处，皆当时名士，谓王曰：“裴令[②]令望何足计！”王便卿裴，裴曰：“自可全君雅志。”**

**◎注释**

①裴成公，字选民，累迁尚书左仆射、侍中，死后的谥号是成。

②裴令，指裴楷，任中书令，有名望，裴的叔父。

**◎译文**

王夷甫比裴成公大四岁，两人不相交好。有一次，两人都在聚会上，在座的都是当时名士，有人对王夷甫说：“裴令的名望哪里值得挂在心上！”王夷甫便称裴成公为卿，裴说：“我自然可以成全您的高雅情趣。”

**（13）有往来者云：“庾公有东下意。”或谓王公：“可潜稍严，以备不虞。”王公曰：“我与元规虽俱王臣，本怀布衣之好。若其欲来，吾角巾[①]径还乌衣，何所稍严！”**

◎注释

①角巾，有棱角的头巾，隐士所常戴。角巾还乌衣，指弃官当百姓。

◎译文

有往来国都的人说："庾公有起兵东下的意图。"有人对王导说："应该暗中戒严，以备不测。"王导说："我和元规虽然都是大臣，心中不忘布衣之交。如果他想来朝廷，我就改换民服回乌衣巷去，有什么可戒备的！"

（14）王丞相主簿欲检校帐下[①]，公语主簿："欲与主簿周旋，无为知人几案间事[②]。"

◎注释

①检校，检查核对。帐下，幕府中，这里指幕僚。

②几案间事，指案牍，即官府文牍案卷之事。

◎译文

丞相王导的主簿想查核部下，王导对他说："我想和主簿交谈一下，不用去干预人家案犊间的事。"

（15）祖士少[①]好财，阮遥集[②]好屐，并恒自经营。同是一累，而未判其得失。人有诣祖，见料视财物。客至，屏当未尽，余两小簏著背后，倾身障之，意未能平。或有诣阮，见自吹火蜡屐。因叹曰："未知一生当著几量屐！"神色闲畅。于是胜负始分。

◎注释

①祖士少，即祖约，字士少，曾任豫州刺史。

②阮遥集，即阮孚，字遥集，曾任吏部尚书、广州刺史。

◎译文

祖士少喜欢钱财，阮遥集喜欢木屐，都是经常亲自料理。同是嗜好，不能判定两人的高下。有人到祖士少家，见他正在查点财物。客人到了，还没收拾完，剩下两小箱，放在背后，侧身挡着，心神不定。有人到阮遥集家，看见他点火给木屐打蜡，还叹息道："不知这一辈子还能穿几双木屐！”神态安详。由此二人才分出高下。

（16）许侍中[①]、顾司空[②]俱作丞相从事[③]，尔时已被遇，游宴集聚，略无不同。尝夜至丞相许戏，二人欢极。丞相便命使入己帐眠。顾至晓回转，不得快熟。许上床便咍台[④]大鼾。丞相顾诸客曰：“此中亦难得眠处。”

◎注释

①许侍中，即许璪，字思文，任从事、侍中，官至吏部侍郎。

②顾司空，即顾和，字君孝，官至尚书令，死后追赠司空。

③从事，官名，是三公和州郡长官的属官。

④咍（hāi）台，睡觉时呼吸的声音。

◎译文

侍中许璪和司空顾和在丞相王导那里任从事，两人当时已都得到赏识，凡是游乐、宴饮、聚会，两人都参加，没有丝毫不同。有次两人晚上到王导家，玩得高兴极了。王导便叫他们到床上睡。顾和辗转反侧直到天亮，不能很快睡着。许璪一上床就鼾声如雷。王导回头对客人说：“这里也是不易睡觉的地方。”

（17）庾太尉风仪伟长，不轻举止，时人皆以为假。亮有大儿数岁，雅重之质，便自如此，人知是天性。温太真尝隐幔怛[①]之，此儿神色恬然，乃徐跪曰：“君侯[②]何以为此？”论者谓不减亮。苏峻时遇害。或云：“见阿恭，知元规非假。”

◎注释

①怛（dá），恐吓，吓唬。

②君侯，对列侯和地方高级官吏的尊称。

◎译文

太尉庾亮风度仪容，奇伟出众，举止稳重，大家认为是故意装的。庾亮有个大儿子庾恭，只有几岁，气质高雅稳重，从小就那样，人们知道这是本性。温太真有一次藏在帷帐后面吓唬他，这孩子神色安详，只是慢慢跪下问：“君侯为何这样做？”众人认为他的气度不亚于庾亮。

庾恭在苏峻叛乱时被杀。有人说："看见庾恭的样子，就知道元规不是装假。"

（18）褚公[1]于章安令迁太尉记室参军，名字已显而位微，人未多识。公东出，乘估客船，送故[2]吏数人，投钱唐亭往。尔时吴兴沈充为县令，当送客过浙江，客出，亭吏驱公移牛屋下。潮水至，沈令起彷徨，问牛屋下是何物，吏云："昨有一伧父[3]来寄亭中，有尊贵客，权移之。"令有酒色，因遥问："伧父欲食饼不？姓何等？可共语。"褚因举手答曰："河南褚季野。"远近久承公名，令于是大遽。不敢移公，便于牛屋下修刺诣公，更宰杀为馔具。于公前鞭挞亭吏，欲以谢惭。公与之酌宴，言色无异。状如不觉。令送公至界。

◎注释

①褚公，即褚裒，字季野，河南阳翟人。持重少言，有盛名于时。

②送故，长官离任或殁于任所，属吏赠钱远送或护送灵柩回故乡，这叫送故，是当时风气。

③伧父，骂人的话，意为粗鄙的人。吴人称中原人为伧人。

◎译文

褚季野从章安县令升任太尉郗鉴的记室参军，名声很大，可是官位低微，很多人不认识他。褚季野坐着商船往东去，和几位送行的属吏到钱唐亭投宿。这时，吴兴人沈充任钱唐县令，正好送客过浙江，客人到来，亭吏就赶出褚季野，移至牛屋。夜晚江水涨潮，沈县令起来在亭外徘徊，问牛屋里是什么人。亭吏说："昨天有个伧父来亭中寄宿，因为有尊贵客人，就把他挪到这里。"县令已有几分酒意，便问："伧父想吃饼吗？姓什么？可以一起谈谈。"褚季野拱手回答："河南褚季野。"远近久仰褚季野的大名，县令大为惶恐，又不敢移动他，便在牛屋里呈上名片拜谒，另外宰杀牲畜，整治酒食。当着褚季野的面鞭责亭吏，想用这些做法来道歉，表示愧意。褚季野和县令对饮，言谈、脸色没有什么异样，好像对一切都没在意。后来县令把他一直送到县界。

（19）郗太傅[1]在京口，遣门生与王丞相书，求女婿。丞相语郗信："君往东厢，任意选之。"门生归白郗曰："王家诸郎亦皆可嘉，闻来觅婿，咸自矜持，唯有一郎在东床上坦腹卧，如不闻。"郗公云："正此好！"访之，乃是逸少，因嫁女与焉。

◎注释

①郗太傅，即郗鉴，曾兼徐州刺史，镇守京口。

◎译文

太傅郗鉴在京口时，派门生送信给丞相王导，想在他家挑个女婿。王导说："您到东厢房去，随意挑选。"门生回去禀告郗鉴："王家的那些公子都不错，听说来挑女婿，都很拘谨，只有一位躺在东床上袒胸露腹，好像没听见一样。"郗鉴说："正是这个好！"一查访，原来是王逸少，于是便把女儿嫁给他。

（20）过江初，拜官，舆饰供馔[①]。羊曼拜丹阳尹，客来蚤者，并得佳设[②]。日晏渐罄，不复及精，随客早晚，不同贵贱。羊固拜临海，竟日皆美供。虽晚至，亦获盛馔。时论以固之丰华，不如曼之真率。

◎注释

①舆饰，都整治。供馔，酒宴。

②佳设，盛宴，美味佳肴。

◎译文

晋室南渡初期，新官任命时，都要备办酒宴祝贺。羊曼出任丹阳尹，客人来得早，能吃到丰盛的酒食。来晚了，备办的东西逐渐吃完，就没有精美的酒食了，只依客人来得早晚有别，不管官位高低。羊固出任临海太守，早晚都有精美的酒宴。虽然到得晚，也能吃上丰盛的酒食。舆论认为羊固的酒宴虽然丰盛，但不如羊曼的本性直率。

（21）周仲智饮酒醉，嗔目还面谓伯仁曰："君才不如弟，而横[①]得重名！"须臾，举蜡烛火掷伯仁，伯仁笑曰："阿奴火攻，固出下策耳！"

◎注释

①横，凭空，无缘无故。

◎译文

周仲智喝醉了，瞪眼扭头对他哥哥伯仁说："您的才能比不上我，却凭空获得了名声！"接着，举起点着的蜡烛扔到伯仁身上，伯仁笑着说："阿奴用火攻，原来是用的下策啊！"

（22）顾和始为扬州从事，月旦[①]当朝，未入，顷停车州门外。周侯诣丞相，历和车边，和觅虱，夷然不动。周既过，反还，指顾心曰："此中何所有？"顾搏虱如故，徐应曰："此中最是难测地。"周侯既入，语丞相曰："卿州吏中有一令仆才[②]。"

◎注释

①月旦，农历每月初一。

②令仆才，指作尚书令和仆射之才。

◎译文

顾和任扬州州府从事时，到初一该进见长官，他还没进府，暂时在州府门外停车。这时武城侯周顗也到丞相王导那里去，从顾和的车子旁边经过，顾和正在抓虱子，安闲自在，没有理他。周已经过去了，又折回来，指着顾和问道："这里面装着些什么？"顾和照样掐虱子，徐徐回答说："这是最难捉摸的地方。"周顗进府，告诉王导说："你的下属里有一个可作宰相的人才。"

（23）庾太尉与苏峻战，败，率左右十余人乘小船西奔。乱兵相剥掠，射，误中舵工，应弦而倒，举船上咸失色分散。亮不动容，徐曰："此手那可使著贼！"众乃安。

◎译文

太尉庾亮率军和苏峻作战，打败了，带着十几个随从坐小船往西边逃去。叛乱的士兵抢劫百姓，小船上的人用箭射贼兵，失手射中舵工，舵工随即倒下，全船的人都吓得脸色发白想逃散。庾亮神色自若，慢慢说道："这等射技怎能射中贼兵！"大家这才安定下来。

（24）庾小征西[①]尝出未还。妇母阮，是刘万安妻，与女上安陵城楼上。俄顷翼归，策良马，盛舆卫。阮语女："闻庾郎能骑，我何由得见？"妇告翼，翼便为于道开卤簿[2]盘马，始两转，坠马堕地，意色自若。

◎注释

①庾小征西，即庾翼，庾亮的弟弟。

②卤薄，仪仗。

◎译文

征西将军庾翼有次外出没回来。他的岳母阮氏是刘万安的妻子，和女儿一起上安陵城楼观望。一会儿，庾翼回来了，骑着高头大马，带着浩大的车队。阮氏对女儿说："听说庾郎会骑马，我怎么能见一见呢？"庾翼妻子于是告诉庾翼，庾翼就在道上摆开仪仗，骑马绕圈子，转了两圈，就从马上摔下来了，他却依然神态自如，满不在乎。

（25）宣武[1]与简文、太宰[2]共载，密令人在舆前后鸣鼓大叫。卤簿中惊扰，太宰惶怖，求下舆。顾看简文，穆然清恬。宣武语人曰："朝廷间故复有此贤。"

◎注释

①宣武，即桓温，谥号宣武。

②太宰，武陵王司马晞，晋穆帝即位后，升任太宰。

◎译文

桓温和简文帝、太宰共坐一车，桓温叫人在车前车后敲鼓，大喊大叫。仪仗队伍受惊混乱，太宰神色惊惶，要求下车。桓温回看简文帝，却镇定自若，满不在乎。桓温告诉别人说："朝廷仍然有这样的贤才。"

（26）王劭、王荟[1]共诣宣武，正值收庾希[2]家。荟不自安，逡巡欲去；劭坚坐不动，待收信还，得不定，乃出。论者以劭为优。

◎注释

①王劭、王荟，王导的两个儿子。

②庾希，字始彦，颍川鄢陵人，庾冰之子，庾亮的侄子。东晋官

员，官至北中郎将、徐兖二州刺史。后因庾氏被大司马桓温诬陷谋反而出逃，之后庾希在京口举兵讨伐桓温，终失败被杀。

◎译文

王劭、王荟去拜访桓温，碰上桓温派人逮捕庾希一家。王荟心里不安，徘徊犹豫；王劭却稳坐不动，等到派去逮捕的官吏回来，知道并无牵涉，这才退出。评论此事的人认为王劭优于王荟。

（27）桓宣武与郗超①议芟夷②朝臣，条牒③既定，其夜同宿。明晨起，呼谢安、王坦之人，掷疏④示之。郗犹在帐内。谢都无言，王直掷还，云："多！"宣武取笔欲除，郗不觉窃从帐中与宣武言。谢含笑曰："郗生可谓入幕宾也。"

◎注释

①郗超，大司马桓温的参军，后调任散骑侍郎，为桓温所器重。

②芟夷，除去。

③条牒，分项的文书。

④疏，给皇帝的奏议。

◎译文

桓温和郗超商议撤换朝廷大臣，上报名单拟定后，两人一处安歇。第二天桓温一早起来，传呼谢安和王坦之进来，把拟好的奏疏扔给他们。郗超还在帐里没起床。谢安看了奏疏，一句话没说，王坦之径直扔回给桓温，说："太多了！"桓温拿笔想删去一些，这时郗超不自觉地偷偷从帐里和桓温说话。谢安含笑说："郗生可以算得上是入幕之宾了。"

（28）谢太傅盘桓东山，时与孙兴公诸人泛海戏。风起浪涌，孙、王诸人色并遽，便唱使还。太傅神情方王①，吟啸不言。舟人以公貌闲意说，犹去不止。既风转急，浪猛，诸人皆喧动不坐。公徐云："如此，将无归？"众人即承响②而回。于是审其量，足以镇安朝野。

◎注释

①王，同“旺”。

②承响，应声。

◎译文

太傅谢安隐居东山期间，常和孙兴公等人到海上游玩。有一次起了风，浪涛汹涌，孙兴公、王羲之等惊恐失色，提议掉船回去。谢安兴致正高，朗吟长啸，不发一言。船夫因为谢安神态安闲，仍然摇船向前。一会儿，风势更急，浪更猛了，大家都骚动起来。谢安徐徐说：“既然这样，那就回去吧？”大家立即响应，就回去了。从这件事，人们看到了谢安的器量，认为他能安定朝野。

**（29）桓公伏甲设馔，广延朝士，因此欲诛谢安、王坦之[1]。王甚遽，问谢曰：“当作何计？”谢神意不变，谓文度曰：“晋阼存亡，在此一行。”相与俱前，王之恐状，转见于色。谢之宽容，愈表于貌。望阶趋席[2]，方作洛生咏，讽“浩浩洪流[3]”。桓惮其旷远，乃趣解兵。王、谢旧齐名，于此始判优劣。**

◎注释

①欲诛谢安、王坦之，当时谢为侍中，王为左卫将军，是简文帝倚重的左膀右臂。桓温欲倾晋室，故欲先诛大臣。

②望阶趋席，到了台阶上，疾行就座。

③浩浩洪流，出自嵇康《赠秀才入军》诗，言说大河浩荡东流。

◎译文

桓温埋伏甲士，设宴遍请朝中百官，想趁此杀害谢安和王坦之。王坦之非常惊恐，问谢安：“该怎么办？”谢安神色不变，对王坦之说：“晋朝存亡，在此一行。”两人前去赴宴，王坦之惊恐，神色惶然。谢安宽宏大度，神态安然。他到台阶上快步入座，模仿洛阳书生读书的声音，朗诵起“浩浩洪流”的诗篇。桓温畏惧他的旷达，便撤走了埋伏的甲士。王坦之、谢安原本名望相当，通过这件事分辨出二人高低。

**（30）谢太傅与王文度共诣郗超，日旰未得前。王便欲去，谢**

曰："不能为性命忍俄顷[1]？"

◎注释

①"不能"句，郗超得到桓温的器重，掌生杀大权，所以谢安这样说。

◎译文

太傅谢安和王文度去拜望郗超，等到天色晚了还不能上前会见。王文度想走，谢安说："你就不能为了性命再忍耐一会儿？"

（31）支道林还东[1]，时贤并送于征虏亭。蔡子叔前至，坐近林公；谢万石后来，坐小远。蔡暂起，谢移就其处。蔡还，见谢在焉，因合褥举谢掷地，自复坐。谢冠帻[2]倾脱，乃徐起，振衣就席，神意甚平，不觉嗔沮[3]。坐定，谓蔡曰："卿奇人，殆坏我面。"蔡答曰："我本不为卿面作计。"其后二人俱不介意。

◎注释

①"还东"句，支道林原在南京，这时要到东边的会稽郡东山。

②冠帻，头巾。

③嗔沮，生气、颓丧。

◎译文

支道林要东还会稽，时贤到征虏亭为他饯行。蔡子叔先到，就坐到支道林身旁；谢万石后到，坐得稍远一点。蔡子叔走开了一会儿，谢万石就移到他的座位上。蔡子叔回来，看见谢万石坐在自己位上，就连坐垫一块抬起他扔到地上，自己再坐回原处。谢万石头巾都跌掉了，慢慢爬起来，抖抖衣服回到自己座位上，神色平静，看不出生气颓丧。坐好后，对蔡子叔说："你真奇怪啊，差点儿碰破我的脸。"蔡子叔回答说："我本就没替你的脸打算。"后来两人都未因此事介怀。

（32）郗嘉宾钦崇释[1]道安德问，饷米千斛，修书累纸[2]，意寄殷勤。道安答直云："损米，愈觉有待之为烦。"

◎注释

①释，是释迦牟尼的简称，这里用来称和尚。道安是和尚名。

②累纸，一张纸叠一张纸。

◎译文

郗嘉宾推崇道安和尚的德望，送他千斛米，并写了一封长信，言辞恳切殷勤。道安回信只是说："蒙赐米，更觉得人身有所依靠的烦恼。"

**（33）谢安南[①]免吏部尚书还东，谢太傅赴桓公司马出西，相遇破冈。既当远别，遂停三日共语。太傅欲慰其失官，安南辄引以它端。虽信宿中涂，竟不言及此事。太傅深恨在心未尽，谓同舟曰："谢奉故是奇士。"**

◎注释

①谢安南，即谢奉，字弘道，曾任安南将军。

◎译文

安南将军谢奉被免去吏部尚书的官职后回东边老家去，太傅谢安因为应召出任桓温的司马往西去，两人在破冈相遇。既然就要久别了，便停留三天叙旧。谢安对他丢官一事想安慰几句，谢奉总是借别的事避开这个话题。两人虽然途中同住了两夜，却始终没有谈到这件事。谢安因为心意没有表达出来，深感遗憾，就对同船的人说："谢奉确实是奇人。"

**（34）戴公[①]从东出，谢太傅往看之。谢本轻戴，见，但与论琴书。戴既无吝色，而谈琴书愈妙。谢悠然知其量。**

◎注释

①戴公，即戴逵，字安道。居会稽郡剡县，不肯出仕，有清高之名。

◎译文

戴逵从会稽到京都，太傅谢安去看望他。谢安原来轻视他，见了面，只是和他谈论琴艺、书法。戴逵不但没有不乐意的神色，而且谈起来更加高妙。谢安一下子知道了他的器量。

**（35）谢公与人围棋，俄而谢玄淮上[①]信至，看书竟，默然无**

言，徐向局[②]。客问淮上利害，答曰："小儿辈大破贼。"意色举止，不异于常。

◎注释

①淮上，即淮水上，这里指战场上。

②向局，面向棋局。

◎译文

谢安和客人下围棋，一会儿，谢玄从战场上派出的信使到了，谢安看完信，默不作声，慢慢下起棋来。客人问他战场上的情况，谢安回答说："孩子们大破贼兵。"说话间，神色举动和平时没有两样。

（36）王子猷、子敬[①]曾俱坐一室，上忽发火。子猷遽走避，不惶取屐；子敬神色恬然，徐唤左右，扶凭而出，不异平常。世以此定二王神宇。

◎注释

①王徽之，字子猷，官至黄门侍郎。王献之，字子敬，官至中书令。二人均是王羲之的儿子。

◎译文

王子猷和子敬同坐一个房间，前面忽然起火。子猷急忙逃避，连木屐都来不及穿。子敬却神色安详，慢悠悠叫来随从，搀扶着再走出去，跟平时一样。世人从这件事判定二王的气宇高下不同。

（37）苻坚游魂[①]近境，谢太傅谓子敬曰："可将当轴[②]了其此处。"

◎注释

①游魂，流散的魂魄，此处指对敌寇的憎称。

②当轴，朝廷中的当权人物。

◎译文

苻坚的侵扰活动已逼近东晋边境，太傅谢安对王子敬说："应当擒住他们的领军人物，就此了解这里的祸患。"

（38）王僧弥[①]、谢车骑[②]共王小奴[③]许集，僧弥举酒劝谢云：

“奉使君一觞。”谢曰：“可尔。”僧弥勃然起，作色曰：“汝故是吴兴溪中钓碣耳，何敢诪张[④]！”谢徐抚掌而笑曰：“卫军，僧弥殊不肃省，乃侵陵上国也。”

◎注释

①王僧弥，即王珉，小名僧弥。

②谢车骑，即谢玄，死后赐为车骑将军。

③王小奴，王荟，字敬文，小名小奴，王导的儿子，王珉的叔父。

④诪（zhōu）张，猖狂放肆。诪，欺诳。

◎译文

王僧弥和车骑将军谢玄到王小奴家聚会，僧弥举杯向谢玄劝酒：“奉献使君一杯。”谢玄说：“可尔。”僧弥站起来，勃然变色道：“你不过是吴兴山溪垂钓的碣石罢了，怎敢这样胡言乱语！”谢玄拍手笑道：“卫军，你看僧弥太不懂事了，竟敢侵犯中原侯国。”

（39）王东亭为桓宣武主簿，既承藉[①]，有美誉，公甚欲其人地，为一府之望。初，见谢失仪，而神色自若，坐上宾客即相贬笑。公曰：“不然，观其情貌，必自不凡，吾当试之。”后因月朝阁下伏，公于内走马直出突之，左右皆宕仆，而王不动。名价于是大重，咸云：“是公辅器[②]也。”

◎注释

①承藉，继承、凭借祖先的福荫。

②公辅器，相当于三公、辅弼大臣的人才，也指可做宰相的人才。

◎译文

东亭侯王珣任桓温的主簿，受到祖辈的福荫，名声又好，桓温希望他在人品和门第上能成为官府敬仰的榜样。当初，他回答桓温问话，有失礼之处，可神色自若，在座的宾客立刻贬低并且嘲笑他。桓温说：“不是这样，看他的神情态度，一定不平常，我要试试他。”

后来趁着初一僚属进见、王珣正在官厅里的时候，桓温从后院骑马直冲出来。手下都吓得跌跌撞撞，王珣却稳坐不动。于是声望大为提高，都说："他是可作三公宰辅的人才。"

（40）太元末，长星见，孝武心甚恶之①。夜，华林园中饮酒，举杯属星云："长星，劝尔一杯酒。自古何时有万岁天子！"

◎注释

①"太元"句，太元是晋孝武帝的年号，据记载，太元二十年九月出现蓬星，即这里说的长星，彗星的一种。古人的迷信说法，蓬星出现代表不吉利的，多预示兵灾。

◎译文

太元末年，长星出现，晋孝武帝心里非常厌恶。入夜，在华林园里饮酒，举杯向长星劝酒："长星，劝你一杯酒。自古以来，什么时候有过万岁天子！"

（41）殷荆州有所识，作赋，是束皙①慢戏之流。殷甚以为有才，语王恭："适见新文，甚可观。"便于手巾函中出之。王读，殷笑之不自胜。王看竟，既不笑，亦不言好恶，但以如意②帖之而已。殷怅然自失。

◎注释

①束皙，字广微，任尚书郎，曾作《劝农赋》、《饼赋》等。

②如意，器物名。用玉、骨等制成，可用来搔痒，也供赏玩之用。

◎译文

荆州刺史殷仲堪略有想法，就写成赋，属于束皙轻慢诙谐那种游戏文章。他自认为很有才华，跟王恭说："刚见到一篇新作，值得一看。"说着从函中取出。王恭一面读，殷仲堪一面笑个不停。王恭看完，既不笑，也不说好坏，只拿如意压着罢了。殷仲堪怅然若失。

（42）羊绥第二子孚，少有俊才，与谢益寿相好。尝蚤往谢许，未食。俄而王齐、王睹来，既先不相识，王向席①有不说色，欲使羊去。羊了不眄[2]，唯脚委几上，咏瞩自若。谢与王叙寒温数语毕，还与羊谈赏；王方悟其奇，乃合共语。须臾食下，二王都不得餐，唯属羊不暇。羊不大应对之，而盛进食，食毕便退。遂苦相留，羊义不住，直云："向者不得从命，中国尚虚。"二王是孝伯两弟。

◎注释

①向席，走到座位上，入座。

②了不，一点不，完全不。眄，正视。

◎译文

羊绥的次子羊孚，少时就才智出众，和谢益寿很要好。一次，他很早就到谢家，还没吃饭。一会儿王齐、王睹也来了，他们不认识羊孚，落了座，有点不高兴，想让羊孚离开。羊孚也不看他们，只是把脚搭在桌子上，无拘无束吟诗、观赏。谢益寿和二王寒暄了几句，回头和羊孚谈论、品评。二王才体会出他不同一般，和他说话。一会儿摆上饭菜，二王顾不上吃，只是劝羊孚吃喝。羊孚也不大搭理他们，只是大口吃，吃完便告辞。二王苦苦挽留，羊孚不肯留下，只是说："刚才我不能顺从你们的心意马上走开，是因为腹中空虚。"二王是王孝伯的两个弟弟。

# 识鉴第七

识鉴，意为知人论世，鉴别人才的能力。自曹操主张任人唯才始，考察人才的观点发生变化。魏晋时，品评人物大多涉及品德才能。从人物的相貌和言谈，鉴别其才干能力，并加以选拔擢升。桓温曾参加博戏，由此判定他领兵伐蜀必能成功。孟嘉成名后，不认识他的褚裒仅据“此君小异”把他挑选出来。一些有洞察力的人，能见微知著，预见国家兴亡、世事得失，关键时刻亦能急流勇退，避免祸端。

（1）曹公少时见乔玄①，玄谓曰：“天下方乱，群雄虎争，拨而理之，非君乎！然君实乱世之英雄，治世②之奸贼③。恨吾老矣，不见君富贵，当以子孙相累④。”

◎注释

①乔玄，字公祖，曾任尚书令。

②治世，太平盛世。

③奸贼，狡诈凶残的人。

④累，牵累，把子孙托付给他照顾。

◎译文

曹操年轻时去见乔玄，乔玄对他说：“天下方乱，群雄相争，能拨乱反正，非君莫属啊！你实在是乱世中的英雄，盛世中的奸贼。遗憾的是我老了，看不到您富贵的那天，我就把子孙拜托给你了。”

（2）**曹公问裴潜[①]曰：“卿昔与刘备共在荆州，卿以备才如何？”潜曰：“使居中国[②]，能乱人，不能为治。若乘边守险[③]，足为一方之主。”**

◎**注释**

①裴潜，字文行，曾避乱荆州，投奔刘表。

②居中国，占有中国，指处于统治地位。

③乘边守险，指防守边境，守住险要之地。乘，占据、凭借。

◎**译文**

曹操问裴潜：“你过去和刘备一起在荆州，认为他的才干怎样？”裴潜说：“如果让他治理国家，只会使社会动乱，不能太平。如果保卫边境，防守险要，完全可以称职。”

（3）**何晏、邓飏、夏侯玄并求傅嘏交，而嘏终不许。诸人乃因荀粲说合之。谓嘏曰：“夏侯太初，一时之杰士，虚心于子，而卿意怀不可。交合则好成，不合则致隙。二贤若穆，则国之休。此蔺相如所以下廉颇也。”傅曰：“夏侯太初，志大心劳，能合虚誉，诚所谓利口覆国[①]之人。何晏、邓飏，有为而躁，博而寡要，外好利而内无关籥[②]，贵同恶异，多言而妒前。多言多衅，妒前无亲。以吾观之，此三贤者，皆败德之人耳，远之犹恐罹祸，况可亲之邪！”后皆如其言。**

◎**注释**

①利口覆国，用言语倾覆国家。《论语·阳货》说：“恶利口之覆邦家者。”利口，言辞锋利。

②关籥（yuè），门闩，喻检点约束。

◎**译文**

何晏、邓飏、夏侯玄都希望和傅嘏结交，傅嘏始终没有答应。他们托荀粲去说合。荀粲对傅嘏说：“夏侯太初是一代俊杰，对您很谦逊，而您却认为不行。如果能交好，就有了情谊。如果不行，就会产生裂痕。两位贤人如能和睦相处，国家就强大。这是蔺相如对廉颇退让的原因。”傅嘏说：“夏侯太初，志向很大，用尽心思去达目的，不过是迎合虚名，是要嘴皮子亡国的人。何晏和邓飏，有作为却很急躁，知识广博却不得要领，对外喜欢得到好处，对己却不加检点约束，重视意见相同的人，讨厌和自己观点不一致的人，好发表意见，又忌妒超过自己的人。发表意见多，破绽也多，忌妒别人，会不讲情谊。依我看，这三位贤人都是败坏道德的人罢了，离他们远点还怕躲不开灾祸，何况是去亲近他们呢！”后来这三个人的下场，果真像他说的那样。

（4）晋武帝讲武[①]于宣武场，帝欲偃武修文，亲自临幸悉召群臣。山公[②]谓不宜尔，因与诸尚书言孙，吴用兵本意，遂究论，举坐无不咨嗟。皆曰：“山少傅乃天下名言。”后诸王骄汰，轻遘祸难，于是寇盗处处蚁合，郡国多以无备不能制服，遂渐炽盛，皆如公言。时人以谓山涛不学孙、吴，而暗与之理会。王夷甫亦叹云：“从暗与道合。”

◎注释

①讲武，讲授并练习武艺。偃武修文，停止武备，提倡教化。

②山公，即山涛。曾任尚书、太子少傅，也称山少傅。

◎译文

晋武帝命令军队在宣武场练武，想停止武备，提倡文教，所以亲自到场，把群臣都召集来了。山涛认为不宜这样做，便和诸位尚书谈论孙武、吴起用兵的本意，满座无不赞叹。大家都说：“山少傅所论是天下的至理名言。”后来诸王骄纵，造成灾难，兵匪横行，郡国多数没有武备不能制服，终于猖獗起来，正中山涛所言。人们认为山涛虽然不学孙吴兵法，可是见解却是相通。王夷甫慨叹道：“山公所说的符合常理。”

（5）王夷甫父乂，为平北将军，有公事，使行人[①]论，不得。时夷甫在京师，命驾见仆射羊祜、尚书山涛。夷甫时总角[②]，姿才秀异，叙致既快、事加有理，涛甚奇之。既退，看之不辍，乃叹曰：“生儿不当如王夷甫邪？羊祜[③]曰：“乱天下者，必此子也。”

◎注释

①行人，使者，奉命执行任务的人。

②总角，指未成年时。

③羊祜，字叔子，泰山南城人，人称羊公。魏晋时期大臣，著名战略家、政治家和文学家。博学能文，清廉正直，曾拒绝曹爽和司马昭的多次征辟，后为朝廷公车征拜。

◎译文

王夷甫的父亲王乂，担任平北将军，有件公事，派人去报，没办成。当时王夷甫在京都，就坐车谒见尚书左仆射羊祜和尚书山涛。王夷甫还是少年，风姿才华与众不同，陈述意见痛快淋漓，加之理据充分，所以山涛认为他不寻常。他告辞后，山涛注视着他，叹息说："生儿子难道不该像王夷甫那样吗？"羊祜却说："将来扰乱天下的，一定是这个人。"

**（6）潘阳仲见王敦小时，谓曰："君蜂目已露，但豺声未振耳[①]。必能食人，亦当为人所食。"**

◎注释

①"君蜂"句，古人认为蜂目而豺声的人残忍。蜂目，指像胡蜂样的眼睛。

◎译文

潘阳仲看见王敦少时的样子，对他说："您已经露出了胡蜂一样的眼神，只是还没嗥出豺狼般的声音罢了。你一定能杀人，将来也会被别人杀掉。"

**（7）石勒[①]不知书，使人读《汉书》。闻郦食其[②]劝立六国后，刻印将授之，大惊曰："此法当失，云何得遂有天下！"至留侯谏，乃曰："赖有此耳！"**

◎注释

①石勒，东晋时代后赵的君主，羯族人，起兵反晋室。

②郦食其，陈留县高阳乡人，汉高祖刘邦的谋士。

◎译文

石勒不识字，叫别人读《汉书》给他听。他听到郦食其劝刘邦重新扶立六国的后代，刻王侯印玺，将要授予爵位，就大惊道："这种做法会失去天下，最终怎么能得到天下呢！"当听到留侯张良劝阻刘邦时，便说："幸亏有这个人呀！"

**（8）卫玠年五岁，神衿[①]可爱。祖太保[②]曰："此儿有异，顾吾老，不见其大耳！"**

◎注释

①神衿，胸襟。

②祖太保，即卫玠的祖父卫瓘，晋武帝时官至太保。

◎译文

卫玠五岁时，襟怀可爱。祖父卫瓘说："这孩子与众不同，只是我老了，看不到他将来的成就！"

**（9）刘越石云："华彦夏[①]识能不足，强果有余。"**

◎注释

①华彦夏，即华轶，字彦夏，任江州刺史，甚得士人欢心，心忧天下，只因不从晋元帝命令，被害。

◎译文

刘越石说："华彦夏见识才能不足，坚强果敢有余。"

**（10）张季鹰[①]辟齐王[②]东曹掾在洛，见秋风起，因思吴中菰菜羹鲈鱼脍，曰："人生贵得适意尔，何能羁宦[③]数千里以要名爵！"遂命驾便归。俄而齐王败，时人皆谓为见机[④]。**

◎注释

①张季鹰，即张翰，字季鹰，吴郡吴人。

②齐王，即晋惠帝之弟司马冏，晋惠帝时任大司马，辅政后，日益骄奢。公元302年，在诸王的讨伐中被杀。

③羁宦，寄居在外地做官。

④见机，洞察事情的苗头。

◎译文

张季鹰调任齐王的东曹属官，在首都洛阳，看见秋风起，想吃老家吴中的菰菜羹和鲈鱼脍，说：“人生最可贵的是能够顺心罢了，怎能到几千里外做官，追求名声和爵位呢！”于是坐上车南归。不久齐王败死，人们认为他能见微知著。

（11）诸葛道明[①]初过江左，自名道明，名亚王、庾之下先为临沂令，丞相谓曰：“明府[②]当为黑头公[③]。”

◎注释

①诸葛道明，即诸葛恢，字道明。道明，意谓志在使道昌明。

②明府，汉代称太守为明府，晋以后也称县令为明府或明府君。

③黑头公，指壮年时头发还没变白就升到二公之位的人。

◎译文

诸葛道明初到江南时，自己起名叫道明，名望仅次于王导、庾亮。先前任临沂县令，王导曾对他说：“明府将会任黑头三公。”

（12）王平子素不知眉子，曰：“志大其量，终当死坞壁[①]间。”

◎注释

①坞壁，即村落外围的小城堡，用于防范盗贼。

◎译文

王平子向来对眉子没有好感，评论王眉子说：“志向大过才量，终究会死在小城堡里。”

（13）王大将军始下[①]，杨朗苦谏，不从，遂为王致力。乘中鸣云露车[②]径前，曰：“听下官鼓音，一进而捷。”王先把其手曰：“事克，当相用为荆州。”既而忘之，以为南郡。王败后，明帝收朗，欲杀之；帝寻崩，得免。后兼三公，署数十人为官属。此诸人当时并无名，后皆被知遇。于时称其知人。

◎注释

①“王大将军”句，指晋明帝时王敦起兵反，东下京都一事。

②中鸣云露车，一种车子，也名楼车，车上有望楼以窥敌进退。中鸣，指云车中设置鼓锣，指挥军队进退。

◎译文

大将军王敦刚要进军京都的时候，杨朗极力劝谏而王不听，只好为他尽力。在进攻时，杨朗坐着中鸣云露车一直到王敦面前，说："听我的鼓音，一旦进攻就能获胜。"王敦握住手告诉他说："大事告成，将任命你为荆州刺史。"过后忘了这话，派他到南郡做太守。王敦失败，晋明帝下令逮捕杨朗，想杀他。不久明帝死了，才得到赦免。后来兼任三公，任用了数十人做属官。这些人在当时都没有什么名气，后来全都受到赏识重用。当时人们称赞他能识别人才。

（14）周伯仁[①]母冬至举酒赐三子曰："吾本谓度江托足无所，尔家有相[②]，尔等并罗列吾前，复何忧！"周嵩起，长跪[③]而泣曰："不如阿母言。伯仁为人志大而才短，名重而识暗，好乘人之弊，此非自全之道。嵩性狼抗，亦不容于世。唯阿奴碌碌，当在阿母目下耳。"

◎注释

①周伯仁，即周顗，字伯仁。下文的周嵩、阿奴指他的两个弟弟。

②有相，即有吉相、有福相。

③长跪，古人坐时臀部放在脚后跟上，跪时伸直腰和大腿，挺直上身跪着，叫长跪，表示尊敬。

◎译文

周伯仁的母亲在冬至那天的家宴上赐酒给三个儿子，说："我本以为避难过江没有落脚之处，好在你们家有福气，你们几个都在我跟前，我还有什么可担心的呢！"这时周嵩离座，恭敬地跪在母亲面前，流泪说："并不像母亲说的那样。伯仁为人志大而才不足，名大而见识浅，喜欢利用别人的毛病来达到自己的目的，这不是保全自己的做法。我本性乖戾，也不会受到世人宽容。只有小弟平庸，将会在母亲眼前罢了。”

（15）王大将军既亡，王应欲投世儒[①]，世儒为江州。王含欲投王舒，舒为荆州。含语应曰：“大将军平素与江州云何，而汝欲归之！”应曰：“此乃所以宜往也。江州当人强盛时，能抗同异，此非常人所行；及睹衰危，必兴愍恻[②]。荆州守文，岂能作意表行事！”含不从，遂共投舒，舒果沉含父子于江。彬闻应当来，密具船以待之。竟不得来，深以为恨。

◎注释

①“王应”句，王应是王敦的哥哥王含的儿子，过继给王敦。王敦派王应任武卫将军，做自己的副手。王敦病重时，派王含为元帅，起兵再反，兵败后，王含便和王应逃奔王舒，王舒派人把他们沉到长江里。王舒和王彬（字世儒）是王敦的堂弟，王敦分调他们做荆州刺史和江州刺史。

②愍恻（mǐn cè），即怜悯、同情。守文，遵守成文的法律。

◎译文

大将军王敦死后，王应想去投奔王世儒，世儒时任江州刺史。王含想去投奔王舒，王舒时任荆州刺史。王含对王应说：“大将军平时和世儒的关系怎么样，你却想去投靠他！”王应说：“正是关系不好，才应该去。江州刺史在别人强盛的时候，能坚持不同意见，这不是普通人所能做到的。看见人家衰败、危急，就会表示同情。荆州刺史守法，怎能按意料之外的做法办事！”王含不听他的意见，于是两人便一起投奔王舒，王舒果然把王含父子沉入长江。王彬听说王应会来，暗地准备船只等候。最后他们竟然没来，王彬深感遗憾。

（16）武昌孟嘉[①]作庾太尉州从事，已知名。褚太傅有知人鉴，罢豫章还，过武昌，问庾曰：“闻孟从事佳，今在此不？”庾云：“试自求之。”褚眄睐[②]良久，指嘉曰：“此君小异，得无是乎？”庾大笑曰：“然。”于时既叹褚之默识，又欣嘉之见赏。”

◎注释

①孟嘉，字万年，江夏人，家住武昌，故称武昌孟嘉。太尉庾亮兼任江州刺史时，召为从事，也称州从事，是州府的属官。

②眄睐（miǎn lài），顾盼，观察，打量。斜着眼看是眄，向旁边看是睐。

◎**译文**

武昌郡孟嘉任太尉庾亮手下的州从事时，已经很有名气。太傅褚裒能识别人物的观察力，他免去豫章太守回家时，回程途中路过武昌，去见庾亮，问庾亮道："听说孟从事很有才学，现在在这里吗？"庾亮说："在座，你试着找找看。"褚裒观察了很久，指着孟嘉说："这一位稍有不同，恐怕是他吧？"庾亮大笑道："对。"当时庾亮既赞赏褚裒这种识别人物的才能，又高兴孟嘉受到了赏识。

**（17）戴安道[①]年十余岁，在瓦官寺[②]画。王长史见之，曰："此童非徒能画，亦终当致名[③]。恨吾老，不见其盛时[④]耳！"**

◎**注释**

①戴安道，即戴逵，字安道，谯郡铚县人，居会稽剡县。他是顾恺之时代另一有名画家，南渡的北方士族。晚年长期住在会稽一带。戴逵终生不仕，博学多才，善鼓琴，工人物、山水。

②瓦官寺，佛寺名。在建康，晋哀帝敕建。

③致名，得到名望。

④盛时，指盛年，青壮年，富贵显达之时。

◎**译文**

戴安道十几岁时，在京都瓦官寺画画。司徒左长史王濛看见他，说："这孩子不只能画画，将来也会很有名望。遗憾的是我年纪大了，见不到他全盛显达的时候了！"

**（18）王仲祖、谢仁祖、刘真长俱至丹阳墓所省殷扬州，殊有确然之志. 既反，王谢相谓曰："渊源不起，当如苍生何！"深为忧叹。刘曰："卿诸人真忧渊源不起邪？"[①]**

◎**注释**

①殷扬州，即殷浩，字渊源，年轻时名声就很大，可是长期在祖先的墓地里结庐隐居。王、谢等人认为他关系到东晋的兴亡，所以去看望他。殷浩后来出任建武将军、扬州刺史。

◎译文

王仲祖、谢仁祖、刘真长三人一起到丹阳郡殷氏墓地探望殷渊源，谈话中得知他退隐的志向坚定。回来后，王、谢议论说："渊源不出仕，老百姓该怎么办呢！"非常忧虑。刘真长说："你们真的担心渊源不出仕吗？"

**（19）小庾临终，自表以子园客为代[①]。朝廷虑其不从命，未知所遣，乃共议用桓温。刘尹曰："使伊去，必能克定西楚，然恐不可复制。"**

◎注释

①"小庾"句，小庾指庾翼，庾亮的弟弟。其在庾亮死后，任安西将军、荆州刺史。后来病重，上奏章推荐二儿子庾爰代理荆州刺史一职。园客就是庾爰之的小名。

◎译文

庾翼临死时，上奏章推荐儿子园客代理职务。朝廷担心他不肯服从命令，不知该派谁去好，于是商议用桓温为荆州刺史。丹阳尹刘真长说："派他去，一定能克服并安定西楚，只是这样一来，恐怕以后就控制不了他。"

**（20）桓公将伐蜀，在事诸贤，咸以李势在蜀既久，承藉累叶[①]，且形据上流，三峡未易可克。唯刘尹云："伊必能克蜀。观其蒲博，不必得，则不为。"**

◎注释

①承藉，继承前代事业以为凭借。累叶，即累世，好几代。

◎译文

桓温将要伐蜀，当时居官的贤明人士认为李势在蜀已经很久，继承了好几代的基业，而且地理形势又居上游，长江三峡不能轻易被攻克。只有丹阳尹刘真长说："他一定能攻克蜀地。从他的赌艺上可以看出，没有必胜的把握，他是不会干的。"

（21）谢公在东山畜妓①，简文曰："安石必出，既与人同乐，亦不得不与人同忧。"

◎注释

①妓，即歌女、舞女。谢安石隐居会稽郡的东山时，常和王羲之等纵情山水，每次出游，都带着歌舞伎。

◎译文

谢安在东山隐居时蓄养歌舞女，简文帝说："安石一定会出山，他既会和人同享欢乐，就不可能不和人共忧患。"

（22）郗超与谢玄不善。苻坚将问晋鼎①，既已狼噬梁、歧，又虎视淮阴矣。于时朝议遣玄北讨，人间②颇有异同之论。唯超曰："是必济事。吾昔尝与共在桓宣武府，见使才皆尽，虽履屐③之间，亦得其任。以此推之，容必能立勋。"元功既举，时人咸叹超之先觉④，又重其不以爱憎匿善。

◎注释

①问晋鼎，指攻打晋室政权。传说夏代铸九鼎，后来作为国家权力的象征，成了传国之宝。

②间，悄悄地，私下里。

③履屐，都是鞋，比喻小事。

④先觉，有预见。

◎译文

郗超和谢玄不和。这时，苻坚打算灭晋，已经占据了梁州、歧山，又对淮阴虎视眈眈。朝廷商议派谢玄北伐，人们私下里颇有些不同意见。只有郗超同意，他说："这人一定能成事。我曾和他在桓宣武的军府共事，发现他用人全都能人尽其才，即使是小事，也都能委派恰当人选。据此推断，他必能建立功勋。"谢玄大功告成后，人们赞叹郗超有先见之明，又敬重他不因个人爱憎而埋没别人的长处。

（23）韩康伯与谢玄亦无深好。玄北征后，巷议疑其不振。康伯曰：“此人好名，必能战。”玄闻之甚忿，常于众中厉色[①]曰：“丈夫提千兵入死地，以事君亲故发[②]，不得夏云为名。”

◎注释

①厉色，神色严厉。

②君亲，君和亲，偏指君主。发，出兵。

◎译文

韩康伯和谢玄没有深交。谢玄北伐苻坚，街谈巷议都怀疑他会打败仗。韩康伯说：“这人好名，一定能作战。”谢玄听到这话很生气，在大庭广众下面色严厉地说道：“大丈夫率领千军入决死之地，是为了报效君恩，不能再说是为名。”

（24）褚期生少时，谢公甚知之，恒云：“褚期生若不佳者，仆不复相士[①]！”

◎注释

①相士，观察士人的命相以鉴别人才。

◎译文

褚期生年轻时，谢安很赏识他，经常说：“褚期生如果还不优秀，我就不再鉴别人才了！”

（25）郗超与傅瑗周旋。瑗见其二子，并总发[①]，超观之良久谓瑗曰：“小者才名皆胜，然保卿家，终当在兄。”即傅亮[②]兄弟也。

◎注释

①总发，即总角，指幼年、未成年时。

②傅亮，晋宋时人，曾任尚书令、左光禄大夫，后因罪被杀。

◎译文

郗超和傅瑗交往甚密。傅瑗叫两个儿子出来见郗超，两人都还是小孩子，郗超观察了很久，对傅瑗说：“小的将来才学名望都超过他哥哥；可是保全一家的，终究是哥哥。”这就是傅亮兄弟二人。

（26）王恭随父在会稽，王大自都来拜墓，恭暂往墓下看之。

二人素善，遂十余日方还。父问恭何故多日，对曰：“与阿大语，蝉连[1]不得归。”因语之曰：“恐阿大非尔之友。”终乖爱好，果如其言。

◎注释

①蝉连，连续不断。

◎译文

王恭随父亲住在会稽郡，王大从京都来会稽扫墓，王恭到墓地去看望他。两人一向要好，索性住了十多天才回家。父亲问他为何住了许多天，王恭回答说：“和阿大谈话，谈起来没完，没法回来。”他父亲告诉他说：“恐怕阿大不是你的朋友。”后来两人的爱好终于相异，果如父亲所言。

（27）车胤[1]父作南平郡功曹[2]，太守王胡之避司马无忌之难，置郡于酆阴。是时胤十余岁，胡之每出，尝于篱中见而异焉。谓胤父曰：“此儿当致高名。”后游集，恒命之。胤长，又为桓宣武所知，清通[3]于多士之世，官至选曹尚书[4]。

◎注释

①车胤，字武子。少年家贫，夏夜用袋装萤火虫借光读书。

②功曹，官名，郡守的属官，掌人事和参与政务。

③清通，清廉通达。

④选曹尚书，吏部尚书，掌管用人之权。

◎译文

车胤的父亲任南平郡功曹，郡太守王胡之因为要避开司马无忌的报复，就把郡的首府设在酆阴。这时车胤才十多岁，王胡之每外出，都隔着篱笆看见他，感到很是惊奇。王胡之对车胤的父亲说：“这孩子将来名望很高。”后来逢有游玩聚会，常把他叫来。车胤长大后，又受到桓温的赏识，在人才济济的时代，以清廉通达知名，最后官至吏部尚书。

（28）王忱死，西镇未定，朝贵人人有望[1]。时殷仲堪在门下[2]，虽居机要，资名轻小，人情未以方岳[③]相许。晋孝武欲拔亲近腹心，遂以殷为荆州。事定，诏未出，王珣[④]问殷曰："陕西[⑤]何故未有处分？"殷曰："已有人。"王历问公卿，咸云非。王自计才地必应在己，复问："非我邪？"殷曰："亦似非。"其夜诏出用殷。王语所亲曰："岂有黄门郎而受如此任！仲堪此举，乃是国之亡徵。"

◎注释

①"王忱"句，王忱原任荆州刺史，荆州是晋朝的西部重镇，历来都派重臣镇守，所以大家都想得到这一职位。

②门下，官署名，即门下省。

③方岳，四岳，指四方诸侯，这里指方镇，即镇守一方的长官。

④王珣，当时任尚书左仆射。

⑤陕西，指荆州。周朝的周公、召公是辅佐王室的，两人所管辖的地区以王畿陕地分界，周公管陕地以东，召公管陕地以西。而东晋时代，护卫首都的两个重镇是西部的荆州和东部的扬州，所以就用周公、召公分陕而治一事来比拟，称荆州为陕西或西陕。

◎译文

王忱死了，西部地区的长官还没选定，权贵都对这个官位存有希望。当时殷仲堪在门下省任职，虽然处在机要部门，但资历浅名望小，大家不赞成把地方长官的重任交给他。可是晋孝武帝想提拔亲信，就委任殷仲堪为荆州刺史。事情已经决定了，诏令还未发出时，王珣问殷仲堪："荆州为何还没安排人选？"殷说："已经有人选了。"王珣就历举大臣的名字，一个个问遍，殷仲堪都说不是。王珣估量自己的才能和门第，认为一定是自己了，又问："是不是我呀？"殷说："好像不是吧。"当夜下达诏令任用殷仲堪。王对亲信说："哪里有黄门侍郎能担负这样的重任！对仲堪的这种提拔，是国家灭亡的预兆。"

# 赏誉第八

赏誉，意为赏识人物的品性、才情，反映了魏晋时代品评人物的风气。当时的士大夫经常评论人物的优劣，评价范围包括：品德、节操、本性、才识、容貌、举止、神态、意趣等皆在其中。如王羲之为“清贵人”，纵情饮酒，寄情山水，其时许是愤世嫉俗而借酒浇愁纵情山水，却逐渐被认为名士风流。

魏晋品题人物简约，有时甚至仅一两个字，大约是对汉代繁琐经学的逆反，且常将自然界各种物象与人的精神面貌想结合，多种艺术手法的运用，更易使人产生丰富联想，更显出品评者及被评者的才情，更形精妙。

（1）陈仲举尝叹曰：“若周子居①者，真治国之器。譬诸宝剑，则世之干将②。”

◎注释

①周子居，即周乘，字子居，东汉人，官至泰山太守。

②干将，宝剑名。传说吴王阖闾叫干将铸剑，后来铸成两剑，雄剑名为干将，雌剑名为莫邪。

◎译文

陈仲举曾经赞叹：“周子居这个人，确是治国的人才。若是用宝剑来譬喻，就是当代的干将。”

（2）世目①李元礼：“谡谡②如劲松下风。”

◎注释

①目，品评。以某种方式指出人或物的独特之处。

②谡谡（sù sù），疾风声。

◎译文

世人评论李元礼："像挺拔的松树下呼啸而过的疾风。"

（3）谢子微见许子将兄弟[①]，曰："平舆之渊，有二龙焉。"见许子政弱冠之时，叹曰："若许子政者，有干国[②]之器。正色忠謇[③]，则陈仲举之匹。伐恶退不肖，范孟博之风。"

◎注释

①许子将兄弟，汉末汝南平舆人。兄许虔字子政，弟许劭字子将。

②干国，治国。

③忠謇（jiǎn），忠诚、正直。

◎译文

谢子微看见许子将兄弟，便说："平舆县这深潭中有两条龙呢。"他看见许子政正当年华，赞叹说："许子政这个人，有治国之才。他态度严正，忠诚正直，和陈仲举相当。反对邪恶，斥退不端，又有范孟博的风度。"

（4）公孙度目邴原[①]："所谓云中白鹤，非燕雀之网所能罗也。"

◎注释

①邴（bǐng）原，三国时魏人，避乱辽东，受到公孙度礼遇。后想回家，公孙度曾劝阻他，他便偷偷地走了。吏役想去追回他，公孙度说他是白鹤，自己无法挽留这样的人才。邴原后归中原，官至五官中郎将长史。

◎译文

公孙度评论邴原说："他是云中白鹤，不是捕燕雀的罗网所能捕到的。"

（5）钟士季[①]目王安丰[②]：“阿戎了了[③]解人意。”谓“裴公[④]之谈，经日不竭。”吏部郎阙，文帝问其人于钟会，会曰：“裴楷清通，王戎简要，皆其选也。”于是用裴。

◎注释

①钟士季，即钟会，字士季。同前注。

②王安丰，字戎，字浚冲，伐吴有功，封为安丰侯。

③了了，聪明伶俐。

④裴公，此处即裴楷，字叔则，曾任中书令。也称裴令公。

◎译文

钟士季评安丰侯王戎：“阿戎聪明伶俐，善解人意。”又说：“裴公善清谈，整天滔滔不绝。”吏部郎职位空缺，晋文帝问钟会谁是适当人选，钟会回答：“裴楷清廉通达，王戎处事简约切要，都是适当人选。”于是便委任裴楷。

（6）王濬冲、裴叔则二人总角诣钟士季，须臾去，后客问钟曰：“向二童何如？”钟曰：“裴楷清通，王戎简要。后二十年．此二贤当为吏部尚书。冀尔时天下无滞才[①]。”

◎注释

①滞才，被遗漏的人才。

◎译文

王戎、裴楷总角之时去拜访钟士季，一会儿就走了。走后，有人问钟士季：“刚才那两个小孩怎样？”钟说：“裴楷清廉通达，王戎简约扼要。二十年后，这两位会做吏部尚书。希望那时天下没有被遗漏的人才。”

（7）谚曰：“后来领袖有裴秀[①]。”

◎注释

①裴秀，字季彦，晋初封钜鹿公，累迁左光禄大夫司空。

◎译文

谚语说：“后辈中成长起来的领袖有裴秀。”

（8）裴令公目夏侯太初："肃肃如入廊庙[1]中，不修敬而人自敬。"一曰："如入宗庙，琅琅但见礼乐器。""见钟士季，如观武库，但睹矛戟。见傅兰硕，江唐靡所不有。见山巨源，如登山临下，幽然[2]深远。"

◎注释

①廊庙，古代帝王和大臣议论政事的地方，后称朝廷为廊庙或庙堂。廊，殿四周为廊。庙，太庙。

②幽然，形容深远。

◎译文

中书令裴楷评论夏侯太初说："恭恭敬敬，好像进入庙堂一样，不刻意去做，却令人肃然起敬。"另一种说法是："好像进入宗庙之中，礼乐之器琳琅满目。"又评论说："看见钟士季，好像参观武库，矛戟森森，全是兵器。看见傅兰硕，像是一片汪洋，浩浩荡荡，无所不有。看见山巨源，如登山临下，深邃旷远。"

（9）羊公[1]还洛，郭奕为野王[2]令，羊至界，遣人要之，郭便自往。既见，叹曰："羊叔子何必减郭太业！"复往羊许，小悉还，又叹曰："羊叔子去人远矣！"羊既去，郭送之弥日，一举数百里，遂以出境免官。复叹曰："羊叔子何必减颜子！"

◎注释

①羊公，即羊祜，字叔子，博学能文，善谈论，有政绩，人称羊公。

②野王，县名。晋时属河内郡。

◎译文

羊祜回洛阳，路过野王县，当时郭奕任野王县令，羊祜到了县界，派人去请郭奕来会，郭奕便去了。见后，郭奕赞叹："羊叔子怎么会一定不如我郭太业呢！"过后再前往羊祜住所，不多久便回去，又叹道："羊叔子远超一般人啊！"羊祜走了，郭奕整天送他，一送就送了几百里，终于因为出了县境被免官。他仍旧赞道："羊叔子怎么会不如颜渊呢！”

（10）王戎目山巨源：“如璞玉浑金[1]，人皆钦其宝，莫知名其器。”

◎注释

①璞玉浑金，未经雕琢的玉和未经提炼的金，比喻纯真质朴。

◎译文

王戎评论山巨源：“像璞玉浑金，人人都看重它，可是没谁知道该给它取什么名字。”

（11）羊长和父繇与太傅祜同堂[1]相善，仕至车骑掾，蚤卒。长和兄弟五人，幼孤。祜来哭，见长和哀容举止，宛若成人，乃叹曰：“从兄不亡矣！”

◎注释

①同堂，同一祖父。

◎译文

羊长和的父亲羊繇和太傅羊祜是堂兄弟，很友爱，羊繇官至车骑将军府的属官，死得早。长和兄弟五人，年纪很小就成了孤儿。羊祜来哭丧，看见长和的哀容和神情举止，完全像是个成年人，于是感叹道：“堂兄后继有人了！”

（12）山公举阮咸为吏部郎，目曰：“清真[1]寡欲，万物不能移也。”

◎注释

①清真，清纯真挚。

◎译文

山涛推荐阮咸任吏部郎，评价阮咸说：“纯洁真挚，少有私欲，世间任何事物都不能动摇他的志向。”

（13）王戎目阮文业：“清伦[1]有鉴识，汉元以来未有此人。”

◎注释

①清伦，言行高洁，通晓伦理，清雅豁达。

◎译文

王戎评论阮文业："清雅豁达，通伦理，有知人论世之明，汉初以来还没有过此类人物。"

（14）武元夏目裴、王曰："戎尚约，楷清通。"

◎译文

武元夏评论裴楷、王戎说："王戎杰出简约，裴楷清廉通达。"

（15）庾子嵩目和峤："森森[①]如千丈松，虽磊砢[②]有节目[③]，施之大厦，有栋梁之用。"

◎注释

①森森，高耸的样子。

②磊砢（lěi luǒ），形容众多。

③节目，圪节，分出树杈的地方。

◎译文

庾子嵩评论和峤说："好像高耸入云的千丈青松，虽然圪节累累，可是用它来盖高楼大厦，可以用做栋梁材。"

（16）王戎云："太尉[①]神姿高彻，如瑶林琼树，自然是风尘外物。"

◎注释

①太尉，此处指王衍，字夷甫，官至太尉。

◎译文

王戎说："太尉的风姿高雅，如瑶琳琼树般晶莹，天然超脱于尘世之外。"

（17）王汝南[①]既除所生服[②]，遂停墓所。兄子济每来拜墓，略不过叔，叔亦不候。济脱时过，止寒温而已。后聊试问近事，答对甚有音辞，出济意外，济极惋愕。仍与语，转造精微。济先略无子侄之敬，既闻其言，不觉懔然，心形俱肃。遂留共语，弥日累夜。济虽俊爽，自视缺然，乃喟然叹曰："家有名士，三十年而不知！"济去，叔送至门。济从骑[③]有一马，绝难乘，少能骑者。济聊问叔："好骑乘不？"曰："亦好尔。"济又使骑难乘马，叔姿形既妙，回策如萦[4]，名骑无以过之。济益叹其难测，非复一事。既还，浑问济："何以暂行累日？"济曰："始得一叔。"浑问其故，济具叹述如此。浑曰："何如我？"济："济以上人。"武帝每见济，辄以湛调之，曰："卿家痴叔死未？"济常无以答。既而得叔，后武帝又问如前，济曰："臣叔不痴。"称其实美。帝曰："谁比？"济曰："山涛以下，魏舒以上。"于是显名，年二十八始宦。

◎注释

①王汝南，即王湛，字处冲，司徒王浑的弟弟，出任汝南内史。文末说他"年二十八始宦"，疑有误。且文中王齐叹三十年不知家有名土，显然与此矛盾。

②除所生服，父母死后，守孝期满，脱去孝服。

③从骑，骑马的随从。

④策，马鞭。萦，围绕盘旋。

◎译文

汝南内史王湛守孝期满，脱下孝服后，便在墓地结庐而住。他哥哥王浑的儿子王济每次来扫墓，不去看望叔叔，叔叔也不等他。王济有时偶尔去看望，只是寒暄几句。后来试着问问近来的事，言辞对答甚有文采，出乎王济意料之外，王济非常惊愕。继续谈论，愈谈愈进入了精深的境界。王济原先对叔叔几乎没有晚辈应有的敬意，听了叔叔的话，不觉肃然起敬，神情举止都很恭谨。便留下和叔叔谈论，一连多日，没日没夜。王济虽然才华出众，性情豪爽，却也觉得自己缺少点什么，于是感叹说："家中有名士，三十年来一直不知道！"王济要走了，叔叔送他到门口。王济的随从有一匹烈马，非常难驾驭，很少有人能骑。王济姑且问他叔叔："喜欢骑马吗？"叔叔说："喜欢呀。"王济让叔叔骑那匹难驾驭的烈马，他叔叔不但骑马的姿势美妙，而且甩起鞭子回旋自如，就是优秀的骑手也没法超过他。王济更加赞叹，认为叔叔的长处绝不只一种。王济回家后，父亲王浑问他："为何外出了好几天？"王济说："刚刚找到一个叔叔。"王浑问是什么意思，王济就边赞叹边说以上情况。王浑问："和我相比怎样？"王济说："在我之上。"以前晋武帝每逢见到王济，总是拿王湛来跟他调侃，说道："你家的傻叔叔死了没有？"王济常没话回答。既然了解了叔叔，后来晋武帝又像以前那样问他，王济就说："我叔叔不傻。"并且称赞叔叔美好的品质。武帝问道："可以和谁相比？"王济说："在山涛之下，魏舒之上。"于是王湛的名声传扬开来，二十八岁那年才做官。

**（18）裴仆射①，时人谓为言谈之林薮②。**

**◎注释**

①裴仆射，指裴頠，曾任左仆射。

②林薮（sǒu），草木丛聚，喻指事物集萃之地。

**◎译文**

左仆射裴頠，时人认为他是清谈的宝库。

**（19）张华见褚陶，语陆平原①曰："君兄弟龙跃云津②，顾彦先③凤鸣朝阳，谓东南之宝已尽，不意复见褚生。"陆曰："公未睹不鸣不跃者耳！"**

**◎注释**

①陆平原，即陆机，字士衡，吴郡人，曾任平原内史。司空张华很赏识陆机和他弟弟陆云（字士龙），认为他们是吴地的两个才子。

②龙跃云津，蛟龙在天河中腾跃。喻指才华出众的人腾起。云津，云汉，银河。

③顾彦先，即顾荣，字彦先，吴人，任黄门侍郎。

**◎译文**

张华见到褚陶，告诉平原内史陆机说："您兄弟二人龙跃云津，顾彦先像迎着朝阳鸣叫的凤凰，我以为东南的人才全在这里了，想不到又见到褚生。"陆机说："您没见过不鸣不跃的人罢了！"

（20）有问秀才[1]："吴旧姓何如？"答曰："吴府君[2]，圣王之老成，明时之俊乂。朱永长，理物之至德，清选之高望。严仲弼，九皋之鸣，空谷之白驹。顾彦先，八音[3]之琴瑟，五色[4]之龙章。张威伯，岁寒之茂松，幽夜之逸光。陆士衡、士龙，鸿鹄之裴回，悬鼓之待槌。凡此诸君，以洪笔为鉏耒，以纸札为良田，以玄默为稼穑，以义理为丰年，以谈论为英华，以忠恕为珍宝，著文章为锦绣，蕴五经为增帛。坐谦虚为席荐，张义让为帷幕。行仁义为室宇，修道德为广宅。"

◎注释

①秀才，此处指蔡洪。

②吴府君，即吴展，字士季。曾在吴国任广州刺史、吴郡太守。

③八音，指金、石、土、革、丝、木、匏、竹这八种乐器。

④五色，青、黄、赤、白、黑五色。这里指五色交错而成的花纹。

◎译文

有人问蔡洪："吴地原来的几个世家大族怎样？"洪回答："吴府君是明君的贤臣，盛世的英才。朱永长德行高尚，在公开选拔的官员中最有声望。严仲粥是深远泽地上引颈长鸣的白鹤，畅驰山谷的白驹。顾彦先是乐器中最悠雅的琴瑟，各种花纹中最光辉显耀的龙章。张威伯是严冬岁寒时的青松，黑夜中释放出的光芒。陆士衡、士龙兄弟是高空盘旋的天鹅，是等待槌击的悬鼓。这些名士，把巨笔当农具，拿纸筒作良田，视清静无为作劳动，视获取经义名理为丰收，视谈玄论道为英华，视忠真恕道为珍宝，视著述文章为绣织锦绣，视精通五经为储藏丝绸，视谦虚自抑为草席，视发扬礼让为帷幕，视施行仁义道德为修造房舍，将修养道德情操作为构筑大厦所用的基石。"

（21）人问王夷甫："山巨源义理何如？是谁辈[1]？"曰："此人初不肯以谈自居，然不读《老》《庄》，时闻其咏，往往[2]与其旨合。"

◎注释

①辈，同一类，同一等级。

②往往，处处。

◎译文

有人问王夷甫："山巨源谈论义理谈得怎样？和谁相当？"王夷甫说："这人从不以善谈名理自居，然而他虽然不读《老》《庄》，可常听到他的谈论，处处和老庄的意旨相合。"

**（22）洛中雅雅[①]有三嘏：刘粹字纯嘏，宏字终嘏，漠字冲嘏，是亲兄弟，王安丰甥，并是王安丰女婿。宏，真长祖也。洛中铮铮[②]冯惠卿，名荪，是播子。荪与邢乔俱司徒李胤外孙，及胤子顺并知名。时称："冯才清，李才明，纯粹邢。"**

◎注释

①雅雅，指风雅人士众多。

②铮铮，金属撞击时的声音，比喻声名显赫。

◎译文

洛阳温文娴雅之人有三嘏：刘粹，字纯嘏；刘宏，字终嘏；刘漠，字冲嘏，三人是亲兄弟，安丰侯王戎的外甥，又都是王戎的女婿。刘宏是刘真长的祖父。洛阳声名显赫的人士中有冯惠卿，名荪，冯播的儿子。冯苏和邢乔都是司徒李胤的外孙，两人和李胤的儿子李顺都很有名。当时的人称赞："冯氏才学清雅，李氏才识明达，邢氏纯正完美。"

**（23）卫伯玉为尚书令，见乐广与中朝名士谈议，奇之，曰："自昔诸人[①]没已来，常恐微言将绝，今乃复闻斯言于君矣！"命子弟造之，曰："此人，人之水镜[②]也，见之若披云雾睹青天。"**

◎注释

①诸人，指何晏、邓飏等清谈家。

②水镜，指镜子，喻能明察秋毫。

◎译文

卫伯玉任尚书令时，看见乐广和西晋名士清谈，认为他不寻常，说："自从当年的名士逝世到现在，常担心微言精义会绝迹，不想今日竟又在您这里听到清谈！"便让自己的子侄去登门拜访，道："这个人，是人中之水镜，遇见他就像拨开云雾见到青天一样。"

**（24）王太尉曰："见裴令公[①]精明朗然，笼盖人上，非凡识也。若死而可作，当与之同归。"或云王戎语。**

◎注释

①裴令公，即裴楷。裴楷任中书令时，王衍还是黄门郎，所以称裴楷为令公。王衍后为太尉，而裴楷已死。

◎译文

太尉王衍说："裴令公精明开朗，远超众人，见识不凡。如果可以死而复生，我愿与他一同努力。"有人说这是王戎所说。

**（25）王夷甫自叹："我与乐令[①]谈，未尝不觉我言为烦。"**

◎注释

①乐令，即乐广。据《晋书·乐广传》载，乐广善于清谈，能用很简要的话分析义理，使大家心服。王衍自以为谈论时措辞简练，但与乐广相比，就觉得自己颇烦琐。

◎译文

王夷甫感叹说："我和乐令清谈时，总感到我的话太过烦琐。"

**（26）郭子玄有俊才，能言老庄，庾敳[①]尝称之，每曰："郭子玄何必减庾子嵩！"**

◎注释

①庾敳（ái），字子嵩。颍川鄢陵人。谏议大夫庾峻之子，西晋时期名士、清谈家。时人以为庾敳善于托身高位，自我隐藏。但因聚敛巨财，而为人们所讥笑。

◎译文

郭子玄才智出众，善谈老庄之道，庾敳曾经称赞他，总是说："郭子玄为什么一定不如庾子嵩！"

**（27）王平子[①]目太尉："阿兄形似道，而神锋太俊[②]。"太尉**

答曰：“诚不如卿落落穆穆[3]。”

◎注释

①王平子，即王澄，字平子，太尉王衍的弟弟，善于品评人物。

②道，即僧人。神锋，气概。俊，突出。

③落落穆穆，豁达大度、容止温和。

◎译文

王平子评论太尉王衍说：“兄长的形象好似一位僧人，可是锋芒太露。”王衍回答说：“确实比不上你那样豁达大度，仪态温和。”

（28）太傅[1]府有三才：刘庆孙长才[2]，潘阳仲大才[3]，裴景声清才[4]。

◎注释

①太傅，即东海王司马越。西晋惠帝时，司马越以太傅录尚书事。

②刘庆孙，即刘舆，字庆孙，中山魏昌人。西晋大臣，司空刘琨之兄。隽朗有才局，名著当时。初辟太宰府尚书郎，迁散骑侍郎。终年四十七，追赠骠骑将军，谥曰贞。长才，指才学优异。

③潘阳仲，即潘滔，字阳仲，荥阳中牟人。太常潘尼从子。颇有文学才识，初为愍怀太子洗马，东海王司马越引为长史，与刘舆、裴邈合称“越府三才”，历任黄门郎、散骑常侍。大才，指才学广博。

④裴景声，即裴邈，字景声，河东闻喜人。少有通才，深得从兄裴頠器赏。少为文士，而经事为将，虽非其才，而以军重称世。清才，指才学精深。

◎译文

太傅府里有三个人才：刘庆孙是长才，潘阳仲是大才，裴景声是清才。

（29）林下诸贤[1]，各有俊才子。籍子浑，器量弘旷。康子绍，清远雅正。涛子简，疏通高素。咸子瞻，虚夷有远志。瞻弟孚，爽朗多所遗[2]。秀子纯、悌，并令淑有清流[3]。戎子万子，有大成之风，苗而不秀[4]。唯伶子无闻。凡此诸子，唯瞻为冠，绍、简亦见重当世。

◎注释

①林下诸贤，指竹林七贤。

②多所遗，指不拘小节，不矜细行的性格，导致政务多所忽略。据《晋书·阮孚传》中载，阮孚“终日酣纵”，“蓬发饮酒，不以王务婴心”。

③令淑，善良文雅。清流，德行高洁。

④苗而不秀，庄稼生长却不抽穗开花。语出《论语·子罕》，古人多以为是孔子痛惜他的学生颜回早死才说这句话。王戎的儿子王万，少有美名，十九岁就死了，所以喻为苗而不秀。

◎译文

竹林七贤，各有才能出众的儿子：阮籍的儿子阮浑，气度宽宏；嵇康的儿子嵇绍，志向高远；山涛的儿子山简，高洁纯真；阮咸的儿子阮瞻，恬淡寡欲，志向远大；阮瞻的弟弟阮孚，爽朗不拘小节；向秀的儿子向纯、向悌，都很善良文雅，德行高洁；王戎的儿子王万子，有成大器的风度，可惜早逝；只有刘伶的儿子声明不显。所有这些人中，唯独阮瞻可居首位，嵇绍和山简也都为世人所敬重。

（30）庾子躬有废疾，甚知名。家在城西，号日城西公府[1]。

◎注释

①公府，本指三公的府邸，子躬曾为太尉（三公之一）的属官，他的住宅也被称为公府。

◎译文

庾子躬身有残疾，可是很有名望。他的住宅在城西，称为城西公府。

（31）王夷甫语乐令：“名士无多人，故当容平子知。”[1]

◎注释

①王夷甫很看重他的弟弟王平子，四海人士一经王平子品评过，

王夷甫便不再置评。

◎译文

王夷甫对乐广说："名士不多，自然任凭平子品评鉴赏。"

（32）王太尉云："郭子玄语议如悬河写水[1]，注[2]而不竭。"

◎注释

①悬河写水，形容能言善辩，滔滔不绝。写，通"泻"。

②注，灌注，流入。

◎译文

太尉王衍说："郭子玄的谈论好像瀑布倾泻，滔滔不绝。"

（33）司马太傅府多名士，一时俊异。庾文康云："见子嵩在其中，常自神王[1]。"

◎注释

①神王，精神旺盛。王，同"旺"。

◎译文

司马越的大傅府聚集了很多名士，都是当世俊杰。庾亮说："我觉得子嵩在这些人里面，神清气旺。"

（34）太傅东海王镇许昌[1]，以王安期为记室参军，雅相知重。敕世子毗曰："夫学之所益者浅，体之所安者深。闲习礼度，不如式瞻仪形。讽味遗言[2]，不如亲承音旨。王参军人伦之表，汝其师之。"或曰："王、赵、邓三参军，人伦[3]之表，汝其师之。"谓安期邓伯道赵穆也。袁宏作《名士传》，直云王参军。或云赵家先犹有此本。

◎注释

①"太傅"句，西晋末，怀帝即位，东海王司马越辅政，因怀帝亲理政事，司马越不能专权，请求镇守许昌。

②讽味，背诵和体会。遗言，古圣先贤流传下来的话。

③人伦，即人类，这里指有才学的人。

◎译文

太傅东海王司马越镇守许昌，用王安期做记室参军，对他极为赏识器重。东海王告诫儿子司马毗："学习书本的经验浅，体验生活的感受深。熟习礼制法度，不如去观看礼节仪式。诵读体会前人遗训，不如亲自接受贤士的教诲。王参军堪为表率，你要学习他。"有人以为是这样说的："王、赵、邓三位参军是人们的榜样，你要学习他们。"所说的三位参军指王安期、邓伯道、赵穆。袁宏作《名士传》，只说到王参军。有人说赵穆家原先还有这个抄本。

**（35）庾太尉少为王眉子①所知。庾过江，叹王曰："庇其宇下，使人忘寒暑②。"**

**◎注释**

①王眉子，即王玄，字眉子。

②"庇其"句，指得到他的赏识，使人感到温暖。

**◎译文**

太尉庾亮少时受到王眉子的赏识。后来庾亮过江，赞扬王眉子说："在他的房檐下得到庇护，使人忘记了寒暑。"

**（36）谢幼舆曰："友人王眉子清通简畅，嵇延祖弘雅劭长①，董仲道卓荦有致度②。"**

**◎注释**

①嵇延祖，即嵇绍，字延祖。弘雅，宽宏正直。劭长，指德行美好。

②卓荦，卓越杰出。致度，风致气度。

**◎译文**

谢幼舆说："友人王眉子清廉通达，简约舒放。嵇延祖宽宏正直，德行高尚。董仲道见识卓越，很有风致气度。"

**（37）王公目太尉："岩岩①清峙，壁立千仞②。"**

**◎注释**

①岩岩，形容高峻。

②仞，七尺或八尺为一仞。

◎译文

王导评论太尉王衍："陡峭肃静地耸立，如千丈石壁般屹立。"

（38）庾太尉在洛下，问讯中郎，中郎留之云："诸人当来。"寻温元甫、刘王乔、裴叔则俱至，酬酢[①]终日。庾公犹忆刘、裴之才俊，元甫之清中[②]。

◎注释

①酬酢（zuò），宾主互相敬酒，泛指应对。

②清中，恬静平和。

◎译文

太尉庾亮在洛阳时，有次去探望庾中郎，庾中郎挽留他说："大家会来的。"过了一会儿，温元甫、刘王乔、裴叔则都到了，大家清谈应酬了一整天。庾亮还能想起当时刘、裴二人的才华，元甫的恬静平和。

（39）蔡司徒[①]在洛，见陆机兄弟住参佐廨中，三间瓦屋，士龙住东头，士衡住西头。士龙为人文弱可爱，士衡长七尺[②]余，声作钟声，言多忼慨。

◎注释

①蔡司徒，即蔡漠。参佐，属官。廨，官署。

②七尺，泛指成年人应有的身高。古代一尺只有现代六七寸长。

◎译文

司徒蔡谟在洛阳时，看见陆机、陆云兄弟住在僚属馆舍，有三间瓦屋，陆云住东头，陆机住西头。陆云为人文雅纤弱可爱，陆机身高七尺多，声音如钟声般洪亮，说话慷慨激昂。

（40）王长史是庾子躬外孙，丞相目子躬云："入理泓然[①]，我已上人。"

◎注释

①入理，深入玄理之中。泓然，深入。

◎译文

长史王濛是庾子躬的外孙，丞相王导评论庾子躬说：“钻研玄理透彻，在我之上。”

（41）庾太尉目质中郎：“家从[①]谈谈[②]之许。”

◎注释

①家从，即家从父，叔父。太尉庾亮的父亲和中郎庾敳同一祖父，庾敳是庾亮的堂叔父。

②谈谈，同“沉沉”，指思想境界言论深邃。

◎译文

太尉庾亮品评庾中郎说：“家叔思想境界深邃。”

（42）庾公目中郎：“神气融散[①]，差如[②]得上。”

◎注释

①融散，和乐、闲散。

②差如，比较，大致。

◎译文

庾亮评论庾中郎说：“精神气韵豁达闲适，颇为出众。”

（43）刘琨称祖车骑[①]为朗诣，曰：“少为王敦所叹。”

◎注释

①祖车骑，即祖逖。祖逖曾与司空刘琨一起任司州主簿，感情很好。两人立志报国，曾闻鸡起舞。死后赠车骑将军。

◎译文

刘琨称赞祖逖开朗通达，说：“他年轻时受到王敦的赞赏。”

（44）时人目庾中郎：“善于托大[①]，长于自藏。”

◎注释

①托大，即居高位而不作威作福。《晋书·庾敳传》中说他虽知天下事，但“常静默无为”，“处众人中，居然独立”。亦即不露头角，明哲保身。

◎译文

时人评庾中郎说：“善于托身高位，善于自我隐藏。”

（45）王平子迈世[①]有俊才，少所推服[②]。每闻卫玠言，辄叹息绝倒。

◎注释

①迈世，超越世俗。

②推服，推崇佩服。

◎译文

王平子超脱世俗，才华卓绝，当世少有他所推崇佩服的人。但是每当听到卫玠的言论，总不免赞叹钦佩。

（46）王大将军与元皇表云："舒风概简正[①]，允[②]作雅人，自多于邃[③]，最是臣少所知拔。中周夷甫、澄见语：'卿知处明、茂弘[④]。茂弘已有令名，真副卿清论，处明亲疏无知之者。吾常以卿言为意，殊未有得，恐已悔之！'臣慨然曰：'君以此试。'顷来始乃有称之者。言常人正自患知之使过，不知使负实。"

◎注释

①舒，即王舒，字处明，王敦的堂弟。有文武才，官至荆州刺史、尚书仆射。简正，简约正直。

②允，确实。

③邃，即王邃，字处重，王舒之弟。

④茂弘，即王导，字茂弘，王敦的堂弟。

◎译文

大将军王敦呈送晋元帝的奏章说："王舒风度简正，确实是高雅之士，自然胜过王邃，是臣少时所知遇拔举的人。王衍、王澄告诉我说：'你了解处明和茂弘。茂弘有了美名，和你的高论完全相符。处明却是无论亲疏都没人了解。我把这话放在心上，去了解处明，却毫无收获，恐怕你已经感到后悔了吧！'臣感慨地说：'按我说的试着再看。'近来才有人赞扬处明，说明一般人只是担心太过了解别人，而不担心对其实际才能了解不足。"

（47）周侯[①]于荆州败绩，还，未得用。王丞相与人书曰："雅

**流弘器，何可得遗！”**

**◎注释**

①周侯，即周顗，字伯仁，晋元帝时任宁远将军、荆州刺史，刚到任即遇叛军，大败，投奔豫章，后受召返回建康。

**◎译文**

武城侯周顗在荆州大败，回到京都，未得委任。丞相王导给别人写信说：“周顗是高雅之士，有大才，怎么能遗弃他呢！”

**（48）时人欲题目[①]高坐而未能，桓廷尉[②]以问周侯，周侯曰：“可谓卓朗。”桓公曰：“精神渊著。”**

**◎注释**

①题目，评量，品题。

②桓廷尉，即桓彝，字茂伦，死后追赠廷尉。

**◎译文**

时人想品评高坐和尚，没有恰当的话。廷尉桓彝拿这事问武城侯周顗，周顗说：“可以说是卓越开朗。”桓温说：“精神深沉而博大。”

**（49）王大将军称其儿云：“其神候似欲可[①]。”**

**◎注释**

①神候，即神态。可，即可心、合意。

**◎译文**

大将军王敦称赞儿子道：“看他的神态好像还可人意。”

**（50）卞令[①]目叔向[②]：“朗朗如百间屋。”**

**◎注释**

①卞令，即卞壸，字望之，曾任尚书令。

②叔向，似是指叔父卞向，但有无其人，无从考证。

**◎译文**

尚书令卞壸品评叔向：“气度开阔，似有百间敞亮房间的大屋。”

**（51）王敦为大将军，镇豫章。卫玠避乱，从洛投敦，相见欣然**

谈话弥日。于时谢鲲为长史，敦谓鲲曰：“不意永嘉[1]之中，复闻正始之音[2]。阿平若在，当复绝倒。”

◎注释

①永嘉，西晋怀帝的年号。永嘉年间，当时战乱不断。

②正始之音，指清谈玄学。

◎译文

王敦任大将军时，镇守豫章。卫玠为了避乱，从洛阳到豫章投奔王敦，两人一见面都很高兴，成天清谈。当时，谢鲲在王敦手下任长史，王敦对谢鲲说：“想不到在永嘉年间，又听到了正始年间那种清谈。如果阿平在这里，一定会佩服得五体投地。”

（52）王平子与人书，称其儿：“风气[1]日上，足散人怀。”

◎注释

①风气，风采气量。晋代时风气，称赞子弟，以此抬高身价。

◎译文

王平子在给别人的信中，称赞自己的儿子：“他的风采和气量一天比一天长进，足以让人心怀舒畅。”

（53）胡毋彦国[1]吐佳言如屑，后进领袖。

◎注释

①胡毋彦国，即胡毋辅之，字彦国。

◎译文

胡毋彦国谈吐优美，言辞就像锯木时的木屑一样连绵不断，足以成为后辈中的领袖。

（54）王丞相云：“刁玄亮之察察[1]，戴若思之岩岩，卞望之之峰距[2]。”

◎注释

①察察，明辨是非。

②峰距，孤峰特立之意。

◎译文

丞相王导说："像刁玄亮那样明察秋毫，戴若思那样威严，卞望之那样刚直不阿。"

（55）大将军语右军[①]："汝是我佳子弟，当不减[②]阮主簿[③]。"

◎注释

①右军，即王羲之，字逸少，曾任右军将军，大将军王敦的堂侄。

②减，比……差。

③阮主簿，即阮裕。阮裕有德行，王敦闻其名，召为主簿。

◎译文

大将军王敦对右军将军王羲之说："你是我们家族的优秀子弟，应当不会次于阮主簿。"

（56）世目周侯："嶷[①]如断山[②]。"

◎注释

①嶷（nì），形容山高特立。

②断山，悬崖峭壁。形容周顗性格清高正直。

◎译文

世人品评武城侯周顗："像悬崖绝壁一样陡峭。"

（57）王丞相招祖约[①]夜语，至晓不眠。明旦有客，公头鬓未理，亦小倦，客曰："从昨如是似失眠。"公曰："昨与士少语，遂使人忘疲。"

◎注释

①祖约，字士少，曾任豫州刺史。

◎译文

丞相王导邀祖约晚上来清谈，谈到天亮也没睡觉。第二天一早有客人来，王导出来见客，头没梳理，身体也有些困倦。客人问："公昨夜好像失眠了。"王导说："昨晚和士少清谈，竟然让人忘了疲倦。"

（58）王大将军与丞相书，称杨朗曰："世彦识器[①]理致，才隐明断，既为国器[②]，且是杨侯淮[③]之子，位望殊为陵迟[④]。卿亦足与之处。"

◎注释

①识器，识见和气量。

②国器，主持国政的人才。

③杨侯淮，即杨淮，西晋元康末年任冀州刺史，是当时名士。

④陵迟，衰微。

◎译文

大将军王敦给丞相王导写信，称赞杨朗道："世彦很有识见和气量，言谈深得事物之义理，才学精微，论断高明，完全可以成为治国的人才，而且又是杨侯淮的儿子，只是地位和名望有点卑微。你也可以和他交往。"

**（59）何次道[①]往丞相许，丞相以麈尾指坐呼何共坐，曰："来来，此是君坐。"**

◎注释

①何次道，名充，字次道，是王导妻姐之子，小时候就和王导很要好，且历任显官。王导在东晋初年任右将军、扬州刺史、监江南诸军事，很器重何次道，有意让他辅助自己并准备让他接任，常借故露出此意。这一则和下一则所说的都是要表示这个意思。

◎译文

何次道到丞相王导那里去，王导拿拂尘指着座位招呼他同坐，说："来来，这是您的座位。"

**（60）丞相治扬州廨舍[①]，按行[②]而言曰："我正为次道治此尔！"何少为王公所重，故屡发此叹。**

◎注释

①廨（xiè）舍，官员办事及居住的处所。

②按行，巡视。

◎译文

丞相王导修建扬州官署，视察时说："我只是替次道修建这个官署罢了！"何次道年轻时受到王导的重视，所以王导屡次这样赞叹。

（61）王丞相拜司徒[①]而叹曰：“刘王乔若过江，我不独拜公。”

◎注释

①司徒，官名，与司室、太尉号称三公，是最高等级的官。

◎译文

丞相王导受任为司徒时叹道：“如果刘王乔能过江来，我不会独自登此公位。”

（62）王蓝田为人晚成，时人乃谓之痴。王丞相以其东海[①]子，辟为椽[②]。常集聚，王公每发言，众人竞赞之。述于末坐曰：“主非尧、舜，何得事事皆是！”丞相甚相叹赏。

◎注释

①东海，王述的父亲王承曾任东海郡太守，故称东海。王承在东晋初年，名望很大，当时的名臣王导、庾亮等都比不上他，所以王导因为他的关系有意提拔王述。

②辟，征召。椽，属官。

◎译文

蓝田侯王述为人处世，成就较晚，时人认为他痴呆。丞相王导因为他是东海太守王承的儿子，就召他做属官。一次聚会，王导每次讲话，大家都争着赞美。坐在末座的王述却说：“主公不是尧舜，怎么能事事都对！”王导非常赞赏他。

（63）世目杨朗：“沉审经断[①]。”蔡司徒云：“若使中朝不乱，杨氏[②]作公方未已。”谢公云：“朗是大才。”

◎注释

①沉审，深沉慎重。经断，顺理决断。

②杨氏，指杨朗六兄弟。杨朗兄弟六人，名声都很大，时人认为他们都有丞相之才。其父杨准在西晋惠帝末年任冀州刺史，因看到战乱频起，国事无望，遂终日纵酒。

◎译文

世人评论杨朗："深沉慎重，善于分析决断。"司徒蔡谟说："如果西晋不乱，杨氏出任三公的人将会接连不断。"谢安说："杨朗是大才。"

（64）刘万安即道真从子，庾公所谓"灼然玉举"[①]。又云："千人亦见，百人亦见。"

◎注释

①灼然，指操守鲜明。玉举，譬喻操守坚定。

◎译文

刘万安是刘道真的侄儿，是庾琮所说的操守鲜明意志坚定的人物。又有人说："他在千人中能显露出来，百人中也能显露出来。"

（65）庾公为护军[①]，属桓廷尉觅一佳吏，乃经年。桓后遇见徐宁而知之，遂致于庾公，曰："人所应有，其不必有。人所应无，己不必无。真海岱[②]清士。"

◎注释

①护军，护军将军，掌握中央军权。庾亮在晋明帝时任护军将军。

②海岱，指山东东海与泰山一带地区，古为青徐二州。

◎译文

庾亮任护军将军时，托廷尉桓彝找一个好的吏部郎，竟过了一年还没找到。桓彝后来碰见徐宁，很赏识他，就把他推荐给庾亮，并介绍说："人们应该有的，他不一定有；人们不应该有的，他不一定没有。他确实是海岱地区的清廉正直之士。"

（66）桓茂伦云："褚季野皮里阳秋[①]。"谓其裁中[②]也。

◎注释

①皮里阳秋，指肚里有《春秋》笔法，表面不作评论，内心却有褒贬。原作皮里春秋，因避讳改为"阳"。

②裁中，即裁于中，指内心有裁决。

◎译文

桓茂伦说："褚季野是皮里春秋。"意思是指他心中自有决断。

（67）何次道尝送东人，瞻望，见贾宁[①]在后轮[②]中，曰："此人不死，终为诸侯上客。"

◎注释

①贾宁，字建宁，后任苏峻的参军，随苏峻起兵反帝室，失败后，先投降，官至新安太守。

②后轮，即后车。

◎译文

何次道曾经去送来自会稽的客人，远远望去，看见贾宁在后面的车上，就说："这人如果不死，恐怕终归会成为王侯的座上尊客。"

（68）杜弘治[①]墓崩，哀容不称。庾公顾谓诸客曰："弘治至羸，不可以致哀。"又曰："弘治哭不可哀。"

◎注释

①杜弘治，即杜乂，字弘治，年轻时很有名声，官至丹阳丞。

◎译文

杜弘治家祖坟塌了，面容却不甚悲伤，颇不相称。庾亮环顾众宾客，说："弘治身体极弱，不可太伤心。"又说："弘治不能哭得太伤心。"

（69）世称庾文康为丰年玉[①]，稚恭[②]为荒年谷[③]。庾家论云："是文康称恭为荒年谷，庾长仁[④]为丰年玉。"

◎注释

①丰年玉，比喻能润色太平。这里用来形容庾亮是能锦上添花的治国人才。庾亮，死后谥号文康。

②稚恭，即庾翼，字稚恭，庾亮的弟弟。

③荒年谷，荒年的谷子，比喻能救助艰难困苦。这里用来形容庾翼是能够雪中送炭、挽救危亡的人才。

④庾长仁，即庾统，字长仁，庾亮弟弟的儿子，曾任寻阳郡太守。

◎译文

世人称颂庾亮像丰年的美玉，称颂庾稚恭像荒年的谷子。庾家评论则说："是庾亮称赞稚恭像荒年的谷子，庾长仁像丰年的美玉。"

**（70）世目杜弘治标鲜[①]，季野穆少[②]。**

◎注释

①标鲜，标致鲜明。

②穆少，温和淡泊。

◎译文

世人品评杜弘治风采俊秀鲜明，褚季野温和淡泊。

**（71）有人目杜弘治："标鲜清令[①]，盛德之风，可乐咏[②]也。"**

◎注释

①清令，清高纯美。

②乐咏，用音乐、诗歌来赞颂。

◎译文

有人品评杜弘治："风采出众，清高美好，盛德风范，值得歌颂。"

**（72）庾公云："逸少国举。"故庾倪为碑文云："拔萃国举[①]。"**

◎注释

①拔萃国举，意为出类拔萃的人，全国推崇的人。

◎译文

庾亮说："逸少是全国所推崇的人。"所以庾倪给他写的碑文是："拔萃国举"。

**（73）庾稚恭与桓温书，称："刘道生日夕在事，大小殊快。义怀通乐[①]既佳，且足作友，正实良器。推此与君，同济艰不[②]者也。"**

◎注释

①义怀，仁义心怀。通乐，豁达和乐。

②艰不，艰难困苦。不，阻塞不通。

◎译文

庾稚恭在给桓温的信中说："刘道生（刘恢）勤于职守，大小事情都处理得当，心怀仁义，乐观豁达，值得做朋友，是优秀的人才。现在把他推荐给你，让他和你共度难关。"

（74）王蓝田拜扬州，主簿请讳[1]。教云："亡祖、先君，名播海内，远近所知。内讳[2]不出于外，余无所讳。"

◎注释

①讳，指家讳，长辈需要避忌的名字。晋人重视家讳，别人不能当面说出与对方长辈名字相同或同音的字。所以新官上任，下属要请求指出应该避忌的名讳，以免无意中触犯。

②内讳，指家中妇女需避忌的名字。《礼记》中有云："妇人之讳不出门。"仅在内宅中。

◎译文

蓝田侯王述就任扬州刺史时，州府主簿向他请示要避忌的名讳。王述批示说："先祖、先父名声远播全国，远近闻名。妇人的名讳不能向外人说出，此外没有要避忌的了。"

（75）萧中郎[1]，孙丞公妇父，刘尹在抚军[2]坐，时拟为太常[3]。刘尹云："萧祖周不知便可作三公不？自此以还，无所不堪。"

◎注释

①萧中郎，即萧轮，字祖周，曾任常侍、国子博士。

②抚军，指晋简文帝司马昱，即位前曾为抚军大将军。

③太常，九卿之一，主管祭祀礼乐。九卿在三公之下，是中央行政机关的长官。

◎译文

中郎萧祖周是孙丞公的岳父，丹阳尹刘真长在抚军那里做客时，商议让萧祖周任太常。刘真长说："萧祖周不知是否立刻就可以提为三公？三公以下，没有他不能胜任的。"

（76）谢太傅未冠[1]，始出西，诣王长史，清言良久。去后，苟子问曰：“向客何如尊？”长史曰：“向客亹亹[2]，为来逼人。”

◎注释

①未冠，还没成年。古代男子二十岁行冠礼。

②亹亹，同“娓娓”，侃侃而谈、言语不绝的样子。

◎译文

太傅谢安还没成年时，初到京都，到长史王濛家去拜访，清谈了很久。走了以后，王苟子问父亲：“刚才那位客人和父亲相比怎样？”王濛说：“那位客人娓娓不倦，言语雄辩，气势咄咄逼人。”

（77）王右军语刘尹：“故当共推安石。”刘尹曰：“若安石东山志[1]立，当与天下共推之。”

◎注释

①东山志，指隐居的志向。谢安寓居会稽郡上虞县，官府多次征召，也不肯出任官职，只想在东山隐居，畅游山水。但他名望很大，大家仍希望他能出仕。谢安到四十多岁，才应桓温之邀出任司马。

◎译文

右军将军王羲之对丹阳尹刘惔说：“我们要一起推荐安石。”刘惔说：“如果安石志在隐居，我们应和天下人一起推荐他。”

（78）谢公称蓝田：“掇皮皆真[1]。”

◎注释

①掇皮皆真，意为表里如一。掇（duō），揭去。真，指真率，指里外皆真，不做作。

◎译文

谢安称赞蓝田侯王述：“即便剥去皮都是真的。”

（79）桓温行经王敦墓边过，望之云：“可儿[1]！可儿！”

◎注释

①可儿，可人，使人可意。此处多指才德方面。

◎译文

桓温出行，经过王敦墓边，望着陵墓说："这真是才德称心之人！"

（80）殷中军道王右军云："逸少清贵人，吾于之甚至[1]，一时无所后[2]。"

◎注释

①于，厚、亲爱。甚至，指到了顶点。

②所后，后来人。此处指没人能比得上他。

◎译文

中军将军殷浩评论右军将军王羲之说："逸少清高尊贵，我喜欢他到极点，当时事事敬他为先，没人能比得上他。"

（81）王仲祖称殷渊源："非以长胜人，处长[1]亦胜人。"

◎注释

①处长，对待自己的长处。

◎译文

王仲祖称赞殷渊源道："他不但在自己的长处胜过别人，而且在对待自己的长处上也胜过别人。"

（82）王司州与殷中军语，叹云："己之府奥[1]，蚤[2]已倾写而见。殷陈势浩汗[3]，众源未可得测。"

◎注释

①府奥，即肺腑，比喻内心的话，心中所想。

②蚤，同"早"。

③浩汗，即浩瀚、广大。

◎译文

司州刺史王胡之和中军将军殷浩清谈，王赞叹道："我自己的见解，早已诉说完。而殷浩的阵势浩浩荡荡，无法估量止境。"

（83）王长史谓林公："真长可谓金玉满堂[1]。"林公曰："金玉满堂，复何为简选[2]？"王曰："非为简选，直致言处自寡耳。"

◎注释

①金玉满堂，以宝物满屋比喻富有，这里用于形容刘真长的辞藻和玄理丰富多彩。

②简选，即选择。刘真长善谈玄理，且言辞简洁。支道林认为他的言语，经过谨慎润色选择。

◎译文

长史王濛对支道林说："真长的言谈可说是金玉满堂。"支道林说："既然是金玉满堂，为何又要挑选言辞？"王濛说："不是经过挑选，只是他言辞本就寡少罢了。"

**（84）王长史道江道群："人可应有，乃不必有。人可应无，己必无。"**

◎译文

王濛评论江道群："人所应该有的，他不一定有。人所应该没有的，他一定没有。"

**（85）会稽孔沈、魏顗、虞球、虞存、谢奉并是四族之俊，于时之杰。孙兴公目之曰："沈为孔家金，顗为魏家玉，虞为长、琳[①]宗，谢为弘道伏[②]。"**

◎注释

①长，指虞存，字道长。琳，指虞球，字和琳。

②弘道，即谢奉，字弘道。伏，同"服"，敬佩。

◎译文

会稽郡孔沈、魏顗、虞球、虞存、谢奉五人都是四个世家大族的俊才，当世英杰。孙兴公评论说："孔沈是孔家的黄金，魏顗是魏家的宝玉，虞家推崇道长、和琳的才识，而谢家敬佩弘道的美德。"

**（86）王仲祖、刘真长造殷中军谈，谈竟，俱载去。刘谓王曰："渊源真可[①]。"王曰："卿故堕其云雾[②]中。"**

◎注释

①可，才学可取，优良。此处指殷渊源善谈玄理，谈论精微，为

人推崇。

②云雾，比喻蒙蔽人的东西，迷离恍惚的谈论。

◎译文

王仲祖和刘真长到中军将军殷渊源家清谈，谈完了，就一起坐车走。刘真长对王仲祖说："渊源的言论真精妙。"王仲祖说："你已陷入他设下的迷雾中了。"

（87）刘尹每称王长史云："性至通而自然有节[1]。"

◎注释

①"性至"句，《晋书·王濛传》说王濛"克己励行"，"虚己应物，恕而后行"，大概就是所谓通达，有节制。

◎译文

丹阳尹刘真长常常称赞长史王濛道："本性最为通达，而且自然有节制。"

（88）王右军道谢万石："在林泽中，为自遒[1]上。"叹林公："器朗神俊。"道祖士少："风领毛骨[2]，恐没世不复见如此人。"道刘真长："标云柯而不扶疏[3]。"

◎注释

①遒，刚劲有力。

②毛骨，指容貌。

③标云柯，高耸入云的树枝。扶疏，枝叶茂盛。因刘真长清高恬淡，性任自然，所以王羲之这样赞誉他。

◎译文

右军将军王羲之评论谢万石："在山林隐居之地，自然刚劲超群"。赞叹支道林："胸襟开朗，精神俊逸。"评论祖士少："气派容貌独具风致，这辈子怕是不会再见到像他这样的人了。"评论刘真长："（身居显位而闲静自守）像高耸入云的大树，枝叶并不扶疏分叉。"

（89）简文目庾赤玉："省率治除[1]。"谢仁祖云："庾赤玉胸中无宿物[②]。”

◎注释

①省率治除，减省率直。治除，办理事情。

②宿物，积物，故物。

◎译文

简文帝评论庾赤玉：“明察，率真，有修养，洁身自好。”谢仁祖说：“庾赤玉心中坦荡，不存芥蒂。”

**（90）殷中军道韩太常[①]曰：“康伯少自标置，居然是出群器。及其发言遣辞，往往有情致。”**

◎注释

①韩太常，即韩伯，字康伯，殷中军的外甥，曾任吏部尚书。

◎译文

中军将军殷浩称太常韩康伯说：“康伯很少标榜宣扬自己，显然是出类拔萃的人才。他发表意见时，言谈辞藻处处都有情致。”

**（91）简文道王怀祖：“才既不长，于荣利又不淡，直以真率少许，便足对人多多许。”**

◎译文

简文帝称赞王怀祖：“才能不突出，又热衷于名利，可是只凭他那一点真诚直率，就足以抵得上别人很多。”

**（92）林公谓王右军云：“长史[①]作数百语，无非德音，如恨不苦。”王曰：“长史自不欲苦[②]物。”**

◎注释

①长史，即王濛，曾任司徒左长史，其擅长清谈。

②苦，是说使别人无话可说，陷入困境。

◎译文

支道林和尚对右军将军王羲之说：“王长史说几百句，无非是些仁义道德，遗憾的是不能让人理屈词穷。”王羲之说：“长史本来就不想让别人难堪。”

（93）殷中军与人书，道谢万“文理[①]转遒，成殊不易”。

◎注释

①文理，文辞义理。《晋书·谢万传》说其“工言论，善属文”。

◎译文

中军将军殷浩给友人写信，称谢万“文辞义理刚劲有力，取得这般成就很不容易”。

（94）王长史云：“江思悛思怀所通，不翅儒域[①]。”

◎注释

①不翅，即不啻、不止。江思悛（quān）博览群书，综合儒学、道学，所以这里说不翅儒域。

◎译文

长史王濛说：“江思悛思想所融汇贯通的，不仅仅儒学经典。”

（95）许玄度送母，始出都，人问刘尹：“玄度定称所闻不？”刘曰：“才情过于所闻。”

◎译文

许玄度为送母亲，初到京都，有人问丹阳尹刘真长：“玄度和传闻相称否？”刘真长说：“他的才华超过了传闻。”

（96）阮光禄云：“王家有三年少：右军，安期、长豫[①]。”

◎注释

①安期，即王应，字安期。长豫，即王悦，字长豫。

◎译文

光禄大夫阮裕说：“王家有三位年轻人：逸少、安期、长豫。”

（97）谢公道豫章[①]：“若遇七贤，必自把臂[②]入林。”

◎注释

①豫章，即谢鲲，字幼舆，曾任豫章太守。喜好道学，不修边幅。

②把臂，挽着手，表示亲密。此语意指谢鲲也会成为七贤一类的人。

◎译文

谢安说豫章太守谢鲲："他如果遇到竹林七贤，一定会挽着手臂入竹林同游。"

（98）王长史叹林公："寻微[1]之功，不减辅嗣[2]。"

◎注释

①寻微，探索微妙的玄理。

②辅嗣，即王弼，字辅嗣，三国魏山阳人。好老庄，与何晏倡导玄理，开谈玄风气。

◎译文

长史王濛赞赏支道林："他探索玄理的功力，不亚于王辅嗣。"

（99）殷渊源在墓所几十年。于时朝野以拟管、葛，起不起，以卜江左兴亡[1]。

◎注释

①殷浩，字渊源，少时就有美名，善谈玄理。曾出任官职，后称病，隐居在祖坟的陵园中，将近十年。殷浩素有盛名，江左人士认为他有宰相之才，他出仕与否，关系着东晋的兴亡。

◎译文

殷渊源在陵园住了将近十年。当时朝廷内外的人都把他比作管仲和诸葛亮，看他出仕还是退隐，以之预测东晋政权的兴衰存亡。

（100）殷中军道右军"清鉴贵要[1]"。

◎注释

①清鉴，指清高、有见识。贵要，尊贵扼要。

◎译文

中军将军殷浩称道右军将军王羲之"识鉴高明，尊贵显要。"

（101）谢太傅为桓公司马[1]。桓诣谢，值谢梳头，遽取衣帻。桓公云："何烦此！"因下[2]共语至暝。既去，谓左右曰："颇曾见如此人不！"

◎注释

①“谢太傅”句，谢安四十多岁时，仍隐居会稽。晋穆帝升平三年，大将军桓温请他出任司马，始赴任。

②下，指下堂到谢安梳头的地方去。

◎译文

太傅谢安出任桓温手下的司马。有一次，桓温到谢安那里去，正碰上谢安在梳头，谢安匆忙取头巾来戴。桓温说：“何必为这事麻烦！”于是放在衣帻谈论起来，直到天黑。离开后，桓温出门，对随从说：“没见过这样的人吧！”

**（102）谢公作宣武司马，属门生数十人于田曹中郎[①]赵悦子。悦子以告宣武，宣武云：“且为用半。”赵俄而悉用之，曰：“昔安石在东山，缙绅敦逼，恐不豫人事。况今自乡选，反违之邪？”**

◎注释

①田曹中郎，掌管农事的官。

◎译文

谢安出任桓温司马，把几十个门生托付给田曹中郎赵悦子。悦子把这情况告诉了桓温，桓温说：“姑且用一半人。”赵悦子不久把这些人全录用了，说：“过去安石在东山隐居，郡县官吏敦促他出仕，唯恐他不过问政事。况且现在是他自己从家乡选的人，怎么反而不依从他呢？”

**（103）桓宣武表云：“谢尚神怀挺率[①]，少致民誉。”**

◎注释

①神怀挺率，胸襟正直坦率。

◎译文

桓温上奏说：“谢尚胸襟正直坦率，年轻时就得到人们赞誉。”

**（104）世目谢尚为令达[①]，阮遥集云：“清畅[②]似达。”或云：“尚自然令上。”**

◎注释

①令达，品德美好，心胸旷达。

②清畅，清明晓畅，通达事理。

◎译文

世人品评谢尚美好旷达。阮遥集说："清明晓畅，近似通达。"又有人说："谢尚自然天成，美好卓越。"

（105）桓大司马[1]病，谢公往省病，从东门入。桓公遥望，叹曰："吾门中久不见如此人！"

◎注释

①桓大司马，即桓温。其在晋哀帝隆和初年，加侍中、大司马职。当时谢安早已离开桓温幕府。

◎译文

大司马桓温有病，谢安去探病，从东门进去。桓温远远望见，叹道："我家里很久不见这样的人了！"

（106）简文目敬豫为"朗豫"。

◎译文

简文帝品评王敬豫为"性情开朗，心气和悦"。

（107）孙兴公为庾公参军，共游白石山，卫君长在坐。孙曰："此子神情都不关山水，而能作文。"庾公曰："卫风韵虽不及卿诸人，倾倒处亦不近[1]。"孙遂沐浴[2]此言。

◎注释

①近，浅近、平常。

②沐浴，指浸润其中，参悟。

◎译文

孙兴公任庾亮的参军时，和庾亮同游白石山，卫君长也在其中。孙兴公说："此君神情一点也不关心山水，却能做文章。"庾亮说："卫君长的风韵虽比不上你们，可是令人心悦诚服的地方也很突出。"孙兴公吟思这句话，深有感触。

（108）王右军目陈玄伯[1]："垒块[2]有正骨。"

◎注释

①陈玄伯，即陈泰，字玄伯。

②垒块，即块垒，郁积心中的愤慨。

◎译文

右军将军王羲之品评陈玄伯："孤傲不群，刚直有正气。"

（109）王长史云："刘尹知我，胜我自知。"

◎译文

长史王濛说："刘尹了解我，胜过我对自己的了解。"

（110）王、刘听林公讲，王语刘曰："向高坐者，故是凶物[1]。"复更听，王又曰："自是钵釪[2]后王何人也。"

◎注释

①高坐，讲席。凶，厉害。物，指人。

②钵釪，即钵盂，和尚用的饭碗，指佛教徒。

◎译文

王濛、刘惔听支道林和尚宣讲。王濛对刘惔说："刚才在讲坛上的人，确实是个厉害人物。"再听下去，王濛又说："原来是佛门中的王弼、何晏啊。"

（111）许玄度言："《琴赋》[1]所谓'非至精者，不能与之析理'，刘尹其人。'非渊静者，不能与之闲止'，简文其人。"

◎注释

①《琴赋》，作者是魏朝的嵇康。

◎译文

许玄度说："《琴赋》里说的'不是最精通的人，不能同他一起辨析事理'，刘尹就是这样的人。'不是沉静的人，不能同他一起安闲居处'，简文帝就是这样的人。"

（112）魏隐兄弟少有学义。总角诣谢奉，奉与语，大说之，曰："大宗[1]虽衰，魏氏已复有人。"

◎注释

①大宗，即宗族。

◎译文

魏隐兄弟年少时就有学识。未成年时他们去拜见谢奉，谢奉和他们谈话，非常喜欢他们，说："魏氏宗族虽衰微，但是已有了继承人。"

（113）简文云："渊源语不超诣简至，然经纶[1]思寻处，故有局陈[2]。"

◎注释

①经纶，整理丝线，编成绳子，比喻组织处理。

②局陈，局阵，布局。

◎译文

简文帝说："殷渊源的清谈虽不高超卓越，也不甚精要简练，可是他认真斟酌、思考，所以说出来的话很有章法。"

（114）初，法汰[1]北来，未知名，王领军[2]供养之。每与周旋行来，往名胜许辄与俱。不得汰，便停车不行。因此名遂重。

◎注释

①法汰，即竺法汰，僧人。北方受外族侵扰，法汰渡江到扬州，受丞相王导之子所礼遇，明显于时。

②王领军，即王洽，字敬和，王导的儿子。曾任吴郡内史，后召为中领军，之后又升为中书令，但他未接受任命。

◎译文

当初，法汰从北方来到南方，还不出名，中领军王洽供养他。王洽常和他应酬，到名胜地方出游。如果法汰没来，王洽就停车不走。于是法汰的声望大了起来。

（115）王长史与大司马书，道渊源"识致安处[1]，足副时谈。"

◎注释

①识致安处，有见识情趣，居住生活安适惬意。

◎译文

长史王濛给大司马桓温写信，称道殷渊源"有见识，有情致，悠闲自得，完全符合当代的雅论”。

（116）谢公云：“刘尹语审细[1]。”

◎注释

①审细，严谨周密。时人评刘谈“言必珠玉”，就是审细的结果。

◎译文

谢安说：“刘尹的谈论严谨周密。”

（117）桓公语嘉宾：“阿源[1]有德有言，向使作令仆，足以仪刑百揆[2]。朝廷用违其才耳！”

◎注释

①阿源，即殷渊源。

②仪刑，仪式法则，指做榜样。百揆（kuí），百官。

◎译文

桓温对郗嘉宾说：“阿源德行高洁，善于清谈，如果让他做辅弼大臣，足以成为百官的榜样。只可惜，朝廷用以军旅之任，未能按他的才能任用他啊！”

（118）简文语嘉宾：“刘尹语末后亦小异，回复其言，亦乃无过。”

◎译文

简文帝对郗嘉宾说：“刘尹的清谈到结尾处语意常稍有不同，但细细回味，竟也无不妥。”

（119）孙兴公、许玄度共在白楼亭，共商略先往名达[1]。林公既非所关，听讫云：“二贤故自有才情。”

◎注释

①商略，评论，品评。名达，贤达。

◎译文

孙兴公、许玄度同在白楼亭，一起品评以往的名流贤达。支道林并不关心，听完后，只是说：“两位贤人的确有才。”

（120）王右军道东阳[1]："我家阿林，章清太出。"

◎注释

①东阳，即下文的阿林（林指代"临"），指王临之，曾任东阳大守。

◎译文

右军将军王羲之评论东阳太守王临之说："我家的阿临，显明高洁，甚为突出。"

（121）王长史与刘尹书，道渊源"触事长易"。

◎译文

长史王濛给丹阳尹刘惔写信，称赞殷渊源"处事常很平和"。

（122）谢中郎云："王脩载乐托[1]之性，出自门风。"

◎注释

①乐托，同"落拓"，豪放，不拘小节。

◎译文

从事中郎谢万说："王脩载豪放不羁的性格，源自他的家风。"

（123）林公云："王敬仁是超悟人。"

◎译文

支道林说："王敬仁是个超脱，悟性极高的人。"

（124）刘尹先推谢镇西，谢后雅重刘，曰："昔尝北面[1]。"

◎注释

①北面，脸朝北，表示师事对方。

◎译文

丹阳尹刘惔推崇镇西将军谢尚，谢尚也很推重刘惔，说："过去我曾向他学习过。"

（125）谢太傅称王脩龄[1]曰："司州可与林泽游。"

◎注释

①王脩龄，即王胡之，字脩龄。朝廷曾召为司州刺史，还没有就任就病死了。他常不问世事，追求清高。

◎译文

太傅谢安称赞王脩龄："司州这个人，可以和他一起隐居，纵情山水之间。"

（126）谚曰："扬州独步①王文度，后来出人郗嘉宾。"

◎注释

①独步，超群出众，独一无二。

◎译文

谚语说："王文度在扬州超群出众，后起之秀是郗嘉宾。"

（127）人问王长史江虨兄弟群从①。王答曰："诸江皆复足自生活。"

◎注释

①群从，堂房兄弟子侄辈。据载，江虨和弟弟、堂弟都有德行。

◎译文

有人问长史王濛江虨兄弟和堂兄弟的情况，王濛回答："江氏诸人全都能够自立于世。"

（128）谢太傅道安北①："见之乃不使人厌，然出户去不复使人思。"

◎注释

①安北，即王坦之，死后追赠安北将军。为人坦率直言，曾经苦谏谢安。

◎译文

太傅谢安评论安北将军王坦之说："见到他并不让人生厌，可是走了以后也不会让人思念。"

（129）谢公云："司州造胜①遍决。"

◎注释

①造胜，指造胜境，深入优美的境界。

◎译文

谢安说："司州谈玄一旦进入胜境，就能解决所有疑难。"

（130）刘尹云：“见何次道饮酒，使人欲倾家酿。”

◎译文

丹阳尹刘惔说：“看见何次道喝酒，就让人想把家酿美酒全都给他奉上。”

（131）谢太傅语真长：“阿龄于此事故欲太厉。”刘曰：“亦名士之高操者。”

◎译文

太傅谢安告诉刘真长说：“阿龄对这事好像太过严厉了。”刘真长说：“他是名士中有高尚操守的人。”

（132）王子猷说：“世目士少为朗，我家[1]亦以为彻朗。”

◎注释

①我家，即指我。

◎译文

王子猷道：“世人品评祖士少开朗，我也认为他通达开朗。”

（133）谢公云：“长史语甚不多，可谓有令音[1]。”

◎注释

①令音，言辞优美。

◎译文

谢安说：“长史的话很少，可是言辞优美。”

（134）谢镇西道敬仁[1]：“文学镞镞[2]，无能不新。”

◎注释

①敬仁，即王脩，字敬仁，王濛的儿子。有异才，为时贤所重。

②镞镞，杰出的样子。

◎译文

镇西将军谢尚评论王敬仁：“辞章才学，卓然不群，各方面都能有所创新突破。”

（135）刘尹道江道群：“不能言而能不言[1]。”

◎注释

①能不言，指能以不言胜人。

◎译文

丹阳尹刘惔称道江道群："不擅长言辞，却善于不言。"

（136）林公云："见司州警悟[1]交至，使人不得住，亦终日忘疲。"

◎注释

①警悟，即机敏、领悟。

◎译文

支道林说："遇见王司州清谈的机敏和悟性涌现时，真使人不愿停下来，听一整天也不觉得疲劳。"

（137）世称苟子[1]秀出，阿兴[2]清和。

◎注释

①苟子，即王脩，字敬仁，小名苟子。

②阿兴，即王蕴，字叔仁，小名阿兴，王脩的弟弟。

◎译文

世人称赞苟子优秀出众，阿兴清静平和。

（138）简文云："刘尹茗柯[1]有实理。"

◎注释

①茗柯，又作"茗仃"，连绵词，即酩酊、懵懂。

◎译文

简文帝说："刘尹外表看似懵懂，谈起话来却很有道理。"

（139）谢胡儿作著作郎，尝作《王堪传》。不谙[1]堪[2]是何似人，咨谢公。谢公答曰："世胄亦被遇。堪，烈之子，阮千里姨兄弟，潘安仁中外[3]，安仁诗所谓'子亲伊姑，我父唯舅。'是许允婿。"

◎注释

①谙，熟悉。

②堪，即王堪，字世胄，曾任车骑将军，后被害，追赠太尉。

③中外，中表，指中表兄弟。

◎译文

谢胡儿担任著作郎一职，曾写过一篇《王堪传》。他不知道王堪是什么样的人，就去问谢安。谢安回答说："世胄也曾得到君主的重用。王堪是王烈的儿子，是阮千里的姨表兄弟，潘安仁的姑表兄弟，就是潘安仁诗里所说'子亲伊姑，我父唯舅'。他是许允的女婿。"

（140）谢太傅重邓仆射[①]，常言："天地无知，使伯道无儿。"

◎注释

①邓仆射，即邓攸，字伯道，渡江避难途中为了保全弟弟的儿子，抛弃了自己的儿子。后官至尚书左仆射。

◎译文

太傅谢安敬重左仆射邓伯道，曾说："苍天无眼，竟让伯道绝后。"

（141）谢公与王右军书曰："敬和[①]栖托[②]好佳。"

◎注释

①敬和，即王洽，字敬和，曾任建武将军。

②栖托，即安身、寄托。

◎译文

谢安给右军将军王羲之的信中说："敬和有很好的安身立命的本钱。"

（142）吴四姓[①]旧目云："张文，朱武，陆忠，顾厚。"

◎注释

①吴四姓，吴郡有张、朱、陆、顾四姓，三国时，四姓人才兴旺。

◎译文

吴郡著名的四大姓原先被品评为："张家出文人，朱家出武官，陆家忠诚，顾家敦厚。"

（143）谢公语王孝伯[①]："君家蓝田，举体[②]无常人事。"

◎注释

①王孝伯，即王恭，字孝伯。

②举体，即全身。

◎译文

谢安对王孝伯说："你们家的蓝田，所做的事和普通人不同。"

（144）许掾尝诣简文，尔夜风恬月朗，乃共作曲室[①]中语。襟怀之咏，偏是许之所长，辞寄[②]清婉，有逾平日。简文虽契素[③]，此遇尤相咨嗟，不觉造膝[④]，共叉手[⑤]语，达于将旦。既而曰："玄度才情，故未易多有许！"

◎注释

①曲室，密室。

②辞寄，言辞、寄托。

③契素，情意相投。

④造膝，两人膝相接，表示亲近。

⑤叉手，即交手，执手。

◎译文

许玄度曾去谒见简文帝，那一夜风静月明，两人到密室中清谈。抒发胸怀，这是许玄度最擅长的，这天他的言辞和寄意清和婉约，更超过平日。简文帝虽然和他素来投契，这次会面却更加赞赏他，言谈中两人不觉促膝相谈，执手共语，一直谈到天快亮了。事后简文帝说："玄度这般才情，确实是不可多得！"

（145）殷允[①]出西，郗超与袁虎书云："子思求良朋，托好足下，勿以开美[②]求之。"世目袁为"开美"，故子敬诗曰："袁生开美度"。

◎注释

①殷允，字子思。

②开美，开朗美好。

◎译文

殷允到京都去，郗超给袁虎写信道：“子思要寻找好友，我将你介绍给他，请不要用‘开美’这样的标准来要求他。”世人评论袁虎为“开美”，所以王子敬有诗云：“袁生开朗有度。”

**（146）谢车骑问谢公：“真长性至峭，何足乃重？”答曰：“是不见耳[①]。阿见子敬，尚使人不能已[②]。”**

**◎注释**

①是不见耳，刘真长去世时，谢玄还是幼年，所以没见过。谢安认为谢玄没见过刘真长，所以这样说。

②“阿见”句，指对王子敬尚且敬重，何况是对刘真长呢。

**◎译文**

车骑将军谢玄问谢安：“真长禀性最严厉，哪里值得敬重？”谢安回答：“你没见过他罢了。我看见子敬，尚且很敬重呢。”

**（147）谢公领中书监[①]，王东亭[②]有事，应同上省。王后至，坐促，王、谢虽不通，太傅犹敛膝容之。王神意闲畅，谢公倾目。还谓刘夫人曰：“向见阿瓜，故自未易有，虽不相关，正是使人不能已已。”**

**◎注释**

①中书监，官名，掌管机要，中书省的长官。

②王东亭，即王珣，字元琳，王导的孙子，封东亭侯。曾任黄门侍郎。

**◎译文**

谢安兼任中书监时，东亭侯王珣有公事，要一同去中书省。王珣来晚了，由于座位紧挨，王谢两家虽不来往了，太傅谢安还是敛膝留出地方给王珣坐。王珣神态闲适自在，谢安对他倾目注视。谢安回到家里对妻子刘夫人说：“刚才看见阿瓜（王珣），确是不易得的人物，虽然和他不曾交往，还是让人无法割舍。”

**（148）王子敬语谢公：“公故萧洒。”谢曰：“身不萧洒。君道身最得，身正自调畅[①]。”**

◎注释

①调畅，精神愉悦，心情舒畅。

◎译文

王子敬对谢安说："您确实是风度潇洒。"谢安说："我不潇洒。您称道我说最得意，我只不过是襟怀舒畅。"

（149）**谢车骑初见王文度①，曰："见文度，虽萧洒相遇，其复愔愔②竟夕。"**

◎注释

①王文度，即王坦之，字文度。反对世俗的放纵和不学儒的风气。

②愔愔（yīn yīn），安详和悦的样子。

◎译文

车骑将军谢玄初见到王文度，对人说："见到文度，虽是无意中偶然相遇，他仍旧整晚态度温和，举止安详。"

（150）**范豫章谓王荆州①："卿风流俊望，真后来之秀。"王曰："不有此舅，焉有此甥！"**

◎注释

①"范豫"句，范豫章指范宁，曾任豫章太守。王荆州，即王忱，曾任荆州刺史。王忱的母亲是范宁的妹妹，所以王称范为舅。

◎译文

豫章太守范宁对荆州刺史王忱说："你俊逸风雅，声望过人，真是后起之秀。"王忱说："如果没有这样的舅舅，怎么有这样的外甥呢！"

（151）**子敬与子猷书，道："兄伯萧索寡会①，遇酒则酣畅忘反，乃自可矜。"**

◎注释

①萧索，淡漠。寡会，寡合，即不与流俗相合。

◎译文

王子敬给王子猷的信里说：“兄长为人淡泊，不随流俗，看到酒便尽兴痛饮，流连忘返，确实可贵。”

（152）张天锡[①]世雄凉州，以力弱诣京师，虽远方殊类，亦边人之桀也。闻皇京多才，钦羡弥至。犹在渚住，司马著作往诣之，言容鄙陋，无可观听。天锡心甚悔来，以遐外可以自固。王弥有俊才美誉，当时闻而造焉。既至，天锡见其风神清令，言话如流，陈说古今，无不贯悉，又谙人物氏族中来，皆有证据。天锡讶服。

◎注释

①“张天锡”句，张天锡占据凉州，继承前凉政权，后投降苻坚，在苻融手下任征南司马。苻坚大败时，他又逃归晋朝。

◎译文

张天锡世代雄据凉州，因为势力衰微投奔京都，虽属异族，却也是边疆地区的杰出人物。他听说京都人才很多，很是钦慕。到了京都，还在江边码头上时，司马著作便去拜访，司马氏言语粗鄙，容貌丑陋，既不中听，也不中看。张天锡很后悔来这一趟，认为在凉州那样的边远地区还可以固守下去。王弥才能出众，名声很好，听说张天锡来，就去拜访他。到了之后，张天锡看见王弥风度高雅秀美，言谈流畅，博古通今，又熟悉各方人士宗族和亲戚关系，都有真凭实据。张天锡方才惊诧叹服。

（153）王恭始与王建武[①]甚有情，后遇袁悦之间，遂致疑隙。然每至兴会，故有相思。时恭尝行散至京口[②]射堂，于时清露晨流，新桐初引，恭目之曰：“王大故自濯濯。”

◎注释

①王建武，即王忱，字佛大，也叫阿大，曾任建武将军。他和王恭很要好，且同样有名望。后来袁悦在会稽王司马道子面前责备王恭，王恭以为是王忱假手袁悦来陷害自己，两人间便产生裂痕。

②京口，王恭曾镇守京口。

◎译文

王恭起初和建武将军王忱很有交情，后来受到袁悦的挑拨，便有了猜疑。但每到兴致很高时，还是会想起他。当时王恭服药后行散，走到京口的射堂，当时真是清晨，水露在阳光下闪动，新桐初吐嫩芽，王恭触景生情，评论王忱说：“王大确实清朗明净。”

**（154）司马太傅为二王目曰：“孝伯亭亭直上[①]，阿大罗罗清疏[②]。”**

**◎注释**

①亭亭，耸立挺拔的样子。直上，挺直向上，喻恭性直有节操。

②罗罗清疏，指清朗疏放。罗罗，形容清疏。

**◎译文**

太傅司马道子评论王孝伯和王忱道：“孝伯刚强正直品德高尚，阿大高洁疏放，清朗旷达。”

**（155）王恭有清辞简旨，能叙说而读书少，颇有重出。有人道孝伯常有新意，不觉为烦。**

**◎译文**

王恭的谈论言辞清丽，意旨简约，善于叙谈，可是读书少，多有重复的地方。有人说，王恭谈论常有新意，不会让人觉得烦闷。

**（156）殷仲堪丧后，桓玄问仲文[①]：“卿家仲堪，定是何似人？”仲文曰：“虽不能休明[②]一世，足以映彻九泉。”**

**◎注释**

①仲文，殷仲堪的堂弟。

②休明，德行完美。

**◎译文**

殷仲堪死后，桓玄问殷仲文：“你家的仲堪，究竟是怎样的人？”仲文回答：“他虽然不算一辈子都德行完美，可是也足以光耀九泉。”

# 品藻第九

品藻指品评人物，鉴别流品。涉及的内容广泛，主要是品评审视人的才智、风格、气韵、功业、声威、风度、骨气、清谈、吟咏等等。这些也都是魏晋时期士族阶层讲究的各个方面。《赏誉》篇以赞赏延誉为主，《品藻》则重在月旦人物，根据人物的才华品行、言谈举止，来分辨其流品、判定其高下。

此后，在魏晋人士中相沿成风，不仅被品评者的才学优劣为人所知，品题者的品鉴能力也得以体验，充分反应了当时的风尚。

（1）汝南陈仲举、颍川李元礼二人，共论其功德，不能定先后。蔡伯喈评之曰："陈仲举强于犯上，李元礼严于摄下。犯上难，摄下易。"仲举遂在三君之下，元礼居八俊之上。①

◎注释

①"仲举"句，陈仲举和李元礼是东汉人，都做过大官，有一定的社会地位和影响。当时的人互相品鉴，评出上等三人，叫三君，即窦武、刘淑、陈蕃；次一等的八人，叫八俊，即李膺、王畅等八人。

◎译文

汝南郡陈仲举、颍川郡李元礼二人，人们谈论他们的功德，无法决定他们谁先谁后。蔡伯喈评论说："陈仲举敢于犯上，李元礼严于律下。犯上难，整饬下属易。"于是陈仲举的名次就列在三君之后，李元礼位居"八俊"之前。

（2）庞士元[1]至吴，吴人并友之。见陆绩、顾劭、全琮而为之目曰："陆子所谓驽马[2]有逸足[3]之用，顾子所谓驽牛可以负重致远。"或问："如所目，陆为胜邪？"曰："驽马虽精速，能致一人耳。驽牛一日行百里，所致岂一人哉？"吴人无以难。"全子好声名，似汝南樊子昭[4]。"

◎注释

①庞士元，即庞统，字士元，刘备的谋士。

②驽马，劣马，跑不快的马，此为对比着千里马说的。

③逸足，即疾足、捷足，指代步。

④樊子昭，刘晔评论为"退能守静，进不苟竞"，指闲居时能安于清静、保持节操，做官时不随便争夺。

◎译文

庞士元到了吴地，吴人都和他交友。见到陆绩、顾劭、全琮三人，品评说："陆君是用来代步的驽马，顾君是驾车载重赴远的驽牛。"有人问："如你所评，陆君胜过顾君吧？"庞士元说："驽马就算跑得快，也只能载一人。驽牛一天走一百里，难道只运载一人吗？"吴人无话反驳。"全君名声很好，像汝南郡樊子昭。"

（3）顾劭尝与庞士元宿语，问曰："闻子名知人，吾与足下孰愈？"曰："陶冶世俗，与时浮沉[1]，吾不如子。论王霸[2]之余策[3]，览倚仗之要害，吾似有一日之长。"劭亦安其言。

◎注释

①与时浮沉，跟随时代世俗，顺应潮流。

②王霸，王道和霸道，即用仁义治天下和用武力治天下的策略。

③余策，即遗策，前代留下的策略。

◎译文

顾劭曾和庞士元夜谈，问庞士元说："听说您善于鉴识人才，我和您两人谁更好？"庞士元说："移风易俗，顺应潮流，这点我比不上您。至于谈论历代帝王统治策略，掌握因果变化的关键，我似乎比你稍强一些。”顾劭也赞同他的话。

（4）**诸葛瑾弟亮及从弟诞，并有盛名，各在一国。于时以为蜀得其龙，吴得其虎，魏得其狗**[①]**。诞在魏，与夏侯玄齐名。瑾在吴，吴朝服其弘量。**

**◎注释**

①“于时”句，龙、虎、狗，表明才智品德等级的不同。

**◎译文**

诸葛谨和诸葛亮以及堂弟诸葛诞，都富有盛名，三国时代各在一国。当时，人们认为蜀国得到了龙，吴国得到了虎，魏国得到了狗。诸葛诞在魏国，和夏侯玄齐名。诸葛谨在吴国，吴国官员佩服他的宽宏大量。

（5）**司马文王问武陔：“陈玄伯**[①]**何如其父司空？”陔曰：“通雅博畅，能以天下声教为己任者不如也。明练简至，立功立事过之。”**

**◎注释**

①陈玄伯，即陈泰，字玄伯，其父陈群，任司空。

**◎译文**

晋文王司马昭问武陔：“陈玄伯和他父亲司空相比，怎样？”武陔说：“若论通雅博畅，树立君主声威和推行教化方面，比不上他父亲；至于明练简至，建功立业方面，则超过他父亲。”

（6）**正始**[①]**中，人士比论，以五荀方**[②]**五陈。荀淑方陈寔，荀靖方陈湛，荀爽方陈纪，荀彧方陈群，荀觊方陈泰。又以八裴方八王：裴徽方王祥，裴楷方王夷甫，裴康方王绥，裴绰方王澄，裴瓒方王敦，裴遐方王导，裴頠方王戎，裴邈方王玄。**

**◎注释**

①正始，魏齐王曹芳的年号。

②方，相比、并列。

**◎译文**

正始年间，有人品评人物，拿荀氏家族中的五位和陈氏家族中的五位对比：荀淑比陈寔，荀靖比陈湛，荀爽比陈纪，荀彧比陈群，荀觊比陈泰。又拿裴氏家族中的八位和王氏家族中的八位对比：裴徽比王祥，裴楷比王夷甫，裴康比王绥，裴绰比王澄，裴瓒比王敦，裴遐比王导，裴頠比王戎，裴邈比王玄。

**（7）冀州刺史杨淮二子乔与髦，俱总角为成器[①]。淮与裴頠、乐广友善，遣见之。性弘方[②]，爱乔之有高韵[③]，谓淮曰："乔当及卿，髦小减也。"广性清淳，爱髦之有神检[④]，谓淮曰："乔自及卿，然髦尤精出。"淮笑曰："我二儿之优劣，乃裴、乐之优劣。"论者评之，以为乔虽高韵，而检不匝，乐言为得。然并为后出之俊。**

◎注释

①成器，有成就的人。

②弘方，宽宏正直。

③高韵，高雅的风度。

④神检，高贵的品德。

◎译文

冀州刺史杨淮的两个儿子杨乔和杨髦，都少年成名。杨淮和裴頠、乐广两人交好，让两个儿子去看他们。裴頠禀性宽宏正直，喜欢杨乔的风度高雅，他对杨淮说："杨乔会赶上你，杨髦稍差一点。"乐广禀性清廉淳厚，喜欢杨髦品德的高贵，对杨淮说："杨乔自然能赶上你，可是杨髦会更高一点。"杨淮笑道："我两个儿子的长处和短处，就是裴頠、乐广的长处和短处。"人们评论这二人的看法，认为杨乔虽然风度高雅，可是品德修养不够完美，还是乐广的话说对了。不过两个孩子确实都是后辈中的出众人物。

**（8）刘令言始入洛，见诸名士而叹曰："王夷甫太解明[①]，乐彦辅我所敬，张茂先我所不解，周弘武巧于用短，杜方叔拙于用长。"**

◎注释

①解明，即精明。

◎译文

刘令言初到洛阳，见到诸多名士，感慨说："王夷甫过于精明，乐彦辅是我所崇敬的，张茂先是我所不理解的人，周弘武能巧妙使用自己的短处，杜方叔不善于发挥自己的长处。"

**（9）王夷甫云："闾丘冲优于满奋、郝隆。此三人并是高才，冲最先达[①]。"**

◎注释

①先达，优秀显贵。

◎译文

王夷甫说："闾丘冲胜过满奋和郝隆。这三人都是高才，闾丘冲是其中最优秀显贵的。"

**（10）王夷甫以王东海[①]比乐令，故王中郎[②]作碑云："当时标榜为乐广之俪。"**

◎注释

①王东海，即王承，字安期，曾任东海郡太守。

②王中郎，即王坦之，曾任北中郎将，王承的孙子。

◎译文

王夷甫将东海太守王承和尚书令乐广并列，所以北中郎将王坦之给王承写的碑文说："当时颂扬他和乐广齐名。"

**（11）庾中郎与王平子雁行[①]。**

◎注释

①雁行，指如飞雁的行列一样并列有序。王衍曾评论说："阿平第一，子嵩第二，处仲第三。"可是庾子嵩以为王平子和王处仲比不上自己，因后来二人一死一败，只有他名声依旧。

◎译文

从事中郎庾子嵩和王平子如鸿雁般并列齐飞。

**（12）王大将军在西朝时，见周侯，辄扇障面不得住[①]。后度江左，不能复尔。王叹曰："不知我进伯仁退？"**

◎注释

①“王大”句，沈约《晋书》中记载：“周顗，王敦素惮之，见辄面热，虽复腊月，亦扇面不休。其惮如此。”可见王敦在洛阳时畏惧周顗，过江后踌躇满志，就不再怕了。西朝，晋室还没有南渡时，即西晋时期。

◎译文

大将军王敦在西晋时，每次见到武城侯周伯仁，总要拿扇子遮住脸。后来到了江南，就不再这样了。王敦叹道：“不知是我有了长进还是伯仁退步了？”

（13）会稽虞斐[①]，元皇时与桓宣武同侠[②]，其人有才理胜望。王丞相尝谓斐曰：“孔愉有公才而无公望，丁潭有公望而无公才[③]，兼之者其在卿乎！”斐未达[④]而丧。

◎注释

①虞斐，字思行，历任吴兴太守、金紫光禄大夫。

②同侠，即同僚，指同在一个官署任职。据余嘉锡《世说新语笺疏》云，应为“同侠盖同僚之误”。

③公才、公望，指三公的才能、名望。

④达，显贵。当时的议论认为虞斐可以做丞相，但他未及登上三公之位就死了，有人为之惋惜。

◎译文

会稽郡虞斐，晋元帝时和桓温同僚，既有才思，声望又高。丞相王导曾对他说：“孔愉有三公的才能，却没有三公的名望。丁潭有三公的名望，却没有三公的才能。兼而有之的，大概就是你吧！”后来虞斐还没有登上高位就死了。

（14）明帝问周伯仁：“卿自谓何如郗鉴？”周曰：“鉴方臣，如有功夫。”复问郗，郗曰：“周顗比臣，有国士[①]门风。”

◎注释

①国士，一国的杰出人物。

◎译文

晋明帝问周顗："你和郗鉴相比，谁更强些？"周顗说："郗鉴和臣相比，更有修养。"明帝又问郗鉴，郗鉴说："周顗和臣相比，有国士风度。"

（15）王大将军下，庾公问："闻卿有四友，何者是？"答曰："君家中郎、我家太尉、阿平、胡毋彦国。阿平故当最劣[①]。"庾曰："似未肯劣。"庾又问："何者居其右[②]？"王曰："自有人。"又问："何者是？"王曰："噫！其自有公论。"左右蹑公，公乃止。

◎注释

①"君家"句，中郎等四人即庾亮、王衍、王澄、胡毋辅之四人。阿平指王澄，字平子。

②其右，其上。古人以右为尊。王敦不肯说出谁属右，因为他认为自己居右。庾亮似乎没有领会王敦的意思，而且也瞧不起王敦，手下的人便踩他的脚，示意他不要再问。

◎译文

大将军王敦从武昌东下建康，庾亮问："听说你有四位好友，是哪几位？"王敦答："您家的中郎、我家的太尉、阿平和胡毋彦国。阿平当然最差。"庾亮说："好像他不同意最差。"庾亮又问："哪位更出众？"王敦说："自然有人。"又追问："哪位？"王敦说："唉！自然会有公论。"手下的人踩了庾亮一脚，庾亮才没有再问。

（16）人问丞相："周侯何如和峤[①]？"答曰："长舆嵯糵[②]。"

◎注释

①和峤，字长舆。汝南西平人。少有风格，珍重自爱，有盛名于世。累迁颍川太守，为政清简，甚得百姓欢心。任上病死，谥号简。

②嵯糵（cuó niè），嵯峨，形容高峻。

◎译文

有人问丞相王导："周顗比和峤怎样？"王导回答："长舆高峻

不群。”

（17）明帝问谢鲲：“君自谓何如庾亮？”答曰：“端委[①]庙堂，使百僚准则臣不如亮。一丘一壑[②]自谓过之。”

◎注释

①端委，礼服，指穿着礼服。

②一丘一壑，原指隐者所居之地，后指山水胜境，比喻魏晋之士崇尚老庄寄情山水，隐处岩壑。语出《汉书·叙传上》：“渔钓于一壑，则万物不奸其志；栖迟于一丘，则天下不易其乐。”

◎译文

晋明帝问谢鲲：“你自己认为和庾亮相比怎么样？”谢鲲回答：“用礼制整饬朝廷，让百官有榜样依据，这方面臣不如庾亮。至于寄情于山水，纵意丘壑，臣自认为超过他。”

（18）王丞相二弟不过江，曰颖、曰敞[①]。时论以颖比邓伯道，敞比温忠武[②]，议郎、祭酒者也。

◎注释

①“王丞相”句，王导的两个弟弟年少时跟王导一样都很有名，王颖曾任议郎，王敞曾被召为丞相祭酒，没有到任。二人都死于晋室南渡以前，所以称不过江。

②温忠武，温峤，谥忠武。

◎译文

丞相王导有两个弟弟没到江南，一个叫王颖，一个叫王敞。当时把王颖和邓伯道并列，王敞和温峤并列，二人分任议郎和祭酒。

（19）明帝问周侯：“论者以卿比郗鉴，云何？”周曰：“陛下[①]不须牵顗比。”

◎注释

①陛下，对君主的尊称，周顗死后，明帝才即位。

◎译文

晋明帝问武城侯周顗：“人们拿你和郗鉴并列，你觉得怎样？”

周顗说："陛下不该拉着顗去比较。"

（20）王丞相云："顷下论以我比安期、千里[①]，亦推此二人。唯共推太尉[②]，此君特秀。"

◎注释

①安期，即王承，字安期。千里，即阮瞻，字千里。

②太尉，指王夷甫。

◎译文

丞相王导说："洛阳的舆论把我和安期、千里相提并论，我也推崇这两人。只是希望大家共同推崇太尉，因为他实在出类拔萃。"

（21）宋祎曾为王大将军妾，后属谢镇西[①]。镇西问祎："我何如王？"答曰："王比使君，田舍贵人耳。"镇西妖冶故也。

◎注释

①谢镇西，即谢尚。其曾为南中郎将，兼任江州刺史，后调为西中郎将、豫州刺史，再升为镇西将军。

◎译文

宋祎曾是大将军王敦的侍妾，后来又归属镇西将军谢尚。谢尚问宋祎："我和王敦相比怎样？"宋祎回答："王氏和使君相比，好似农家儿比贵人啊。"这是因为谢尚容貌艳丽的缘故。

（22）明帝问周伯仁："卿自谓何如庾元规？"对曰："萧条[①]方外，亮不如臣。从容廊庙，臣不如亮。"

◎注释

①萧条，逍遥自在。

◎译文

晋明帝问周伯仁："你和庾元规相比怎么样？"周伯仁回答："说到退隐山林，逍遥世外，庾亮比不上臣。至于周旋于朝堂之上，臣比不上庾亮。"

（23）王丞相辟王蓝田为掾，庾公问丞相："蓝田何似？"王曰："真独简贵，不减父祖，然旷澹[①]处故当不如尔。"

◎注释

①旷澹，旷达、不求名利。

◎译文

丞相王征辟请蓝田侯王述做属官，庾亮问王导："蓝田这人怎样？"王导说："真率孤傲，简约尊贵，这点并不比他父亲、祖父逊色，可是旷达淡泊这方面还是比不上呀。"

**（24）卞望之云："郗公体中有三反：方于事上，好下佞己，一反。治身清贞[①]，大修计校，二反。自好读书，憎人学问，三反。"**

◎注释

①治身，修身。清贞，清廉。

◎译文

卞望之说："郗公身上有三种矛盾的地方：侍奉君主正直，却喜欢下级奉承，此其一也。自身清廉注重修养，却喜欢计较财物得失，此其二也。喜欢读书，却憎恶别人做学问，此其三也。"

**（25）世论温太真[①]是过江第二流之高者。时名辈共说人物，第一将尽之间，温常失色。**

◎注释

①温太真，即温峤，字太真。

◎译文

世人评论温太真在江北来的第二等人物中名列前茅。当时，名士品评人物，第一等人快要品评结束时，温太真常常紧张得脸色发白。

**（26）王丞相云："见谢仁祖，恒令人得上。"与何次道语，唯举手指地曰："正自尔馨[①]。"**

◎注释

①尔馨，这样。

◎译文

丞相王导说："见到谢仁祖，常使人意气高昂。"和何次道谈话，只是用手指着地面说："正是这样。"

（27）何次道为宰相，人有讥其信任不得其人。阮思旷慨然曰：“次道自不至此。但布衣超居宰相之位，可恨唯此一条而已[①]。”

◎注释

①“但布衣”句，何充虽早就历任显官，而阮思旷仍说他是布衣超居宰相，这是出于门阀观念，何充非出身名门望族。超，超迁，越级提升。

◎译文

何次道就任宰相后，有人指责他信任不值得信任的人。阮思旷很感慨：“次道自然不至于如此。只不过是布衣之身，越居宰相之位，令人遗憾的只有这一条。”

（28）王右军少时，丞相云：“逸少何缘[①]复减万安[②]邪！”

◎注释

①何缘，缘何，凭什么。

②万安，即刘绥，字万安，晋高平人。

◎译文

王逸少年轻时，丞相王导说：“逸少哪里不如万安呢！”

（29）郗司空家有伧奴[①]，知及文章事事有意。王右军向刘尹称之，刘问：“何如方回[②]？”王曰：“此正小人有意向耳，何得便比方回！”刘曰：“若不如方回，故是常奴耳。”

◎注释

①伧奴，指北方奴仆。南北朝时，南人鄙视北人，称北人为伧。

②方回，即郗愔，字方回，司空郗鉴的儿子。纯朴沉静，历任会稽内史。

◎译文

司空郗鉴家有个仆人，懂得文辞，对事情颇有见识。右军将军王羲之对丹阳尹刘惔称赞他，刘惔问道：“和方回相比，怎么样？”王羲之说：“只是小人有点志向罢了，哪能和方回相比！”刘惔说：“如果比不上方回，那就不过是普通的奴仆。”

（30）时人道阮思旷：“骨气[1]不及右军，简秀[2]不如真长，韶润[3]不如仲祖，思致[4]不如渊源，而兼有诸人之美。”

◎注释

①骨气，刚直的气概。

②简秀，简约内秀。

③韶润，指品性华美柔润。

④思致，才思和韵味。

◎译文

时人评论阮思旷：“骨气比不上王右军，简秀比不上刘真长，华美柔润比不上王仲祖，才思韵味比不上殷渊源，可是却兼有这几人的长处。”

（31）简文云：“何平叔[1]巧累于理，嵇叔夜[2]俊伤其道。”

◎注释

①何平叔，即何晏，字平叔，唯心主义玄学的代表人物。

②嵇叔夜，即嵇康，字叔夜，有奇才，志趣不凡，好道。

◎译文

简文帝说：“何平叔言辞精巧言，反而损害了他‘贵无’的义理。嵇叔夜俊逸不群，则妨害了越名教而任自然的宗旨。”

（32）时人共论晋武帝出齐王之与立惠帝，其失孰多[1]。多谓立惠帝为重。桓温曰：“不然，使子继父业，弟承家祀，有何不可！”

◎注释

①“时人”句，晋武帝和齐王都是晋文帝的儿子。武帝即位后，立皇子司马衷为太子（后继位为惠帝），封其弟司马攸为齐王。齐王后任司空，参与朝政，声望很高。这时武帝的宠臣荀勖、冯紞看到太子无能，惧怕司马攸将来会继承帝位而对自己不利，就向武帝进谗言，要武帝逼令齐王离开京都，以确保太子的继承权。齐王忧愤成病而死。

◎译文

时人评论晋武帝令齐王归国和确立惠帝的太子地位，哪一件过失严重。多数认为确立惠帝一事过失严重。桓温说："不对，让儿子继承父业，让弟弟返归封国，有何不可！"

**（33）人问殷渊源："当世王公[①]以卿比裴叔道，云何？"殷曰："故当以识通暗处。"**

**◎注释**

①王公，王侯公卿，指显贵。

**◎译文**

有人问殷渊源："当代显贵把你和裴叔道相比，怎么样？"殷渊源说："这是因为我们都能用识见疏通精微难解之处。"

**（34）抚军[①]问殷浩："卿定何如裴逸民？"良久答曰："故当胜耳。"**

**◎注释**

①抚军，即简文帝司马昱，未登位时任抚军大将军。

**◎译文**

抚军问殷浩："你和裴逸民相比，到底怎样？"过了很久，殷浩才答："当然比他强呀。"

**（35）桓公少与殷侯[①]齐名，常有竞心。桓问殷："卿何如我？"殷云："我与我周旋久，宁作我[②]。"**

**◎注释**

①殷侯，指殷浩。侯是敬称，等于"君"。

②"我与"句，殷浩并不看重桓温，但既不甘退让，又不愿和他竞争，所以这样说。

**◎译文**

桓温年少和殷浩齐名，常有竞争之心。桓温问殷浩："你和我相比，谁强？"殷浩回答："我和自己长期打交道，宁愿仍做自己。"

**（36）抚军问孙兴公："刘真长何如？"曰："清蔚简令。""王仲祖何如？"曰："温润恬和。""桓温何如？"曰："高**

爽迈出。”“谢仁祖何如？”曰：“清易令达。”“阮思旷何如？”曰：“弘润通长。”“袁羊何如？”曰：“洮洮[①]清便[②]。”“殷洪远何如？”曰：“远有致思。”“卿自谓何如？”曰：“下官才能所经，悉不如诸贤；至于斟酌时宜，笼罩当世，亦多所不及。然以不才，时复托怀玄胜[③]，远咏老庄，萧条高寄[④]，不与时务经怀，自谓此心无所与让也。”

◎注释

①洮洮，同“滔滔”，形容谈论滔滔不绝。

②清便（pián），清雅、能说会道。

③玄胜，即玄妙，超越世俗，即老庄之道。

④高寄，寄情高远，指隐居。

◎译文

抚军司马昱问孙兴公：“刘真长这人怎么样？”孙兴公回答：“他的清谈清新华美，禀性简约美好。”又问：“王仲祖怎么样？”孙回答：“温和柔润，恬静平和。”“桓温怎么样？”孙说：“高尚爽朗，神态超逸。”“谢仁祖怎么样？”孙说：“清廉平易，美好通达。”“阮思旷怎么样？”孙说：“宽大柔润，精深广阔。”“袁羊怎么样？”答：“谈吐清雅，滔滔不绝。”“殷洪远怎么样？”答：“有新颖的思想情致。”“你认为自己怎么样？”孙兴公说：“下官所擅长的事，都比不上诸位贤达。至于权衡时势，把握时局，也大多赶不上他们。可是我这个没有才能的人，时常寄怀于超脱的境界，赞美古代的老庄，逍遥自在，寄情高远，不让世事打扰心志，因而自认这种胸怀没什么可推让的。”

（37）桓大司马下都，问真长曰：“闻会稽王[①]语奇进，尔邪？”刘曰：“极进，然故是第二流中人耳！”桓曰：“第一流复是谁？”刘曰：“正是我辈耳！”

◎注释

①会稽王，即简文帝司马昱，登位前封会稽王。其人喜清谈。

◎译文

大司马桓温到京都后，问刘真长："听说会稽王谈玄有了出人意料的长进，是吗？"刘真长说："是有很大长进，不过仍是二流人物！"桓温说："第一流的是谁？"刘真长说："正是我们呀！"

（38）**殷侯既废[①]，桓公语诸人曰："少时与渊源共骑竹马，我弃去，己辄取之，故当出我下。"**

◎注释

①"殷侯"句，殷浩曾任中军将军、都督五州军事，北征时大败。桓温一向忌妒他，就乘机上奏请求惩办，结果被废为庶人。

◎译文

殷浩被罢官后，桓温对大家说："小时候我和渊源骑竹马玩，我扔掉的竹马，他总是捡来骑，可知他本就不如我。"

（39）**人问抚军："殷浩谈竟何如？"答曰："不能胜人，差[①]可献酬[②]群心。"**

◎注释

①差，大体上。

②献酬，指主人一再给宾客敬酒，这里指应酬。

◎译文

有人问抚军司马昱："殷浩的清谈究竟怎么样？"抚军回答："不能超过别人，大体上能满足大家的心愿。"

（40）**简文云："谢安南清令不如其弟[①]，学义不及孔岩，居然自胜[②]。"**

◎注释

①谢安南，即谢奉。其弟，指谢聘，字弘远。

②自胜，指不受礼俗影响。

◎译文

简文帝说："谢安甫在清雅善美上不如他的弟弟，学识上不如孔岩，但是有自己的优越之处。"

（41）未废海西公时，王元琳问桓元子①："箕子、比干，迹异心同②，不审明公孰是孰非？"曰："仁称不异，宁为管仲。"

◎注释

①王元琳，即王珣，字元琳。桓元子，桓温的字。

②箕子、比干，商纣王的两个叔父。纣王无道，箕子进谏，不被采纳，就披发佯狂，被降为奴隶。比干不断进谏，终被纣王杀死。这两个人做法不同，但不忍看到纣王残暴和国家危亡却是相通的。孔子尊他们为仁人。

◎译文

还没罢黜海西公时，王元琳问桓元子："箕子和比干两人，行事不同而心意相通，不知您肯定谁、否定谁？"桓元子说："如果都称为仁人，那我宁愿做管仲。"

（42）刘丹阳、王长史在瓦官寺集，桓护军亦在坐，共商略西朝及江左人物。或问："杜弘治何如卫虎？"桓答曰："弘治肤清，卫虎奔奔①神令。"王刘善其言。

◎注释

①奔奔，同"奕奕"，精神焕发。

◎译文

丹阳尹刘惔和司徒左长史王濛在瓦官寺聚会，护军将军桓伊也在座，评价西晋和江南有声望的人。有人问："杜弘治和卫虎相比，哪个好？"桓伊回答说："弘治外表清丽，卫虎神采奕奕。"王刘二人认为他的评论很好。

（43）刘尹抚王长史背曰："阿奴①比丞相，但有都长②。"

◎注释

①阿奴，对王濛的爱称。

②都长，容貌漂亮，本性淳厚。

◎译文

丹阳尹刘惔拍着长史王濛的背说："你和王丞相相比，确实姿容美好。”

（44）刘尹、王长史同坐，长史酒酣起舞。刘尹曰：“阿奴今日不复减向子期[1]。”

◎注释

①向子期，即向秀，字子期。这里指王濛有向秀超尘脱俗的韵味。

◎译文

丹阳尹刘惔和长史王濛同坐，王濛喝到痛快时，不禁起舞。刘惔说：“你今天的样子，不亚于当年的向子期。”

（45）桓公问孔西阳[1]：“安石何如仲文[2]？”孔思未对，反问公曰：“何如？”答曰：“安石居然不可陵践，其处故乃胜也。”

◎注释

①孔西阳，即孔严，字彭祖，历任丹阳尹，尚书，封西阳侯。

②仲文，即指桓温之婿殷仲文。陵践，欺压。

◎译文

桓温问西阳侯孔严：“安石和仲文相比，谁强些？”孔严考虑后没有回答，反而问桓温：“您认为呢？”桓温回答说：“安石不会让人不可欺凌轻践，其自处之道自然就胜过别人啊。”

（46）谢公与时贤共赏说，遏、胡儿[1]并在坐。公问李弘度曰：“卿家平阳[2]何如乐令？”于是李潸然流涕曰：“赵王篡逆，乐令亲授玺绶。亡伯雅正，耻处乱朝，遂至仰药[3]。恐难以相比！此自显于事实，非私亲之言。”谢公语胡儿曰：“有识者果不异人意。

◎注释

①遏，即谢玄，小名遏。谢朗，小名胡儿，谢安的侄儿。

②平阳，即李重，字茂曾，任平阳太守。

③仰药，服毒。《晋书·李重传》中只说李重“以忧逼成疾而卒”；《晋诸公赞》也只说他有病不治，终于病死。

◎译文

谢安和时贤评论人物，谢玄和谢朗在座。谢安问李弘度："你家平阳和乐令相比，怎么样？"李弘度流泪说："赵王叛逆篡位时，乐令亲自奉献玺绶。亡伯为人正直，耻于在叛逆的朝廷中做官，终致服毒身死。两人恐怕难以相比！这自有事实来表明，并不是偏袒亲人。"谢安于是对谢朗说："有识之士果然和人们的心愿相同。"

**（47）王脩龄问王长史："我家临川[①]何如卿家宛陵[②]？"长史未答，脩龄曰："临川誉贵。"长史曰："宛陵未为不贵。"**

**◎注释**

①临川，即王羲之，曾任临川太守。

②宛陵，即王述，曾任宛陵县令。

**◎译文**

王脩龄问长史王濛："我家临川和你家宛陵相比，怎么样？"王濛还没回答。王脩龄又说："临川名声好，而且尊贵。"王濛说："宛陵也不算不尊贵。"

**（48）刘尹至王长史许清言，时苟子年十三，倚床边听。既去，问父曰："刘尹语何如尊？"长史曰："韶音令辞不如我，往辄破的[①]胜我。"**

**◎注释**

①破的，射中箭靶，指谈论中理，能说明要旨。

**◎译文**

丹阳尹刘惔到长史王濛那里清谈，这时苟子十三岁，靠在坐床边听。刘惔走后，苟子问父亲："刘尹的谈论和父亲相比怎样？"王濛说："要论音调的抑扬顿挫、言辞的优美，他不如我；至于一谈就能切中玄理，这点却比我强。"

**（49）谢万寿春败后[①]，简文问郗超："万自可败，那得乃尔失士卒情？"超曰："伊以率任之性，欲区别智勇。"**

**◎注释**

①"谢万"句，晋穆帝升平三年，谢万任豫州刺史，受命北伐。

因他平时骄傲自夸，轻视别人，不安抚将士，失了军心，结果未遇敌而兵溃，自己狼狈而归，大片土地相继被燕国攻占，故被废为庶人。

◎译文

谢万寿春失败后，简文帝问郗超："谢万自然可能会被打败，但怎能失掉士兵的爱戴？"郗超说："他任性放纵，想把智谋和勇敢区分开。"

**（50）刘尹谓谢仁祖曰："自吾有四友[1]，门人加亲。"谓许玄度曰："自吾有由，恶言不及于耳。"二人皆受而不恨。**

◎注释

①"四友"，疑是"回"字的错写。《尚书大传》说："孔子曰'文王有四友。自吾得回也，门人加亲，是非胥附邪！……自吾得由也，恶言不入于耳，是非御侮邪！"这里的"回、由"指孔子的学生颜回和仲由。刘惔是把对弟子说的话用来指称同辈。

◎译文

丹阳尹刘惔对谢仁祖说："自从我有了颜回，学生与我就更加亲密。"又对许玄度说："自从我有了仲由，不满的话再也听不到了。"两人都欣然接受，没有怨言。

**（51）世目殷中军："思纬淹通，比羊叔子。"**

◎译文

世人品评中军将军殷浩："思辨能力深彻明达，可以和羊叔子比肩。"

**（52）有人问谢安石、王坦之优劣于桓公。桓公停[1]欲言，中悔，曰："卿喜传人语，不能复语卿。"**

◎注释

①停，正要。

◎译文

有人向桓温问谢安石和王坦之的优劣。桓温正要说，中间又改变主意了，便说："你喜欢传别人的话，不能告诉你。"

（53）王中郎尝问刘长沙曰：“我何如荀子？”刘答曰：“卿才乃当不胜荀子，然会名[1]处多。”王笑曰：“痴！”

◎注释

①会名，融会贯通名理。

◎译文

北中郎将王坦之曾问长沙相刘奭：“我和荀子相比怎么样？”刘奭回答：“你的才学不会超过荀子，可是领会名理的地方却比他强。”王坦之笑说：“傻话！”

（54）支道林问孙兴公：“君何如许掾？”孙曰：“高情远致，弟子[1]蚤已服膺[2]。一吟一咏，许将北面。”

◎注释

①弟子，因为支道林是和尚，所以孙兴公谦称弟子。

②服膺，铭记在心，衷心信服。

◎译文

支道林问孙兴公：“您和许掾相比，怎么样？”孙兴公说：“要论情趣高远，弟子对他心悦诚服。说到吟诗咏志，许掾却要拜我为师。”

（55）王右军问许玄度：“卿自言何如安石？”许未答，王因曰：“安石[1]故相为雄，阿万当裂眼[2]争邪！”

◎注释

①安石，指谢安、谢万。

②裂眼，睁大眼睛，形容愤怒。

◎译文

右军将军王羲之问许玄度：“你和安石、万石相比，谁更厉害些？”许玄度还没回答，王羲之便说：“安石自然敢对你称雄，阿万怕要和你怒目相争吧！”

（56）刘尹云：“人言江虨田舍，江乃自田宅屯。”

◎译文

丹阳尹刘惔说："人们都说江虨像田舍翁，江虨确实是在村庄里自己经营田地房舍，自种自收。"

（57）谢公云："金谷[1]中苏绍最胜。"绍是石崇姊夫、苏则孙、愉子也。

◎注释

①金谷，园名，石崇在洛阳城外金谷涧修建。石崇是富豪，官至荆州刺史，曾在金谷园大宴宾客，计三十人，饮酒赋诗。三十人中，苏绍为首，年五十。

◎译文

谢安说："金谷园聚会，苏绍的诗最优秀。"苏绍是石崇的姐夫，苏则的孙子，苏愉的儿子。

（58）刘尹目庾中郎："虽言不愔愔[1]似道，突兀差可以拟道。"

◎注释

①愔愔，静寂无声、幽深的样子。

◎译文

丹阳尹刘惔评论从事中郎庾亮说："虽然言谈不像道那样寂静无为能深深契合，但独特的思辨却差不多和道相似。"

（59）孙承公云："谢公清于无奕[1]，润于林道[2]。"

◎注释

①无奕，即谢奕，字无奕，谢安的哥哥。

②林道，即陈逵，字林道，任西中郎将，兼梁、淮南二郡太守。

◎译文

孙承公说："谢公比无奕高洁，比林道温润和煦。"

（60）或问林公："司州[1]何如二谢？"林公曰："故当攀安提万。"

◎注释

①司州，即王胡之，字脩龄，曾为司州刺史。

◎译文

有人问支道林："司州和谢家两兄弟相比，怎样？"支道林说："当然是仰攀谢安，提携谢万，介于二者之间。"

**（61）孙兴公、许玄度皆一时名流。或重许高情，则鄙孙秽行。或爱孙才藻，而无取于许。**

◎译文

孙兴公、许玄度都是当时的名士。有人看重许玄度的高远，鄙视孙兴公的陋行。有人喜欢孙兴公的才华辞藻，就不看重许玄度的修养风范。

**（62）郗嘉宾道谢公："造膝[1]虽不深彻，而缠绵纶至[2]。"又曰："右军诣嘉宾。"嘉宾闻之云："不得称诣，政得谓之朋耳。"谢公以嘉宾言为得。**

◎注释

①造膝，促膝交谈。

②缠绵，周详细密。纶至，思想极有条理。

◎译文

郗嘉宾评论谢安："谈论玄理虽然不深刻透彻，可是周详细密很有条理。"有人说："右军比嘉宾深刻。"嘉宾听到说："不能说造诣很深，只能说两人不相上下罢了。"谢安认为郗嘉宾的话说得很对。

**（63）庾道季[1]云："思理伦和[2]，吾愧康伯。志力强正，吾愧文度。自此以还，吾皆百之。"**

◎注释

①庾道季，即庾和，字道季。

②伦和，条理和谐，符合逻辑。

◎译文

庾道季说："论思路条理清楚，我自愧不如康伯。论志气坚强不屈，我自愧不如文度。除此以外，我比他们强百倍。"

（64）王僧恩[①]轻林公，蓝田曰：“勿学汝兄，汝兄自不如伊。”

◎注释

①王僧恩，王祎之的小名，其为王蓝田的儿子。

◎译文

王僧恩轻视支道林，蓝田侯王述说：“不要学你哥哥，你哥哥本来就比不上他。”

（65）简文问孙兴公：“袁羊何似？”答曰：“不知者不负其才，知之者无取其体[①]。”

◎注释

①体，根本，指道德品质。

◎译文

简文帝问孙兴公：“袁羊这人怎样？”孙兴公回答：“不了解他的人看不到他的才能，了解他的人看不上他的德行。”

（66）蔡叔子云：“韩康伯虽无骨干[①]，然亦肤立。”

◎注释

①无骨干，指韩康伯身体肥胖，好像没有骨骼。

◎译文

蔡叔子说：“韩康伯虽然像肥得没有骨架支撑，但是体形壮美，外观尚可。”

（67）郗嘉宾问谢太傅曰：“林公谈何如嵇公？”谢曰：“嵇公勤著脚，裁可得去耳[①]。”又问：“殷何如支？”谢曰：“正尔有超拔，支乃过殷，然亹亹论辩，恐口欲制支。”

◎注释

①“嵇公”句，《高僧传》作“嵇努力裁得去耳”，指嵇康要努力前进，才能赶上支道林。“努力”即为“勤著服”。裁，同“才”。

◎译文

郗嘉宾问太傅谢安："林公的清谈比嵇公如何？"谢安说："嵇公要更勤奋，才能勉强赶上。"嘉宾又问："殷浩比支道林如何？"谢安说："在超脱尘俗方面，支道林才超过殷浩；可在娓娓长谈上，恐怕殷浩的口才会制服支道林。"

**（68）庾道季云："廉颇、蔺相如虽千载上死人，懔懔恒如有生气。曹蜍、李志[1]虽见在，厌厌如九泉下人。人皆如此，便可结绳而治[2]，但恐狐狸貒貉啖尽。"**

**◎注释**

①曹蜍、李志，两人憨厚乏才智，做官而功业不显。

②结绳而治，远古没有文字，用结绳记事的方法处理政事。

**◎译文**

庾道季说："廉颇和蔺相如虽是千年古人，正气凛然，让人感到勃勃生机。曹蜍、李志虽还活着，却精神萎靡，像坟墓里的死人。如果人人都像曹李，回到结绳而治的原始时代，恐怕野兽会把人都吃光。"

**（69）卫君长是萧祖周妇兄，谢公问孙僧奴："君家道卫君长云何？"孙曰："云是世业人[1]。"谢曰："殊不尔，卫自是理义人。"于时以比殷洪远[2]。**

**◎注释**

①世业人，管世事的人。

②殷洪远，即殷融，字洪远。

**◎译文**

卫君长是萧祖周的大舅子。一次，谢安问孙僧奴："您说卫君长这个人怎么样？"孙僧奴说："听说是世俗之人。"谢安说："根本不是这样，卫君长是研究名理的人。"时人把卫君长和殷洪远并列。

**（70）王子敬问谢公："林公何如庾公？"谢殊不受，答曰："先辈初无论，庾公自足没林公。"**

**◎译文**

王子敬问谢安："林公比庾公如何？"谢安不同意这样相比，回答："先辈从来没谈论过，庾公自然能超过林公。"

**（71）谢遏[1]诸人共道竹林优劣，谢公云："先辈初不臧贬七贤。"**

◎注释

①谢遏，即谢玄，小名遏，谢安的侄儿。

◎译文

谢遏等人一道评论竹林七贤的优劣，谢安说："先辈们从不褒贬七贤。"

**（72）有人以王中郎比车骑，车骑闻之曰："伊窟窟[1]成就。"**

◎注释

①窟窟，同"搰搰"，勤奋的样子，一说为用力的样子。

◎译文

有人把北中郎将王坦之和车骑将军谢玄并列，谢玄听说这事就说："他努力做出了成绩。"

**（73）谢太傅谓王孝伯[1]："刘尹亦奇自知[2]，然不言胜长史。"**

◎注释

①王孝伯，即王恭，王濛的孙子。

②奇自知，非常了解自己。

◎译文

太傅谢安对王孝伯说："刘尹也是非常了解自己的才性，然而也不说超过长史。"

**（74）王黄门[1]兄弟三人俱诣谢公，子猷、子重多说俗事，子敬寒温而已。既出，坐客问谢公："向三贤孰愈？"谢公曰："小者最胜。"客曰："何以知之？"谢公曰："吉人之辞寡，躁人之辞多。推此知之。"**

◎注释

①王黄门，即王徽之，字子猷，王羲之的儿子，曾任黄门侍郎。子重，王操之的字。子敬是王献之的字，子敬最小。

◎译文

黄门侍郎王子猷兄弟三人同去拜访谢安，子猷和子重，大多说些日常事情，子敬不过寒暄几句罢了。三人走后，在座人问谢安："刚才三位贤士谁较好？"谢安说："小的最好。"客人问道："怎么知道呢？"谢安说："善良的人话少，急躁的人话多。从这两句话推断出来的。"

（75）谢公问王子敬："君书何如君家尊[①]？"答曰："固当不同。"公曰："外人论殊不尔。"王曰："外人那得知！"

◎注释

①"君书"句，王子敬擅长草书、隶书，时人认为他的书法风骨比不上他父亲王羲之，比较秀媚。有的则认为相反。谢安很尊重王羲之的书法，才有此问。

◎译文

谢安问王子敬："您的书法比令尊如何？"子敬回答说："当然有些不同。"谢安说："外面的议论绝不是这样。"王子敬说："外人哪会懂！"

（76）王孝伯问谢太傅："林公何如长史？"太傅曰："长史韶兴[①]。"问："何如刘尹？"谢曰："噫，刘尹秀。"王曰："若如公言，并不如此二人邪？"谢云："身意正尔也。"

◎注释

①韶兴，美好的意趣。

◎译文

王孝伯问太傅谢安："林公和长史相比，如何？"谢安说："长史意趣清新。"王孝伯又问："和刘尹相比如何？"谢安说："哎，刘尹才能出众。"王孝伯说："如果像您所说，他比不上这两个人吗？"谢安说："正是这样。"

（77）人有问太傅：“子敬可是先辈谁比？”谢曰：“阿敬近撮[①]王、刘之标[②]。”

◎注释

①撮，聚合。

②王、刘之标，王濛、刘惔的风度。

◎译文

有人问太傅谢安：“子敬到底是和哪一位先辈相当？”谢安说：“从近处说，阿敬集中了王、刘二人的风度。”

（78）谢公语孝伯：“君祖[①]比刘尹，故为得逮。”孝伯云：“刘尹非不能逮，直不逮。”

◎注释

①君祖，指王濛。原注上说王濛质朴，刘惔有文采。

◎译文

谢安对王孝伯说：“您的祖父和刘尹齐名，自然能做到他那样。”王孝伯说：“刘尹那样的人并不是难以做到，只是不那样做罢了。”

（79）袁彦伯为吏部郎，子敬与郗嘉宾书曰：“彦伯已入[①]，殊足顿兴往[②]之气。故知捶挞[③]自难为人，冀小却[④]，当复差[⑤]耳。”

◎注释

①已入，指已经进入朝廷，这里指担任吏部郎一职。

②兴往，迈进，指勇往直进。

③捶挞，指处分官吏的杖刑。

④小却，稍微推辞一下，表示不接受。

⑤差，病好了，这里指好。

◎译文

袁彦伯担任吏部郎，王子敬写信给郗嘉宾：“彦伯已入朝就职，这个官职特别能挫伤人的志气。原就知道受了杖刑很难做人，所以希望他能稍微辞让一下，这样就会好一些。”

（80）王子猷、子敬兄弟共赏《高士传》人及《赞》[1]，子敬赏井丹高洁，子猷云："未若长卿慢世[2]。"

◎注释

①赞，一种文体，在人物传记的结尾部分，相当于一个总评。

②长卿慢世，也是《高士传》中的赞语。长卿是司马相如的字。慢世，怠慢世人世事，即为玩世不恭。子敬赞赏高洁，子猷赞赏慢世，都是符合各自的性格的。

◎译文

王子猷、子敬兄弟欣赏《高士传》一书所记的人和所写的《赞》，子敬欣赏井丹的高洁。子猷说："不如长卿玩世不恭。"

（81）有人问袁侍中[1]曰："殷仲堪何如韩康伯？"答曰："理义所得，优劣乃复未辨，然门庭萧寂，居然有名士风流，殷不及韩。"故殷作诔云："荆门[2]昼掩，闲庭晏然。"

◎注释

①袁侍中，即袁恪之，字元祖，曾任黄门侍郎、侍中。

②荆门，柴门，指贫苦人家用木头、树枝等编的门。

◎译文

有人问侍中袁恪之："殷仲堪和韩康伯相比，谁强些？"袁恪之回答说："两人义理上的成就，优劣实在无法辨明，可是门庭闲静，名士风流这一点，殷仲堪比不上韩康伯。"所以殷仲堪在哀悼韩康伯的诔文上说："柴门白天也关闭，清幽的庭院寂然。"

（82）王子敬问谢公："嘉宾何如道季？"答曰："道季诚复钞撮[1]清悟，嘉宾故自上[2]。"

◎注释

①钞撮，聚集。这里指庾道季清谈能学习别人清虚善悟的优点。

②上，指出众，杰出。谢安认为嘉宾胜过道季。

◎译文

王子敬问谢安："嘉宾和道季相比，如何？"谢安回答说："道季的清谈集中了他人的清虚善悟，嘉宾却是原本就出众。”

（83）王珣疾，临困[①]，问王武冈[②]曰：“世论以我家领军[③]比谁？”武冈曰：“世以比王北中郎[④]。”东亭转卧向壁，叹曰：“人固不可以无年[⑤]！”

◎注释

①临困，即临死。困，病重。

②王武冈，即王谧，王导的孙子，袭爵武冈侯。

③领军，即王洽，王导之子，王珣之父，曾任领军。

④王北中郎，即王坦之，任北中郎将。

⑤无年，无寿。王珣认为他父亲的人品才德超过王坦之，只是因为死得早，所以声望不大，世人才拿王坦之相比。

◎译文

王珣病重，临死时，问武冈侯王谧：“外界把我家领军和谁并列？”武冈侯说：“世人把他和王北中郎并列。”东亭侯王珣翻身向墙，叹道：“人确实是不能没有寿数呀！”

（84）王孝伯道谢公浓至[①]。又曰：“长史虚，刘尹秀，谢公融。”

◎注释

①浓至，指道德深厚到顶点。

◎译文

王孝伯评论谢安最为深厚。又说：“长史谦虚宽和，刘尹才智出众，谢公和乐通达。”

（85）王孝伯问谢公：“林公何如右军？”谢曰：“右军胜林公。林公在司州[①]前亦贵彻。”

◎注释

①司州，指王胡之，曾任司州刺史。这里指右军将军王羲之胜过支道林，支道林胜过王胡之。

◎译文

王孝伯问谢安："林公和右军相比，谁强？"谢安说："右军胜过林公。可是林公比司州尊贵通达。"

（86）桓玄为太傅[①]，大会，朝臣毕集。坐裁竟，问王桢之曰："我何如卿第七叔[②]？"于时宾客为之咽气[③]。王徐徐答曰："亡叔是一时之标，公是千载之英。"一坐欢然。

◎注释

①"桓玄"句，桓玄只任过太尉，不是太傅。

②卿第七叔，指王献之。

③咽气，气塞，屏气，这里指紧张得喘不过气来。桓玄性情暴烈，而又酷爱书画，总是以王献之自比。王桢之如果回答不好，就会触怒他。

◎译文

桓玄任太傅时，大宴宾客，朝中大臣全都来了。大家入座，桓玄问王桢之："我和你七叔相比怎么样？"在座的宾客都为王桢之紧张得不敢喘气。王桢之从容地回答说："亡叔只是一代楷模，您却是千古英才。"满座听了都很欢喜。

（87）桓玄问刘太常[①]曰："我何如谢太傅？"刘答曰："公高，太傅深。"又曰："何如贤舅子敬？"答曰："楂梨橘柚，各有其美。"

◎注释

①刘太常，即刘瑾，字仲璋，历任尚书、太常卿。

◎译文

桓玄问太常刘瑾："我和谢太傅相比如何？"刘瑾回答："公高明，太傅深厚。"桓玄又问："比起贤舅子敬来如何？"刘瑾回答说："楂、梨、橘，柚，各有美味。"

（88）旧以桓谦比殷仲文[①]。桓玄时，仲文入，桓于庭中望见之，谓同坐曰："我家中军那得及此也！"

◎注释

①殷仲文，是桓玄的姐夫，投奔桓玄任咨议参军。其有才貌，为世所重。

◎译文

过去总把桓谦和殷仲文并列。桓玄称帝时，仲文入朝，桓玄在厅堂上望见他，对同座说：“我家的中军哪里赶得上这个人！”

# 规箴第十

规箴指规劝告诫，主要是规劝君主或尊长接受意见、改正错误，也有少数同辈或夫妇间的劝导。所涉及多是为政治国、待人处事的方法。在政局不稳的魏晋时期，有不少直言敢谏、不阿谀迎逢的事例。此种谏言锋芒外露，需要过人的胆略和巧妙言辞。譬如，京房向汉元帝进谏，以古代幽厉之君作比。陆凯回答孙皓的问话更是直斥时政，“今政荒民弊，覆亡是惧。”此外，还有一些以古喻今，或借用他人他物含蓄劝诫，以增强说服力。从本篇中可看到规箴劝谏的艺术。

（1）汉武帝乳母尝于外犯事，帝欲申宪①，乳母求救东方朔②。朔曰：“此非唇舌所争，尔必望济者，将去时，但当屡顾帝慎勿言。此或可万一冀耳。”乳母既至，朔亦侍侧，因谓曰：“汝痴耳！帝岂复忆汝乳哺时恩邪！”帝虽才雄心忍，亦深有情恋，乃凄然愍之，即敕免罪。

◎注释

①申宪，申明法令，执行法令。

②东方朔，汉武帝时任侍中。

◎译文

汉武帝的奶妈因为亲戚犯罪而受牵连，武帝将要按法令治罪，奶妈向东方朔求救。东方朔说：“这不是唇舌能争来的事情，你想把事办成，临走时，只可连连回望皇帝，千万不要说话。或许能有万一的希望。”奶妈进来辞行，东方朔也陪侍在侧，奶妈频顾武帝，东方朔就对她说：“你是犯傻！皇上难道还会顾念你喂奶的恩情吗！”武帝虽然雄才大略，心肠刚硬，也不免深切依恋，怜悯起奶妈来了，下令赦免其罪。

**（2）京房[①]与汉元帝共论，因问帝：“幽厉之君[②]何以亡？所任何人？”答曰：“其任人不忠。”房曰：“知不忠而任之，何邪？”曰：“亡国之君各贤其臣，岂知不忠而任之！”房稽首白：“将恐今之视古，亦犹后之视今也。”**

**◎注释**

①京房，字君明，汉元帝时担任皇帝的侍从官。

②幽，指周幽王，厉，指周厉王。二人都是昏聩暴虐之君。

**◎译文**

京房和汉元帝议论时事，趁机问元帝：“周幽王和周厉王为何灭亡？他们任用的是什么人？”元帝回答：“他们用人不忠。”京房又问；“明知不忠，还要任用，这是为何呢？”元帝说：“亡国之君都认为臣下贤能，哪是明知不忠还要任用呢！”京房拜伏在地，说道：“就怕我们今天看古人，也像后代看我们一样啊。”

**（3）陈元方遭父丧，哭泣哀恸躯体骨立。其母愍之，窃以锦被蒙上。郭林宗吊而见之，谓曰：“卿海内之俊才，四方是则[①]，如何当丧，锦被蒙上？孔子曰：‘衣夫锦也，食夫稻也，于汝安乎？’吾不取也。”奋衣[②]而去。自后宾客绝百所日。**

**◎注释**

①是则，即为则是，指效法。

②奋衣，即振衣拂袖。

**◎译文**

陈元方遇父丧，哭泣悲恸，骨瘦如柴。母亲心疼，在他睡觉时，给他盖上锦缎被子。郭林宗去吊丧，见他盖着锦缎，说：“你是海内才俊，四方以你为标准，怎么在服丧期间盖锦缎？孔子说：‘穿着锦缎衣服，吃着大米白饭，你心里踏实吗？’这种做法不可取。”说完拂袖而去。自此百来天，宾客都不来吊唁。

**（4）孙休[①]好射雉，至其时，则晨去夕返。群臣莫不止谏：“此为小物，何足甚耽！”休曰：“虽为小物，耿介[②]过人，朕所以好之。”**

**◎注释**

①孙休，吴国君主孙权的儿子。

②耿介，正直，心意专一。《周礼·春官·大宗伯》中有云：“雉：取其守介而死，不失其节。”该句实为托词，为自己开脱。

**◎译文**

孙休喜欢射野鸡，到了狩猎季节，就早出晚归。群臣全都劝止说：“这种小东西，不值得过分迷恋！”孙休说：“虽是小东西，可是比人还耿直，我因此喜欢。”

**（5）孙皓[①]问丞相陆凯[②]曰：“卿一宗在朝有几人？”陆曰：“二相五侯，将军十余人。”皓曰：“盛哉！”陆曰：“君贤臣忠，国之盛也。父慈子孝家之盛也。今政荒民弊覆亡是俱，臣何敢言盛！”**

**◎注释**

①孙皓，吴国国主，荒淫骄横，朝野失望，最终被西晋所灭。

②陆凯，字敬风，吴人，和丞相陆逊同族。孙皓暴虐，陆凯直言敢谏，由于宗族强盛，孙皓不敢加诛于他。

**◎译文**

孙皓问丞相陆凯：“你们家族有多少人在朝中做官？”陆凯说：“两个丞相，五个侯爵，十几个将军。”孙皓说：“家族兴盛啊！”陆凯说：“君主贤明，臣下尽忠，这是国家兴盛的象征。父母慈爱，儿女孝顺，这是家庭兴盛的象征。现在政务荒废，百姓困苦，臣唯恐国家灭亡，哪敢说什么兴盛啊！”

（6）何晏、邓飏[1]令管辂[2]作卦，云："不知位至三公不？"卦成，辂称引古义，深以戒之。飏曰："此老生之常谈。"晏曰："知几[3]其神乎，古人以为难。交疏吐诚，今人以为难。今君一面尽二难之道，可谓'明德惟馨'。《诗》不云乎：'中心藏之，何日忘之！'"

◎注释

①何晏、邓飏，魏国曹爽心腹之人，都任尚书。

②管辂，擅长《周易》，能占卦，官至少府丞。

③几，微妙的预兆，事情的苗头。

◎译文

何晏、邓飏让管辂占卦，说："不知我们能不能升到三公？"卦成以后，管辂引证义理，劝诫他们。邓飏说："你这是老生常谈。"何晏说："了解事物变化的微妙征兆，这很困难。交情很浅却吐露真心，更难。现在仅一面之交就说出这两个难题的解决办法，真是'明德惟馨'。《诗经》上不是说：'中心藏之，何日忘之！'"

（7）晋武帝[1]既不悟太子之愚，必有传后意。诸名臣亦多献直言。帝尝在陵云台上坐，卫瓘在侧，欲申其怀，因如醉跪帝前，以手抚床曰："此坐可惜[2]！"帝虽悟，因笑曰："从醉邪？"

◎注释

①"晋武帝"句，武帝即位初年，立第二子司马衷为皇太子。太子当时九岁，没有才智，又不肯学习，朝廷百官认为他不能亲理政事，太子少傅卫瓘总想奏请废太子，后来武帝拿尚书省的政务令太子处理，太子不知该怎样回答，太子妃贾氏请人代作答，呈送武帝。武帝看了很高兴，废立的事便作罢。

②此坐可惜，暗指让太子登上帝座，值得惋惜。

◎译文

晋武帝不认为太子愚蠢，一定要把帝位传给他。众臣多有直言强谏的。一次，武帝在陵云台上坐着，卫瓘陪侍，想申述自己的心意，装作喝醉跪在武帝面前，拍着武帝的座床说："这个座位可惜呀！"武帝虽然明白他的用意，只顺势笑着说："您醉了吗？"

（8）王夷甫妇，郭泰宁女，才拙而性刚，聚敛无厌干豫人事。夷甫患之而不能禁。时其乡人幽州刺史李阳，京都大侠，犹汉之楼护[①]，郭氏惮之。夷甫骤谏之，乃曰："非但我言卿不可，李阳亦谓卿不可。"郭氏小为之损。

◎注释

①楼护，汉代的游侠，重义气，能舍己助人。

◎译文

王夷甫的妻子是郭泰宁的女儿，才情低劣却性格刚直，贪得无厌，喜欢干涉别人。王夷甫对她很伤脑筋，却又制止不了。他的同乡幽州刺史李阳是京都大侠，如同汉代的游侠，郭氏也怕他。王夷甫常劝妻子，就跟她说："不只我说你不能这样，李阳也认为你不能这样。"郭氏因此才稍微收敛。

（9）王夷甫雅尚玄远，常嫉其妇贪浊，口未尝言"钱"字。妇欲试之，令婢以钱绕床不得行。夷甫晨起，见钱阂行，呼婢曰："举却阿堵物！"

◎译文

王夷甫崇尚玄理，厌恶妻子的贪婪卑污，自己口里不曾说过"钱"字。妻子想试探他，让婢女拿钱围着睡床放着，让他不能走路。王夷甫早起，看见钱阻路，招呼婢女说："拿掉这肮脏东西！"

（10）王平子年十四五，见王夷甫妻郭氏贪欲，令婢路上儋[①]粪。平子谏之，并言不可。郭大怒，谓平子曰："昔夫人[②]临终，以小郎嘱新妇，不以新妇嘱小郎。"急捉衣裾[③]将与杖。平子饶力争得脱，逾窗而走。

◎注释

①儋，同"担"，肩挑。

②夫人，指婆婆。小郎，丈夫的弟弟，即小叔子。

③裾，衣服的大襟，指衣服的前后部分。

◎译文

王平子十四五岁时，看见王夷甫的妻子郭氏贪心，竟叫婢女到路上捡粪。平子劝她说这样不行。郭氏大怒，对平子说：“婆婆临终时，把你托付给我，并不是把我托付给你。”一把抓住平子的衣服，要拿棍子打他。平子力气大，挣扎脱身，跳窗而逃。

（11）元帝过江犹好酒，王茂弘[1]与帝有旧，比常流涕谏，帝许之，命酌酒一酣，从是遂断。

◎注释

①王茂弘，即王导，字茂弘。其劝元帝移镇南京，帮他开创大业。

◎译文

晋元帝到江南后还是喜欢喝酒，王茂弘和元帝有旧，常流泪规劝，元帝终于答应，让倒酒喝个痛快，之后戒酒。

（12）谢鲲为豫章太守，从大将军下，至石头[1]。敦谓鲲曰：“余不得复为盛德之事[2]矣！”鲲曰：“何为其然？但使自今已后，日亡日去耳。”敦又称疾不朝，鲲谕敦曰：“近者，明公之举，虽欲大存社稷，然四海之内，实怀未达。若能朝天子，使群臣释然，万物之心，于是乃服。仗民望以从众怀，尽冲退[3]以奉主上，如斯，则勋侔一匡[4]，名垂千载。”时人以为名言。

◎注释

①“谢鲲”句，谢鲲曾为大将军王敦的长史，后被王敦降为豫章太守。晋元帝永昌元年，王敦借口镇北将军、丹阳尹专权，以声讨刘隗、清君侧为名起兵，带着他一起攻下石头城。杀了刘隗等人后，不朝见晋帝就退兵回武昌。

②盛德之事，品德高尚之事，指辅佐君主之事。

③冲退，谦虚退让。

④侔一匡，指和一匡天下之功相等。

◎译文

谢鲲任豫章太守时，随大将军王敦东下，到石头城。王敦对谢鲲说："我不再做那辅佐王室的盛德之事了！"谢鲲说："为何这样说？只要从今以后，忘掉以前的猜忌就是了。"王敦又托病不去朝见，谢鲲劝说："近来您的举动虽然是为社稷着想，可是四海之内并不了解。如果去朝见天子，使群臣放心，众人才会敬服。顺从民众的心意，用谦让之心侍奉君主，这样做，功勋可以等同一匡天下，名垂千古。"时人认为这是名言。

**（13）元皇帝时，廷尉张闿在小市居，私作都门①，蚤闭晚开。群小②患之，诣州府诉，不得理。遂至挝登闻鼓③，犹不被判。闻贺司空④出，至破冈，连名诣贺诉。贺曰："身被征作礼官，不关此事。"群小叩头曰："若府君复不见治，便无所诉。"贺未语，令且去，见张廷尉当为及之。张闻，即毁门，自至方山迎贺。贺出见辞之，曰："此不必见关，但与君门情，相为惜之民。"张愧谢曰："小人有如此，始不即知，蚤已毁坏。"**

◎注释

①都门，京都中里门。里门指街巷的门。

②群小，百姓，这里指跟张闿住在一个街坊的人。

③登闻鼓，一种谏鼓，挂在朝堂外，有谏议或冤屈可击鼓上达。

④贺司空，即贺循，字彦先。晋元帝时任太常，九卿之一，死后赠司空。

◎译文

晋元帝时，廷尉张闿在小市居住，私自建造都中里门，每天关门很早，开门很晚。百姓为此不满，就到州衙去告状，衙门不理。最后去击登闻鼓，还是得不到裁决。大家听说司空贺循外出，到了破冈，就联名到他那里告状。贺循说："我被调作礼官，和这事无关。"百姓磕头说："如果府君也不管，我们就没申诉的地方了。"贺循没说什么，只叫大家暂时退下，说以后见到张廷尉替大家问问。张闿听说后，立刻把门拆了，亲自到方山去接贺循。贺循拿出状辞给他看，说：“这事用不着我过问，只是和您是世交，为了您才舍不得扔掉。”张闿谢罪说：“百姓这样想，我当初并不知道，现在门早已拆了。”

（14）郗太尉[①]晚节好谈，既雅非所经，而甚矜之。后朝觐，以王丞相末年多可恨，每见，必欲苦相规诫。王公知其意，每引作他言。临还镇，故命驾诣丞相，丞相翘须厉色，上坐便言：“方当乖别，必欲言其所见。”意满口重，辞殊不流。王公摄其次[②]，曰：“后面未期，亦欲尽所怀，愿公勿复谈。”郗遂大瞋，冰衿[③]而出，不得一言。

◎注释

①郗太尉，即郗鉴，曾和王导、庾亮等受晋明帝遗诏，辅佐成帝。

②摄其次，整理顺序。摄，整理。

③冰衿，脸色阴沉的样子。

◎译文

太尉郗鉴晚年好谈，所谈既非所长，又很自负。后来朝见皇帝时，因为丞相王导晚年做了许多可恨的事，每次见到王导，定要苦苦劝诫。王导知道郗鉴的意图，常用别的话来引开。后来郗鉴快要回到镇守的地方，特意坐车去看望王导，他翘着胡子，脸色严肃，一落座就说：“行将分别，我一定要把看到的事说出来。”他很自满，口气很重，可言辞却很不流畅。王导趁其语塞停顿时说：“再次会面不知何期，我也想畅述胸怀，就是希望您以后不要再说了。”郗鉴大恼，脸色阴沉地出来了，想说的话也没说出来。

（15）王丞相为扬州，遣八部从事之职[①]。顾和时为下传还，同时俱见。诸从事各奏二千石[②]官长得失，至和独无言。王问顾曰：“卿何所闻？”答曰：“明公作辅，宁使网漏吞舟[③]，何缘采听风闻，以为察察之政！”丞相咨嗟称佳，诸从事自视缺然也。

◎注释

①“王丞相”句，东晋初，王导任丞相军咨祭酒，兼任扬州刺史。扬州当时统属丹阳、会稽等八郡。按当时官制，每郡置部从事一人，主管督促文书、察举非法等事，所以王导分遣部从事八人。

②二千石，郡太守的通称。太守俸禄为二千石，月俸一百二十斛。

③网漏吞舟，能吞下一条船那样的大鱼逃脱鱼网，指坏人逃脱法网。这里指宁可粗疏一点，也不要捕风捉影。

◎译文

丞相王导任扬州刺史，派遣八个部从事到各郡任职。顾和也随同到郡，回来后，大家谒见王导。部从事启奏各郡守的得失，轮到顾和却什么也不说。王导问：“你听到了什么？”顾和说：“明公任大臣，宁可让吞舟之鱼漏网，怎么能根据寻访传闻考察政务呢！”王导连声赞叹说好，众从事自愧不如。

**（16）苏峻东征沈充，请吏部郎陆迈与俱[①]。将至吴，密敕左右，令入阊门[②]放火以示威。陆知其意，谓峻曰：“吴治平未久，必将有乱。若为乱阶[③]，请从我家始。”峻遂止。**

◎注释

①“苏峻”句，晋明帝太宁二年，王敦再次起兵谋反，并任沈充为车骑将军。沈充起兵直向建康。朝廷召临淮太守苏峻领兵入卫京都，大破沈充军。

②阊（chāng）门，吴地的西门。

③阶，凭借，原因。

◎译文

苏峻东伐沈充，请吏部郎陆迈和他一起出征。快到吴地的时候，苏峻吩咐手下，命他们进阊门放火显示军威。陆迈明白苏峻的意图，对他说：“吴地刚太平不久，这样会引起骚乱。如果要制造骚乱，请从我家开始放火。”苏峻这才作罢。

**（17）陆玩[①]拜司空，有人诣之，索美酒，得，便自起泻著梁柱**

间地，祝曰："当今乏才，以尔为柱石之用，莫倾人栋梁。"玩笑曰："戢卿良箴。"

◎注释

①陆玩，吴郡吴人。晋成帝时，在王导、庾亮等死后，被任命为司空。他很谦让，曾说："以我为三公，是天下无人矣。"

◎译文

陆玩就任司空，有人去看望他，向他要一杯美酒，酒拿来了，客人站在梁柱旁边的地上奠酒，祝告说："今日人才匮乏，才用你做柱石，千万不要让国家倾覆。"陆玩听了笑道："我记住你的忠告。"

（18）小庾[①]在荆州，公朝大会，问诸僚佐曰："我欲为汉高、魏武，何如？"一坐莫答。长史江虨曰："愿明公为桓文[②]之事，不愿作汉高、魏武也。"

◎注释

①小庾，即庾翼，庾亮的弟弟。曾任安西将军、荆州刺史。

②桓文，即齐桓公和晋文公，春秋时先后称霸，主张尊奉周王室抵御外患。

◎译文

庾翼在荆州任职，在僚属拜见大会上，问众人道："我想做汉高祖、魏武帝那样的人，你们看怎样？"没谁敢回答。这时长史江虨说："希望明公效法齐桓、晋文，不希望您效法汉高、魏武。"

（19）罗君章为桓宣武从事，谢镇西[①]作江夏，往检校之。罗既至，初不问郡事，径就谢数日饮酒而还。桓公问有何事，君章云："不审公谓谢尚何似人？"桓公曰："仁祖是胜我许人。"君章云："岂有胜公人而行非者，故一无所问。"桓公奇其意而不责也。

◎注释

①谢镇西，即谢尚，字仁祖，曾任建武将军、江夏相。

◎译文

罗君章任桓温手下从事，镇西将军谢尚任江夏相，桓温派罗君章到江夏检查工作。罗君章到江夏后，不问郡里的政事，径直到谢尚那里喝了几天酒，然后就回去了。桓温问他江夏有什么事，罗君章道：“不知您认为谢尚怎样？”桓温说：“仁祖比我强一点。”罗君章便说：“怎么会有胜过您的人却去做不合理的事呢，所以我一点也没问。”桓温觉得他想法奇特，也没有责怪他。

（20）王右军与王敬仁、许玄度并善。二人亡后，右军为论议更克。孔岩诫之曰：“明府昔与王、许周旋有情，及逝没之后，无慎终之好，民所不取[①]。”右军甚愧。

◎注释

①“孔岩”句，孔岩是会稽郡山阴县人。王羲之曾任右军将军、会稽内史，是其长官。所以孔岩尊称王羲之为明府，自称为民。

◎译文

王羲之和王敬仁、许玄度关系不错。两人死后，王羲之对他们的评论却变得刻薄。孔岩告诫说：“明府以前和他们交往，很有情谊，他们逝世，却没有始终如此，这是我所不赞成的。”王羲之听了很惭愧。

（21）谢中郎[①]在寿春败，临奔走，犹求玉帖镫[②]。太傅在军，前后初无损益[③]之言。尔日犹云：“当今岂须烦此！”

◎注释

①谢中郎，谢万，任西中郎将、豫州刺史，受命北征，不战而溃。

②玉帖镫，用玉装饰的马镫。

③损益，批评建议。

◎译文

西中郎将谢万在寿春溃败，逃跑时，还要用贵重的玉帖镫。太傅谢安跟随军中，始终没提过什么意见，这时仍然只说：“现在为何还要如此麻烦！”

（22）王大语东亭：“卿乃复论成不恶，那得与僧弥戏！”[①]

◎注释

①东亭，即王珣，封东亭侯。弟王珉，小名僧弥，名声超过王珣。王大意在劝阻王珣，不要去招惹僧弥，以免不胜而自降声誉。

◎译文

王大对东亭侯王珣说："世人对你的品评原来不错，可怎么能和僧弥赌博游戏呢！"

（23）殷觊病困看人政[①]见半面。殷荆州兴晋阳之甲[②]，往与觊别，涕零，属以消息所患。觊答曰："我病自当差，正忧汝患耳[③]！"

◎注释

①政，同"正"，只。

②甲，指甲兵，军队。

③"我病"句，殷仲堪起兵时，想请堂兄殷觊同时起兵，殷觊不肯答应，认为其图谋不轨，祸在灭门。据《晋书》载，觊对仲堪说："我病不过身死，但汝病在灭门，幸熟为虑，勿以我为念也。"之后仲堪果被桓玄击败追杀。

◎译文

殷觊病重，看人只能看见半面。荆州刺史殷仲堪要以清君侧的名义兴师，前去和殷觊告别，见他病成这样，就哭了，嘱咐他好好养病。殷觊回答："我的病自然会好，我只担心你的祸患啊！"

（24）远公在庐山中，虽老讲论不辍。弟子中或有堕者[①]，远公曰："桑榆之光[②]，理无远照，但愿朝阳之晖，与时并明耳！"执经登坐，讽诵朗畅，词色甚苦。高足之徒，皆肃然增敬。

◎注释

①堕者，懒惰的人。

②桑榆之光，照在桑树、榆树上的余晖，喻人的垂暮之年。

◎译文

惠远和尚住在庐山，虽然年老，仍不断宣讲佛经。弟子中有偷懒的，惠远就说："我像落日余晖，不会照得太远了；你们却像早晨的阳光，越来越亮！”于是拿着佛经，登上讲坛，诵经响亮而流畅，言辞恳切。高足弟子，都肃然起敬。

（25）桓南郡[①]好猎。每田狩，车骑甚盛，五六十里中旌旗蔽隰[②]。骋良马，驰击若飞；双甄所指，不避陵壑。或行陈不整，麏[③]兔腾逸，参佐无不被系束。桓道恭，玄之族也，时为贼曹参军[④]，颇敢直言。常自带绛绵绳著腰中，玄问：“此何为？”答曰：“从猎，好缚人士，会当被缚，手不能堪芒也。”玄自此小差。

◎注释

①桓南郡，即桓玄，桓温的儿子，曾任江州刺史、荆州刺史等职。

②隰（xí），低而湿的地方。

③麏（jūn），獐子。

④贼曹参军，即州府属官。参军是州府的属官，参军分曹办事，贼曹是其中之一。

◎译文

南郡公桓玄喜欢打猎。每逢打猎，车马众多，旌旗铺天盖地，良马奔驰，飞追野物，左右两翼队伍所向之处，不避山坡沟谷。有时队列不整，让獐兔等野物逃脱，僚属没有不被缚受罚的。桓道恭是桓玄的族人，时任贼曹参军，很有直言的胆量。打猎时常腰里带着红绵绳，桓玄问他：“干什么用？”道恭回答：“您打猎的时候，喜欢捆人，我总会被捆的，怕两手受不了粗绳上的芒刺。”从此以后，桓玄威焰稍减。

（26）王绪、王国宝相为唇齿，并上下权要。王大不平其如此，乃谓绪曰：“汝为此歘歘[①]，曾不虑狱吏之为贵乎[②]？”

◎注释

①歘（xū），同“欻”，指轻举妄动。

②“曾不”句，这里借用汉代周勃的故事。周勃被免丞相一职后回到封国，有人告他谋反，汉文帝把他交给廷尉问罪，遭受到狱吏的

凌辱。周勃出狱后说："吾尝将百万军，然安知狱吏之贵乎！"这里借用这句话来警告王绪，如不改悔，将来也会下狱治罪。

◎译文

王绪和王国宝互相勾结，倚仗着权势扰乱国政。王大很不满意，便对王绪说："你如此轻举妄动，没考虑过有天会面对狱吏吗？"

**（27）桓玄欲以谢太傅宅为营，谢混曰："召伯[①]之仁，犹惠及甘棠。文靖之德，更不保五亩之宅？"玄惭而止。**

◎注释

①召伯，即召公，周文王的儿子，封于召地，又叫召伯。

◎译文

桓玄想把谢安的住宅当作自己的住宅，谢混说："召伯仁爱，尚且能惠及甘棠树。文靖的恩德，难道保不住这五亩大小的住宅吗？"桓玄很惭愧，就此罢手。

# 捷悟第十一

捷悟指思辨敏捷、领悟迅速，面对突发事件，能迅速进行分析，并做出正确判断。魏晋士大夫对此很是推崇，这和当时数百年间，政权更迭，内部权力争夺激烈，社会矛盾错综复杂的政治背景不无关系，士大夫游宦于官场，稍有不慎，就会有无妄之灾。只有善于审时度势、机敏通达者才能远离祸端，明哲保身。

（1）杨德祖[①]为魏武主簿，时作相国门，始构榱桷[②]，魏武自出看，使人题门作“活”字，便去。杨见，即令坏之。既竟，曰：“门中‘活’，‘阔’字。王[③]正嫌门大也。”

◎注释

①杨德祖，即杨脩，字德祖，曹操当丞相时，任主簿。

②榱桷（cuī jué），屋椽。

③王，指魏王曹操。

◎译文

杨脩是魏武帝曹操的主簿，当时正建相国府的大门，刚架屋椽，曹操出来看，叫人在门上写个“活”字，就走了。杨脩看见，立刻命人把门拆了。拆完后说：“门里加个‘活’字，是‘阔’。魏王是嫌门大了。”

（2）人饷[①]魏武一杯酪，魏武啖少许，盖头[②]上题“合”字以示众，众莫能解。次至杨脩，脩便啖，曰：“公教人啖一口也，复何疑！”

◎注释

①饷，送。

②盖头，覆盖用的丝麻织品。

◎译文

有人送给曹操一杯奶酪，曹操吃了一点，在盖上写了一个“合”字给大家看，没谁能看懂是什么意思。轮到杨脩的时候，他吃了一口，说：“曹公教每人吃一口呢，还有什么犹疑的！”

（3）魏武尝过曹娥碑[1]下，杨脩从，碑背上见题作“黄绢幼妇，外孙齑臼[2]”八字。魏武谓脩曰：“解不？”答曰：“解”。魏武曰：“卿未可言，待我思之。”行三十里，魏武乃曰：“吾已得。”令脩别记所知。脩曰：“黄绢，色丝也，于字为绝。幼妇，少女也，于字为妙。外孙，女子也，于字为好。齑臼，受辛也，于字为辞[3]：所谓绝妙好辞也。”魏武亦记之，与脩同，乃叹曰：“我才不及卿，乃觉三十里。”

◎注释

①曹娥碑，东汉时的孝女曹娥，父溺死，她为寻找父亲尸首而死，改葬时给她立了碑，就是曹娥碑。

②齑臼（jī jiù），捣姜蒜等的器具。

③于字为辞，辞的异体字是辤。

◎译文

魏武帝曹操从曹娥碑旁路过，杨脩跟随，碑的背面写着“黄绢幼妇，外孙齑臼”八个字。曹操问杨脩：“懂吗？”杨脩答：“懂。”曹操说：“先不要说，等我想想。”走了三十里，曹操才说：“我想出来了。”叫杨脩把自己的理解写下来。杨脩写道：“黄绢，有颜色的丝，色丝合成绝字。幼妇，少女的意思，合成妙字。外孙，女儿的儿子，女子合成好字。齑臼，承受辛辣东西，受辛合成辞（辤）字：（合起来）就是绝妙好辞。”曹操把自己的理解也写下，结果和杨脩一样，于是感叹道："我的才力赶不上你，竟然相差三十里。"

（4）魏武征袁本初[1]，治装，余有数十斛竹片，咸长数寸。众云并不堪用，正令烧除。太祖[2]思所以用之，谓可为竹椑楯[3]，而未显其言。驰使问主簿杨德祖，应声答之，与帝心同。众伏其辩悟。

◎注释

①袁本初，即袁绍。东汉末年，为大将军，督冀幽青并四川。

②太祖，曹操的庙号。

③竹椑楯（pí dùn），椭圆形的竹盾牌。椑，本是椭圆形的酒器，引申为椭圆形。楯，同"盾"。

◎译文

曹操率军讨伐袁绍，整治军备，发现剩下几十斛竹片，都有几寸长。大家说用不上，正准备烧掉。曹操在想怎么利用这些竹片，认为可用来做盾牌，但他没有说出自己的想法，派人去问主簿杨脩。杨脩随即答复来人，和曹操的想法一样。大家都佩服杨脩的辩才和悟性。

（5）王敦引军垂至大桁[1]，明帝自出中堂。温峤为丹阳尹，帝令断大桁，故未断，帝大怒瞋目，左右莫不悚惧。召诸公来，峤至，不谢，但求酒炙。王导须臾至，徒跣下地，谢曰："天威在颜，遂使温峤不容得谢。"峤于是下谢，帝乃释然[2]。诸公共叹王机悟名言。

◎注释

①大桁（háng），指朱雀桥，晋时建康正南朱雀门外的古浮桥。

②释然，怒气消释，心情平复。

◎译文

王敦率军东下，将要逼近朱雀桥，晋明帝亲自走出宫廷。当时，温峤时任丹阳尹，明帝命他毁掉朱雀桥，结果没有毁掉，明帝怒目圆睁，非常生气，随从都很恐惧。明帝召集大臣，温峤到后，没有谢罪，只是求赐酒肉请死。一会儿，王导也来了，赤足伏地，谢罪说："天威就在眼前，竟然把温峤吓得不敢谢罪了。"于是温峤乘势下跪认错，明帝这才息怒。大臣无不赞叹王导的机敏能言。

（6）郗司空在北府[①]，桓宣武恶其居兵权。郗于事机素暗，遣笺诣桓："方欲共奖[②]王室，修复园陵。"世子嘉宾出行，于道上闻信至，急取笺，视竟，寸寸毁裂，便回，还更作笺，自陈老病，不堪人间，欲乞闲地自养。宣武得笺大喜，即诏转公督五郡、会稽太守。

◎注释

①在北府，指任徐、兖二州刺史，驻广陵（今江苏扬州）。

②奖，辅佐。

◎译文

司空郗愔镇守北府时，桓温厌烦他掌握兵权。郗愔一向糊涂不解时局，派人送信给桓温，说正想和桓温同心协力，辅佐晋室，进兵中原，收复先帝陵园。他的嫡长子嘉宾正要去外地，在路上听说送信的人到了，急忙拿过父亲的信，看完了，把信撕得粉碎，返回代父亲另写一封。信中说自己年老多病，不胜世事烦扰，想找个闲散的官位借以调养。桓温收到信很高兴，立刻下令调任郗愔为都督浙江东五郡军事、会稽太守。

（7）王东亭作宣武主簿，尝春月与石头[①]兄弟乘马出郊。时彦同游者连镳俱进[②]，唯东亭一人常在前，觉数十步，诸人莫之解。石头等既疲倦，俄而乘舆回。诸人皆似从官，唯东亭奕奕在前。其悟捷如此。

◎注释

①石头，桓熙的小名，其是桓温的长子。

②连镳俱进，即并驾齐驱。连镳，坐骑并排。

◎译文

东亭侯王珣任桓温的主簿时，有一次春日和石头兄弟骑马到郊外。同游的名流都并马前进，只有王珣一人经常走在前面，和他们距离几十步远，大家都不理解。石头等人玩得疲倦了，就坐车回去。其他人都像侍从一样跟在后面，只有王珣意态悠闲、神采焕发地走在前面。他的确很有悟性而且机敏啊。

# 夙惠第十二

夙惠，即早慧。本篇所讲，都是少年时异常聪明，长大后也能成为人物。魏晋重才，一方面是因为曹操唯才是举，另一方面是玄言义理精深，只有高度智慧的人才能剖析，而人的智慧和思辨能力与天资是分不开的。这些早慧，体现在记忆、观察、推理和理解、言谈等各个方面。如“长安何如日远”，一个几岁小孩就能从不同角度得出不同结论。虽然近诡辩，却能看出其机智和善于辩论。

（1）宾客诣陈太丘[①]宿，太丘使元方、季方炊。客与太丘论议，二人进火，俱委而窃听。炊忘著箄[②]饭落釜中。太丘问：“炊何不馏[③]？”元方、季方长跪曰：“大人与客语，乃俱窃听，炊忘著箄，饭今成糜。”太丘曰：“尔颇有所识不？”对曰：“仿佛志之。”二子俱说，更相易夺[④]，言无遗失。太丘曰：“如此，但糜自可，何必饭也！”

◎注释

①陈太丘，即陈寔，曾任太丘长。

②箄（dān），箅子，即垫在甑底的竹席。

③馏，把半熟的食物蒸熟。

④更，交替。易夺，改正补充。

◎译文

有人到太丘长陈寔家过夜，陈寔让儿子元方和季方做饭，客人和陈寔议论时，元方兄弟把柴放进灶里烧起火，却丢开不管，去听谈论的内容。蒸饭时又忘了垫箅子，米都落进了锅里。陈寔问："为何不蒸呢？"元方和季方跪着说："父亲和客人交谈，我们偷听，蒸饭时忘了放箅子，现在煮成了粥。"陈寔问："你们记住什么了吗？"回答道："好像记住了。"于是兄弟俩一起说，互相穿插补正，一句话也没漏掉。陈寔说："既然这样，吃粥也行，不一定要吃干饭呢！"

**（2）何晏七岁，明惠若神，魏武奇爱之。因晏在宫内，欲以为子。晏乃画地令方，自处其中。人问其故，答曰："何氏之庐[①]也。"魏武知之，即遣还。**

**◎注释**

①庐，简陋的房屋。

**◎译文**

何晏七岁时，聪明过人，曹操特别喜欢他。何晏在曹府长大，曹操想认他做儿子。何晏在地上画个方框，自己站在里面。别人问他原因，他回答说："这是何家的房子。"曹操知道这件事后，就把他送回何家。

**（3）晋明帝数岁，坐元帝膝上[①]。有人从长安来，元帝问洛下消息，潸然流涕。明帝问何以致泣，具以东渡意告之[②]。因问明帝："汝意谓长安何如日远？"答曰："日远。不闻人从日边来，居然可知。"元帝异之。明日集群臣宴会告以此意，更重问之。乃答曰："日近。"元帝失色曰："尔何故异昨日之言邪？"答曰："举目见日不见长安。"**

**◎注释**

①"晋明帝"句，晋元帝司马睿原为安东将军，镇守建康。

②"具以"句，晋元帝为琅邪王时，住在洛阳。王导知天下将乱，劝他回自己的封国，又劝他镇守建康，经营复兴帝室的基地。

**◎译文**

晋明帝几岁时，一次坐在元帝膝上。有人从长安来，元帝问洛阳的情况，不觉伤心流泪。明帝问父亲为何哭泣，元帝就把晋室东渡的事告诉他了。接着问明帝："你看长安和太阳，哪个远？"明帝回答："太阳远，没听说有人从太阳那边来，显然可知。"这让元帝很惊讶。第二天，元帝召集群臣宴饮，把昨天的事告诉大家，再问他，不料明帝却答："太阳近。"元帝惊愕："怎么和昨天说的不一样？"明帝答道："现在抬头就能看见太阳，可是看不见长安。"

**（4）司空顾和与时贤共清言。张玄之、顾敷是中外孙，年并七岁，在床边戏。于时闻语，神情如不相属[①]。瞑于灯下，二儿共叙客主之言，都无遗失。顾公越席而提其耳曰："不意衰宗[②]复生此宝！"**

**◎注释**

①属，依附，集中。

②衰宗，对自己家族的谦称。

**◎译文**

司空顾和当时的名士在一起清谈。张玄之、顾敷是他的外孙和孙子，都只有七岁，在旁边玩耍。听他们谈论，看上去好像漠不关心。后来两个小孩在灯下叙述主客所谈，一句也没漏掉。顾和听见了，离开座位，拉着他们的耳朵："想不到我们家族还有这样的宝贝！"

**（5）韩康伯数岁，家酷贫，至大寒，止得襦[①]，母殷夫人自成之，令康伯捉熨斗，谓康伯曰："且著襦，寻作复裈[②]。"儿云："已足，不须复裈也。"母问其故，答曰："火在熨斗中而柄热，今既著襦，下亦当暖，故不须耳。"母甚异之，知为国器[③]。**

**◎注释**

①襦，短袄。

②复裈，夹裤。

③国器，治国之才。

**◎译文**

韩康伯年幼时，家境贫苦，隆冬时只穿一件短袄，还是母亲殷夫人亲手所做。她让康伯拿着熨斗取暖，对他说："先穿短袄，再给你做夹裤。"康伯说："已经够了，不需要夹裤了。"母亲问他为何，他回答："炭火在熨斗中，熨斗柄自然也就热了，现在穿上短袄，下身也会暖和，所以不要再做夹裤。"母亲听后，知道儿子不寻常，知道他有治国之才。

**（6）晋孝武[①]年十二，时冬天，昼日不著复衣，但著单练衫五六重，夜则累茵褥[②]。谢公谏曰："圣体宜令有常。陛下昼过冷，夜过热，恐非摄养之术。"帝曰："昼动夜静[③]。"谢公出，叹曰："上理不减先帝。"**

**◎注释**

①晋孝武，孝武帝司马曜，简文帝之子。

②累，重叠。茵褥，褥子。

③昼动夜静，源于《老子》"躁胜寒，静胜热"一语，说的正是养生之道。

**◎译文**

晋孝武帝十二岁那年，正值冬天，白天不穿夹衣，只穿五六件丝绸做的单衣，夜里却铺两张褥子睡觉。谢安规劝他说："圣上应该生活有规律。白天太冷，夜里太热，恐不是养生之道。"孝武帝说："白天活动，身体暖；夜里不动，易生寒。"谢安出来后，赞叹道："皇上精于义理，一点也不比先帝差。"

**（7）桓宣武薨，桓南郡[①]年五岁，服始除，桓车骑[②]与送故[③]文武别，因指语南郡："此皆汝家故吏佐。"玄应声恸哭，酸感傍人。车骑每自目己坐曰："灵宝成人，当以此坐还之。"鞠爱[④]过于所生。**

**◎注释**

①桓南郡，即桓玄，小名灵宝，桓温的儿子，袭父爵为南郡公。

②桓车骑，即桓冲，桓温的弟弟，桓玄的叔父，曾任车骑将军。

③送故，指护送遗体回乡的部属。

④鞠爱，抚爱。鞠，抚养，养育。

◎**译文**

桓温去世时，南郡公桓玄只有五岁，守孝期满，刚脱丧服，车骑将军桓冲和前来送故的官吏道别，指着他们告诉桓玄："这些人都是你家的吏佐。"桓玄随之恸哭，悲痛感人。桓冲常常看自己的座位说："等灵宝成人，就把这个座位给他。"桓冲疼爱桓玄胜过爱自己的儿子。

# 豪爽第十三

豪爽，指性情豪迈爽朗。魏晋时代，士族阶层讲究豪爽的风姿，他们待人处事，往往表现出宏大气魄。有的一往无前，出入于敌兵战阵，威震敌胆；有的雷厉风行，速战速决；有的兴之所至，无所顾忌；有的纵论古今，豪情壮志，声讨乱臣贼子，正言厉色，痛快淋漓。但真正的豪迈也需有所依凭，否则如简文帝贵为至尊，却被大将军桓温所控，抑郁早逝。从某种程度上而言，只有手握实权之人，才能真正有恃无恐横行当道。

（1）王大将军年少时，旧有田舍[①]名，语音亦楚。武帝唤时贤共言伎艺[②]事，人皆多有所知，唯王都无所关，意色殊恶。自言知打鼓吹[③]，帝令取鼓与之，于坐振袖而起，扬槌奋击，音节谐捷，神气豪上，旁若无人。举坐叹其雄爽。

◎注释

①田舍，田舍郎的省称。引申为土气，乡气。

②伎艺，即技艺，指歌舞。

③鼓吹，指鼓箫等乐器合奏。

◎译文

大将军王敦年轻时，有“乡巴佬”之称，说话的口音也很俚俗。晋武帝召唤名流谈论伎艺，在座的都各有所长，只有王敦一点也不关心，无话可说，神情不好看。他自称会击鼓，武帝就命人拿鼓给他，他振袖而起，扬起鼓槌，奋力击起鼓来，鼓音急促和谐，气概豪迈，旁若无人。在座的人无不赞叹他的雄伟豪爽。

（2）王处仲，世许高尚之目。尝荒恣[1]于色，体为之敝。左右谏之，处仲曰：“吾乃不觉尔，如此者甚易耳。”乃开后阁[2]，驱诸婢妾数十人出路，任其所之。时人叹焉。

◎注释

①荒恣，放纵。

②阁，侧门，小门。

◎译文

王处仲，世人以“高尚”二字来品评他。他曾沉迷女色，身体因此虚亏了。身边的人加以规劝，他说：“我没觉得怎样啊，既然这样，那也好办。”于是打开侧门，把几十个婢妾都赶出去，打发上路，任凭所往。当时的人无不赞叹。

（3）王大将军自目高朗疏率，学通《左氏》。

◎译文

大将军王敦自认为高朗通达，学有专长，精通《左传》。

（4）王处仲每酒后，辄咏“老骥伏枥，志在千里。烈士暮年，壮心不已”。以如意打唾壶，壶口尽缺。

◎译文

王处仲每逢酒后，就吟咏“老骥伏枥，志在千里。烈士暮年，壮心不已”，并用如意敲打痰盂，壶口都给敲缺了。

（5）晋明帝欲起池台，元帝不许。帝时为太子，好养武士。一夕中作池，比晓便成。今太子西池[1]是也。

◎注释

①太子西池，池名。据说孙吴时挖成，名为西苑，后来淤泥积满，晋明帝时修复，称太子西池。

◎译文

晋明帝想建造池台，元帝不允许。当时明帝还是太子，喜欢供养、训练武士，他叫人连夜挖池，天亮而成。这就是现在的太子西池。

（6）王大将军始欲下都，处分树置[①]，先遣参军告朝廷，讽旨[②]时贤。祖车骑[③]尚未镇寿春，瞋目厉声语使人曰：“卿语阿黑，何敢不逊！催摄面去！须臾不尔，我将三千兵槊脚[④]令上。”王闻之而止。

◎注释

①处分树置，处理安排。

②讽旨，暗示自己的意图。

③祖车骑，即祖逖，字士稚，死后赠车骑将军。

④槊，长矛。脚，拿住一脚的意思，即打垮。

◎译文

大将军王敦想领兵东下建康，分别惩处安置一些人，先派参军去报告，并告知朝中贤达。那时车骑将军祖逖还没移守寿春，他瞪眼厉声对来人说：“你去告诉阿黑，怎敢如此无礼！叫他收起老脸躲开！如果不走，我率领三千兵马用长矛打垮他。”王敦听了回报，取消了原来的打算。

（7）庾稚恭[①]既常有中原之志，文康时，权重未在已。及季坚[②]作相，忌兵畏祸，与稚恭历同异者久之，乃果行。倾荆、汉之力，穷舟车之势，师次于襄阳[③]。大会参佐，陈其旌甲，亲授弧矢，曰：“我之此行，若此射矣！”遂三起三叠。徒众属目，其气十倍。

◎注释

①庾稚恭，即庾翼，想北伐外族，收复中原。

②季坚，即庾冰，庾亮的弟弟，庾翼的哥哥。

③“倾荆”句，庾翼北伐，征调所统六州奴和车牛驴马，移镇襄阳。

◎译文

庾稚恭怀有收复中原之志，他哥哥庾亮当政时，大权不在自己手里。等到庾季坚做丞相，他畏惧战事，和稚恭经过长时间争论，最终才决定出兵北伐。庾稚恭出动荆汉一带的全部力量，调集所有的车船，率领军队驻扎襄阳，召集僚属开会，摆开阵势，部队旌旗兵甲齐备，说："这次出征，结果如何，就看我的箭！"连发三箭，三发三中。士兵们目驰神往，群情振奋，士气大增。

**（8）桓宣武平蜀，集参僚置酒于李势殿，巴蜀缙绅莫不来萃[①]。桓既素有雄情爽气，加尔日[②]音调英发，叙古今成败由人，存亡系才，其状磊落，一坐叹赏。既散，诸人追味余余言，于时寻阳周馥[③]曰："恨卿辈不见王大将军！"**

◎**注释**

①萃，聚集，聚会。

②尔日，那一天。

③周馥，家住庐江郡寻阳，曾为王敦属官。

◎**译文**

桓温平定巴蜀，聚集部下在李势官殿庆贺，巴蜀缙绅齐聚。桓温一向豪放直爽，这一天谈起话来更是英气勃发，畅谈古今成败存亡在于人才，其状磊落，满座赞赏。散席后，大家都回味他的话。这是，寻阳周馥说："遗憾的是，你们还没见过王大将军的风采！"

**（9）桓公读《高士传》，至淤陵仲子[①]，便掷去，曰："谁能作此溪刻[②]自处！"**

◎**注释**

①淤陵仲子，战国时齐国隐士，住在淤陵，夫妻二人编草鞋织布度日。

②溪刻，行事苛刻不近情理。

◎**译文**

桓温读《高士传》，读到淤陵仲子时，就把书丢开，道："谁能如此苛刻、不近情理地对待自己！"

**（10）桓石虔，司空豁[①]之长庶[②]也，小字镇恶，年十七八，未**

被举，而重隶已呼为镇恶郎。尝住宣武斋头。从征枋头，车骑冲没陈，左右莫能先救。宣武谓曰：“汝叔落贼，汝知不？”石虔闻之，气甚奋，命朱辟为副，策马于数万众中，莫有抗者，径致冲还，三军叹服。河朔后以其名断疟[③]。

◎注释

①司空豁，即桓豁，桓温的弟弟，任征西大将军，死后赠司空。

②长庶，妾所生的长子。斋头，书房。河朔，黄河以北。

③断疟，消除疟疾，病痊。古人以为疟疾是疟鬼作祟。

◎译文

桓石虔是司空桓豁的庶出长子，小名镇恶。十七八岁，身份地位还没得到承认，而奴仆已称他为镇恶郎了。他曾住在桓温家里，后来跟随桓温出征枋头。当时，车骑将军桓冲陷入敌阵，身边的随从没人敢去救。桓温告诉石虔：“你叔父落入敌阵，你知道吗？”石虏听了，奋起勇气，命朱辟为副官，跃马扬鞭冲入数万敌军战阵，无人敢挡，把桓冲救回来，三军叹服。后来，黄河以北的居民拿他的名字驱赶疟鬼。

（11）陈林道[①]在西岸，都下诸人共要至牛渚[②]会。陈理既佳，人欲共言折。陈以如意拄颊，望鸡笼山[③]叹曰：“孙伯符志业不遂！”于是竟坐不得谈。

◎注释

①陈林道，即陈逵，字林道，任西中郎将，兼淮南太守，驻守历阳。

②牛渚，山名，在安徽当涂，临长江南岸。

③鸡笼山，在江苏省江宁县。

◎译文

陈林道驻守西岸，京都诸人邀他到牛渚山聚会。陈林道善谈玄理，大家都想齐心合力，让他折服。陈林道却拿如意支着面颊，遥望鸡笼山叹息：“孙伯符一生建功立业的大志，竟没有如愿啊！”于是，满座的名士都不好意思再清谈下去。

（12）王司州在谢公坐，咏“入不言兮出不辞，乘回风兮载云旗”[①]。语人云：“当尔时，觉一坐无人。”

◎注释

①“入不”两句，出自屈原《九歌·少司命》。

◎译文

司州刺史王胡之在谢安家做客，吟咏“入不言兮出不辞，乘回风兮载云旗”。后来，他和别人说：“那时，只觉得满座空无一人。”

（13）桓玄西下，入石头，外白司马梁王奔叛。玄时事形已济，在平乘上笳鼓并作，直高咏云：“箫管有遗音，梁王安在哉[①]！”

◎注释

①“箫管”句，引自阮籍《咏怀》，凭吊战国时魏国的古迹吹台。

◎译文

桓玄举兵从西边直下建康，攻入石头城。这时外面有人通报，说梁王司马珍之已经叛逃了。这时桓玄大局已定，在大船上崔佳笳击鼓，军乐齐鸣，并不看重他的逃亡，只是高声吟咏：“箫管有遗音，梁王安在哉！”

# 容止第十四

容止，指人的容貌举止。士族阶层对于仪容相貌和言谈举止很是看重，仪容相貌，多表现为俊秀、白净、修长；言谈举止，多表现为庄重、悠闲。篇中描写容貌举止，有的着重一点，如眼睛、脸庞，或某一动作，如弹琵琶等。还有的描写场景，从侧面烘托，突出人物形象，如“看杀卫阶”。仪容相貌有时还能借以活命，如陶侃因苏峻作乱欲杀庾亮，可见到庾亮后，竟然改变了想法。魏晋在品鉴人物的风姿神韵时，往往用语优美生动，将那些风姿隐逸、超然世外的名士形象映入脑海，引发了人们的超尘脱俗之想。

（1）魏武将见匈奴使，自以形陋，不足雄远国，使崔季珪①代，帝自捉刀立床头。既毕，令间谍问曰：“魏王何如？”匈奴使答曰：“魏王雅望非常，然床头捉刀人，此乃英雄也。”魏武闻之，追杀此使。

◎注释

①崔季珪，即崔琰，字季珪。其仪表堂堂，很威严。

◎译文

曹操准备接见匈奴来使，因为自觉相貌丑陋，不能显示威严，便让崔季珪代替，自己握刀站在卧榻的一边。接见后，曹操派人去问匈奴使节：“你看魏王怎样？”匈奴使节答道：“魏王的威严非同一般，可是床边握刀的人，才是真正的英雄啊。”曹操听后，立刻派人去追杀他。

（2）何平叔美姿仪，面至白。魏明帝疑其傅粉[1]，正夏月，与热汤饼。既啖，大汗出，以朱衣自拭，色转皎然。

◎注释

①傅粉，即涂脂抹粉。当时的贵公子喜欢搽粉。

◎译文

何平叔姿态很美，尤其脸非常白。魏明帝怀疑他搽了粉，当时正好是夏天，就赐给他吃热汤面。何平叔吃完后大汗淋漓，用红色的外衣擦汗，脸色反而更加光洁。

（3）魏明帝使后弟毛曾与夏侯玄共坐，时人谓蒹葭倚玉树[1]。

◎注释

①蒹葭倚玉树，指品貌不相称的人在一起。蒹是荻，葭是芦苇，多指卑微、貌丑。玉树，以珍玉制作的树，比喻貌美。

◎译文

魏明帝让皇后的弟弟毛曾和夏侯玄并坐在一起，时人评论，这是芦苇倚靠着玉树。

（4）时人目夏侯太初[1]“朗朗如日月之入怀”，李安国[2]“颓唐如玉山之将崩”。

◎注释

①夏侯太初，即夏侯玄，字太初。

②李安国，即李丰，字安国，任中书令。

◎译文

时人评论夏侯太初“光彩照人，像是怀揣日月”，李安国“精神颓废，像是将要崩塌的玉山”。

（5）嵇康身长七尺八寸，风姿特秀。见者叹曰：“萧萧肃肃[1]，爽朗清举。”或云：“肃肃如松下风，高而徐引。”山公曰：“嵇叔夜之为人也。岩岩若孤松之独立；其醉也，傀俄若玉山之将崩。”

◎注释

①萧萧肃肃，形容风声。萧萧指举止潇洒，肃肃指清朗挺拔。

◎译文

嵇康身高七尺八寸，风度秀美。见到他的人都赞叹说：“举止潇洒，豪爽清逸。”有人说：“像松间之风，沙沙作响，高远而舒缓。”山涛评论道：“嵇叔夜的为人，如孤松般傲然而立。当他喝醉的时候，巍峨耸立像高大的玉山快要倾倒。”

（6）裴令公目王安丰：“眼烂烂如岩下电[①]。”

◎注释

①烂烂，明亮的样子。岩下，山岩之下。岩比喻眉棱。

◎译文

中书令裴楷评论安丰侯王戎说：“他目光灼灼，如同划过岩下的闪电。”

（7）潘岳妙有姿容，好神情。少时挟弹出洛阳道，妇人遇者，莫不连手共萦[①]之。左太冲[②]绝丑，亦复效岳游遨，于是群妪齐共乱唾之，委顿而返。

◎注释

①萦，围绕。

②左太冲，即左思，字太冲。

◎译文

潘岳容貌姣好，神态优雅。年轻时带着弹弓走在洛阳大街上，所遇妇女没有不牵手围住他的。左思非常难看，也效仿潘岳到处游逛，而妇女们向他乱吐唾沫，弄得他垂头丧气地返回家中。

（8）王夷甫容貌整丽，妙于谈玄，恒捉白玉柄麈尾，与手都无分别。[①]

◎注释

①“王夷甫”句，魏晋谈玄之士，常拿拂尘，相习成俗，王公贵人也多拿此物。拂尘以玉为柄，王衍的手生得白净，和玉色无异。

◎译文

王夷甫容貌端庄，善于谈玄，常拿白玉柄拂尘，手与玉柄同样洁白，毫无区别。

（9）潘安仁、夏侯湛并有美容，喜同行，时人谓之连璧[1]。

◎注释

①连璧，指两璧相连，喻并美。璧是一种玉器。

◎译文

潘安仁、夏侯湛都很俊美，喜欢同行，时人称为“连璧”。

（10）裴令公有俊容姿。一旦有疾，至困，惠帝使王夷甫往看。裴方向壁卧，闻王使至，强回视之。王出，语人曰：“双眸闪闪，若岩下电。精神挺动[1]，体中故小恶。”

◎注释

①挺动，动摇，晃动，这里指精神分散、疲倦。

◎译文

中书令裴楷容貌俊美。有次生病，病情非常严重，晋惠帝派王夷甫去探望。裴楷正向墙而卧，听到王夷甫来到，勉强回头看他。王夷甫告辞后，告诉别人说：“他双目闪灼，好像山岩下的闪电。可是精神疲倦，身体确实有点不舒服。”

（11）有人语王戎曰：“嵇延祖卓卓[1]如野鹤之在鸡群。”答曰：“君未见其父耳！”

◎注释

①嵇延祖，嵇绍，嵇康的儿子。卓卓，超群出众，气度不凡。

◎译文

有人对王戎说：“嵇延祖气度不凡，如同鹤立鸡群。”王戎回答道：“你还没见过他父亲呢！”

（12）裴令公有俊容仪，脱冠冕[1]，粗服乱头皆好，时人以为玉人[2]。见者曰：“见裴叔则，如玉山上行，光映照人。”

◎注释

①冠冕，帝王、大夫所戴的礼帽。

②玉人，比喻容貌美丽。

◎译文

中书令裴楷仪表出众，即使脱下头上的冠冕，穿着粗布衣服，披散着头发，也很俊美。时人称他为“玉人”。见到他的人都说：“看到裴楷，就像在玉山上行走，感到光彩照人。”

**（13）刘伶身长六尺[①]，貌甚丑悴，而悠悠忽忽[②]，土木形骸[③]。**

◎注释

①六尺，相当于现在四尺多，比较矮。

②悠悠忽忽，悠闲、不经意，形容随便的样子。

③土木形骸，把身体当土木，不加修饰。

◎译文

刘伶身高四尺多，相貌非常丑陋，神态憔悴，可他悠闲自在，不修边幅，质朴自然。

**（14）骠骑王武子是卫玠之舅，俊爽有风姿。见玠，辄叹曰：“珠玉在侧，觉我形秽！”**

◎译文

骠骑将军王武子是卫玠的舅舅，俊秀豪迈而有风姿。每次看到卫玠，总是赞叹：“珠玉在旁，才知我形貌丑陋！”

**（15）有人诣王太尉[①]，遇安丰、大将军、丞相在坐。往别屋，见季胤、平子。还，语人曰：“今日之行，触目见琳琅珠玉[②]。”**

◎注释

①王太尉，即王衍。

②琳琅，美玉，比喻人物风姿秀逸。

◎译文

有人去拜访太尉王衍，遇到安丰侯王戎、大将军王敦、丞相王导在座。到另一个房间，又看到王季胤、王平子。回去后，告诉众人说：“今天走这一趟，眼睛所见到的满是珠宝美玉。”

**（16）王丞相见卫洗马[①]，曰：“居然有羸形，虽复终日调畅，**

若不堪罗绮[2]。”

◎注释

①卫洗马，即卫玠，任太子洗马，相貌俊秀，体弱多病。

②罗绮，有花纹的丝织品。

◎译文

丞相王导看见卫玠，说：“看上去身体孱弱，虽然每天都在调理，但还是好像弱不胜衣。”

（17）王大将军称太尉：“处众人中，似珠玉在瓦石间。”

◎译文

大将军王敦称赞太尉王衍：“处在众人之中，就像珠玉放在瓦砾中间。”

（18）庾子嵩长不满七尺，腰带十围[1]，颓然自放。

◎注释

①十围，两手的拇指和食指合拢是一围，腰宽十围，意指很粗。

◎译文

庾子嵩身高不足七尺，腰带却有十围，颓然放达，疏放自如。

（19）卫玠从豫章至下都[1]，人久闻其名，观者如堵墙。玠先有羸疾，体不堪劳，遂成病而死。时人谓看杀卫玠。

◎注释

①下都，古称陪都为下都。这里指建康，相对西晋旧都洛阳而言。

◎译文

卫玠从豫章郡到建康，人们久闻他的大名，前来围观的人群像是一堵墙。卫玠原本就体质羸弱，受不了这种劳累，终于得病，因此而死。当时的人说是“看杀”卫玠。

（20）周伯仁道桓茂伦[1]：“嵚崎历落[2]，可笑[3]人。”或云谢幼舆言。

◎注释

①桓茂伦，即桓彝，字茂伦。其性达观，善于鉴别人才，享有盛名，一向为周伯仁所推崇。

②嵚（qīn）崎，山高峻，喻高大英俊。历落，举止洒脱。

③可笑，可喜。

◎译文

周伯仁称赞桓茂伦："高大英俊，举止磊落，招人喜欢。"也有人说这是谢幼舆所说。

（21）周侯说王长史父[①]："形貌既伟，雅怀有概[②]，保而用之，可作诸许物也。"

◎注释

①王长史父，指王濛的父亲王讷。

②有概，有风度。

◎译文

武城侯周顗评论长史王濛的父亲："身体魁梧，情操高雅，风度不凡，倘若能好好使用，可成就很多事。"

（22）祖士少见卫君长，云："此人有旄仗[①]下形。"

◎注释

①旄仗，原意为竿顶饰有旄牛尾的旗，是秉旄仗钺的简称。比喻掌握军权。

◎译文

祖士少见到卫君长，说："这人有将帅的风度。"

（23）石头事故，朝廷倾覆[①]。温忠武[②]与庾文康[③]投陶公求救。陶公云："肃祖顾命不见及。且苏峻作乱，衅由诸庾[④]，诛其兄弟，不足以谢天下。"于时庾在温船后，闻之，忧怖无计。别日，温劝庾见陶，庾犹豫未能往。温曰："溪狗[⑤]我所悉，卿但见之，必无忧也。"庾风姿神貌，陶一见便改观。谈宴竟日，爱重顿至。

◎注释

①石头事故，指咸和二年，苏峻与祖约起兵，于次年攻入建康，

专朝政，并迁成帝于石头城。石头城，故址在今天南京清凉山后，为险要之地。

②温忠武，即温峤，谥忠武。

③庾文康，即庾亮，晋明帝皇后的哥哥，谥文康。陶公，陶侃。

④诸庾，指庾亮兄弟。衅由诸侯，当时苏峻作乱，是由庾亮把持朝政、削弱宗室所机激起，故有“衅由诸庾”之说。

⑤溪狗，吴人把江西一带的人叫溪狗，指其语音不正，含鄙薄意。陶侃是鄱阳人，所以也被这么称呼。

◎译文

石头城事变，朝廷倾覆。温峤和庾亮投奔陶侃。陶侃说：“先帝的遗诏（命大臣辅佐太子）并没涉及我。再说苏峻作乱，事端都是由庾家的人挑起的，就是杀了庾家兄弟，也不足以向天下人谢罪。”这时庾亮正在温峤的船后舱，听到这些话，既发愁又害怕，无计可施。过了几天，温峤劝庾亮去见陶侃，庾亮犹豫不决，有点担心。温峤说：“那溪狗我很了解，只管去见他，一定不会出事。”庾亮的风姿神貌，让陶侃改变了看法，一整天畅谈欢宴，对他很是爱慕和推重。

（24）庾太尉在武昌。秋夜气佳景清，使吏[1]殷浩、王胡之之徒登南楼理咏。音调始遒，闻函道[2]中有屐声甚厉，定是庾公。俄而率左右十许人步来，诸贤欲起避之。公徐云：“诸君少往，老子于此处兴复不浅。”因便据胡床[3]，与诸人咏谑，竟坐甚得任乐。后王逸少下，与丞相言及此事。丞相曰：“元规尔时风范不得不小颓。”右军答曰：“唯丘壑独存。”

◎注释

①使吏，地方长官的僚属。

②函道，楼梯。

③胡床，交椅，椅腿交叉，能折叠的一种坐具，即马扎。

◎译文

太尉庾亮镇守武昌时，他的属官殷浩、王胡之等人在一个天气晴朗、景色清幽的秋夜，登南楼吟诗咏唱。吟兴正高之时，听见楼梯上传来尖利的木屐声，料定是庾亮来了。果然，不一会儿，庾亮带着十来个随从走来，大家想回避，庾亮徐徐道："诸君暂且留步，老夫对这方面兴趣也不浅。"于是就坐在马扎上，和大家吟咏谈笑，满座尽欢。后来王逸少东下建康，和丞相王导谈到这事。王导说："元规那时的仪表风姿，恐怕比以前不得不稍差一点吧。"王逸少回答："只有高雅的品格依旧如故。"

**（25）王敬豫[①]有美形。问讯王公，王公抚其肩曰："阿奴恨才不称。"又云："敬豫事事似王公。"**

**◎注释**

①王敬豫，即王恬，字敬豫，王导的次子。

**译文**

王敬豫形貌很美。有次去向父亲王导请安，王导拍着他的肩膀说："阿奴，遗憾的是你才貌不相称啊！"又有人说："王敬豫样样都像他父亲。"

**（26）王右军见杜弘治，叹曰："面如凝脂，眼如点漆，此神仙中人。"时人有称王长史形者，蔡公曰："恨诸人不见杜弘治耳！"**

**◎译文**

右军将军王羲之见到杜弘治，赞叹道："面如凝脂，眼如点漆，真如神仙一般。"当时有称赞长史王濛的相貌，司徒蔡谟说："可惜这些人没见过杜弘治！"

**（27）刘尹道桓公："鬓如反猬皮[①]，眉如紫石棱[②]，自是孙仲谋、司马宣王[③]一流人。"**

**◎注释**

①反猬皮，指猬毛翻开，四散竖起。

②紫石棱，陇州所出紫色石的棱角。

③司马宣王，即司马懿，为晋朝建立奠定了基础，被尊为宣王。

**◎译文**

丹阳尹刘惔评论说："桓温双鬓像刺猬毛竖起，眉棱像紫石那样棱角分明，必然是孙仲谋、司马宣王一般的人物。"

**（28）王敬伦[①]风姿似父，作侍中，加[②]授桓公，公服，从大门入。桓公望之，曰："大奴[③]固自有凤毛[④]。"**

**◎注释**

①王敬伦，王劭，字敬伦，王导的第五个儿子。

②加，指加官，在原有官职外加领其他官职。

③大奴，本意指家奴头目，这里指王敬伦。

④凤毛，凤毛是珍稀之物，喻父辈的才华、风采。

**◎译文**

王敬伦的容貌、风度很像他父亲，任侍中，当时桓温也加授侍中，看到他穿着官服从大门进官署。桓温说："大奴的确有他父亲的风采。"

**（29）林公道王长史："敛衿作一来[①]，何其轩轩韶举[②]！"**

**◎注释**

①敛衿，整理衣襟，表肃敬。王濛年轻时放纵不羁，不为乡里所齿，晚年才克己励行。来，语气词。

②轩轩，仪态轩昂。韶举，举止优雅。

**◎译文**

支道林评论长史王濛："他整理衣襟，严肃专一，仪态是多么轩昂优美啊！"

**（30）时人目王右军："飘如游云，矫若惊龙[①]。"**

**◎注释**

①"飘如"句，这是对王羲之书法笔势的评论。

**◎译文**

当时的人评论右军将军王羲之的字体："像浮云一样飘逸，像惊龙一样矫捷。"

**（31）王长史尝病，亲疏不通。林公来，守门人遽启之曰："一**

异人在门，不敢不启。”王笑曰：“此必林公。”

◎译文

长史王濛有次生病，无论亲疏，一概都不许下人通报。支道林和尚来了，守门人禀报说：“有个长相怪异的人来到门口，不敢不报。”王濛笑道：“这一定是林公。”

（32）或以方谢仁祖不乃重者。桓大司马曰：“诸君莫轻道，仁祖企脚[①]北窗下弹琵琶，故自有天际真人想[②]。”

◎注释

①企脚，跷起腿。

②真人，修真得道之人，泛指仙人。谢仁祖（即谢尚）擅长音乐，通晓众艺。想，心境，情怀。

◎译文

有人评论谢仁祖，有不大尊重的意思。大司马桓温说：“诸位不要轻易评论，仁祖跷起脚在北窗下弹琵琶，确是飘飘欲仙。”

（33）王长史为中书郎，往敬和许。尔时积雪，长史从门外下车，步入尚书，著公服。敬和遥望，叹曰：“此不复似世中人！”

◎译文

长史王濛任中书郎时，一次去王敬和那里。连日下雪，王濛身穿朝服，在门外下车，走入尚书省。王敬和远望雪景衬着王濛，赞叹道：“这不像是尘世中人！”

（34）简文作相王时，与谢公共诣桓宣武。王珣先在内，桓语王：“卿尝欲见相王，可住[①]帐里。”二客既去，桓谓王曰：“定何如？”王曰：“相王作辅，自然湛若神君。公亦万夫之望，不然，仆射[②]何得自没！”

◎注释

①住，留在。

②仆射（yè），指谢安，曾任尚书仆射。

◎译文

简文帝任丞相时，和谢安去看望桓温。碰到王珣在桓温那里，桓温对王珣说："你总是想看相王，可以在帷幔后面等着。"客人走后，桓温问王珣说："觉得相王怎么样？"王珣说："相王任丞相，自然神灵清澈。您也是万民所望啊，不然，仆射怎会自甘藏拙呢！"

**（35）海西[①]时，诸公每朝，朝堂犹暗，唯会稽王来，轩轩如朝霞举。**

**◎注释**

①海西，即晋废帝海西公。太和六年，大司马桓温废帝为海西公。

**◎译文**

海西公称帝时，大臣每次早朝，殿堂很是灰暗，只有会稽王到了，他那轩昂的仪态，就像朝霞升起一般，光彩照人。

**（36）谢车骑道谢公："游肆[①]复无乃高唱，但恭坐捻鼻顾睐，便自有寝处山泽间仪。"**

**◎注释**

①游肆，在市集游览。

**◎译文**

车骑将军谢玄说谢安："游览市集时，无须放声高唱，只是端坐捏鼻作洛下书生咏，顾盼自如，自然而然就有了栖止于山水草泽间的仪态。"

**（37）谢公云："见林公双眼，黯黯[①]明黑。"孙兴公见林公："棱棱露其爽[②]。"**

**◎注释**

①黯黯，黑黑的。

②棱棱，威严正直。爽，爽直，指明澈的心灵。

**◎译文**

谢安说："林公的双眼黑黝黝的，好似能照亮黑暗。"孙兴公见到支道林，认为是："林公威严的眼神里露出爽直明澈。"

（38）庾长仁[①]与诸弟入吴，欲住亭[②]中宿。诸弟先上，见群小[③]满屋，都无相避意。长仁曰："我试观之。"乃策杖将一小儿，始入门，诸客望其神姿，一时退匿。

◎注释

①庾长仁，即庾统，字长仁，庾亮的侄儿。

②亭，道边供旅客停宿的公房。

③群小，即庶人。六朝时统治阶级对下层人民的蔑称，以别于士大夫阶层。

◎译文

庾长仁和弟弟过江到吴，途中想在驿亭住宿。几个弟弟先去。看到满屋都是百姓，谁也不愿让出一点空间。长仁说："我去看看。"于是拄着拐杖，扶着一个小孩，刚进门，百姓望见他的神采，都躲开了。

（39）有人叹王恭形茂者，云："濯濯[①]如春月柳。"

◎注释

①濯濯，有光泽，清朗。

◎译文

有人赞叹王恭形体风俊，说："光润清朗，如同春天的杨柳。"

# 自新第十五

自新，指改正错误，重新做人。第一篇是说周处，朝闻夕死，勇于改错，决不松懈。第二篇是说有才能要用到正道上，不可为非作歹。周处、戴渊二人洗心向善后都做出了一番成就。

（1）周处[①]年少时，凶强侠气，为乡里所患，又义兴水中有蛟，山中有邅迹虎[②]，并皆暴犯百姓，义兴人谓为三横，而处尤剧。或说处杀虎斩蛟，实冀三横唯余其一。处即刺杀虎，又入水击蛟。蛟或浮或没，行数十里，处与之俱。经三日三夜，乡里皆谓已死，更相庆。竟杀蛟而出。闻里人相庆，始知为人情所患，有自改意。乃自吴寻二陆[③]，平原不在，正见清河，具以情告，并云："欲自修改，而年已蹉跎，终无所成。"清河曰："古人贵朝闻夕死，况君前途尚可。且人患志之不立，亦何忧令名不彰邪！"处遂改励，终为忠臣孝子。

◎注释

①周处，字子隐，吴兴郡阳羡县人。少时横行乡里，后勇于改过，任广汉太守、御史中丞。

②邅（zhān）迹虎，即跛脚的老虎。

③二陆，指陆机、陆云。陆机在晋朝任平原郡内史，陆云任清河郡内史，所以又称平原、清河。事实上，陆机比周处年轻二十多岁，所以周处年少时不可能寻访二陆。

◎译文

周处年少时，好勇斗狠，是乡里的祸害。当时，义兴郡河里有蛟龙，山上有白额虎，经常残害、侵犯百姓，被称为“三横”，其中又以周处危害最大。有人游说周处去杀虎斩蛟，其实是希望“三横”只剩一个。周处上山杀虎，又下河斩龙。蛟龙时浮时潜，游了几十里，周处始终和蛟龙搏斗。经过三天三夜没有音讯，乡亲们以为周处和蛟龙都死了，互相庆贺。没想到周处竟然杀死蛟龙从水里出来。听说乡亲庆贺，才知道自己遭人痛恨，有意改过自新。于是到吴郡寻找陆机陆云兄弟，陆机不在家，只见到陆云，把自己的事告诉陆云，并说：“想加强修养，改正错误，可是岁月虚度，不知还会有什么成就。”陆云说：“古人重视朝闻夕死，您的前途还很远大。再说，人最怕的是不能立志，何必担心没有好名声呢！”于是周处痛改前非，振作起来，终于成了忠臣孝子。

**（2）戴渊少时，游侠[①]不治行检，尝在江、淮间攻掠商旅。陆机赴假还洛，辎重甚盛，渊使少年掠劫。渊在岸上，据胡床指麾左右，皆得其宜。渊既神姿峰颖[②]，虽处鄙事，神气犹异。机于船屋上遥谓之曰：“卿才如此，亦复作劫邪？”渊便泣涕，投剑归机。辞厉[③]非常，机弥重之，定交，作笔荐焉。过江，仕至征西将军。**

**◎注释**

①游侠，指重信义、轻生死的人。此处指好勇斗狠，意气用事。

②峰颖，挺拔突出。

③辞厉，谈吐。

**◎译文**

戴渊少时使气任侠，好勇斗狠，从不检点自己的品行，在长江、淮河间抢掠商旅。陆机休假返洛，行李很多，戴渊指使一伙少年抢劫。他在岸上坐着马扎指挥，无不处置适宜。戴渊原本仪态不凡，即便是指挥抢劫，神态也与众不同。陆机在船舱喊道：“有这样的才能，为何要做强盗呢？”戴渊感悟流泪，弃剑投靠。他谈吐非常，陆机更加看重，和他定交，写信推荐。过江后，戴渊终官至征西将军。

# 企羡第十六

企羡，是仰慕之意。仰慕的对象，可以是那些品德出众、善于清谈，博学多才、超尘脱俗的人，也可以是文人雅士相聚一起，谈论古今吟咏长啸等。从中可看出魏晋时代的审美仪范和名士精神追求的目标。

（1）王丞相拜司空，桓廷尉作两髻[①]、葛裙[②]、策杖，路边窥之。叹曰："人言阿龙超[③]，阿龙故自超！"不觉至台门。

◎注释

①两髻，把头发分向两边梳成发髻。

②葛裙，葛布做的裤子。

③阿龙，指王导，小名赤龙。超，超过，出众。

◎译文

丞相王导受任为司空，就任时，廷尉桓彝梳起两个发髻，穿着葛布做的裤子，拄着拐杖，在路边观察。他赞叹道："都说阿龙出众，确实如此！"不知不觉跟随到官府大门。

（2）王丞相过江，自说昔在洛水边，数与裴成公[①]、阮千里[②]诸贤共谈道[③]。羊曼曰："人久以此许卿，何须复尔！"王曰："亦不言我须此，但欲尔时不可得耳！"

◎注释

①裴成公，即裴頠，谥号为"成"。

②阮千里，即阮瞻，字千里。

③道，即世界的本源。这里指老庄学说。

◎译文

丞相王导到江南后，说起以前在洛水岸边，经常和裴阮诸贤谈天论道。羊曼说："早就因此称赞你，不用再说了！"王导说："不是我非要说这个，只是感慨那样的时候不会再有了！"

**（3）王右军得人以《兰亭集序》[①]方《金谷诗序》，又以己敌石崇，甚有欣色。**

◎注释

①《兰亭集序》，晋穆帝永和九年，王羲之和谢安等人聚会兰亭，饮酒赋诗。把这些诗汇编成集，并写了一篇序，就是《兰亭集序》。这和石崇的《金谷诗序》的写作过程相似，两篇序文的文辞也有可比之处。

◎译文

右军将军王羲之得知人们把《兰亭集序》和《金谷诗序》并列，于是便认为自己和石崇相当，很是欣喜。

**（4）王司州先为庾公记室参军，后取殷浩为长史。始到，庾公欲遣王使下都，王自启求住，曰："下官希见盛德，渊源始至，犹贪与少日周旋。"**

◎译文

司州刺史王胡之任庾亮的记室参军，后来庾亮又请殷浩做长史。殷浩刚到，庾亮想派王胡之去建康。王胡之请求留下，说："下官很少见到德高望重之人，渊源刚来，我想和他多叙几天。"

**（5）郗嘉宾得人以己比苻坚[①]，大喜。**

◎注释

①苻坚，前秦皇帝，自称大秦天王。

◎译文

郗嘉宾得知别人把自己比作苻坚，非常高兴。

（6）孟昶未达时，家在京口。尝见王恭[①]乘高舆，被鹤氅裘[②]。于时微雪，昶于篱间窥之，叹曰：“此真神仙中人！”

◎注释

①王恭，曾任青兖二州刺史，镇守京口。

②被，同“披”。鹤氅裘，用鸟羽绒絮做成的裘，外套。

◎译文

孟昶还没显贵时，家住京口。看到王恭坐高车，身披鹤氅裘。当时微雪，孟昶在竹篱后看到，赞叹说：“真是神仙般的人物啊！”

# 伤逝第十七

伤逝，指怀念死者的哀思，也有将逝者对生命终结的哀伤。正始名士何晏持“圣人无情”论，而王弼则认为圣人亦有五情，只是圣人生而知之，太上忘情。此说法对魏晋名士影响很大，因而钟情、重情也成为名士风流。本篇中所抒发感情之对象，既有父母妻子，也有兄弟、友人。他们或奏一曲，或学一声驴鸣，以祭逝者。有的睹物思人，感慨系怀，而兴伤逝之叹。也有慨叹知音已逝，“发言莫赏，中心蕴结”，自有名士风流蕴于其中。

（1）王仲宣[①]好驴鸣。既葬，文帝临其丧，顾语同游曰：“王好驴鸣，可各作一声以送之。”赴客皆一作驴鸣。

◎注释

①王仲宣，即王粲，字仲宣，魏国人，建安七子之一。

◎译文

王仲宣生前喜欢听驴叫。安葬时，魏文帝曹丕亲来参加葬礼，他回头对同来的人说：“王仲宣喜欢听驴叫，每人学一声驴叫来送他。”前去吊丧的客人都一一学驴叫。

（2）王濬冲[①]为尚书令，著公服，乘轺车[②]，经黄公酒垆[③]下过。顾谓后车客：“吾昔与嵇叔夜、阮嗣宗共酣饮于此垆。竹林之游，亦预其末。自嵇生夭、阮公亡以来，便为时所羁绁[④]。今日视此虽近，邈若山河。”

◎注释

①王濬冲，即王戎，字濬冲。

②轺（yáo）车，一马驾驶的轻便车。

③酒垆，放酒瓮的土台子，指酒店。

④羁绁，束缚。

◎译文

王濬冲任尚书令，穿着官服，坐着一辆轻便马车，从黄公酒垆旁经过。他触景生情，回头对客人说："从前，我和嵇叔夜、阮嗣宗在这里畅饮。竹林之游，我也参与。自从嵇生早逝、阮公亡故，就被世务缠绕住了。今天见到这酒垆，虽然近在咫尺，却恍如远隔山河。"

（3）孙子荆以有才，少所推服，唯雅敬王武子。武子丧时，名士无不至者。子荆后来，临尸恸哭，宾客莫不垂涕。哭毕，向灵床曰："卿常好我作驴鸣，今我为卿作。"体似真声，宾客皆笑。孙举头曰："使君辈存，令此人死！"

◎译文

孙子荆因为自己有才华，很少佩服别人，唯独尊敬王武子。王武子去世，当时的名士都去吊丧。孙子荆后到，对遗体痛哭，宾客都感动流泪。他哭完后，朝着灵床说："你平时喜欢听我学驴叫，现在我为你学。"学得很像，宾客都笑了。孙子荆抬起头，对宾客们说："让你们这些人活着，却让武子死了，老天真是瞎了眼！"

（4）王戎丧儿万子，山简往省之，王悲不自胜。简曰："孩抱[1]中物，何至于此！"王曰："圣人忘情，最下不及情。情之所钟，正在我辈。"简服其言，更为之恸。

◎注释

①孩抱，孩提，婴儿。

◎译文

王戎的儿子万子死了，山简去探望，看到王戎情不能已，悲痛万分。山简说："婴儿夭折罢了，为何如此悲痛！"王戎说："圣人忘情，愚人顾不上情。最富于感情的，正是我辈。”山简敬服其言，因而更加为他悲痛。

**（5）有人哭和长舆曰：“峨峨若千丈松崩。”[①]**

**◎注释**

①哭，吊唁。长舆，即和峤。庾亮说他“森森如千丈松”。

**◎译文**

有人哭吊和长舆，说：“好像巍峨的千丈青松枯竭崩倒。”

**（6）卫洗马[①]以永嘉六年丧，谢鲲哭之，感动路人。咸和[②]中，丞相王公教曰：“卫洗马当改葬。此君风流名士，海内所瞻，可修薄祭[③]，以敦旧好。”**

**◎注释**

①洗马（xiǎn mǎ），是古代官名，即太子洗马。汉时亦作“先马”。秦汉时为太子的侍从官，出行时为前导，故名。

②咸和，晋成帝的年号。教，诸侯王公的文告。

③薄祭，菲薄的祭品，这里是谦词。

**◎译文**

太子洗马卫玠在永嘉六年去世，谢鲲去吊丧，哭声感人。咸和年间，丞相王导发表文告说：“卫洗马今当改葬。此君乃风流名士，国内仰慕，大家准备薄祭，来此纪念过去的情谊。”

**（7）顾彦先平生好琴，及丧，家人常以琴置灵床上。张季鹰往哭之，不胜其恸，遂径上床鼓琴，作数曲竟，抚琴曰：“顾彦先颇复赏此不？”因又大恸，遂不执孝子手而出。**

**◎译文**

顾彦先生前最爱弹琴，去世以后，家人把琴放在他的灵床上。张季鹰去吊丧，非常悲痛，径直走到灵床旁弹起琴来，弹了几曲，抚摸着琴说：“彦先，你还能欣赏吗？”说完，又悲痛欲绝，竟没有和侍立一旁的孝子握手抚慰，就出去了。

**（8）庾亮儿遭苏峻难遇害。诸葛道明女为庾儿妇，既寡，将改**

适，与亮书及之。亮答曰："贤女尚少，故其宜也。感念亡儿，若在初没。"

◎译文

庾亮的儿子庾会在苏峻之乱中被杀。诸葛道明的女儿是庾会的妻子，成为寡妇，其后将改嫁，诸葛道明写信给庾亮，提到了这件事。庾亮回信说："令爱还年轻，这样自然合适。只是感念死去的孩儿，就像他才刚刚去世。"

（9）庾文康亡，何扬州[①]临葬云："埋玉树[②]著土中，使人情何能已已！"

◎注释

①何扬州，何充，任扬州刺史，庾亮死时，任护军将军、参录尚书事。

②玉树，传说中的仙树，喻人才。

◎译文

庾亮逝世，扬州刺史何充参加葬礼时说："把玉树埋到土里，人的心情何以能够平静！"

（10）王长史病笃，寝卧灯下，转麈尾视之，叹曰："如此人，曾不得四十[①]！"及亡，刘尹临殡，以犀柄麈尾著柩中，因恸绝。

◎注释

①"如此"句，王濛容貌俊秀，善清谈。死时仅三十九岁。

◎译文

长史王濛病重，躺在床上，手里转动拂尘，在灯下看了又看，叹息道："我这样的人，竟然活不到四十！"他去世后，丹阳尹刘惔参加大殓，把带犀角柄的拂尘放到棺材里，痛哭得昏死过去。

（11）支道林丧法虔[①]之后，精神實丧[②]，风味转坠。常谓人曰："昔匠石废斤于郢人，牙生辍弦于钟子，推己外求，良不虚也。冥契既逝，发言莫赏，中心蕴结，余其亡矣！"却后一年，支遂殒。

◎注释

①法虔，支道林的朋友。

②賈（yǔn）丧，同“陨丧”，萎靡不振，颓丧消沉。

◎译文

支道林自法虔死后，萎靡不振，风度情趣也不如从前。他常常对人说：“从前，匠石因为郢人死去就不再用斧子，伯牙因为子期死去而不再鼓琴，推己及人，确实不假。知己去世，言谈再无人欣赏，心里郁结，我大概要死了！”过后一年，支道林便死了。

**（12）郗嘉宾丧，左右白郗公：“郎丧”。既闻不悲，因语左右：“殡时可道。”公往临殡，一恸几绝。**

◎译文

郗嘉宾死了，他身边的人禀告郗愔说：“大郎死了。”郗愔听了，并不悲伤，只是对他们说：“入殓时再告诉我。”临到入殓，郗愔参加大殓，只哭了一声，悲痛得几乎晕死过去。

**（13）戴公见林法师墓，曰：“德音[①]未远，而拱木[②]已积。冀神理绵绵，不与气运俱尽耳！”**

◎注释

①德音，善言，有德者的话，对别人言谈的尊称。

②拱木，两手合围那样粗的树，指墓上的树。

◎译文

戴逢看见支道林的坟墓，说：“法师所宣讲的善言还在耳边，墓上的树木却已连成一片。您精湛的玄理能绵延流传，不会和寿数一起完结！”

**（14）王子敬与羊绥善。绥清淳简贵[①]，为中书郎，少亡。王深相痛悼，语东亭云：“是国家可惜人！”**

◎注释

①清淳，高洁淳朴。简贵，单纯，少与人交往。

◎译文

王子敬和羊绥交好。羊绥清高洁，淳朴简约，不多与他人交往，曾任中书郎，不幸早逝。王子敬悼念他，对东亭侯王珣说："羊绥是宝贵人才，实在是令人痛心啊！"

（15）王东亭与谢公交恶。王在东闻谢丧，便出都诣子敬，道欲哭谢公。子敬始卧，闻其言，便惊起曰："所望于法护。"王于是往哭。督帅刁约不听前，曰："官平生在时，不见此客。"王亦不与语，直前哭，甚恸，不执末婢[1]手而退。

◎注释

①末婢，谢安的儿子谢琰，小名末婢。

◎译文

东亭侯王珣和谢安之间，交情中间恶化。王珣在会稽听说谢安去世，就到京都去见王子敬，想去哭吊。子敬原本躺着，听了他的话，惊讶地站起身来说："我正希望你这样做啊。"王珣于是前往谢家吊唁。谢安帐下的督帅刁约不让他上前，说："大人活着的时候，没有见过这位客人。"王珣不理他，径直上前哭吊，甚为悲痛。哭完，没按常礼握谢琰的手就出来了。

（16）王子猷子敬俱病笃，而子敬先亡[1]。子猷问左右："何以都不闻消息？此已丧矣！"语时了不悲。便索舆来奔丧都不哭。子敬素好琴，便径入坐灵床上，取子敬琴弹，弦既不调，掷地云："子敬，子敬，人琴俱亡！"因渤绝良久。月徐亦卒。

◎注释

①"王子猷"句，王子猷（字徽之）和王子敬（字献之）是兄弟，均是王羲之的儿子。

◎译文

王子猷和王子敬病重，子敬先去世。子猷问侍候的人说："为何没有子敬的音讯？想必是子敬已经死了！"他说这话时一点也不悲伤。坐车去奔丧，也没有哭。子敬平时喜欢弹琴，子猷进去坐在灵座上，拿过琴来弹，琴弦怎么也调不好，就把琴扔到地上说："子敬，子敬，人琴俱亡！"随后悲痛得昏了过去，很久才醒来。一个多月后，子猷也去世了。

（17）孝武山陵夕，王孝伯[①]入临，告其诸弟曰："虽榱桷[②]惟新，便自有《黍离》[③]之哀。"

◎注释

①王孝伯，即王恭，字孝伯，晋孝武帝皇后之兄。晋孝武帝死时，王恭镇守京口。他看到执政的会稽王宠信小人，国家将有祸乱，很是忧虑，故有《黍离》之叹。

②榱桷（cuī jué），屋椽，指孝武帝陵墓上的建筑。常喻担负重任的人物。

③黍离，《诗经·王风》篇，借指王室衰微，心里忧伤。

◎译文

晋孝武帝去世，夕祭时，王孝伯参加吊祭完，对几个弟弟说："尽管陵寝新立，却让人有《黍离》之悲。"

（18）羊孚年三十一卒。桓玄与羊欣书曰："贤从[①]情所信寄，暴疾而殒。祝予[②]之叹，如何可言！"

◎注释

①贤从，贤从兄弟。羊孚是羊欣的同祖堂兄。

②祝予，天要亡我。《公羊传·哀公十四年》中有云："子路亡，子曰：'噫，天祝予！'"祝，即"断"之意。

◎译文

羊孚三十一岁时去世。桓玄给羊欣写信说："贤堂兄是我所信赖的人，不幸暴病而逝。天将亡我啊，这痛苦真是难以言表！"

（19）桓玄当篡位，语卞鞠[①]云："昔羊子道[②]恒禁吾此意。今腹心丧羊孚，爪牙[③]失索元，而匆匆作此诋突[④]，讵允天心？"

◎注释

①卞鞠，原任桓玄的长史，桓玄举兵攻入京都，派他任丹阳尹。

②羊子道，即羊孚，字子道。

③爪牙，比喻辅佐的人。

④诋突，唐突，冒犯。

◎**译文**

桓玄将要篡位，对卞鞠说："以前羊子道不许我有这种意图。现在心腹羊孚已死，辅佐之人又没了索元，匆忙间要做出这等鲁莽唐突犯上之事，哪里会符合天意呢？"

# 栖逸第十八

栖逸，隐居赋闲之意。魏晋时，战争频繁，社会动荡不安，由于对现实的不满，人们经常有隐居世外的想法。即便身在官场，也往往留恋山水。同时，也有权贵因此藉由隐居而沽名钓誉，获取高位。譬如孟少孤隐居，“京邑人士思欲见之”。当然，真正的隐者，往往会拒绝出仕，不和当权者合作。他们或“萧然无事，常内足于怀”，或“不惊宠辱”，只潜心养生。可见栖逸之风，在魏晋影响深远。

（1）阮步兵①啸，闻数百步②。苏门山③中，忽有真人，樵伐者咸共传说。阮籍往观，见其人拥膝岩侧，籍登岭就之，箕踞④相对。籍商略终古，上陈黄、农玄寂之道，下考三代盛德之美，以问之，仡然⑤不应。复叙有力之教、栖神导气之术以观之，彼犹如前，凝瞩不转。籍因对之长啸。良久，乃笑曰：“可更作。”籍复啸。意尽，退还半岭许，闻上嘀然有声，如数部鼓吹，林谷传响。顾看，乃向人啸也。

◎注释

①阮步兵，指阮籍，曾任步兵校尉，故称。

②步，长度单位，三百步为一里。

③苏门山，在今河南省辉县西北。

④箕踞，伸开两腿坐着，双手抱膝，像个簸箕，坐法不拘礼节。

⑤仡（yì）然，抬头凝视、屹然不动的样子。

◎译文

步兵校尉阮籍长啸，数百步之外都能听到。苏门山里来了个得道的真人，砍柴的人纷纷传说。阮籍前去寻找，看见那人抱膝坐在山岩。阮籍爬上山岭走到这人面前，伸开腿对坐。阮籍评论古代的事，上述黄帝、神农时的玄妙虚无，下引夏商周三代的淳美风俗，拿这些问他，那人都仰头不答。阮籍又说儒家的德教，道家导气的方法，看他的反应，还是那样目不斜视，一言不发。阮籍对他长啸。过了一会，对方才笑道："再来一次。"阮籍又长啸一次。意兴已尽，便退下来，大约回到半山腰，听到山顶上众音齐鸣，好像几部器乐合奏，树林山谷都传来回声。回头一看，原来是那人在长啸。

（2）嵇康游于汲郡山中，遇道士孙登，遂与之游①。康临去，登曰："君才则高矣，保身之道不足。"

◎注释

①"嵇康"句，孙登隐居汲郡北山上，嵇康入山采药与他相遇。

◎译文

嵇康在汲郡的山里游览，遇见道士孙登，便和他结伴同游。嵇康临走时，孙登说："您的才学很高，可惜不懂得保护自己。"

（3）山公将去选曹，欲举嵇康，康与书告绝。①

◎注释

①山公，即山涛，字巨源，曾任吏部郎，主管官吏的选授等事宜。后来升任散骑常侍，推荐同是竹林七贤的嵇康代其原职，嵇康不愿做官，认为山涛并不了解自己，就给山涛写了《与山巨源绝交书》。

◎译文

山涛将离开选曹郎职务，想推荐嵇康继任，嵇康写信与他绝交。

（4）李廞是茂曾①第五子，清贞有远操，而少羸病，不肯婚宦。居在临海，住兄侍中墓下。既有高名，王丞相欲招礼之，故辟为府椽。廞得笺命，笑曰："茂弘乃复以一爵假②人。"

◎注释

①茂曾，即李重，字茂曾。

②假，雇佣。这里有“强加”之意。

◎译文

李廞是李茂曾的第五个儿子，清廉贞洁，节操高远，从小瘦弱多病，因而不肯结婚，也不肯做官。他留在临海郡，暂住在其兄侍中李式的陵园里。因为名声卓著，丞相王导想礼聘他做相府的属官。李廞看到王导的任命信，笑道：“茂弘竟然把官爵强加在别人身上。”

**（5）何骠骑[①]弟以高情避世，而骠骑劝之令仕。答曰：“予第五之名，何必减骠骑！”**

◎注释

①何骠骑，指何充，曾任骠骑将军。其弟何准，排行第五。

◎译文

骠骑将军何充的五弟何准，情操高尚，想避开世间纷扰隐居，何充劝他出来做官。他回答说：“我老五的名望，不比你这骠骑的职位低！”

**（6）阮光禄[①]在东山，萧然[②]无事，常内足于怀。有人以问王右军，右军曰：“此君近不惊宠辱，虽古之沉冥[③]，何以过此。”**

◎注释

①阮光禄，即阮裕。曾任尚书郎、临海太守，后隐居会稽。

②萧然，清静的样子。

③沉冥，古代的隐士。

◎译文

光禄大夫阮裕隐居东山，清静无为，内心自足。有人问右军将军王羲之，羲之说：“这位先生不因荣辱而动心，就是古时沉寂入道、无迹可寻的高士，也比不上他！”

**（7）孔车骑[①]少有嘉遁意，年四十余，始应安东命。未仕宦时，常独寝，歌吹，自箴诲，自称孔郎，游散名山。百姓谓有道术，为生**

**立庙[2]。今犹有孔郎庙。**

◎注释

①孔车骑，即孔愉，字敬康，曾官尚书左仆射，死后赠车骑将军。

②生立庙，指某人活着时给他立庙纪念。

◎译文

车骑将军孔愉，少时时便有隐居之意，到了四十多岁，才接受安东将军的任命出来做官。他没做官时，常常独居山林，歌咏吹弹，告诫自己谨言慎行，自称孔郎，漫游名山大川。人们认为他有道术，就给他建造了生庙来供奉他。孔郎庙至今犹存。

**（8）南阳刘驎之，高率善史传，隐于阳歧[1]。于时符坚临江，荆州刺史桓冲将尽訏谟[2]之益，征为长史，遣人船往迎，赠贶甚厚。驎之闻命，便升舟，悉不受所饷，缘道以乞穷乏，比至上明亦尽。一见冲，因陈无用，翛然[3]而退。居阳岐积年，衣食有无，常与村人共。值己匮乏，村人亦如之。甚厚为乡闾所安。**

◎注释

①阳歧，村名，离荆州二百里。

②訏谟（xū mó），宏图大略。

③翛（xiāo）然，无拘无束的样子。

◎译文

南阳人刘驎之，为人高尚直率，善写史传，隐居于阳歧村。当时，苻坚南侵已逼近长江，荆州刺史桓冲想施展一番宏图大略，就征召刘驎之任长史，派人驾船前去迎接，赠礼也很丰富。刘驎之只好从命上船，但桓冲所送的礼物一点也没接受，沿途送给了穷人，等走到上明，东西也已经送光了。刘驎之拜见桓冲时，便陈述自己没有才能，然后就辞去职务。他在阳歧住了多年，衣食向来是和村人互通有无。自己短缺了，村人也帮助他。他和乡邻的感情非常深厚。

**（9）南阳[1]翟道渊与汝南周子南少相友，共隐于寻阳[2]。庾太尉**

说周以当世之务，周遂仕。翟秉志[3]弥固。其后周诣翟，翟不与语。

◎注释

①南阳，郡名，今河南南阳。

②寻阳，属扬州庐江郡，在今江西九江市。

③秉志，坚持自己的志向。

◎译文

南阳翟道渊和汝南周子南从小就是朋友，两人结伴在寻阳隐居。太尉庾亮劝说周子南，希望他为时局效力，周子南于是出山做官。翟道渊却坚持隐居。后来周子男去看翟道渊，翟道渊也不和他说话。

（10）孟万年及弟少孤，居武昌阳新县。万年游宦[1]，有盛名当世。少孤未尝出，京邑人士思欲见之，乃遣信报少孤云："兄病笃。"狼狈至都，时贤见之者，莫不嗟重。因相谓曰："少孤如此，万年可死。"

◎注释

①游宦，外出求官。

◎译文

孟万年和其弟孟少孤，住在武昌郡阳新县。万年在外做官，当时享有盛名。孟少孤没有外出求官，京都人士想见他，便派人给少孤报信说："你哥哥病重。"少孤急忙赶到建康，人们看到他，没有谁不赞叹、敬重。名士们评论说："少孤既是这样，万年死而无憾了。"

（11）康僧渊[1]在豫章，去郭[2]数十里立精舍[3]，旁连岭，带长川，芳林列于轩庭，清流激于堂宇。乃闲居研讲，希心理味。庾公诸人多往看之，观其运用吐纳，风流转佳。加已处之怡然，亦有以自得，声名乃兴。后不堪，遂出。

◎注释

①康僧渊，和尚名。西域人，生于长安，东晋时过江。

②郭，城郭，城外围的城墙，这里指城镇。

③精舍，僧人修炼的住所。

◎译文

康僧渊在豫章时，在离城几十里远的地方修建了一座居所，旁边衣山带水，庭院布置得繁花似锦，清流环绕。康僧渊在这里研修佛经，倾心于义理旨趣。庾亮等人去看他，见他言谈吐纳，风度流转，心旷神怡，安闲自得，名声因此与日俱增。后来他受不了被人打扰的生活，离开了那里。

（12）戴安道既厉操[①]东山，而其兄欲建式遏[②]之功。谢太傅曰："卿兄弟志业何其太殊？"戴曰："下官不堪其忧，家弟不改其乐。"

◎注释

①厉操，砥砺情操，指隐居。

②式遏，阻止害民之事，保卫国家。语出《诗经·大雅》，式是句首语气词，遏是阻止，原意指阻止侵犯、残害百姓。

◎译文

戴安道在东山隐居，他哥哥却想建立功业。太傅谢安说："你们兄弟的志向事业，怎么差异这么大呢？"他哥哥回答："下官不能忍受那种忧愁，舍弟却不改其趣。"

（13）许玄度隐在永兴南幽穴[①]中，每致四方诸侯之遗。或谓许曰："尝闻箕山人[②]似不尔耳。"许曰："筐篚[③]苞苴，故当轻于天下之宝耳。"

◎注释

①幽穴，指深山中的山洞。

②箕山人，指尧时的隐士许由。相传尧要把君位让给他，他逃至箕山下，农耕而食。

③筐篚（fěi），指装东西或饭食的竹器，这里做动词，用筐篚盛。苞苴是包裹，指包着的鱼肉，多为赠送的礼物。

◎译文

许玄度隐居在会稽郡永兴县南幽深的岩洞中，常得到各处王侯的馈赠。有人对许玄度说："听说隐居箕山的许由并不这样。"许玄度说："我得到的礼物不过是竹筐装着的食物，比帝王之位微薄多了。"

**（14）范宣未尝入公门。韩康伯与同载，遂诱俱入郡，范便于车后趋下。**

**◎译文**

范宣从未进过官署。有一次，韩康伯和他一起坐车，想骗他进郡府，范宣便急忙从车后溜走了。

**（15）郗超每闻欲高尚隐退者，辄为办百万资，并为造立居宇。在剡，为戴公[①]起宅，甚精整。戴始往旧居，与所亲书曰："近至剡，如官舍。"郗为傅约亦办百万资，傅隐事差互[②]，故不果遗。**

**◎注释**

①戴公，指戴逵，字安道。

②差互，差错，错过时机。

**◎译文**

郗超每听说有人想隐居山林，就筹措百万钱，并帮他们建造屋宅宇。他曾在剡县给戴安道盖房子，非常精致完备。戴安道原本住的是旧房子，搬进新居后，给亲友写信说："最近到了剡地，就像住进官署一样。"郗超也为傅约筹措百万钱，后来傅约隐居一事未能如愿，所以这笔钱最终没有给他。

**（16）许掾好游山水，而体便登陟[①]。时人云："许非徒有胜情，实有济胜之具[②]。"**

**◎注释**

①陟，登高。

②济胜之具，游览胜境所需要的条件，这里指身体。

**◎译文**

许玄度喜欢游山玩水，而且身体健壮，便于爬山越岭。时人说："许玄度不只情趣高雅，而且有便于游览的好身体。"

（17）郗尚书与谢居士[1]善，常称："谢庆绪识见虽不绝人，可以累心处都尽。"

◎注释

①居士，指在家信佛的人。

◎译文

郗尚书和谢庆绪交好，常称赞他说："谢庆绪的见识虽然不比别人高明，但一切干扰心性的事都能排除干净。"

# 贤媛第十九

贤媛，指有德有才有貌的女子。魏晋时代有很多优秀女性形象，她们临危不乱，母仪风范，如王经之母深明大义，陶侃之母刚强正直等等。另有一些妇女，目光敏锐，观察入微，善于品评人物，如山涛妻、王浑妻。还有的见识卓越，善于辨析、判断，深明事理，机智灵活，应变能力强，如诸葛诞女对丈夫的反驳，庾玉台儿媳一语救全家。在魏晋时期士人眼中，美貌并不是贤媛最重要的标准，记叙貌美的同时，也涉及品德，远远超出传统礼教要求的德言容功。

（1）陈婴[①]者，东阳人，少修德行，著称乡党。秦末大乱，东阳人欲奉婴为主，母曰："不可！自我为汝家妇，少见贫贱，一旦富贵，不祥。不如以兵属人。事成，少受其利。不成，祸有所归。"

◎注释

①陈婴，原是东阳县书吏。陈涉起义后，东阳人杀了县令，聚集几千人，强立陈婴为首。陈母反对，才依附项梁。

◎译文

陈婴是东阳县人，从小注意品行，在乡里很有名望。秦末天下大乱，乡人想推举陈婴做首领，陈母对陈婴说："不行！自从我嫁入你们陈家，一直过着贫贱的生活，一朝突然富贵，这不是好事。不如把军队交给别人，事成了稍微得些好处，失败了自有他人承担。"

（2）汉元帝宫人既多，乃令画工图之。欲有呼者，辄披图召之。其中常者，皆行货赂[①]。王明君[②]姿容甚丽，志不苟求，工遂毁为其状。后匈奴来和，求美女于汉帝，帝以明君充行。既召见而惜之，但名字已去，不欲中改，于是遂行。

◎注释

①货赂，贿赂。

②王明君，王昭君，因避晋文帝司马昭讳改称。

◎译文

汉元帝的宫女很多，于是派画工绘制美女的相貌，想要召唤，就翻画像本按图召见。其中那些容貌很平常的，都贿赂画工，把自己画得更美一些。王昭君容貌美丽，不愿乞求，画工就把她画得很丑。后来匈奴来求和，并向汉元帝求赐美女，元帝便拿昭君当皇族女嫁去充数。等到召见那天，元帝见昭君美丽，感到极为可惜，但是名字已经告诉了匈奴，不可能中途更改，于是昭君去了匈奴。

（3）汉成帝幸赵飞燕[①]，飞燕谗班婕好祝诅[②]，于是考问。辞曰："妾闻死生有命，富贵在天。修善尚不蒙福，为邪欲以何望！若鬼神有知，不受邪佞之诉。若其无知，诉之何益！故不为也。"

◎注释

①赵飞燕，入宫后得宠，后来许皇后被废，成帝立她为皇后。

②婕好，后宫妃嫔的称号。祝诅，诅咒。祝，同"咒"。

◎译文

汉成帝宠幸赵飞燕，飞燕进谗言诬陷班婕好祈求鬼神加祸于她，于是拷问班婕好。班的供词说："我听说死生由命，富贵随天。做好事尚且不一定蒙受福祉，起邪念又能得到什么呢！如果鬼神有知，就不会接受那种邪恶谄佞的祷告。如果鬼神无知，向它祷告又有什么好处！所以我不做这种事。"

（4）魏武帝崩，文帝悉取武帝宫人自侍。及帝病困，卞后[①]出看疾。太后入户，见直侍并是昔日所爱幸者。太后问："何时来邪？"

云："正伏魄[2]时过。"因不复前而叹曰："狗鼠不食汝余，死故应尔！"至山陵，亦竟不临。

◎注释

①卞后，曹操的正妻，曹丕的母亲。

②伏魄，同"复魄"。人快死时，拿平时穿的衣服到门外招魂，让魂魄回来，叫复魄。指曹操将死之时。

◎译文

魏武帝曹操死后，曹丕把武帝的宫女全都留下侍奉自己。文帝病重时，母亲卞后去看他，一进内室，看见身边侍奉的都是曹操过去宠爱的女子，就问她们："你们什么时候来的？"她们说："招魂时来的。"太后听了，就不再前去，叹息道："禽兽不如的东西，的确该死！"一直到文帝去世，太后都不去哭吊。

（5）赵母嫁女，女临去，敕之曰："慎勿为好[1]！"女曰："不为好，可为恶邪？"母曰："好尚不可为，其况恶乎！"

◎注释

①慎勿为好，指认为做好事会受到妒忌。

◎译文

赵母嫁女，临出门时，告诫女儿说："你要谨慎些，千万不要做好事！"女儿问道："不做好事，难道做坏事吗？"母亲说："好事尚且不能做，何况是坏事呢！"

（6）许允妇是阮卫尉[1]女，德如妹，奇丑。交礼竟，允无复入理，家人深以为忧。会允有客至，妇令婢视之，还，答曰："是桓郎。"桓郎者，桓范也。妇云："无忧，桓必劝入。"桓果语许云："阮家既嫁丑女与卿，故当有意，卿宜察之。"许便回入内，既见妇，即欲出。妇料其此出无复入理，便捉裾停之。许因谓曰："妇有四德[2]，卿有其几？"妇曰："新妇所乏唯容尔。然士有百行，君有几？"许云："皆备。"妇曰："夫百行以德为首。君好色不好德，何谓皆备！"允有惭色，遂相敬重。

◎注释

①阮卫尉，阮共，字伯彦，在魏朝官至卫尉卿。

②四德，即妇德、妇言、妇容、妇功。

◎译文

许允的妻子是卫尉卿阮共的女儿，阮德如的妹妹，容貌十分丑陋。新婚行完交拜礼，许允就不再进新房了，家人都十分担忧。正好有人来看许允，新娘便叫婢女去打听是谁，婢女回报说："是桓郎。"桓郎就是桓范。新娘说："不用担心，桓郎一定会劝他进来的。"桓范果然劝许允说："阮家既然嫁个丑女给你，一定是有想法的，你应该体察明白。"许允便进入新房，见了新娘，即刻就想退出。新娘料他这一走再也不会回来，就拉住他的衣襟让他留下。许允问："女子需具备四种美德，你有哪几种？"新娘说："我缺少的只是容貌罢了。可是读书人应有百行，你又有几种？"许允说："样样都有。"新娘说："百行里以德居第一，可是您爱色不爱德，怎能说样样都有！"许允听了，脸有愧色，从此夫妇和好，互相敬重。

**（7）许允为吏部郎，多用其乡里，魏明帝遣虎贲[①]收之。其妇出诫允曰："明主可以理夺，难以情求。"既至，帝核问之。允对曰："'举尔所知'，臣之乡人，臣所知也。陛下检校，为称职与不，若不称职，臣受其罪。"既检校，皆官得其人，于是乃释。允衣服败坏，诏赐新衣。初，允被收，举家号哭。阮新妇自若，云："勿忧，寻[②]还。"作粟粥待。顷之，允至。**

◎注释

①虎贲，官名，负责侍卫君主和保卫王宫。

②寻，不久。

◎译文

许允担任吏部郎，大多任用同乡，魏明帝知道这种情况后，就派虎贲去拘捕他。许允的妻子劝诫说："对明君只可以讲道理，很难用感情去求告。"押到后，明帝审查追究情况是否属实。许允回答说：

"孔子说'提拔你所了解的人'，臣的同乡，就是臣所了解的人。陛下可以核评考察他们是不是称职，如果不称职，臣愿接受惩处。"查验后发现各个职位都用人得当，于是释放了他。由于被拘下狱，许允的衣服已经损坏，明帝特赐新衣。许允被拘捕时，全家号哭，妻子阮氏却神态自若，说："不要担心，不久就会回来。"并且煮好小米粥等他。不久，许允果然回到家了。

**（8）许允为晋景王所诛，门生走入告其妇。妇正在机中，神色不变，曰："蚤知尔耳！"门人欲藏其儿，妇曰："无豫[1]诸儿事。"后徙居墓所，景王遣钟会看之，若才流[2]及父，当收。儿以咨母，母曰："汝等虽佳，才具不多，率胸怀与语，便无所忧。不须极哀，会止便止。又可少问朝事。"儿从之。会反，以状对，卒免。**

**◎注释**

①豫，涉及到，关系到。

②才流，才能品级，指品级的高下。流，流品。

**◎译文**

许允被晋景王杀害，门生跑来告诉他妻子。当时，他的妻子正在织布，听到消息，神色不变，说："早知会这样！"门生想把许允的两个儿子藏起来，许允的妻子说："这不关孩子们的事。"后来，全家迁居到许允的墓旁，景王派钟会去看他们，并说，如果许允的两个儿子才能比得上父亲，就把他们拘捕起来。许允的儿子知道这些情况，和母亲商量，母亲说："你们虽然都很好，可是才识有限，可以怎么想就怎么说，没什么可担心的。不必哀伤过度，钟会不哭了，你们也就停止。而且不妨稍微问及朝廷的事。"儿子照母亲的吩咐去做。钟会回去，把情况回报景王，许允的儿子终于免祸。

**（9）王公渊[1]娶诸葛诞[2]女，入室，言语始交，王谓妇曰："新妇神色卑下，殊不似公休。"妇曰："大丈夫不能仿佛彦云，而令妇人比踪[3]英杰！"**

**◎注释**

①王公渊，即王广，字公渊，有风度才学。

②诸葛诞，字公休，曾任御史中丞、尚书，又为镇东大将军。

③比踪，指德行事迹并列、相当。

◎译文

王公渊娶诸葛诞的女儿为妻，进入新房，刚交谈，王公渊就对妻子说："新妇神态不高贵，不像你父亲公休。"妻子回来说："大丈夫不能略似彦云，却要求妇人和英雄并驾齐驱！"

（10）王经少贫苦，仕至二千石，母语之曰："汝本寒家子，仕至二千石，此可以止乎！"经不能用。为尚书，助魏，不忠于晋，被收。涕泣辞母曰："不从母敕，以至今日！"母都无戚容，语之曰："为子则孝，为臣则忠。有孝有忠，何负吾邪！"

◎译文

王经年轻时家境贫寒，后来做到二千石俸禄的官位，母亲说："你本是贫寒子弟，现在做到二千石这么大的官，我看可以到此为止了！"王经不听母亲的劝告。后来担任尚书，帮助魏朝，对司马氏不忠，被收押。他流着泪辞别母亲："我没有听从母亲的告诫，以至于有今天！"母亲竟然一点愁容也没有，说："做儿子当孝，做臣子当忠。现在你既孝且忠，有什么对不起我呢！"

（11）山公与嵇、阮一面，契若金兰[①]。山妻韩氏，觉公与二人异于常交，问公。公曰："我当年可以为友者，唯此二生耳！"妻曰："负羁之妻亦亲观狐、赵[②]，意欲窥之，可乎？"他日，二人来，妻劝公止之宿，具酒肉。夜穿墉[③]以视之，达旦忘反。公入曰："二人何如？"妻曰："君才致殊不如，正当[④]以识度相友耳。"公曰："伊辈亦常以我度为胜。"

◎注释

①契，情意相投。金兰，友情契合。

②负羁，即僖负羁，春秋时曹国人。狐，指狐偃，春秋晋人，有智谋。赵，指赵衰，春秋晋人。

③墉，垣墙。

④正当，即只能。

◎译文

山涛和嵇康、阮籍甫一见面，便觉情意相投。山涛的妻子韩氏，发现山涛和两人的交情不一般，就问山涛。山涛说："到现在，我可以看成朋友的人，只有这两位罢了！"他妻子说："春秋时晋国僖负羁的妻子也曾观察过狐偃和赵衰，我想偷着观察一下他们，行吗？"有一天，两人来了，妻子劝山涛留他们住下，准备好酒肉招待。到夜里，从墙洞窥看他们，看到天亮忘了回去。山涛进来问："这两人怎样？"他妻子说："你的才能、情趣比不上他们，只能靠见识、气度和他们结交。"山涛说："他们也认为我的气度比较好。"

**（12）王浑妻钟氏生女令淑，武子为妹求简[①]美对而未得。有兵家子，有俊才，欲以妹妻之，乃白母。曰："诚是才者，其地可遗[②]，然要令我见。"武子乃令兵儿与群小杂处，使母帷中察之。既而母谓武子曰："如此衣形者，是汝所拟者非邪？"武子曰："是也。"母曰："此才足以拔萃[③]，然地寒[④]，不有长年，不得申其才用。观其形骨，必不寿，不可与婚。"武子从之。兵儿数年果亡。**

◎注释

①求简，选求。

②其地可遗，门第可以不论。地，门第。遗，指抛弃，不管。

③拔萃，指能力出众。

④地寒，指门第低微。

◎译文

王浑的妻子钟氏有个女儿，容貌美丽、贤良淑德。她的哥哥王武子想给她挑个好夫婿，还没找到。有个军人之子，才能出众，武子想把妹妹嫁给他，于是回家禀告母亲。母亲说："如果确实有才，门第可以不计，不过，我必须亲自看一看。"武子便叫军人的儿子和百姓混在一起，让母亲在帷幕里观察。母亲对武子说："穿这样衣服，长这样相貌的，就是你考虑的那个人吧？”武子说：“是的。”他母亲说：“这个人的才能，足以使他出类拔萃，可是门第寒微，需要很长时间，才能发挥他的才能。看他的形貌骨骼，一定不能长寿，不能和他结亲。”武子听从母亲的意见。几年后，那个军人子弟果然死了。

**（13）贾充前妇，是李丰女。丰被诛，离婚徙边。后遇赦得还，充先已取郭配女。武帝特听置左右夫人。李氏别往外，不肯还充舍。郭氏语充，欲就省李，充曰：“彼刚介有才气，卿往不如不去。”郭氏于是盛威仪①，多将侍婢。既至，入户，李氏起迎，郭不觉脚自屈，因跪再拜。既反，语充，充曰：“语卿道何物！”**

**◎注释**

①威仪，指仪仗、随从。

**◎译文**

贾充的前妻是李丰的女儿，李丰被杀后，贾充与妻子离婚。妻子受到株连，被流放到边远地区。后来遇赦才回来，这时，贾充已经娶了郭配的女儿。晋武帝特许他两个妻子都留下，分别为左夫人和右夫人。李氏住在外面，不肯回到贾充的住宅。郭氏告诉贾充，想去探望李氏，贾充说：“她性格刚强，很有才华，你不如不去。”郭氏盛装打扮了一番，带了很多侍婢前去。到了李氏家，进入内室，李氏站起迎接，郭氏不觉腿脚弯屈，跪下行再拜礼。回家后，告诉了贾充，贾充说：“我告诉你什么来着！”

**（14）贾充妻李氏作《女训》，行于世。李氏女，齐献王妃。郭氏女，惠帝后。充卒，李、郭女各欲令其母合葬，经年不决。贾后废，李氏乃祔①，葬遂定。**

**◎注释**

①祔（fù），合葬。

**◎译文**

贾充的妻子李氏写了《女训》一书，流传于世。李氏的女儿是齐献王王妃。郭氏的女儿是晋惠帝的皇后。贾充死后，李氏、郭氏的女儿都想让母亲和贾充合葬，解决不了。后来贾后被废，李氏与贾充合葬一事，才终于确定下来。

（15）**王汝南[1]少无婚，自求郝普女。司空以其痴，会无婚处，任其意，便许之。既婚，果有令姿淑德。生东海，遂为王氏母仪[2]。或问汝南："何以知之？"曰："尝见井上取水，举动容止不失常，未尝忤观[3]，以此知之。"**

**◎注释**

①王汝南，即王湛，官至汝南内史。父亲王昶，官至司空。

②母仪，做母亲的典范。

③忤观，指与别人对视。

**◎译文**

汝南内史王湛少年时，无人与他议亲，便向郝普的女儿求亲。父亲王昶认为他有些傻气，一定无处求婚，便随他的心意，答应了他。婚后，郝氏果真美貌贤淑。后来生了王承，成了王家做母亲的典范。有人问王湛："怎么知道她是好女子的？"王湛说："我曾经看她在井上汲水，举止仪容安娴，别人看她，她也如常，没有不顺眼的地方，因此知道她不同凡俗。"

（16）**王司徒妇[1]，钟氏女，太傅曾孙，亦有俊才女德。钟、郝为娣姒[2]，雅相亲重。钟不以贵陵郝，郝亦不以贱下钟。东海家内则郝夫人之法，京陵家内范钟夫人之礼。**

**◎注释**

①王司徒妇，即王浑的妻子，魏朝太傅钟繇的曾孙。

②娣姒，妯娌。

**◎译文**

司徒王浑的妻子是钟家的女儿，太傅钟繇的曾孙女，有才德。钟氏和郝氏是妯娌，两人很亲密，互相敬重。钟氏并不因为自己门第高而欺负郝氏，郝氏也不因为自己门第低微而在钟氏面前低声下气。东海太守王承家里，都恪守郝夫人的规矩；京陵侯王浑一家，都遵从钟夫人的礼法。

（17）李平阳[①]，秦州子，中夏名士，于时以比王夷甫。孙秀初欲立威权，咸云："乐令民望，不可杀；减李重者又不足杀。"遂逼重自裁。初，重在家，有人走从门入，出髻中疏示重。重看之色动，入内示其女，女直叫绝，了其意，出则自裁。此女甚高明，重每咨焉。

◎注释

①李平阳，即李重，曾任平阳太守。父亲李景，曾任秦州刺史。

◎译文

平阳太守李重是秦州刺史李景的儿子，中原名士，人们把他和名望很高的王夷甫并称。孙秀开始掌权时，想为自己树威，手下的人都说："乐令众望所归，不可杀；名望、地位不如李重的人又不值得杀。"于是，决定逼李重自杀。一开始，李重在家，有人从门外进来，从发髻里拿出一纸奏疏给他看。李重看了脸上变色，拿给女儿看，女儿直叫"完了"，李重明白她的意思，出来就自尽了。这个女儿见解高明，李重遇事总是和她商量。

（18）周浚[①]作安东时，行猎，值暴雨，过汝南李氏。李氏富足，而男子不在。有女名络秀，闻外有贵人，与一婢于内宰猪羊，作数十人饮食，事事精办，不闻有人声。密觇[②]之，独见一女子，状貌非常。浚因求为妾，父兄不许。络秀曰："门户殄瘁[③]，何惜一女！若连姻贵族，将来或大益。"父兄从之。遂生伯仁兄弟。络秀语伯仁等："我所以屈节为汝家作妾，门户计耳。汝若不与吾家作亲亲[④]者，吾亦不惜余年！"伯仁等悉从命。由此李氏在世，得方幅齿遇[⑤]。

◎注释

①周浚，汝南郡安城人，曾任扬州刺史，后加安东将军。

②觇（chān），偷看。

③殄瘁，衰微。

④亲亲，亲戚。

⑤方幅齿遇，正当的待遇。方幅，本指形体方正，此处指正规、正当。齿遇，礼遇，同等待遇。

◎译文

周浚任安东将军，外出打猎，适逢暴雨，就到汝南李氏家暂避。李氏家境富有，只是当时家中没有男子，只有名叫络秀的女儿在家。她听说来了贵人，就和婢女在后院杀猪宰羊，准备几十人的饮食，事事做得精到，而且没什么动静。周浚觉得奇怪，就去偷看，看见一个女子，相貌不一般。过后，周浚请求娶她为妾，女方的父兄不答应。络秀说："门第衰微，为何舍不得一个女儿！倘若和贵族联姻，将来或许有很大的益处。"父兄就顺从了她。后来生了周伯仁兄弟，络秀对伯仁兄弟说："我降低身份给你家做妾，只是为了光大李家门第。你们如果不把李家当作嫡亲看待，我也不会忍受残年！"伯仁兄弟都很听母亲的话。因此，李氏生前，得到平等的礼遇。

（19）陶公少有大志，家酷贫，与母湛氏同居。同郡范逵素知名，举孝廉，投侃宿。于时冰雪积日，侃室如悬磬[①]，而逵马仆甚多。侃母湛氏语侃曰："汝但出外留客，吾自为计。"湛头发委地，下为二髲[②]，卖得数斛米。斫诸屋柱，悉割半为薪，剉[③]诸荐以为马草。日夕，遂设精食，从者皆无所乏。逵既叹其才辩，又深愧其厚意。明旦去，侃追送不已，且百里许。逵曰："路已远，君宜还。"侃犹不返。逵曰："卿可去矣。至洛阳，当相为美谈。"侃乃返。逵及洛，遂称之于羊晫、顾荣诸人，大获美誉。

◎注释

①悬磬，喻空无所有，贫穷。

②髲，假发。

③剉（cuò），铡碎。

◎译文

陶侃少有大志，家境贫寒，和母亲湛氏住在一起，艰难度日。同郡人范逵很有名望，被举荐为孝廉，有次到陶侃家投宿。当时正是寒冬，冰雪铺天盖地已经多日，陶侃家一无所有，可是范逵车马仆从很多。湛氏对陶侃说："你只管到外面留客，我来想办法。"湛氏头发很长，拖到地上，她剪下长发，做成两卷假发，换来了几斛米。又把屋里的每根柱子都削下一半做柴烧，把草垫子剁碎做草料喂马。到傍晚，摆上了精美的饮食，随从也都得到很好的招待。范逵不但赞赏陶侃的才智，更对他的盛情款待深感愧谢。第二天，范逵告辞，陶侃送了一程又一程，不觉送出近百里左右。范逵说："已经很远了，您该回去了。"陶侃还是不肯回。范逵说："你该回去了。我到了洛阳，一定给你大加美言。"陶侃这才回去。范逵到了洛阳，就在羊晫、顾荣等名士面前称赞陶佩，让他大获美誉。

**（20）陶公少时作鱼梁[①]吏，尝以坩[②]鲊饷母。母封鲊付使，反书责侃曰："汝为吏，以官物见饷，非唯不益，乃增吾忧也。"**

**◎注释**

①鱼梁，水中筑的捕鱼的堰。

②坩（gān），陶器，瓦罐。

**◎译文**

陶侃年轻时做监管鱼梁的小吏，曾送一陶瓮腌鱼给母亲。母亲把腌鱼封好交给来人，回信责备陶侃："你做官吏，拿公家的东西送我，不但没有好处，反而增加了我的忧虑。"

**（21）桓宣武平蜀，以李势妹为妾，甚有宠，常著[①]斋后。主始不知，既闻，与数十婢拔白刃袭之。正值李梳头，发委藉地，肤色玉曜[②]，不为动容，徐曰："国破家亡，无心至此。今日若能见杀，乃是本怀。"主惭而退。**

**◎注释**

①著，安置。

②曜，光芒。

**◎译文**

桓温平定蜀地，娶李势的妹妹做妾，很宠爱她，把她安置在书斋后面。桓温的妻子南康长公主起初不知道，后来听说，带着几十个婢女提刀去杀她。到了那里，遇见李氏在梳头，头发垂下来拖到地上，肤色如玉，光采照人，没有因为公主到来而表情有变。她从容地说道："我国破家亡，无心在这里贪恋荣华富贵。今天如果被杀，正合我的心愿。"公主听罢，惭愧地退了出去。

**（22）庾玉台，希之弟也。希诛，将戮玉台。玉台子妇，宣武弟桓豁女也，徒跣[①]求进，阍[②]禁不内。女厉声曰："是何小人！我伯父门，不听我前！"因突入，号泣请曰："庾玉台常因人，脚短三寸，当复能作贼不？"宣武笑曰："婿故自急。"遂原[③]玉台一门。**

**◎注释**

①徒跣，光脚走路。形容急忙之状。

②阍（hūn），守门人。

③原，赦罪，赦免。

**◎译文**

庾玉台是庾希的弟弟。庾希被杀后，将要杀玉台。玉台的儿媳，是桓温弟弟桓豁的女儿。她知道情况后，光着脚去见桓温，掌门官不让进。她大声斥责说："这是哪个奴才！我伯父的门，竟敢不让我进！"说着便冲了进去，哭喊着说："庾玉台的一只脚短了三寸，要别人扶着才能走路，这样的人还能谋反吗？"桓温笑着说："为了丈夫的缘故，自然会着急。"于是赦免了庾玉台一家。

**（23）谢公夫人帏[①]诸婢，使在前作伎[②]，使太傅暂见，便下帏。太傅索更开，夫人云："恐伤盛德。"**

**◎注释**

①帏，指设置帷幕。

②伎，歌舞。

**◎译文**

谢安的妻子刘夫人挂起帷幕围着众婢女，让她们在里面表演歌舞，让谢安看了一会儿，便放下帷幕。谢安要求再掀开帷幕，夫人说："恐怕会损害你的美德。"

（24）桓车骑不好著新衣。浴后，妇故送新衣与，车骑大怒，催使持去。妇更持还，传语云："衣不经新，何由而故？"桓公大笑，著之。

◎译文

车骑将军桓冲不喜欢穿新衣。有次洗澡，妻子故意让仆人送去新衣给他，桓冲大怒，催仆人拿走。妻子又叫人拿回来，传话说："衣服不经过新的，又怎能会变成旧的？"桓冲听了大笑，就穿上了新衣。

（25）王右军郗夫人谓二弟司空、中郎[①]曰："王家见二谢[②]，倾筐倒庋[③]。见汝辈来，平平尔。汝可无烦复往。"

◎注释

①司空、中郎，指郗愔、郗昙。

②二谢，指谢安、谢万兄弟。

③倾筐倒庋（guǐ），把竹筐、架子里的东西倒出来，比喻倾尽所有。庋，意为置放、收藏；放器物的架子。

◎译文

右军将军王羲之的妻子郗夫人对两个弟弟说："王家见谢家兄弟来，恨不得把所有东西都翻出来款待。见你们去了，不过平平常常罢了。你们不必再去了。"

（26）王凝之谢夫人[①]既往王氏，大薄凝之。既还谢家，意[②]大不说。太傅慰释之曰："王郎，逸少之子，人身[③]亦不恶，汝何以恨乃尔？"答曰："一门叔父，则有阿大、中郎。群从兄弟，则有封、胡、遏、末[④]。不意天壤之中，乃有王郎！"

◎注释

①谢夫人，即谢道韫，是王凝的妻子，谢安的哥哥谢奕的女儿。

②意，指神情。

③人身，指人才。

④封、胡、遏、末，封是谢韶，胡是谢朗，遏是谢玄，末是谢

渊，都是小名。这四人都是有才学的人。

◎译文

王凝之妻子谢夫人到王家，很是轻视凝之。回到娘家，不高兴。太傅安慰说：“王郎是逸少的儿子，人品和才学也不错，为何竟如此不满？”谢夫人回答：“我一门之内，叔父就有阿大谢尚、中郎谢据这样的人。本家兄弟，就有谢韶、谢朗、谢玄、谢渊这样的人。没想到天地间，还有王郎这般人物！”

**（27）韩康伯母隐[①]古几毁坏，卞鞠见几恶，欲易之。答曰：“我若不隐此，汝何以得见古物！”**

◎注释

①隐，倚靠。

◎译文

韩康伯母亲平日倚靠着的小旧桌坏了，卞鞠看见，想换掉它。韩母回答说：“我如果不倚这个，你怎么能见到古物呢！”

**（28）王江州[①]夫人语谢遏[②]曰：“汝何以都不复进？为是尘务经心，天分有限？”**

◎注释

①王江州，即王凝之，曾任江州刺史。夫人谢道韫是谢遏之姐。

②谢遏，即谢玄，小名遏。

◎译文

王凝之夫人谢道韫问谢遏：“你为何一点长进也没有？是因为世俗杂务分心，还是天资有限？”

**（29）郗嘉宾丧，妇兄弟欲迎妹还，终不肯归，曰：“生纵不得与郗郎同室，死宁不同穴！”**

◎译文

郗嘉宾死了，他妻子的兄弟想把妹妹接回家，妹妹却始终不同意回娘家。说：“活着纵然不能和郗郎同室，死了岂可不和他同葬一穴！”

（30）谢遏绝重其姊，张玄常称其妹，欲以敌之。有济尼者，并游张、谢二家，人问其优劣。答曰：“王夫人神情散朗，故有林下风气；顾家妇清心玉映，自是闺房之秀①。”

◎注释

①林下，指隐士所在之处。济尼之言，实际是说顾家妇不如王夫人。称赞王夫人有隐士风度，顾家妇不过是妇女中的优秀者而已。

◎译文

谢遏非常推崇姐姐谢道韫，张玄常常称赞自己的妹妹，想使她和谢遏的姐姐并列。有个尼姑叫济尼，和张谢两家有交往，别人问她两人的高下。她回答说：“王夫人神态潇洒爽朗，确有隐士的风度。顾家媳妇心地清纯，洁白光润，自是闺房小姐中的佼佼者。”

（31）王尚书惠尝看王右军夫人，问：“眼耳未觉恶不？”答曰：“发白齿落，属乎形骸。至于眼耳，关于神明，那可便与人隔①！”

◎注释

①神明，精神。隔，隔阂。

◎译文

尚书王惠有一次去看望王羲之的夫人，问：“眼睛、耳朵还没觉得不好吧？”她回答：“头发白了，牙齿掉了，这是身体的衰老。至于视力和听力，关系到精神，哪能和别人差距太大呢！”

（32）韩康伯母殷，随孙绘之①之衡阳，于阖庐洲中逢桓南郡。卞鞠是其外孙，时来问讯。谓鞠曰：“我不死，见此竖二世作贼②！”在衡阳数年，绘之遇桓景真③之难也，殷抚尸哭曰：“汝父昔罢豫章，征书朝至夕发。汝去郡邑数年，为物④不得动，遂及于难，夫复何言！”

◎注释

①绘之，韩康伯的儿子，任衡阳太守。

②“见此竖”句，指桓温威权震主，桓玄篡逆之事。竖，竖子。

③桓景真，即桓亮，字景真，桓温之孙。

④物，天下万物。这里特指国事、事务。

◎**译文**

韩廉伯的母亲殷氏，随着孙子韩绘之到衡阳，途经阖庐洲时遇见南郡公桓玄。桓玄的长史卞鞠是殷氏的外孙，当时过来请安。殷氏对卞鞠说：“我没死，就看到这竖子两代人做乱臣贼子！”在衡阳住了几年，绘之在桓景真的叛乱中被害，殷氏抚尸痛哭：“你父亲当年被免去豫章太守，早晨接到征调的诏书，傍晚就上路。你免官已经数年，却为了国事不能动身，终于遭难，还能说什么呢！”

# 术解第二十

术解，指一些特殊的技艺。魏晋很多名士都通晓方术，这里的方术还包括医术、星相、堪舆等。如郭璞精通卜筮之术；阮成不仅通晓音律，还能从菜肴里品尝出是用什么样的柴火烧制，等等。本篇对其都作了生动的描写。

（1）荀勖[①]善解音声，时论谓之“暗解”[②]。遂调律吕，正雅乐[③]。每至正会，殿庭作乐，自调宫商，无不谐韵。阮咸妙赏，时谓“神解”[④]。每公会作乐，而心谓之不调。既无一言直[⑤]勖，意忌之，遂出阮为始平太守。后有一田父耕于野，得周时玉尺，便是天下正尺。荀试以校己所治钟鼓、金石、丝竹，皆觉短一黍[⑥]，于是伏阮神识。

◎注释

①荀勖（xù），晋初任中书监、侍中。曾掌音乐，校正音律。

②暗解，自然领会，说不出道理的领会。律吕，音律。

③雅乐，古代帝王祭祀、朝贺、宴享时所用乐曲，要求中正和平、典雅纯正，故称雅乐。汉末纷乱，雅乐亡失。荀勖重新制作正音的律管，但因为古今尺寸长短不同，所以不易和古律相应。

④神解，融会贯通的领会，达到化境。

⑤直，赞许。

⑥黍，黄米。古时把一百粒黍的长度定为一尺，用这个标准制

律管。

◎译文

荀勖善于辨别乐音正误，当时的人们认为他是“暗解”。他调整音律，校正雅乐。每到正月初一举行朝贺礼，殿堂上演奏音乐，就调整五音，无不和谐。阮咸的音乐欣赏能力很高，人们认为是“神解”。每逢官府奏乐，他遇到音调欠和谐的地方，心中不以为然，却不提意见，也从不说赞许荀勖的话。荀勖心里顾忌，就调他出京任始平太守。后来，一个农民在地里干活，得到周代一把玉尺，是古代的标准尺。荀勖用它校对所调乐器的律管，都较标准尺短了一粒米的长度，于是佩服阮咸的见识。

**（2）荀勖尝在晋武帝坐上食笋进饭，谓在坐人曰：“此是劳薪[①]炊也。”坐者未之信，密遣问之，实用故车脚[②]。**

◎注释

①劳薪，以使用过度的木材为柴火。

②车脚，车轮。

◎译文

荀勖有次在晋武帝的宴席上吃到了竹笋，对在座的人说：“这是拿使用过度的木料作柴火煮的。”在座的人不信，暗中派人问厨师，才知道是拿车轮作柴火煮成的。

**（3）人有相[①]羊祜父墓，后应出受命君[②]。祜恶其言，遂掘断墓后以坏其势。相者立视之，曰：“犹应出折臂三公。”俄而祜坠马折臂，位果至公。**

◎注释

①相，占视，相书之说。

②受命君，指受天之命，成为君王。

◎译文

有人相看羊祜父亲的坟墓，说以后应当会出真命天子。羊祜憎恶他说的话，就把坟挖断，以破坏气脉。看风水的人去看，说：“虽然有所损坏，但还是会出个断臂的三公。”不久之后，羊祜从马背跌落，摔断手臂。后来果然位至三公。

（4）王武子善解马性。尝乘一马，著连钱[①]障泥[②]，前有水，终日不肯渡。王云：“此必是惜障泥。”使人解去，便径渡。

◎注释

①连钱，一种马饰。这里指连钱花式样的马饰。

②障泥，垫马鞍的垫子，垂到马腹可挡泥土。

◎译文

王武子熟知马的脾性。他曾经骑马外出，马背上盖着连钱花纹的垫子，碰到前面有河，马不肯渡过去。王武子说：“这一定是马舍不得弄坏垫子。”于是叫人解下垫子，马就径直渡过河去了。

（5）陈述[①]为大将军掾，甚见爱重。及亡，郭璞[②]往哭之，甚哀，乃呼曰：“嗣祖，焉知非福！”俄而大将军作乱，如其所言。

◎注释

①陈述，字嗣祖，大将军王敦的属官。

②郭璞，精通卜筮之术。初受王导器重，后在王敦幕府里任记室参军。其时，郭璞已预知王敦要作乱。

◎译文

陈述任大将军王敦的属官，受到王敦的赏识和重视。后来，陈述去世，郭璞去哭丧，非常悲痛，哭喊着说：“嗣祖，你死了，怎知这不是一种福分呢！”不久王敦作乱，果如郭璞所说。

（6）晋明帝解占冢宅。闻郭璞为人葬，帝微服[①]往看，因问主人：“何以葬龙角[②]？此法当灭族！”主人曰：“郭云此葬龙耳，不出三年，当致天子。”帝问：“为是出天子邪？”答曰：“非出天子，能致天子问耳。”

◎注释

①微服，穿平民衣服以隐藏身份。

②龙角，看风水的人以山势为龙，山的连绵起伏脉络为龙脉。这

里指墓穴选择在龙角的位置上。

◎译文

晋明帝会按风水选择坟地和住宅。有次听说郭璞为人找了块坟地，就换上便服前往试探，又问墓主："为何葬在龙角上？这种葬法会招致灭族之祸！"主人说："郭璞说，这是葬在龙耳上，不出三年，就会引来天子。"明帝问："是引来天子，还是出个天子呢？"主人回答："不是出个天子，只是能引得天子垂询罢了。"

**（7）郭景纯[①]过江，居于暨阳，墓去水不盈百步，时人以为近水。景纯曰："将当为陆。"今沙涨，去墓数十里皆为桑田。其诗曰："北阜烈烈，巨海混混[②]。垒垒[③]三坟，唯母与昆。"**

◎注释

①郭景纯，即郭璞。西晋末，天下将乱，便避乱过江，住在暨阳。

②混混，水奔流的样子。

③垒垒，重叠的样子。

◎译文

郭景纯到了江南，住在暨阳县。他母亲的坟墓离大江不足百步，有人认为离江太近了。郭景纯说："那里会成为陆地。"现在由于泥沙增高，离坟墓几十里远的地方都变成了桑田。郭景纯有诗为记："北边的山岗如斯雄伟，大海的水湍流不息。这三座高坟里，安眠着我的母亲和哥哥。"

**（8）王丞相令郭璞试作一卦。卦成，郭意色甚恶。云："公有震[①]厄。"王问："有可消伏理不？"郭曰："命驾西出数里，得一柏树，截断如公长，置床上常寝处，灾可消矣。"王从其语。数日中，果震柏粉碎，子弟皆称庆，大将军云："君乃复委罪于树木！"**

◎注释

①震，即响雷。

◎译文

丞相王导要郭璞占一卦。卦象出来，郭璞脸色非常不好，说：“您有遭雷击的灾难。”王导问：“有没有消灾祛祸的办法？”郭璞说：“你驾车往西几里，有一棵柏树，截下一段和您一样高的树干，放在床上经常睡的位置，灾难就可消除。”王导照他说的去做。过了几天，雷电果然把柏木击得粉碎。王氏一门全都庆贺。王敦对郭璞说：“您竟然能把罪过推给树木！”

**（9）桓公有主簿善别酒，有酒辄令先尝。好者谓青州从事，恶者谓平原督邮[①]。青州有齐郡，平原有鬲县。从事言到脐，督邮言在膈上住[②]。**

**◎注释**

①从事、督邮，皆为官名，分别是州、郡的属官。这里指代酒名。

②“从事”二句，齐与脐谐音，鬲与膈谐音，而人体脐在腹部，膈在胸部。故主簿有此比喻。住，即停止。

**◎译文**

桓温有位主簿，擅长品酒，有酒总是先让他品尝。好酒，他便称之为“青州从事”，不好的，就说是“平原督邮”。因为青州有个齐郡，平原郡有个鬲县。所谓从事，是说酒力能达到肚脐；所谓督邮，是说酒力到达膈膜就停住了。

**（10）郗愔信道甚精勤。常患腹内恶，诸医不可疗。闻于法开[①]有名，往迎之。既来便脉，云：“君侯所患，正是精进[②]太过所致耳。”合一剂汤与之。一服即大下[③]，去数段许纸如拳大。剖看，乃先所服符也。**

**◎注释**

①于法开，和尚名，以文学著名，兼通医术。

②精进，佛教用语，指专心无杂念而上进不懈，这里是说对道术的虔诚。

③大下，即大泻。

◎译文

郗愔信奉天师道，非常虔诚。有段时间常常肚子不舒服，请了很多医生都治不好。听说于法开有名，就去请他来。于法开来了就切脉，切完脉说："君侯的病，是过分虔诚所引起的。"随即配了一剂汤药给他。郗愔服药后大泻，泻下像拳头那么大的纸团。剖开一看，全是先前所吃下的符箓。

**（11）殷中军妙解经脉[①]，中年都废。有常所给使[②]，忽叩头流血。浩问其故，云："有死事，终不可说。"诘问良久，乃云："小人母年垂百岁，抱疾来久，若蒙官一脉，便有活理。讫就屠戮无恨。"浩感其至性，遂令舁[③]来，为诊脉处方。始服一剂汤，便愈。于是悉焚经方。**

◎注释

①经脉，指人体气血运行的通路，泛指医术。

②给使，指供使唤的仆人。

③舁（yú），抬。

◎译文

殷中军原本精通医术，但中年时都荒废了。有个常使唤的人，忽然给他磕头，磕到流血。殷浩问他何事，他说："事关人命，终究不该说。"追问很久，才道："小人母年近百岁，生病很长时间了，如果承蒙大人诊脉，能够活下去。事成以后，就算被杀也心甘情愿。"殷浩被他的孝心感动，就叫他把母亲抬来，诊脉开药方。才服了一剂药，病就好了。从此殷浩把医书全都烧了。

# 巧艺第二十一

巧艺，指精巧的技艺，主要指书画家的艺术造诣以及艺术上的追求，如顾恺之“颊上益三毛”、“传神写照，正在阿堵中”及评画的“手挥五弦易，目送归鸿难”等，反映了魏晋时代绘画艺术的重大发展和变革；还有一些能工巧匠的高超技艺，如工匠所造楼台，“台虽高峻，常随风摇动，而终无倾倒之理”，都描写得极其生动。

（1）弹棋始自魏官内，用妆奁戏[①]。文帝于此戏特妙，用手巾角拂之，无不中。有客自云能，帝使为之。客著葛巾[②]角，低头拂棋，妙逾于帝。

◎注释

①“弹棋”句，一种棋类游戏。源于西汉，曹操掌权时，宫女用金钗、玉梳在镜匣上作弹棋游戏。

②葛巾，葛布做的头巾。

◎译文

弹棋源于魏代后宫，用梳妆的镜匣来游戏。魏文帝精通这种游戏，能用手中的巾角去弹棋子，没有弹不中的。有人说自己很精于玩这游戏，文帝便让他试一试。客人戴着葛巾，低着头用葛巾角拨动棋子，比文帝做得更妙。

（2）陵云台[①]楼观精巧，先称平众木轻重，然后造构，乃无锱铢[②]相负揭[③]。台虽高峻，常随风摇动，而终无倾倒之理。魏明帝登台，惧其势危，别以大材扶持之，楼即颓坏。论者谓轻重力偏故也。

◎注释

①陵云台，楼台名，魏文帝建筑，在洛阳宫中。

②锱铢，微小的数目。

③负揭，指秤杆的下垂与翘起，高下。这里有“差别”的意思。

◎译文

陵云台建筑精巧，建造前先将所有木材逐一称过轻重，然后建造，四面木料重量不差分毫。楼台虽然高峻，常随风摇摆，却始终不倒。魏明帝登陵云台，怕出现危险情况，另用大木支撑，楼台因此颓坏。有人说，这是因为重心偏向一边，失去平衡的缘故。

（3）韦仲将[1]能书。魏明帝起殿，欲安榜，使仲将登梯题之。既下，头鬓皓然。因敕儿孙勿复学书。

◎注释

①韦仲将，即韦诞，字仲将，书法家，官至光禄大夫。

◎译文

韦仲将擅书法。魏明帝修建宫殿，想安置一块匾额，就派仲将登梯上去题匾。题完字下来，韦仲鬓发全白。因此，他告诫子孙，不要再学书法。

（4）钟会是荀济北[1]从舅，二人情好不协。荀有宝剑，可直百万，常在母钟夫人许。会善书。学荀手迹，作书与母取剑，仍窃去不还。荀勖知是钟而无由得也，思所以报之。后钟兄弟以千万起一宅，始成，甚精丽，未得移住。荀极善画，乃潜往画钟门堂，作太傅[2]形象，衣冠状貌如平生。二钟入门，便大感恸，宅遂空废。

◎注释

①荀济北，即荀勖，晋武帝即位，封为济北郡公，固辞为侯。

②太傅，指钟繇，魏朝太傅，钟会的父亲。

◎译文

钟会是济北公荀勖的堂舅，两人不和。荀勖有把宝剑，约值百万，放在母亲钟夫人那里。钟会擅书法，就模仿荀勖笔迹，写信骗到了宝剑，不肯还回来。荀勖知道是钟会干的，可也没办法，想报复他。后来钟家兄弟花了千万修建一所住宅，刚落成，非常精美，还没搬进去。荀勖擅长绘画，就到钟会的新居画上钟繇的像，衣冠形貌，栩栩如生，都和太傅生前一样。钟毓和钟会兄弟进门看见，大为感伤，于是房子闲置不用。

**（5）羊长和博学工书，能骑射，善围棋。诸羊后多知书，而射、奕徐艺莫逮。**

**◎译文**

羊长和学识广博，擅长书法，能骑马射箭，又精通围棋。羊家后代多懂书法，可是射箭、下棋这些技艺，没有谁能比得上羊长和。

**（6）戴安道[①]就范宣学，视范所为，范读书亦读书，范抄书亦抄书。唯独好画，范以为无用，不宜劳思于此。戴乃画《南都赋图》，范看毕咨嗟，甚以为有益，始重画。**

**◎注释**

①戴安道，即戴逵，字安道，不远千里到豫章拜范宣为师。

**◎译文**

戴安道登门向范宣学习，处处模仿，范宣读书，他也读书，范宣抄书，他也抄书。唯独绘画，范宣认为没用，不该在这事上费心劳神。戴安道于是画了《南都赋图》，范宣看后，赞叹不已，认为很有好处，于是才开始重视绘画。

**（7）谢太傅云："顾长康画，有苍生来所无。"**

**◎译文**

太傅谢安说："顾长康的画，自古未有。"

**（8）戴安道中年画行像[①]甚精妙。庾道季看之，语戴云："神明太俗，由卿世情未尽。"戴云："唯务光[②]当免卿此语耳。"**

**◎注释**

①行像，一种仪式，用宝车载着佛像在街道上巡行。

②务光，夏朝人，隐士。商汤讨伐夏桀时和他商量，他说“非吾事也”。后来商汤要让位给他，他说：“吾闻无道之世，不践其土，况让我乎？”然后自沉于水。

◎译文

戴安道中年时画行像，精妙无比。庾道季看了后，说：“神像画得太俗，你还不能完全脱俗。”戴安道说：“恐怕只有务光才能免受你的批评。”

**（9）顾长康画裴叔则，颊上益三毛。人问其故，顾曰：“裴楷俊朗有识具，正此是其识具。”看画者寻之，定觉益三毛如有神明，殊胜未安时。**

◎译文

顾长康给裴叔则画像，在脸颊上多画了三根胡子。有人问他为何，顾长康说：“裴楷俊逸爽朗，很有才识，这是表现他的才识。”看画的人仔细观察寻味，确实觉得有了胡子裴叔则的画像更有气韵，远胜没有胡子的时候。

**（10）王中郎以围棋是坐隐[①]，支公以围棋为手谈。**

◎注释

①坐隐，围棋的别名，也叫手谈。

◎译文

北中郎将王坦之认为围棋是座上隐居，支道林把下围棋看作用手交谈。

**（11）顾长康好写起人形，欲图殷荆州。殷曰：“我形恶，不烦耳。”顾曰：“明府正为眼尔。但明点童子，飞白拂其上，使如轻云之蔽日[①]。”**

◎注释

①“明府”句，对殷仲堪的尊称。殷仲堪一只眼瞎，所以不愿画像。童子，即瞳子、瞳仁。飞白，国画中一种枯笔露白的线条。

◎译文

顾长康喜欢画人物，他想给荆州刺史殷仲堪画幅肖像。殷仲堪说："我长相丑陋，就不麻烦你了。"顾长康说："明府只是因为眼睛罢了。只要点出瞳仁，用飞白笔法轻轻掠过，可以让它像一抹轻云遮住太阳那样。"

**（12）顾长康画谢幼舆在岩石里，人问其所以，顾曰："谢云：'一丘一壑，自谓过之。'此子宜置丘壑中。"**

**◎译文**

顾长康画谢幼舆，把他放在山崖乱石中。有人问他缘故，顾长康说："谢幼舆说过：'一丘一壑，自谓过之。'所以应该把他放在山崖沟壑里。"

**（13）顾长康画人，或数年不点目精[①]。人问其故，顾曰："四体妍蚩[②]，本无关于妙处。传神写照[③]，正在阿堵[④]中。"**

**◎注释**

①目精，眼珠。

②四体，四肢，泛指形体。妍蚩，同"妍媸"，美丑。

③写照，摹画人像。

④阿堵，这个，此处，指眼珠。

**◎译文**

顾长康画人，有的几年不点眼睛。别人问是什么缘故，他说："形体的美丑，和神妙之处没什么关系。画像要能传神，关键在眼神。"

**（14）顾长康道画："手挥五弦易，目送归鸿难[①]。"**

**◎注释**

①"手挥"句，顾长康常用嵇康的四言诗《赠兄秀才入军》诗中原句，意境作画，这里是说两种意境的难易。

**◎译文**

顾长康论画时说："要画手挥五弦的动作很容易，要画出目送归鸿的神态很难。"

# 宠礼第二十二

宠礼，指得到宠幸礼遇之意。魏晋时期，各统治者为了巩固及廓上自己的势力，同样需要延揽人才，笼络人心，所以对于很多人加以宠幸和礼遇。如晋元帝引王丞相“登御床”，极致恩宠，而王导固辞不敢受。而受到礼遇的人，往往也反应不一，如皇帝在宴会上问“伏滔何在”，伏滔就激动不已，向儿子夸耀。许玄度受到长官京兆尹的厚爱，郗超等得到大司马的重用，都让他人艳羡，自己也引以为荣。

（1）元帝正会，引王丞相登御床，王公固辞，中宗引之弥苦①。王公曰：“使太阳与万物同晖，臣下何以瞻仰！”

◎注释

①“元帝”句，晋元帝司马睿，死后庙号是中宗。元帝初为琅邪王时，王导倾心辅佐，后来即帝位，任王导为中书监、录尚书事。

◎译文

晋元帝在正月初一朝见群臣时，拉着丞相王导登上御座和自己同坐，王导坚决推辞，元帝更加恳切。王导说：“如果太阳和万物一起发光，臣子怎能瞻仰太阳呢！”

（2）桓宣武尝请参佐入宿，袁宏①、伏滔相次而至。莅名，府中复有袁参军，彦伯疑焉，令传教②更质。传教曰：“参军是袁、伏之袁，复何所疑！”

◎注释

①袁宏，字彦伯，有才华，和伏滔同任桓温参军，被称为“袁伏”。

②传教，传达教令的郡吏，传令官。

◎译文

桓温曾让属官入府值班，袁宏和伏滔陆续来到。签到值宿时，因府中还有个袁参军，袁宏怀疑名单上的袁参军不是自己，便让传令官再查问一下。传令官说：“参军，就是‘袁伏’的袁，有什么可怀疑的呢！”

（3）王珣、郗超并有奇才，为大司马所眷拔。珣为主簿，超为记室参军。超为人多须，珣状短小。于时荆州为之语曰：“髯参军，短主簿，能令公喜，能令公怒。”

◎译文

王珣和郗超都有非凡的才能，受到大司马桓温的赏识提拔。王珣担任主簿，郗超担任记室参军。郗超多须髯，王珣身材矮小。荆州有几句歌谣：“大胡子参军，矮个子主簿，能令公喜，能令公怒。”

（4）许玄度停[①]都一月，刘尹[②]无日不往，乃叹曰：“卿复少时不去，我成轻薄京尹[③]！”

◎注释

①停，即滞留。

②刘尹，即刘惔，曾任丹阳尹，故称。

③京尹，即京兆尹，京都长官。这里指的是东晋都城建康。

◎译文

许玄度在京都停留了一个月，丹阳尹刘真长没有一天不去看他。最后，刘真长叹息道：“你过些天还不走，我就成了轻薄京尹了！”

（5）孝武在西堂会，伏滔[①]预坐。还，下车呼其儿，语之曰：“百人高会，临坐未得他语，先问：‘伏滔何在，在此不？’此故未易得。为人作父如此，何如？”

◎注释

①伏滔，原为桓温参军，后任著作郎，专掌国史，领本州大中正。

◎译文

晋孝武帝在西堂会见群臣，伏滔也参加了。他一回到家，就叫儿子过来，说："举行上百人的盛会，天子一落座，没说别的，就先问：'伏滔在哪里？在这里吗？'这种荣誉很不容易得到。而你父亲我却做到了，你觉得怎么样？"

**（6）卞范之为丹阳尹，羊孚南州[①]暂还，往卞许，云："下官疾动[②]，不堪坐。"卞便开帐拂褥，羊径上大床，入被须枕。卞回坐倾睐[③]，移晨达莫。羊去，卞语曰："我以第一理期卿，卿莫负我！"**

◎注释

①南州，东晋时称姑孰（今安徽当涂）、江州（今江西九江）一带为南州。

②动，发作，此处指服了五石散，药性发作。

③倾睐，注视。

◎译文

卞范之任丹阳尹时，羊孚从姑孰回京，到卞范之家去看他，说："下官药性发作，坐不住。"卞范之就拉开帐幔，把褥子掸干净，羊孚径直上了大床，盖上被子，靠着枕头。卞范之返回座位，注视着他，从早到晚，整整一天。羊孚要走了，卞范之对他说："我对你十分看重，不要辜负了我！"

# 任诞第二十三

任诞，指任性放纵之意。魏晋名士大多不拘礼法，率性而为，认为回归自然，才是真正的风流。有些士人甚至不顾男女有别，婚丧礼节，执意我行我素。阮籍不顾“叔嫂不通问”，母丧期间纵酒，亲友吊唁时仍醉态朦胧。阮籍喝酒，是要借酒浇“胸中垒块”，而其子只是为了追求名士风度，有意为之。总的来说，魏晋名士或借放任以避世，或在官场中保留一些个性，不失人性，其言行对反礼教来说，有一定的积极意义。

但有些士人，却认为名士无须奇才，但使常得无事痛饮，熟读《老子》《庄子》《离骚》即可，着实有些言过饰非。而殷洪乔上任时替亲友带信，走到半路，把信全都扔到了江里，称自己“不能作致书邮”，则是无良行径。

（1）陈留阮籍、谯国嵇康、河内山涛，三人年皆相比，康年少亚之。预此契[①]者：沛国刘伶、陈留阮咸、河内向秀、琅邪王戎。七人常集于竹林之下，肆意酣畅，故世谓竹林七贤。

◎注释

①契，即契会、约会。

◎译文

陈留郡阮籍、谯国嵇康、河内郡山涛，三人年纪相仿，其中嵇康的年纪稍小。参与聚会的还有：沛国刘伶、陈留郡阮咸、河内郡向秀、琅邪郡王戎。七人常在竹林聚会，开怀畅饮，肆无忌惮，所以世人称他们为“竹林七贤”。

（2）阮籍遭母丧，在晋文王坐，进酒肉。司隶何曾亦在坐，曰：“明公方以孝治天下，而阮籍以重丧[①]显于公坐饮酒食肉，宜流之海外，以正风教。”文王曰：“嗣宗毁顿[②]如此，君不能共忧之，何谓！且有疾而饮酒食肉，同丧礼也！”籍饮啖不辍，神色自若。

◎注释

①重丧，这里指父母之死。

②毁顿，指因哀伤过度而损害身体。

◎译文

阮籍为母服丧期间，在晋文王的宴席上仍旧喝酒吃肉。司隶校尉何曾也在座，他对晋文王说：“您用孝治理天下，阮籍重孝在身，却仍然喝酒吃肉，应把他流放，以正教化。”文王说：“嗣宗因丧亲而哀伤过度，身体憔悴不堪，你不和我一起来关心他，还说什么呢！再说有病而喝酒吃肉，本就合乎丧礼啊！”其间，阮籍吃喝不停，神色不变。

（3）刘伶[①]病酒[②]，渴甚，从妇求酒。妇捐酒毁器，涕泣谏曰：“君饮太过，非摄生之道，必宜断之！”伶曰：“甚善。我不能自禁，唯当祝鬼神自誓断之耳。便可具酒肉。”妇曰：“敬闻命。”供酒肉于神前，请伶祝誓。伶跪而祝曰：“天生刘伶，以酒为名，一饮一斛，五斗解酲。妇人之言，慎不可听。”便引酒进肉，隗然已醉矣。

◎注释

①刘伶，字伯伦，好酒，曾作《酒德颂》。

②病酒，饮酒沉醉，醒后困乏，叫病酒。

◎译文

刘伶酒喝多了，沉醉如病。醒后觉得口渴，向妻子要酒喝。妻子倒掉酒，砸坏酒器，哭着说：“你喝得太多了，这不是养生之道，一定要戒酒！”刘伶说：“很好。不过我自己不能戒，只有在鬼神面前祷告发誓才行。你赶快准备酒肉。”妻子说：“好。”于是把酒肉供在神前，请刘伶来发誓。刘伶跪着祷告说：“天生我刘伶，靠喝酒出名，一喝就十斗，五斗除酒病。妇人家的话，千万不要听。”说完，拿过酒肉大吃大喝，一会儿就醉倒了。

**（4）刘公荣与人饮酒，杂秽非类①。人或讥之。答曰：“胜公荣者不可不与饮，不如公荣者亦不可不与饮，是公荣辈者又不可不与饮。”故终日共饮而醉。**

**◎注释**

①非类，不是同类，指身份门第不同。辈，同一类别、等级。

**◎译文**

刘公荣喜欢喝酒，和他一起喝酒的，乱七八糟的什么人都有。有人讥笑他。他说：“胜过我的人，我不能不和他喝；不如我的人，我也不能不和他喝；和我一样的人，更不能不和他喝。”所以，他整天都和别人共饮而醉。

**（5）步兵校尉①缺，厨中有贮酒数百斛②，阮籍乃求为步兵校尉。**

**◎注释**

①步兵校尉，官名。汉代京师置屯兵八校尉，步兵校尉掌管上林苑屯兵。

②厨，指步兵营的厨房。里面的酒为犒劳军队而酿造。

**◎译文**

步兵校尉的职位空缺，而步兵营厨房藏有数百斛酒，阮籍因此请求去做步兵校尉。

**（6）刘伶恒纵酒放达，或脱衣裸形在屋中。人见讥之。伶曰：“我以天地为栋宇，屋室为裈衣，诸君何为入我裈中！”**

**◎译文**

刘伶饮酒不加节制，任性放纵，有时甚至脱去衣服，在家里赤身露体。别人看到了讥笑他。刘伶说："我把天地当做房子，把屋子当做衣裤，诸位为何跑进我裤子里来呢！"

**（7）阮籍嫂尝还家，籍见与别。或讥之[1]。籍曰："礼岂为我辈设也？"**

**◎注释**

①或讥之，别人讥讽他。按照礼制，叔嫂不通问，所以认为阮籍不遵礼法。

**◎译文**

阮籍的嫂子有次回娘家，阮籍去看她，出来跟她道别。有人因此讥笑他。阮籍说："礼法难道是为了我们这些人制定的吗？"

**（8）阮公邻家妇，有美色，当垆酤酒。阮与王安丰常从妇饮酒，阮醉，便眠其妇侧。夫始殊疑之，伺察，终无他意。**

**◎译文**

阮籍邻居家的妻子，很漂亮，在酒庐旁卖酒。阮籍和安丰侯王戎常到那里买酒喝，阮籍喝醉了，睡在这个女人身旁。那家的丈夫特别怀疑阮籍，探察他的行为，发现他自始至终都没别的意图。

**（9）阮籍当葬母，蒸一肥豚，饮酒二斗，然后临诀，直言"穷矣[1]！"都得一号，因吐血，废顿良久。**

**◎注释**

①穷，穷尽。当时孝子哭，要喊"穷、奈何"，是一种风俗。

**◎译文**

阮籍在母亲出殡那天，蒸了一只小肥猪，喝了两斗酒，向遗体诀别，只喊了一声"完了！"只号哭了一声就口吐鲜血，身体衰颓了很长时间。

**（10）阮仲容、步兵居道南，诸阮居道北。北阮皆富，南阮贫。七月七日，北阮盛晒衣，皆纱罗锦绮[1]。仲容以竿挂大布犊鼻裈于中庭。人或怪之，答曰："未能免俗，聊复尔耳！"**

**◎注释**

①“七月”句，古代习俗，七月七日晒衣裳书籍，据说这样不会受虫蛀。

◎译文

阮仲容、步兵校尉阮籍住在道路南边，其他阮姓住道路北边。道北阮家都很富，道南阮家比较穷。七月七日那天，道北阮家大晒衣服，都是华贵的绫罗绸缎。阮仲容却用竹竿挂起一条粗布短裤晒在院里。有人觉得奇怪，他说：“我不能不随风俗，姑且做做样子罢了！”

**（11）阮步兵丧母，裴令公往吊之。阮方醉，散发坐床，箕踞不哭[①]。裴至，下席于地，哭；吊唁[②]毕，便去。或问裴：“凡吊，主人哭，客乃为礼。阮既不哭，君何为哭？”裴曰：“阮方外之人，故不崇礼制；我辈俗中人，故以仪轨[③]自居。”时人叹为两得其中。**

◎注释

①“阮方”句，依丧礼，阮籍坐在床上是离了丧位，箕踞而坐，也不合礼法。客人席于地，而孝子坐在床上，更不合礼法。

②吊唁，同“吊唁”。

③仪轨，指礼法，礼制。

◎译文

阮籍的母亲去世，中书令裴楷去吊唁。阮籍喝醉了披头散发，伸着两腿坐在榻上，也不哭。裴楷到后，把垫席放在地上，哭泣尽哀，吊唁完就走了。有人问裴楷：“大凡吊唁之礼，主人哭，客人才行礼。阮籍既然不哭，您为何哭呢？”裴楷说：“阮籍超脱世俗，所以不遵礼制；我们是世俗中人，所以要遵守礼制。”时人为之赞叹，认为二人行为都很恰当。

**（12）诸阮皆能饮酒，仲容至宗人[①]间共集，不复用常杯斟酌[②]，以大瓮盛酒，围坐相向大酌。时有群猪[③]来饮，直接去上[④]，便共饮之。**

◎注释

①宗人，同一家族的人。

②斟酌，斟酒。

③群猪，古代对少数民族仡佬族的侮辱性称呼。“群猪”原文作“群猪”，今从萧艾《世说新语研究》，作“群猪”。

④直接去上，指径直一个接一个从瓮中饮酒。

◎译文

阮氏一族都能喝酒，阮仲容参加族人聚会，不用普通杯子，而用大酒瓮装酒，大家围坐着，面对面大喝一番。有一次，刚好一群猪奴也来饮酒，于是，众人便一个接一个径直从瓮中豪饮。

（13）**阮浑[①]长成，风气韵度似父，亦欲作达[②]。步兵曰：“仲容已预之，卿不得复尔！”**

◎注释

①阮浑，字长成，阮籍的儿子。

②作，指表现。达，即旷达。

◎译文

阮浑长大成人，风度神韵像父亲，也想学做放达的人。父亲阮籍对他说：“仲容已经入了我们这一流了，你不能再这样做了！”

（14）**裴成公妇，王戎女。王戎晨往裴许，不通径前。裴从床南下，女从北下，相对作宾主，了无异色。**

◎译文

裴成公的妻子是王戎的女儿。王戎一天清早到裴家去，不通报就进去。裴成公见他来，从床南边下来，妻子从北边下床，和王戎宾主相对，全然没有一点难堪的脸色。

（15）**阮仲容先幸姑家鲜卑婢。及居母丧，姑当远移，初云当留婢，既发，定将去。仲容借客驴，著重服自追之，累骑[①]而返。曰：“人种[②]不可失。”即遥集之母也。**

◎注释

①累骑，重骑，指同乘一驴。

②人种，生育后代的人。此处指已怀孕的婢女。

◎译文

阮仲容先前宠爱姑姑家那个鲜卑族婢女。给母亲守孝期间，姑姑要迁到远处，起初说要留下这个婢女，但临出发前，却把她带走了。仲容知道后，借了客人的驴，穿着孝服去追，两人一起骑驴回来。仲容说："人种不能丢掉。"这个婢女就是阮遥集的母亲。

**（16）任恺[①]既失权势，不复自检括[②]。或谓和峤曰："卿何以坐视元裒败而不救？"和曰："元裒如北夏门，拉攞[③]自欲坏，非一木所能支。"**

◎注释

①任恺，字元裒，晋武帝时为侍中，总门下枢要。

②检括，检束，检点。

③拉攞（luó），崩塌、断裂。

◎译文

任恺失去权势后，放浪不羁，不再自我检束。有人问和峤说："你为何眼看着元裒被搞垮而袖手不管呢？"和峤说："元裒就好比北夏门，本来要毁坏，不是一根木头所能支撑得了的。"

**（17）刘道真少时，常渔草泽，善歌啸，闻者莫不留连。有一老妪，识其非常人，甚乐其歌啸，乃杀豚进之。道真食豚尽了不谢。妪见不饱，又进一豚。食半余半，乃还之。后为吏部郎，妪儿为小令史，道真超用之。不知所由，问母，母告之。于是赍[①]牛酒诣道真，道真曰："去，去！无可复用相报[②]。"**

◎注释

①赍（jī），携带。

②无可，不必要。报，即报答、回报。

◎译文

刘道真年轻时，常到湖泽中去打鱼，喜欢唱歌长啸，令听到的人流连忘返。有一个老妇，看他非同一般，很喜欢他，就杀了只小肥猪送他吃。道真吃完了，也不道谢。老妇看他还没吃饱，又送了只小猪。刘道真吃了一半．剩下一半，退回给老妇。后来刘道真任吏部郎，老妇的儿子正做小令使，道真就越级任用。小令史不知为何，去询问母亲，母亲告诉他过去的事情。于是，他带上牛肉、酒食之类去拜见道真。道真说："走吧，走吧！不用再来答谢了。"

**（18）阮宣子常步行，以百钱挂杖头，至酒店，便独酣畅。虽当世贵盛，不肯诣也。**

**◎译文**

阮宣子经常随意而行，拿一百钱挂在手杖上，到酒店里，就开怀畅饮。即使是显贵之人，他也不肯前往拜见。

**（19）山季伦[①]为荆州，时出酣畅。人为之歌曰："山公时一醉，径造高阳池[②]。日莫倒载归，酩酊无所知。复能乘骏马，倒著白接篱[③]。举手问葛强，何如并州[④]儿？"高阳池在襄阳。强是其爱将，并州人也。**

**◎注释**

①山季伦，即山简，字季伦，以"高阳酒徒"自命。

②高阳池，本名习家池，汉侍中习郁的养鱼池。山简每到这里，常大醉而归，说"此是我高阳池也"，由此改名高阳池。

③白接篱（lí），一种用白鹭羽毛装饰的便帽。接篱，帽子。

④并州，州名。指山西大部和河北、内蒙的一部，治今山西太原。

**◎译文**

山季伦任荆州刺史时，经常出游畅饮。当时有人为他编了一首歌："山公时一醉，径造高阳池。日暮倒载归，酩酊无所知。复能乘骏马，倒著白接篱。举手问葛强，何如并州儿？"高阳池在襄阳。葛强是山季伦的爱将，并州人。

**（20）张季鹰[①]纵任不拘，时人号为江东步兵。或谓之曰："卿乃可纵适一时，独不为身后名邪？"答曰："使我有身后名，不如即**

时一杯酒！”

◎注释

①张季鹰，即张翰，字季鹰，江东吴郡人，曾任大司马东曹椽。

◎译文

张季鹰任情适性，放诞不羁，时人称他为“江东步兵”。有人说：“你可以一时放纵安逸，难道不考虑身后的名声吗？”季鹰回答：“与其留名后世，不如畅饮眼前一杯酒！”

（21）毕茂世[①]云：“一手持蟹螯[②]，一手持酒杯，拍浮[③]酒池中，便足了一生。”

◎注释

①毕茂世，即毕卓，字茂世，傲世放任，曾任吏部郎。

②蟹螯，螃蟹前面的一对钳子。

③拍浮，击水浮游，游泳。

◎译文

毕茂世说：“一手拿着蟹螯，一手举着酒杯，在酒池里游泳，足以了结此生。”

（22）贺司空[①]入洛赴命，为太孙舍人，经吴阊门[②]，在船中弹琴。张季鹰本不相识，先在金阊亭，闻弦甚清，下船就贺，因共语，便大相知说。问贺“卿欲何之？”贺曰：“入洛赴命，正尔进路。”张曰：“吾亦有事北京[③]。”因路寄载，便与贺同发。初不告家，家追问乃知。

◎注释

①贺司空，即贺循，会稽郡山阴人。曾任武康县令，后召补太子舍人。

②阊（chāng）门，姑苏城门名。

③北京，指京都洛阳。贺、张二人都是吴人，当时称洛阳为北京。

◎译文

司空贺循到洛阳就职，担任太孙舍人一职，经过吴地的阊门，在船上弹琴。张季鹰不认识他，在金阊亭上，听见琴声清朗，下船找贺循。二人谈论起来，彼此投契，非常高兴。张季鹰问贺循："你要到哪里去？"贺循说："到洛阳就职，正在赶路。"张季鹰说："我也要到洛阳。"于是，张季鹰就和贺循一起，顺路搭船。张季鹰事先没告诉家里，直到家里追寻，才知道他去洛阳了。

**（23）祖车骑[①]过江时，公私俭薄，无好服玩。王、庾诸公共就祖，忽见裘袍重叠，珍饰盈列。诸公怪问之，祖曰："昨夜复南塘[②]一出。"祖于时恒自使健儿鼓行[③]劫钞，在事之人亦容而不问。**

◎**注释**

①祖车骑，即祖逖，死后赠车骑将军。

②南塘，秦淮河南岸。塘，堤岸。

③鼓行，击鼓行进，指明目张胆、无所顾忌。

◎**译文**

车骑将军祖逖到江南时，无论公家，还是私人，都很贫乏，没什么名贵服用和玩物。有一次，王导、庾亮等看望祖逖，见他皮袍一叠一叠，室内摆满了珍奇名贵的东西。众人感到奇怪，就问祖逖，回答说："昨天夜里又到南塘走了一趟。"那个时候，祖逖常派人公然抢劫，当权的人对他也宽容，不追究。

**（24）鸿胪卿孔群[①]好饮酒。王丞相语云："卿何为恒饮酒？不见酒家覆瓿[②]布，日月糜烂[③]？"群曰："不尔。不见糟肉[④]，乃更堪久？"群尝书与亲旧："今年田得七百斛秫米[⑤]，不了麴糵[⑥]事。"**

◎**注释**

①孔群，字敬休，东晋时官至御史中丞。

②瓿（bù），小瓮。

③日月糜烂，即指时间短。

④糟肉，用酒或酒糟腌制的肉。

⑤秫（shú）米，高粱米。

⑥麴糵（qū niè），酒曲，这里指用酒曲酿酒。

◎译文

鸿胪卿孔群好酒。丞相王导对他说："为何经常喝酒？难道没见酒店盖酒坛的布，过不了多久就腐烂了吗？"孔群说："并非如此。您难道没看见糟肉，反而更能耐久吗？"孔群写信给亲友说："今年田地里只收到七百石秫米，不够酿酒用的。"

（25）有人讥周仆射[①]与亲友言戏秽杂无检节。周曰："吾若万里长江，何能不千里一曲[②]！"

◎注释

①周仆射，周顗，字伯仁，任尚书左仆射。其人纵酒放荡，蔑视礼法。

②"吾若"句，以长江的弯曲比喻自己行为的偏差。

◎译文

有人讥讽尚书左仆射周顗和亲友言谈玩笑，粗野驳杂，有失检点。周顗说："我好比万里长江，怎能一泻千里也不拐个弯儿！"

（26）温太真位未高时，屡与扬州。淮中估客摴蒱[①]，与辄不竞。尝一过，大输物，戏屈，无因得反。与庾亮善，于舫中大唤亮曰："卿可赎我！"庾即送直，然后得还，经此数四。

◎注释

①摴蒱（chū pú），一种古代博戏，以掷骰、看骰色而定输赢。博戏中用于掷采的投子最初是用樗木制成。又由于这种木制掷具系五枚一组，所以又叫五木之戏，或简称五木。

◎译文

温太真官职还不高的时候，和扬州、淮中的客商赌博，总赌不过人家。有一次，大大输了一笔钱，钱都输光了，没法回去。他和庾亮关系很好，在船上招呼庾亮说："来赎我！"庾亮立刻送钱过去，温太真这才得以脱身。这样的事情他经历了许多次。

（27）温公喜慢语[①]，卞令[②]礼法自居。至庾公许，大相剖击。

温发口鄙秽。庾公徐曰："太真终日无鄙言[③]。"

◎注释

①慢语，指信口开河，胡言乱语。

②卞令，即卞壶。曾任尚书令。

③"太真"句，当时风气以傲慢放纵为达。

◎译文

温太真喜欢信口开河，胡言乱语，尚书令卞壶以礼法自居。两人到庾亮那里，互相攻讦。温太真出口粗秽，庾亮却徐徐说："太真整天出言不俗。"

（28）周伯仁[①]风德雅重，深达危乱。过江积年，恒大饮酒，尝经三日不醒。时人谓之"三日仆射"。

◎注释

①周伯仁，据记载，过江后他经常喝醉，只有姐姐死时清醒了三天，他姑姑死时，清醒了三天。

◎译文

周伯仁品行好，声望高，并且深知国家治乱之理。过江以后，连年豪饮，曾一连三天不醒。时人称他为"三日仆射"。

（29）卫君长为温公长史，温公甚善之。每率尔提酒脯就卫，箕踞相对弥日。卫往温许亦尔。

◎译文

卫君长任温峤的长史，温峤待他非常友好，经常兴致来了，就提着酒肉到卫君长那里去，两人伸开腿对面坐着，一喝就是一天。卫君长到温峤那里时，也是这样。

（30）苏峻乱[①]，诸庾逃散。庾冰时为吴郡，单身奔亡，民吏皆去，唯郡卒独以小船载冰出钱塘口，籧篨[②]覆之。时峻赏募觅冰，属所在搜检甚急。卒舍船市渚，因饮酒醉，还，舞棹向船曰："何处觅庾吴郡，此中便是！"冰大惶怖，然不敢动。监司见船小装狭，谓卒狂醉，都不复疑。自送过浙江，寄山阴魏家，得免。后事平，冰欲报

**卒，适其所愿。卒曰："出自厮下，不愿名器[3]。少苦执鞭，恒患不得快饮酒。使其酒足余年毕矣，无所复须。"冰为起大舍，市奴婢，使门内有百斛酒，终其身。时谓此卒非唯有智，且亦达生。**

**◎注释**

①苏峻乱，指咸和二年苏峻与祖约起兵作乱之事。

②籧篨（qú chú），粗席子，用竹子或苇子编成。

③名器，官爵和车服等标志等级的器物。

**◎译文**

苏峻发动叛乱，庾姓一族全都逃散。庾冰时任吴郡内史，单身逃亡，郡内百姓和官吏都跑完了，只有郡衙里一个差役用小船载他到钱塘口，用席子遮盖着他。苏峻悬赏搜捕庾冰，各处搜查，情况非常紧急。差役把船停在市镇码头上，上岸买东西，趁机喝得大醉后回来，舞着船桨说："还到哪里去找庾吴郡，这里就是！"庾冰听了，非常恐惧，可是不敢动。监司看见船小舱窄，认为是差役醉后胡说，不再怀疑。差役亲自把庾冰送过浙江，寄住在山阴县魏家，终于躲过了一场劫难。后来平定了叛乱，庾冰想报答那个差役，满足他的愿望。差役说："我是差役出身，不羡慕那些官爵器物。从小当奴仆，只是发愁不能痛快喝酒。如果让我后半辈子有足够的酒喝，就行了。"庾冰给他盖了一所大房子，买来奴婢，让他屋里常备有上百斛的酒，一直到老。当时的人说：这个差役不只有智谋，而且为人达观。

**（31）殷洪乔作豫章郡，临去，都下人因附百许函书。既至石头，悉掷水中，因祝曰："沉者自沉，浮者自浮，殷洪乔不能作致书邮！"**

**◎译文**

殷洪乔任豫章太守，离任时，京都的人托他带去一百来封信。他走到石头城，把信全都扔到江里，并且祷告说："要沉的自己沉下去，要浮的自己浮起来，我殷洪乔不能做送信的邮差！"

**（32）王长史、谢仁祖同为王公掾。长史云："谢掾能作异**

**舞。”谢便起舞，神意甚暇。王公熟视，谓客曰：“使人思安丰。”**

**◎译文**

长史王濛和谢仁祖同在王导手下任司徒掾。王濛说：“谢掾会跳一种特殊的舞。”谢仁祖就起来跳舞，神色自然，意态悠闲。王导仔细地看，对客人说：“他让人想起安丰。”

**（33）王、刘共在杭南①，酣宴于桓子野②家。谢镇西往尚书墓还，葬后三日反哭。诸人欲要之。初遣一信，犹未许，然已停车。重要，便回驾。诸人门外迎之，把臂便下。裁得脱帻，著帽酣宴。半坐，乃觉未脱衰。**

**◎注释**

①杭南，即航南，朱雀桥南，指乌衣巷。杭，同“航”。

②桓子野，桓伊的小名。

**◎译文**

王濛和刘惔在朱雀桥南边的桓子野家畅饮。这时，镇西将军谢尚从叔父、尚书谢裒的陵墓回来，安葬后三天还要回祖庙哭祭。大家得知此事，邀他宴饮。派人送信去请，他没答应，却已经停车不前；再去邀请时，立刻掉转车头来了。大家出门迎接，挽着他的手臂下了车。进门后，刚脱下头巾，还戴着便帽就入座。酒至半酣，才发现还没脱孝服。

**（34）桓宣武少家贫，戏大输，债主敦求甚切。思自振之方，莫知所出。陈郡袁耽①俊迈多能，宣武欲求救于耽。耽时居艰②，恐致疑，试以告焉，应声便许，略无慊吝。遂变服，怀布帽随温去，与债主戏。耽素有蓺名，债主就局曰：“汝故当不办作袁彦道邪？”遂共戏。十万一掷，直上百万数。投马③绝叫，旁若无人。探布帽掷对人曰：“汝竟识袁彦道不？”**

**◎注释**

①袁耽，字彦道，陈郡阳夏人，爽朗不羁，官至司徒从事中郎。

②居艰，居丧，守孝。

③马，即筹码。

◎译文

桓温年轻时，家境贫寒，有一次赌博输得很惨，债主催得很急。他考虑办法自救，却又想不出。陈郡的袁耽英俊豪迈，多才多艺，桓温向他求救。当时袁耽正在守孝，桓温担心引起疑虑，把自己的想法告诉他，袁耽随口就答应了，没有丝毫的不满和为难。袁耽于是换了孝服，把戴的布帽揣起来跟桓温走，去和债主赌博。袁耽赌技一向出名，债主不认识他，笑话他说："你是故意扮成袁彦道吧？"便和他一起赌。一次就押十万钱，一直升到百万。每掷筹码就大声呼叫，旁若无人。赢够了，他才从怀里摸出布帽来掷向对手说："你终于认识袁彦道了？"

**（35）王光禄云："酒正使人人自远[①]。"**

◎注释

①自远，疏远自己，忘掉自己。

◎译文

光禄大夫王蕴说："酒能让每个人忘掉自己。"

**（36）刘尹云："孙承公狂士，每至一处，赏玩累日，或回至半路却返。"**

◎译文

丹阳尹刘惔说："孙承公生性狂放，每到一个风景胜地，就连续赏玩几天，有时回到半路又转身重返。"

**（37）袁彦道有二妹，一适殷渊源，一适谢仁祖。语桓宣武云："恨不更有一人配卿！"**

◎译文

袁彦道有两个妹妹，一个嫁给殷渊源，一个嫁给谢仁祖。有一次他对桓温说："真遗憾，没有妹妹可以许配给你了！"

**（38）桓车骑在荆州，张玄为侍中，使至江陵，路经阳岐村，俄见一人持半小笼生鱼，径来造船，云："有鱼，欲寄作脍[①]。"张乃维**

舟而纳之。问其姓字，称是刘遗民。张素闻其名，大相忻待。刘既知张衔命[2]，问："谢安、王文度并佳不？"张甚欲话言，刘了无停意。既进脍，便去，云："向得此鱼，观君船上当有脍具，是故来耳。"于是便去。张乃追至刘家。为设酒，殊不清旨[3]，张高其人，不得已而饮之。方共对饮，刘便先起，云"今正伐荻[4]，不宜久废。"张亦无以留之。

◎注释

①脍，细切的鱼，指生鱼片。

②衔命，奉命。刘遗民是隐士，知道张玄是官场中人，就不和他谈了。

③清旨，清澈、味美。

④荻，芦苇一类的草。

◎译文

车骑将军桓冲任荆州刺史时在江陵镇守，当时张玄任侍中，奉命到江陵出差，途经阳岐时，看见一人拿着半小筐活鱼，走到船旁，说："有点鱼，想托你们切成生鱼片。"张玄就叫人拴好船让他上来。问他的姓名，自称是刘遗民。张玄听过他的名声，非常高兴，殷切款待他。刘遗民知道张玄是奉命出差后，问："谢安和王文度都好吗？"张玄很想和他继续交谈，刘遗民却无意停留。等把生鱼片拿来，就要走，说："刚才得到这点鱼，估计您的船上一定有刀具，因此才来。"于是就走了。张玄跟着追到刘家。刘遗民摆上酒，酒很浊，味道也很不好，张玄敬重他，不得已喝了几杯。刚和他一起对饮，刘遗民就站起来，说："今天正砍芦苇，不能耽误得太久。"张玄也没有办法留住他。

（39）王子猷诣郗雍州[1]，雍州在内，见有毾㲪[2]，云："阿乞那得此物！"令左右送还家。郗出觅之，王曰："向有大力者负之而趋。"郗无忤色。

◎注释

①郗雍州，即郗恢，字道胤，小名阿乞，曾任雍州刺史。

②毾㲪（tà dēng），彩纹细毛毯。

◎译文

王子猷拜访雍州刺史郗恢，郗恢还在内室，王子猷看见厅上有毛毯，说："阿乞怎么得到这样好的东西！"便叫随从把它送回家里。郗恢出来找毛毯，就到处找。王子猷说："刚才有个大力士背着它跑了。"郗恢听后，也没有一点不满之色。

（40）谢安始出西戏[①]，失车牛，便杖策步归。道逢刘尹，语曰："安石将无[②]伤[③]！"谢乃同载而归。

◎注释

①戏，游乐，这里指赌博。

②将无，表示揣测的语气，相当于"恐怕、大概"。

③伤，指丧气。

◎译文

谢安初次到西边去赌博，输掉了车子和驾车的牛，只好拄着手杖回家。路上碰见丹阳尹刘惔，刘惔说："安石应该没到损伤吧！"谢安于是搭他的车回去。

（41）襄阳罗友[①]有大韵，少时多谓之痴。尝伺人祠，欲乞食，往太蚤，门未开。主人迎神出见，问以非时，何得在此，答曰："闻卿祠，欲乞一顿食耳。"遂隐门侧。至晓，得食便退，了无怍容[②]。为人有记功，从桓宣武平蜀，按行蜀城阙，观宇内外，道陌广狭，植种果竹多少，皆默记之。后宣武漂洲[③]与简文集，友亦预焉。共道蜀中事，亦有所遗忘，友皆名列，曾无错漏。宣武验以蜀城阙簿，皆如其言，坐者叹服。谢公云："罗友讵减魏阳元[④]！"后为广州刺史，当之镇，刺史桓豁语令莫来宿，答曰："民已有前期，主人贫，或有酒馔之费，见与甚有旧，请别日奉命。"征西密遣人察之，至夕，乃往荆州门下书佐[⑤]家，处之怡然，不异胜达。在益州，语儿云："我有五百人食器。"家中大惊。其由来清，而忽有此物，定是二百五十沓乌樏[⑥]。

◎注释

①罗友，字宅仁，襄阳人。

②怍（zuò）容，羞愧的脸色。

③漂洲，当为“溧洲”，即今江苏溧水中之洌山。

④魏阳元，即魏舒，字阳元，官至司徒。

⑤书佐，刺史的属官，主管起草文书。

⑥乌樏，有格子的不上油漆的黑色食盒，多用于清贫之家。

◎译文

襄阳罗友，为人风雅，年轻时别人都觉得他傻。有次他听到有户人家祭神，想就去饱餐一顿，去得太早了，人家还没开门。主人出来迎神，看见他，就问：还不到时候，怎么在这里等。罗友回答说：“听说你祭神，想讨一顿酒饭罢了。”说完，便闪到门边躲着。天亮，得了吃食走了，一点也不感到羞愧。他记忆力强，曾随桓温平定蜀地，占领成都后，巡视整个都城的宫殿楼阁里外，道路宽窄，所种果木竹林多少，都记在心里。后来桓温在溧洲和简文帝相会，罗友也参加。谈到蜀地情况，桓温有所遗忘，罗友都能一一列举，没有丝毫错漏。桓温拿出登记四川城市形势的簿册对照核验，都和他说的一样，令人赞叹佩服。谢安说：“罗友哪比魏阳元差！”后来罗友出任广州刺史，前往赴任时，荆州刺史桓豁让他晚上来住宿，他回答说：“我已有了约会，那家主人贫困，可也破费钱财置办酒食，和我交情很深，不能不赴约，请允我以后再遵命。”桓豁暗中派人观察，到了晚上，果然见他往荆州衙门里的一个书佐家去，在那里处得很愉快，和对待名流显贵没什么两样。罗友任益州刺史时，曾对儿子说：“我拥有可供五百人用餐的食具。”家人听后大惊。他向来清廉，怎会突然有这种用品，所以定然是指二百五十套乌黑的食盒。

**（42）桓子野每闻清歌[①]，辄唤“奈何[②]！”谢公闻之，曰：“子野可谓一往有深情。”**

◎注释

①清歌，没有乐器伴奏的唱歌。

②奈何，怎么办哪。《古今乐录》中说："奈何，曲调之遗音也。"即一人唱，众人唤"奈何"帮腔相和。

◎译文

桓子野听到别人清歌，总是帮腔呼喊"奈何！"谢安听见了，说："子野可以说是一往情深。"

（43）张湛好于斋前种松柏。时袁山松出游，每好令左右作挽歌。时人谓："张屋下陈尸，袁道上行殡[①]。"

◎注释

①"张屋下"二句，古人认为松柏是栽在坟边的，挽歌是送丧时唱的歌，故有此说。陈尸，指安葬死者。行殡，指举行葬礼。

◎译文

张湛喜欢在屋前栽种松柏。当时袁山松外出游赏，喜欢叫随从唱挽歌。人们说："张湛是房前停尸，袁山松是在道上出殡。"

（44）罗友作荆州从事，桓宣武为王车骑[①]集别，友进，坐良久，辞出。宣武曰："卿向欲咨事，何以便去？"答曰："友闻白羊肉美，一生未曾得吃，故冒求前耳，无事可咨。今已饱，不复须驻。"了无惭色。

◎注释

①王车骑，指王洽。卒赠车骑将军，故称。

◎译文

罗友任荆州刺史桓温从事，有次桓温聚集大家给王洽送别，罗友前来，坐了很久才告辞。桓温问："你刚才想和我商讨公事，为何这就要走呢？"罗友回答："我听说白羊肉味道鲜美，这辈子还没机会尝过，所以冒昧请求前来罢了，其实没什么事要商量。现在已经吃饱了，就没有必要再留下。"他说这番话时，全然没有羞愧的神色。

（45）张驎[①]酒后，挽歌甚凄苦。桓车骑曰："卿非田横门人，何乃顿尔至致[2]？”

◎注释

①张麟，即张湛，小名麟。

②“卿非”二句，相传挽歌起于田横门人，他们在田横自杀后唱挽歌以寄托哀思，故桓冲有此一问。乃，竟然。顿尔，突然。

◎译文

张麟酒后唱起挽歌，声调非常凄苦。车骑将军桓冲说：“你不是田横的门客，怎么突然凄苦到了这种地步？”

**（46）王子猷尝暂寄人空宅住，便令种竹。或问：“暂住何烦尔！”王啸咏良久，直指竹曰：“何可一日无此君！”**

◎译文

王子猷曾暂住别人的空房，叫人种上竹子。有人问：“暂住一时，何必这样麻烦！”王子猷歌咏良久，才指着竹子说：“怎么可以一天没有这位先生呢！”

**（47）王子猷居山阴[1]。夜大雪，眠觉，开室，命酌酒。四望皎然，因起彷徨，咏左思《招隐》诗。忽忆戴安道，时戴在剡[2]，即便夜乘小船就之。经宿方至，造门不前而返。人问其故，王曰：“吾本乘兴而行，兴尽而返，何必见戴！”**

◎注释

①山阴，县名，浙江省绍兴县。王子猷弃官东归，住在山阴县。

②剡，剡县，在浙江省嵊县。有剡溪可通山阴县。

◎译文

王子猷住在山阴县。夜下大雪，一觉醒来，打开房门，叫家人拿酒来喝。眺望四方，一片皎洁，于是起身徘徊，诵读左思的《招隐》诗。忽然想起戴安道，当时戴安道在剡县，子猷便连夜乘舟去寻访。船行一夜才到，但他到了戴家门口，没有进去，而是原路返回。别人问他为何如此，王子猷说：“本是趁兴而去，兴致没有了就回来，何必一定要见到戴安道呢！”

（48）王卫军[①]云：“酒正自引人著胜地。”

◎注释

①王卫军，即王荟，任会稽内史，进号镇军将军，死后赠卫将军。

◎译文

卫将军王荟说：“酒能把人引入一种美妙的境界。”

（49）王子猷出都，尚在渚下。旧闻桓子野[①]善吹笛，而不相识。遇桓于岸上过，王在船中，客有识之者，云是桓子野。王便令人与相闻，云：“闻君善吹笛，试为我一奏。”桓时已贵显，素闻王名，即便回下车，踞胡床，为作三调[②]。弄毕，便上车去。客主不交一言。

◎注释

①桓子野，即桓伊，小名子野，曾任大司马参军，后任豫州刺史。《晋书》说他“善音乐，尽一时之妙，为江左第一”。

②作，吹奏。三调，指三支曲子。

◎译文

王子猷坐船进京，船停泊在码头上，没有上岸。听说桓子野擅长吹笛子，可是并不认识他。恰巧桓子野从岸上经过，同船的客人中有认识桓子野的人说，那正是桓子野，王子猷便派人传话说：“听说您擅长吹笛子，请为我奏一曲吧。”桓子野当时已做了大官，知道王子猷的名声，于是掉头下车，上船坐在胡床上，为王子猷吹了三支曲子。吹奏完毕，就上车走了。宾主双方没有交谈一句。

（50）桓南郡被召作太子洗马[①]，船泊荻渚[②]。王大服散后已小醉，往看桓。桓为设酒，不能冷饮，频语左右令“温酒来！”桓乃流涕呜咽[③]，王便欲去。桓以手巾掩泪，因谓王曰：“犯我家讳，何预卿事！”王叹曰：“灵宝[④]故自达！”

◎注释

①桓南郡，即桓玄，小名灵宝，桓温之子，二十三岁，始任太子

洗马。

②荻渚（dí zhǔ），小洲名，近秦淮河。

③“桓乃”句，因桓玄父名桓温，王曰“温酒来”，犯其父讳，故流涕呜咽。

④灵宝，即桓玄，小明灵宝。

◎译文

南郡公桓玄应召任太子洗马，坐船赴任，途中停在一个长满芦苇的小岛上。王大服五石散后有点醉意，去探望桓玄。桓玄为他安排酒食，他不能喝冷酒，于是一再吩咐随从说：“让他们温酒来！”桓玄听闻低声哭泣，王大想走。桓玄拿手巾擦泪，对王大说：“我只是犯了家讳，与你有什么想干呢！”王大赞叹说：“灵宝确实旷达！”

**（51）王孝伯问王大：“阮籍何如司马相如？”王大曰：“阮籍胸中垒块，故须酒浇之[①]。”**

◎注释

①“阮籍”二句，道出了阮籍与司马相如的根本不同之处在于，阮籍喝酒，是以酒来浇灭心中的不平之气。

◎译文

王孝伯问王大：“阮籍与司马相如比怎样？”王大说：“阮籍心里藏有不平之气，所以总是借酒浇愁。”

**（52）王佛大[①]叹言：“三日不饮酒，觉形神不复相亲。”**

◎注释

①王佛大，即王忱，字佛大，也叫王大。其人嗜酒，连日不醒，因酒而死。

◎译文

王佛大叹息道：“三天不喝酒，就觉得形神不再相依。”

**（53）王孝伯言：“名士不必须奇才，但使常得无事，痛饮酒，熟读《离骚》，便可称名士。”**

◎译文

王孝伯说：“做名士不一定要有奇才，只要能悠闲无事，尽情饮酒，熟读《离骚》，就可以了。”

**（54）王长史登茅山，大恸哭曰：“琅邪王伯舆[①]，终当为情死！”**

**◎注释**

①王伯舆，即王廞，字伯舆，琅邪人，曾任司徒左长史。王恭起兵，他正逢母丧，王恭任他为吴国内史，令他起兵声援，他即响应，以为可乘机取富贵。不料几天后，王恭罢兵，命他再去服丧，他大怒，回军讨伐王恭。兵败流亡，不知所终。

**◎译文**

长史王伯舆登上茅山，非常伤心，痛哭道：“琅邪王伯舆，终归要为情死！”

# 简傲第二十四

简傲，轻贱他人、傲慢无礼之意。魏晋名士在人际交往中，因为享有特权，总是自命不凡，轻视别人。王子猷闯进别人的花园，无视主人。王平子将赴任，诸多人前来相送，他却上树掏鸟窝，旁若无人。谢万举止轻浮，在官署大厅上直指岳父说："人言君侯痴，君侯信自痴"。

当然，也有傲视权贵的名士，如嵇康是曹魏宗室的女婿，官拜中散大夫，却拒绝跟司马氏合作，对司马氏的心腹钟会冷语讥讽。这种简傲，实际是对司马氏的反抗，表现了不屈从权贵的骨气。

（1）晋文王功德盛大，坐席严敬，拟于王者。唯阮籍在坐，箕踞啸歌，酣放自若。

◎译文

晋文王功名盛大，恩德深厚，而且地位尊崇，所以接待宾客时，满座之人都严肃庄重，甚至可与帝王宫殿相比。只有阮籍在那儿，伸开腿吟咏长啸，酣畅痛饮。

（2）王戎弱冠诣阮籍，时刘公荣在坐，阮谓王曰："偶有二斗美酒，当与君共饮，彼公荣者无预焉。"二人交觞[①]酬酢[②]，公荣遂不得一杯，而言语谈戏，三人无异。或有问之者，阮答曰："胜公荣者，不得不与饮酒；不如公荣者，不可不与饮酒；唯公荣可不与饮酒[③]。"

◎注释

①交觞，互相敬酒。觞，酒杯。

②酬酢（zuò），宾主互相敬酒。引申为朋友交往应酬，也指以酒回敬主人。

③“胜公荣”句，借用刘公荣的话开玩笑。

◎译文

王戎二十岁左右时，去拜访阮籍，恰好当时刘公荣在座。阮籍对王戎说：“碰巧有两斗好酒，应该和你一起喝，那刘公荣就不管他了。”两人举杯敬酒，刘公荣没能喝上一杯，但三人言谈耍笑，和先前并无不同。有人问阮籍为何如此，阮籍答道：“胜过公荣的人，不得不和他喝；比不上公荣的人，又不可不和他喝；只有公荣，可以不和他一起喝酒。”

**（3）钟士季精有才理，先不识嵇康，钟要一时贤俊之士，俱往寻康[①]。康方大树下锻，向子期为佐鼓排。康扬槌不辍，旁若无人，移时不交一言。钟起去，康曰：“何所闻而来，何所见而去？”钟曰：“闻所闻而来，见所见而去。”**

◎注释

①钟士季，即钟会，因访嵇康受冷遇，于是诬陷嵇康，把他杀害。此为一段有名的“公案”，二人的性情于此毕现。

◎译文

钟士季有才气，精通名理，他起初不认识嵇康，于是就请一些贤俊之士同去拜访。正碰上嵇康在大树下打铁，向子期帮忙拉风箱。嵇康挥动铁槌，旁若无人，过了好久也不说一句话。钟士季起身要走，嵇康才问：“何所闻而来，何所见而去？”钟士季说：“闻所闻而来，见所见而去。”

**（4）嵇康与吕安善，每一相思，千里命驾。安后来，值康不在，喜[①]出户延之，不入，题门上作“鳳”[②]字而去。喜不觉，犹以为欣故作。鳳字，凡鸟也。**

◎注释

①喜，即嵇喜，嵇康的哥哥，曾任扬州刺史。

②鳳，由凡、鸟组成。这里比喻平凡的人。吕安轻视权贵，看不起嵇喜这种凡俗之士，所以用这个字来表示轻蔑。

◎译文

嵇康和吕安交好，每次想念对方的时候，即使相隔千里，也会立刻动身前往。有一次，吕安到来，恰好碰到嵇康不在，嵇喜就出门迎接，吕安不肯进去，在门上题了个“鳳”字就走了。嵇喜没有发掘其中的含义，还因为是客人欣赏他而写。其实，“鳳”字拆开，就是“凡鸟”。

**（5）陆士衡初入洛，咨张公[①]所宜诣，刘道真是其一。陆既往，刘尚在哀制中，性嗜酒，礼毕，初无他言，唯问：“东吴有长柄壶卢[②]，卿得种来不？”陆兄弟殊失望，乃悔往[③]。**

◎注释

①张公，即张华。其人博学多才，德高望重，得到陆机兄弟推重。

②壶卢，同“葫芦”。

③“陆兄”二句，刘道真在居丧期间仍嗜酒，这是不守礼法的表现。在魏晋，并不认为这是简慢荒诞的举动，可是从吴地世家大族出来的陆氏兄弟仍不能赞同这种风气。

◎译文

陆士衡初到京都洛阳，征求张华的意见，该去拜访谁，张华认为刘道真是其中之一。陆氏兄弟前去拜访，刘道真还在守孝，他生性喜酒，行过见面礼，没谈什么话，只是问：“东吴有一种长柄葫芦，你们有种子吗？”陆家兄弟感到很失望，后悔跑了这一趟。

**（6）王平子出为荆州，王太尉及时贤送者倾路[①]。时庭中有大树，上有鹊巢。平子脱衣巾，径上树取鹊子，凉衣[②]拘阂[③]树枝，便复脱去。得鹊子，还下弄，神色自若，旁若无人。**

◎注释

①倾路，指满路，比喻全部出动。

②凉衣，即贴身所穿的内衣。

③拘阂，即妨碍。

◎译文

王平子外调任荆州刺史，太尉王衍和当时名士全都来送行。院子里有棵大树，树上有个喜鹊窝。王平子脱去上衣和头巾，爬上树去掏小喜鹊，汗衫挂住树枝，就再脱掉。掏到了小鹊，又下树来把玩，神态自若，旁若无人。

（7）高坐道人[①]于丞相坐，恒偃卧其侧。见卞令，肃然改容，云："彼是礼法人。"

◎注释

①高坐道人，胡名尸黎密。

◎译文

高坐道人在丞相王导家做客，常仰卧在王导身旁。而他见到尚书令卞壶，就神态恭敬，还说："卞令可是讲礼法的人。"

（8）桓宣武作徐州，时谢奕为晋陵，先粗经虚怀，而乃无异常。及桓迁荆州，将西之间，意气甚笃，奕弗之疑。唯谢虎子[①]妇王悟其旨，每曰："桓荆州用意殊异，必与晋陵俱西矣。"俄而引奕为司马。奕既上[②]，犹推布衣交，在温坐，岸帻[③]啸咏，无异常日。宣武每曰："我方外司马。"遂因酒，转无朝夕礼[④]。桓舍入内，奕辄复随去。后至奕醉，温往主许避之。主[⑤]曰："君无狂司马，我何由得相见！"

◎注释

①谢虎子，即谢据，小名虎子，谢奕的弟弟。

②上，荆州地处长江上游，所以西入荆州叫"上"。

③岸帻（zé），遮住前额的头巾，掀上去可以露出前额。表示神态潇洒。

④夕礼，朝见暮见的礼节。

⑤主，即南康长公主，是晋元帝的女儿，桓温的妻子。

◎译文

桓温任徐州刺史时，谢奕任扬州晋陵郡太守，开始时，两人交往互相谦让，没有什么不同寻常。等到桓温调任荆州刺史，将要西去赴任，情意就深厚了。谢奕对此没什么猜测。只有他弟弟谢虎子的妻子王氏领会了桓温的意图，常说："桓荆州用意特别，晋陵必定会与他一同西行。"不久，谢奕果然被引荐为做司马。谢奕到荆州后，很看重和桓温的交情，到桓温那里，头巾戴得很随便，长啸吟唱，和往常没不同。桓温常说："这是我的世俗之外的司马。"谢奕终于因为好酒，也不讲究礼节了。桓温如果进内室，谢奕也跟进去。后来谢奕一喝醉，桓温怕他纠缠，就躲到公主那里避开他。公主说："如果你没有一个放荡的司马，我怎么能见到您呢！"

**（9）谢万在兄前，欲起索便器。于时阮思旷在坐，曰："新出门户[①]，笃而无礼。"**

◎注释

①新出门户，新兴的名门望族，犹言"暴发户"。谢氏在东晋初始兴旺发达，阮氏确是数百年的望族，所以阮思旷出语相讥，意含轻蔑。门户，门第。

◎译文

谢万在兄长面前，想起身找便壶。当时阮思旷在座，说："新兴的门第，竟然这样无礼。"

**（10）谢中郎[①]是王蓝田[②]女婿，尝著白纶巾[③]，肩舆径至扬州听事[④]见王，直言曰："人言君侯痴，君侯信自痴。"蓝田曰："非无此论，但晚令[⑤]耳。"**

◎注释

①谢中郎，即谢万，曾任抚军从事中郎，喜欢炫耀，傲慢无礼。

②王蓝田，即王述，性格沉静，三十岁时还不出名，后任扬州刺史。

③纶（guān）巾，用丝带做的头巾。

④听事，官署的大厅。

⑤晚令，指成名较迟。令，好名声。

◎译文

谢中郎是蓝田侯王述的女婿。有一次，他曾戴着白纶巾，坐着轿子，直接闯进扬州府大厅见王述，直言不讳地说："别人都说大人傻，大人确实傻。"王述说："外面不是没有这种议论，我不过是大器晚成罢了。"

（11）王子猷作桓车骑骑兵参军。桓问曰："卿何署？"答曰："不知何署，时见牵马来，似是马曹[①]。"桓又问："官有几马？"答曰："'不问马'[②]，何由知其数！"又问："马比[③]死多少？"答曰："未知生，焉知死！"

◎注释

①马曹，管马的官署。曹，即分科办事的官署。

②不问马，语出《论语·乡党》，马棚失火，孔子只问伤人了没有，没有问到马。

③比，近来。

◎译文

王子猷在车骑将军桓冲手下任骑兵参军。一次，桓冲问他："你在哪个官署办公？"他回答说："不知是什么官署，只是时常见到有人牵马进来，好像是马曹。"桓冲又问："官署里有多少马？"他回答说："不问马，怎么知道马的数目。"桓冲又问："近来马死了多少？"他回答说："活着的还不知道，哪知道死的！"

（12）谢公尝与谢万共出西，过吴郡，阿万欲相与共萃王恬[①]许[②]，太傅云："恐伊不必酬汝，意不足尔。"万犹苦要，太傅坚不回[③]，万乃独往。坐少时，王便入门内，谢殊有欣色，以为厚待己。良久，乃沐头散发[④]而出，亦不坐，乃据胡床，在中庭晒头，神气傲迈，了无相酬对意。谢于是乃还，未至船，逆[⑤]呼太傅。安曰："阿螭不作尔[6]。”

◎注释

①王恬，字敬豫，小名螭虎，王导的儿子，时任吴郡太守。

②许，处所，地方。

③不回，不答应，不改变想法。

④散发，披散着头发。古人多束发，散发表示退隐或傲慢。

⑤逆，预先。

⑥不作尔，不值得这样做。不作，指不足，不值得。

◎译文

谢安和谢万一起往西边出游，经过吴郡，谢万想和谢安一起到王恬处聚一聚，谢安说：“恐怕他不一定会接待你，不值得去拜访。”谢万还是邀哥哥前去，谢安坚决不去，谢万只好单独前往。他进门坐了一会儿，王恬就进里屋去了，谢万非常高兴，以为会优礼相待。过了很久，王恬竟然洗完头，披着头发就出来了，也不陪他，就在院子中坐在交椅上晒头发，神情傲慢放纵，完全没有一点应酬的意思。谢万于是只好返回，还没回到船上，就预先叫谢安。谢安说：“阿螭不值得你这样做啊。”

**（13）王子猷作桓车骑参军，桓谓王曰：“卿在府久，比当相料理。”初不答，直高视[1]，以手版拄颊云：“西山[2]朝来，致有爽气。”**

◎注释

①高视，仰视。

②西山，指首阳山。这里借用伯夷、叔齐的故事。周武王伐纣，伯夷、叔齐认为不仁，义不食周粟，隐居首阳山，作歌说：“登彼西山兮，采其薇矣。”王子猷以此表示自己的超脱尘世。

◎译文

王子猷在车骑将军桓冲手下任参军。桓冲对他说：“你到府中已经很久了，近来应当帮助处理一些事务了。”王子猷没有回答，只是抬头仰望着什么，用手支着脸颊说：“西山的早晨，空气很是清爽。”

**（14）谢万北征，常以啸咏自高，未尝抚慰众士。谢公甚器爱万，而审[①]其必败，乃俱行。从容谓万曰：“汝为元帅，宜数唤诸将宴会，以说众心。”万从之，因召集诸将，都无所说，直以如意指四坐云：“诸君皆是劲卒[②]。”诸将甚忿恨之。谢公欲深著恩信，自队主将帅以下，无不身造，厚相逊谢。及万事败，军中因欲除之。复云：“当为隐士[③]。”故幸而得免。**

**◎注释**

①审，详知，明悉。

②劲卒，精锐强悍的兵士。此处称呼诸多将领为“劲卒”，自然让他们恼火。

③隐士，指谢安。其未出仕前，曾隐居东山，故称。

**◎译文**

谢万北征，行军途中常以长啸吟唱，以示自己风雅、高贵，却从来不曾抚慰众将士。谢安虽然看重谢万，却很清楚他一定会失败，于是便和他同行。谢安对谢万说：“身为主帅，应常请将领来宴饮聚会，取得众人之心。”谢万听从了谢安的建议，于是召集众将，可什么也不说，只是拿如意指着满座将领说：“诸位都是精锐的兵卒。”将领们听了都十分气愤。谢安想对众将领多加恩惠，显示出自己有情义、有信用，于是从队长到将帅，无不亲自登门拜访，非常谦虚，诚恳谢罪。谢万北伐失败后，军队里有人想杀谢万，后来又说：“应该给隐士留些面子。”所以，谢万侥幸免掉一死。

**（15）王子敬兄弟见郗公，蹑履[①]问讯，甚修外生礼。及嘉宾死，皆著高屐，仪容轻慢。命坐，皆云：“有事，不暇坐。”既去，郗公慨然曰：“使嘉宾不死，鼠辈敢尔！**

**◎注释**

①蹑履，穿着单底的鞋子。

◎译文

王子敬兄弟拜见郗愔时，总是脱去木屐，穿着单底鞋子，恭敬地请安问好，遵守外甥应有的礼节。待郗嘉宾去世后，王氏兄弟去见郗愔时，都穿着高跟木屐，态度轻慢。郗愔留他们坐，却说："有事，没时间坐。"他们走后，郗愔颇为感慨地说："如果嘉宾不死，鼠辈哪敢这样！"

**（16）王子猷尝行过吴中，见一士大夫家极有好竹。主已知子猷当往，乃洒扫施设，在听事坐相待。王肩舆径造竹下，讽啸良久，主已失望，犹冀还当通，遂直欲出门。主人大不堪，便令左右闭门，不听[①]出。王更以此赏主人，乃留坐，尽欢而去。**

◎注释

①不听，不允许。听，听任。

◎译文

王子猷有次曾经过吴中，看到一个士大夫家里有很好的竹子，便想前去欣赏。主人知道王子猷会来，就吩咐家人打扫庭院，准备酒食，自己在正厅里等待。王子猷却坐着轿子来到竹林，讽诵长啸了很久，主人很失望，但还希望他返回时会通报一下，可没想到王子猷看完竹子，竟然想直接出门而去。主人受不了这种轻慢，命人关上大门，不让他走。王子猷又因此赏识主人，于是留坐，宾主尽欢而散。

**（17）王子敬自会稽经吴，闻顾辟疆[①]有名园，先不识主人，径往其家。值顾方集宾友酣燕[②]，而王游历既毕，指麾好恶，旁若无人。顾勃然不堪曰："傲主人，非礼也。以贵骄人，非道也。失此二者，不足齿之伧耳！"便驱其左右出门。王独在舆上，回转顾望，左右移时[③]不至。然后令送著门外，怡然不屑。**

◎注释

①顾辟疆，吴郡人，他的花园池馆林泉之盛，号吴中第一。

②酣燕，同"酣宴"。

③移时，即历时，经时。

◎**译文**

王子敬从会稽路过吴郡，听说顾辟疆有个名园，虽不认识主人，还是径直到他府上。正赶上顾辟疆和宾朋设宴畅饮，王子敬游览完毕，站在园内随意点评优劣，旁若无人。顾辟疆不能忍受王的轻慢，勃然大怒，说："对主人傲慢，是失礼。靠地位来傲视别人，是无理，不懂道义。失去了礼与道这两方面，不过是不值得一提的伧父罢了！"于是命人把他的随从赶出去。王子敬只好坐在轿子里，左顾右盼，随从们过了好久都没来。然后顾辟疆令人把他送走，对他坦然自若，置之不理。

# 排调第二十五

排调，指带有戏谑成分的话，既有戏弄嘲笑，也有讽刺反击。魏晋时，名士之间的交往讲究机智和善于应付，往往机变有锋，大方得体，击中要害。

日常言谈中，有善意的，也有恶意的。比如，王丞相讽刺周伯仁腹内空空，周伯仁却借“空洞无物”表明胸怀宽阔，能容纳上百个王丞相。顾长康咬甘蔗，先食尾，人问其所以然，他说是为了渐至佳境。这是亲友间为了活跃气氛，使谈话生动。而诸葛令、王丞相争姓族先后，王丞相说：“何不言葛王而云王葛？”诸葛令说：“譬言驴马，不言马驴，驴宁胜马邪？”这表面上是次序问题，实质是为了争族姓高低，诸葛令以“驴马”的次序回击，很有讽刺意味。

（1）诸葛瑾为豫州，遣别驾到台[①]，语云：“小儿知谈[②]，卿可与语。”连往诣恪[③]，恪不与相见。后于张辅吴[④]坐中相遇，别驾唤恪：“咄咄郎君！”恪因嘲之曰：“豫州乱矣，何咄咄之有？”答曰：“君明臣贤，未闻其乱。”恪曰：“昔唐尧在上，四凶在下。”答曰：“非唯四凶[⑤]，亦有丹朱[⑥]。”于是一坐大笑。

◎注释

①台，中央机关的官署。

②知谈，善于言谈。

③恪，即诸葛恪，字元逊，诸葛瑾的长子，有才名，善应辩。

④张辅吴，即张昭。

⑤四凶，指尧时的浑敦、穷奇、梼杌、饕餮。

⑥丹朱，尧的儿子，名朱，因居丹水而得名，为人傲慢。

◎译文

诸葛瑾任豫州牧时，派遣别驾去官署，对他说："我儿子长于清谈，你可以去和他谈谈。"别驾多次拜访诸葛恪，诸葛恪却不见他。后来在辅吴将军张昭家中做客，别驾招呼诸葛恪："哎呀，贵公子啊！"诸葛恪嘲笑他说："豫州出乱子了吗，哎呀什么？"别驾说："君主圣明，臣子贤良，没听说那里出了乱子。"诸葛恪说："古时虽有唐尧，下面仍有四凶。"别驾回答说："不仅有四凶，也有丹朱。"于是满座大笑。

（2）晋文帝与二陈共车，过唤钟会同载，即驶车委去。比[①]出已远。既至，因嘲之曰："与人期[②]行，何以迟迟？望卿遥遥[③]不至。"会答曰："矫然懿实，何必同群[④]！"帝复问会："皋繇何如人[⑤]？"答曰："上不及尧、舜，下不逮周、孔，亦一时之懿士。"

◎注释

①比，等到。

②期，指相约，约定。

③遥遥，时间长久。钟会的父亲名繇，繇和遥同音，晋文帝司马昭犯钟会名讳。

④同群，聚在一起。司马昭父名司马懿，陈骞父名陈矫，陈泰父名陈群，钟会犯三人父名讳。

⑤皋繇（gāo yáo），又作"皋讨"、"咎繇"，传说舜之臣，掌刑狱之事。何如，怎么样。

◎译文

晋文帝和陈赛、陈泰同车，经过钟府时邀请钟会同行，但没等他出来，就丢下他先行离开了。等钟会出来时，车子已经走远了。他赶到后，晋文帝嘲笑他说："和别人约好了，为何迟迟不来？大家盼你，你却遥遥不至。”钟会回答说：“矫然懿实，何必同群！”文帝又问钟会：“皋繇这个人怎么样？”钟会说：“比上不如尧舜，比下不如周公和孔子，可也是当时的懿德之士。”

**（3）钟毓为黄门郎，有机警，在景王[①]坐燕饮。时陈群子玄伯、武周子元夏同在坐，共嘲毓。景王曰：“皋繇何如人？”对曰：“古之懿士。”顾谓玄伯、元夏曰：“君子周而不比[②]，群而不党[③]。”**

**◎注释**

①景王，即司马懿的儿子司马师。司马昭为晋王后，追尊为景王。

②周而不比，出自《论语·为政》“君子周而不比，小人比而不周。”指君子团结，却不勾结。君子，指有学问有修养的人。周，亲近。比，好像勾结。

③群而不党，出自《论语·卫灵公》，指合群而不互相袒护。群，合群。当，指阿附，偏私。

**◎译文**

钟毓任黄门侍郎，机灵敏锐。有次陪侍景王宴饮。陈群的儿子玄伯、武周的儿子元夏在座，他们一起嘲笑钟毓。景王问：“皋繇这人怎样？”钟毓回答说：“是有德之士。”又回头对玄伯、元夏说：“君子周而不比，群而不党。”

**（4）嵇、阮、山、刘在竹林酣饮，王戎后往，步兵曰：“俗物已复来败人意！”王笑曰：“卿辈意亦复可败邪？”**

**◎译文**

嵇康、阮籍、山涛、刘伶，在竹林中畅饮，王戎后到，步兵校尉阮籍说：“俗物又来败坏别人的兴致！”王戎笑道：“你们的兴致也值得败坏吗？”

**（5）晋武帝问孙皓[①]：“闻南人好作《尔汝歌》，颇能为不？”皓正饮酒，因举觞劝帝而言曰：“昔与汝为邻，今与汝为臣。上汝一杯酒。令汝寿万春[②]！”帝悔之。**

◎注释

①孙皓，三国时吴国的最后一个君主。晋武帝攻陷建业，孙皓投降。

②令，使。含有“祝福”之意。寿万春，指万岁。

◎译文

晋武帝问孙皓：“听说南人喜欢唱《尔汝歌》，你会吗？”孙皓正在饮酒，就举起酒杯向武帝劝酒，道：“从前和你是近邻，现在是你的属臣。献给你一杯酒，祝福你万岁高龄。”武帝听了很后悔。

**（6）孙子荆年少时欲隐，语王武子“枕石漱流[1]”，误曰“漱石枕流”。王曰：“流可枕，石可漱乎？”孙曰：“所以枕流，欲洗其耳；所以漱石，欲砺其齿。”**

◎注释

①枕石漱流，指隐居山林。枕石，用石做枕。漱流，用流水漱口。

◎译文

孙子荆年轻时想隐居，告诉王武子要“枕石漱流”，口误说成“漱石枕流”。王武子说：“流水可以当枕头，石头可以漱口吗？”孙子荆说：“所以把流水当枕头，可以洗干净耳朵；用石头漱口，是想磨砺牙齿。”

**（7）头责秦子羽[1]云：“子曾不如太原温颙，颍川荀寓，范阳张华，士卿刘许，义阳邹湛，河南郑诩。此数子者，或謇吃无宫商[2]，或尪陋希言语[3]，或淹伊[4]多姿态，或讙哗少智谞[5]，或口如含胶饴，或头如巾齑杵[6]。而犹以文采可观，意思详序，攀龙附凤，并登天府。”**

◎注释

①头责秦子羽，《头责子羽》是张敏撰写的一篇辛辣讽刺文章，形式上是子羽头颅责备子羽之身，实则讽刺温颙等六人的丑恶形象。

②謇（jiǎn）吃无宫商，说话口吃没有抑扬顿挫。謇，口吃，说

话不顺利。

③尪（wāng）陋，弯腰驼背的丑陋形状。希，同“稀”，稀少。

④淹伊，指矫揉造作。

⑤讙哗，指喧哗。智諝，指才智。

⑥巾齑杵，用头巾包着捣物的棒槌，比喻头小而尖。

◎译文

秦子羽的头颅责备秦子羽道：“你比不上太原温颙，颍川荀寓，范阳张华，士卿刘许，义阳邹湛，河南郑诩。这几个人，有的口吃语不成调；有的弯腰驼背，丑陋而寡言；有的谄媚屈膝，扭捏作态；有的吵吵嚷嚷缺乏智谋；有的说话像嘴里含着胶糖，口齿不清；有的脑袋尖尖，像包着头巾的棒槌。然而，他们却因为才华出众，思维缜密而有条理，进而攀龙附凤，全都入朝为官。”

（8）王浑与妇钟氏共坐，见武子[①]从庭过，浑欣然谓妇曰：“生儿如此，足慰人意。”妇笑曰：“若使新妇得配参军[②]，生儿故可不啻如此。”

◎注释

①武子，即王济，字武子，王浑的儿子。

②参军，即王沦，王浑的弟弟，曾为晋文王大将军参军。

◎译文

王浑和妻子钟氏坐在一起，看见儿子王武子从院中走过，王浑高兴地对妻子说：“生了这样的儿子，足可让人心满意足了。”妻子笑着说：“如果我能婚配参军，生的儿子肯定不只是现在这个样子。”

（9）荀鸣鹤、陆士龙[①]二人未相识，俱会张茂先坐。张令共语，以其并有人才，可勿作常语，陆举手曰：“云间[②]陆士龙。”荀答曰：“日下[③]荀鸣鹤。”陆曰：“既开青云睹白雉，何不张尔弓，布尔矢？”荀答曰：“本谓云龙骙骙[④]，定是山鹿野麋[⑤]，兽弱弩强，是以发迟。”张乃抚掌大笑。

◎注释

①荀鸣鹤，即荀隐。陆士龙，名云，吴郡人。其祖父是陆逊，吴国丞相。

②云间，陆云乃吴郡华亭人。华亭古名云间，即今上海松江。因有云“云从龙”，此处又暗含《周易》“飞龙在天”之意。

③日下，太阳之下。古称首都亦云日下。荀隐颍川人，与都城洛阳相近，故称。

④骙骙，形容强壮。

⑤麋，驼鹿。

◎译文

荀鸣鹤、陆士龙二人互不相识，同到张茂先家中做客。张茂先让他们一起谈谈，因为他们才学很高，让他们不要说些平常俗谈。陆士龙拱手说：“我是云间陆士龙。”荀鸣鹤回答：“我是日下荀鸣鹤。”陆士龙说：“既然天空辽阔，看见了白雉，为何不拉开你的弓，射出你的箭呢？”荀鸣鹤回答：“我本以为是威武的云龙，么想到却是山野麋鹿，兽弱而弓强，因此迟迟不敢放箭。”张茂先拍手大笑。

**（10）陆太尉[①]诣王丞相，王公食以酪。陆还，遂病。明日，与王笺[②]云：“昨食酪小过，通夜委顿。民虽吴人，几为伧鬼。”**

◎注释

①陆太尉，指陆玩。卒赠太尉，故称。

②笺，一种文体，写给尊贵者的信。

◎译文

陆太尉拜访丞相王导，王导拿奶酪招待他。陆玩回家后就病倒了。第二天，写信给王导：“昨天多吃了一点奶酪，整夜精神不振，困乏不堪。小民虽是吴人，却几乎成了北方的死鬼。”

**（11）元帝皇子生，普赐群臣。殷洪乔谢曰：“皇子诞育，普天同庆。臣无勋焉，而猥[①]颁厚赉[②]。”中宗[③]笑曰：“此事岂可使卿有勋邪！”**

◎注释

①猥，谦词，表示谦卑。

②赉，赏赐。

③中宗，晋元帝死后的庙号。

◎译文

晋元帝生了皇子，遍赏群臣。殷洪乔谢赏时说："皇子诞生，普天同贺。为臣没有功劳，却承蒙皇上厚赐。"元帝笑着说："这事怎么能让你有功劳呢！"

**（12）诸葛令[①]、王丞相共争姓族先后。王曰："何不言葛[②]王，而云王葛？"令曰："譬言驴马，不言马驴，驴宁胜马邪？"**

◎注释

①诸葛令，指诸葛恢。曾任尚书令，故称。

②葛，诸葛氏原为葛氏，后称诸葛。

◎译文

尚书令诸葛恢和丞相王导争论他们的姓氏应该谁先谁后。王导说："为何人们不说葛王，而说王葛？"诸葛恢说："譬如人们都说驴马，不说马驴，驴难道胜过马吗？"

**（13）刘真长始见王丞相，时盛暑之月，丞相以腹熨弹棋局[①]，曰："何乃渹[②]！"刘既出，人问见王公云何，刘曰："未见他异，唯闻作吴语耳。"**

◎注释

①弹棋局，弹棋的棋盘。

②渹（hōng），冰凉。吴地方言。

◎译文

刘真长初见丞相王导，正值盛暑，丞相用玩弹棋的棋盘贴在腹部，说："真凉快啊！"刘真长告辞出来，有人问他见到王导说了什么，刘真长说："没什么很特别的地方，只是听到他说吴语罢了。"

**（14）王公与朝士[①]共饮酒，举琉璃碗谓伯仁曰："此碗腹殊**

空，谓之宝器，何邪？”答曰：“此碗英英[2]，诚为清彻，所以为宝耳。”

◎注释

①朝士，周代官名，泛称朝廷官吏。

②英英，俊美漂亮，明亮的样子。

◎译文

王导和朝臣一同饮酒，席间举起一只琉璃碗对周伯仁说：“这个碗腹内空空，还称它是宝器，为何呢？”周伯仁回答：“这个碗晶莹剔透，确实清澈见底，所以人们宝贝它罢了。”

（15）谢幼舆[1]谓周侯曰：“卿类社树[2]，远望之，峨峨[3]拂青天。就而视之，其根则群狐所托，下聚溷[4]而已。”答曰：“枝条拂青天，不以为高。群狐乱其下，不以为浊。聚溷之秽，卿之所保，何足自称！”

◎注释

①谢幼舆，即谢鲲，字幼舆，喜欢玄学，任达不拘。

②社树，社坛周围的树。古代立社为树，为社的标志。

③峨峨，高耸的样子。

④聚溷，指厕所。溷，污秽。

◎译文

谢幼舆对武城侯周顗说：“你像社坛上的树，远远望去，高耸云霄。走近一看，根部却群狐聚居，污秽堆积。”周顗回答：“树枝与青天相接，也不认为它高。群狐在根部捣乱，也不认为有什么污浊。至于藏垢纳污，是你所有的，有什么值得自夸的呢！”

（16）王长豫幼便和令[1]，丞相爱恣[2]甚笃。每共围棋，丞相欲举行，长豫按指不听。丞相笑曰：“讵得尔，相与似有瓜葛[3]。”

◎注释

①王长豫，即王悦，丞相王导的儿子。和令，和善温顺。

②爱恣，溺爱。

③瓜葛，都是蔓生植物，比喻事物之间的牵连。原指男女之间的关系，王导用以嘲其子下棋不爽快。

◎译文

王长豫小时就很和善温顺，王导很宠爱他。每次父子俩下围棋，王导要动子，长豫总按住不让下。王导笑着说：“你怎么这样不讲理呢，我们好像总有点关系吧!”

**（17）明帝问周伯仁：“真长何如人？”答曰：“故是千斤犗特①。”王公笑其言，伯仁曰：“不如卷角牸②，有盘辟之好。”**

◎注释

①犗特，阉割过的公牛，言其温顺，能任重致远。

②卷角牸（zì），指卷角母牛。牛老了就卷角，不能快走。

◎译文

晋明帝问周伯仁：“真长这人怎样？”周伯仁答道：“是个能负重千斤的阉牛。”王导在一旁嘲笑伯仁的话太粗野。周伯仁又说：“他当然比不上你这卷角老母牛，善于盘旋进退。”

**（18）王丞相枕周伯仁膝，指其腹曰：“卿此中何所有？”答曰：“此中空洞无物，然容卿辈数百人。”**

◎译文

丞相王导枕着周伯仁的膝上，指着他的肚子说：“你这里有什么？”周伯仁答道：“这里面空洞无物，但是能容纳几百个像你这样的人。”

**（19）干宝①向刘真长叙其《搜神记》，刘曰：“卿可谓鬼之董狐。”**

◎注释

①干宝，字令升，博学多才曾任散骑常侍。其作《搜神记》为六朝志怪小说，多记神怪灵异之事。

◎译文

干宝向刘真长讲他所著的《搜神记》，刘真长说：“你可以称作是‘鬼之董狐’啊。”

（20）许文思往顾和许，顾先在帐中眠，许至，便径就床角枕[①]共语。既而唤顾共行，顾乃命左右取杭[②]上新衣，易己体上所著。许笑曰：“卿乃复有行来衣[③]乎。”

◎注释

①角枕，用兽角作装饰的枕头。

②杭，同“桁”，衣架。

③行来衣，出门所穿的体面衣服。

◎译文

许文思前往顾和府上，顾和睡在帐内，许文思来到，径直上床靠着角枕跟顾和谈话。不久，又招呼顾和一道走，顾和于是命随从取下衣架上的新衣，换掉身上所穿的衣服。许文思笑着说：“你竟然还有专为出门所穿的体面衣服。”

（21）康僧渊[①]目深而鼻高，王丞相每调之。僧渊曰：“鼻者，面之山；目者，面之渊。山不高则不灵，渊不深则不清。”

◎注释

①康僧渊，西域僧人。

◎译文

康僧渊眼睛深陷，鼻梁很高，丞相王导经常嘲笑他。僧渊说：“鼻子是脸上的山，眼睛是脸上的深潭。山不高，就没有神灵；潭不深，就不会清澈。”

（22）何次道往瓦官寺礼拜甚勤。阮思旷语之曰：“卿志大宇宙，勇迈终古。”何曰：“卿今日何故忽见推？”阮曰：“我图数千户郡，尚不能得。卿乃图作佛，不亦大乎？”

◎译文

何次道常去瓦官寺拜佛，很是殷勤。阮思旷对他说：“你的志向比宇宙还大，勇气亘古未有。”何次道说：“你今天是什么缘故，为何突然这样推崇我呢？”阮思旷说：“我谋求几千户的小郡郡守之职，尚且得不到。你却希图成佛，这个志向不是很大吗？”

（23）庾征西大举征胡，既成行，止镇襄阳。殷豫章与书，送一折角如意[①]以调之。庾答书曰：“得所致，虽是败物，犹欲理而用之。”

◎注释

①折角如意，如意的一角折断，有残缺。暗示折损，很触霉头。

◎译文

征西将军庾翼征伐胡人，出发后，驻军襄阳镇守。豫章太守殷羡写信给他，并送了一根缺了角的如意戏弄他。庾翼回信说：“收到你的礼物，虽然是破损了的东西，我还是想修整一下，好赏玩它。”

（24）桓大司马乘雪欲猎，先过王、刘诸人许。真长见其装束单急[①]，问：“老贼[②]欲持此何作？”桓曰：“我若不为此，卿辈亦那得坐谈？”

◎注释

①单急，单薄、紧窄。

②老贼，朋友间的戏称。

◎译文

大司马桓温想趁着下雪的手去打猎，行前先到王濛、刘惔等人处。刘惔看见他身着戎装，单薄紧窄，问道：“老贼，穿这身衣服干什么去？”桓温说：“我如果不穿这种衣服，你们这班人哪能闲坐清谈呢？”

（25）褚季野问孙盛[①]：“卿国史何当成？”孙云：“久应竟，在公无暇，故至今日。”褚曰：“古人‘述而不作’[②]，何必在蚕室[③]中！”

◎注释

①孙盛，东晋时历任参军、廷尉正、秘书监。其人好学不倦，词直而理正，被赞为良史。这句说的“国史”，指其所作《晋阳秋》。

②述而不作，阐述事实真相而不随意附会。

③蚕室，司马迁因李陵事件被判宫刑，刚受过宫刑的人畏风寒，要居于蚕室中调养，蚕室是执行宫刑和受宫刑者所居的狱室。此处是诸季野讥笑孙盛写书迟缓。

◎译文

褚季野问孙盛："你修的国史何时能完成？"孙盛回答："早就应该完成了。只是忙于公务，没有余暇，所以才拖到今天。"褚季野说："古人'述而不作'，你一定要在蚕室才能完成吗？"

（26）谢公在东山，朝命屡降而不动。后出为桓宣武司马，将发新亭，朝士咸出瞻送。高灵[①]时为中丞[②]，亦往相祖[③]。先时多少饮酒，因倚如醉，戏曰："卿屡违朝旨，高卧东山，诸人每相与言：'安石不肯出，将如苍生何！'今亦苍生将如卿何？"谢笑而不答。

◎注释

①高灵，高崧，小名阿酃（líng）。

②中丞，御史台长官，掌管公卿奏事、察举非法等事。

③相祖，饯别送行。祖，饯行的隆重仪式。

◎译文

谢安隐居东山，朝廷多次征召，都不应命。后来出任桓温的司马，将要从新亭出发，朝中官员来送行。高灵当时任御史中丞，也去饯行。来之前，高灵喝了点酒，借酒意开玩笑说："你多次违抗朝廷旨意，隐居东山高枕无忧，大家常说：'安石不肯出来做官，苍生该怎么办呢！'现在苍生该怎么看你呢？"谢安笑而不答。

（27）初，谢安在东山，居布衣，时兄弟已有富贵者，翕集家门，倾动人物。刘夫人戏谓安曰："大丈夫不当如此乎？"谢乃捉鼻曰："但恐不免耳[①]。"

◎注释

①"但恐"句，谢安一族，堂兄谢尚、哥哥谢奕、弟弟谢万都是高官厚禄，富贵一时，而谢安有隐居之志，无出仕之心。可是名声已显，恐为时势所逼，不得不出仕。

◎译文

当初，谢安在东山为布衣，他的兄弟中已经有人得到富贵的，都是家门聚集，很有些轰动。谢安的妻子刘夫人跟他开玩笑说：“大丈夫不该这样吗？”谢安便捏住她的鼻子说：“就怕免不了呢。”

**（28）支道林因人就深公买岇山，深公答曰：“未闻巢由[1]买山而隐。”**

◎注释

①巢由，即巢父、许由，传说中的远古隐士。

◎译文

支道林托人向竺法深买岇山，准备作为隐逸之地。竺法深回答：“没听说巢父、许由买座山来隐居的。”

**（29）王、刘每不重蔡公。二人尝诣蔡，语良久，乃问蔡曰：“公自言何如夷甫[1]？”答曰：“身不如夷甫。”王、刘相目[2]而笑曰：“从何处不如？”答曰：“夷甫无君辈客。”**

◎注释

①夷甫，即王衍。

②相目，互相使眼色。

◎译文

王濛、刘惔总是对蔡谟不太尊重。有一次，两人去看望蔡谟，谈了很久，竟问蔡谟说：“你认为自己与夷甫相比怎么样？”蔡谟回答：“我不如夷甫。”王濛和刘惔相视而笑，又问：“什么地方不如他呢？”蔡谟回答说：“夷甫没有你们这样的客人。”

**（30）张吴兴[1]年八岁，亏齿，先达知其不常，故戏之曰：“君口中何为开狗窦？”张应声答曰：“正使君辈从此出入！”**

◎注释

①张吴兴，张玄之，字祖希，曾任吴兴太守。

◎译文

吴兴太守张玄之八岁时，掉了牙。名流前辈知道他不平凡，故意戏弄他说："你嘴里为何开了个狗洞？"张玄之应声回答："正是为了让你们这些人从这里出入。"

**（31）郝隆[①]七月七日出日中仰卧，人问其故，答曰："我晒书民。"**

**◎注释**

①郝隆，字佐治，曾任征西将军桓温的参军。

**◎译文**

七月七日那天，郝隆在太阳底下仰面躺着，有人问他是什么缘故，他回答说："我在晒肚子里的书。"

**（32）谢公始有东山之志[①]，后严命屡臻[②]，势不获已[③]，始就桓公司马。于时人有饷[④]桓公药草，中有远志。公取以问谢："此药又名小草，何一物而有二称？"谢未即答。时郝隆在坐，应声答曰："此甚易解，处则为远志，出则为小草[⑤]。"谢甚有愧色。桓公目谢而笑曰："郝参军此过乃不恶[⑥]，亦极有会[⑦]。"**

**◎注释**

①东山之志，隐居东山。

②屡臻，多次下达。臻，到。

③势不获已，形势不能够这样了。言外之意是迫于朝命而出仕。

④饷，送给。

⑤"此甚"句，出、处明指露出地面和埋在土中，暗指出仕和隐居。

⑥此过，同"此通"，意为此论。通，阐述。不恶，不错。

⑦会，趣味，韵味。

**◎译文**

谢安本当初有隐居东山的志愿，后来官府征召多次，迫于形势，不能再隐居下去了，才不得已就任桓温手下司马一职。这时，有人送桓温草药，其中有一味远志。桓温拿来问谢安："这药名叫小草，为什么一种药物却有两样名称？"谢安没有立即回答。当时郝隆也在座，应声答道："这很容易解释，不出就是远志，出来就是小草。"谢安听了，满脸羞惭。桓温看着谢安笑道："郝参军虽然失言，却也说得很有趣味。"

**（33）庾园客[①]诣孙监[②]，值行，见齐庄[③]在外，尚幼，而有神意。庾试之曰："孙安国何在？"即答曰："庾稚恭家。"庾大笑曰："诸孙大盛，有儿如此！"又答曰："未若诸庾之翼翼。"还，语人曰："我故[④]胜，得重唤奴父名。"**

**◎注释**

①庾园客，即庾爰之，小名园客，其父庾翼。

②孙监，即孙盛，字安国，任中书监，所以称孙监。

③齐庄，即孙放，字齐庄，孙盛之子。

④故，毕竟，终究。

**◎译文**

庾园客前往拜访中书监孙盛，正碰上孙盛外出，其子齐庄年纪还小，但看上去很机灵。庾园客就考验他，说："孙安国在哪里？"齐庄回答道："在庾稚恭家。"庾园客大笑说："孙氏一族很兴旺，有这样的儿子！"齐庄回答道："比不上庾家一门'翼翼'。"齐庄回家告诉别人："我毕竟占了上风，多叫了一次那小子父亲的名字。"

**（34）范玄平[①]在简文坐，谈欲屈，引王长史曰："卿助我！"王曰："此非拔山力[②]所能助。"**

**◎注释**

①范玄平，即范汪，字玄平，曾任吏部尚书，徐、兖二州刺史。

②拔山力，见项羽《垓下歌》："力拔山兮气盖世。"

**◎译文**

范玄平在简文帝那里，与别人清谈时落了下风，便拉住左长史王濛说："你快来帮帮我！"王濛说："这不是靠拔山之力所能帮助的。"

**（35）郝隆为桓公南蛮参军。三月三日[①]会，作诗，不能者罚**

酒三升。隆初以不能受罚，既饮，揽笔便作一句云："娵隅跃清池[2]。"桓问："娵隅是何物？"答曰："蛮名鱼为娵隅。"桓公曰："作诗何以作蛮语？"隆曰："千里投公，始得蛮府参军，那得不作蛮语也！"

◎注释

①三月三日，即上巳日。古人在这天交友、宴会或举行修禊（xì）。

②娵（jū）隅跃清池，鱼在清池中跳跃。古时南方民族称鱼为娵隅。

◎译文

郝隆在桓温南手下任蛮校尉府参军。三月三日聚会，要求作诗，凡不能作的，罚酒三升。郝隆开始因为作不出而受罚，喝完酒，提起笔来就写了一句："娵隅跃清池。"桓温问："娵隅是什么？"郝隆答："南蛮称鱼为娵隅。"桓温说："作诗为何用蛮语？"郝隆说："我千里而来投奔，却只得到南蛮校尉府参军一职，哪能不说蛮语呢！"

（36）袁羊尝诣刘恢，恢在内眠未起。袁因作诗调之曰："角枕粲文茵[1]，锦衾烂长筵。"刘尚晋明帝女，主见诗不平，曰："袁羊，古之遗狂[2]！"

◎注释

①粲，鲜明、显眼。文茵，泛指华丽的坐垫或褥子。

②遗狂，遗留下来的狂士。

◎译文

袁羊曾去拜访刘惔，刘惔正在内室睡觉，还没起床。袁羊于是作诗戏弄："角枕粲文茵，锦衾烂长筵。"刘惔的妻子是晋明帝的女儿庐陵公主。公主见到这首诗，很不高兴，说："袁羊是古代遗留下来的狂士！"

（37）殷洪远答孙兴公诗云："聊复放一曲[1]。"刘真长笑其语拙，问曰："君欲云那放？"殷曰："榼腊亦放，何必其锵铃邪[②]？"

◎注释

①聊复，姑且。放一曲，即放声歌一曲。

②"榼腊"句，榼腊指鼓声。锵铃指金属撞击的声音和铃声。殷洪远是说自己的诗虽像鼓声，比不上金石清脆悦耳，却能表情达意，何必雕章琢句，刻意作金石声。

◎译文

殷洪远答孙兴公的诗："姑且再放声歌一曲。"刘真长嫌他用语拙劣，问道："你想说怎么放？"殷洪远回答："敲鼓也是放，何必一定要是钟声、铃声才叫放呢？"

（38）桓公既废海西，立简文[①]。侍中谢公见桓公拜。桓惊笑曰："安石，卿何事至尔？"谢曰："未有君拜于前，臣立于后。"

◎注释

①"桓公"句，晋太和六年，桓温废晋帝为海西县公，立丞相司马昱为帝，就是简文帝。桓温乘机诛杀流放大臣，谢安见而遥拜。

◎译文

桓温废黜海西公，拥立简文帝。侍中谢安一看到桓温就行跪拜礼。桓温很惊讶，笑着说："安石，你为什么要这样做？"谢安答道："没有君王在前面拜，臣子却站在后面的道理。"

（39）郗重熙[①]与谢公书，道："王敬仁[②]闻一年少怀问鼎[③]。不知桓公[④]德衰，为复后生可畏？"

◎注释

①郗重熙，即郗昙，字重熙。

②王敬仁，即王修，字敬仁。

③问鼎，篡位。先秦时九鼎为传国之宝，问鼎意为夺取天下。

④桓公，指齐桓公姜小白，春秋时齐国国君。

◎译文

郗重熙写信给谢安，说："王敬仁听说有个年轻人，居然怀问鼎之心。不知是桓公品德、声望衰落，还是后生可畏？

**（40）张苍梧[①]是张凭之祖，尝语凭父曰："我不如汝。"凭父未解所以，苍梧曰："汝有佳儿。"凭时年数岁，敛手[②]曰："阿翁，讵宜以子戏父！"**

**◎注释**

①张苍梧，即张镇，字义远，曾任苍梧太守。

②敛手，拱手，表示恭敬。

**◎译文**

苍梧太守张镇是张凭的祖父，他曾对张凭的父亲说："我不如你啊。"张凭的父亲不明白是什么意思。张镇说："你有个好儿子。"当时张凭只有几岁，拱手说："爷爷，怎么可以拿儿子来开父亲的玩笑呢！"

**（41）习凿齿[①]、孙兴公[②]未相识，同在桓公坐。桓语孙："可与习参军共语。"孙云："蠢尔蛮荆，敢与大邦为仇！[③]"习云："薄伐玁狁，至于太原。[④]"**

**◎注释**

①习凿齿，字彦威，荆州襄阳郡人，时任桓温参军，故称。

②孙兴公，即孙绰，孙楚之孙。东晋中都（今山西平遥）人。

③"蠢尔"句，源自《诗经·小雅·采芑》，"蠢尔蛮荆，大邦为仇。"是说楚国蠢蠢欲动，竟然敢和大国结为仇敌。蛮荆，古时对江南楚地的蔑称。大邦，指中原。习是襄阳人，孙以此讥之。

④"薄伐"句，是《诗经·小雅·六月》中的原句，是说讨伐匈奴，直抵太原。玁狁（xiǎn yǔn），古代北方少数民族名。亦作"猃狁"、"猃狁"。此处太原是古地名，在今宁夏与甘肃交界地区。这里仅就字面意思而言，因为孙是太原郡人，习借以反击。

**◎译文**

习凿齿和孙兴公互不认识，有一次二人同在桓温处。桓温对孙兴公说："可以和习参军谈谈。"孙兴公说："荆蛮蠢蠢欲动，竟敢和大国作对！"习凿齿说："讨伐玁狁，直抵太原。"

（42）桓豹奴[1]是王丹阳[2]外甥，形似其舅，桓甚讳之。宣武云："不恒相似，时似耳！恒似是形，时似是神。"桓逾不说。

◎注释

①桓豹奴，即桓嗣，字恭祖，小字豹奴，谯国龙亢（今安徽怀远县龙亢镇）人。东晋大臣，太尉桓冲长子，少有清誉。

②王丹阳，即王混，字奉正，官至丹阳尹。

◎译文

桓豹奴是丹阳令王混的外甥，很像他的舅父，桓豹奴对此很忌讳。桓温说："不总是像他，只是有时候像他罢了！经常和他相像的是外貌，有时像他的是神态。"桓豹奴听了不高兴。

（43）王子猷诣谢万，林公先在坐，瞻瞩[1]甚高。王曰："若林公须发并全，神情当复胜此不？"谢曰："唇齿相须，不可以偏亡[2]。须发何关于神明[3]！"林公意甚恶，曰："七尺之躯，今日委君二贤。"

◎注释

①瞻瞩，目光、神色。

②偏亡，缺少某方面。

③关于，关系到。神明，即精神。

◎译文

王子猷前往拜访谢万，和尚支道林先到了那里，神态很是高傲。王子猷说："如果林公须发齐全，神态风度会不会比现在更好呢？"谢万说："唇齿相依，缺一不可。至于胡须和头发，和精神有何相关！"支道林听了他们的话，很不高兴，说："我堂堂七尺之躯，今天交给二位贤达，随意点评。"

（44）郗司空[1]拜北府，王黄门[2]诣郗门拜云："应变将略，非其所长[3]。"骤咏之不已。郗仓谓嘉宾[4]曰："公今日拜，子猷言语

**殊不逊，深不可容！”嘉宾曰：“此是陈寿作诸葛评。人以汝家比武侯，复何所言！”**

**◎注释**

①“郗司空”句，指郡愔太和二年（367）拜都督徐、兖、青、幽四州诸军事，平北将军，徐州刺史。

②王黄门，即王徽之，字子猷，郗愔的外甥，曾任黄门侍郎。

③“应变”二句，此为陈寿评价诸葛亮的话，见《三国志》卷三五。

④郗仓，即郗融，郗愔的次子。嘉宾，即郗超，郗愔的长子。

**◎译文**

司空郗愔被授予北府都督，黄门侍郎王子猷前去拜贺，说：“随机应变和用兵谋略，不是他所擅长的。”并不断反复，叹息不已。郗仓对嘉宾说：“父亲今天受任，子猷出言不逊，实在无法容忍！”嘉宾说：“这是陈寿对诸葛亮的评价。他把父亲比作诸葛亮，还有什么好说的呢！”

**（45）王子猷诣谢公，谢曰：“云何七言诗？”子猷承问[①]，答曰：“昂昂若千里之驹，泛泛若水中之凫[②]。”**

**◎注释**

①承问，接受问题。

②“昂昂”两句，语出《楚辞·卜居》：“宁昂昂若千里之驹乎，将泛泛若水中之凫……”昂昂，扬脖挺立的样子。泛泛，漂流的样子。一说同“氾氾”，指鸟浮在水面。凫，野鸭。

**◎译文**

王子猷拜访谢安，谢安问：“什么是七言诗？”王子猷听了这句问话，答道：“昂昂若千里之驹，泛泛若水中之凫。”

**（46）王文度、范荣期[①]俱为简文所要。范年大而位小，王年小而位大。将前[②]，更相推在前。既移久，王遂在范后。王因谓曰：“簸之扬之，糠秕[③]在前。”范曰：“洮[④]之汰之，沙砾在后。”**

◎注释

①王文度，即王坦之，字文度。范荣期，即范启，字荣期。

②将前，指快要进去的时候。

③糠秕，干瘪的米粒。

④洮（táo），洗。

◎译文

王文度和范荣期同时受简文帝邀请，一道前往。范荣期年纪大而职位低，王文度年纪小却职位高。到了简文帝那里，快要进去时，两人互相推让，要对方在前。谦让了很久，王文度走在后面。王文度于是说："簸之扬之，秕糠在前。"范荣期说："洮之汰之，沙石在后。"

（47）**刘遵祖少为殷中军所知，称之于庾公。庾公甚忻然，便取为佐。既见，坐之独榻**[1]**上与语。刘尔日殊不称**[2]**，庾小失望，遂名之为"羊公鹤"**[3]**。昔羊叔子有鹤善舞，尝向客称之。客试使驱来，氃氋**[4]**而不肯舞。故称比之。**

◎注释

①独榻，一人坐的榻。尊客坐独榻。

②尔日，那一天。殊，很。称（chèn），相当，符合。

③羊公鹤，不舞之鹤，指名不副实的人。

④氃氋（tóng méng），羽毛松散、形貌委顿的样子。

◎译文

刘遵祖年轻时受到中军将军殷浩的赏识，殷浩把他推荐给庾亮。庾亮很高兴，就聘他做僚属。见面时，庾亮让刘遵祖坐独榻上，和他交谈。可是那天刘遵祖的谈论却和名望不符，庾亮有些失望，于是称他为"羊公鹤"。从前羊叔子有只鹤善舞蹈，羊叔子曾向客人称赞这只鹤。又一次，客人让把鹤赶来，可鹤却羽毛松垮不肯舞蹈。所以，庾亮把刘遵祖比作"羊公鹤"。

（48）**魏长齐雅有体量**[1]**，而才学非所经**[2]**。初宦当出，虞存嘲**

之曰："与卿约法三章：谈者死，文笔者刑，商略抵罪[3]。"魏怡然而笑，无忤于色。

◎注释

①雅，很、极。体量，器度。

②经，擅长。

③谈者，清谈的人。文笔者，吟诗作文的人。商略，品评，评论。文中指魏长齐并不因自己缺少才学而自卑，自然也不会限制他人所长以遮掩自己的短处。

◎译文

魏长齐很有器度，但缺少才学。初次做官即将赴任前，虞存和他开玩笑："和你约法三章：高谈阔论的人处死，舞文弄墨的人判刑，品评人物就治罪。"魏长齐听后，和悦地笑了笑，脸上没有不悦的神色。

（49）郗嘉宾书与袁虎，道戴安道、谢居士云："恒任之风[1]，当有所弘[2]耳。"以袁无恒，故以此激之。

◎注释

①恒任，即恒心。任，指怀抱。风，风范、精神。

②弘，扩大，光大。

◎译文

郗嘉宾写信给袁虎，评论戴安道、论谢居士说："这两位先生持之以恒的精神，应当有所弘扬。"因为袁虎没有恒心，所以郗嘉宾就用这种方法来激励他。

（50）范启与郗嘉宾书曰："子敬[1]举体无饶[2]，纵掇皮无余润[3]。"郗答曰："举体无余润，何如举体非真者？"范性矜假[4]多烦，故嘲之。

◎注释

①子敬，即王献之，字子敬。

②饶，肌肤丰满。

③掇，剥、去除。余润，指丰润的肌肉。

④矜假，矫揉造作，装模作样。

◎译文

范启给郗嘉宾写信说："子敬全身干巴巴的，即使扒下他的皮，也没一点丰润光泽。"郗嘉宾说："身上没有什么光泽和全身都是假的，哪样好？"范启的性情矫揉造作，絮烦多事，所以嘉宾嘲笑他。

**（51）二郗奉道，二何奉佛[①]，皆以财贿。谢中郎云："二郗谄于道，二何佞于佛[②]。"**

◎注释

①二郗，指郗愔和其弟郗昙。两人信奉天师道。二何，指何充和其弟何准。两人信奉佛教，广修佛寺，供养和尚。

②谄，即指谄媚，巴结，奉承。佞（nìng），巧言谄媚。

◎译文

郗愔和郗昙信奉天师道，何充和何准信奉佛教，都为此花费了很多财物。西中郎将谢万说："二郗献媚道教，二何讨好佛教。"

**（52）王文度在西州[①]，与林法师讲，韩孙[②]诸人并在坐。林公理每欲小屈[③]，孙兴公曰："法师今日如著弊絮在荆棘中，触地挂阂[④]。"**

◎注释

①西州，指扬州，州府所在是西州城。

②韩孙，指韩伯（字康伯）和孙绰（字兴公）。

③小屈，指略处下风。

④触地，指遍地、到处。挂阂，即牵制、阻碍。

◎译文

王文度在扬州旧衙门，和支道林法师论道，韩康伯、孙兴公等人在座。支道林宣讲义理，每每略处下风时，孙兴公就说："法师今天像是穿着破棉袄走入荆棘丛中，处处被牵制。"

**（53）范荣期见郗超俗情[①]不淡，戏之曰："夷、齐、巢，许，**

一诣垂名[②]，何必劳神苦形、支策据梧[③]邪？”郗未答，韩康伯曰：“何不使游刃皆虚[④]？”

◎注释

①俗情，即世俗之情。

②夷、齐、巢、许，伯夷、叔齐、巢父、许由，象征清廉的人。一诣垂名，指一下子就声名远播。

③支策据梧，语出《庄子·齐物论》：“昭文之鼓琴也，师旷之枝策也，惠子之据梧也，三子之知，几乎皆其盛者也，故载之末年。”春秋时晋国的乐师师旷持杖敲击乐器，战国时宋人惠子倚着梧桐辩论，他们的技艺几乎登峰造极了，可晚年仍继续坚持学习。

④游刃皆虚，语出《庄子·养生主》：“彼节者有间，而刀刃者无厚，以无厚入有间，恢恢乎其于游刃必有余地矣。”此处是借用庖丁解牛中刀刃在骨节间隙切割，喻意修身养性、潜心苦练也需顺应环境，顺其自然。

◎译文

范荣期看到郗超世俗之情未了，于是戏弄他说：“伯夷、叔齐、巢父、许由这些隐逸之士，一下子就留名后世，你又何必如此劳损身心，像师旷、惠子那样劳神苦形呢？”郗超还没回答，韩康伯接着说：“为何不让一切顺其自然呢？”

（54）简文在殿上行，右军与孙兴公在后。右军指简文语孙曰：“此啖名客[①]。”简文顾曰：“天下自有利齿儿。”后王光禄[②]作会稽，谢车骑出曲阿祖之[③]。王孝伯罢秘书丞，在坐，谢言及此事，因视孝伯曰：“王丞齿似不钝。”王曰：“不钝，颇亦验。”

◎注释

①啖名客，即好名之士。啖名，即指嗜好名望。有一说云：好名如饮食般不可或缺。另有一说，据余嘉锡《世说新语笺疏》中所云，啖名应为啖石。道家有啖石法，而孙兴公善于持论，然多强词夺理，所以王右军戏之为啖名客。

②王光禄，即王蕴，曾任光禄大夫，后任会稽内史、镇军将军。

③曲阿，城名，在今江苏丹阳县。祖，即饯别送行。

◎译文

简文帝在大殿上行走，右军将军王羲之和孙兴公在后。王羲之指着简文帝对孙兴公说："这是啖名客。"简文帝回过头来说："世上本来就有一些牙尖嘴利的人。"后来，光禄大夫王蕴任会稽内史，车骑将军谢玄到曲阿为他送行。其时，被免去秘书丞职务的王孝伯也在座，谢玄谈起这件事，看着王孝伯说："王丞的口齿好像并不钝吧。"王孝伯回答说："不钝，事实也能证明这一点。"

**（55）谢遏夏月尝仰卧，谢公清晨卒来，不暇著衣，跣出屋外，方蹑履问讯。公曰："汝可谓'前倨而后恭'。"**

◎译文

夏夜，谢遏脸朝上仰天躺着。谢安清晨突然到来，谢遏来不及穿衣服，光着脚跑出屋外，穿上单鞋向他请安。谢安说："你可真是'前倨而后恭'了。"

**（56）顾长康作殷荆州佐，请假还东[①]。尔时例不给布帆[②]，顾苦求之，乃得发。至破冢[③]，遭风大败。作笺与殷云："地名破冢，真破冢而出。行人安稳，布帆无恙。"**

◎注释

①还东，指回到都城建康。东，建康在荆州以东，故称。

②例，照例。布帆，布做的船帆，也指帆船。

③破冢，地名，在湖北江监利境内。

◎译文

顾长康任荆州刺史殷仲堪的属吏，请假回建康。当时惯例不提供布制船帆，顾长康极力恳求才借得，终于起程。船行至破冢，遭遇大风。顾长康写信给殷仲堪说："此处名为破冢，我们也真是破冢而出。好在行人安稳，布帆无恙。"

**（57）苻朗[①]初过江，王咨议大好事[②]，问中国[③]人物及风土所**

生，终无极已，朗大患之。次复问奴婢贵贱，朗云："谨厚有识中者，乃至十万；无意为奴婢问者，止数千耳。"

◎注释

①苻朗，字元达，苻坚的侄儿，在前秦任青州刺史，晋国讨伐青州时，向谢玄投降，被任为员外散骑侍郎，渡江到扬州。

②王咨议，即王肃之，字幼恭，王羲之四子。曾任中书郎、骠骑咨议。大，很，非常。好事，指喜欢管闲事。

③中国，古指中原地区。

◎译文

苻朗刚过江时，骠骑咨议王肃之很爱管闲事，缠着他问中原地区的人物有哪些，风土人情和土地物产什么的，总是没完没了。苻朗很讨厌他。王肃之接着又问奴婢的价钱，苻朗说："谨慎忠厚、有见识的，可达十万钱；不愿做奴婢，又多嘴多舌的，不过几千钱罢了。"

（58）东府客馆是版屋[①]。谢景重诣太傅[②]，时宾客满中，初不交言，直[③]仰视云："王乃复西戎其屋[④]。"

◎注释

①东府，原为晋简文帝府邸，后来给儿子会稽王司马道子住。版屋，同"板屋"，用木板盖成的房子。

②谢景重，即谢重，字景重。太傅，指司马道子，官至太傅。

③直，同"只"，只是。

④"王乃"句，会稽王建造这些房屋，大概是给西戎人住的吧。《诗经·秦风·小戎》中有云："在其板屋，乱我心曲。"王，指会稽王司马道子。西戎人，古代西北少数民族的总称，那里板屋较多。

◎译文

东府的宾馆，是用木板修建的板屋。谢景重去拜访太傅司马道子。当时宾客满座，起初他没和别人交谈，只是抬头望着房顶说："会稽王建造这些板屋，大概是给西戎人住的吧。"

（59）顾长康啖甘蔗，先食尾。人问所以，云："渐至佳境[①]。"

◎注释

①佳境，美妙的境界。甘蔗的根部最甜，从蔗梢吃，越吃越甜。此不仅是顾恺之吃甘蔗的感受，也是对其日臻成熟的画艺的总结。

◎译文

顾长康吃甘蔗，先从蔗梢吃起。有人问他为什么，他说："这样可渐入佳境。"

**（60）孝武属[①]王珣求女婿，曰："王敦、桓温，磊砢之流[②]，既不可复得；且小如意[③]，亦好豫人家事，酷非所须。正如真长、子敬比，最佳。"珣举谢混。后袁山松欲拟谢婚，王曰："卿莫近禁脔[④]。"**

◎注释

①孝武，即晋孝武帝司马曜。属，同"瞩"，嘱托，托付。

②磊砢，原意书目多节，比喻人才能卓越。流，这类人物。

③且，助词。用于句首，意为"至于"。小如意，稍微有些满意。

④禁脔，不许别人染指的东西。脔，切成块的肉。

◎译文

晋孝武帝嘱托王珣替他物色选女婿，说："像王敦、桓温这样才能卓越的人物，已经再也不容易找到了。至于那些稍微有些称心，可又喜欢干预别人家事的，绝对不可取。只要像真长、子敬那样的人，就最好。"王珣举荐了谢混。后来袁山松打算把女儿许配给谢混，王珣劝告他说："你最好别靠近禁脔。"

**（61）桓南郡与殷荆州语次[①]，因共作了语[②]。顾恺之曰："火烧平原无遗燎[③]。"桓曰："白布缠棺竖旒旐[④]。"殷曰："投鱼深渊放飞鸟[⑤]。"次复作危语。桓曰："矛头淅米剑头炊[⑥]。"殷曰："百岁老翁攀枯枝[⑦]。"顾曰："井上辘轳卧婴儿。"殷有一参军在坐，云："盲人骑瞎马，夜半临深池。"殷曰："咄咄逼人！"仲堪眇目[⑧]故也。**

◎注释

①桓南郡，指桓玄，袭封南郡公，故称。殷荆州，即殷仲堪，曾任荆州刺史。语次，谈话之时。

②因，借机。了语，一种语言游戏，要求句末一字与“了”同韵，而且句子有终了、完结之意。下面“危语”与此形式相同，只是句子应有表示危险、可怕的意思。

③“火烧”句，意为：野火烧遍了广阔的原野，没留下任何东西。遗燎，指剩下的灰烬。

④“白布”句，意为：人死了进棺木，前挂招魂幡，一生便完结了。旒旐（liú zhào），即招魂幡，出殡时在棺材前引路的旗子。

⑤“投鱼”句，意为：鱼潜深渊，鸟飞高空，都无影无踪了。

⑥“矛头”句，意为：在矛尖淘米，在剑尖煮饭。寓意危险。

⑦“百岁”句，意为：年迈之人攀爬枯枝，随时可能会摔死。以下几句意思类似。

⑧眇（miǎo）目，瞎了一只眼睛，后亦指两眼俱瞎。此处，因仲堪瞎了一只眼，故有此语。

◎译文

南郡公桓玄和荆州刺史殷仲堪谈话时，借机一起试着作“了语”。顾恺之说：“火烧平原无遗燎。”桓玄说：“白布缠棺竖旒旐。”殷仲堪说：“投鱼深渊放飞鸟。”接着又一起作“危语”。桓玄说：“矛头淅米剑头炊。”殷仲堪说：“百岁老翁攀枯枝。”顾恺之说：“井上辘轳卧婴儿。”殷仲堪属下有个参军也在座，他说：“盲人骑瞎马，夜半临深池。”殷仲堪说：“啊呀，真是咄咄逼人！”因为殷仲堪瞎了一只眼。

（62）桓玄出射，有一刘参军与周参军朋赌[①]，垂成，唯少一破[②]。刘谓周曰：“卿此起不破[③]，我当挞[④]卿。”周曰：“何至受卿挞！”刘曰：“伯禽之贵，尚不免挞，而况于卿[⑤]！”周殊无忤色。桓语庾伯鸾曰：“刘参军宜停读书，周参军且[⑥]勤学问。”

◎注释

①朋赌，指分组赌射箭。一朋即为一组。

②垂成，快要取胜。破，即指破的，射中箭靶。

③此起，这一箭。起，发射。

④挞，用鞭子或棍子打。

⑤“伯禽”三句，连伯禽这么尊贵的人，都免得了被责打，何况是你呢？见《尚书》：“伯禽与康叔见周公，三见而三笞。”伯禽，周公之子。

⑥且，同“宜”，适宜，最好。

◎译文

桓玄出外射箭，遇见刘参军和周参军正在一组赌射箭，刘快要成功了，只差一次射中目标。刘参军对周参军说：“你这一箭要是射不中，我就鞭打你。”周参军说：“哪至于受你的鞭打！”刘参军说：“伯禽那样显贵，还不免受到责打，何况是你呢！”周参军听了，没有一点不高兴的样子。桓玄对庾伯鸾说：“刘参军应该停止读书，周参军还要用功学习。”

**（63）桓南郡与道曜讲《老子》，王侍中为主簿，在坐。桓曰：“王主簿可顾名思义①。”王未答，且大笑。桓曰：“王思道能作大家儿②笑。”**

◎注释

①“王主簿”句中，王桢之，小名思道。《老子》又名《道德经》，重点在于阐释“道”，故桓玄有此一说。顾名思义，见到名称而思其含义。

②大家儿，即士族豪门的子弟。此句暗含嘲讽之意。桓玄本希望王思道对《老子》讲论一番，没想到王只能以大笑来掩饰自己的无知。是故桓玄曲意嘲讽。

◎译文

南郡公桓玄和道曜一起讲论《老子》，侍中王桢之当时任桓玄的主簿，也在座。桓玄说：“王主簿可以顾名思义。”王桢之没有回答，只是放声大笑。桓玄说：“王思道还能发出世家子弟的大笑。”

**（64）祖广行，恒缩头。诣桓南郡始下车，桓曰：“天甚晴朗，祖参军如从屋漏中来。”**

**◎译文**

祖广走路时总是缩着脑袋。由此，他去拜访桓玄，刚下车，桓玄就说：“天气这么晴朗，祖参军怎么像是从漏雨的房子里出来一样。”

**（65）桓玄素轻桓崖[①]。崖在京下有好桃，玄连就求之，遂不得佳者。玄与殷仲文书以为嗤笑曰：“德之休明[②]，肃慎贡其楛矢[③]。如其不尔，篱壁间物亦不可得也。”**

**◎注释**

①桓崖，即桓脩，小名崖，桓玄的堂兄弟。

②休明，美好明智。

③肃慎，古代少数民族，在今东北黑龙江、松花江流域，多从事狩猎活动。贡，进献。楛（hù）矢，用楛木做杆的箭。

**◎译文**

桓玄向来瞧不起桓崖。桓崖在都城建康的家里有良种桃，很鲜美，桓玄一连数次向他索取，都得不到最好的。桓玄写信给殷仲文，自嘲道：“如果品德美好明智，即使肃慎这样的边远民族都会进贡弓箭。如果不是，即便是近在篱笆底下的东西，也无法得到。”

# 轻诋第二十六

轻诋，轻视、诋毁他人之意。东晋名士间因习气严重，往往互相轻视诋毁，而无论是言论、行为，还是形貌、语音不正，都可以成为诋毁的话题。如王眉子批评叔父王澄，认为他的品评人物是胡说八道。周伯仁轻视乐广，其实是嫌弃乐广门第寒微，少孤贫，因此才耻于和他并列。有些虽机巧刻薄，但有些也不乏风趣，从另一角度表现出晋人自然、真率的风貌。

（1）王太尉问眉子[①]："汝叔名士，何以不相推重？"眉子曰："何有名士终日妄语！"

◎注释

①眉子，即王玄，字眉子，王衍的儿子。其叔父王澄，字平子，以善品评人物知名于世。

◎译文

太尉王衍问眉子："你叔父是名士，你为何不推崇他？"眉子说："哪有名士整天胡言乱语的呢！"

（2）庾元规语周伯仁："诸人皆以君方乐[①]。"周曰："何乐？谓乐毅[②]邪？"庾曰："不尔，乐令[③]耳。"周曰："何乃刻画无盐[④]，以唐突西子[⑤]也？"

◎注释

①方，比作，相比。

②乐毅，战国时燕人，燕昭王时任上将军。

③乐令，即乐广，西晋人，官至太子舍人、尚书令。

④无盐，传说中的丑女。《列女传》中女子钟离春，貌丑，四十未嫁，自谒齐宣王，陈四殆之义。而后，宣王纳为后。

⑤西子，即西施，春秋时越国美女。

◎译文

庾元规对周伯仁说："大家都把你和乐氏相比。"周伯仁问："哪个乐氏，乐毅吗？"庾元规说："不是，是乐令。"周伯仁说："怎么能指着无盐说是西施呢？"

（3）深公云："人谓庾元规名士，胸中柴棘[1]三斗许！"

◎注释

①柴棘，枯枝和荆棘。

◎译文

竺法深说："人们都说庾元规是名士，其实他心里差不多就三斗枯枝荆棘吧！"

（4）庾公权重[1]，足倾王公。庾在石头，王在冶城坐。大风扬尘，王以扇拂尘曰："元规尘污人。"

◎注释

①权重，当庾亮（字元规）以舅帝任中书令，掌握朝政，受到晋元帝器重。

◎译文

庾元规很有权势，足以整垮王导。当时，庾元规在石头城，王导在冶城。一次，大风扬起尘土，王导以扇拂尘说："从元规那个方向刮来的尘土容易污染人。"

（5）王右军少时甚涩讷[1]。在大将军许，王、庾二公后来，右军便起欲去。大将军留之，曰："尔家司空、元规，复可所难！"

◎注释

①涩讷，说话迟钝不流利。

◎译文

右军将军王羲之年轻时说话不太流利。有一次，他在大将军王敦府上，见王导和庾元规二人到，王羲之就想起身告辞。王敦挽留他，说："是你家的司空和元规，有什么好为难的呢！"

**（6）王丞相轻蔡公[①]，曰："我与安期[②]、千里[③]共游洛水边，何处闻有蔡充儿！"**

◎注释

①蔡公，即蔡谟，字道明，蔡充的儿子。

②安期，即王承，西晋中叶出任骠骑参军。

③千里，即阮瞻，西晋时任太子舍人。

◎译文

丞相王导轻视蔡谟，说："我和安期、千里同游洛水的时候，还没听说过蔡充的儿子呢！"

**（7）褚太傅[①]初渡江，尝入东，至金昌亭[②]，吴中豪右燕集亭中。褚公虽素有重名，于时造次不相识．别敕左右多与茗汁，少著粽，汁尽辄益，使终不得食。褚公饮讫，徐举手共语云："褚季野。"于是四坐惊散，无不狼狈。**

◎注释

①褚太傅，即褚裒，字季野。死后追赠侍中、太傅。

②金昌亭，亭名，在苏州城西门附近。

◎译文

褚季野刚到江南不久，曾到东部去，到了金昌亭，正碰上吴郡的豪门大族在亭中聚会宴饮。褚季野虽然声望很高，可当时匆忙间大家都不认识，于是这些人特意吩咐随从多给他茶水，少摆粽子之类的食物，茶喝完了就立刻添上，让他始终吃不上东西。褚季野喝完茶，徐徐举手施礼，说："我是褚季野。"于是满座客人都惊慌无措，感觉很是狼狈。

**（8）王右军在南，丞相与书，每叹子侄不令，云："虎犺、虎**

犊[1]，还其所如[2]。”

◎注释

①虎𤞤，即王彭之，小名虎𤞤，官至黄门侍郎。虎犊，王彪之，小名虎犊，王彭之三弟。

②还其所如，意思是指这两人真像𤞤、犊一样。𤞤，同“豚”，即猪。

◎译文

王羲之在南方，丞相王导给他写信，常慨叹子侄辈才质低劣，说：“虎𤞤、虎犊，两人的才干正像他们的名字一般。”

（9）褚太傅南下，孙长乐于船中视之。言及刘真长死，孙流涕，因讽咏曰：“人之云亡，邦国殄瘁[1]。”褚大怒曰：“真长平生，何尝相比数[2]，而卿今日作此面向人[3]！”孙回泣向褚曰：“卿当念我！”时咸笑其才而性鄙。

◎注释

①“人之”句，语出《诗经·大雅》，意为贤德的人都逃了，国家就要艰难了。

②比数，指看重，看得起。

③作此面，装出这副样子。向人，对待别人。

◎译文

褚太傅到南方镇守京口，长乐侯孙绰去看望他。谈到刘真长之死，孙绰流泪道：“人之云亡，邦国殄瘁。”褚太傅很生气：“真长生前，什么时候看得上你？你今天却装出这副面孔来对我！”孙绰于是收住眼泪对褚太傅说：“你应该顾念我的感情！”大家都笑他虽有才学却又品性鄙俗。

（10）谢镇西书与殷扬州，为真长求会稽。殷答曰：“真长标同伐异[1]，侠[2]之大者。常谓使君降阶为甚[3]，乃复为之驱驰邪？”

◎注释

①标同伐异，即称赞同道，攻击异己，等于党同伐异。

②侠，指任性使气的人。

③谓，认为。使君，对州郡长官的尊称。降阶，降低身份。甚，过分。

◎**译文**

镇西将军谢尚写信给扬州刺史殷浩，推荐刘真长任会稽内史一职，殷浩回信说："真长党同伐异，最能任性使气。我一直认为你降低身份和他交往已是太过，现在竟然还为他奔走效劳吗？"

**（11）桓公入洛，过淮、泗，践北境，与诸僚属登平乘楼[①]，眺瞩中原，慨然曰："遂使神州陆沉[②]，百年丘墟，王夷甫[③]诸人不得不任其责！"袁虎率尔[④]对曰："运自有废兴，岂必诸人之过？"桓公懔然作色，顾谓四坐曰："诸君颇闻刘景升[⑤]不？有大牛重千斤，啖刍豆十倍于常牛，负重致远，曾不若一羸牸[⑥]。魏武入荆州，烹以飨[⑦]士卒，于时莫不称快。"意以况袁，四坐既骇，袁亦失色。**

◎**注释**

①平乘楼，指大船的船楼。

②陆沉，喻国家动乱，国土沦陷。

③王夷甫，王衍，字夷甫，位至三公，喜好清谈。

④率尔，轻率、急速的样子。

⑤刘景升，刘表，字景升，任荆州牧。

⑥羸牸，衰弱的母牛。牸，母牛。

⑦飨，用酒肉招待人。

◎**译文**

桓温进兵洛阳，经过淮河、泗水，踏上北方土地，与手下僚属登上船楼遥望中原，感慨道："国土沦陷成废墟，王夷甫等要承担罪责！"袁虎轻率地回答："国运本就有兴有衰，难道都是他们的罪过？"桓温面露怒容，环顾在座众人："诸位都听说过刘景升吧？他有一条大牛，重达千斤，吃的草料比普通牛多十倍，可是驼重物走远路，都比不上一头瘦弱的母牛。魏武帝进荆州后，把大牛煮了慰劳士兵，没有人不拍手叫好。”桓温以此来比拟袁虎，满座震惊，袁虎也吓得面无人色。

**（12）袁虎、伏滔同在桓公府。桓公每游燕，辄命袁、伏。袁甚耻之，恒叹曰：“公之厚意，未足以荣国士，与伏滔比肩，亦何辱如之！”**

**◎译文**

袁虎和伏滔同在桓温的大司马府中任职。桓温每逢游乐宴饮，就请袁虎和伏滔参加。袁虎很为此觉得羞愧，时常叹息道：“您的厚意，并不能让国士感到光荣，和伏滔平起平坐，没有比这更大的耻辱了！”

**（13）高柔[①]在东，甚为谢仁祖所重。既出，不为王、刘所知。仁祖曰：“近见高柔大自敷奏[②]，然未有所得。”真长云：“故不可在偏地居，轻在角䚥[③]中，为人作议论。”高柔闻之，云：“我就伊无所求。”人有向真长学此言者，真长曰：“我实亦无可与伊者。”然游燕犹与诸人书：“可以邀请安固。”安固，就是高柔。**

**◎注释**

①高柔，字世远，乐安县人，曾任司空参军，安固县令。

②敷奏，向君主进言陈事。

③角䚥（ruò），屋角，角落。

**◎译文**

高柔在东边，深受谢仁祖敬重。后来到了建康，却不被王濛、刘真长等人赏识。仁祖说：“近来看见高柔所写夸张铺陈，却没有实际内容。”刘真长说：“所以，一个人不能长期居住在偏远之地，随便住在某个角落，向别人发议论。”高柔听到这句话后，说：“我对他并无所求。”有人把这话告诉刘真长，刘真长说：“我也没什么可以给他的东西。”但是，每逢游乐宴饮时，刘真长还是给人写信说：“可以邀请安固。”安固，就是高柔。

**（14）刘尹、江虨、王叔虎、孙兴公同坐，江、王有相轻[①]色。**

彪以手歙[2]叔虎云："酷吏！"词色甚强。刘尹顾谓："此是瞋邪？非特是丑言声，拙视瞻[3]。"

◎注释

①相轻，相互轻视，看不起对方。

②歙（xī），用力进逼，捅，指。

③视瞻，眼神顾盼。

◎译文

丹阳尹刘惔、江彪、王叔虎、孙兴公聚在一起，江彪和王叔虎露出互相轻视的神色。江彪用手捅一下王叔虎说："残暴的官吏！"说这话时，言辞激愤，神色严厉。刘惔看着他说："这是发怒吗？不只言语难听，连眼神也拙劣呢！"

（15）孙绰作《列仙·商丘子赞》[1]曰："所牧何物？殆非真猪。倘遇风云，为我龙摅[2]。"时人多以为能。王蓝田语人云："近见孙家儿作文，道'何物'、'真猪'也。"

◎注释

①《列仙·商丘子赞》中记商丘子喜欢放猪，七十岁也不显老。

②龙摅（shū），如龙之飞腾上天，谓羽化登仙。

◎译文

孙绰作《列仙·商丘子赞》，其中写道："所放牧的是什么？恐怕不是真正的猪吧。若是遇到风云际会，会载着我像龙一样飞腾而去。"时人大都认为他有才能。蓝田侯王述说："最近见孙家那小子写文章，说什么'何物'、'真猪'的。"

（16）桓公欲迁都，以张拓定之业[1]。孙长乐[2]上表谏此议，甚有理。桓见表心服，而忿其为异，令人致意孙云："君何不寻《遂初赋》[3]，而强知人家国事！"

◎注释

①张，扩张，伸展。拓定，即开拓，建立。业，功业。

②孙长乐，即孙绰，袭爵长乐侯。故称。

③《遂初赋》，孙绰年轻时所写，表明自己的隐居之志。

◎**译文**

桓温想迁都洛阳，扩充疆土。长乐侯孙绰上表劝谏，所呈理据很有道理。桓温看到后，心中很佩服，可是又气他与自己作对，就派人传话给孙绰："您为何不去重温《遂初赋》，却反而来干预别人的国家大事呢！"

**（17）孙长乐兄弟[①]就谢公宿，言至款杂。刘夫人在壁后听之，具闻其语。谢公明日还，问昨客何似，刘对曰："亡兄[②]门未有如此宾客。"谢深有愧色。**

◎**注释**

①孙长乐兄弟，指孙绰和他的哥哥孙统。

②亡兄，指已死的刘真长。谢安的妻子是刘真长的妹妹。

◎**译文**

长乐侯孙绰兄弟到谢安家住宿，言谈内容十分杂乱。谢安的妻子刘夫人在隔壁听到他们谈话。第二天，谢安回到内室，问昨晚的客人怎样，刘夫人说："亡兄家里没有这样的宾客。"谢安感到非常惭愧。

**（18）简文与许玄度共语，许云："举君、亲以为难[①]。"简文便不复答，许去后而言曰："玄度故可不至于此。"**

◎**注释**

①"举君"句，君亲指君主和父母，这里指尽忠和尽孝。许玄度认为忠孝不能两全，简文帝不同意这种看法。出自《邴原别传》："魏五官中郎将尝与群贤共论曰：'有一丸药，得济一人疾，而君、父俱病，与君邪？与父邪？'诸人纷纭，或父或君。原勃然曰：'父子本一人也。'亦不复难。"此句是许玄度对这个问题的回答。

◎**译文**

简文帝和许玄度在一起交谈，谈到魏文帝曾与臣下讨论过的有关药丸的事，许玄度说："给君王，还是给父亲，这是个很难解决的问题。”简文帝便不再说话，待到许玄度离开后才说：“玄度本可以不说这种话的。”

（19）**谢万寿春败后，还，书与王右军云：“惭负宿顾。”右军推书曰：“此禹汤之戒[①]。”**

◎注释

①禹汤之戒，出自《春秋传》：“禹、汤罪己，其兴也勃焉。”意为，夏禹、商汤严于责己，才使国家兴旺。这里借此讽喻谢万。

◎译文

谢万在寿春之战失败后，南归，给右军将军王羲之写信说：“我很惭愧，辜负了你对我一直以来的信任。”王羲之看后，把信推到一边说：“这是禹汤警诫自己的话。”

（20）**蔡伯喈[①]睹睐笛椽，孙兴公听妓振且摆折。王右军闻，大嗔曰：“三祖寿乐器，虺瓦[②]吊孙家儿打折。”**

◎注释

①蔡伯喈，即蔡邕，字伯喈，东汉人。避难江南，住在客舍里，看到房上的竹椽，认为是好竹，用来做笛子，果然声音美妙。

②虺（huǐ）瓦，指毒物和轻贱之物。虺，古代中国传说中的一种毒蛇，常在水中。

◎译文

蔡伯喈曾在会稽见到一根屋椽竹，将它制成了长笛。孙兴公听伎乐时用来打拍子，不停地摆弄笛子，结果把它弄断了。右军将军王羲之听说后，大发脾气，说：“这是祖上三代保存的乐器。应该把那没心肝的孙家小子像吊虺蛇一样吊起来，然后打成两段。”

（21）**王中郎与林公绝不相得[①]。王谓林公诡辩，林公道王云：“著腻颜帢[②]，缔布[③]单衣，挟《左传》，逐郑康成车后。问是何物尘垢囊[④]！”**

◎注释

①相得，舍得来。

②颜帢，魏晋士人戴的一种便帽，前面有横缝，以鉴别前后。见《晋书·五行志》。

③绤布，粗葛布。

④尘垢囊，装灰尘和污垢的口袋，喻王坦之。

◎译文

北中郎将王坦之和支道林合不来。王坦之认为支道林只会诡辩，支道林批评王坦之："戴着油腻的帽子，穿着布制单衣，腋下夹着《左传》，跟在郑康成的车子后面。请问，这是什么脏兮兮的臭袋子！"

**（22）孙长乐作王长史诔云："余与夫子，交非势利，心犹澄水，同此玄味。"王孝伯见曰："才士[①]不逊，亡祖[②]何至与此人周旋！"**

◎注释

①才士，这里指孙绰。

②亡祖，指王濛。王孝伯是王濛的孙子。

◎译文

长乐侯孙绰给司徒左长史王濛写诔文，文中说："我与先生交情深厚，并非因势利而结交，我们的心好似清水般澄澈，经常共同探讨玄理真谛。"王孝伯见过后说："文人如此不谦虚，亡祖怎么会跟这种人来往！"

**（23）谢太傅谓子侄曰："中郎[①]始是独有千载。"车骑曰："中郎衿抱未虚[②]，复那得独有！"**

◎注释

①中郎，即抚军从事中郎谢万，谢安的弟弟。

②衿抱不虚，至不虚心，自以为是。衿抱，胸襟，胸怀。

◎译文

太傅谢安对子侄说："中郎才是能名垂后世的人。"车骑将军谢玄说："中郎胸怀不够开阔，怎么能达到呢！"

（24）庾道季诧[①]谢公曰：“裴郎[②]云：‘谢安谓裴郎乃可不恶，何得为复饮酒？’裴郎又云：‘谢安目支道林如九方皋[③]之相马，略其玄黄，取其俊逸。’”谢公云：“都无此二语，裴自为此辞耳。”庾意甚不以为好，因陈东亭《经酒垆下赋》。读毕，都不下赏裁，直云：“君乃复作裴氏学！”于此《语林》遂废。今时有者，皆是先写，无复谢语。[④]

◎注释

①诧，意为诳、诈、骗。

②裴郎，即裴启，曾撰《语林》，搜集汉至魏晋的言语应对。

③九方皋，春秋时代善于相马的人。

④《世说新语·文学》中有云：“裴郎作《语林》，始出，大为远近流传，时流年少，无不传写，各有一通。”本篇则记载，在谢安知斥其失是，从此不再广泛流行。前后对照，可看出谢安之语对《语林》的影响有多大，也可看出志人小说的作者，陷入了两难境地。

◎译文

庾道季诳谢安道：“裴启说：‘谢安认为裴郎很不错，可为什么要时常饮酒呢？’裴郎又说：‘谢安评论支道林，就如同九方皋相马一样，不去看马的毛色，只注意马的内在品质。’”谢安听后说：“我根本没有说过这些，是裴启自己编的。”庾道季心里很不以为然，于是，又拿出东亭侯王珣的《经酒垆下赋》请谢安看。谢安读完后，也不评论好坏，只是说：“你竟然做起裴氏的学问来了！”从此《语林》不再流传。现在流传的，都是先前的抄本，再也没有谢安的话。

（25）王北中郎不为林公所知，乃著论《沙门不得为高士论》[①]，大略云：“高士必在于纵心调畅。沙门虽云俗外，反更束于教，非情性自得之谓也。”

◎注释

①高士，即隐士，德行高尚而不做官的人。沙门，佛教徒。

◎译文

北中郎将王坦之不为支道林所推许，便著《沙门不得为高士论》，大意说："隐士一定要随心所欲，心境舒畅。僧徒虽置身世俗之外，却反而受到宗教教规的束缚，他们的性情说不上悠闲自得。"

（26）人问顾长康："何以不作洛生咏？"答曰："何至作老婢声[①]！"

◎注释

①"何至"句，洛生咏的语音低沉粗重，而顾长康是晋陵郡无锡人，南方人，语音清细，所以轻视洛生咏。

◎译文

有人问顾长康："怎么不模仿洛阳书生那样吟咏呢？"顾长康回答："何至于模仿老婢女的声音！"

（27）殷顗、庾恒并是谢镇西外孙。殷少而率悟[①]，庾每不推。尝俱诣谢公，谢公熟视殷，曰："阿巢故[②]似镇西。"于是庾下声语曰："定何似？"谢公续复云："巢颊似镇西。"庾复云："颊似，足作健不[③]？"

◎注释

①率悟，直率聪慧。

②阿巢，殷顗的小名。故，的确。

③作健，做健儿，成为强者。不，同"否"。谢尚文武全才，政绩不凡，庾恒才有此一说。

◎译文

殷顗、庾恒都是镇西将军谢尚的外孙。殷顗年少时就很直爽聪慧，但庾恒总是瞧不起他。他们曾经一起去拜访谢安，谢安仔细看着殷顗说："阿巢原来像镇西。"于是，庾恒低声问："到底哪里像？"谢安接着又说："阿巢面颊像镇西。"庾恒又问："面颊像，就能成为强者吗？"

（28）旧目韩康伯，将肘无风骨。

◎译文

过去人们评论韩康伯：肩臂虽粗壮，但缺少风骨。

（29）苻宏叛来归国①，谢太傅每加接引②。宏自以有才，多好上人，坐上无折之者。适王子猷来，太傅使共语。子猷直孰视良久，回语太傅云："亦复竟不异人。"宏大惭而退。

◎注释

①苻宏，苻坚的太子。叛来归国，指苻宏从前秦逃到东晋。

②接引，接待推荐。

◎译文

苻宏归降晋国，太傅谢安时常接待推荐他。苻宏自认有才，喜欢凌驾在别人之上，座上宾客没人能折服他。有次恰好王子猷来，谢安让他们一起交谈。王子猷打量了他好久，回头对谢安说："也没什么与众不同的地方嘛！"苻宏非常羞愧，便告辞了。

（30）支道林入东①，见王子猷兄弟。还，人问："见诸王何如？"答曰："见一群白颈乌②，但闻唤哑哑声③。"

◎注释

①入东，指到会稽去。

②白颈乌，指王子猷兄弟。传言王氏子弟多着白领衣服，故称。

③哑哑声，作揖时出声致敬的声音。

◎译文

支道林到会稽，见到王子猷兄弟。回来后，别人问他："王氏兄弟怎么样？"支道林回答："像是一群白脖子乌鸦，只听到哑哑哑的叫声。"

（31）王中郎举许玄度为吏部郎，郗重熙曰："相王①好事，不可使阿讷②在坐头③。"

◎注释

①相王，指简文帝。

②阿讷，许玄度的小名。

③坐头，即座位。这里指吏部郎一职。此处暗示许玄度不胜任

此职。

◎译文

北中郎王坦之推荐许玄度任吏部郎，郗重熙说："相王真是多事，不可以让阿讷担任这个职位。"

（32）王兴道谓谢望蔡[①]："霍霍[②]如失鹰师。"

◎注释

①谢望蔡，即谢琰，因淝水之战破苻坚有功，封望蔡公。

②霍霍，指鸟急飞的声音，此指慌慌张张、来去匆匆的样子。

◎译文

王兴道评论望蔡公谢琰说："整天慌慌张张的，像是丢了鹰的驯鹰师。"

（33）桓南郡每见人不快，辄嗔云："君得哀家梨[①]，当复烝[②]食不？"

◎注释

①哀家梨，指秣陵哀仲家的梨，其又大又好，入口溶化。

②烝（zhēng），同"蒸"。这里是说愚蠢的人不辨滋味，好梨也要蒸着吃。

◎译文

南郡公桓玄每次看见别人不高兴，就说："你得到哀家的梨，该不会也是蒸着吃吧？"

# 假谲第二十七

假谲，指使用谎言来欺骗，以达到一定目的，或可称兵不厌诈。孙兴公嫁女是事先策划的阴谋；王羲之幼时假装睡熟，是为了保全性命。曹操告诉士卒前面有梅林，是为了让士兵止渴，以到达前面的水源；然而他通过杀人来保护自己，却又显得如此伪善和残忍。假谲也能弄巧成拙，搬了石头砸自己的脚。比如范玄平喜欢玩弄权术，有求于人却心口不一，终于自食其果，徒引人发笑。魏晋时期，官场斗争严酷，用诡诈之术脱离险境似乎无可厚非，但也要视场合而定，他人与自我的关系如何界定，值得深思。

（1）魏武少时，尝与袁绍好为游侠。观人新婚，因潜入主人园中，夜叫呼云："有偷儿贼！"青庐[①]中人皆出观，魏武乃入，抽刃劫新妇。与绍还出，失道，坠枳棘中[②]，绍不能得动。复大叫云："偷儿在此！"绍遑迫自掷出[③]，遂以俱免。

◎注释

①青庐，东汉至唐婚俗，用青布做帐幕，设于门旁，新婚夫妇在里面行交拜礼。

②枳，多刺的树。枳棘都多刺。

③遑，同"惶"，恐惧。掷，跳跃。

◎译文

曹操年轻时，和袁绍两人喜欢干游侠的勾当。又一次，他们去看人家婚礼，趁机偷偷进入主人的园中，夜晚大喊道：“有小偷！”青庐里面的人都跑出来察看，曹操便进去，拔出刀劫新娘。接着和袁绍迅速跑出来，中途迷路，陷入荆棘丛中，袁绍动不了。曹操又大喊：“小偷在这里！”袁绍惊恐，赶快跳了出来，二人终于脱险。

（2）魏武行役，失汲道①，军皆渴。乃令曰：“前有大梅林，饶子②，甘酸，可以解渴。”士卒闻之，口皆出水。乘此得及前源。

◎注释

①汲道，水源。汲，从下往上取水。

②饶子，果实很多。饶，丰饶。

◎译文

曹操在行军途中，找不到水源，全军都很口渴。于是传令说：“前面有大片的梅林，树上结满了梅子，味道酸甜，可以解渴。”士兵听了，口水都流出来了。趁此赶路，得以到达有水源的地方。

（3）魏武常言：“人欲危己，己辄心动。”因语所亲小人①曰：“汝怀刃密来我侧，我必说心动。执汝使行刑，汝但勿言其使，无他，当厚相报。”执者②信焉，不以为惧，遂斩之。此人至死不知也。左右以为实，谋逆者挫气③矣。

◎注释

①小人，指服侍他的人。

②执者，指怀刃被抓的人。

③挫气，挫伤了勇气。

◎译文

魏武帝说：“如果有人要害我，我的心就会跳动。”于是授意身边的一个亲卫说：“你在身上暗藏一把刀悄悄来到我身边，我就说‘心动’。抓你去受刑，只要不说出是我指使的就没事。事后，我会重重赏赐你。”亲卫相信曹操的话，当被抓住受刑时，一点也不觉得害怕，结果被斩。这个人到死也没有醒悟。而曹操左右的人，都认为这是真的，一些图谋背叛他的人，也丧失了勇气。

（4）魏武常云：“我眠中不可妄近，近便斫[1]人，亦不自觉。左右宜深慎此。”后阳[2]眠，所幸[3]一人，窃以被覆之，因便所杀。自尔每眠，左右莫敢近者。

◎注释

①斫，砍。

②阳，通“佯”，假装。

③所幸，所宠幸的人。

◎译文

曹操说：“我睡觉时，不可随便靠近我。否则，我在睡梦中会杀人，连我自己也不知道。你们可千万要小心啊。”后来有一天，曹操假装睡熟，有个他所宠幸的人悄悄地替他把被子盖好，曹操趁机把他杀死。从此之后，每次睡觉，身边的人没谁敢靠近他。

（5）袁绍年少时，曾遣人夜以剑掷魏武，少下[1]，不著。魏武揆[2]之，其后来必高，因帖[3]卧床上。剑至果高。

◎注释

①少下，稍微偏低。少，即稍微、略微。

②揆（kuí），揣测。

③帖，同“贴”，紧挨。

◎译文

袁绍年轻时，曾派人在夜里投剑刺杀曹操，第一次出手偏低，没有刺中。曹操揣测第二剑定然偏高，就贴床而卧。第二次剑刺来果然偏高。

（6）王大将军既为逆[1]，顿军姑孰。晋明帝以英武之才，犹相猜惮，乃著戎服，骑巴賨马[2]，赍一金马鞭，阴察军形势。未至十余里，有一客姥[3]居店卖食，帝过愒[4]之，谓姥曰：“王敦举兵图逆，猜害忠良，朝廷骇惧，社稷是忧，故劬劳[5]晨夕，用相觇察[6]。恐形迹危露，或致狼狈。追迫之日，姥其匿之。”便与客姥马鞭而去，行敦营匝[7]而出。军士觉，曰：“此非常人也！”敦卧心动，曰：“此

**必黄须鲜卑奴[8]来！”命骑追之，已觉多许里。追士因问向姥：“不见一黄须人骑马度此邪？”姥曰：“去已久矣，不可复及。”于是骑人息意而反。**

**◎注释**

①“王大”句，指晋明帝太宁元年，大将军王敦任扬州牧。镇守姑孰（今安徽当涂县）。第二年王敦起兵再反，直指建康，晋明帝事先有所察觉，便暗中去察看王敦营垒。

②巴賨（cóng）马，即巴州賨人所进贡的马。賨人是秦汉时居住在四川、湖南一带的民族。赍，携带。

③客姥（mǔ），客居此乡的老妇人。

④愒（qì），同“憩”，休息。

⑤劬（qú）劳，过分劳苦，勤劳。

⑥觇（chān）察，侦察。

⑦匝（zā），一周，一圈。

⑧鲜卑奴，对晋明帝的蔑称。晋明帝母亲是燕人，鲜卑族曾居此地，而明帝黄须，相貌也像异族人。

**◎译文**

大将军王敦发动叛乱，军队驻扎在姑孰。晋明帝纵有文才武略，也不免有些疑忌，于是穿上军装，骑着巴賨马，拿着一条金马鞭，暗中前往察看王敦驻军情况。离王敦的军营还差十多里，有一外乡老妇在店里卖小吃，晋明帝经过，停下休息，对她说：“王敦兴兵作乱，危害忠良，朝廷惊恐，我担心国家的命运，所以来侦察他的动向。恐怕行踪暴露，也许会陷于困境。我被追击的时候，希望你能帮我隐瞒。”于是把马鞭送给这位外乡老妇后离开。晋明帝沿着王敦的营区走了一圈，然后就出来了。王敦的士兵发现了，说：“这不是一般人啊！”王敦躺在床上，忽然心有所感，说：“这一定是黄胡须的鲜卑奴来了！”下令骑兵去追，但已经相距很远了。追赶到客店，士兵问那老妇：“看见一个黄胡须的人骑马从这里经过吗？”老妇说：“已经走了很久，不可能再追上了。”于是骑兵打消了追赶的念头，返回军营。

（7）王右军年减十岁时，大将军甚爱之，恒置帐中眠[①]。大将军尝先出，右军犹未起。须臾钱凤[②]入，屏人论事，都忘右军在帐中，便言逆节之谋。右军觉，既闻所论，知无活理，乃阳吐污头面被褥，诈孰眠。敦论事造半，方忆右军未起，相与大惊曰：“不得不除之。”及开帐，乃见吐唾从横，信其实孰眠，于是得全。时称其有智。

◎注释

①“王右军”句，王敦是王羲之的堂伯父。不过，各种史籍都记载此事实为王允之的杰作，非为右军。恐此处有误。

②钱凤，字世仪，王敦的参军。王敦发动叛乱失败，他也被杀。

◎译文

王羲之还不满十岁时，大将军王敦很喜爱他，常留他睡在自己的床帐里。有一次王敦先起身，王羲之还睡着。一会儿，钱凤进来，二人屏退左右，商议事情，忘记了王羲之还在床上，就说起叛乱的计划。王羲之醒来，听到他们的谈论，知道难以活命，于是抠出口水，把头脸和被褥都弄脏了，假装睡得很熟。王敦商量到中途，才想起王羲之还没起床，十分惊慌，说：“不得不把他杀了。”等掀开帐子，见到处都是唾液，相信他睡得很熟，王羲之这才保住了性命。当时的人都称赞他有智谋。

（8）陶公自上流来赴苏峻之难，令诛庾公，谓必戮庾，可以谢峻。庾欲奔窜，则不可，欲会，恐见执，进退无计。温公劝庾诣陶，曰：“卿但遥拜，必无它，我为卿保之。”庾从温言诣陶，至便拜。陶自起止之，曰：“庾元规何缘拜陶士行？”毕，又降就下坐。陶又自要起同坐。坐走，庾乃引咎责躬，深相逊谢，陶不觉释然。

◎译文

陶侃从荆州赶来平定苏峻叛乱，下令惩办庾亮，认为只有杀掉庾亮，才可让苏峻退兵。庾亮想逃，却逃不了，想去见陶侃，又怕被抓住，进退两难，无计可施。温峤劝庾亮去拜会陶侃，说："你只要老远就向他下拜行礼，肯定没事，我可以给你担保。"庾亮采纳了温峤的意见，一到就行了个大礼。陶侃站起来拦住不让他行礼，说："庾元规为何要拜我陶士行？"庾亮行完大礼，坐在下座。陶侃请他一道就座。坐定后，庾亮就主动承担罪过，严责自己，恭敬地表示自己有罪。陶侃听着，不知不觉就心境舒畅了很多。

**（9）温公丧妇。从姑[①]刘氏，家值乱离散，唯有一女甚有姿慧，姑以属公觅婚。公密有自婚意，答云："佳婿难得，但如峤比[②]，云何？"姑云："丧败之余，乞粗存活，便足慰吾余年[③]，何敢希汝比。"却后少日，公报姑云："已觅得婚处，门地粗可，婿身[④]名宦尽不减峤。"因下玉镜台[⑤]一枚。姑大喜。既婚，交礼[⑥]，女以手披纱扇[⑦]，抚掌大笑曰："我固疑是老奴[⑧]，果如所卜。"玉镜台是公为刘越石长史，北征刘聪[⑨]所得。**

**◎注释**

①从姑，堂房姑妈，即父亲的堂姐妹。

②但如，只像。比，类似，一样。

③余年，即晚年。

④婿身，女婿这个人。

⑤玉镜台，玉制镜座，用以承托圆形的铜镜。

⑥交礼，结婚时所行交拜合卺（jǐn）之礼。

⑦纱扇，新娘用来遮脸的用具。

⑧固，本来。老奴，老奴才，对年长者的不敬称呼。

⑨北征刘聪，建兴二年，温峤为刘琨的左司马，都督军事，讨伐刘聪。刘聪，五胡十六国时汉的国君，匈奴族。

**◎译文**

温峤的妻子亡故。堂房姑母刘氏一家碰上战乱，辗转离散，只留有一女，漂亮聪慧，堂姑母嘱咐温峤为她物色女婿。温峤有意给自已定亲，就说："称心如意的女婿不容易找，只有和我一样的，行不行？"姑母说："经过战乱活下来的人，只求保住性命，足以安度晚年，哪里还敢希望找到像你这样的人呢。"过了几天，温峤回复姑母说："已经找到一户人家，门第大体还可以，名声官位都不比我差。"于是送上一个玉镜台作为聘礼。姑母非常高兴。结婚那日，行了交拜礼后，新娘用手拨开纱扇，拍手大笑说："我本就疑心是你这个老家伙，果然不出所料。"玉镜台是温峤做刘越石的长史时，征讨刘聪时得到的。

**（10）诸葛令[①]女，庾氏妇[②]，既寡，誓云不复重出[③]。此女性甚正强，无有登车理[④]。恢既许江思玄婚，乃移家近之。初诳女云："宜徙于是。"家人一时去，独留女在后。比其觉，已不复得出。江郎莫来，女哭詈[⑤]弥甚，积日渐歇。江虨暝入宿，恒在对床上。后观其意转帖[⑥]，虨乃诈厌[⑦]，良久不悟，声气转急。女乃呼婢云："唤江郎觉！"江于是跃来就之[⑧]，曰："我自是天下男子，厌何预卿事而见唤邪？既尔相关，不得不与人语。"女默然而惭，情义遂笃。**

**◎注释**

①诸葛令，即诸葛恢，字道明，官至尚书令，故称。

②庾氏妇，庾家的儿媳妇。

③重出，指再嫁。

④"无有"句，意思是说已经没有再嫁的可能。

⑤哭詈（lì），又哭又骂。

⑥帖，安定。

⑦厌，同"魇"，做恶梦。

⑧跃，翻身跃起。就，靠近。

**◎译文**

尚书令诸葛恢的女儿，是庾亮的儿媳妇。寡居之后，发誓不再嫁人。此女本性正直刚强，也不可能改嫁。诸葛恢答应了江思玄的求娶后，举家搬到靠近江思玄的居所近旁，骗女儿说："搬到这里这里。”后来全家人都走了，只剩下女儿一人。等她省悟过来，已经不能再出门了。江思玄晚上进来，她哭骂得厉害，过了好些天才渐渐平静。江思玄晚上进房睡觉，总是睡在对面床上。后来发现她的样子似乎回心转意，就假装做噩梦，好久也没醒来，呼吸声越发急促。她招呼侍女说：“快叫醒江郎！”江思玄听了翻身而起，靠近她身边，说：“我本是堂堂男子汉，做噩梦和你有什么关系，叫醒我做什么呢？既然这样关心我，就不能不和我说话。”她默不作声，感到羞愧。之后，两人的情义逐渐深厚起来。

**（11）愍度道人[1]始欲过江，与一伧道人为侣。谋曰：“用旧义在江东，恐不办得食。”便共立心无义[2]。既而此道人不成渡，愍度果讲义积年。后有伧人来，先道人寄语云：“为我致意愍度，无义那可立！治此计，权救饥尔，无为遂负如来也！”**

**◎注释**

①愍度道人，即支愍度。

②心无义，佛教的一种教义。《魏书·释老志》中有云：“罢佛法时，师贤假为医术还俗，而守道不改。于修复日，即反沙门。其同辈五人，帝乃亲为下发。师贤仍为道人统。”

**◎译文**

愍度道人想去江南，邀一个北方道人做伴，两人商量说：“在江南宣讲旧教义，恐怕难以糊口。”因此，两人就共同创立“心无义”。后来，这个和尚没去成，而愍度果真在江南宣讲了多年的心无义。后来有个北方人过江，先前那个道人请他传话：“请替我问候愍度，告诉他，‘无义’怎么可以成立呢！当初想这个办法，只是权且用来缓解饥寒罢了，不要因此辜负了如来佛祖！”

**（12）王文度弟阿智，恶乃不翅，当年长而无人与婚。孙兴公有一女，亦僻错[1]，又无嫁娶理。因诣文度，求见阿智。既见，便阳言：“此定可，殊不如人所传，那得至今未有婚处！我有一女，乃不恶，但吾寒士，不宜与卿计，欲令阿智娶之。”文度欣然而启蓝**

田云：“兴公向来，忽言欲与阿智婚。”蓝田惊喜。既成婚，女之顽嚚[②]，欲过阿智。方知兴公之诈。

◎注释

①僻错，怪僻，不近情理。

②顽嚚（yín），愚蠢顽固。

◎译文

王文度的弟弟阿智，性行很坏，以至于年龄大了，也没人和他结亲。孙兴公有个女儿，也是性情很怪僻，嫁不出去。他便拜访文度，要求见见阿智。见面后，就假意说：“这孩子必定合意，根本不像人们说的那样，怎么会到现在还没成亲！我有个女儿，人还不错，只不过我是个贫寒的读书人，本不适合和你商量，但我想把女儿许配给阿智。”文度很高兴，告诉父亲蓝田侯王述说：“兴公刚才来，说要和阿智结亲。”蓝田侯又惊又喜。结婚后，发现女方顽劣愚蠢，甚至快超过阿智。王文度这才知道孙兴公的诡诈。

（13）范玄平[①]为人好用智数，而有时以多数失会。尝失官居东阳，桓大司马在南州[②]，故往投之。桓时方欲招起屈滞[③]，以倾朝廷。且玄平在京，素亦有誉，桓谓远来投己，喜跃非常。比入至庭，倾身引望，语笑欢甚。顾谓袁虎曰：“范公且可作太常卿。”范裁坐，桓便谢其远来意。范虽实投桓，而恐以趋时损名，乃曰：“虽怀朝宗，会有亡儿瘗[④]在此，故来省视。”桓怅然失望，向之虚伫[⑤]，一时都尽。

◎注释

①范玄平，名汪，进爵武兴县侯，东阳大守。

②南州，指姑苏。

③招起，网罗、起用。屈滞，指仕途失意的人。

④瘗（yì），埋葬。

⑤向，刚才。虚伫，指虚心等候的热情。伫，久立而待。

◎译文

范玄平为人喜欢玩弄权术，但有时因为算计太多，反而错失良机。他被免官后，曾住在东阳郡。大司马桓温当时在姑苏，于是范玄平便前去投奔。桓温当时正想招揽一些仕途失意的人才，用来颠覆朝廷，而且范玄平在京都一向很有名望。桓温看到他远道来投，格外高兴。等到范玄平进入院内，桓温在厅内早已引颈而望，笑语欣然，还回头对袁虎说："范公可以暂任太常卿。"范玄平刚坐下，桓温就感谢他远道而来。范玄平虽然是来投奔桓温，可又担心别人说他趋炎附势，有损名声，便说："虽然有心拜见长官，但也是因为恰巧有个儿子葬在这里，所以特意前来看望。"桓温听了，大失所望，刚才虚心迎候的热情，顷刻间烟消云散。

**（14）谢遏①年少时，好著紫罗香囊，垂覆手。太傅患之，而不欲伤其意②。乃谲与赌，得即烧之。**

**◎注释**

①谢遏，即谢玄。晋代男子有佩香囊的风尚。

②伤其意，伤害他的自尊心。

**◎译文**

谢遏年轻时，喜欢佩戴紫罗香囊，悬挂着覆手。太傅谢安不喜欢，又不想当面指责，伤害他的自尊心。于是就骗他来赌，把他的香囊赢过来马上烧掉。

# 黜免第二十八

黜指降职，免指罢官。从被黜免的事由和结果来看，可以了解当时为政者的钩心斗角。诸葛厷“为继母族党所谗，诬之为狂逆”，结果遭到流放；亲戚间的排挤构陷也是莫须有的罪名。桓温要挟朝廷，排斥异己，连简文帝也无可奈何，由此可见晋王室的衰微。

（1）诸葛厷在西朝，少有清誉，为王夷甫所重，时论亦以拟王。后为继母族党所谗，诬之为狂逆。将远徙，友人王夷甫之徒诣槛车[①]与别，厷问：“朝廷何以徙我？”王曰：“言卿狂逆。”厷曰：“逆则应杀，狂何所徙！”

◎注释

①槛车，囚禁犯人或装载猛兽的四围有栅栏限制的车。

◎译文

诸葛厷在西晋时，年轻很轻就声望很高，受到王夷甫的推重，舆论也拿他和王夷甫相比。后来被继母的亲族造谣中伤，诬蔑他狂放叛逆，结果他被罢官，流放到边远地区。即将上路时，王夷甫等人到囚车前和他告别，诸葛厷问：“朝廷为何流放我？”王夷甫说：“说你狂放叛逆。”诸葛厷说：“叛逆就应当斩首，可狂放为什么要流放呢！”

（2）桓公入蜀[①]，至三峡中，部伍中有得猿子者，其母缘岸哀号，行百余里不去，遂跳上船，至便即绝。破视其腹中，肠皆寸寸断。公闻之，怒，命黜其人。

◎注释

①桓公入蜀，晋穆帝永和二年，桓温出兵伐蜀，次年攻占成都。

◎译文

桓温率军进入蜀地，到达三峡，部队中有人捕捉到一只小猿。小猿猴的母亲沿江哀号，跟着走了百多里也不肯离开，最后跳上船去，一跳上船就马上气绝。剖开母猿的肚子，发现肠皆寸断。桓温听说后大怒，命令将抓小猴子的人从军队中除名。

（3）殷中军被废，在信安，终日恒书空作字。扬州吏民寻义逐之，窃视，唯作“咄咄怪事”四字而已。

◎译文

中军将军殷浩被免官后，住在信安县，一天到晚对空虚写字形。怀念其恩德，追随而来的扬州官吏和百姓顺着他的笔画，暗中察看，发现他只是写了“咄咄怪事”四个字而已。

（4）桓公坐有参军椅①烝薤②，不时解，共食者又不助，而椅终不放，举坐皆笑。桓公曰：“同盘尚不相助，况复危难乎！”敕令免官。

◎注释

①椅，同“掎”，用筷子夹菜。

②烝薤，米薤同蒸，调以油豉。蒸熟后必凝结，故夹取较难。烝，同“蒸”。薤，草本植物，可食用。

◎译文

桓温举行宴席，有个参军用筷子夹烝薤没夹起来，同桌的人又不帮忙，他还一直夹个不停，满座的人都笑起来。桓温说：“同盘用餐，尚且不能帮助，何况遇到危急情况呢！”于是下令免去这些人的官职。

（5）殷中军废后①，恨简文曰：“上人著百尺楼上，儋②梯将去。”

◎注释

①“殷中军”句，殷浩兵败，桓温上表请求罢免他。当时简文帝以抚军录尚书事，辅助朝政。

②儋，同“担”，负荷，扛。

◎译文

中军将军殷浩被废为庶人后，抱怨简文帝，说：“把人送到百尺高楼上，却扛起梯子走了。”

（6）邓竟陵[①]免官后赴山陵，过见大司马桓公，公问之曰：“卿何以更瘦？”邓曰：“有愧于叔达，不能不恨于破甑[②]！”

◎注释

①邓竟陵，即邓遐，字应远，曾任桓温参军，升至竟陵郡太守，随桓温征伐多次，后桓温战败，罢了他的官。

②“有愧”句，指没有叔达那样的品德，对丢掉官职不能不感到遗憾。破甑（zèng），喻为丢官。甑，古代的蒸食炊具。

◎译文

竟陵太守邓遐被免官后参加皇帝的葬礼，拜见大司马桓温，桓温问道：“你怎么比以前更瘦了？”邓遐说：“我惭愧不如叔达，不能不因打破饭甑而感到遗憾。”

（7）桓宣武既废太宰父子[①]，仍上表[②]曰：“应割近情，以存远计。若除太宰父子，可无后忧。”简文手答表曰：“所不忍言，况过于言。”宣武又重表，辞转苦切。简文更答曰：“若晋室灵长[③]，明公便宜奉行此诏。如大运去矣，请避贤路[④]。”桓公读诏，手战流汗，于此乃止。太宰父子，远徙新安。

◎注释

①太宰父子，指司马晞和他的儿子司马综。晞曾拜太宰，故称。

②上表，进献奏章。表，古代臣子写给帝王的章奏。

③灵长，绵延久长。

④请避贤路，意思是请求让位。贤路，指进用有才德的人的路径。

◎**译文**

桓温罢免了太宰司马晞父子后，上奏说："应割断私情，考虑长远。如果除掉太宰父子，可以免除后患。"简文帝亲手批答表文道："这话我都不忍心说出来，更何况还要做。"桓温又再上奏，言辞更为严厉迫切。简文帝再次批示："如果晋王室国运久长，明公就应奉行诏令行事。如果晋王室国运已去，请让我退位让贤。"桓温读到诏书，手心颤抖流汗，才停止上奏。太宰父子被流放到遥远的新安郡。

（8）**桓玄败后，殷仲文还为大司马咨议，意似二三，非复往日。大司马府听前有一老槐，甚扶疏。殷因月朔，与众在听，视槐良久，叹曰："槐树婆娑，无复生意！"**

◎**译文**

桓玄篡位失败后，殷仲文回到京都，在大司马司马德文手下任咨议，他心情反复，意兴再不像从前那样。大司马的官厅前有棵槐树，枝叶松散。月初集会，殷仲文和众人同在厅堂上，审视槐树良久，叹息道："槐树枝叶散乱，像是要倒的样子，没有生机！"

（9）**殷仲文既素有名望，自谓必当阿衡朝政[①]。忽作东阳太守，意甚不平。及之郡，至富阳，慨然叹曰："看此山川形势，当复出一孙伯符[②]。"**

◎**注释**

①阿衡朝政，商代官名。引申为：辅佐帝王，主持朝政。

②孙伯符，即孙策，字伯符，平定江东，为孙权创立吴国奠定了基础。

◎**译文**

殷仲文向来很有名望，自认为一定会辅佐帝王，主持朝政。忽然被调任东阳太守，心里很是愤愤不平。到东阳郡上任时，经过富阳，他感慨叹息："看这里的山河形势，应当还会再出一个孙伯符。"

# 俭啬第二十九

俭啬有两重含义，一为俭朴，是为美德；二为吝啬，是为恶习。魏晋时期，士大夫阶层生活奢靡，但也有节俭吝啬的，如和峤，他就有点另类，以至于被人讥讽。而司徒王戎既贵且富，却吝啬异常，侄儿结婚时，他只送一件单衣，事后还要了回来。女儿结婚，借了他的钱，回娘家时，因为没提还钱的事，就脸色难看。等到说还钱了，才高兴起来。这些小篇写得颇为有趣。

（1）和峤性至俭，家有好李，王武子求之，与不过数十。王武子因其上直[①]，率将少年能食之者，持斧诣园，饱共啖毕，伐之，送一车枝与和公。问曰："何如君李？"和既得，唯笑而已。

◎注释

①因，趁机。上直，当值，值班。

◎译文

和峤吝啬成性，家中有味道极好的良种李树，王武子向他索要些李子，只给了几十个。王武子趁他去值班，带一帮很能吃的少年，拿着斧子到果园去，大家饱食后，把李树砍掉，又把树枝装满车给和峤送去，还问："比你家的李树好吧？"和峤收下树枝，只是苦笑而已。

（2）王戎俭吝，其从子[①]婚，与一单衣，后更责[②]之。

◎注释

①从子，侄儿。

②责，索取。

◎译文

王戎很吝啬，侄儿结婚，只送了一件单衣作为贺礼，事后又向侄儿索回。

**（3）司徒王戎既贵且富，区宅、僮牧、膏田、水碓[①]之属，洛下无比。契疏鞅掌[②]，每与夫人烛下散筹[③]算计。**

◎注释

①水碓（duì），利用水力舂米的工具。

②契疏，契约、账簿。鞅掌，众多。

③筹，牙筹，即用象牙制的筹码，计数用。

◎译文

司徒王戎既显贵而又富有，房屋、奴仆、良田、水碓等应有尽有，洛阳城里没人能比。家中契约账簿很多，常常和妻子在烛光下用牙筹来计算财务。

**（4）王戎有好李，卖之，恐人得其种，恒钻其核。**

◎译文

王戎家的李树品种好，卖李子时，生怕别人得到种子去栽植，总是用钻子在李核上穿个孔。

**（5）王戎女适裴頠，贷钱数万。女归，戎色不说，女遽还钱，乃释然。**

◎译文

王戎的女儿嫁给裴頠，裴頠曾向王戎借了几万钱。女儿回娘家时，王戎脸色不好，女儿赶快把钱还了，王戎才心平气和。

**（6）卫江州[①]在浔阳，有知旧人投之都不料理，唯饷王不留行[②]一斤。此人得饷，便命驾。李弘范[③]闻之，曰："家舅刻薄，乃复驱使草木。"**

◎注释

①卫江州，卫展，字道舒，西晋末任鹰扬将军、江州刺史。

②王不留行，中药名。卫江州以此表示不留客的态度。

③李弘范，即李轨。不过此处应卫李充（即李弘度），因李轨是刘氏甥，非卫氏甥。

◎译文

江州刺史卫展在浔阳时，有一位老朋友前来投奔，卫展根本不予照顾，只是送一斤“王不留行”。这人接受后，马上动身离去。李弘范听说这件事，说：“我舅父太刻薄了，竟然用草木打发客人。”

**（7）王丞相俭节，帐下[1]甘果盈溢不散。涉春烂败，都督白之，公令舍去，曰：“慎不可令大郎[2]知！”**

◎注释

①帐下，营帐中。

②大郎，父称长子为大郎，这里指王悦。

◎译文

丞相王导为人节俭，营帐中堆满了美味的水果，从来不分给别人。一到了春天，水果就开始腐烂了，卫队长向他禀报，王导叫他扔掉，说：“千万不要让大郎知道！”

**（8）苏峻之乱，庾太尉南奔见陶公，陶公雅相赏重[1]。陶性俭吝，及食，啖薤，庾因留白[2]。陶问：“用此何为？”庾云：“故可种。”于是大叹庾非唯风流，兼有治实。**

◎注释

①雅，很，非常。赏重，欣赏，推崇。

②因，顺便。留白，指留下薤的根部白色的一段。

◎译文

苏峻叛乱，太尉庾亮南逃去见陶侃，陶侃很欣赏器重他。陶侃本性吝啬，有次吃饭时吃薤，庾亮顺便留下薤根白的部分留下。陶侃问：“要这东西做什么？”庾亮说：“还可以栽种。”于是陶侃对庾亮大加赞赏，认为他不仅风雅，而且又有处理世务的才能。

（9）郗公大聚敛[①]，有钱数千万。嘉宾意甚不同。常[②]朝旦问讯，郗家法，子弟不坐，因倚语移时[③]，遂及财货事。郗公曰：“汝正当欲得吾钱耳！”乃开库一日，令任意用。郗公始正谓损数百万许，嘉宾遂一日乞与[④]亲友，周旋[⑤]略尽。郗公闻之，惊怪不能已已[⑥]。

◎注释

①聚敛，搜刮钱财。

②常，同“尝”，一次。

③倚语，站着说话。移时，一段时间，过了很久。

④乞与，即给与。

⑤周旋，即往来，交往，这里指来往的友人。

⑥已已，即休止，停止。

◎译文

郗愔大肆搜刮钱财，家中有几千万钱。郗嘉宾的想法和他父亲截然不同。一次，嘉宾早起向父亲请安，郗家规矩，后辈不能坐，嘉宾于是站着谈了好大一会儿，最终谈到钱财方面的事。郗愔说：“你只是想要我的钱罢了！”于是，郗愔打开钱库一日，让嘉宾随意取用。郗愔原以为只会损失几百万钱，谁知嘉宾竟在一天内送给亲戚朋友，差不多用完了。郗愔听说后，惊诧不止。

# 汰侈第三十

汰侈，奢侈放纵之意。魏晋时期的豪门权贵，大多凶残暴虐、穷奢极欲。石崇宴客，让美女行酒，如果不能劝客人饮酒就杀掉，视人命如草芥。因王敦不饮酒，石崇杀了三名侍酒女子，王敦却依旧不以为意，其狠毒令人发指。石崇和王恺斗富，用蜡烛作炊，绿绸做幛，大肆挥霍。王武子更是以人乳喂猪，连皇帝都深为不满，由斯可见当时权贵的骄奢淫逸。

（1）石崇[①]每要客燕集，常令美人行酒，客饮酒不尽者，使黄门[②]交[③]斩美人。王丞相与大将军尝共诣崇，丞相素不能饮，辄自勉强至于沉醉。每至大将军，固不饮，以观其变。已斩三人，颜色如故，尚不肯饮。丞相让之，大将军曰："自杀伊家人，何预卿事！"

◎注释

①石崇，字季伦，曾任荆州刺史，因劫夺远使、客商致富。

②黄门，即阉人，可在内庭侍候的奴仆。

③交，依次。

◎译文

石崇每次邀请客人举行宴会，经常让美女劝酒，如果客人中有喝不尽兴，就命令管理婢女的仆役依次杀掉劝酒的美女。有一次，丞相王导和大将军王敦一起到石崇家赴宴，王导一向不能喝酒，就勉强自己喝，以至于喝得大醉。轮到王敦时，他就坚持不喝，以观其变。石崇连杀了三个美人，王敦神色不变，还是不肯喝酒。王导责备他，王敦说："他杀自己家里的人，干你什么事！"

**（2）石崇厕，常有十余婢侍列，皆丽服藻饰[①]。置甲煎粉[②]、沉香汁[③]之属，无不毕备。又与新衣著令出，客多羞不能如厕。王大将军往，脱故衣，著新衣，神色傲然。群婢相谓曰："此客必能作贼！"**

◎注释

①藻饰，修饰，打扮。

②甲煎粉，亦作夹煎，又名甲香，是用药与美果花烧灰和蜡制成，供洗手洗脸后搽手涂面；也可作口脂，用来防止口唇皴裂，相当于现代的唇膏。

③沉香，为瑞香科植物或白木香的含有树脂的木材。据《本草汇言》中说，将沉香木磨碎后加入其他中药辅料，用水煎，就是沉香汁了。当时，这不仅可作为香水，还可以内服药用。

◎译文

石崇家的茅厕，常有十多名衣着华丽的婢女侍候，而且备有甲煎粉、沉香汁等物品，一应俱全。又提供新衣，让客人便后更换。客人大多因为害羞，不好意思上厕所。大将军王敦进厕所后，脱去原来的衣服，穿上新衣，神色傲慢。婢女们都说："这个客人以后一定会作乱！"

**（3）武帝尝降[①]王武子家，武子供馔，并用琉璃器。婢子百余人，皆绫罗绔褶，以手擎饮食。烝㹠肥美，异于常味。帝怪而问之，答曰："以人乳饮㹠。"帝甚不平，食未毕，便去。王、石[②]所未知作。**

◎注释

①降，临幸，指皇帝到某处去。

②王、石，指王恺、石崇。

◎译文

晋武帝曾驾临到王武子家，武子设宴招待，所用餐具，均是由琉璃制成。吃饭时，由一百多名身穿绫罗绸缎的婢女，手托食物奉上。其中有道蒸小猪的菜，肉质肥嫩鲜美，不同寻常。武帝感到奇怪，就问是怎么烹调的，武子说："这是用人乳喂的小猪。"武帝听了，很是愤慨，没吃完就走了。这是连王恺、石崇这样的富豪都不会做的事情。

（4）王君夫[①]以饴糒澳釜[②]，石季伦用蜡烛作炊。君夫作紫丝布步障碧绫里四十里，石崇作锦步障[③]五十里以敌之。石以椒为泥，王以赤石脂[④]泥壁。

◎注释

①王君夫，即王恺，字君夫，晋武帝司马炎的舅父。

②饴，即饴糖，用麦芽或谷芽熬制成。糒，干饭。澳釜，用水擦锅。

③步障，权贵出行，在路边搭上幕布，用来遮避风尘或防止人们窥视。

④赤石脂，风化石的一种，可用来涂饰墙壁。

◎译文

王君夫用麦芽糖和着干饭来擦锅，石季伦用蜡烛烧火做饭。王君夫用紫丝布做步障，碧色丝绫镶里，长四十里。石崇则用绘有彩纹的精美丝织品做步障，长达五十里。石季伦用椒泥涂墙，王恺用赤石脂来涂饰墙壁。

（5）石崇为客作豆粥，咄嗟[①]便办。恒冬天得韭蓱虀[②]。又牛形状气力不胜王恺牛，而与恺出游，极晚发，争入洛城，崇牛数十步后迅若飞禽，恺牛绝走不能及[③]。每以此三事为搤腕[④]，乃密货[⑤]崇帐下都督及御车人，问所以。都督曰："豆至难煮，唯豫作熟末，客至，作白粥以投之。韭蓱虀是捣韭根，杂以麦苗尔。"复问驭人牛所以驶。驭人云："牛本不迟，由将车人不及，制之尔。急时听偏辕[⑥]，则驶矣。”恺悉从之，遂争长。石崇后闻，皆杀告者。

◎注释

①咄嗟，呼唤答应声。指一呼一应之间，即顷刻。

②韭蓱虀，用韭菜、艾蒿等捣碎制成的腌菜。八月做这种菜，到冬天就难得了。蓱（píng），草名，白蒿之属，可食。

③绝走，极力奔跑。绝，极度，尽力。及，赶上。

④搤腕，握住手腕，表示激动或愤怒的动作。

⑤货，贿赂。

⑥偏辕，让车的重心偏向一根辕木。这样，另一个车轮和地面的摩擦就轻，车就走得快。

◎译文

石崇给客人做豆粥，顷刻之间就准备好了，也常在冬天有韭蓱虀做佐菜。另外，石崇家的牛外形、力气方面，都赶不上王恺家的牛。可每次和王恺出外游览，回来时，石崇总是出发很晚，两人争先进洛阳城，石崇的牛走了几十步后就跑得像鸟一样飞快，王恺的牛拼命跑也追不上。王恺经常因为这三件事而扼腕叹息，就贿赂石崇府中都督和车夫，探问原因。卫队长说：“豆子最难煮烂，只有事先煮熟，做成豆末，客人到了，煮好白粥，然后加进豆末就行了。韭蓱虀是把韭菜根捣碎，搀上麦苗。”又问车夫，牛为何跑得飞快，车夫说：“牛本来跑得不慢，只是因为车夫不善驾车，反而控制着它罢了。急急奔走时就任车辕偏过一边，那么牛就会跑得飞快。”王恺照他们说的做，终于可以和石崇争雄。石崇知道原委后，就把泄密的人全部杀掉了。

（6）王君夫有牛，名八百里駮[①]，常莹[②]其蹄角。王武子语君夫：“我射不如卿，今指赌卿牛，以千万对之。”君夫既恃手快[③]，且谓骏物[④]无有杀理，便相然可，令武子先射。武子一起便破的[⑤]，却据胡床，叱左右速探牛心来。须臾，炙至，一脔便去。

◎注释

①八百里駮，牛名。駮，同“驳”，指牛色黑白相间。八百里，指可日行八百里。

②莹，琢磨光亮。

③手快，技术好。

④骏物，指奔跑迅速的马、牛。

⑤一起，即一发。破的，即中靶。

◎译文

王君夫有一头牛，名叫八百里驳，牛蹄、牛角都磨得晶莹发亮。王武子对王君夫说：“我射箭的技术不如你，今天指定以你这头牛做赌注，和你赌射箭，我押一千万钱。”王君夫仗着自己射术好，认为这头牛是少有的神骏，即使输了，对方也不可能杀掉，就答应了他，让王武子先射。王武子一箭就射中了箭靶，就退后坐在交椅上，大声喝令随从赶紧把牛心取来。一会儿，烤牛心送来了，王武子只尝了一口就走了。

（7）王君夫尝责一人无服余衵[①]，因直内著曲阁重闺[②]里，不听人将出。遂饥经日，迷不知何处去。后因缘[③]相为，垂死，乃得出。

◎注释

①衵（rì），内衣。

②曲阁重闺，弯曲相连的深宫内室。

③因缘，朋友、同伙，亲近的人。

◎译文

王君夫有次惩罚一个人，不准他穿衣服，把他关在一个曲折相连的深宫内院，不允许别人带他出来。这人饿了几天，精神恍惚，不知该往哪里走。后来得到朋友的帮助，快死了才走出来。

（8）石崇与王恺争豪[①]，并穷绮丽以饰舆服。武帝，恺之甥也，每助恺。尝以一珊瑚树高二尺许赐恺，枝柯扶疏，世罕其比。恺以示崇，崇视讫，以铁如意击之，应手而碎。恺既惋惜，又以为疾己之宝，声色甚厉。崇曰：“不足恨[②]，今还卿。”乃命左右悉取珊瑚

**树，有三尺、四尺，条干绝世，光彩溢目者六七枚，如恺许比甚众。恺惘然自失。**

◎注释

①豪，阔绰。

②不足恨，不值得遗憾。足，值得。恨，遗憾，抱怨。

◎译文

石崇和王恺斗富，两人都极尽奢华，用华丽的东西装饰车马。晋武帝是王恺的外甥，常常帮助王恺。有次，晋武帝送他二尺多高的珊瑚树，枝条繁茂，可以说是举世无双，罕有匹敌。王恺拿来给石崇看，石崇看后，却拿铁如意把它敲碎了。王恺既感到很惋惜，又认为石崇妒忌他，因而声色俱厉地加以指责。石崇说："不要生气，现在就赔给你。"于是命令家人搬来所有的珊瑚树，有三四尺高的，其中枝干举世无双、光彩夺目的有六七棵，像王恺那样的就更多了。王恺看了，惘然若失。

**（9）王武子被责，移第北邙下。于时人多地贵，济好马射，买地作埒[①]，编钱匝地[②]竟埒[③]。时人号曰"金沟"。**

◎注释

①埒（liè），矮墙，这里指马埒，即跑马射箭的场所，四周用矮墙围着。

②编钱匝地，把钱在地上铺上一圈。编，排列。匝，环绕一周。

③埒，此处用作动词，砌墙。

◎译文

王武子因事受到晋武帝的责罚，移居到北邙山下。当时人多地贵，武子喜欢跑马射箭，就买地做跑马场，并用绳子穿钱绕着跑马场排一圈当围墙。当时的人把那里称为"金沟"。

**（10）石崇每与王敦入学[①]戏，见颜、原[②]象而叹曰："若与同升孔堂，去人[③]何必有间！"王曰："不知余人云何，子贡[④]去卿差近。"石正色云："士当令身名俱泰，何至以瓮牖语人[⑤]！"**

◎注释

①学，此处指设在京城的最高学府。

②颜、原，颜指颜回，原指原宪，均为孔子的弟子。

③去人，指与别人的差距。有间，有距离。间，指距离。

④子贡，即端木赐，孔子的弟子。曾在鲁国做官，家累千金。

⑤“何至”句，孔门弟子中，原宪生活贫困，住处以破瓮为窗，故石崇有此一说。瓮牖（yǒu），用破瓮做窗，喻指贫苦。

◎译文

石崇常常和王敦进学校游览，看见颜回、原宪的画像，石崇叹息道：“如果我能和他们一样，同拜在孔子门下，那和这些人会有什么差别呢！”王敦说：“其他的人怎么样我不知道，我看子贡和你比较像。”石崇很严肃地说：“读书人应当是生活舒适，名位安稳，怎么能拿贫苦人来当话题谈论呢！”

**（11）彭城王有快牛，至爱惜之。王太尉与射，赌得之。彭城王曰：“君欲自乘，则不论。若欲啖者，当以二十肥者代之。既不废啖，又存所爱。”王遂杀啖。**

◎译文

彭城王司马权有一头牛，跑得很快，对它很是爱惜。有一次，太尉王衍和他赌射箭，把牛赢去了。彭城王说：“如果您想要用来驾车，我就不说什么了。如果想杀来吃，我可以用二十头肥牛来交换。这样既不妨碍您吃，又能保存我的爱牛。”王衍不听，还是把牛杀掉吃了。

**（12）王右军少时，在周侯末坐。割牛心啖之，于此改观。**

◎译文

右军将军王羲之年轻的时候，在武城侯周顗家做客，坐在末座。吃饭时，周顗亲手切一块牛心给他吃，人们从此改变了对他的看法。

# 忿狷第三十一

忿狷，指因为性情的急躁或喜怒无常，而引起的忿恨、狂狷。多是因为一些小事而发急动怒，进而仇视。曹操因歌姬的脾性不好，待有了替代之人，就将她杀了。王献之因为小觑寒门，不肯与习凿齿并榻而坐，颇为狷介。而性情急躁的人，莫过于王蓝田，往往几个小动作便将他的暴怒显露了处来。

（1）魏武有一妓，声最清高①，而情性酷恶。欲杀则爱才，欲置②则不堪。于是选百人一时俱教。少时还有一人声及之，便杀恶性者。

◎注释

①清高，形容声音清悠高远。

②置，赦免。

◎译文

曹操有一歌姬，歌声清越，但脾气特别不好。曹操想杀她，却又爱惜她的声音，想赦免她，又难以忍受。于是选了一百名歌女同时培养。不久，有一名歌女的声音比得上她，曹操就把性情坏的那个歌姬杀了。

（2）王蓝田性急，尝食鸡子，以箸刺之，不得，便大怒，举以掷地。鸡子于地圆转未止，仍下地以屐齿蹍之，又不得。嗔甚，复于地取内①口中，啮破即吐之。王右军闻而大笑，曰：“使安期②有此性，犹当无一豪可论[3]，况蓝田邪！”

◎注释

①内，同“纳”。

②安期，即指王述的父亲王承，字安期，清虚寡欲，为政宽恕，很有名望。

③无一豪可论，即丝毫不可取。豪，同“毫”。

◎译文

蓝田侯王述性情急躁，一次吃鸡蛋，用筷子去戳，没戳进去，就大发脾气，把鸡蛋扔在地上。鸡蛋在地上转个不停，于是就从席座上起身，用鞋去踩，又没有踩到。他更加怒火冲天，于是从地上捡起来放到口里，咬破后马上吐处来。王羲之听说后，大笑起来，说：“即使安期有这种性格，也是没有丝毫可取之处，更何况是王蓝田呢！”

（3）王司州尝乘雪往王螭[1]许。司州言气少有牾逆[2]于螭，便作色不夷。司州觉恶，便舆床[3]就之，持其臂曰：“汝讵复足与老兄计！”螭拨其手曰：“冷如鬼手馨[4]，强来捉人臂！”

◎注释

①王螭，即王恬，小名螭虎，王胡之的堂弟。

②牾（wǔ）逆，即忤逆，触犯。

③舆床，移动坐榻。舆，抬、负荷、移动。

④馨，“宁馨”的省略语，意为如此，这样。晋宋时的通用语。

◎译文

司州刺史王胡之冒雪前去王螭府上。王胡之说话时稍微冒犯了王螭，王螭立刻变了脸色不高兴。王胡之察觉到不对劲，就把坐椅挪近王螭，拉着他的胳膊说：“你别因为这事和我计较啊！”王螭拨开他的手说：“冷得像鬼手一样，却要强拉别人的胳膊！”

（4）桓宣武与袁彦道樗蒲。袁彦道齿不合，遂厉色掷去五木。温太真云：“见袁生迁怒，知颜子为贵[1]。”

◎注释

①“见袁生”二句，看见袁生发怒，才知颜回的可贵。《论语·雍也》中有云：“有颜回者好学，不迁怒，不贰过。”迁怒，指将愤怒转移至他物。

◎译文

桓温和袁彦道赌博，袁彦道对掷出的点数不满意，竟然板着脸把五木扔掉了。温太真说：“看见袁生把怒气发到五木上，才知道颜回的可贵。”

（5）谢无奕性粗强，以事不相得，自往数[①]王蓝田，肆言极骂[②]。王正色面壁不敢动。半日，谢去良久，转头问左右小吏曰：“去未？”答云：“已去。”然后复坐。时人叹其性急而能有所容。

◎注释

①数，数说，数落。

②肆言极骂，肆意攻击，极力谩骂。

◎译文

谢无奕性情粗犷刚强，有次因为一事不合，就亲自跑去蓝田侯王述那里，肆意谩骂数落了一顿。王蓝田脸色严肃，对着墙壁，不敢稍动。过了半天，谢无奕走了很久，才回过头问身边的小吏：“走了没有？”小吏回答：“已经走了。”这才转过身坐回原处。时人赞赏他虽然性急，却能宽容别人。

（6）王令[①]诣谢公，值习凿齿[②]已在坐，当与并榻。王徙倚不坐，公引之与对榻。去后，语胡儿[③]曰：“子敬实自清立，但人为尔，多矜咳[④]，殊足损其自然。”

◎注释

①王令，指王献之，字子敬，曾任吴兴太守，中书令。

②习凿齿，字彦威，曾任桓温的主簿，后任荥阳太守。

③胡儿，谢朗的小名，是谢安的侄儿。

④矜咳，又作矜硋（ài），傲慢、固执，。

◎译文

中书令王献之拜访谢安，恰遇习凿齿已经在座，按礼应和习凿齿并坐。他却来回走动不肯落座，谢安只好领他坐在自己对面的坐榻上。客人走后，谢安对胡儿说："子敬确实清高，只不过有些做作，过于矜持拘谨，大大地有损自然了。"

（7）王大、王恭[①]尝俱在何仆射[②]坐，恭时为丹阳尹，大始拜荆州。讫将乖[③]之际，大劝恭酒，恭不为饮，大逼强之，转苦，便各以裙[④]带绕手。恭府近千人，悉呼入斋。大左右虽少，亦命前，意便欲相杀。何仆射因起排坐二人之间，方得分散。所谓势利之交，古人羞之。

◎注释

①王大、王恭，同族叔侄关系，但并不和睦，所以有所述之事。

②何仆射，即何澄，字子玄，曾任尚书左仆射，为人清正。

③乖，分别。

④裙，指裤子。

◎译文

王大和王恭曾经同到左仆射何澄家做客，王恭时任丹阳尹，王大刚任荆州刺史。等到快要分别的时候，王大劝王恭喝酒，王恭不喝，王大极力强迫他喝，以致各自拿起裙带缠在手上，准备放手一搏。王恭府中近千人，王恭把他们全都叫进屋内。王大随从虽少，也命令他们向前，差点就要打起来。何澄无计可施，只能站起来坐在两人中间，才把众人散开。这种势利之交，古人是深以为耻的。

（8）桓南郡小儿时，与诸从兄弟各养鹅共斗。南郡鹅每不如，甚以为忿。乃夜往鹅栏间，取诸兄弟鹅悉杀之。既晓，家人咸以惊骇，云是变怪，以白车骑[①]。车骑曰："无所致怪，当是南郡戏耳[②]！"问，果如之。

◎注释

①车骑，即桓冲，桓玄的叔父，曾任车骑将军。

②“无所”句，当时桓玄年纪还小，桓冲不可能称自己的侄儿为南郡，应是记言疏忽。

◎译文

南郡公桓玄小时候，和堂兄弟们各自养一群鹅，来玩“斗鹅”的游戏。桓玄养的鹅老是斗输，就非常恼恨。于是，就在夜间到鹅栏，把堂兄弟们养的鹅全都抓出来杀掉。天亮以后，家人全都被这事吓呆了，说这是妖物作祟，并立刻报告了车骑将军桓冲。桓冲说：“没有什么妖怪，一定是桓玄开了个玩笑罢了！”追问起来，果然如此。

# 谗险第三十二

谗险，意指奸邪阴险的闲言碎语。进谗言者，大都是奸诈之徒，用心阴险。袁悦游说当权者以求宠幸，却“几乱机轴”，结果引来杀身之祸，可谓自取其咎。王国宝用阴险的手段阻止皇帝召见别人，以防自己失宠。但本篇中亦有进谗言者与被谤者之间的斗智斗勇，如殷仲堪因为受到谗言的毁谤，而用计去离间，取得了良好的效果。而这在魏晋人眼中，也是才气的一种。

（1）王平子形甚散朗，内实劲侠[①]。

◎注释

①劲侠，刚正豪侠。

◎译文

王平子外表看上去潇洒、开朗，内心却很刚正豪侠。

（2）袁悦[①]有口才，能短长说[②]，亦有精理[③]。始作谢玄参军，颇被礼遇。后丁艰[④]，服除还都[⑤]，唯赍《战国策》而已。语人曰：“少年时读《论语》《老子》，又看《庄》《易》，此皆是病痛事，当何所益邪！天下要物，正有《战国策》。”既下，说司马孝文王，大见亲待，几乱机轴。俄而见诛。

◎注释

①袁悦，字元礼，受到会稽王司马道子宠幸，后被孝武帝所杀。

②短长说，即战国时纵横捭阖、游说之术。

③有精理，指精通名理。

④丁艰，即父母之丧。子女要在家守丧三年。

⑤服除，守丧期满，脱下丧服。还都，指回到都城建康。

◎译文

袁悦有口才，擅长游说之说，又精通明理之学。刚开始在谢玄手下任参军，颇受重用。后来，因父母过世，回乡守孝，守孝期满后回到都城建康，只带了一部《战国策》。他告诉别人说："年轻时读《论语》、《老子》，又看《庄子》、《周易》，这些书讲的都是小事，又有什么益处呢！天下重要的书籍，只有《战国策》。"袁悦到了都城，游说会稽王司马道子，受到亲切的款待，却几乎扰乱了整个朝廷。不久后被杀。

**（3）孝武甚亲敬王国宝[①]、王雅[②]。雅荐王珣于帝，帝欲见之。尝夜与国宝、雅相对，帝微有酒色，令唤珣。垂至，已闻卒传声。国宝自知才出珣下，恐倾夺要宠，因曰："王珣当今名流，陛下不宜有酒色见之，自可别诏也。"帝然其言，心以为忠，遂不见珣。**

◎注释

①王国宝，晋孝武帝时任中书令，后任尚书左仆射，善于谄媚。

②王雅，字茂建，因得宠任太子少傅。倾夺，争夺。

◎译文

晋孝武帝非常亲近且看重王国宝和王雅。王雅向孝武帝举荐王珣，孝武帝想召见他。有一夜，孝武帝和王国宝、王雅对坐饮酒，孝武帝略有几分酒意，便下令召见王珣。王珣将到，已经听到吏卒传话的声音。王国宝知道自己的才能在王珣之下，唯恐将来被王珣夺宠，因而对孝武帝说："王珣是名士，陛下不宜酒后召见，可以另外召见。"孝武帝认为说得对，认为他很忠心，最终没有召见王珣。

**（4）王绪[①]数谗殷荆州于王国宝，殷甚患之，求术于王东亭。曰："卿但数诣王绪，往辄屏人[②]，因论它事。如此，则二王之好离矣。"殷从之。国宝见王绪，问曰："比与仲堪屏人何所道？"绪**

**云：“故是常往来③，无它所论。”国宝谓绪于已有隐，果情好日疏，谗言以息。**

◎**注释**

①王绪，即王国宝的堂弟，会稽王司马道子的心腹，任从事中郎，善谄。

②辄，就。屏人，把人遣开、支走。

③故，本来。常往来，指一般的交往。

◎**译文**

王绪屡次向王国宝进谗言，说荆州刺史殷仲堪的坏话，殷仲堪很担心，向东亭侯王珣求教。王珣说：“你只要多去拜访王绪，到了就遣开别人，单独和王绪说话，只谈些别的事情。这样，二王的交情就疏远了。”殷仲堪听从了王珣的建议。王国宝见到王绪，问：“近来和殷仲堪单独在一起，都说些什么呢？”王绪回答：“都是些平常的往来，没谈别的。”王国宝认为王绪对自己有所隐瞒，两人的感情日渐疏远，对殷仲堪的谗言才因此平息下来。

# 尤悔第三十三

本篇所说的尤悔，大多是指因犯下罪过而悔恨。其中有些涉及政治斗争，当权者为了争权夺位，置对手于死地，甚至残杀亲人。此外，也有生活中因为言行失误或误解做错事情，而产生悔恨心理。譬如，王敦杀了周侯，王导三缄其口，事后王导得知周侯救过他，悔恨终生。如“简文见田稻，不识，问是何草，左右答是稻。简文还，三日不出。”这不仅是悔恨，更是羞愧。身为皇帝而连稻苗也不认得，是该无地自容了。

（1）魏文帝忌弟任城王骁壮[①]，因在卞太后[②]阁共围棋，并啖枣，文帝以毒置诸枣蒂中，自选可食者而进。王弗悟，遂杂进之。既中毒，太后索水救之。帝预敕[③]左右毁瓶罐，太后徒跣趋井，无以汲，须臾遂卒。复欲害东阿[④]，太后曰：“汝已杀我任城，不得复杀我东阿！”

◎注释

①任城王，即曹彰，字子文，卞太后第二子，封任城王。骁壮，强壮，骁勇。

②卞太后，魏文帝曹丕的母亲，曹丕登位时尊为太后。

③预，预先。敕，即敕令，命令。

④东阿，即曹植，卞太后第四子，封东阿王。

◎译文

魏文帝曹丕忌恨其弟任城王曹彰健壮骁勇，就趁两人同在卞太后那里下棋吃枣的机会，把毒药放在枣蒂里，自己挑没毒的吃。任城王没有察觉，把有毒、没毒的混着吃了。中毒后，卞太后立即要找水来解救，但文帝事先命人把可以盛水的器皿都打碎了，卞太后赤着脚赶到井边，却没有任何东西可以汲水。不多一会儿，任城王就死了。魏文帝后来又要害东阿王，卞太后说："你已经害死了我的任城王，不能再害东阿王了！"

**（2）王浑[①]后妻，琅邪颜氏女。王时为徐州刺史，交礼拜讫，王将答拜，观者咸曰："王侯州将，新妇州民，恐无由答拜。"王乃止。武子以其父不答拜，不成礼，恐非夫妇，不为之拜，谓为"颜妾"。颜氏耻之，以其门贵，终不敢离。**

**◎注释**

①王侯，王浑袭父爵为京陵侯，故称王侯。其于西晋初任徐州刺史，掌一州之军政。

**◎译文**

王浑的后妻，是琅邪颜家的女儿。王浑时任徐州刺史，新婚之夜，颜氏行完交拜礼，王浑刚要答拜，观礼的人都说："王侯是一州之主，新娘是百姓，恐怕不该答拜吧。"王浑于是没有答拜。王武子认为父亲没答拜，认为他们没成礼，也不算夫妻，于是就不拜后母，只称她为颜妾。颜氏认为这是耻辱，只是由于王浑门第高贵，终究不敢提出离婚。

**（3）陆平原河桥败[①]，为卢志所谗，被诛。临刑叹曰："欲闻华亭[②]鹤唳，可复得乎！"**

**◎注释**

①陆平原，即陆机。曾任平原故史，故称。河桥败，成都王司马颖讨伐长沙王司马乂，陆机为后将军、河北大都督，于河桥战败。

②华亭，在上海松江西平原村，陆氏兄弟常在此游赏。

**◎译文**

平原内史陆机在河桥兵败，因为卢志向成都王进谗言，终于被杀。临刑时叹息道："想听听华庭的鹤鸣，恐怕是听不到了！"

**（4）刘琨善能招延[①]，而拙於抚御。一日虽有数千人归投，其逃散而去，亦复如此，所以卒无所建。**

◎注释

①刘琨，西晋永嘉元年任并州刺史。招延，即招募延揽。

◎译文

刘琨擅长招揽人才，却缺乏安抚管理他们的办法。所以，每天虽然有几千人归顺投奔，可逃散的人数大概也有这么多，终究成不了大事。

**（5）王平子始下[①]，丞相语大将军："不可复使羌人[②]东行。"平子面似羌。**

◎注释

①王平子，即王澄，字平子。下，指从荆州赴建康。从地理位置上看，建康位于长江下游，自荆、江等州赴建康都称为"下"。

②羌人，羌族，古代民族，住在西北一带。这里指王平子。

◎译文

王平子当初从荆州来到建康，丞相王导告诉大将军王敦："不可让那个羌人到东边来。"王平子长得像羌人。

**（6）王大将军起事，丞相兄弟诣阙谢[①]。周侯深忧诸王，始入，甚有忧色。丞相呼周侯曰："百口委卿[②]！"周直过不应。既入，苦相存救。既释。周大说，饮酒。及出，诸王故在门。周曰："今年杀诸贼奴，当取金印[③]如斗大，系肘后。"大将军至石头，问丞相曰："周侯可为三公不？"丞相不答。又问："可为尚书令不？"又不应。因云："如此，唯当杀之耳！"复默然。逮周侯被害，丞相后知周侯救己，叹曰："我不杀周侯，周侯由我而死，幽冥中负此人！"**

◎注释

①"王大"句，大将军王敦是王导的堂兄，东晋初年，两人同辅

晋元帝。后来，王敦在武昌谋反，当时王导任司空、录尚书事，每天带着族人到朝廷待罪。刘隗劝晋元帝杀王氏兄弟。

②百口，指王氏全家百口人。委卿，托付给你。

③金印，金制的官印，古代做官的凭证。

◎译文

大将军王敦起兵作乱，王导兄弟到朝廷请罪。武城侯周顗担忧王氏组人的安全，刚进宫，表情就很严肃。王导喊住周顗，说："全家百口人就拜托你了！"周顗径直从他面前走过，没有理他。但周顗进宫后，苦苦请求皇帝宽恕王氏兄弟。王氏兄弟获得赦免后，周顗高兴得喝起酒来。等他出宫时，王氏一族仍在宫门等候。周顗故意说说："等把这些乱臣贼子都杀掉后，定会拿到斗大的金印挂在胳膊肘上。"过了不久，王敦攻陷石头城后，问王导说："周侯可以做三公吗？"王导不答话。又问："可以做尚书令吗？"王导又不答。王敦就说："这样的话，就只能杀了他！"王导还是沉默不语。等到周顗被杀，王导才知道周顗救过自己，叹息道："我没有杀周顗，周顗却因我而死，我实在太愚昧，辜负了他！"

**（7）王导、温峤俱见明帝，帝问温前世所以得天下之由。温未答。顷，王曰："温峤年少未谙，臣为陛下陈之。"王乃具叙宣王创业之始，诛夷名族，宠树同己，及文王之末高贵乡公事[①]。明帝闻之，覆面著床曰："若如公言，祚安得长[②]！"**

◎注释

①高贵乡公事，曹髦不甘被废，谋诛司马昭，却反为司马昭所杀。高贵乡公，即为曹髦。

②祚，福祉。这里指国运。安得，怎么能够。长，长久。

◎译文

王导和温峤一同去谒见晋明帝，明帝问温峤的先辈是如何夺取天下的。温峤没有回答。过了一会儿，王导就说："温峤年轻，不熟悉这些事，臣为陛下说明。"于是，王导就详细叙说晋宣王创业时，诛灭名门望族，崇信扶植自己的亲信，以及文王晚年杀高贵乡公的事。晋明帝听后，掩面伏在御塌上，说："如果真像您说的那样，晋朝的国运怎么能长久呢！"

（8）王大将军于众坐中曰："诸周由来未有作三公者。"有人答曰："唯周侯邑五马领头而不克[①]。"大将军曰："我与周洛下相遇，一面顿尽[②]。值世纷纭，遂至于此！"因为流涕。

◎注释

①邑，通"挹"，拿取。马，赌博用的筹码。克，致胜。

②一面顿尽，意为初次见面，即无所不谈。顿，当即，当时。

◎译文

大将军王敦在众人中说："周氏一族，从没人官至三公之位。"有人回答："只有周顗抓取了五马领头，却没成功。"王敦说："我和他于洛阳初会，便如故人，无所不谈。只是世事纷乱，没想到竟是如此结局！"不禁为之流下眼泪。

（9）温公[①]初受刘司空使劝进，母崔氏固驻[②]之，峤绝裾[③]而去。迄于崇贵，乡品犹不过也。每爵，皆发诏。

◎注释

①温公，即温峤。

②固，坚决。驻，止住，停留。

③绝裾，扯断衣襟，表示去意坚决。

◎译文

温峤当初受司空刘瑶委派，前往江南劝说晋元帝即位。他的母亲崔氏坚决阻止，紧紧抓住他的衣袖不放。温峤不顾一切，扯断衣袖离开。后来，温峤地位显贵，但在乡里评议总不能通过。每此他晋升官爵，都是由皇帝直接颁发诏书。

（10）庾公欲起周子南[①]，子南执辞愈固[②]。庾每诣周，庾从南门入，周从后门出。庾尝一往奄至[③]，周不及去，相对终日。庾从周索食，周出蔬食[④]，庾亦强饭极欢，并语世故[⑤]，约相推引，同佐世

**之任。既仕，至将军二千石，而不称意。中宵慨然曰：“大丈夫乃为庾元规所卖！”一叹，遂发背而卒。**

**◎注释**

①周子南，即周劭，字子南，隐居庐山。

②执辞，坚持拒绝。愈，越发。固，坚决。

③尝，曾经。奄至，突然到来。

④蔬食，即“疏食”，即粗食。

⑤语，交谈。世故，世事，这里指时局。

**◎译文**

庾亮想起用周子南，周子南总是执意推辞，言辞坚决。庾亮每次拜访，从南门进来，周子南就从后门出去。一次庾亮突然到来，周子南躲避不开，只好陪着庾亮对坐一整天。庾亮向周子南要饭吃，周子南取出粗茶淡饭，庾亮也强装欢颜吃得很香，并且和周谈论世事，约定推荐周出来做官，共同担负辅佐朝廷的重任。周子南做官后，升至将军高位，享有二千石的俸禄，却仍不满足。深夜曾感叹道：“不想大丈夫竟被庾亮所骗！”这样感慨不久，周就背疮发作而死。

**（11）阮思旷奉大法，敬信甚至。大儿年未弱冠，忽被笃疾。儿既是偏所爱重，为之祈请三宝，昼夜不懈。谓至诚有感者，必当蒙佑。而儿遂不济。于是结恨释氏，宿命都除。**

**◎译文**

阮思信佛，极为虔诚。大儿子尚未成年，突然患了重病。阮思旷最疼爱这个儿子，因此在佛前祈请三宝，从早到晚，不敢有丝毫松懈。他本以为自己的一片至诚之心能够感动佛祖，必定能得到佛祖庇佑。可这个儿子终究还是没能救过来。于是，他怨恨佛教，不再相信宿命论。

**（12）桓宣武对简文帝，不甚得语①。废海西②后，宜自申叙，乃豫③撰数百语，陈废立之意。既见简文，简文便泣下数十行。宣武矜愧，不得一言。**

◎注释

①不甚得语，指不能完全说出心中的话。

②废海西，桓温把晋帝废为海西公，立简文帝。

③豫，事先。

◎译文

桓温面对答简文帝，总是不能把心里的话畅快地说出来。废黜海西公后，他应亲自申奏说明，便事先构思好多话，陈说废黜旧君、拥立新君的本意。但是见到简文帝时，简文帝泪流不止。桓温既怜悯又内疚，终究一句话也说不出来。

（13）桓公卧语曰："作此寂寂，将为文景[①]所笑。"既而屈起[②]坐曰："既不能流芳后世，亦不足复遗臭万载邪！"

◎注释

①文景，指晋文帝司马昭和晋景帝司马师。

②屈起，崛起。

◎译文

桓温躺在床上时说："想这样一生寂寂无为，将会被文帝、景帝耻笑的。"不一会儿，又坐起来，说："既然不能流芳百世，难道也不配遗臭万年吗！"

（14）谢太傅于东船行，小人引船，或迟或速，或停或待。又放船纵横[①]，撞人触岸[②]。公初不呵谴，人谓公常无嗔喜。曾送兄征西[③]葬还，日莫[④]雨驶[⑤]，驭人皆醉，不可处分。公乃于车中手取车柱撞驭人，声色甚厉。夫以水性沉柔，入隘奔激，方之人情，固知迫隘之地，无得保其夷粹[⑥]。

◎注释

①放船纵横，指听任船只任意漂荡，不加约束。纵横，没有拘束。

②撞人，指因颠簸而使船上的人相碰撞。触岸，触礁。

③征西，指谢奕，曾任安西将军、豫州刺史，卒于官，追赠镇西

将军。

④日莫，傍晚。莫，同“暮”。

⑤雨驶，意为雨下得很急。驶，雨雪急猛之意。

⑥夷粹，愉快而平静。夷，愉快。粹，纯净。

◎译文

太傅谢安乘船向东去稽，奴仆牵引着船，时慢时快，时停时开，或放任船只飘荡。因而船不是碰着河岸，就是颠簸不已，船上的人总站不稳，跌跌撞撞，谢安却从不斥责，因而人们认为谢安脾气很好，不轻易发脾气。有次为他哥哥镇西将军谢奕送葬回来，赶上天晚，雨急，赶车的车夫都喝醉了，没法安排驾车。谢安拿起车上一根柱子，使劲捅车夫，声色俱厉。水性原本沉静、柔和，而一旦流入狭窄之处就会奔涌激荡，人的性情和水相似，遇到险境，自然难以保持平和宁静。

**（15）简文见田稻，不识，问是何草，左右答是稻。简文还，三日不出，云：“宁有赖其末，而不识其本[①]！”**

◎注释

①“宁有”句，指依靠谷米生活而不识其根本。末，末梢，指稻米。本，茎，指稻禾。

◎译文

简文帝看见田里的稻子，不认识，问是什么草，近侍回答是稻子。简文帝回到宫里，三天没出门，说：“哪里有靠它吃饭活命，而不识其根本的呢！”

**（16）桓车骑在上明畋猎，东信至，传淮上大捷[①]。语左右云：“群谢年少大破贼！”因发病薨。谈者以为此死，贤于让扬之荆[②]。**

◎注释

①“桓车骑”句，东晋时，符坚直下淮水、淝水，桓冲派三千精兵保卫京都。谢安部署已定，令桓冲兵退。桓冲认为谢安没有将才，必败。不久，听说谢玄大捷，桓冲羞惭，发病而死。畋猎，指打猎。

②让扬之荆，桓冲原为扬、豫二州刺史，后因谢安辅政，声望很

高，桓冲自认为德量不及谢安，把扬州让给谢安，自己去到荆州。

◎译文

车骑将军桓冲正在上明打猎，从建康来的信使来报，淝水之战获得大胜。桓冲对身边的随从说："谢家的那群年轻人居然能大败贼寇！"不久，桓冲就发病死去了。当时谈论的人认为桓冲这次羞愧而死，比他当初自辞扬州刺史的举动更好。

**（17）桓公初报破殷荆州，曾讲《论语》，至"富与贵，是人之所欲，不以其道得之，不处。"玄意色甚恶。**

◎译文

桓玄接到攻破荆州的信报时，正在讲读《论语》，说到"富贵，人人都想得到，可如果不用正当的方法获得，不能受用。"桓玄听了，脸色变得很难看。

# 纰漏第三十四

在社会交往中，往往会因为一时疏忽，而言行出错，让人笑话，这是应该尽力避免的问题。本篇所记，有没考虑成熟而贸然提问的，结果触犯了他人的忌讳；也有误解别人而闹出笑话的；还有读书不求甚解，不懂装懂的，这些都值得注意。

（1）王敦初尚主[①]，如厕，见漆箱盛乾枣，本以塞鼻，王谓厕上亦下果，食遂至尽。既还，婢擎金澡盘盛水，琉璃碗盛澡豆[②]，因倒著水中而饮之，谓是干饭。群婢莫不掩口而笑之。

◎注释

①尚主，娶公主为妻。主，即晋武帝的女儿舞阳公主。

②澡豆，古代供洗涤用的粉剂，是用豆末和着诸多药物制成，用来洗手洗脸，令皮肤光润。

◎译文

王敦刚和公主结婚，上厕所时，看见漆箱里装着干枣，那本是用来堵鼻子的，王敦以为厕所里也摆设果品，竟然把干枣都吃光了。出来之后，侍女端着装水的金澡盘和装澡豆的琉璃碗，王敦把澡豆倒入水里喝了，以为是干饭。侍女们都捂着嘴笑他。

（2）元皇初见贺司空[①]，言及吴时事，问：“孙皓[②]烧锯截一贺头，是谁？”司空未得言，元皇自忆曰：“是贺劭。”司空流涕曰：“臣父遭遇无道，创巨痛深，无以仰答明诏[③]。”元皇愧惭，三日不出。

◎注释

①元皇，晋元帝司马睿。贺司空，即贺循，字彦先，卒赠司空，故称。

②孙皓，吴国君主，因中书令贺劭上书劝谏，锯断贺劭的头。

③明诏，对诏书的尊称。

◎译文

晋元帝初次接见司空贺循，谈到吴国的事，问："孙皓曾经烧红锯子锯断一个姓贺的人的头颅，这人是谁？"贺循没能回答，元帝自己回忆起来了，说："是贺劭。"贺循流着眼泪说："我父亲遇到无道昏君，臣创痛深重，无法回答陛下的问话。"元帝听了，深感惭愧，一连三天没上朝。

**（3）蔡司徒渡江，见彭蜞[①]，大喜曰："蟹有八足，加以二螯。"令烹之。既食，吐下委顿[②]，方知非蟹。后向谢仁祖说此事，谢曰："卿读《尔雅》不熟，几为《劝学》死[③]！"**

◎注释

①彭蜞，即蟛蜞，螃蟹的一种，体积较小。

②吐下，又吐又泄。委顿，疲乏不堪。

③"卿读"二句，《尔雅》中说："蝟蠌小者蟧。"蝟蠌即彭蜞，比螃蟹小而比彭蝟大。蔡谟不辨，故谢有此说。

◎译文

司徒蔡谟过江南下，看到彭蜞，很高兴，说："螃蟹有八只脚，再加上两个大夹钳。"于是叫手下人煮来吃。吃完后，上吐下泻，精神疲困，才知道不是螃蟹。后来，蔡谟向谢仁祖说起这事，谢仁祖说："你读《尔雅》读得不熟，几乎被《劝学》害死。"

**（4）任育长[①]年少时，甚有令名。武帝崩，选百二十挽郎[②]，一时之秀彦，育长亦在其中。王安丰选女婿，从挽郎搜其胜者，且择取四人，任犹在其中。童少时，神明可爱，时人谓育长影亦好。自过**

江，便失志。王丞相请先度时贤共至石头迎之，犹作畴日[③]相待，一见便觉有异。坐席竟，下饮[④]，便问人云："此为茶，为茗[⑤]？"觉有异色，乃自申明云："向问饮为热为冷耳。"尝行从棺邸[⑥]下度，流涕悲哀。王丞相闻之，曰："此是有情痴。"

◎注释

①任育长，即任瞻，字育长，曾任仆射、都尉、天门太守。

②挽郎，拉棺材唱挽歌的青年。

③畴（chóu）日，即"畴昔"，往日。畴，过去、从前。

④下饮，指设茶、送茶。

⑤茶、茗，早采者为茶，晚采者为茗。

⑥棺邸，即棺材铺。

◎译文

任育长年轻时，名声就很好。晋武帝驾崩后，选一百二十人牵引灵柩唱挽歌的少年，都是当时的年轻才俊，任育长也在其中。安丰侯王戎挑选女婿，从挽郎里面寻找，挑出四个人，任育长仍在其中。任育长从小就聪明可爱，当时的人甚至认为他的影子也是美好的。可是，自从过江后，他的头脑就糊涂了。过江时，丞相王导请先渡江的贤达到石头城迎接他，名士们还是像过去一样对待，可一见面便发现他和过去大不相同。安排好座席后，摆上茶来，任育长就问："这是茶还是茗？"刚一问，发现别人神色不对，就申明道："刚才是问这茶是热的还是冷的。"任育长曾经从棺材铺经过，当即悲伤流泪。王导听说后，说："这是有情之痴。"

（5）谢虎子尝上屋熏鼠。胡儿既无由知父为此事，闻人道痴人有作此者，戏笑之，时道此，非复一过。太傅既了己之不知，因其言次，语胡儿曰："世人以此谤中郎，亦言我共作此。"胡儿懊热，一月日闭斋不出。太傅虚托引己之过，以相开悟，可谓德教。

◎译文

谢虎子曾上房熏鼠。谢胡儿不知父亲做过这件事，又听别人说有个傻子这样做，就把这件事当成笑料，时常说起。太傅谢安知道胡儿并不知道父亲做过这事，于是，趁和他谈话时告诉他："一般人拿这事毁谤中郎，并且说是我和你父亲一起做的。"胡儿听了，悔恨焦躁，一个月每日闭门不出。谢安假托自己的过错，借以启发谢朗，可称之为"德教"。

**（6）殷仲堪父病虚悸[①]，闻床下蚁动，谓是牛斗。孝武不知是殷公，问仲堪："有一殷，病如此不？"仲堪流涕而起曰："臣进退维谷[②]。"**

**◎注释**

①虚悸，因虚弱而心悸。悸，病名，心脏搏动过速。

②进退维谷，进退两难，指不知所对。

**◎译文**

殷仲堪的父亲生病，因为气血虚弱，常常心悸，听到床下蚂蚁动，却认为是牛在斗架。晋孝武帝不知是殷仲堪的父亲得此病，便问殷仲堪："有一个姓殷的，听说病情是这样的，是吗？"殷仲堪流着眼泪，站起来回答："臣进退两难，不知该说什么好。"

**（7）虞啸父[①]为孝武侍中，帝从容问曰："卿在门下，初不闻有所献替[②]。"虞家富春[③]，近海，谓帝望其意气[④]，对曰："天时尚暖，鱀鱼虾鱃未可致，寻当有所上献。"帝抚掌大笑。**

**◎注释**

①虞啸父，会稽余姚人，吴国内史、尚书、侍中。

②献替，指进谏。献指奉献，替指除去，献善除恶，以谏君主。

③富春，县名。今浙江富阳。

④意气，指馈送财礼。

**◎译文**

虞啸父任晋孝武帝侍中。又一次，孝武帝不经意间问他："你在门下省，怎么从来没听说过有什么好的贡献。"虞家住富春，靠近海边，虞啸父误认为这是孝武帝希望进献海味，就说："现在天气还暖和，鱀鱼、虾类还没到捕获的时候。不久将会有所奉献。”孝武帝听了，禁不住抚掌大笑。

（8）王大丧后，朝论或云国宝应作荆州。国宝主簿夜函白事[①]云：“荆州事已行。”国宝大喜，其夜开阁[②]唤纲纪话势，虽不及作荆州，而意色甚恬。晓遣参问，都无此事。即唤主簿数之曰：“卿何以误人事邪？”

◎注释

①白事，报告，文书的一种。

②阁（gé），阁门，即大门旁边的小门。参，检验。

◎译文

王大去世后，朝廷有人议论说王国宝应出任荆州刺史。国宝的主簿夜间写信报告说：“荆州刺史的任命已经发布了。”王国宝非常高兴，当夜打开侧门叫主簿进来谈论，言语间虽然没提任荆州刺史的事，可是神情显得很得意。第二天早晨，他派人去打探，发现完全没有这回事。王国宝立即叫来主簿，数落他说：“你为什么要让人空欢喜一场呢！”

# 惑溺第三十五

惑溺，指沉迷于各种事物而不能自拔，无所节制，比如声色、财富、肉体的欲望等等，不一而足。本篇虽然只有几则，却也道出了不少世态人情，迷恋女色，抑或恋慕男色而偷情，更有因忌妒而生事的。尘世间诱惑纷繁，不若“壁立千仞，无欲则刚”，冷眼旁观，细加审视为好。

（1）魏甄后[①]惠而有色，先为袁熙妻，甚获宠。曹公之屠邺也，令疾召甄，左右白：“五官中郎[②]已将去。”公曰：“今年破贼正为奴。”

◎注释

①魏甄后，曹丕的皇后，姓甄，原为袁绍之子袁熙的妻子。

②五官中郎，即曹丕，他登位前任五官中郎将，主管宫廷保卫。

◎译文

魏文帝的皇后甄氏温柔漂亮，当初是袁熙的妻子，很受宠爱。曹操攻破邺城后，下令传见甄氏，侍从禀告说：“五官中郎将已经把她带走了。”曹操无奈，只好说：“今年攻打邺城，正是为了这小子。”

（2）荀奉倩与妇至笃[①]，冬月妇病热，乃出中庭自取冷[②]，还以身熨之。妇亡，奉倩后少时亦卒，以是获讥于世。奉倩曰：“妇人德不足称，当以色为主。”裴令闻之，曰：“此乃是兴到[③]之事，非盛德言，冀后人未昧此语。”

◎注释

①荀奉倩，即荀粲，字奉倩。至笃，指感情非常深厚。

②中庭，庭中。自取冷，指把自己的身体冻冰。

③兴到，兴之所至。

◎译文

荀奉倩和妻子情感深厚。冬天，妻子生病发烧，他就到院里把自己的身体冻冷，然后再回屋里用身体贴着妻子。妻子死后，荀奉倩不久也死了，因此受到世人的讥讽。荀奉倩曾说：“妇女的德行不值得称道，应以姿色为主。”中书令裴楷听到这句话，说：“这只是他一时兴起所说，并不是品行高尚的人该说的，希望后人不要因此误解。”

（3）贾公闾[①]后妻郭氏酷妒。有男儿名黎民，生载周，充自外还，乳母抱儿在中庭，儿见充喜踊，充就乳母手中呜之[②]。郭遥望见，谓充爱乳母，即杀之。儿悲思啼泣，不饮它乳，遂死。郭后终无子。

◎注释

①贾公闾，即贾充，字公闾。

②呜之，亲之。

◎译文

贾充的后妻郭氏善妒。她有个儿子叫黎民，生下来还不满一周岁。一天，贾充从外面回来，乳娘抱着小孩在院里玩，小孩看见贾充，高兴得欢蹦乱跳，贾充走过去在乳娘的手里亲了孩子一下。郭氏远远望见，认为贾充爱上了乳娘，立刻把她杀了。孩子想念乳娘，不停啼哭，又不吃别人的奶，最后不幸死去。郭氏此后无子。

（4）孙秀[①]降晋，晋武帝厚存宠之，妻以姨妹蒯氏，室家[②]甚笃。妻尝妒，乃骂秀为貉子[③]。秀大不平，遂不复入。蒯氏大自悔责，请求于帝。时大赦，群臣咸见。既出，帝独留秀，从容谓曰：

"天下旷荡，蒯夫人可得从其例不？"秀免冠[4]而谢，遂为夫妇如初。

◎注释

①孙秀，字彦才，三国时吴国人，是王室至亲。孙皓想除掉他，于是便投奔晋国。

②室家，指夫妇，家庭生活。

③貉子，即小貉，北方人轻视、辱骂南方人的口头语。

④免冠，摘下帽子，表示谢罪。

◎译文

孙秀投降了晋国，晋武帝对他格外恩宠优待，还把小姨子蒯氏嫁给他。夫妻俩平日里很是恩爱。但蒯氏善妒，又一次竟骂孙秀是"貉子"。孙秀非常不满，于是就不再进卧房了。蒯氏很懊悔，就向武帝请求帮助。当时恰逢大赦天下，谒见群臣。退朝之后，武帝单独把孙秀留下，对他说："国家宽大为怀，实行大赦，蒯夫人是否可以依例得到宽恕呢？"孙秀听后，摘下帽子谢罪。从此夫妻和好如初。

（5）韩寿美姿容，贾充辟以为掾[1]。充每聚会，贾女于青琐[2]中看，见寿，说之，恒怀存想，发于吟咏。后婢往寿家，具述如此，并言女光丽。寿闻之心动，遂请婢潜修音问[3]，及期往宿。寿矫捷[4]绝人，逾墙而入，家中莫知。白是充觉女盛自拂拭[5]，说畅有异于常[6]。后会诸吏，闻寿有奇香之气，是外国所贡，一著人，则历月不歇。充计武帝唯赐己及陈骞，徐家无此香，疑寿与女通[7]，而垣墙重密，门阁急峻，何由得尔！乃托言有盗，令人修墙。使反，曰："其余无异，唯东北角如有人迹，而墙高，非人所逾。"充乃取女左右婢考问，即以状对。充秘之，以女妻寿。

◎注释

①韩寿，字德真，官至散骑常侍、河南尹。掾（yuàn），掾属，辅佐的官吏。

②青琐，镂刻成连环格并涂上青色的窗户。

③潜修音问，指暗中写信致意问候。

④矫捷，动作迅速。

⑤盛自拂拭，形容梳妆打扮很隆重艳丽。

⑥说畅，说笑欢欣舒畅。有异于常，与过去有很大的不同。

⑦通，私通、私会。

◎译文

韩寿相貌俊美，贾充召他做掾属。贾充每次召集随邑聚会，女儿都从窗格中张望，见到韩寿，心中顿生爱慕之意，常常想念，并往往形之于吟咏。后来，她的婢女前往韩家，与韩寿说了这些情况，并说贾女艳丽夺目。韩寿听了，意动神摇，就托婢女暗中传信致意贾女，并约定好夜间前去相聚。韩寿身手矫健，敏捷过人，他跳墙进去，无人得知。后来，贾充发觉女儿变得喜欢打扮，心情欢畅，不同平常。会见下属时，又闻到韩寿身上异香，这是外国进献的贡品，香味沾到身上，几个月也不会消散。贾充想，晋武帝只把这种香赏赐给自己和陈骞，其他人没有这种香，就怀疑韩寿和女儿私通，但院墙重重，高门深户，怎么进来的呢！于是借口假托有贼，派人修理围堵。派去修整的人回来禀告说："其他地方都没可疑之处，只有东北角好像有人跨过的痕迹，可是围墙很高，并非普通人能逾越的。"贾充于是把女儿身边的婢女叫来一一审问，婢女随即把真实情况说了出来。得知真相后，贾充秘而不宣，把女儿嫁给了韩寿。

**（6）王安丰妇常卿安丰①。安丰曰："妇人卿婿，于礼为不敬，后勿复尔。"妇曰："亲卿爱卿，是以卿卿。我不卿卿，谁当卿卿②！"遂恒听之。**

◎注释

①卿安丰，称安丰为卿。卿，第二人称代词，意为"你"，同前文译注。

②"亲卿"句，按礼法，夫妻要相敬如宾，而王妻认为夫妻相亲相爱，不用客套。

◎译文

安丰侯王戎的妻子常称王戎为卿。王戎说："妻子称丈夫为卿，在礼节上算不敬重，以后不要再这样称呼了。"妻子说："因为亲卿、爱卿，所以才称卿为卿。我不称卿为卿，那谁该称卿为卿呢！"王戎只好任她称呼。

**（7）王丞相有幸妾[①]姓雷，颇预政事，纳货。蔡公谓之"雷尚书"。**

◎注释

①幸妾，受宠爱的妾。

◎译文

丞相王导有爱妾姓雷，很喜欢干预朝政，而且接受别人的贿赂。蔡谟称她为"雷尚书"。

# 仇隙第三十六

本篇叙述了魏晋时期，人们对仇怨所持有的某些观念，如父仇不共戴天，也有公报私仇，甚至还有因个人好恶而置人于死地的。每个故事都自有仇恨的起因、经过及结果等，可从中窥出一丝人性。

（1）孙秀既恨石崇不与绿珠①，又憾潘岳②昔遇之不以礼。后秀为中书令，岳省内见之，因唤曰："孙令，忆畴昔周旋不？"秀曰："中心藏之，何日忘之！"岳于是始知必不免。后收石崇、欧阳坚石③，同日收岳。石先送市，亦不相知。潘后至，石谓潘曰："安仁，卿亦复尔邪？"潘曰："可谓'白首同所归'。"潘《金谷集》诗云："投分寄石友，白首同所归④。"乃成其谶⑤。

◎注释

①绿珠，石崇的妾，善吹笛，很漂亮。

②潘岳，字安仁，曾任给事黄门侍郎。

③欧阳坚石，石崇的外甥。

④"投分"二句，意为向好朋友表达身后的相知之情，但愿年老发白时有同样的归宿。投分，志向相投、相知。分，情谊。石友，情谊坚如金石之友。白首，年老白头。

⑤谶（chèn），预言吉凶得失的文字、图记。

◎译文

孙秀既怨恨石崇不送绿珠给他，又不满潘岳曾对自己无礼。后来，孙秀任中书令，潘岳在中书省见到他，打招呼说："孙令，还记得我们过去的交情吗？"孙秀说："心中所记，从不敢忘！"潘岳知道自己不免遭祸。后来孙秀逮捕石崇、欧阳坚石，同一天，也抓了潘岳。石崇先被押赴刑场，还不知道潘岳被拘。潘岳接着被押至，石崇对他说："安仁，你也这样吗？"潘岳说："我们算是'白首同所归'了。"潘岳曾在《金谷集》中有诗云："投分寄石友，白首同所归。"没想到竟一语成谶。

**（2）刘玙兄弟少时为王恺所憎，尝召二人宿，欲默除之。令作坑，坑毕，垂加害矣。石崇素与玙、琨善，闻就恺宿，知当有变，便夜往诣恺，问二刘所在。恺卒迫[①]不得讳[②]，答云："在后斋中眠。"石便径入，自牵出，同车而去，语曰："少年何以轻就人宿！"**

**◎注释**

①卒迫，仓猝，突然。

②讳，隐瞒。

**◎译文**

刘玙、刘琨兄弟二人，年轻时深为王恺憎恨。王恺曾把兄弟俩请到家里过夜，想暗中杀掉他们。命令手下人事先挖坑，坑挖好了，就要加害。石崇向来与和刘玙、刘琨要好，听说两人到王恺家过夜，料到会出事，连夜拜访王恺，问二刘在什么地方。王恺匆忙间没法隐瞒，只得说："在后面房间里睡觉。"石崇径直进去，亲自把他们带出来，一同坐车走了，对他们说："少年为何轻率地就在别人家过夜呢！"

**（3）大将军执司马愍王[①]，夜遣世将[②]载王于车而杀之，当时不尽知也。虽愍王家亦未之皆悉，而无忌[③]兄弟皆稚。王胡之[④]与无忌长，甚相昵。胡之尝共游，无忌入告母，请为馔。母流涕曰："王敦昔肆酷汝父，假手世将。吾所以积年不告汝者，王氏门强，汝兄弟尚幼，不欲使此声著，盖以避祸耳。"无忌惊号，抽刃而出，胡**

之去已远。

◎注释

①司马愍王，即司马丞，曾任湘州剜史，封为谯王，死后谥为愍王。

②世将，即王世将，王敦的堂兄弟，曾任荆州刺史，追随王敦叛乱，王敦任命他为平南将军、荆州刺史。

③无忌，字公寿，司马丞的儿子。

④王胡之，字脩龄，王世将的儿子。

◎译文

大将军王敦捉了愍王司马丞，夜间派王世将在车上将他杀死。当时知道这件事的人极少，即使愍王家里的人也不了解内幕。司马丞的儿子无忌兄弟又都年幼，更是不知道此事。王胡之和无忌两人，长大后非常亲密。有一次，王世将的儿子王胡之和无忌一起游玩，无忌回家告诉母亲，请她准备饭食。母亲流着泪说："王敦当年残害你父亲，借王世将之手把你父亲杀了。我多年来没有告诉你们，是因为王氏家族势力强大，你们兄弟年幼，不想把这事张扬开来，以此来避免祸端罢了。"无忌听了很震惊，号啕痛哭，提起刀就往外走。这时，王胡之已经走远了。

（4）应镇南[①]作荆州，王脩载[②]、谯王子无忌同室新亭与别。坐上宾甚多，不悟二人俱到。有一客道："谯王丞致祸，非大将军意，正是平南所为耳。"无忌因夺直兵参军[③]刀，便欲斫。脩载走投水，舸上人接取，得免。

◎注释

①应镇南，即应詹，字思远，任江州刺史、平南将军，死后追赠镇南大将军。

②王脩载，王世将的儿子。

③直兵参军，王公府里的属官。

◎译文

镇南大将军应思远出任荆州刺史，王脩载和谯王司马丞的儿子无忌到新亭给他饯别。座上宾客很多，没想到这两人会同时到来。有人说："谯王司马丞遇难，不是大将军的意思，而是平南将军自己干的罢了。"司马无忌听后，于是从直兵参军手中夺过一把刀，向王脩载砍去。脩载匆忙逃跑，被迫投河，船上的人救了他，才得以免死。

**（5）王右军素轻蓝田，蓝田晚节论誉转重[①]，右军尤不平。蓝田于会稽丁艰[②]，停山阴治丧。右军代为郡，屡言出吊[③]，连日不果[④]。后诣门自通，主人既哭，不前而去，以凌辱之。于是彼此嫌隙大构[⑤]。后蓝田临扬州，右车尚在郡。初得消息，遣一参军诣朝廷，求分会稽为越州。使人受意失旨[⑥]，大为时贤所笑。蓝田密令从事数其郡诸不法，以先有隙，令自为其宜。右军遂称疾去郡，以愤慨致终。**

◎注释

①论誉转重，指越来越受到舆论的称赞。

②丁艰，遭父母之丧，这里指蓝田死了母亲。

③出吊，前往吊唁。

④不果，不实行，没有结果。

⑤嫌隙大构，仇怨越结越大。

⑥受意失旨，指接受了要办的事情，却没有领会这样做的意图。

◎译文

右军将军王羲之向来看不起蓝田侯王述，但王述晚年很受舆论赞誉，名气越来越大，王羲之心中更是愤愤不平。王述任会稽内史时遇母丧，滞留山阴办理丧事。王羲之接替他出任会稽内史，屡次说要去吊唁，可一连多天也没去成。后来他登门吊唁，但主人遵礼大哭以后，他却不上灵堂就走了，以此来侮辱王述。于是双方仇怨更深。后来王述守丧期满，任扬州刺史，王羲之仍主管会稽郡。当初得知王述获得任命的消息，王羲之就派一名参军前往朝中活动，请求把会稽从扬州划出来，设立越州。可使者接受任务时却领会错了意图，结果王羲之受到当时名流的讥笑。王述也暗中派人去检察王羲之会稽郡的种种不法行为。因为两人的仇隙，王述就让王羲之自己考虑怎样处理才合适。于是王羲之就告病离任，愤慨终生。

**（6）王东亭与孝伯语，后渐异[①]。孝伯谓东亭曰：“卿便不可复测？”答曰：“王陵廷争，陈平从默，但问克终云何耳[②]。”**

**◎注释**

①“王东亭”句，王恭因为中书令王国宝专擅朝政，想杀国宝，而东亭侯王珣以为时机未到，极力劝止。后来王珣又劝国宝辞职，以缓和矛盾。这里所谓后渐异，估计是有此意。

②“王陵”等句，汉惠帝死后，吕后有意封诸吕为王，问右丞相王陵，王陵认为不可，在朝上据理力争；再问左丞相陈平，陈平认为可以。后来陈平和周勃一起诛杀诸吕，立汉文帝，安定刘氏天下。

**◎译文**

东亭侯王珣和王孝伯互通声气，后来，意见渐有分歧。王孝伯对王珣说：“您心中怎么那么不可捉摸？”王珣回答说：“昔日吕后要封诸吕为王，王陵在朝廷上据理力争，而陈平却顺从不言。做事情，无所谓过程，只看结果如何。”

**（7）王孝伯死，县[①]其首于大桁。司马太傅命驾出，至标所[②]，孰视首，曰：“卿何故趣欲杀我邪？”**

**◎注释**

①县，通“悬”。大桁，指朱雀桥。晋南北朝时建康正南朱雀门外的古浮桥。

②标所，立柱悬首示众的地方。

**◎译文**

王孝伯被处死后，他的首级被悬挂在朱雀桥上示众。太傅司马道子坐车到示众的地方，盯着王孝伯的头看了很久，说：“你为何要急着杀我呢？”

**（8）桓玄将篡，桓修欲因玄在修母许袭之[①]。庾夫人云：“汝等近，过我余年。我养之，不忍见行此事。”**

◎注释

①“桓玄”句，桓玄和桓脩是堂兄弟，桓脩年幼时受到桓玄的欺侮，所以怀恨在心。

◎译文

桓玄将要篡位，桓脩想趁桓玄在桓脩母亲那里时袭击他。桓脩的母亲庾夫人说：“你们兄弟是近亲，让我平安度过晚年再说吧。桓玄是我养大的，不忍看到你做这种事。”

图书在版编目（CIP）数据

世说新语译注本 /（南朝·宋）刘义庆著 ; 钱小北注释. -- 南京 : 江苏凤凰文艺出版社, 2018.3

ISBN 978-7-5594-1063-4

Ⅰ. ①世… Ⅱ. ①刘… ②钱… Ⅲ. ①笔记小说－中国－南朝时代 Ⅳ. ①I242.1

中国版本图书馆CIP数据核字(2017)第217124号

| | |
|---|---|
| 书　　名 | 世说新语译注本 |
| 作　　者 | （南朝·宋）刘义庆 |
| 注　　释 | 钱小北 |
| 选题策划 | 北京记忆坊文化 |
| 策划编辑 | 钱　丽 |
| 责任编辑 | 姚　丽 |
| 封面题字 | 肖开霖 |
| 封面设计 | 刘　军 |
| 版式设计 | 段文婷 |
| 出版发行 | 江苏凤凰文艺出版社 |
| 出版社地址 | 南京市中央路165号，邮编：210009 |
| 出版社网址 | http://www.jswenyi.com |
| 印　　刷 | 环球东方(北京)印务有限公司 |
| 开　　本 | 880毫米×1230毫米　1/32 |
| 字　　数 | 443千字 |
| 印　　张 | 16.5 |
| 版　　次 | 2018年3月第1版，2020年7月第4次印刷 |
| 标准书号 | ISBN 978-7-5594-1063-4 |
| 定　　价 | 48.00元 |